# NUNCA

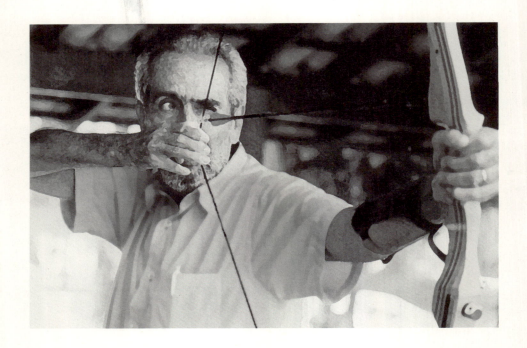

# O Arqueiro

GERALDO JORDÃO PEREIRA (1938-2008) começou sua carreira aos 17 anos, quando foi trabalhar com seu pai, o célebre editor José Olympio, publicando obras marcantes como *O menino do dedo verde*, de Maurice Druon, e *Minha vida*, de Charles Chaplin.

Em 1976, fundou a Editora Salamandra com o propósito de formar uma nova geração de leitores e acabou criando um dos catálogos infantis mais premiados do Brasil. Em 1992, fugindo de sua linha editorial, lançou *Muitas vidas, muitos mestres*, de Brian Weiss, livro que deu origem à Editora Sextante.

Fã de histórias de suspense, Geraldo descobriu *O Código Da Vinci* antes mesmo de ele ser lançado nos Estados Unidos. A aposta em ficção, que não era o foco da Sextante, foi certeira: o título se transformou em um dos maiores fenômenos editoriais de todos os tempos.

Mas não foi só aos livros que se dedicou. Com seu desejo de ajudar o próximo, Geraldo desenvolveu diversos projetos sociais que se tornaram sua grande paixão.

Com a missão de publicar histórias empolgantes, tornar os livros cada vez mais acessíveis e despertar o amor pela leitura, a Editora Arqueiro é uma homenagem a esta figura extraordinária, capaz de enxergar mais além, mirar nas coisas verdadeiramente importantes e não perder o idealismo e a esperança diante dos desafios e contratempos da vida.

# Ken Follett

# Nunca

Título original: *Never*

Copyright © 2021 por Ken Follett
Copyright da tradução © 2022 por Editora Arqueiro Ltda.

Todos os direitos reservados. Nenhuma parte deste livro
pode ser utilizada ou reproduzida sob quaisquer meios existentes
sem autorização por escrito dos editores.

*tradução:* Bruno Fiuza e Roberta Clapp
*preparo de originais:* Juliana Souza
*revisão:* Ana Grillo, Guilherme Bernardo e Luis Américo Costa
*diagramação:* Valéria Teixeira
*capa:* Daren Cook e Penguin Random House
*imagens de capa:* Alamy Stock Photo, Getty Images e Shutterstock
*adaptação de capa:* Natali Nabekura
*impressão e acabamento:* Lis Gráfica e Editora Ltda.

CIP-BRASIL. CATALOGAÇÃO NA PUBLICAÇÃO
SINDICATO NACIONAL DOS EDITORES DE LIVROS, RJ

F724n

Follett, Ken, 1949-
Nunca / Ken Follett ; [tradução Bruno Fiuza, Roberta Clapp]. -
1. ed. - São Paulo : Arqueiro, 2022.
624 p. ; 23 cm.

Tradução de: Never
ISBN 978-65-5565-257-4

1. Ficção inglesa. I. Fiuza, Bruno. II. Clapp, Roberta. III. Título.

22-76236                          CDD: 823
                                  CDU: 82-3(410.1)

Gabriela Faray Ferreira Lopes - Bibliotecária - CRB-7/6643

Todos os direitos reservados, no Brasil, por
Editora Arqueiro Ltda.
Rua Artur de Azevedo, 1.767 – Conj. 177 – Pinheiros
05404-014 – São Paulo – SP
Tel.: (11) 2894-4987
E-mail: atendimento@editoraarqueiro.com.br
www.editoraarqueiro.com.br

Em minha pesquisa para escrever *Queda de gigantes*, fiquei chocado ao perceber que a Primeira Guerra Mundial foi uma guerra que *ninguém queria*. Nenhum líder europeu de nenhum dos lados pretendia que ela acontecesse. Mas os imperadores e os primeiros-ministros, um a um, foram tomando decisões – lógicas, razoáveis –, cada qual dando um pequeno passo em direção ao conflito mais terrível que o mundo já viu. Cheguei à conclusão de que foi tudo um trágico acidente.

E me perguntei: poderia aquilo se repetir?

*Não pode haver dois tigres numa mesma montanha.*

PROVÉRBIO CHINÊS

# MUNCHKIN

# PRÓLOGO

Por muitos anos, James Madison deteve o título de presidente mais baixo da história americana, com um metro e sessenta e dois de altura. Até que a presidente Green quebrou o recorde dele. Pauline Green tinha um metro e meio. Ela gostava de salientar que Madison havia derrotado DeWitt Clinton, que tinha um metro e noventa.

Ela adiara duas vezes sua visita a Munchkin. Tinha havido um agendamento por ano desde que ela estava no cargo, há dois anos, mas sempre aparecia algo mais importante. Agora, teve a sensação de que precisava ir. Era uma manhã agradável de setembro em seu terceiro ano de mandato.

O objetivo do exercício era fazer um ensaio do Plano Estratégico, de modo que os altos funcionários do governo se familiarizassem com o que seria necessário fazer em uma emergência. Fingindo que os Estados Unidos estavam sob ataque, ela deixou rapidamente o Salão Oval em direção ao Jardim Sul da Casa Branca.

Logo atrás, apressadas, vinham algumas pessoas-chave que raramente se afastavam dela: seu conselheiro de Segurança Nacional, sua secretária sênior, dois guarda-costas do Serviço Secreto e um jovem capitão do Exército carregando uma pasta de couro apelidada de "bola de futebol atômica", que continha tudo de que ela precisava para deflagrar uma guerra nuclear.

Havia uma frota de helicópteros, e ela entrou no Marine One. Como sempre, um fuzileiro naval em uniforme de gala se manteve em posição de sentido enquanto a presidente se aproximava e subia correndo os degraus.

Na primeira vez que Pauline andou de helicóptero, cerca de vinte e cinco anos antes, a experiência foi desconfortável, pelo que se lembrava, com assentos duros de metal em um interior apertado e tão barulhento que era impossível conversar. Agora era diferente. O interior da aeronave parecia o de um jato particular, com poltronas confortáveis de couro bege-claro, ar condicionado e um pequeno banheiro.

O conselheiro de Segurança Nacional, Gus Blake, estava sentado ao lado dela. General aposentado, ele era um homem grande, afro-americano, com os cabelos curtos e grisalhos. Exalava uma força reconfortante. Aos 55 anos, era meia década mais velho que Pauline. Havia sido um membro-chave de sua equipe de campanha nas eleições presidenciais e agora era seu assessor mais próximo.

– Obrigado por fazer isso – comentou ele enquanto decolavam. – Eu sei que você não queria.

Ele estava certo. Ela se mostrava distraída e estava impaciente para acabar com aquilo.

– É uma daquelas coisas que simplesmente precisam ser feitas – disse ela.

Foi uma viagem curta. Enquanto o helicóptero descia, ela conferiu a aparência em um espelhinho de mão. Seu cabelo loiro curto estava bem arrumado, sua maquiagem era leve. Ela tinha belos olhos castanhos que expressavam a compaixão que costumava sentir, embora seus lábios formassem uma linha reta que a fazia parecer impiedosamente determinada. Fechou o espelho com um estalo.

Eles pousaram em um complexo de armazéns em um subúrbio de Maryland. Seu nome oficial era Segundo Complexo de Arquivos Sobressalentes do Governo Americano, mas as poucas pessoas que conheciam sua verdadeira função o chamavam de Munchkin, em referência ao lugar onde Dorothy foi parar depois do ciclone em *O mágico de Oz*.

Munchkin era um segredo. Todo mundo sabia da existência do Complexo de Raven Rock, no Colorado, o bunker subterrâneo planejado para abrigar os líderes militares no caso de um conflito nuclear. A instalação de fato servia a esse propósito e tinha sua parcela de importância, mas não era para lá que o presidente em exercício iria. Muitas pessoas sabiam também que embaixo da Ala Leste da Casa Branca ficava o Centro Presidencial de Operações de Emergência, usado em momentos de crise como o 11 de Setembro. No entanto, ele não havia sido projetado para um uso pós-apocalíptico de longo prazo.

Munchkin poderia manter cem pessoas vivas por um ano.

A presidente Green foi recebida pelo general Whitfield. Já quase chegando aos 60, ele tinha um rosto redondo e rechonchudo, modos afáveis e uma ausência gritante de qualquer agressividade militar. Pauline tinha certeza de que ele não estava nem um pouco interessado em matar inimigos – que era, afinal, atribuição dos soldados. A ausência de belicosidade era o motivo pelo qual ele tinha ido parar naquela função.

Tratava-se de um genuíno complexo de armazéns, com placas indicando que as entregas deviam ser feitas na doca de carga e descarga. Whitfield conduziu o grupo por uma portinha lateral, e foi aí que a atmosfera mudou.

Eles depararam com uma enorme porta dupla que parecia mais apropriada a uma prisão de segurança máxima.

A sala por detrás dela tinha uma aparência asfixiante. O teto era baixo e as paredes pareciam muito próximas umas das outras, como se tivessem muitos metros de espessura. O ar parecia saído de um cilindro.

– Esta sala, à prova de explosões, existe principalmente para proteger os elevadores – explicou Whitfield.

Ao entrarem no elevador, Pauline perdeu imediatamente a sensação de impaciência por estar fazendo algo praticamente desnecessário. Aquilo estava começando a parecer grandioso.

– Com sua permissão, senhora presidente, vamos descer e voltar a subir – informou Whitfield.

– Está ótimo, general, obrigada.

Enquanto o elevador descia, ele anunciou, orgulhoso:

– Senhora, esta instalação oferece cem por cento de proteção caso os Estados Unidos sofram qualquer uma das seguintes ameaças: pandemia ou peste, desastres naturais, como um grande meteorito atingindo a Terra, motim e desordem civil em larga escala, invasão bem-sucedida por forças militares convencionais, ataques cibernéticos ou guerra nuclear.

Se o objetivo daquela lista de potenciais catástrofes era tranquilizar Pauline, não foi isso que aconteceu. Isso a fez se lembrar de que o fim da civilização era algo possível e de que ela poderia ter que se abrigar naquele buraco no chão para então tentar salvar uma parcela de sobreviventes da espécie humana.

Ela pensou que talvez preferisse morrer na superfície.

O elevador estava descendo rápido e pareceu ter percorrido uma grande distância antes de diminuir a velocidade. Quando finalmente parou, Whitfield disse:

– Em caso de problema com o elevador, há uma escada.

Foi uma piada, e os membros mais jovens da comitiva riram, pensando em quantos degraus teriam que descer, mas Pauline se lembrou do tempo que as pessoas tinham levado para descer as escadas do World Trade Center em chamas e não esboçou nenhum sorriso. Gus também não, pelo que ela reparou.

As paredes eram pintadas de um verde tranquilizador, um branco amarelado suave e um rosa-claro relaxante, mas o lugar não deixava de ser um abrigo subterrâneo. O pavor se manteve dentro dela enquanto lhe iam sendo apresentados a suíte presidencial, o quartel com suas fileiras de camas, o hospital, a academia, o refeitório e o supermercado.

A Sala de Crise era uma réplica da que havia no subterrâneo da Casa Branca, com uma mesa comprida no meio e cadeiras nas laterais para os assistentes. Havia grandes telas nas paredes.

– Podemos fornecer todos os dados visuais que a senhora recebe na Casa Branca, e com a mesma rapidez – disse Whitfield. – Podemos invadir câmeras de trânsito e de vigilância e captar imagens de qualquer cidade do mundo. Obtemos informações de radares militares em tempo real. As fotos de satélite levam algumas horas para chegar à Terra, como sabe, mas para termos acesso a elas levamos tanto tempo quanto o Pentágono levaria. Podemos sintonizar qualquer canal de televisão, o que pode ser útil nas raras ocasiões em que a CNN ou a Al Jazeera souberem de uma história antes dos serviços de segurança. E teremos uma equipe de tradutores providenciando legendagem simultânea para os noticiários em língua estrangeira.

O andar onde ficavam as instalações tinha uma usina de força com um reservatório de óleo diesel do tamanho de um lago, um sistema de aquecimento e resfriamento e um tanque de água de vinte milhões de litros, alimentado por uma fonte subterrânea. Pauline não era exatamente claustrofóbica, mas se sentiu sufocada pela ideia de ficar presa ali enquanto o mundo exterior estivesse sendo devastado. Ela não parava de prestar atenção na própria respiração.

Como se tivesse lido a mente dela, Whitfield disse:

– Nosso suprimento de ar vem de fora e passa por um conjunto de filtros à prova de explosões que, além de resistir aos impactos, retêm contaminantes comumente transportados pelo ar, sejam eles químicos, biológicos ou radioativos.

"Muito bem", pensou Pauline, "mas e os milhões de pessoas na superfície que ficariam sem proteção nenhuma?".

Ao final do passeio, Whitfield falou:

– Senhora presidente, seu gabinete nos informou que não almoçaria conosco, mas preparamos algo para o caso de mudar de ideia.

Isso sempre acontecia. Todo mundo adorava a ideia de ter uma hora ou mais de conversa informal com a presidente. Ela sentiu certa simpatia por Whitfield, preso no subsolo naquele cargo fundamental apesar de invisível, mas, como sempre, teve que reprimir esse sentimento e se ater à sua agenda.

Pauline raramente perdia tempo comendo com pessoas que não fossem de sua família. Ela participava de reuniões em que informações eram trocadas e decisões eram tomadas, depois seguia para a próxima. Ela tinha passado a comparecer a um número menor de banquetes formais.

"Sou a principal liderança do mundo livre", dizia ela. "Por que eu perderia três horas conversando com o rei da Bélgica?"

– É muita gentileza de sua parte, general, mas preciso voltar para a Casa Branca.

De volta ao helicóptero, ela pôs o cinto de segurança e tirou do bolso um recipiente de plástico do tamanho de uma carteira pequena. Ele era conhecido como Biscuit. Para ser aberto, precisava ser quebrado. Dentro havia um cartão com uma sequência de letras e números: os códigos para autorizar um ataque nuclear. Todo presidente tinha que carregar o Biscuit o dia inteiro e mantê-lo ao lado da cama a noite toda.

– Ainda bem que a Guerra Fria acabou – disse Gus ao ver o que ela estava fazendo.

– Esse lugar horrível me fez lembrar que a gente continua vivendo no limite – comentou ela.

– O importante é garantir que ele nunca precise ser usado.

E essa responsabilidade cabia a Pauline, mais do que a qualquer outra pessoa no mundo. Havia dias em que ela sentia esse peso. Hoje era um deles.

– Se algum dia eu voltar a Munchkin, será porque terei fracassado – afirmou ela.

# DEFCON 5

O GRAU MAIS BAIXO DE PRONTIDÃO.

# CAPÍTULO 1

Visto de um avião, o carro pareceria um besouro rastejando por uma praia interminável, sua carapaça preta polida refletindo o sol. Na verdade, ele estava a cinquenta quilômetros por hora, a maior velocidade possível para dirigir com segurança em uma estrada repleta de buracos e fissuras. Ninguém queria acabar com um pneu furado no deserto do Saara.

A estrada levava de N'Djamena, capital do Chade, para o norte, cortando o deserto em direção ao lago Chade, o maior oásis do Saara. O cenário era uma vastidão de areia e rocha, com alguns arbustos secos de cor amarelo-clara e pedras grandes e pequenas espalhadas aleatoriamente, tudo no mesmo tom terroso e desolado de uma paisagem lunar.

O deserto era assustadoramente parecido com o espaço sideral, pensou Tamara Levit, tendo o carro como seu foguete. Se algo desse errado com o traje espacial, ela poderia morrer. A ideia era fantasiosa e a fez sorrir. De qualquer forma, ela olhou para a parte de trás do carro, onde havia dois reconfortantes garrafões de plástico cheios d'água, o suficiente para manter todos vivos em caso de emergência até que a ajuda chegasse, ou pelo menos era o que esperava.

O carro era norte-americano. Havia sido projetado para terrenos acidentados, com rodas altas e torque elevado. Tinha vidros fumês e Tamara estava usando óculos escuros, mas mesmo assim a luz se refletia na pista de concreto e incomodava seus olhos.

Todas as quatro pessoas no carro usavam óculos escuros. O motorista, Ali, era local, nascido e criado no Chade. Na cidade ele usava calça jeans e camiseta, mas naquele dia estava vestindo uma túnica comprida chamada *jalabiya*, além de um lenço de algodão folgado em volta da cabeça, a indumentária tradicional de proteção contra o sol implacável.

Ao lado de Ali, no banco do carona, estava um militar americano, o cabo Peter Ackerman. A arma apoiada frouxamente sobre os joelhos era uma carabina de serviço do Exército dos Estados Unidos, leve e de cano curto. Ele tinha cerca de 20 anos, era um daqueles jovens que parecem transbordar simpatia e cordialidade. Para Tamara, que tinha quase 30, ele era jovem demais para estar carregando uma arma tão letal. Mas não faltava confiança ao rapaz. Certa vez, ele tinha reunido coragem suficiente para chamá-la para sair. "Eu gosto de você, Pete, mas você é muito novinho para mim", respondeu ela.

No banco de trás, ao lado de Tamara, estava Tabdar Sadoul, ou apenas Tab, adido da Missão da União Europeia em N'Djamena. Seu cabelo castanho-escuro lustroso era comprido e elegante, mas fora isso ele parecia um executivo de folga, de calça cáqui e camisa azul-celeste de botão, as mangas arregaçadas deixando a pele marrom à mostra.

Tamara trabalhava para a embaixada norte-americana em N'Djamena e usava suas roupas normais de trabalho, um vestido de mangas compridas com uma calça por baixo, o cabelo escuro escondido por um lenço em torno da cabeça. Era uma indumentária prática e respeitosa às tradições, e com seus olhos castanhos e a pele marrom-clara ela nem mesmo parecia estrangeira. Em um país com alto índice de criminalidade como o Chade, era mais seguro não chamar atenção, principalmente as mulheres.

Ela estava de olho no hodômetro. Eles tinham pegado a estrada já havia algumas horas e agora se aproximavam de seu destino. Tamara estava tensa com a reunião que teria pela frente. Haveria muito em jogo na ocasião, incluindo sua própria carreira.

– Nossa história de fachada é que estamos numa missão de apuração de fatos – disse ela. – O que você sabe sobre o lago?

– O suficiente, eu acho – respondeu Tab. – O rio Chari nasce na África Central, percorre mil e quatrocentos quilômetros e deságua aqui. O lago Chade sustenta vários milhões de pessoas em quatro países: Níger, Nigéria, Camarões e Chade. São pequenos agricultores, pastores e pescadores. O peixe favorito deles é a perca-do-nilo, que pode chegar a quase dois metros de comprimento e pesar cento e oitenta quilos.

"Quando os franceses falam inglês, sempre parece que estão tentando levar a gente para a cama", pensou Tamara. Talvez estejam mesmo.

– Acho que eles não pegam mais tantas percas-do-nilo, com a água tão rasa – comentou ela.

– Tem razão. E o lago cobria uma extensão de vinte e cinco mil metros quadrados, mas agora tem só mil e trezentos. Muita gente está à beira da fome.

– O que você acha do plano chinês?

– Um canal de dois mil e quinhentos quilômetros de extensão, trazendo água do rio Congo? O presidente do Chade gosta, o que não me surpreende. Pode até ser que aconteça, os chineses fazem coisas incríveis mesmo. Mas não vai ser barato nem sair do papel tão cedo.

Os investimentos da China na África eram vistos pelos chefes de Tamara em Washington e de Tab em Paris com o mesmo misto de admiração e profunda desconfiança. Beijing gastava bilhões e fazia coisas acontecerem, mas aonde eles estavam querendo chegar com aquilo?

Com o canto do olho, Tamara viu um brilho à distância, como um reflexo do sol na água.

– Já estamos chegando ao lago? – perguntou para Tab. – Ou foi uma miragem?

– Deve estar perto – respondeu ele.

– Fique atento a uma entrada à esquerda – disse Tamara para Ali e então repetiu em árabe. Ela e Tab eram fluentes em árabe e francês, as duas principais línguas do Chade.

– *Le voilà* – respondeu Ali em francês. *Aí está.*

O carro reduziu a velocidade ao se aproximar de uma saída sinalizada apenas por uma pilha de pedras.

Eles pegaram a saída e entraram em uma trilha de areia grossa. Em alguns pontos era difícil distinguir a trilha do próprio deserto ao redor, mas Ali parecia confiante. À distância, Tamara avistou manchas verdes borradas pela massa de ar quente, provavelmente árvores e arbustos que cresciam junto à água.

Na beira da estrada, Tamara viu a carcaça de uma picape Peugeot morta havia muito tempo, um corpo enferrujado sem rodas nem vidros. Logo vieram outros sinais de presença humana: um camelo amarrado a um arbusto, um vira-lata com um rato na boca e um amontoado de latas de cerveja, pneus carecas e sacos plásticos em frangalhos.

Eles passaram por uma horta, com plantas em linhas retas sendo irrigadas por um homem com um regador, depois chegaram a uma aldeia, cinquenta ou sessenta casas espalhadas aleatoriamente, sem uma organização aparente. A maior parte das moradias era de cabanas tradicionais de um cômodo, com paredes circulares de tijolos de barro e telhados altos e pontiagudos de folhas de palmeira. Ali dirigia a uma velocidade de caminhada, guiando o carro por entre as casas, desviando de crianças descalças, cabritos selvagens e fogueiras para cozinhar ao ar livre.

– *Nous sommes arrivés* – disse Ali ao parar o carro. *Chegamos.*

– Pete, pode colocar a carabina no chão, por favor? – pediu Tamara. – A ideia é que a gente pareça um grupo de ecologistas.

– Claro, Srta. Levit.

Ele colocou a arma a seus pés, com a coronha escondida debaixo do assento.

– Aqui era uma próspera aldeia de pescadores, mas olhe como a água está distante agora, a mais de um quilômetro daqui – disse Tab.

O povoado era extremamente pobre, o lugar mais pobre que Tamara já tinha visto. Margeava um lago extenso e plano que, no passado, provavelmente já havia sido apenas água. Os moinhos de vento que bombeavam água para os campos ficavam agora longe do lago, abandonados, as pás girando a esmo. Um rebanho de ovelhas magras pastava em um pedaço de vegetação, observado por uma garotinha com um pedaço de pau na mão. Tamara conseguiu enxergar o lago brilhando à distância. Palmeiras e arbustos cresciam no entorno. Ilhotas baixas pontilhavam o lago. Tamara sabia que as ilhas maiores serviam de esconderijo para as gangues de terroristas que acossavam os habitantes, roubando o pouco que tinham e espancando qualquer um que tentasse detê-los. Pessoas que já eram pobres ficavam sem absolutamente nada.

– O que aquelas pessoas estão fazendo no lago, você sabe? – perguntou Tab.

Havia meia dúzia de mulheres paradas na parte rasa, cavando a superfície com tigelas, e Tamara sabia a resposta para a pergunta de Tab.

– Estão apanhando algas comestíveis da superfície. A gente chama de espirulina, mas a palavra que elas usam é *dihé*. Elas filtram e depois colocam para secar ao sol.

– Você já experimentou?

Ela fez que sim com a cabeça.

– Tem um gosto horrível, mas aparentemente é nutritiva. É vendida em lojas de produtos naturais.

– Nunca tinha ouvido falar nisso. Não me parece o tipo de coisa que agradaria o paladar francês.

– Não mesmo.

Tamara abriu a porta e saiu. Fora do ar condicionado do carro ela sentiu o clima atingi-la como se fosse uma queimadura. Puxou o lenço para proteger o rosto, em seguida tirou uma foto da beira do lago com o celular.

Tab saiu do carro, pôs um chapéu de palha de aba larga na cabeça e se postou ao lado dela. O chapéu não combinava com ele – na verdade, ficava meio engraçado –, mas ele não parecia se importar. Gostava se de vestir bem, mas não era vaidoso. Tamara gostava disso.

Os dois ficaram estudando a aldeia. Entre as casas havia faixas de terra cultivada cortadas por canais de irrigação. A água precisava ser trazida de bem longe, percebeu Tamara, que ficou desolada ao constatar que eram as mulheres que a carregavam. Um sujeito de *jalabiya* parecia estar vendendo cigarros, conversando amigavelmente com os homens, flertando um pouco com as mulheres. Tamara reconheceu o maço branco com o desenho de uma cabeça de esfinge dourada: era de uma marca egípcia chamada Cleopatra, a mais popular na África. Os cigarros provavelmente eram contrabandeados ou roubados. Várias motos e scooters estavam paradas em frente às casas, bem como um fusca bem antigo. No Chade, a moto era o meio de transporte mais popular. Tamara tirou mais fotos.

A transpiração escorria pelas laterais de seu corpo debaixo das roupas. Ela secou a testa com a ponta do lenço de algodão. Tab sacou um lenço vermelho com manchas brancas e enxugou o suor sob a gola da camisa.

– Metade dessas casas está vazia – comentou Tab.

Tamara olhou mais de perto e viu que algumas das construções estavam em ruínas. Havia buracos nos telhados de folhas de palmeira e alguns dos tijolos de barro estavam se desfazendo.

– Muitas pessoas deixaram esta área – continuou Tab. – Acho que todas que tinham outro lugar para ir já foram, mas milhões ficaram para trás. Este lugar inteiro é um desastre.

– E não é só aqui, né? – disse Tamara. – Este processo, a desertificação no extremo sul do Saara, está acontecendo na África inteira, do mar Vermelho ao oceano Atlântico.

– Em francês a gente chama essa região de *le Sahel*.

– A gente usa a mesma palavra em inglês também: Sahel. – Ela olhou para o carro. O motor ainda estava ligado. – Acho que o Ali e o Pete vão ficar no ar condicionado.

– Se eles forem espertos, vão mesmo. – Tab parecia preocupado. – Não estou vendo o nosso homem.

Tamara também estava preocupada. Ele poderia estar morto. Mas ela falou com calma:

– As instruções são para que ele venha falar com a gente. Enquanto isso não acontece, precisamos continuar nos personagens, então vamos cair dentro e dar uma olhada.

– O quê?

– Vamos dar uma olhada por aí.

– Mas o que você falou antes? Cair dentro?

– Desculpe. A gente costuma falar assim em Chicago.

– Talvez agora eu seja o único francês que conhece essa expressão. – Ele deu um sorriso. – Mas primeiro devíamos fazer uma visita de cortesia aos anciãos da aldeia.

– Por que você não faz isso? Eles sempre ignoram as mulheres mesmo.

– Combinado.

Tab foi em direção à aldeia e Tamara ficou dando uma volta, tentando permanecer tranquila, tirando fotos e conversando com as pessoas em árabe. A maioria dos aldeões cultivava um pequeno pedaço de terra árida ou tinha algumas ovelhas ou uma vaca. Uma mulher tinha se especializado em consertar redes, mas havia poucos pescadores por ali; um homem tinha uma fornalha e fazia panelas de cerâmica, mas poucos tinham dinheiro para comprá-las. Todo mundo estava passando por algum tipo de dificuldade.

Uma estrutura rudimentar formada por quatro hastes que sustentavam um emaranhado de gravetos servia como varal, e uma jovem estava estendendo roupa, observada por um menino de cerca de 2 anos. Seus trajes eram nos tons vivos de laranja e amarelo que o povo do Chade amava. Ela pendurou sua última peça, pegou a criança no colo e então falou com Tamara em um francês de aluna bem aplicada, com um forte sotaque árabe, e a convidou para ir até sua casa.

A mulher se chamava Kiah, seu filho, Naji, e ela contou que era viúva. Parecia ter uns 20 anos. Era incrivelmente bonita, com sobrancelhas escuras, maçãs do rosto marcadas e um nariz curvo, e a expressão em seus olhos escuros sugeria determinação e força. Ela poderia ser útil, pensou Tamara.

Seguiu Kiah porta de arco baixo adentro, tirando os óculos escuros enquanto passava do brilho do sol para a penumbra. O interior da cabana era escuro, apertado e perfumado. Tamara sentiu um tapete pesado sob seus pés e um cheiro de canela e cúrcuma. Quando seus olhos se adaptaram, ela viu mesas baixas, um par de cestos de armazenamento e almofadas no chão, mas nenhum tipo de mobília, nenhuma cadeira e nenhum armário. Num dos cantos havia dois colchonetes de palha e lona e uma pilha bem-arrumada de grossos cobertores de lã, listrados em tons brilhantes de vermelho e azul, para as noites frias do deserto.

A maioria dos americanos enxergaria aquilo como uma casa extremamente pobre, mas Tamara sabia que era não só confortável como também um pouco mais provida que a média. Kiah parecia orgulhosa ao oferecer uma garrafa da cerveja local, chamada Gala, que ela mantinha resfriada em uma tigela com água. Tamara achou que seria educado aceitar a gentileza, para além do fato de que ela estava mesmo com sede.

Uma imagem da Virgem Maria na parede, em uma moldura barata, indicava que Kiah era cristã, assim como cerca de quarenta por cento da população do Chade.

– Você estudou num colégio de freiras, eu imagino – disse Tamara. – Foi assim que aprendeu francês.

– Sim.

– Você fala muito bem. – Isso não era exatamente verdade, mas Tamara quis ser gentil.

Kiah a convidou para se sentar no tapete. Antes de fazer isso, Tamara foi até a porta e olhou ansiosa para o lado de fora, cerrando os olhos diante da luminosidade repentina. Olhou para o carro. O vendedor de cigarros estava debruçado na janela do motorista com um pacote de maços de Cleopatra na mão. Ela viu Ali dentro do carro, o lenço enrolado em volta da cabeça, fazendo com os dedos um gesto que indicava querer afastar algo de si, evidentemente não querendo comprar cigarros baratos. Em seguida, o vendedor falou algo que alterou drasticamente a atitude do motorista. Ali desceu do carro, parecendo se desculpar, e abriu a porta de trás. O vendedor entrou no carro e Ali fechou a porta rapidamente.

"Então é ele", pensou Tamara. "Bom, o disfarce foi mesmo eficaz. Conseguiu me enganar."

Ficou aliviada. Pelo menos ele estava vivo.

Ela olhou em volta. Ninguém na aldeia parecia ter notado o vendedor entrando no carro. Agora ele estava fora de vista, escondido por trás do vidro fumê.

Tamara acenou com a cabeça, aliviada, e voltou para dentro da casa de Kiah.

– É verdade que todas as mulheres brancas têm sete vestidos e uma empregada para lavar um deles por dia? – perguntou Kiah.

Tamara decidiu responder em árabe, já que o francês de Kiah talvez não fosse bom o suficiente.

– Muitas mulheres americanas e europeias têm muitas roupas – disse ela depois de pensar algum tempo. – Sobre a quantidade exata, depende se a mulher é rica ou pobre. Sete vestidos não seria algo incomum. Uma mulher pobre deve ter só dois ou três. Uma mulher rica pode ter cinquenta.

– E todas elas têm empregadas?

– Famílias pobres não têm empregadas. Uma mulher com um emprego bem remunerado, como uma médica ou uma advogada, geralmente tem alguém que limpa a casa. As famílias ricas têm muitas empregadas. Por que você quer saber dessas coisas?

– Estou pensando em ir morar na França.

Tamara já esperava por isso.

– Por quê?

Kiah parou por um instante para organizar seus pensamentos. Em silêncio, ela ofereceu a Tamara outra garrafa de cerveja. Tamara fez que não com a cabeça. Precisava se manter alerta.

– Meu marido, Salim, era pescador e tinha o próprio barco – começou Kiah.

– Ele saía com três ou quatro outros homens, e eles dividiam o que era pescado, mas Salim ficava com a metade, porque o barco era dele e ele sabia onde estavam os peixes. Por isso que a gente estava em melhor situação do que a maioria de nossos vizinhos. – Ela ergueu a cabeça com orgulho.

– E o que aconteceu?

– Um dia os jihadistas apareceram para pegar os peixes do Salim. Ele deveria ter deixado eles ficarem com tudo, mas tinha pescado uma perca-do-nilo e se recusou a deixá-los ficar com ela. Então eles o mataram e levaram o peixe assim mesmo. – Kiah parecia completamente abalada e seu belo rosto se contorceu de tristeza. Ela fez uma pausa para conter a emoção. – Os amigos dele me trouxeram o corpo.

Tamara sentiu raiva, mas não estava surpresa. Os jihadistas eram terroristas islâmicos, mas eram também mafiosos. As duas coisas andavam de mãos dadas. E eles atacavam algumas das pessoas mais pobres do mundo. Isso a tirava do sério.

– Depois de enterrar meu marido, eu fiquei me perguntando o que fazer – continuou Kiah. – Não sei conduzir um barco, não sei onde os peixes ficam, e mesmo que eu soubesse os homens não me aceitariam como líder deles. Então vendi o barco. – Ela assumiu uma expressão severa por um momento. – Algumas pessoas tentaram pagar menos do que valia, mas eu não fiz negócio com elas.

Tamara percebeu que havia uma poderosa semente de determinação em Kiah.

– Mas o dinheiro do barco não vai durar para sempre – concluiu ela com um toque de desespero na voz.

– E os seus pais? – perguntou Tamara, ciente de que família era algo importante naquele país.

– Meus pais já morreram. Meus irmãos foram para o Sudão, trabalham em uma plantação de café lá. O Salim tinha uma irmã, e o marido dela disse que, se eu vendesse meu barco barato para ele, ele cuidaria de mim e do Naji para sempre.

Ela deu de ombros.

– Você não confiou nele – disse Tamara.

– Eu não quis trocar meu barco por uma promessa.

"Determinada e nada boba", pensou Tamara.

– Agora meus sogros me odeiam – acrescentou Kiah.

– Então você quer ir para a Europa… ilegalmente.

– As pessoas fazem isso o tempo todo – disse Kiah.

Isso era verdade. Mais para o sul do deserto, centenas de milhares de pessoas desesperadas deixavam o Sahel em busca de trabalho, e muitas se arriscavam na perigosa travessia para o sul da Europa.

– É caro – continuou ela –, mas o dinheiro do barco vai pagar a minha passagem.

Dinheiro não era o maior problema. Tamara percebeu, pela voz de Kiah, que ela estava com medo.

– Eles costumam ir para a Itália – disse Kiah. – Eu não falo italiano, mas ouvi dizer que, uma vez na Itália, é fácil chegar à França. É verdade isso?

– É, sim. – Tamara estava com pressa de voltar para o carro, mas sentia que precisava responder às perguntas de Kiah. – É só cruzar a fronteira de carro. Ou pegar um trem. Mas o que você está planejando é extremamente perigoso. Esses contrabandistas de pessoas são criminosos, podem simplesmente pegar seu dinheiro e desaparecer.

Kiah fez uma pausa, pensativa, talvez em busca de uma forma de explicar sua vida para aquela visitante ocidental privilegiada. Depois de um momento, ela disse:

– Eu sei o que acontece quando não se tem comida suficiente. Já vi acontecer. – Ela desviou o olhar ao lembrar, e sua voz ficou mais baixa. – O bebê fica mais magro, mas no começo não parece tão grave. Depois, ele fica doente. É uma infecção como a que a maioria das crianças pega, com manchas pelo corpo, nariz escorrendo ou diarreia, mas a criança que está passando fome leva muito mais tempo para se recuperar, então ela pega outra doença. Fica cansada o tempo todo, chora muito e quase não brinca, fica só quietinha, tossindo. Então um dia ela fecha os olhos e nunca mais abre. E às vezes a mãe está exausta demais para chorar.

Com os olhos cheios de lágrimas, Tamara olhou para ela.

– Sinto muito – disse ela. – Boa sorte.

Kiah retomou o ânimo.

– Foi muita gentileza sua responder às minhas perguntas.

Tamara se levantou.

– Eu preciso ir – falou meio sem jeito. – Obrigada pela cerveja. E, por favor, tente descobrir mais sobre os contrabandistas antes de dar seu dinheiro a eles.

Kiah deu um sorriso e assentiu, reagindo educadamente àquela frase tão batida. "Ela sabe da necessidade de ser cuidadosa com dinheiro muito melhor do que eu", pensou Tamara com pesar.

Ela saiu e viu Tab voltando para o carro. Era quase meio-dia e os aldeões não estavam mais à vista. Os animais tinham encontrado sombra em abrigos rudimentares, visivelmente construídos para esse fim.

Quando ela se aproximou de Tab, notou um leve aroma de suor fresco sobre a pele limpa dele e um toque de sândalo.

– Ele está no carro – disse ela.

– Onde ele estava escondido?

– Era o vendedor de cigarros.

– Ele conseguiu me enganar.

Chegaram ao carro e entraram. O ar condicionado parecia a brisa do Ártico. Tamara e Tab se sentaram um de cada lado do vendedor de cigarros, que pelo cheiro não tomava banho havia muitos dias. Ele segurava um pacote de maços numa das mãos.

Tamara não conseguiu se conter:

– E então, conseguiu achar o Hufra?

■ ■ ■

O nome do vendedor de cigarros era Abdul John Haddad, e ele tinha 25 anos. Era nascido no Líbano e criado em Nova Jersey, cidadão norte-americano e oficial da CIA.

Quatro dias antes, ele estava no país vizinho, o Níger, dirigindo um Ford off-road deteriorado, mas com o motor em bom estado, subindo uma longa colina no deserto ao norte da cidade de Maradi.

Usava botas de solado grosso que eram novas mas tinham sido tratadas para parecerem velhas, a parte superior artificialmente gasta e arranhada, um cadarço diferente do outro, e o couro cuidadosamente manchado para parecer desgastado. Cada uma das grossas solas tinha um compartimento secreto. Um era para um telefone de última geração, o outro para um dispositivo que captava apenas um sinal específico. Abdul carregava no bolso um celular barato só para despistar.

O dispositivo estava agora no assento ao lado dele, e ele olhava para a tela a cada poucos minutos. Uma informação confirmava que a remessa de cocaína que ele vinha monitorando parecia ter parado em algum lugar adiante. Talvez tivesse simplesmente parado em um oásis onde havia um posto de gasolina, mas Abdul esperava que fosse um acampamento do EIGS, o Estado Islâmico no Grande Saara.

A CIA estava mais interessada em terroristas do que em traficantes, mas naquela parte do mundo muitas pessoas eram as duas coisas. Uma rede de grupos locais, vagamente associados ao EIGS, financiava suas atividades políticas por meio dos lucrativos negócios irmanados do contrabando de drogas e de pessoas. A missão de Abdul era identificar o caminho percorrido pelas drogas, na esperança de que isso o levasse aos esconderijos do EIGS.

O homem que possivelmente é a figura principal do EIGS – e um dos mais cruéis assassinos em massa do mundo atual – é conhecido como Al-Farabi. É bem possível que se trate de um pseudônimo: Al-Farabi era o nome de um filósofo medieval. O líder do EIGS também era chamado de "Afegão", porque era um veterano da guerra no Afeganistão. Sua área de influência era extensa, se os relatos se confirmassem: quando estava lotado no Afeganistão, viajou pelo Paquistão até a rebelde província chinesa de Xinjiang, onde fez contato com o Partido pela Independência do Turquestão Oriental, um grupo terrorista em busca de autonomia para a etnia uigur, cujos membros eram predominantemente muçulmanos.

Al-Farabi estava agora em algum lugar do Norte da África, e, caso Abdul conseguisse localizá-lo, desferiria um golpe no EIGS que poderia ser até mesmo fatal.

Abdul estudou fotografias embaçadas tiradas de longa distância, ilustrações feitas a lápis, retratos falados e descrições por escrito, e tinha certeza de que reconheceria Al-Farabi se o visse: um homem alto com cabelos grisalhos e barba preta, muitas vezes caracterizado por um olhar penetrante e um ar de autoridade. Se Abdul conseguisse se aproximar dele o suficiente, poderia confirmar sua identidade pela característica mais distinta de Al-Farabi: um tiro disparado pelos americanos havia arrancado metade de seu polegar esquerdo, deixando um cotoco que ele costumava exibir com orgulho, dizendo às pessoas que Alá o havia salvado da morte, mas ao mesmo tempo o alertado para que fosse mais cuidadoso.

Não importava o que acontecesse, Abdul não deveria tentar capturar Al-Farabi, apenas determinar seu paradeiro e repassar a informação. Dizia-se que o homem tinha um esconderijo chamado Hufra, que significa "buraco", mas ninguém em toda a comunidade da inteligência ocidental sabia sua localização.

Abdul chegou ao topo da colina e foi reduzindo a velocidade do carro até parar do outro lado.

À sua frente, uma longa descida levava a uma vasta planície que bruxuleava em meio ao calor. Ele franziu os olhos diante da claridade: não usava óculos escuros porque a população local os considerava um acessório ocidental desnecessário e ele precisava parecer um deles. A alguns quilômetros de distância, pensou ter visto uma aldeia. Ele se inclinou, removeu um painel da porta, pegou um binóculo e depois saiu do carro.

As lentes deram um contorno nítido à paisagem distante, e o que ele viu fez seu coração disparar.

Era um assentamento formado por tendas e cabanas de madeira rudimentares. Havia vários veículos, a maioria deles em abrigos caindo aos pedaços, protegidos das câmeras de satélite. Outros veículos estavam cobertos por capas estampadas com camuflagem do deserto e, pelo formato, deviam ser de artilharia autopropulsada. Palmeiras indicavam que havia uma fonte de água por perto.

Não havia dúvida. Aquela era uma base paramilitar.

E uma base importante, foi a impressão de Abdul. Ele estimou que centenas de homens estavam abrigados ali e, se estivesse certo quanto à artilharia, aqueles homens estavam incrivelmente bem armados.

Aquele poderia ser inclusive o lendário Hufra.

Ele levantou o pé direito para pegar o celular da bota e tirar uma foto, mas, antes que conseguisse, ouviu o barulho de um caminhão às suas costas. Distante, mas se aproximando rapidamente.

Desde que deixara a estrada principal ele não tinha visto nenhum outro veículo. Era quase certo que aquele pertencia ao EIGS e estava se dirigindo ao acampamento.

Olhou em volta. Não havia onde se esconder, muito menos um carro. Havia três semanas que ele vinha correndo o risco de ser visto pelas pessoas que estava espionando, e agora isso estava prestes a acontecer.

Tinha preparado uma história para casos como esse. A única coisa que podia fazer era contá-la e cruzar os dedos.

Ele olhou para o seu relógio barato. Eram duas da tarde. Calculou que os jihadistas ficariam menos propensos a matar um homem que estivesse fazendo suas orações.

Agiu rápido. Devolveu o binóculo ao esconderijo no painel da porta. Abriu o porta-malas e tirou um tapete de orações velho e gasto, depois fechou a porta e estendeu o tapete no chão. Ele havia sido criado como cristão, mas sabia o suficiente sobre as orações muçulmanas para conseguir fingir.

A segunda oração do dia era chamada *zuhr* e feita depois que o sol passava de seu zênite, ou seja, qualquer hora entre o meio-dia e o meio da tarde. Ele se prostrou na posição correta, tocando o tapete com o nariz, as mãos, os joelhos e os dedos dos pés, e fechou os olhos.

O ronco do caminhão soou mais perto, subindo com dificuldade a encosta do outro lado.

Abdul de repente se lembrou do dispositivo. Estava no banco do carona. Ele praguejou: isso o entregaria na mesma hora.

Ele se levantou num pulo, abriu a porta do carona e pegou o dispositivo. Apertando com dois dedos, abriu o fecho do compartimento secreto na sola da bota esquerda. Na pressa, deixou o dispositivo cair na areia. Ele o pegou de volta e enfiou no compartimento, fechou e correu de volta para o tapete.

Ajoelhou-se novamente.

Com o canto do olho, viu o caminhão subir e parar bruscamente ao lado de seu carro. Fechou os olhos.

Não sabia as orações de cor, mas as ouvia com frequência suficiente para conseguir murmurar algo parecido.

Ele ouviu as portas da caminhonete se abrindo e fechando, e a seguir o som de passos pesados se aproximando.

– Levanta – disse uma voz árabe.

Abdul abriu os olhos. Havia dois homens. Um deles segurava um fuzil, o outro tinha uma pistola no coldre. Atrás deles estava uma caminhonete carregada de sacos que pareciam estar cheios de farinha – comida para os jihadistas, sem dúvida.

O que estava com o fuzil era o mais novo, com uma barba rala. Usava calça camuflada e uma parca azul que teria sido mais apropriada para um dia chuvoso em Nova York.

– Quem é você? – perguntou ele rispidamente.

Abdul assumiu de imediato a persona excessivamente simpática de um caixeiro-viajante.

– Meus amigos, por que incomodam um homem em suas orações? – questionou com um sorriso. Falava com fluência o árabe coloquial com sotaque libanês: tinha morado em Beirute até os 6 anos, e seus pais continuaram usando o árabe em casa depois da mudança para os Estados Unidos.

O homem com a pistola tinha cabelos grisalhos. Ele falou com calma:

– Pedimos perdão a Alá por interromper suas devoções. Mas o que você está fazendo aqui, no meio desta trilha no deserto? Para onde está indo?

– Eu vendo cigarros – respondeu Abdul. – Querem comprar alguns? Faço pela metade do preço.

Na maioria dos países africanos, um maço com vinte cigarros Cleopatra custava o equivalente a um dólar.

O jovem abriu o porta-malas do carro de Abdul. Estava cheio de maços de cigarro fechados.

– Onde conseguiu isso? – perguntou ele.

– De um capitão do Exército sudanês chamado Bilel.

Era uma história plausível: todo mundo sabia que os oficiais sudaneses eram corruptíveis.

Houve um silêncio. O jihadista mais velho parecia pensativo. O mais novo parecia ansioso para usar o fuzil, e Abdul ficou se perguntando se ele alguma vez já o havia disparado contra um ser humano. Mas o mais velho estava menos tenso. Demoraria mais para atirar, mas seria mais preciso.

Abdul sabia que sua vida estava em jogo. Aqueles dois homens ou acreditariam nele ou tentariam matá-lo. Se houvesse uma briga, ele iria para cima do mais velho primeiro. O mais jovem ia atirar, mas provavelmente erraria. Quer dizer, talvez não àquela distância.

– Mas por que você está aqui? – perguntou o mais velho. – Aonde pensa que está indo?

– Tem uma aldeia mais adiante, não tem? – retrucou Abdul. – Não consigo ver direito ainda, mas um homem em um café disse que eu encontraria clientes por lá.

– Um homem em um café.

– Estou sempre à procura de clientes.

– Revista ele – ordenou o mais velho ao mais novo.

O mais novo passou o fuzil para as costas, o que deu a Abdul um instante de alívio. Mas o mais velho sacou uma pistola 9mm e apontou para a cabeça de Abdul enquanto ele era revistado.

O mais novo achou o celular barato de Abdul e o entregou ao companheiro.

O mais velho o ligou e apertou os botões com confiança. Abdul imaginou que ele estava olhando as listas de contatos e de chamadas recentes. O que ele encontraria iria confirmar a história inventada por Abdul: hotéis baratos, oficinas de conserto de automóveis, cambistas e algumas prostitutas.

– Revista o carro – ordenou novamente o mais velho.

Abdul ficou parado, observando. O homem começou pelo porta-malas aberto. Pegou a pequena bolsa de viagem de Abdul e jogou todo o seu conteúdo na estrada. Não havia muita coisa: uma toalha, um exemplar do Alcorão, alguns itens de toalete, um carregador de celular. Ele tirou todos os pacotes de cigarro, levantou o painel no fundo do porta-malas e então encontrou o estepe e o kit de ferramentas. Sem colocar nada de volta no lugar, ele abriu as portas de trás. Enfiou as mãos na junção do encosto com os assentos e se debruçou para olhar embaixo deles.

Na parte da frente, olhou debaixo do painel, dentro do porta-luvas e nas divisões das portas. Reparou no painel solto na porta do motorista e o removeu.

– Um binóculo – disse triunfante, e Abdul sentiu um calafrio de medo. Um binóculo não era tão incriminador quanto uma arma, mas era caro, e por que um vendedor de cigarros precisaria de um?

– É muito útil no deserto – explicou Abdul, começando a se sentir desesperado. – Vocês provavelmente têm um também.

– Parece caro – disse o mais velho examinando o objeto. – *Made in Kunming* – leu ele. – É chinês.

– Isso mesmo – confirmou Abdul. – Comprei do capitão sudanês que me vendeu os cigarros. Foi uma pechincha.

Mais uma vez sua história era plausível. As Forças Armadas sudanesas compravam muita coisa da China, o maior parceiro comercial de seu país. Grande parte do equipamento ia parar no mercado clandestino.

– Estava usando isso quando chegamos? – perguntou o mais velho com astúcia.

– Eu ia usar depois das minhas orações. Queria saber o tamanho da aldeia. O que você acha… umas cinquenta pessoas? Cem? – Era uma estimativa deliberadamente baixa, para dar a impressão de que ele não tinha olhado ainda.

– Não importa – respondeu o homem. – Você não vai até lá. – Ficou encarando Abdul por bastante tempo, provavelmente enquanto pensava se deveria acreditar nele ou matá-lo. De súbito, perguntou: – Cadê sua arma?

– Arma? Eu não tenho nenhuma arma.

Abdul não andava armado. A chance de armas de fogo colocarem oficiais disfarçados em situações difíceis era maior do que a de salvá-los, e ali estava um exemplo extremo disso. Se eles tivessem encontrado alguma arma, teriam a certeza de que Abdul não era um inocente vendedor de cigarros.

– Abre o capô – ordenou o mais velho ao mais novo.

Ele obedeceu. Como Abdul sabia, não havia nada escondido no compartimento do motor.

– Tudo limpo – relatou o mais novo.

– Você não parece muito assustado – disse o mais velho para Abdul. – Como pode ver, nós somos jihadistas. Podemos decidir matá-lo.

Abdul o encarou de volta, mas se permitiu tremer um pouco.

O homem assentiu, tomando uma decisão, e devolveu o celular barato a Abdul.

– Dá meia-volta com o carro – ordenou. – Pode voltar pelo mesmo caminho que veio.

Abdul decidiu não parecer aliviado demais.

– Mas eu esperava vender… – Ele fingiu repensar seu protesto. – Vocês não querem um pacote?

– De presente?

Abdul ficou tentado a concordar, mas o personagem que estava interpretando não seria tão generoso.

– Sou um homem pobre – afirmou. – Sinto muito…

– Vai embora – insistiu o jihadista.

Abdul deu de ombros, decepcionado, fingindo perder a esperança de fazer uma venda.

– Como quiser – disse.

O mais velho fez um gesto para seu camarada e os dois voltaram para a caminhonete.

Abdul começou a recolher seus pertences espalhados.

A caminhonete seguiu em frente.

Ele ficou observando o veículo desaparecer no deserto. Então, por fim, falou em inglês:

– Jesus, Maria e José. – Respirou fundo. – Foi por pouco.

...

Tamara tinha entrado na CIA por causa de pessoas como Kiah.

Ela acreditava, de todo o coração, na liberdade, na democracia e na justiça, mas esses valores estavam sendo atacados no mundo todo, e Kiah era uma das vítimas. Tamara era o tipo de pessoa que estava disposta a lutar pelas coisas que amava. Ela sempre se lembrava dos versos de uma canção popular: "Se eu morrer e minha alma se perder, a culpa não será de ninguém além de minha." Todo mundo era responsável. Era uma canção gospel e Tamara era judia, mas a mensagem era universal.

Ali, no Norte da África, as forças americanas estavam lutando contra terroristas cujos valores eram violência, intolerância e medo. As gangues armadas associadas ao Estado Islâmico matavam, sequestravam e estupravam africanos que fossem de religiões ou etnias desaprovadas pelos senhores da guerra fundamentalistas. A violência deles, somada à expansão do deserto do Saara em direção ao sul, estava levando pessoas como Kiah a arriscar a vida cruzando o Mediterrâneo em botes infláveis.

O Exército dos Estados Unidos, aliado aos franceses e aos exércitos locais, atacava e destruía acampamentos terroristas sempre que os encontrava.

O problema era encontrá-los.

O deserto do Saara é do tamanho dos Estados Unidos, e é aí que Tamara entra. A CIA trabalhava em parceria com outros países, fornecendo inteligência para os exércitos que fariam a investida. Tab havia sido designado para aquela missão da União Europeia, mas na verdade era um oficial da DGSE, a Direction Générale de la Sécurité Extérieure, ou a CIA francesa. Abdul fazia parte do mesmo destacamento.

Até o momento, o projeto tinha causado pouco impacto. Os jihadistas continuaram devastando grande parte do Norte da África, relativamente à vontade.

Tamara esperava que Abdul mudasse isso.

Ela nunca o tinha visto, embora tivesse falado com ele ao telefone. No entanto, aquela não era a primeira vez que a CIA enviava um agente secreto para espionar os campos do EIGS. Tamara tinha conhecido o antecessor de Abdul, Omar.

Ela é que havia descoberto o corpo de Omar, um cadáver sem mãos nem pés jogado no deserto. Ela é que havia encontrado as mãos e os pés que faltavam a cem metros dali. Essa tinha sido a distância pela qual o moribundo se arrastara, sobre os cotovelos e os joelhos, enquanto sangrava até a morte. Tamara sabia que jamais superaria aquilo.

E agora Abdul estava seguindo os mesmos passos de Omar.

Ele mantinha contato de vez em quando, sempre que conseguia sinal de telefone. Então, dois dias antes, ele tinha ligado para dizer que havia chegado ao Chade e que tinha boas notícias que contaria pessoalmente. Havia solicitado alguns suprimentos e dado instruções precisas sobre o local de entrega.

Agora eles sabiam o que ele vinha fazendo.

Tamara estava em êxtase, mas mantendo a empolgação sob controle.

– Talvez seja o Hufra – disse ela. – E mesmo que não seja, é uma descoberta fantástica. Quinhentos homens, com artilharia autopropulsada? É uma descoberta fabulosa!

– Quando vocês vão partir para o ataque? – perguntou Abdul.

– Em dois dias, três no máximo – respondeu ela.

As Forças Armadas de Estados Unidos, França e Níger destruiriam o acampamento. Queimariam as tendas e as cabanas, confiscariam as armas e interrogariam qualquer jihadista que sobrevivesse ao ataque. Em questão de dias o vento levaria as cinzas, o sol desbotaria o lixo e o deserto começaria a reconquistar a área.

E a África seria um pouquinho mais segura para pessoas como Kiah e Naji.

Abdul deu a localização precisa do acampamento.

Tanto Tamara quanto Tab estavam com cadernos apoiados nos joelhos e anotavam tudo o que ele dizia. Tamara ficou pasma. Mal conseguia acreditar que estava falando com um homem que havia colocado a própria vida em risco daquela forma e desferido tal golpe. Enquanto ele falava e ela fazia anotações, aproveitava todas as oportunidades para estudá-lo. Ele tinha a pele negra, uma barba preta bem aparada e olhos de um castanho-claro incomum, com aparência severa. Seu rosto era retesado de tensão, e ele parecia ter mais de 25 anos. Era alto e tinha ombros largos; ela se lembrou de que ele, quando estudava na Universidade do Estado de Nova York, tinha sido lutador de MMA.

Parecia estranho que ele fosse também aquele vendedor de cigarros. O homem tinha agido com tranquilidade, conversado com todo mundo, tocando o braço dos homens e piscando para as mulheres, acendendo o cigarro das pessoas com um isqueiro de plástico vermelho. O homem ali dentro, ao contrário, era perigoso e discreto. Ela sentiu um pouco de medo dele.

Ele deu todos os detalhes da rota seguida pela remessa de cocaína. O carregamento tinha passado pelas mãos de diversas gangues e sido transferido de veículo três vezes. Além da base paramilitar, ele apontou a localização de dois acampamentos menores e de vários endereços de grupos do EIGS nas cidades.

– Isso é excelente! – exclamou Tab.

Tamara concordava. Os resultados tinham sido melhores do que o esperado, e ela estava exultante.

– Que bom que gostaram – disse Abdul, contente. – Vocês trouxeram minha encomenda?

– Claro.

Ele havia pedido dinheiro em moeda local, comprimidos para os problemas gástricos que muitas vezes afligiam os visitantes do Norte da África, uma bússola simples e uma coisa que a deixara intrigada: um metro de cabo de titânio de bitola estreita, com uma alça de madeira em cada uma das pontas, tudo isso costurado dentro de uma faixa de algodão do tipo usado pelos homens como cinto em volta da túnica tradicional. Ela ficou se perguntando se ele explicaria a utilidade daquilo.

Ela entregou tudo. Abdul agradeceu, mas não fez nenhum comentário. Ele olhou em volta, observando a paisagem em todas as direções.

– Tudo limpo – disse ele. – Terminamos?

Tamara olhou para Tab, que respondeu:

– Sim.

– Você tem tudo de que precisa, Abdul? – perguntou Tamara.

– Sim – respondeu ele, abrindo a porta do carro.

– Boa sorte – disse Tamara. Era um desejo sincero.

– *Bonne chance* – falou Tab.

Abdul puxou o lenço para proteger o rosto, depois saiu, fechou a porta e voltou para a aldeia ainda segurando o pacote de Cleopatras.

Tamara ficou observando enquanto ele se afastava e reparou em seu modo de andar. Ele não marchava do jeito que a maioria dos homens americanos fazia, como se fossem donos de tudo ao redor. Em vez disso, arrastava os pés de uma forma típica no deserto, mantendo o rosto voltado para baixo e protegido do sol, fazendo o mínimo de esforço para evitar produzir mais calor.

Ela ficou pasma com a coragem dele. Estremeceu só de pensar no que aconteceria se ele tivesse sido pego. Decapitação seria o melhor que ele poderia esperar.

Quando ele sumiu de vista, ela se inclinou para a frente e falou com Ali:

– *Yalla.* – Vamos.

O carro deixou a aldeia e seguiu a trilha até a estrada, onde virou para o sul, em direção a N'Djamena.

Tab estava relendo as próprias anotações.

– Isso é incrível – comentou ele.

– Devíamos fazer um relatório conjunto – sugeriu Tamara, pensando no futuro.

– Boa ideia. Vamos redigir juntos quando chegarmos e aí podemos enviar nos dois idiomas ao mesmo tempo.

Eles funcionavam bem juntos, pensou ela. Muitos homens teriam tentado assumir a frente num dia como aquele, mas Tab sequer tentou conduzir a conversa com Abdul. Ela estava começando a gostar dele.

Fechou os olhos. Aos poucos, sua euforia foi diminuindo. Ela tinha acordado cedo e a viagem de volta levaria de duas a três horas. Por um tempo, visualizou apenas a aldeia sem nome que eles haviam visitado: as casas de tijolo, as hortas lastimáveis, a longa caminhada até a água. Mas o zumbido do motor do carro e o barulho dos pneus a faziam lembrar das longas viagens de sua infância no Chevrolet da família, de Chicago a St. Louis para ver os avós, afundada ao lado de seu irmão no espaçoso banco de trás. Em algum momento, como agora, ela cochilava.

Ela caiu em um sono profundo e acordou assustada quando o carro deu uma freada brusca. Ouviu Tab xingar em francês – *Putain!* – algo equivalente a "Merda!". Ela viu que a estrada estava obstruída por um caminhão atravessado. Ao redor dele havia meia dúzia de homens vestindo estranhas peças de uniforme do Exército misturadas com vestimentas tradicionais: uma jaqueta militar com um turbante, uma túnica comprida e calça camuflada por baixo.

Eram paramilitares e estavam todos armados.

Ali foi forçado a parar o carro.

– Que porra é essa? – perguntou Tamara.

– Isso é o que o governo chama de bloqueio informal – respondeu Tab. – São aposentados ou soldados da ativa fazendo um trabalho paralelo. Para extorquir dinheiro.

Tamara já tinha ouvido falar de bloqueios informais nas estradas, mas aquela foi sua primeira experiência ao vivo.

– Quanto eles pedem? – perguntou.

– Vamos descobrir em breve.

Um dos paramilitares se aproximou da janela do motorista, gritando ferozmente. Ali baixou a janela e gritou de volta no mesmo dialeto. Pete pegou a carabina do chão, mas a manteve no colo. O homem na janela gesticulava com a arma para cima.

Tab parecia calmo, mas Tamara achou aquela situação preocupante demais.

Um homem mais velho com um boné do Exército e uma camisa jeans furada apontou um fuzil para o para-brisa.

Pete respondeu ajeitando a carabina no ombro.

– Calma, Pete – disse Tab.

– Só vou disparar se ele atirar primeiro – avisou Pete.

Tab se inclinou para alcançar a parte de trás do banco, puxou uma camiseta de dentro de uma caixa de papelão e saiu do carro.

– O que está fazendo? – perguntou Tamara, nervosa.

Tab não respondeu.

Ele foi em frente, com várias armas apontadas para ele, e Tamara mordeu o próprio punho.

Mas Tab não parecia assustado. Ele se aproximou do homem de camisa jeans, que apontou o fuzil para o peito de Tab.

– Bom dia, capitão – disse Tab em árabe. – Estou com esses estrangeiros hoje. – Ele estava fingindo ser um guia ou algo do tipo. – Por favor, deixe-os passar. – Depois ele se virou para o carro e gritou, ainda em árabe: – Não atira! Não atira! Estes homens são meus irmãos! – Mudando para o inglês, ele gritou: – Pete, abaixa a arma!

Relutante, Pete tirou a carabina do ombro e a segurou diagonalmente sobre o peito.

Após uma pausa, o homem de camisa jeans abaixou o rifle.

Tab entregou a camiseta ao homem, que a desdobrou. Era azul-escura com uma faixa vertical em vermelho e branco, e, depois de pensar um momento, Tamara percebeu que era o uniforme do Paris Saint-Germain, o time de futebol mais popular da França. O homem abriu um sorriso, maravilhado.

Tamara tinha se perguntado por que Tab levava aquela caixa de papelão com ele. Agora ela sabia.

O homem tirou a camisa velha que vestia e enfiou a nova pela cabeça.

A atmosfera mudou. Os soldados se aglomeraram ao redor, admirando a camisa, depois olharam ansiosos para Tab, que se virou para o carro e disse:

– Tamara, me passa a caixa, por favor?

Ela enfiou a mão na parte traseira, pegou a caixa e a passou pela porta aberta do carro. Tab deu uma camisa para cada um.

Os soldados ficaram animadíssimos, e vários deles vestiram a camisa na mesma hora.

Tab apertou a mão do homem que tinha chamado de "capitão".

– *Ma'a as-salaama* – disse ele. *Tchau.*

Ele voltou para o carro com a caixa quase vazia, entrou, bateu a porta e falou:

– Pode ir, Ali, mas vá devagar.

O carro avançou lentamente. Os milicianos, contentes, indicaram para Ali uma rota preparada ao longo da beira da estrada, contornando o caminhão parado. Depois de cruzá-la, Ali pegou a estrada de volta.

Assim que os pneus tocaram a superfície de concreto, Ali pisou fundo no acelerador e, rugindo, o carro deixou o bloqueio para trás.

Tab colocou a caixa de volta na parte traseira.

Tamara deu um longo suspiro de alívio.

– Você parecia tão calmo! – disse para Tab. – Não ficou com medo?

Ele fez que não com a cabeça.

– Eles assustam, mas não costumam matar pessoas.

– Bom saber – disse Tamara.

# CAPÍTULO 2

Quatro semanas antes, Abdul estava a três mil quilômetros dali, na Guiné-Bissau, um país caótico na África Ocidental, classificado como um narcoestado pela ONU. É um lugar quente e abafado, com um regime de monções que provoca tempestades, chuvas e umidade durante metade do ano.

Abdul tinha ficado na capital, Bissau. Ficou hospedado em um apartamento com vista para as docas. Não havia ar-condicionado, e o suor fazia sua camisa grudar na pele.

Ele estava acompanhado de Phil Doyle, vinte anos mais velho, experiente oficial da CIA, um sujeito careca que usava um boné. Doyle estava baseado na embaixada americana no Cairo, Egito, e era o responsável pela missão de Abdul.

Os dois estavam usando binóculo. O quarto estava às escuras. Se fossem avistados, seriam torturados e mortos. Com a luz que vinha de fora, Abdul só conseguia distinguir os móveis ao seu redor: um sofá, uma mesinha de centro, uma televisão.

Seu binóculo estava focado em uma cena que ocorria à beira-mar. Três estivadores sem camisa trabalhavam duro e suavam copiosamente sob a luz de postes. Estavam descarregando um contêiner, pegando enormes sacos de polietileno resistente e os levando até uma van.

Abdul falou em voz baixa, embora ninguém além de Doyle pudesse escutá-lo:

– Quanto pesa cada saco desses?

– Vinte quilos – respondeu Doyle. Ele falava com um sotaque marcante de Boston. – Ou quarenta e cinco libras, arredondando um pouco.

– É um trabalho duro num clima desses.

– Em qualquer clima.

Abdul franziu a testa.

– Não consigo ler o que está escrito nos sacos.

– Está escrito "Cuidado: Produtos químicos perigosos" em vários idiomas.

– Você já viu um saco desses antes.

Doyle assentiu.

– Eu os vi sendo carregados naquele contêiner pela gangue que controla o porto colombiano de Buenaventura. Eu os rastreei pelo Atlântico. A partir de agora, são todos seus.

– Acho que o aviso não está errado: cocaína pura é um produto químico muito perigoso mesmo.

– Pode apostar.

A van não era grande o suficiente para comportar todo o conteúdo de um contêiner de tamanho normal, mas Abdul imaginou que a cocaína fosse apenas parte da carga dele, provavelmente escondida em um compartimento secreto.

O trabalho era supervisionado por um grandalhão de camisa social que contava e recontava os sacos. Havia também três guardas vestidos de preto portando fuzis de assalto. Uma limusine esperava ali perto, com o motor ligado. A cada poucos minutos, os estivadores paravam para beber em grandes garrafas plásticas de refrigerante. Abdul se perguntou se eles faziam alguma ideia do valor da carga que estavam manejando. Imaginava que não. Já o homem que não parava de contar, esse fazia ideia, sim. E também quem quer que estivesse na limusine.

– Três desses sacos contêm minitransmissores de rádio – disse Doyle. – Três, só para o caso de um ou dois sacos serem roubados ou desviados da remessa. – Ele tirou do bolso um pequeno dispositivo preto. – Este aparelho aqui os aciona remotamente. A tela informa a que distância eles estão e em que direção. Não esqueça de desligar, pra economizar a bateria dos transmissores. Daria pra fazer tudo isso com um telefone, mas você vai a lugares onde não existe conexão, então tem que ser um sinal de rádio.

– Pode deixar.

– Você pode segui-los à distância, mas às vezes vai ter que se aproximar. Sua missão é identificar as pessoas que estão lidando com a remessa e os lugares para onde está sendo levada. Essas pessoas são terroristas, e os lugares são seus esconderijos. Precisamos saber a quantidade de jihadistas em determinado lugar e se estão bem armados, para que as nossas forças saibam o que esperar quando entrarem lá para acabar com esses desgraçados.

– Não se preocupe, vou me manter perto o suficiente.

Eles ficaram em silêncio por um minuto ou dois, e então Doyle disse:

– Sua família não deve saber o que você faz de fato.

– Não tenho família – afirmou Abdul. – Meus pais e a minha irmã já morreram. – Ele apontou em direção ao mar. – Eles acabaram lá.

Os estivadores fecharam o contêiner e a van, batendo alegremente nas portas de metal, nitidamente sem a menor preocupação em serem discretos e sem temer a polícia, que sem dúvida tinha recebido uma alta propina. Acenderam um cigarro e ficaram parados ali, conversando e rindo. Os guardas colocaram suas armas nos ombros e se juntaram à conversa.

O motorista da limusine saiu e abriu a porta traseira. O homem que emergiu do banco de trás estava vestido como se fosse a uma boate de luxo, usando camisa e um paletó com um desenho dourado nas costas. Ele falou com o grandalhão de camisa social, então ambos pegaram seus celulares.

– Neste momento, o dinheiro está sendo transferido de uma conta bancária na Suíça para outra – disse Doyle.

– Quanto?

– Algo em torno de vinte milhões de dólares.

Abdul ficou surpreso.

– Mais até do que eu imaginava.

– Vai valer o dobro quando chegar a Trípoli, dobrar de novo na Europa e mais uma vez quando chegar às ruas.

As ligações terminaram e os dois homens trocaram um aperto de mãos. O que estava de paletó enfiou a mão dentro do carro e tirou um saco plástico escrito "Dubai Duty Free" em inglês e árabe. Parecia estar cheio de notas arrumadas em blocos. Ele entregou um bloco para cada um dos três estivadores e dos três guardas. Os homens ficaram rindo à toa: visivelmente estavam sendo bem pagos. Por fim, ele abriu o porta-malas do carro e deu a cada um deles um maço de Cleopatra. Uma espécie de bônus, imaginou Abdul.

O homem desapareceu dentro da limusine e foi embora. Os estivadores e os guardas se afastaram. A van cheia de cocaína partiu.

– Já deu minha hora – disse Abdul.

Doyle estendeu a mão e Abdul a apertou.

– Você é um sujeito de coragem – afirmou Doyle. – Boa sorte.

■ ■ ■

Por dias e dias, Kiah sofreu pensando na conversa com a mulher branca.

Quando era menina, Kiah achava que todas as mulheres europeias eram freiras, pois as únicas mulheres brancas que ela via eram freiras. A primeira vez que ela se deparou com uma francesa comum, usando um vestido na altura dos joelhos, meias e uma bolsa de mão, ficou chocada como se tivesse visto um fantasma.

Mas agora ela estava acostumada com elas e instintivamente acreditou em Tamara, que inspirava confiança e não emitia nenhum sinal de malícia.

Agora ela entendia que as mulheres europeias ricas tinham empregos como os dos homens e, portanto, não tinham tempo para limpar a própria casa. Assim, pagavam empregadas, do Chade e de outros países pobres, para fazer o trabalho doméstico. Kiah ficou mais tranquila. Teria uma ocupação na França, uma vida que ela poderia viver, uma forma de alimentar o filho.

Kiah não entendia direito por que as mulheres ricas queriam ser advogadas e médicas. Por que não passavam o dia brincando com os filhos e conversando com as amigas? Ela ainda tinha muito que aprender sobre os europeus. Mas sabia do fato mais importante – que eles queriam empregar migrantes vindas da África.

Em compensação, o que Tamara havia dito sobre contrabandistas de pessoas era o oposto de tranquilizador. Ela pareceu muito assustada, e foi isso que angustiou Kiah. Não podia negar a validade do que Tamara tinha dito. Ela planejava se colocar nas mãos de criminosos; por que eles não a roubariam?

Ela tinha conseguido alguns minutos para refletir sobre essas questões enquanto Naji tirava o cochilo da tarde. Estava olhando para ele ali agora, nu sobre o lençol de algodão, dormindo serenamente, sem nenhuma preocupação. Kiah não tinha amado os pais nem mesmo o marido tanto quanto amava o filho. Seus sentimentos por Naji haviam superado todas as outras emoções e assumido as rédeas de sua vida. Mas apenas amor não era suficiente. Ele precisava de comida, água e roupas para proteger sua pele delicada do sol escaldante, e cabia a ela prover essas necessidades. Mas ela também estaria arriscando a vida dele permanecendo no deserto. Ele era muito pequeno, muito frágil, dependia muito dela.

Kiah precisava de ajuda. Ela conseguiria embarcar naquela perigosa jornada, mas não sozinha. Talvez se fosse com uma amiga.

Enquanto observava Naji, ele abriu os olhos. Ele não acordava devagar, como os adultos, mas de uma vez só. Ele se levantou, cambaleou até Kiah e disse:

– *Leben.* – Ele adorava esse prato, arroz cozido com leitelho, e ela sempre dava um pouco para ele depois do cochilo.

Enquanto o alimentava, decidiu falar com Yusuf, seu primo de segundo grau. Ele tinha a idade dela e morava na aldeia vizinha, a alguns quilômetros de distância, com a esposa e uma filha da mesma idade de Naji. Yusuf era pastor, mas a maior parte de seu rebanho havia morrido por falta de pasto e agora ele também pensava em migrar antes que suas economias acabassem. Ela queria falar com ele sobre os riscos. Se ele decidisse ir, ela poderia viajar com ele e sua família e se sentir muito mais segura.

Quando Kiah começou a vestir Naji já era meio da tarde e o sol estava baixando. Ela saiu com o menino no colo. Ela era forte e conseguia carregá-lo por distâncias consideráveis, mas não sabia bem por quanto tempo aquilo ainda seria possível. Mais cedo ou mais tarde ele ficaria pesado demais e, quando tivesse que andar, seu progresso seria mais lento.

Ela seguiu bem pela margem do lago, mudando Naji de um quadril para o outro a cada poucos minutos. Agora que o calor havia passado as pessoas tinham voltado a trabalhar: pescadores consertando redes e afiando facas, crianças pastoreando cabras e ovelhas, mulheres buscando água em jarras e em grandes garrafões de plástico.

Assim como todo mundo, Kiah ficava de olho no lago, pois não havia como saber quando os jihadistas sentiriam fome e apareceriam para roubar carne, farinha e sal. Às vezes, eles até sequestravam meninas, principalmente as cristãs. Kiah tocou no pequeno crucifixo de prata pendurado em uma corrente que ela usava sob o vestido.

Uma hora depois, chegou a uma aldeia parecida com a sua, exceto pelo fato de haver seis casas de concreto enfileiradas, construídas em tempos melhores e agora em ruínas, mas ainda assim habitadas.

A casa de Yusuf era como a dela, feita de tijolos de barro e folhas de palmeira. Ela parou à porta e chamou:

– Tem alguém em casa?

Yusuf reconheceu a voz dela e respondeu:

– Kiah, pode entrar!

Ele estava sentado de pernas cruzadas, consertando um furo em um pneu de bicicleta, colando um remendo sobre um buraco na câmara de ar. Era um homem pequeno com um rosto alegre, menos dominador do que a maioria dos maridos. Ele abriu um largo sorriso: sempre ficava feliz em ver Kiah.

Sua esposa, Azra, estava amamentando a filha. O sorriso dela não era tão acolhedor. Seu rosto era magro, quase esquelético, mas essa não era a única razão pela qual parecia antipática. A verdade é que Yusuf gostava um pouco demais de sua prima Kiah. Desde a morte de Salim, Yusuf havia se mostrado protetor em relação a Kiah, tocando sua mão e colocando o braço em volta dela com mais frequência do que a necessária. Kiah suspeitava de que ele gostaria que ela fosse sua segunda esposa, e Azra provavelmente tinha a mesma suspeita. A poligamia era legal no Chade e milhões de mulheres cristãs e muçulmanas viviam em casamentos poligâmicos.

Kiah não fazia nada para encorajar aquele comportamento de Yusuf, mas também não o rejeitava, pois precisava muito de proteção e ele era seu único parente do sexo masculino no Chade. Agora ela temia que essa tensão entre eles ameaçasse seus planos.

Yusuf ofereceu a ela um copo de leite de ovelha, que ficava em um jarro de pedra. Ele despejou um pouco em uma tigela e ela o compartilhou com Naji.

– Conversei com uma estrangeira semana passada – disse ela enquanto Naji bebia da tigela. – Uma americana branca que veio perguntar sobre o encolhimento do lago. Fiz umas perguntas sobre a Europa.

– Boa ideia – disse Yusuf. – O que ela te disse?

– Ela disse que contrabandistas de pessoas são criminosos e podem roubar a gente.

Yusuf deu de ombros.

– A gente pode ser roubado aqui mesmo pelos jihadistas.

– Mas é mais fácil roubar no deserto – interveio Azra. – Dá pra simplesmente largar as pessoas lá pra morrer.

– Tem razão – concordou Yusuf. – Só estou querendo dizer que há perigo em toda parte. Vamos morrer se não sairmos daqui.

Yusuf estava sendo evasivo, mas isso servia ao propósito de Kiah. Ela reforçou as palavras dele dizendo:

– Estaríamos mais seguros juntos, nós cinco.

– Com certeza – disse Yusuf. – Eu vou cuidar de todo mundo.

Não era o que Kiah estava querendo dizer, mas ela não o contradisse.

– Exatamente – concordou ela.

– Ouvi dizer que em Three Palms tem um homem chamado Hakim – continuou ele. Three Palms era uma pequena cidade a quinze quilômetros de distância. – Dizem que o Hakim tem como levar as pessoas até a Itália.

O coração de Kiah disparou. Ela nunca tinha ouvido falar em nenhum Hakim. Essa notícia significava que a fuga poderia estar mais perto do que ela imaginava. A perspectiva de repente se tornou muito mais real, e também mais assustadora.

– A mulher branca que eu conheci me disse que é fácil ir da Itália pra França – contou ela.

A filha de Azra, Danna, já havia mamado o suficiente. Azra enxugou o queixo da criança com a manga da roupa e a colocou no chão. Danna foi cambaleando até Naji e os dois começaram a brincar juntos. Azra pegou óleo de um pequeno pote e esfregou um pouco nos mamilos, depois ajustou a parte de cima do vestido.

– Quanto dinheiro esse Hakim quer? – perguntou.

– O preço normal é dois mil dólares – respondeu Yusuf.

– Por pessoa ou por família? – quis saber Azra.

– Não sei.

– E precisa pagar pelos bebês?

– Isso deve depender do tamanho da criança, se é grande a ponto de precisar de um assento só pra ela.

Kiah detestava respostas imprecisas.

– Eu vou até Three Palms e pergunto pra ele – disse com impaciência. Em todo caso, ela queria ver Hakim com os próprios olhos, falar com ele, ter uma noção de que tipo de homem ele era. Ela conseguia caminhar os quinze quilômetros da ida e os outros quinze da volta em um único dia.

– Deixa o Naji comigo. Você não tem como carregá-lo até lá – disse Azra.

Kiah achava que conseguia, se fosse necessário, mas respondeu:

– Obrigada. Vai me ajudar muito.

Ela e Azra costumavam cuidar do filho uma da outra. Naji adorava ir até lá. Ele gostava de ficar vendo o que Danna fazia e imitá-la.

– Agora que já veio até aqui, você pode muito bem passar a noite com a gente e partir bem cedo – sugeriu Yusuf, animado.

Era uma ideia sensata, mas Yusuf estava um pouco interessado demais em dormir no mesmo cômodo que Kiah, e ela viu Azra franzir as sobrancelhas por um instante.

– Não, obrigada, eu preciso ir pra casa – respondeu ela com muito tato. – Mas vou trazer o Naji de manhã bem cedo. – Ela se levantou e pegou o filho. – Obrigada pelo leite. Fiquem com Deus.

● ● ●

As paradas nos postos de gasolina demoravam mais no Chade do que nos Estados Unidos. As pessoas não tinham tanta pressa de voltar para a estrada. Elas verificavam os pneus, colocavam óleo no motor e reabasteciam o radiador. Era necessário ser cauteloso: em caso de problemas na estrada, o serviço de assistência podia levar dias para chegar. O posto de gasolina também era um lugar de socialização. Os motoristas conversavam com o dono do posto e entre si, trocando notícias sobre bloqueios na estrada, comboios militares, bandidos jihadistas e tempestades de areia.

Abdul e Tamara haviam combinado se encontrar na estrada que liga N'Djamena ao lago Chade. Abdul queria falar com ela uma segunda vez antes de ir para o deserto e preferia evitar os telefonemas e as mensagens quando possível.

Ele chegou ao posto de gasolina antes dela e vendeu uma caixa inteira de Cleopatra para o proprietário. O capô de seu carro estava levantado e ele colocava água no reservatório do limpador de para-brisa quando outro carro parou. Um morador da região estava ao volante, e Tamara no banco do carona. Naquele país, funcionários de embaixadas nunca viajavam sozinhos, muito menos as mulheres.

À primeira vista, ela podia ser confundida com uma mulher local, pensou Abdul enquanto ela descia do carro. Tamara tinha cabelos e olhos escuros e usava um vestido de mangas compridas, calça e um lenço na cabeça. No entanto, um observador cuidadoso saberia que ela era americana pela forma confiante de andar, pelo modo como ela o olhava e por tratá-lo como um igual.

Abdul sorriu. Ela era atraente e charmosa. Seu interesse por ela não era romântico – ele tinha sofrido uma decepção amorosa alguns anos antes da qual ainda não havia se recuperado –, mas gostava de ver sua *joie de vivre*.

Ele olhou em volta. O escritório era uma cabana de tijolos de barro onde o proprietário vendia comida e água. Uma caminhonete tinha acabado de ir embora. Não havia mais ninguém.

Mesmo assim, ele e Tamara foram precavidos e fingiram que não se conheciam. Ela ficou de costas para ele enquanto seu motorista enchia o tanque.

– Invadimos ontem o acampamento que você descobriu no Níger – disse ela em voz baixa. – Os militares estão exultantes: destruíram o local, recolheram toneladas de armamento e capturaram prisioneiros que vão ser interrogados.

– Eles conseguiram pegar o Al-Farabi?

– Não.

– Então o acampamento não era o Hufra.

– Os prisioneiros o chamam de Al-Bustan.

– O Pomar – traduziu Abdul.

– Mesmo assim é um grande feito, e você é o herói do momento.

Abdul não tinha nenhum interesse em ser um herói. Estava mirando o futuro.

– Preciso mudar de tática – comentou.

– Bom… – disse ela, reticente.

– Vai ser difícil me manter fora do radar. A rota agora vai ser em direção ao norte, do Saara até Trípoli, e, de lá, o Mediterrâneo e até as boates da Europa. Daqui até a costa é praticamente só deserto, com pouca movimentação.

Tamara assentiu.

– Portanto, a chance de o motorista avistar você é maior.

– Você sabe como é por aqui: nada de fumaça, de névoa, de poluição. Em um dia de sol a visibilidade é de muitos quilômetros. Além disso, à noite vou ter que parar nos mesmos oásis que o veículo com o carregamento. O deserto não oferece alternativas. E a maioria desses lugares é pequena demais para eu me esconder. Vou acabar sendo visto.

– Então temos um problema – concluiu Tamara, preocupada.

– Por sorte, captei uma solução. Nos últimos dias, o carregamento foi transferido mais uma vez, agora para um ônibus que transporta migrantes ilegais. Isso não é raro, os dois tipos de contrabando combinam e são bastante lucrativos.

– Mesmo assim pode ser difícil rastrear o veículo sem levantar suspeitas.

– É por isso que estarei no ônibus.

– Você vai viajar como um dos migrantes?

– É o meu plano.

– Um plano inteligente.

Abdul não sabia direito como Phil Doyle e o alto-comando da CIA receberiam a notícia, mas havia pouco que eles pudessem fazer a respeito. O agente em campo tinha que agir como achasse melhor.

Tamara fez uma pergunta de ordem prática:

– O que você vai fazer com o seu carro e todos aqueles cigarros?

– Vender. Com certeza existe alguém doido para assumir esse negócio. E eu não vou cobrar muito caro.

– A gente pode vender tudo pra você.

– Não, obrigado, é melhor assim. É importante continuar no personagem. A venda vai explicar como eu consegui dinheiro para pagar os contrabandistas de pessoas, o que reforça a história que inventei.

– Bem pensado.

– Outra coisa – continuou ele. – Meio que por acaso eu encontrei um informante. É um terrorista desiludido em Kousséri, Camarões, do outro lado da ponte de N'Djamena. Ele já está por dentro de tudo e se dispôs a repassar informações pra gente. Você deveria falar com ele.

– Desiludido?

– É um jovem idealista que testemunhou assassinatos sem sentido demais para continuar acreditando na jihad. Você não precisa saber o nome verdadeiro dele, mas ele vai se identificar como Harun.

– Como eu faço pra entrar em contato com ele?

– Ele vai entrar em contato com você. Vai mandar um número por mensagem, que pode ser oito quilômetros ou quinze dólares, e esse número vai ser a hora em que ele quer se encontrar com você na contagem de vinte e quatro horas, então "quinze dólares" significa três da tarde. O local do primeiro encontro será o Grand Marché. – Tamara conhecia o lugar; todo mundo conhecia. Era o mercado central da capital. – Na primeira reunião vocês podem combinar o local da segunda.

– Esse mercado é enorme, lá tem centenas de pessoas de todo tipo. Como vou saber quem é ele?

Abdul enfiou a mão na *jalabiya* e tirou um lenço azul com uma estampa peculiar de círculos laranja.

– Usa isso – disse. – Ele vai reconhecer.

Tamara pegou o lenço.

– Obrigada.

– De nada. – A mente de Abdul voltou ao ataque a Al-Bustan. – Imagino que a essa altura os prisioneiros já tenham sido interrogados sobre o Al-Farabi.

– Todos já ouviram falar nele, mas só um afirmou tê-lo visto em carne e osso. Ele deu a descrição de sempre: cabelos grisalhos, barba escura, polegar amputado. O prisioneiro fazia parte de um grupo do Mali treinado pelo Al-Farabi para instalar bombas na beira de estradas.

Abdul assentiu.

– Infelizmente isso é bastante possível. Pelo pouco que sabemos, parece que o Al-Farabi não tem interesse em fazer com que todos os jihadistas africanos trabalhem juntos. Provavelmente acha que eles estão mais seguros como grupos distintos, e tem razão nesse ponto. Mas ele quer ensinar-lhes a matar mais pessoas de modo mais eficaz. Ele ganhou muito conhecimento técnico no Afeganistão e agora está compartilhando o que aprendeu, daí o curso de treinamento.

– Um cara esperto.

– É por isso que a gente não consegue pegá-lo – disse Abdul amargamente.

– Ele não pode se esconder pra sempre.

– Espero com todas as minhas forças que não.

Tamara se virou para ficar cara a cara com ele. Ela o olhou fixamente, como se estivesse tentando entender algo.

– O que foi? – perguntou ele.

– Você espera isso de verdade.

– Você não?

– Não do mesmo jeito que você. – Ela continuou olhando para ele. – Você está diferente. O que houve?

– Eles me alertaram sobre você – disse ele, mas com um sorriso terno. – Falaram que você poderia ser um tanto direta.

– Desculpe. Já me disseram que faço perguntas excessivamente pessoais. Você ficou chateado?

– Vai ter que se esforçar mais do que isso pra me chatear. – Ele fechou o capô. – Vou ali pagar.

Andou até a cabana. Tamara tinha razão. Para ele, aquilo não era um trabalho, mas uma missão. Para ele, não bastava apenas causar prejuízos ao EIGS, como havia feito graças à descoberta de Al-Bustan. Ele queria eliminá-los. Para sempre.

Ele pagou pela gasolina.

– Você precisa de cigarro? – brincou o proprietário. – Está muito barato!

– Eu não fumo – respondeu Abdul.

O motorista de Tamara entrou na cabana quando Abdul estava saindo. Ele entrou de volta no carro. Por alguns minutos, Abdul a teve só para si. Ela tinha feito uma boa pergunta, pensou ele. Merecia uma resposta.

– Eles mataram a minha irmã.

...

Ele tinha 6 anos, era quase um homem, pensou, enquanto ela era ainda um bebê, com 4. Beirute era o único mundo que ele conhecia até então: calor, poeira e trânsito, as ruas cheias de entulho das construções danificadas por explosões. Só muito tempo depois ele entenderia que Beirute não era um lugar normal, que a vida não era daquele jeito para a maioria das pessoas.

Eles moravam em um apartamento em cima de um café. No quarto dos fundos, Abdul estava ensinando Nura a ler e escrever. Estavam sentados no chão. Ela queria saber tudo o que ele sabia, e ele gostava de ensinar-lhe, pois isso o fazia se sentir esperto, como um adulto.

Seus pais estavam na sala de estar, que tinha vista para a rua. Os avós deles estavam lá de visita, dois tios e uma tia apareceram, e o pai de Abdul, que era o chef confeiteiro do café, fez para os convidados *halawet el jibn*, rolinhos doces de semolina com queijo. Abdul já tinha comido dois, e sua mãe disse:

– Chega, você vai passar mal.

Então ele pediu a Nura que pegasse alguns para ele.

Ela foi na hora, sempre ansiosa para agradá-lo.

A explosão foi o barulho mais alto que Abdul já escutara. No instante seguinte, o mundo ficou em completo silêncio e parecia haver algo errado com seus ouvidos. Ele começou a chorar.

Correu para a sala de estar, mas encontrou um lugar que nunca tinha visto. Levou muito tempo até ele entender que toda a parede externa havia desaparecido e que a sala agora se achava exposta. Estava cheia de poeira e cheirava a sangue. Alguns dos adultos pareciam estar gritando, mas não faziam barulho; na verdade, não havia som nenhum. Outros estavam deitados no chão, sem se mexer.

Nura também não se mexia.

Abdul não conseguia entender o que havia de errado com ela. Ele se ajoelhou, segurou seu braço inerte e a sacudiu, tentando acordá-la, embora parecesse impossível que ela estivesse dormindo com os olhos tão abertos.

– Nura – chamou ele. – Nura, acorda.

Ele conseguia ouvir a própria voz, embora bem baixo. Seus ouvidos deviam estar voltando ao normal.

De repente, lá estava sua mãe pegando Nura nos braços. Um segundo depois,

Abdul sentiu seu corpo ser levantado pelas mãos familiares do pai. Eles levaram os dois filhos até o quarto e os colocaram delicadamente em suas camas.

– Abdul, como está se sentindo? Você se machucou? – quis saber o pai.

Abdul fez que não com a cabeça.

– Nenhum hematoma? – O pai passou os olhos atentamente por ele e pareceu ficar aliviado. Então se virou para a mãe e os dois olharam para o corpo inerte de Nura.

– Acho que ela não está respirando – disse a mãe, que começou a chorar.

– O que aconteceu com ela? – perguntou Abdul. Sua voz saiu esganiçada. Ele estava com muito medo, mas não sabia de quê. – Ela não está falando nada, mas está de olho aberto!

Seu pai o abraçou.

– Ah, Abdul, meu filho amado. Eu acho que a nossa garotinha está morta.

...

Tinha sido um carro-bomba, Abdul soube anos depois. O veículo estava estacionado na calçada bem abaixo da janela da sala. O alvo era o café, frequentado por americanos que adoravam os doces do local. A família de Abdul tinha sido apenas um dano colateral.

Nunca se soube quem foram os responsáveis.

Foi difícil, mas a família conseguiu se mudar para os Estados Unidos. O pai de Abdul tinha um primo que era dono de um restaurante libanês em Newark, de modo que teria um emprego garantido lá. Abdul ia para a escola em um ônibus amarelo, todo enrolado em cachecóis para se proteger do frio inimaginável, e descobriu que não conseguia entender uma única palavra do que as pessoas diziam. Mas os americanos eram gentis com as crianças e as ajudavam, e logo ele começou a falar inglês melhor do que os pais.

Sua mãe lhe disse que talvez ele ganhasse outra irmãzinha, mas os anos passaram e isso nunca aconteceu.

O passado estava vívido em sua mente enquanto ele dirigia pelas dunas. Os Estados Unidos não se mostravam muito diferentes de Beirute – havia engarrafamentos, prédios residenciais, cafés e policiais –, mas o Saara era realmente uma paisagem exótica, com seus arbustos, ressecados de tão castigados pelo sol, morrendo de sede no solo árido.

Three Palms era uma cidade pequena. Tinha uma mesquita e uma igreja, um posto de gasolina com uma oficina e meia dúzia de lojas. Todas as placas eram em árabe, exceto a que dizia "Église de Saint-Pierre", Igreja de São Pedro. Não havia ruas em aldeias do deserto, mas ali as casas eram construídas em fileiras, com fachadas sem cor que formavam corredores nas ruas de terra empoeiradas. Apesar de as ruas serem estreitas, os carros estacionavam em ambos os lados. No centro, ao lado do posto de gasolina, havia uma espécie de bar onde homens tomavam café e fumavam à sombra de três palmeiras excepcionalmente altas com folhas em formato de leque; Abdul imaginou que aquelas árvores haviam dado o nome à cidade. O bar era um alpendre improvisado na frente de uma casa, sua cobertura de folhas de palmeira apoiada sem muita segurança em finos troncos de árvore mal aparados.

Ele parou o carro e verificou o dispositivo de rastreamento. A remessa de cocaína continuava no mesmo lugar, a poucos metros de onde ele estava.

Saiu e logo sentiu o cheiro de café. Pegou várias caixas de Cleopatra no porta-malas. Em seguida, se dirigiu ao bar e ativou seu modo vendedor.

Chegou a vender alguns maços antes que o proprietário do bar, um homem gordo com um bigode enorme, viesse reclamar. Depois que Abdul usou seu charme, o próprio dono comprou um pacote e lhe serviu uma xícara de café. Abdul se sentou a uma mesa à sombra das palmeiras e deu um gole no café forte e amargo já adoçado.

– Preciso falar com um homem chamado Hakim. Você o conhece? – perguntou.

– É um nome comum – disse o proprietário de forma evasiva, mas o olhar por reflexo que ele deu para a porta da garagem logo ao lado o entregou.

– Ele é um homem de grande respeito – continuou Abdul. Aquilo era um sinônimo para criminoso importante.

– Vou perguntar a uma ou duas pessoas.

Passados alguns minutos, o proprietário foi andando até a oficina mecânica com um ar de naturalidade não muito convincente. Pouco depois, um jovem obeso saiu da garagem e foi em direção a Abdul. Ele se arrastava feito uma mulher grávida, com os pés espraiados, os joelhos separados, a barriga projetada para a frente e a cabeça para trás. Tinha cabelos pretos cacheados e um bigodinho presunçoso, mas não usava barba. Estava vestido com roupas esportivas ocidentais, uma camisa polo verde gigantesca e calça de corrida cinza encardida, mas usava no pescoço uma espécie de colar de vodu. Usava tênis de corrida, embora parecesse que não corria havia anos. Quando ele se aproximou, Abdul abriu um sorriso e lhe ofereceu um pacote de Cleopatra pela metade do preço normal.

O homem ignorou a oferta.

– Você está procurando uma pessoa.

Foi uma afirmação, não uma pergunta: homens como aquele odiavam admitir que houvesse algo que eles não soubessem.

– Você é o Hakim? – perguntou Abdul.

– Você tem negócios a tratar com ele?

Abdul tinha certeza de que aquele homem era Hakim.

– Sente-se, vamos bater um papo como amigos – disse ele, embora Hakim fosse tão amigável quanto uma tarântula gigante.

Hakim fez um gesto para o proprietário, provavelmente para indicar que queria um café, depois se sentou à mesa em que estava Abdul sem falar nada.

– Ganhei um pouco de dinheiro vendendo cigarros – comentou Abdul.

Hakim continuou em silêncio.

– Eu gostaria de ir morar na Europa – acrescentou Abdul.

Hakim assentiu.

– Você tem dinheiro.

– Quanto custa? Ir pra Europa?

– Dois mil dólares por pessoa. Metade quando você embarcar no ônibus, metade quando chegar à Líbia.

Era uma grande soma de dinheiro em um país onde a renda média era de cerca de quinze dólares por semana. Abdul concluiu que precisava barganhar. Se concordasse muito prontamente, Hakim poderia suspeitar.

– Não sei se tenho tudo isso.

Hakim apontou com a cabeça para o veículo de Abdul.

– É só vender o seu carro.

Então ele já estava de olho em Abdul desde um pouco antes. Sem dúvida o proprietário havia comentado sobre o veículo dele.

– Claro que vou vender meu carro antes de ir – explicou Abdul –, mas preciso devolver ao meu irmão o dinheiro que ele me emprestou para comprá-lo.

– O preço é dois mil.

– Mas a Líbia não é a Europa. O pagamento final devia ser feito no ponto de chegada.

– E aí quem é que ia pagar? As pessoas iam simplesmente fugir.

– Não gostei muito disso.

– Isso não é uma negociação. Ou você confia em mim ou fica em casa.

Abdul quase riu da ideia de confiar em Hakim.

– Tudo bem, tudo bem – disse ele. – Posso ver o veículo em que a gente vai viajar?

Hakim hesitou, depois deu de ombros. Sem falar nada, levantou-se e caminhou em direção à garagem da casa.

Abdul foi atrás dele.

Entraram na casa por uma pequena porta lateral. O interior era iluminado por claraboias de plástico transparente no teto. Havia ferramentas penduradas nas paredes, pneus novos em prateleiras fundas e cheiro de óleo de motor. Em um dos cantos, dois homens de *jalabiya* e lenço na cabeça viam televisão, fumando, entediados. Em uma mesa próxima havia dois fuzis de assalto. Os homens deram uma olhada, viram Hakim e voltaram a atenção para a televisão.

– São meus seguranças – disse Hakim. – As pessoas tentam roubar gasolina.

Eles eram jihadistas, não seguranças, e aquela atitude indiferente sugeria que Hakim não era o chefe deles.

Abdul sustentou seu personagem e perguntou, animado:

– Gostariam de comprar alguns cigarros pela metade do preço? Eu tenho Cleopatra.

Eles desviaram o olhar sem nem responder.

Grande parte do espaço da garagem era ocupada por um pequeno ônibus Mercedes com capacidade para cerca de quarenta pessoas. Seu aspecto não era animador. Muito tempo atrás ele tinha sido azul-celeste, mas agora sua pintura alegre estava manchada de ferrugem. Duas rodas sobressalentes estavam amarradas ao teto, mas seus pneus não eram novos. A maioria das janelas laterais estava sem o vidro. Isso podia ser intencional: a brisa refrescaria os passageiros. Ele olhou para dentro e viu que o estofamento estava gasto, manchado e rasgado em alguns lugares. O para-brisa estava intacto, mas o quebra-sol do motorista tinha se soltado e pendia em um ângulo esquisito.

– Quanto tempo leva para chegar a Trípoli, Hakim? – perguntou Abdul.

– Você vai descobrir quando chegar lá.

– Você não sabe?

– Eu nunca falo pras pessoas quanto tempo leva. Sempre tem algum atraso, e aí elas ficam frustradas e irritadas. É melhor que fiquem surpresas e felizes quando chegarem.

– O preço inclui comida e água durante a viagem?

– O essencial está incluído, até leitos nas paradas noturnas. Luxos são por fora.

– Que tipo de luxo você consegue no meio do deserto?

– Você vai ver.

Abdul apontou com a cabeça na direção dos guardas jihadistas.

– Eles vão junto?

– Para nos proteger.

"E proteger a cocaína também", pensou Abdul.

– Que rota você vai fazer?

– Você faz muita pergunta.

Abdul já havia passado do limite com Hakim.

– Tá bom, mas eu preciso saber quando você planeja partir.

– Daqui a dez dias.

– Muito tempo. Por que tudo isso?

– Houve alguns problemas. – Hakim estava começando a ficar irritado. – Que diferença faz? Não é da sua conta. Você só tem que aparecer no dia com o dinheiro.

Abdul imaginou que os problemas tinham a ver com o ataque a Al-Bustan. Isso talvez tivesse afetado outras atividades dos jihadistas, com homens importantes tendo sido mortos ou feridos.

– Tem razão, isso não é da minha conta – disse ele pacificamente.

– Uma mala por pessoa, sem exceções – avisou Hakim.

– Esses veículos costumam ter um porão de bagagem grande, além das prateleiras internas – comentou Abdul apontando para o ônibus.

– Uma pessoa, uma mala! – disse Hakim, irritado.

"Então a cocaína está no porão", pensou Abdul.

– Muito bem – disse ele. – Daqui a dez dias estarei aqui.

– De manhã bem cedo!

Abdul foi embora.

Hakim fazia Abdul se lembrar da máfia de Nova Jersey: melindrosa, agressiva e estúpida. Tal qual um gângster americano, Hakim usava a arrogância e a ameaça de violência para compensar o que não tinha em inteligência. Alguns dos amigos de escola mais ineptos de Abdul haviam entrado para aquele universo. Ele sabia como lidar com esses tipos. No entanto, não deveria parecer tão seguro de si. Estava interpretando um papel.

E Hakim até podia parecer um idiota, mas seus seguranças, não.

Abdul andou até o carro, abriu o porta-malas e guardou de volta os cigarros que não tinha vendido. O trabalho do dia estava feito. Ele iria de carro até outra aldeia ou cidade, venderia mais cigarros para manter o disfarce e encontraria um lugar para passar a noite. Não havia hotéis, mas ele geralmente conseguia achar uma família disposta a receber um desconhecido por alguma quantia.

Assim que fechou o porta-malas, notou um rosto conhecido. Ele tinha visto aquela mulher antes, na aldeia onde se encontrara com Tamara e Tab. Tamara inclusive havia entrado na casa dela. Ele se lembrava dela principalmente porque ela tinha um rosto muito peculiar, com um nariz adunco que realçava sua beleza. Agora, a superfície esculpida de sua face estava marcada pelo cansaço. Seus pés bem torneados em chinelos de borracha estavam cheios de areia, e ele imaginou que ela devia ter caminhado de sua aldeia até ali, uma distância de cerca de quinze quilômetros. Ficou se perguntando o que ela teria ido fazer ali.

Ele desviou o olhar, desejando não encontrar o dela. Era um reflexo: um agente disfarçado não deve fazer amizades. Qualquer relacionamento que fosse além da categoria "meros conhecidos" levaria a perguntas perigosas como "De onde você é?", "Cadê sua família?", "O que está fazendo aqui no Chade?". Esses questionamentos inocentes forçam o agente a contar mentiras, e mentiras podem ser descobertas. A única diretiva segura era não fazer amigos.

Mas ela o reconheceu.

– *Marhaba* – disse ela. *Olá*. Ela visivelmente tinha ficado feliz em vê-lo.

Ele não queria chamar a atenção para si sendo rude, então respondeu formalmente:

– *Salaam aleikum*. – *Que a paz esteja com você*.

Ela parou para falar com ele, e ele notou um leve aroma de canela e cúrcuma. Ela abriu um sorriso largo e atraente que fez o coração dele parar por um segundo. Seu nariz curvo tinha um ar de nobreza. Uma mulher americana ficaria envergonhada de ter um nariz como aquele e teria feito uma cirurgia para mudá-lo se tivesse dinheiro, pensou ele. Mas, naquela mulher, impunha respeito.

– Você é o vendedor de cigarros – disse ela. – O que esteve na minha aldeia. Eu me chamo Kiah.

Ele resistiu ao impulso de olhar nos olhos dela.

– Já estou de saída – falou ele com frieza e andou até a porta do carro.

Ela não desanimou tão fácil.

– Você conhece um homem chamado Hakim?

Abdul parou com a mão na maçaneta e olhou para Kiah. O cansaço era apenas superficial, ele percebeu. Parecia haver uma determinação ferrenha nos olhos escuros que o estavam fitando de baixo da sombra do lenço de cabeça dela.

– Por que você quer falar com ele?

– Me disseram que ele pode ajudar as pessoas a chegar à Europa.

Por que uma mulher tão jovem estava fazendo aquela pergunta? Ela teria dinheiro para isso? Abdul adotou o tom condescendente de um homem dando conselhos a uma mulher insensata:

– Você deveria deixar esse assunto para o seu marido.

– Meu marido está morto. Meu pai também. E os meus irmãos vivem no Sudão.

Isso explicava tudo. Ela era uma viúva solitária. E tinha um filho, ele lembrou. Em tempos normais, ela poderia ter se casado novamente, ainda mais sendo tão bonita, mas, com as margens do lago Chade se retraindo cada vez mais, nenhum homem queria o fardo de assumir uma mulher que tinha um filho de outro homem.

Ele admirava a coragem dela, mas, infelizmente, ela poderia correr ainda mais riscos nas mãos de Hakim. Ela era vulnerável demais. Hakim poderia pegar todo o dinheiro dela e arrumar um jeito de passá-la para trás. Abdul se compadeceu dela.

Mas isso não era da conta dele. "Não seja idiota", disse a si mesmo. Não podia ficar amigo de uma viúva infeliz nem ajudá-la, mesmo que ela fosse jovem e bonita – muito menos se ela fosse jovem e bonita. Então Abdul simplesmente apontou para a garagem e disse:

– Lá dentro. – Deu as costas para a viúva e abriu a porta do carro.

– Obrigada. Posso fazer outra pergunta? – Era difícil se livrar dela. Sem esperar qualquer resposta, Kiah continuou: – Você sabe quanto ele cobra?

Abdul não queria responder, não queria se envolver, mas não conseguiu ficar indiferente à situação dela. Suspirou e cedeu ao impulso de só ajudá-la com algumas informações úteis.

– Dois mil dólares – respondeu, já de novo lhe dando as costas.

– Obrigada – disse ela, e ele teve a impressão de que a moça tinha apenas confirmado algo que já sabia. Ela não pareceu ficar desanimada com o valor, reparou ele com alguma surpresa. Ela tinha dinheiro, então.

– Metade na partida e metade na Líbia – acrescentou ele.

– Ah. – Ela pareceu pensativa: ainda não sabia das parcelas.

– Ele diz que inclui comida, água e pernoite, mas nenhum luxo. É só isso que sei.

– Muito obrigada pela sua gentileza – disse, abrindo aquele sorriso novamente, dessa vez com um toque de triunfo na forma como seus lábios se curvaram.

Ele percebeu que, apesar de seus esforços, ela é que tinha guiado toda a conversa. Além disso, conseguira tranquilamente as informações de que precisava. "Ela levou a melhor sobre mim", pensou ele cabisbaixo enquanto ela se afastava. "Quem diria?"

Ele entrou no carro e fechou a porta.

Deu a partida e ficou observando Kiah passar por entre as mesas debaixo das palmeiras, cruzar o posto de gasolina e chegar até a oficina.

Ficou se perguntando se ela iria embarcar no ônibus dali a dez dias.

Ele engatou a marcha e arrancou com o carro.

■ ■ ■

Por algum motivo o vendedor de cigarros não queria saber de conversa com Kiah e foi frio e indiferente, mas mesmo assim ela suspeitava que ele tinha um bom coração, e, no fim das contas, ele respondera às perguntas dela. Disse onde encontrar Hakim, confirmou o preço e contou que o valor deveria ser pago em duas parcelas. Ela ficou mais confiante agora que estava munida dessas informações.

Ficou intrigada com aquele homem. Lá na aldeia ele parecia um típico vendedor ambulante, pronto para falar o que fosse, bajular, flertar e inventar histórias, apenas para conseguir o dinheiro das pessoas. Mas ali não havia nada daquele entusiasmo. Tudo era obviamente uma encenação.

Ela andou até a garagem ao lado do posto de gasolina. Havia três carros estacionados na frente, provavelmente aguardando conserto, embora um deles parecesse impossível de ser consertado. Havia uma pirâmide de pneus velhos e carecas. Uma porta na lateral da construção estava aberta. Kiah espiou lá dentro e viu um pequeno ônibus sem vidros nas janelas.

Era aquele o veículo que ia transportar as pessoas deserto adentro? Kiah foi tomada pelo medo. A viagem era longa e as pessoas podiam morrer. Um pneu furado podia ser fatal. "O simples fato de eu cogitar fazer isso é uma loucura", disse a si mesma.

Um jovem rechonchudo com roupas ocidentais encardidas apareceu. Ela notou seu colar *grigri*, feito de contas e pedras, algumas delas provavelmente gravadas com palavras religiosas ou mágicas. Sua função era protegê-lo do mal e levar sofrimento aos seus inimigos.

Ele a olhou de cima a baixo com uma expressão ávida:

– O que posso fazer por você, meu anjo? – perguntou com um sorriso.

Ela entendeu imediatamente que teria que ter cuidado ao lidar com ele. Estava claro que ele se achava irresistível, apesar de sua aparência nada atraente. Ela falou de maneira polida, disfarçando o desprezo que sentia:

– Estou procurando um cavalheiro chamado Hakim. Seria o senhor?

– Eu sou o Hakim, sim – disse ele, orgulhoso. – E tudo isto é meu: o posto de gasolina, a oficina e o ônibus.

– Se me permite a pergunta, esse é o transporte que vai para o deserto? – perguntou ela apontando para o ônibus.

– É um bom veículo, em perfeito estado e com manutenção em dia. – Ele ficou curioso. – Por que a pergunta sobre o deserto?

– Sou uma viúva sem meios de subsistência e quero ir pra Europa.

Hakim adotou um ar expansivo.

– Eu vou cuidar de você, minha querida. – Então colocou um braço em volta dos ombros dela. Um cheiro desagradável subiu de sua axila. – Pode confiar em mim.

Ela se afastou, soltando-se do braço dele.

– Meu primo Yusuf vai comigo.

– Excelente – disse ele, embora tenha parecido decepcionado.

– Quanto custa?

– Quanto você tem?

– Nada – mentiu ela. – Mas posso conseguir o dinheiro emprestado.

Ele não acreditou.

– O preço é quatro mil dólares. Você tem que me pagar agora para garantir o lugar no ônibus.

"Ele acha que eu sou idiota", pensou ela.

Aquela era uma sensação familiar. Quando pôs o barco à venda, vários homens tentaram comprá-lo por quase nada. No entanto, ela concluiu rapidamente que seria um erro ridicularizar uma oferta, por mais irrisória que fosse. O potencial comprador ficaria ofendido ao ser repreendido por uma mulher e iria embora irritado.

– Não tenho esse dinheiro agora, infelizmente – afirmou.

– Então você pode ficar sem lugar.

– E o Yusuf me disse que você normalmente cobra dois mil.

Hakim começou a ficar irritado.

– Por que o próprio Yusuf não leva você pra Trípoli, então? Parece que ele sabe tudo.

– Agora que o meu marido está morto, o Yusuf é o chefe da minha família. Devo obedecer a ele.

Para Hakim, aquilo era óbvio.

– Claro que deve – anuiu. – Ele é homem.

– Ele me disse para perguntar quando você planeja partir.

– Diga a ele que daqui a dez dias, ao amanhecer.

– Seremos três adultos, incluindo a esposa de Yusuf.

– Nenhuma criança?

– Eu tenho um filho de 2 anos, e o Yusuf tem uma filha da mesma idade, mas eles não precisam de assento.

– Eu cobro metade do preço por crianças que não ocupam um assento.

– Então não temos como ir – disse Kiah com firmeza. Ela deu alguns passos, como se estivesse indo embora. – Lamento ter feito o senhor perder seu tempo. Talvez a gente consiga levantar seis mil, pegando emprestado com toda a nossa família, mas isso é tudo o que eles têm.

Hakim viu seis mil dólares indo embora e pareceu ficar um pouco menos cheio de si.

– Que pena – disse. – Mas por que você não vem no dia marcado, de qualquer maneira? Se o ônibus não estiver cheio, posso fazer um preço especial.

Aquilo era um meio-termo que ela não podia recusar.

Naturalmente, Hakim queria vender todos os lugares e ganhar o máximo de dinheiro possível. Com quarenta passageiros, ele receberia oitenta mil dólares. Era uma fortuna. Ela se perguntou como ele iria gastar aquilo. Mas provavelmente tinha que dividir o valor com outras pessoas. Ele devia ser apenas parte de toda uma organização.

Ela teve que aceitar os termos dele por estar em posição de vantagem.

– Combinado – disse ela, então se lembrou de agir como uma simples mulher e acrescentou: – Muito obrigada, senhor.

Kiah tinha conseguido as informações de que precisava. Saiu da garagem e começou a longa caminhada de volta para casa.

Hakim agiu da forma esperada, mas mesmo assim a conversa a desencorajou. Ele obviamente se sentia superior a todas as mulheres, o que não era incomum. No entanto, a americana estava certa quando a advertiu de que ele era um criminoso e não era confiável. As pessoas às vezes diziam que os ladrões tinham um código de honra próprio, mas Kiah não acreditava nisso. Um homem como Hakim mentia, trapaceava e roubava sempre que podia. E poderia cometer crimes ainda piores contra uma mulher indefesa.

Haveria outras pessoas no ônibus, claro, mas isso não era muito reconfortante. Os outros passageiros também poderiam estar assustados e desesperados. Quando uma mulher sofre um abuso, as pessoas às vezes fingem que não estão vendo e inventam desculpas para não precisar intervir.

Sua única esperança era Yusuf. Ele era sua família, e a honra o forçaria a protegê-la. Contando com Azra, seriam três adultos no grupo, então não estariam desamparados. Abusadores costumavam ser covardes, e Hakim talvez pensasse duas vezes antes de arrumar briga com três pessoas.

Kiah tinha a sensação de que, com a ajuda de Yusuf e Azra, conseguiria encarar aquela jornada.

A temperatura já estava baixando quando ela chegou à aldeia de Yusuf, no final da tarde. Estava com os pés doloridos, mas cheia de esperança. Abraçou Naji, que deu um beijo na mãe e imediatamente voltou a brincar com Danna. Ficou um pouco decepcionada por ele não ter sentido saudade dela, mas aquilo era um bom sinal: mostrava que ele tinha passado o dia feliz e que se sentia seguro.

– Yusuf foi ver um carneiro, mas não vai demorar – avisou Azra. Mais uma vez, ela estava sendo um pouco antipática com Kiah. Não hostil, mas um pouco menos amigável do que já havia sido.

Kiah se perguntou por que Yusuf desejaria olhar um carneiro se ele não tinha mais um rebanho de ovelhas para reproduzir, mas imaginou que ele ainda estivesse envolvido com o trabalho, por mais que estivesse acabado. Ela estava ansiosa para compartilhar tudo o que tinha descoberto, mas se esforçou para se manter paciente. As duas mulheres ficaram vendo os filhos brincarem até que Yusuf apareceu alguns minutos depois.

Assim que ele se sentou no tapete, Kiah disse:

– O Hakim parte daqui a dez dias. Precisamos estar em Three Palms ao amanhecer se quisermos ir com ele.

Ela estava animada e assustada na mesma medida. Yusuf e Azra pareciam mais calmos. Ela contou a eles sobre o preço, o ônibus e a discussão quanto ao valor para as crianças.

– O Hakim não é um homem de confiança – continuou. – Teríamos que ter cuidado, mas como estamos em três acho que conseguimos lidar com ele.

Yusuf, que normalmente ficava sorridente, estava pensativo. Azra não encarou Kiah. Kiah se perguntou se havia algo errado.

– Qual o problema? – indagou.

Yusuf adotou a expressão de um homem explicando os segredos do universo para suas esposas.

– Tenho pensado muito sobre isso – disse ele com ar de seriedade.

Kiah teve um mau pressentimento.

– Algo me diz que as coisas podem melhorar aqui no lago – continuou ele.

Eles iam desistir, Kiah percebeu consternada.

– Com o dinheiro que eu gastaria nessa viagem posso comprar um belo rebanho de ovelhas.

"E ver todas elas morrerem", pensou Kiah, "assim como aconteceu com as últimas". Mas permaneceu em silêncio.

Ele leu os pensamentos dela.

– Existem riscos nas duas alternativas, é claro. Mas eu entendo de ovelhas, ao passo que não sei nada sobre a Europa.

Kiah ficou decepcionada e teve vontade de debochar da covardia dele, mas se conteve.

– Você está inseguro – comentou.

– Estou seguro. Decidi não ir por enquanto.

Azra havia tomado a decisão, imaginou Kiah. Azra nunca tinha gostado da ideia de migrar e convencera Yusuf.

E assim Kiah estava por conta própria.

– Eu não tenho como ir sem vocês – tentou ela.

– Então ficamos todos aqui, vamos sobreviver de algum jeito – respondeu Yusuf.

Aquele otimismo idiota não salvaria ninguém. Kiah estava prestes a dizer isso, mas se conteve novamente. Não era uma boa ideia desafiar um homem quando ele dava um veredito daquela maneira tão formal.

Ela ficou em silêncio por bastante tempo. Então, por uma questão de bom relacionamento com o primo, falou:

– Bom, então que seja. Vem, Naji – chamou se levantando. – Hora de ir pra casa. – Carregá-lo por mais de um quilômetro até a aldeia de repente pareceu terrivelmente difícil. – Obrigada por tomar conta dele – disse para Azra.

Ela se despediu. Marchando ao longo da beira do lago, mudando Naji de um lado dolorido do quadril para o outro, calculou quanto tempo levaria para que o dinheiro da venda do barco acabasse. Por mais simples que ela fosse, não havia como fazê-lo durar por mais que dois ou três anos. Sua única oportunidade tinha acabado de desaparecer.

Subitamente, tudo pareceu insuportável. Ela colocou Naji no chão, sentou-se na areia e ficou olhando a água rasa até as ilhotas lamacentas. Para onde quer que olhasse, não via nenhuma esperança.

Ela colocou a cabeça entre as mãos e se perguntou:

– O que é que eu vou fazer?

# CAPÍTULO 3

O vice-presidente Milton Lapierre entrou com um ar britânico no Salão Oval, vestindo um blazer de caxemira azul-escuro. Os botões transpassados ajudavam a esconder bastante a protuberância de sua barriga. Alto e lento, ele contrastava com a franzina presidente Green, que havia sido campeã de ginástica pela Universidade de Chicago e se mantinha magra até hoje.

Eles eram tão diferentes um do outro quanto o presidente Kennedy, aquele elegante intelectual de Boston, havia sido do vice-presidente Lyndon Johnson, um diamante bruto do Texas. Pauline era uma republicana moderada, conservadora mas flexível; Milt era um homem branco da Geórgia que detestava fazer concessões. Pauline não gostava de Milt, mas ele era útil. Ele a mantinha informada sobre o que a extrema-direita do partido pensava, alertava-a quando ela estava prestes a fazer algo que deixaria todos eles espumando de raiva e a defendia diante da imprensa.

– James Moore teve uma ideia – avisou ele.

Haveria eleições no ano seguinte, e o senador Moore ameaçava desafiar Pauline pela indicação do Partido Republicano. A primária de New Hampshire, crucial, seria dali a cinco meses. Apesar de incomum, não era a primeira vez que um presidente em exercício tinha concorrência dentro do próprio partido: Ronald Reagan fez isso com Gerald Ford em 1976 e perdeu; Pat Buchanan desafiou George H.W. Bush em 1991 e perdeu também; mas Eugene McCarthy se saiu tão bem contra Lyndon Johnson em 1968 que Johnson desistiu da disputa.

Moore tinha chance. Pauline havia vencido a última eleição presidencial em uma onda de reação contra a incompetência e o racismo. "Conservadorismo de bom senso" tinha sido seu slogan: sem extremos, sem violência, sem preconceito. Ela defendia uma política externa de baixo risco, uma atuação discreta das forças policiais e impostos baixos. Mas milhões de eleitores ainda ansiavam por um líder machista e falastrão, e Moore vinha conquistando o apoio deles.

Pauline estava sentada atrás da famosa mesa do *Resolute*, um presente da rainha Vitória, mas tinha um computador do século XXI diante de si.

– O que foi desta vez? – perguntou ela olhando para Milt.

– Ele quer proibir músicas pop com letras obscenas no ranking da Billboard Hot 100.

Houve uma explosão de risadas do outro lado da sala. A chefe de gabinete Jacqueline Brody parecia fascinada. Amiga de longa data e aliada de Pauline, ela era uma mulher atraente de 45 anos e cheia de atitude.

– Se não fosse pelo Moore, eu passaria dias sem dar uma única risada do café da manhã até a hora de dormir – comentou ela.

Milt se sentou na cadeira em frente à mesa.

– A Jacqueline pode achar graça, mas muita gente vai gostar da ideia – disse Milt, mal-humorado.

– Eu sei, eu sei – admitiu Pauline. – Nada nunca é ridículo demais na política moderna.

– O que você vai dizer sobre isso?

– Nada, se eu puder evitar o assunto.

– E se perguntarem diretamente?

– Vou dizer que as crianças não devem escutar músicas com palavrões e que eu proibiria se fosse presidente de um país autoritário como a China.

– Então você vai comparar os cristãos americanos a comunistas chineses.

– Tem razão, é sarcástico demais – disse Pauline com um suspiro. – O que sugere?

– Apelar para o bom senso dos cantores, das gravadoras e das rádios para que pensem nos ouvintes mais jovens. Então, se for preciso, você ainda pode dizer: "A censura não é o meio para resolvermos as coisas por aqui."

– Isso não vai fazer diferença nenhuma.

– Não vai, mas tudo bem, contanto que você demonstre simpatia.

Ela olhou para Milt, tentando decifrá-lo. Ele não se chocava com facilidade, pensou. Será que ela podia fazer para ele a pergunta que estava ali na ponta da língua? Achou que sim.

– Com quantos anos você e seus amigos começaram a falar "porra"?

Milt deu de ombros, nem um pouco abalado.

– Doze, talvez 13.

Ela se virou para Jacqueline.

– E você?

– Mais ou menos o mesmo.

– Então estamos protegendo nossos filhos do quê?

– Não estou dizendo que o Moore tem razão – ponderou Milt. – Só acho que ele é uma ameaça para você. E ele chama você de liberal em quase todas as declarações que faz.

– Conservadores inteligentes sabem que não se pode impedir a mudança, só é possível desacelerá-la. Assim as pessoas têm tempo para se acostumar com as novas ideias sem que haja uma grita indignada. Os liberais cometem o erro de exigir mudanças radicais aqui e agora, e isso os enfraquece.

– Tenta escrever tudo isso numa camiseta.

Era um dos chavões de Milt. Ele achava que poucos eleitores conseguiam entender qualquer coisa que não coubesse em uma frase de camiseta. O fato de Milt estar tão certo com tanta frequência o tornava ainda mais desagradável.

– Eu quero vencer, Milt – disse Pauline.

– Eu também.

– Estou sentada a esta mesa há dois anos e meio e tenho a sensação de que não conquistei quase nada. Eu quero mais um mandato.

– Que assim seja, senhora presidente – rebateu Jacqueline.

A porta se abriu, e Lizzie Freeburg espiou ali dentro. Com 30 anos de idade e uma cabeleira preta encaracolada, ela era a secretária sênior.

– O conselheiro de Segurança Nacional está aqui – avisou.

– Ótimo – disse Pauline.

Gus Blake entrou e imediatamente fez a sala parecer menor. Gus e Milt se cumprimentaram com um aceno de cabeça: eles não se davam bem.

Os três conselheiros mais próximos da presidente estavam agora na sala. Os escritórios da chefe de gabinete, do conselheiro de Segurança Nacional e do vice-presidente ficavam a poucos passos de distância naquele mesmo andar da Ala Oeste, e a simples proximidade física significava que eles viam a presidente mais do que qualquer outra pessoa.

– Milt estava me falando sobre o apelo do James Moore à censura de músicas pop – comentou Pauline com Gus.

Gus abriu seu sorriso encantador.

– Você é a líder do mundo livre e está preocupada com a música pop?

– Só perguntei pro Milt quantos anos ele tinha quando começou a dizer "porra". Ele me respondeu que foi com 12. E você, Gus?

– Eu nasci no sul de Los Angeles, então provavelmente foi a primeira palavra que falei.

– Prometo que isso fica só entre nós – riu Pauline.

– Você queria falar sobre o Al-Bustan.

– Sim. Vamos ficar mais à vontade.

Ela se levantou da mesa. No meio da sala havia dois sofás, um de frente para o outro, com uma mesinha de centro entre eles. Pauline se sentou. Milt e Jacqueline ficaram sentados de frente para ela, e Gus ao seu lado.

– É a melhor notícia que tivemos daquela região em muito tempo – disse Gus. – O projeto Cleopatra está dando frutos.

– Cleopatra? – perguntou Milt.

Gus demonstrou impaciência. Milt não costumava ler os relatórios dele. Pauline, sim.

– A CIA tem um oficial disfarçado que produziu uma inteligência valiosíssima sobre uma base do EIGS no Níger – informou ela. – Ontem uma força conjunta de tropas americanas, francesas e locais desbaratou o local. Está no relatório de hoje de manhã, mas você não deve ter tido tempo de ler tudo.

– Pelo amor de Deus, por que levamos os franceses junto? – perguntou Milt.

Gus lançou a ele um olhar que dizia *Você nunca sabe de nada?*, mas respondeu com o mínimo de educação:

– Muitos desses países são ex-colônias francesas.

– Ah, sim.

Por ser mulher, Pauline costumava ouvir insinuações de que era boazinha demais, delicada demais, simpática demais para ser comandante em chefe das Forças Armadas dos Estados Unidos.

– Eu mesma vou fazer esse anúncio – disse ela. – O James Moore adora abrir a boca para falar dos terroristas. Está na hora de mostrar pras pessoas que a presidente Green é quem mata esses desgraçados.

– Bem pensado.

Pauline se virou para a chefe de gabinete.

– Jacqueline, você pode pedir pro Sandip marcar uma coletiva?

Sandip Chakraborty era o diretor de comunicações.

– Claro. – Jacqueline olhou para o relógio. Era meio da tarde. – Ele vai sugerir amanhã de manhã, para ter o máximo de cobertura das tevês.

– Está ótimo.

– Agora, alguns detalhes que não estavam no relatório porque acabaram de chegar – disse Gus. – Primeiro, o ataque foi liderado pela coronel Susan Marcus.

– A operação foi comandada por uma mulher?

– Não me parece tão inacreditável assim – afirmou Gus com um sorriso.

– Isso é maravilhoso. Agora eu posso dizer: "Se é demonstração de força que vocês querem, peçam a uma mulher que faça o trabalho."

– Isso serve para a coronel Marcus, mas também pra você.

– Adorei.

– O relatório diz que as armas dos terroristas eram de origem chinesa e norte-coreana.

– Por que Beijing arma essa gente? – perguntou Milt. – Eu achava que os chineses odiavam os muçulmanos. Eles não os jogam em campos de reeducação?

– Não é uma questão de ideologia – respondeu Pauline. – Tanto a China quanto a Coreia do Norte ganham muito dinheiro fabricando e vendendo armamentos.

– Eles não deveriam vender para o EIGS.

– Eles vão dizer que não vendem. E existe um aquecido mercado de segunda mão. – Pauline deu de ombros. – O que você vai fazer?

Gus a surpreendeu ao concordar com Milt:

– O vice-presidente tem razão nesse aspecto, senhora presidente. Outra coisa que não estava no relatório de hoje de manhã é que, além das armas, os terroristas tinham três peças de artilharia autopropulsada Koksan M-1978 170mm, de fabricação norte-coreana, montadas em tanques chineses modelo 59.

– Meu Deus. Isso não se compra num mercado de pulgas de Tombuctu.

– Não.

Pauline ficou pensativa.

– Acho que não podemos deixar isso passar. Fuzis já são ruins o suficiente, mas o mundo é cheio deles e ninguém tem como controlar o mercado. Artilharia é outra história.

– Concordo, mas não estou certo sobre o que fazer a respeito – disse Gus. – Os fabricantes de armas americanos precisam de aprovação do governo para vender para o exterior. Eu recebo esses pedidos de autorização toda semana. Outros países deveriam fazer o mesmo, mas não fazem.

– Então talvez devêssemos incentivá-los a fazer.

– Tudo bem – respondeu Gus. – O que você tem em mente?

– Poderíamos propor uma resolução na ONU.

– A ONU! – exclamou Milt com desdém. – Não vai adiantar nada.

– Isso deixaria a China sob os holofotes. Pode ser que o debate, por si só, os faça adotar medidas restritivas.

Milt ergueu as mãos em sinal de rendição.

– Certo, vamos usar a ONU pra chamar a atenção para o que os chineses estão fazendo. É assim que eu vou resumir.

– Não faz sentido propor uma resolução do Conselho de Segurança – disse Gus. – Os chineses vão simplesmente vetar. Então imagino que a gente esteja falando de uma resolução da Assembleia Geral.

– Isso – concordou Pauline –, mas não vamos só propor. Seria melhor angariar apoio do mundo todo. Os embaixadores americanos precisam fazer lobby com os governos anfitriões para que apoiem a resolução. Mas discretamente, para alertar os chineses de que estamos tratando o assunto com seriedade.

– Continuo achando que isso não vai mudar em nada o comportamento dos chineses – opinou Milt.

– Aí a gente pode complementar com sanções. Mas primeiro o mais importante. Precisamos que o Chess entre no circuito. – Chester Jackson era o secretário de Estado. Seu escritório ficava a um quilômetro e meio de distância, no edifício do Departamento de Estado. – Jacqueline, marque uma reunião e vamos debater mais um pouco esse assunto.

Lizzie apareceu de novo na porta.

– Senhora presidente, o primeiro-cavalheiro já está de volta à residência oficial.

– Obrigada. – Pauline ainda não estava acostumada com o fato de seu marido ser chamado de primeiro-cavalheiro; aquilo soava muito engraçado. Ela se levantou, e os outros fizeram o mesmo. – Obrigada a todos.

Ela saiu do Salão Oval pela porta que dava para a Colunata Oeste. Seguida por dois agentes do Serviço Secreto e pelo capitão do Exército com a bola de futebol atômica, passou pelas laterais do Roseiral e entrou na residência oficial.

Era um belo edifício, com uma decoração fabulosa e manutenção cara, mas jamais seria um lar. Pauline pensou com pesar na casa de Capitol Hill que ela havia deixado para trás, uma construção vitoriana estreita de tijolos vermelhos, com cômodos pequenos e aconchegantes repletos de fotos e livros. Tinha sofás surrados com almofadas chamativas, uma cama enorme e confortável e uma cozinha de estilo antigo, na qual Pauline sabia exatamente onde cada coisa ficava guardada. Havia bicicletas pelo corredor, raquetes de tênis na lavanderia e um frasco de ketchup no aparador da sala de jantar. Às vezes ela desejava nunca ter saído de lá.

Subiu as escadas sem parar para recuperar o fôlego. Aos 50 anos, ainda era ágil. Passou pelo primeiro andar formal e chegou aos aposentos da família no segundo.

Do patamar, ela olhou para a Sala de Estar Leste, o lugar preferido de todo mundo para se divertir. Viu o marido sentado próximo à grande janela em arco virada para a Ala Leste, que dava para a rua 15 Noroeste e para o Old Ebbitt Grill. Ela caminhou pelo curto corredor até a pequena sala, se sentou no sofá de veludo amarelo ao lado dele e deu um beijo em seu rosto.

Gerry Green era dez anos mais velho que Pauline. Era alto, com cabelos grisalhos e olhos azuis, e estava usando um terno cinza-escuro convencional com uma camisa de botão e uma gravata de estampa discreta. Ele comprava todas as suas roupas na Brooks Brothers, embora tivesse dinheiro para pegar um avião até Londres e encomendar seus ternos nos alfaiates da Savile Row.

Pauline o conheceu quando estava na Faculdade de Direito de Yale e ele foi convidado a dar uma palestra sobre o Direito enquanto negócio. Ele tinha 30 e poucos anos e já era bem-sucedido, e as mulheres da turma o achavam lindo. Mas levou mais quinze anos até que eles se reencontrassem. Na época, ela era congressista e ele, sócio sênior de um escritório de advocacia.

Eles saíram, dormiram juntos e passaram férias em Paris. O namoro era empolgante e romântico, mas mesmo assim Pauline sabia que eles tinham mais uma amizade do que uma grande paixão. Gerry era um bom amante, mas ela nunca teve vontade de arrancar a roupa dele com os dentes. Ele era bonito, inteligente e espirituoso, e ela se casou com ele por todas essas razões, e também porque não queria ficar sozinha.

Quando Pauline foi eleita presidente, ele se aposentou e se tornou diretor de uma instituição nacional de caridade, a Fundação Americana para a Educação de Mulheres e Meninas, um trabalho não remunerado de meio período que lhe permitia desempenhar seu papel de primeiro-cavalheiro da nação.

Eles tinham uma filha, Pippa, de 14 anos. Ela adorava ir para a escola e era uma ótima aluna, de modo que eles ficaram surpresos quando a diretora lhes pediu que fossem até a escola para falar sobre o comportamento da filha.

Pauline e Gerry ficaram tentando adivinhar qual seria o problema. Pensando em si mesma aos 14 anos, Pauline imaginou que Pippa poderia ter sido pega beijando um garoto do nono ano nos fundos do ginásio. De um jeito ou de outro, ela achava pouco provável que fosse algo sério.

Pauline não podia ir. Sairia em todos os jornais. E aí os problemas de Pippa, por mais banais que fossem, seriam notícia de primeira página, e a pobre garota estaria sob os holofotes do país inteiro. O maior desejo de Pauline era proporcionar um futuro maravilhoso para Pippa, e ela sabia que a Casa Branca não era um ambiente propício para se criar uma filha. Ela estava determinada a protegê-la da brutal atenção da imprensa. Portanto, Gerry tinha ido sozinho, discretamente, naquela tarde, e agora Pauline ansiava por saber o que havia acontecido.

– Eu nunca falei com a Sra. Judd – admitiu Pauline. – Como ela é?

– Inteligente e afetuosa – respondeu Gerry. – Justamente a combinação que se espera de uma diretora escolar.

– Quantos anos ela tem?

– Quarenta e poucos.

– O que ela queria falar?

– Ela gosta da Pippa e acha que ela é uma aluna brilhante e um membro valioso da comunidade escolar. Fiquei muito orgulhoso.

Pauline teve vontade de dizer *Vá direto ao ponto*, mas ela sabia que Gerry faria um relatório completo e de maneira lógica, começando do início. Três décadas como advogado tinham lhe ensinado a valorizar a clareza acima de tudo. Pauline conteve a impaciência.

– Pippa sempre se interessou por história, estudando o assunto e participando dos debates em sala de aula – continuou ele. – Mas ultimamente as contribuições dela têm sido perturbadoras.

– Ai, meu Deus – murmurou Pauline. Aquilo estava começando a soar assustadoramente familiar.

– Tanto que a professora teve que tirar Pippa de sala três vezes.

Pauline assentiu:

– E, quando acontece três vezes, eles mandam chamar os pais.

– Correto.

– Que período da história a turma está estudando?

– Vários, mas a Pippa cria caso quando falam sobre os nazistas.

– O que ela tem dito?

– O que a Pippa contesta não é a abordagem da professora. A reclamação dela é que a turma está estudando as matérias erradas. Ela diz que o currículo tem um viés racista.

– Eu já sei aonde isso vai chegar. Mas continue.

– Acho que a gente pode pedir à Pippa para contar a versão dela agora.

– Boa ideia.

Pauline ia se levantar para procurar a filha, mas Gerry disse:

– Fique aí. Descanse um minuto. Você é a pessoa que mais trabalha neste país. Eu encontro a Pippa.

– Obrigada.

Gerry saiu.

Ele era atencioso, pensou Pauline, agradecida. Era assim que ele demonstrava seu amor.

A reclamação de Pippa acendeu uma luz na mente de Pauline porque ela se lembrava de desafiar seus professores. Sua queixa, naquela época, era que as aulas eram todas sobre homens: presidentes, generais, escritores, músicos. Seu professor, um homem, usou o tolo argumento de que isso acontecia porque as mulheres não tinham muita relevância em termos históricos. Nessa hora, a jovem Pauline ficou furiosa.

No entanto, a Pauline de agora não podia deixar que o amor e a empatia borrassem sua visão. Pippa tinha que aprender a não deixar que um debate se transformasse em uma briga. Pauline precisava orientá-la com cuidado. Como a maioria das questões políticas, aquilo não podia ser resolvido com força bruta, e sim com sutileza.

Gerry voltou trazendo Pippa. Ela era baixa para sua idade e magra, como Pauline. Não tinha uma beleza padrão, com uma boca grande e um queixo largo, mas sua personalidade solar brilhava naquele rosto comum, e Pauline se sentia inundada de amor toda vez que a via. A roupa que usava para ir à escola, um moletom bem largo e uma calça jeans, a fazia parecer um tanto infantil, mas Pauline sabia que por baixo daquilo ela estava se tornando uma mulher.

– Vem sentar comigo, querida – chamou Pauline, e quando Pippa se sentou ela colocou o braço em volta dos ombros da menina e a abraçou. – Você sabe que a gente te ama muito, por isso precisamos entender o que está acontecendo na escola.

Pippa ficou desconfiada.

– O que a Sra. Judd disse?

– Esquece a Sra. Judd por um minuto. Só fala o que está incomodando você. – Pippa continuou em silêncio por alguns segundos, então Pauline a estimulou: – Tem a ver com as aulas de história, não tem?

– Tem.

– Fala sobre isso, então.

– Estamos estudando os nazistas, e tudo gira em torno de quantos judeus foram assassinados. Vimos fotos dos campos de concentração e das câmaras de gás. Aprendemos os nomes: Treblinka, Majdanek, Janowska. Mas e as pessoas que nós mesmos eliminamos? Havia dez milhões de nativos americanos quando Cristóvão Colombo desembarcou, mas no final das Guerras Indígenas restavam apenas duzentos e cinquenta mil. Isso não foi um holocausto? Eu perguntei quando a gente ia estudar os massacres de Tallushatchee, Sand Creek, Wounded Knee.

Pippa estava exasperada e na defensiva. Era isso o que Pauline esperava. Ela não achava que Pippa fosse baixar a guarda e pedir desculpas, pelo menos não ainda.

– Me parece uma pergunta razoável – disse Pauline. – O que o professor respondeu?

– O Sr. Newbegin disse que não sabia quando a gente ia estudar isso. Então eu perguntei se não era mais importante saber sobre as atrocidades cometidas pelo nosso próprio país do que sobre as dos outros. Eu acho até que tem alguma coisa na Bíblia que fala disso.

– Tem, sim – afirmou Gerry, que tinha recebido formação religiosa. – No Sermão da Montanha. Antes de tentar tirar um cisco do olho do teu irmão, certifica-te de não haver um grande pedaço de madeira no teu próprio olho, obstruindo tua visão, recomendou Jesus. E ele usou também a palavra "hipócrita", para sabermos que estava falando sério.

– O que o Sr. Newbegin falou sobre isso? – perguntou Pauline.

– Que não são os alunos que definem o conteúdo programático.

– Lamentável – opinou Pauline. – Ele se acovardou.

– Exatamente.

– Por que você foi tirada de sala?

– Eu não parei de perguntar, e ele ficou de saco cheio. Disse que, se eu era incapaz de ficar apenas sentada escutando, deveria sair da sala, então eu saí. – Pippa deu de ombros, como se dissesse que aquilo não tinha sido grande coisa.

– Mas a Sra. Judd me disse que isso aconteceu três vezes. A primeira e a segunda vez foram por quê? – perguntou Gerry.

– Pela mesma coisa. – Pippa fez uma cara de indignação. – Eu tinha o direito de ouvir uma resposta!

– A questão é que, apesar de você ter razão, no fim das contas as aulas continuam como antes, com a única diferença de que você não está em sala – disse Pauline.

– E eu estou fodida.

Pauline fingiu não ouvir o palavrão.

– Olhando em retrospecto, o que você acha da forma como lidou com isso?

– Eu lutei pela verdade e fui punida por isso.

Aquela não era a resposta que Pauline esperava. Ela tentou mais uma vez:

– Você consegue pensar em alguma outra resposta possível?

– Engolir tudo isso calada?

– Posso dar uma sugestão?

– Pode.

– Tenta pensar em uma forma de fazer a turma aprender sobre o genocídio dos nativos americanos.

– Mas ele não vai…

– Escuta. Vamos supor que o Sr. Newbegin concorde em dedicar a última aula do semestre aos nativos americanos e deixe você fazer uma apresentação, que pode ser seguida por um debate.

– Ele nunca ia fazer isso.

– Como você pode ter certeza? – "Ele faria se eu pedisse", pensou Pauline, mas guardou isso para si mesma. – E mesmo que não faça, a escola não tem um Clube de Debates?

– Sim. Eu faço parte do comitê.

– Então propõe uma moção sobre as Guerras Indígenas. "Teriam sido os pioneiros responsáveis por um holocausto?" Traz a escola inteira para dentro do debate, inclusive o Sr. Newbegin. Você precisa que ele esteja do seu lado, não contra você.

Pippa começou a parecer interessada.

– Olha, isso é uma boa ideia... um debate.

– Não importa o que você faça, resolva isso junto com a Sra. Judd e o Sr. Newbegin. Não invente nada sozinha para depois jogar em cima deles. Quanto mais eles acharem que a ideia também é deles, mais apoio vão dar.

Pippa deu um sorriso.

– Você está me ensinando política, mãe?

– Talvez. Mas tem mais uma coisa, e você provavelmente não vai gostar.

– O quê?

– Tudo vai ser muito mais fácil se antes você pedir desculpas ao Sr. Newbegin por ter tumultuado a aula dele.

– Eu tenho mesmo que fazer isso?

– Acho que sim, querida. Você feriu o orgulho dele.

– Mas eu sou praticamente uma criança!

– O que só piora as coisas. Tome a iniciativa de fazer as pazes. Isso vai fazer bem pra você.

– Posso pensar sobre isso primeiro?

– Claro. Agora vai lavar as mãos enquanto eu ligo para a Sra. Judd, porque a gente vai jantar em... – Ela olhou para o relógio. – ... quinze minutos.

– Tá bom.

Pippa saiu.

– Vou avisar à cozinha – disse Gerry e saiu também.

Pauline pegou o telefone.

– Por favor, ligue para a Sra. Judd, diretora da Foggy Bottom Day School – pediu à operadora da central telefônica.

– Certo, senhora presidente. – Os funcionários da central telefônica da Casa Branca tinham orgulho da própria capacidade de encontrar qualquer pessoa no mundo. – A senhora pretende ficar na Sala de Estar Leste pelos próximos minutos?

– Sim.

– Obrigada, senhora presidente.

Pauline desligou e Gerry voltou.

– O que achou? – perguntou Pauline.

– Acho que você lidou bem com a questão. Você a fez pensar em pedir desculpas, mas ela não ficou brava com você. Foi habilidoso da sua parte.

"E afetuoso também", pensou Pauline com uma pontinha de ressentimento.

– Você acha que fui um pouco fria?

Gerry deu de ombros.

– Fico me perguntando o que isso nos diz sobre onde a Pippa está hoje, em termos emocionais.

Pauline franziu a testa, sem entender bem o que Gerry estava querendo dizer, mas o telefone tocou antes que ela pudesse perguntar.

– Sra. Judd na espera, senhora presidente.

– Sra. Judd, espero não estar atrapalhando a sua noite – disse Pauline.

Não havia muitas pessoas no mundo que se importariam em ser incomodadas pela presidente dos Estados Unidos, mas Pauline gostava de ser educada.

– Por favor, problema nenhum, senhora presidente. É um prazer falar com a senhora, claro.

Ela falava num tom de voz baixo e amistoso, mas com alguma cautela. Isso não era de surpreender para alguém que estava falando com a presidente.

– Em primeiro lugar, quero agradecer a preocupação que demonstrou com a Pippa. Eu fico muito grata.

– De nada, senhora. É o nosso trabalho.

– A Pippa tem que aprender que não pode controlar as aulas, obviamente. E de forma alguma estou ligando para fazer queixas do Sr. Newbegin.

– Obrigada. – A Sra. Judd começou a relaxar um pouco.

– No entanto, não queremos destruir o idealismo da Pippa.

– Claro que não.

– Eu tive uma conversa com ela e recomendei expressamente que peça desculpas ao Sr. Newbegin.

– Como ela reagiu?

– Ela disse que ia pensar.

A Sra. Judd deu uma risada.

– Isso é a cara da Pippa.

Pauline riu também e percebeu que havia estabelecido uma conexão ali.

– E sugeri que ela pensasse numa forma de defender o ponto de vista dela sem atrapalhar a aula – disse Pauline. – Falei que ela podia propor uma moção no Clube de Debates, por exemplo.

– Que ótima ideia.

– Claro que isso depende de vocês, mas espero que estejam de acordo com o princípio geral.

– Eu estou.

– E espero que amanhã a Pippa esteja com uma postura um pouco mais conciliadora.

– Obrigada, senhora presidente. Obrigada.

– Boa noite. – Pauline desligou.

– Muito bem – disse Gerry.

– Vamos jantar.

Saíram da sala e atravessaram o extenso Corredor Central e a Sala de Estar Oeste até a Sala de Jantar, no lado norte da construção, com duas janelas que davam para a avenida Pensilvânia e a Lafayette Square. Pauline tinha restaurado o antigo papel de parede com cenas de batalha da Revolução Americana, anteriormente coberto pelos Clintons.

Pippa entrou, com cara de quem tinha ficado de castigo.

Os jantares de família eram feitos naquela sala, normalmente no começo da noite. A comida era sempre simples. A daquele dia incluía uma salada, seguida de macarrão com molho de tomate e abacaxi fresco de sobremesa.

Ao final da refeição, Pippa disse:

– Ok, vou pedir desculpas ao Sr. Newbegin por ter enchido o saco dele.

– Boa decisão – falou Pauline. – Obrigada por me escutar.

– Mas fala "enchido a paciência" em vez disso – sugeriu Gerry.

– Você entendeu, pai.

Depois que Pippa saiu, Pauline avisou:

– Vou tomar meu café na Ala Oeste.

– Eu aviso à cozinha.

– O que você vai fazer hoje à noite?

– Tenho trabalho a fazer para a fundação, deve levar uma hora. Depois que a Pippa acabar o dever de casa a gente deve ver um pouco de TV.

– Ótimo. – Pauline deu um beijo nele. – Até mais tarde.

Ela contornou novamente a colunata, passou pelo Salão Oval e chegou ao outro lado. Ao lado do Salão Oval ficava o Estúdio, uma pequena sala informal onde Pauline gostava de trabalhar. O Salão Oval era um ambiente formal, onde as pessoas ficavam entrando e saindo o tempo todo, mas, quando a presidente estava no Estúdio, quase sempre conseguia ficar em paz, sem ninguém entrando sem bater nem fazendo perguntas. Com uma escrivaninha, duas poltronas e um aparelho de televisão, era um tanto apertado, mas Pauline gostava dali, e a maioria dos presidentes que a precederam, também.

Ela passou três horas fazendo ligações e se preparando para os assuntos do dia seguinte, depois voltou para a residência e foi direto para o Quarto Principal. Gerry já estava de pijama na cama, lendo um exemplar da *Foreign Affairs*. Enquanto se despia, ela disse:

– Lembro de quando eu tinha 14 anos. Eu era tinhosa. Os hormônios têm muito a ver com isso.

– Devem ter – disse ele sem tirar os olhos da revista.

Pelo tom de voz, ela percebeu que ele não concordava.

– Você tem outra teoria?

Ele não respondeu diretamente à pergunta:

– Suponho que a maioria da turma esteja passando por mudanças hormonais. Mas a Pippa é a única agindo assim.

Eles não sabiam de fato se havia outros alunos se comportando mal, mas Pauline se absteve de fazer um comentário meramente retórico.

– Fico me perguntando o porquê disso – comentou ela baixinho. Ela achava que sabia a resposta. Pippa era como ela, uma lutadora nata. Mas esperou pela opinião de Gerry.

– Numa jovem de 14 anos, um comportamento desses pode ser um sinal de que tem alguma coisa errada – disse ele.

– E o que você acha que está errado na vida da Pippa? – perguntou Pauline, com paciência.

– Ela pode estar querendo mais atenção.

– Sério? Ela tem você, tem a mim, tem a Sra. Judd. Ela sempre vê os avós.

– Talvez ela não veja a mãe o suficiente.

"Então a culpa é minha?", pensou Pauline.

É claro que ela não passava muito tempo com a filha. Ninguém com um emprego em tempo integral que exige tanto consegue passar o tempo que gostaria com os filhos. Mas, quando ela estava com Pippa, ambas desfrutavam um tempo de qualidade. O comentário de Gerry pareceu injusto.

Ela estava nua, e não pôde deixar de notar que Gerry não a tinha visto se despir. Vestiu a camisola e se deitou ao lado dele.

– Já tem algum tempo que você pensa isso? – perguntou.

– É uma preocupação que está sempre presente de alguma forma – respondeu ele. – Não foi minha intenção criticar você.

"Não foi, mas criticou", pensou ela.

Ele pôs a revista de lado e desligou o abajur da cabeceira. Depois se virou e a beijou de leve.

– Te amo – disse ele. – Boa noite.

– Boa noite. – Ela apagou o abajur do seu lado. – Também te amo.

Ela levou um bom tempo até conseguir pegar no sono.

# CAPÍTULO 4

Tamara Levit trabalhava na embaixada dos Estados Unidos em N'Djamena, no conjunto de escritórios que compunha a estação da CIA. Sua mesa ficava na área comum: ela ainda não tinha o nível hierárquico necessário para ter direito a uma sala só para si. Ela havia falado por telefone com Abdul, que disse ter feito contato com um contrabandista de pessoas chamado Hakim, e estava escrevendo um breve relatório sobre isso no fim da tarde quando ela e todos os funcionários foram chamados à sala de reuniões. O chefe da estação, Dexter Lewis, tinha um comunicado a fazer.

Dexter era um homem baixo e musculoso e estava com um terno amarrotado. Tamara o considerava inteligente, especialmente em operações envolvendo fraudes, mas também achava que ele às vezes era desonesto.

– Obtivemos um grande êxito e gostaria de agradecer a todos – disse ele. – Tem uma mensagem aqui que eu gostaria de ler para vocês. – Ele estava segurando uma folha de papel. – "Para a coronel Susan Marcus e seu esquadrão, e para Dexter Lewis e sua equipe de inteligência. Caros colegas, tenho o prazer de lhes dar os parabéns pela vitória em Al-Bustan. Vocês desferiram um golpe mortal contra o terrorismo e salvaram muitas vidas. Estou orgulhosa de vocês. Cordialmente…" – Ele fez uma pausa dramática antes de concluir: – "Pauline Green, presidente dos Estados Unidos."

A equipe irrompeu em vivas e aplausos. Tamara sentiu uma onda de orgulho. Ela sempre tinha feito um excelente trabalho na CIA, mas aquela era a primeira vez que participava de uma grande operação e estava exultante por ter sido um sucesso.

Mas a pessoa que mais merecia os parabéns da presidente Green era Abdul. Ela se perguntou se a presidente sabia o nome dele. Provavelmente não.

E a missão não tinha acabado. Abdul ainda estava em campo, arriscando a vida para espionar os jihadistas. Tamara às vezes perdia o sono pensando nele e no corpo mutilado de seu antecessor, Omar, cujo sangue havia jorrado pelo deserto.

Eles voltaram para suas mesas, e Tamara ficou pensando em Pauline Green. Muito antes de Pauline se tornar presidente, quando ainda estava concorrendo ao Congresso por Chicago, Tamara tinha sido voluntária em seu comitê de campanha. Não era republicana, mas admirava a figura de Pauline. Achou que elas tinham se tornado muito próximas, mas vínculos formados em campanhas eleitorais eram notoriamente temporários, como um romance de verão, e a amizade não persistiu depois que Pauline foi eleita.

Assim que Tamara concluiu o mestrado, no meio do ano, a CIA entrou em contato com ela. Não houve qualquer tentativa de discrição nessa abordagem. A mulher do outro lado da linha disse: "Sou recrutadora da CIA e gostaria de falar com você." Tamara foi contratada pela Diretoria de Operações, o que significava que trabalharia disfarçada. Depois das apresentações formais em Langley, ela tinha passado por treinamento em um lugar apelidado Fazenda.

A maioria dos agentes da CIA passava toda a carreira sem jamais usar uma arma. Trabalhava ou nos Estados Unidos ou em embaixadas fortemente protegidas e ficava de frente para um computador, lendo jornais estrangeiros, fazendo buscas em sites, coletando dados e analisando o significado deles. Mas alguns trabalhavam em países perigosos ou hostis, ou ambas as coisas, andavam armados e eventualmente passavam por situações violentas.

Tamara não era covarde. Tinha sido capitã do time feminino de hóquei no gelo da Universidade de Chicago. Mas, até entrar para a CIA, nunca tinha precisado entender de armas de fogo. Seu pai era um professor universitário que nunca tinha segurado uma arma. A mãe arrecadava fundos para um grupo chamado Mulheres contra a Violência Armada. Quando cada um dos participantes do treinamento recebeu uma pistola automática 9mm, Tamara teve que prestar atenção nos outros para entender como soltar o pente e manusear o ferrolho.

No entanto, depois de um pouco de prática descobriu, com satisfação, que era uma atiradora excepcional com qualquer tipo de arma.

Tamara decidiu não contar isso aos pais.

Logo percebeu que a CIA não esperava que todos concluíssem o curso de combate. O treinamento fazia parte do processo seletivo, e um terço do grupo desistia antes do fim. Um sujeito fortão acabou adquirindo pavor de violência física. Em uma simulação de ameaça de bomba com munição de paintball, o homem que parecia ser o mais durão de todos atirou em todos os civis. Várias pessoas simplesmente pediam dispensa e voltavam para casa.

Mas Tamara completou o treinamento.

O Chade era sua primeira missão no exterior. A estação não era de alta tensão como Moscou ou Beijing nem confortável como Londres ou Paris, mas, apesar de ser discreta, era importante por causa do EIGS, e Tamara ficou satisfeita e lisonjeada por ter sido mandada para lá. E agora tinha que fazer jus à decisão da CIA apresentando um ótimo trabalho.

Estar no time de apoio a Abdul já era um grande feito. Se ele descobrisse a localização do Hufra e de Al-Farabi, a equipe inteira comemoraria.

O dia de trabalho estava chegando ao fim e, do lado fora, pela janela, as sombras das palmeiras já se alongavam. Tamara saiu do escritório. O calor do dia estava baixando.

A embaixada americana em N'Djamena era um complexo de 50 mil metros quadrados na margem norte do rio Chari. Ocupava um quarteirão inteiro na avenida Mobutu, a meio caminho entre a Missão Católica e o Instituto Francês. Os edifícios que compunham a embaixada eram novos e modernos, e as áreas de estacionamento ficavam à sombra de palmeiras. Parecia a sede de uma empresa bem-sucedida de alta tecnologia no vale do Silício, uma aparência que escondia muito bem a mão pesada do poderio militar americano. Mas a segurança era rigorosa. Ninguém passava pelo portão de entrada sem um agendamento prévio e os que chegavam adiantados tinham que esperar na rua até a hora marcada.

Tamara morava no próprio complexo. A cidade do lado de fora era considerada insegura para cidadãos americanos, e ela, assim como outras pessoas, tinha um pequeno apartamento em um prédio baixo que abrigava os funcionários solteiros.

Atravessando o complexo a caminho do seu prédio, Tamara cruzou com a jovem esposa do embaixador. Shirley Collinsworth tinha quase 30 anos, a mesma idade de Tamara. Estava vestindo um terninho rosa que também ficaria bem na mãe de Tamara. Por causa de seu papel, Shirley precisava parecer mais convencional do que realmente era, mas no fundo ela parecia muito com Tamara e elas se tornaram amigas.

Shirley estava radiante.

– Qual o motivo dessa alegria toda? – perguntou Tamara.

– Nick teve uma pequena vitória. – Nicholas Collinsworth, o embaixador, era mais velho que Shirley, tinha 40 anos. – Ele acabou de voltar de um encontro com o General.

O presidente do Chade era conhecido como General. Havia chegado ao poder graças a um golpe militar. O Chade era uma falsa democracia: havia eleições, mas o presidente em exercício sempre vencia. Qualquer político de oposição que começasse a ganhar popularidade acabava preso ou sofria um acidente fatal. As eleições eram uma encenação; as mudanças só aconteciam por meio de violência.

– O General convocou o Nick? – perguntou Tamara. Aquele era um detalhe importante, o tipo de coisa que um oficial de inteligência sempre queria saber.

– Não, o Nick pediu para falar com ele. A presidente Green vai propor uma resolução na Assembleia Geral da ONU, e todos os embaixadores precisam fazer lobby para conseguir apoio. Isso não é de conhecimento geral, mas posso te contar porque você é da CIA. De qualquer forma, o Nick foi ao Palácio Presidencial com a cabeça cheia de fatos e números sobre o negócio das armas, coitado. O General ficou ouvindo por dois minutos, depois prometeu apoiar a resolução e começou a falar sobre futebol. É por isso que o Nick está exultante e eu estou tão feliz.

– Que boa notícia! Mais uma vitória.

– É pouco em comparação com Al-Bustan, claro.

– Não importa. Vocês vão comemorar?

– Uma taça de champanhe, talvez. A gente consegue as melhores coisas aqui, graças aos aliados franceses. E você?

– Vou a um jantar de comemoração com o Tabdar Sadoul, meu equivalente na Direction Générale de la Sécurité Extérieure.

– Eu conheço o Tab. Ele é árabe, ou parte árabe.

– Franco-argelino.

– Sorte sua. Ele é um gato. Tudo o que há de melhor em escuro e claro.

– Isso é um poema?

– Byron.

– Bem, a gente só vai jantar. Eu não vou dormir com ele.

– Sério? Eu dormiria.

Tamara deu uma risadinha.

– Quer dizer, apenas se eu não fosse casada com um marido maravilhoso, é claro – disse Shirley.

– É claro.

Shirley deu um sorriso.

– Divirtam-se – disse ela, já se afastando.

Tamara continuou seguindo em direção ao apartamento. Ela sabia que Shirley estava brincando. Se pretendesse mesmo trair o marido, não brincaria com isso.

O apartamento de Tamara tinha um único cômodo, com uma cama, uma escrivaninha, um sofá e uma TV. Era apenas um pouco mais confortável do que um alojamento estudantil. Ela o havia decorado com tecidos locais em tons vibrantes de laranja e índigo. Tinha uma estante de literatura árabe, uma fotografia emoldurada dos pais no casamento deles e um violão que ainda não havia aprendido a tocar.

Ela tomou banho, secou o cabelo com o secador, passou uma maquiagem leve e ficou olhando para o armário, pensando no que vestir. Aquela não era uma ocasião para seu típico uniforme de trabalho, um vestido comprido com calça por baixo.

Estava ansiosa por aquela noite. Tab era um homem bonito e charmoso que a fazia rir. Ela queria estar o mais bonita possível. Escolheu um vestido de algodão na altura do joelho, com finas listras azuis e brancas. O vestido era de manga curta, o que era desaprovado pelo conservadorismo local, mas, de qualquer maneira, as noites às vezes eram mais frias, então ela vestiu um bolero azul para cobrir os braços. Calçou escarpins de couro azul-marinho de salto baixo: ela nunca usava salto alto. Olhando-se no espelho, achou sua roupa recatada demais, mas talvez estivesse bom para os padrões do Chade.

Pediu um carro. A embaixada usava uma empresa cujos motoristas passavam por escrutínio prévio. Quando ela saiu do apartamento, já era noite. As chuvas de verão tinham passado e não havia nuvens, então o céu estava repleto de estrelas. Um Peugeot compacto de quatro portas esperava por ela. Na frente dele estava uma limusine da embaixada.

Ao se aproximar, ela viu Dexter vindo pelo outro lado, de braço dado com a esposa. Eles estavam em trajes de gala. Haveria uma recepção na embaixada da África do Sul, Tamara lembrou. A limusine era para eles.

– Oi, Dexter – disse ela. – Boa noite, Sra. Lewis, como vai?

Daisy Lewis era bonita, mas parecia um pouco desconfortável. Dexter conseguia ficar desgrenhado mesmo de smoking.

– Oi, Tammy – cumprimentou ele.

Ele era a única pessoa no mundo que a chamava de Tammy.

Ela resistiu ao impulso de corrigi-lo e, andando um tanto apressada na direção oposta, disse:

– Obrigada por ler aquela mensagem da presidente Green. Acho que foi ótimo, todo mundo ficou em êxtase. – Então se repreendeu mentalmente por estar sendo puxa-saco.

– Que bom que gostou. – Ele a olhou de cima a baixo. – Você está toda arrumada. Também foi convidada para a festa dos sul-africanos?

– Não tive essa sorte. – Ela não era do alto escalão. – Estou só indo jantar.

– Com quem? – perguntou Dexter sem rodeios. Um chefe normal não teria o direito de fazer tal pergunta, mas na CIA as regras eram diferentes.

– Vou comemorar Al-Bustan com o Tabdar Sadoul, da DGSE.

– Sei quem é. Um sujeito confiável. – Dexter dirigiu a ela um olhar severo. – Ainda assim, tenha em mente que você deve me informar sobre qualquer "contato próximo e contínuo" com um estrangeiro, mesmo que seja um aliado.

– Eu sei.

Dexter respondeu como se ela tivesse discordado dele:

– Isso constituiria um risco inaceitável à segurança.

Ele gostava de ficar exibindo sua autoridade. Tamara captou um sinal de empatia no olhar de Daisy. "Ele também a atormenta desse jeito", pensou.

– Entendo – disse Tamara.

– Eu não deveria precisar te lembrar disso.

– Somos apenas colegas, Dexter. Não se preocupe.

– É o meu trabalho me preocupar. – Ele abriu a porta da limusine. – Não se esqueça, por contato próximo e contínuo entendemos que tudo bem fazer um boquete, mas dois não.

– Dexter! – exclamou Daisy.

– Entra no carro, querida – disse ele com uma risadinha.

Enquanto a limusine se afastava, um sedã família prateado empoeirado saiu de uma vaga no estacionamento e a seguiu: o guarda-costas de Dexter.

Tamara entrou em seu carro e deu o endereço ao motorista.

Não havia nada que pudesse fazer em relação a Dexter. Ela poderia ter falado com Phil Doyle, o oficial que supervisionava o projeto Abdul e estava acima de Dexter, mas reclamar do chefe para os superiores dele não era o jeito certo de se dar bem em nenhuma instituição.

N'Djamena tinha sido planejada por urbanistas franceses na época em que ainda se chamava Fort Lamy e tinha bulevares maravilhosamente largos, ao estilo parisiense. O carro seguiu a toda velocidade rumo ao hotel Lamy, que fazia parte de uma rede mundial americana. Era o local ideal para uma noite mais sofisticada, mas Tamara preferia mesmo os restaurantes locais que serviam comida africana bem apimentada.

– Devo vir buscá-la? – perguntou o motorista.

– Eu te ligo.

Ela adentrou o grande saguão de mármore. O lugar era frequentado pela alta sociedade do Chade. O país não tinha litoral e seu território era quase todo deserto, mas possuía petróleo. A população, no entanto, era pobre. O Chade era um dos países mais corruptos do mundo, e todo o dinheiro do petróleo ia para os governantes e seus amigos. Uma parte desse dinheiro era gasta ali.

Um burburinho de conversas vinha do International Bar, colado ao saguão. Ela entrou: era preciso passar pelo bar para chegar ao restaurante. Executivos do petróleo, negociantes de algodão e diplomatas, todos ocidentais, se misturavam a políticos e empresários chadianos. Algumas das mulheres estavam espetacularmente bem-vestidas. Muitos lugares parecidos tinham falido por causa da pandemia, mas aquele havia se recuperado e alcançado um novo patamar.

Ela foi saudada por um homem chadiano de cerca de 60 anos:

– Tamara! Justamente a pessoa com quem eu queria falar. Como você está?

Seu nome era Karim, e ele era muito bem relacionado. Era amigo do General, tendo-o ajudado em sua ascensão ao poder. Tamara estava mantendo essa relação com Karim por ele ser uma fonte de informações do Palácio Presidencial. Por sorte, ele parecia ter a mesma intenção em relação a ela.

Ele usava um terno leve, cinza com uma discreta risca de giz, provavelmente comprado em Paris. Sua gravata de seda amarela tinha um nó perfeito, e seu cabelo ralo estava engomado. Ele a beijou duas vezes em cada face, quatro beijos ao todo, como se fossem membros da mesma família francesa. Ele era um muçulmano devoto e um homem casado e feliz, mas tinha uma ternura inofensiva por aquela moça americana cheia de confiança.

– Que bom ver você, Karim. – Ela nunca tinha sido apresentada à esposa dele, mas perguntou: – Como vai a família?

– Está ótima, obrigado, simplesmente maravilhosa, com netos a caminho.

– Isso é sensacional. Você disse que queria falar comigo. Como eu posso ajudar?

– Sim. O General gostaria de dar à esposa do seu embaixador um presente pelo aniversário de 30 anos dela. Você sabe de que tipo de perfume ela gosta?

Tamara sabia.

– A Sra. Collinsworth usa Miss Dior.

– Ah, perfeito. Obrigado.

– Mas, Karim, posso ser sincera?

– É claro! Somos amigos, não somos?

– A Sra. Collinsworth é uma intelectual que gosta de poesia. Ela pode não ficar muito satisfeita em ganhar um perfume de presente.

– Oh! – Karim ficou surpreso com a hipótese de uma mulher não querer ganhar um perfume.

– Posso dar uma sugestão?

– Por favor.

– Que tal uma tradução em inglês ou em francês de um dos poetas árabes clássicos? Isso a agradaria muito mais do que um perfume.

– É mesmo? – Karim ainda estava se acostumando com aquela ideia.

– Talvez Al-Khansa. – O nome significava "gazela". – Uma das poucas poetisas árabes que existem, pelo que eu sei.

Karim ainda parecia incerto.

– Al-Khansa escreveu elegias para os mortos. Parece um pouco sombrio para um aniversário.

– Não se preocupe, a Sra. Collinsworth vai ficar muito feliz em saber que o General conhece seu amor pela poesia.

O rosto de Karim se iluminou.

– Sim, claro, isso seria lisonjeiro para uma mulher. Mais do que perfume. Agora eu entendo.

– Que bom.

– Obrigado, Tamara. Você é muito esperta. – Ele olhou para o bar. – Gostaria de uma bebida? Um gim-tônica?

Ela hesitou. Estava ansiosa por fortalecer a amizade com Karim, mas não queria deixar Tab esperando. E era importante não se mostrar disponível demais.

– Não, obrigada – disse ela decidida. – Tenho um encontro com um amigo no restaurante.

– Então será que podemos tomar um café algum dia desses?

Tamara ficou satisfeita com o convite.

– Isso seria ótimo.

– Posso te ligar?

– Claro. Você tem o número?

– Eu pego com a polícia secreta.

Tamara não entendeu bem se aquilo havia sido uma piada. Achava que não. Ela deu um sorriso e disse:

– Nos falamos em breve.

– Maravilha.

Ela saiu e se encaminhou até o restaurante Rive Gauche.

Ali o salão estava mais silencioso. Os garçons falavam baixo, as toalhas de mesa abafavam o barulho dos talheres e os clientes tinham que parar de falar para comer.

O maître era francês, os garçons eram árabes e os ajudantes que recolhiam os pratos sujos das mesas eram africanos. "Até aqui a cor da pele é motivo de preconceito", pensou Tamara.

Ela logo viu Tab, sentado a uma mesa perto de uma janela com cortinas. Ele deu um sorriso e se levantou quando ela se aproximou. Estava usando um terno azul-marinho com uma camisa de um branco imaculado e uma gravata listrada. Era uma combinação clássica, mas lhe dava personalidade.

Ele a beijou nas duas faces, mas apenas um beijo de cada lado, mostrando mais decoro do que Karim.

– Quer uma taça de champanhe? – perguntou Tab depois que se sentaram.

– Claro. – Ela acenou para um garçom e pediu. Quis deixar claro, para Tab e para qualquer um que estivesse vendo, que aquele não era um jantar romântico.

– Então tivemos uma vitória! – exclamou ele.

– Nosso amigo dos cigarros é precioso.

Os dois estavam tomando cuidado com o que diziam, sem mencionar Al-Bustan nem Abdul, para o caso de haver um gravador escondido no pequeno vaso de frésias brancas no centro da mesa.

O champanhe chegou, e eles ficaram em silêncio até o garçom sair.

– Mas será que ele consegue fazer isso de novo? – perguntou então Tab.

– Não sei. Ele está numa corda bamba a trinta metros do chão, sem rede de proteção embaixo. Não pode se dar ao luxo de dar um único passo em falso.

– Você falou com ele?

– Falei hoje. Ele se encontrou com o organizador da viagem ontem, disse que tinha interesse e descobriu o preço, tudo sob o disfarce que criou.

– E eles acreditaram.

– Nenhuma suspeita explícita, aparentemente. Claro, eles podem estar fingindo para atraí-lo para uma armadilha. Não temos como saber, nem ele. – Tamara ergueu a taça e disse: – Tudo o que a gente pode fazer é desejar sorte a ele.

– Que o Deus dele o proteja – falou Tab com ar sério.

Um garçom trouxe os cardápios e eles os estudaram em silêncio por alguns minutos. Ali era servida culinária internacional padrão, com algumas opções africanas. Tamara escolheu um tagine, um ensopado com frutas secas cozido lentamente em uma panela de barro com tampa em forma de cone. Tab pediu rim de vitela ao molho de mostarda, um clássico da culinária francesa.

– Quer um vinho? – perguntou Tab.

– Não, obrigada. – Tamara gostava de álcool em pequenas quantidades. Por mais que apreciasse vinho e destilados, odiava ficar bêbada. Perder a capacidade de julgamento a irritava. Isso fazia dela uma pessoa maníaca por controle? Provavelmente. – Mas fique à vontade.

– Não. Para um francês, eu bebo muito pouco.

Ela queria conhecê-lo melhor.

– Me conte alguma coisa sobre você que eu não saiba – pediu.

– Tá bom. – Ele deu um sorriso. – É uma boa pergunta. Bom... – Ficou pensando por bastante tempo. – Eu nasci em uma família de mulheres fortes.

– Interessante! Continue.

– Anos atrás, minha avó abriu uma loja de conveniência no subúrbio de Paris, em um lugar chamado Clichy-sous-Bois. Ela tem a loja até hoje. A região é violenta agora, mas ela se recusa a sair de lá. Surpreendentemente, nunca foi roubada.

– Uma mulher durona.

– Pequena e forte, com mãos calejadas. Com o dinheiro que ganhou na loja, ela mandou meu pai para a faculdade. Hoje ele faz parte do conselho principal da Total, a petrolífera francesa, e dirige um Mercedes, ou melhor, o motorista dirige.

– Uma bela conquista.

– Minha outra avó se tornou marquesa de Travers quando se casou com meu avô, um aristocrata falido que era dono de uma vinícola de champanhe. É difícil perder dinheiro fazendo champanhe, mas ele conseguiu. A esposa dele, minha avó, assumiu o negócio e deu a volta por cima. A filha dela, minha mãe, expandiu para o ramo de malas e joias. É essa a empresa que a minha mãe dirige, com mão de ferro.

– A empresa Travers?

– Isso.

Tamara conhecia a marca, mas não tinha dinheiro para bancar nenhum de seus produtos.

Ela queria saber mais coisas, mas a comida chegou e a conversa arrefeceu um pouco enquanto eles comiam.

– Como estão os rins? – perguntou Tamara.

– Bons.

– Eu nunca comi rim.

– Quer provar?

– Por favor. – Ela passou seu garfo para ele, que espetou um pedaço e devolveu o talher. O sabor era forte. – Uau! Quanta mostarda.

– Eu gosto assim. Como está o tagine?

– Bom. Quer um pouco?

– Por favor. – Ele passou o garfo para ela, que pegou um pouco do tagine e devolveu o talher. – Nada mau.

Provar a comida um do outro era algo íntimo, pensou ela. O tipo de coisa que se faria em um encontro romântico. Mas aquele era um jantar de colegas. Pelo menos era assim que ela enxergava. Como será que Tab o via?

Depois, Tamara pediu figos frescos de sobremesa, e Tab pediu queijo.

O café veio em xícaras minúsculas, e Tamara deu apenas um gole. Eles faziam o café muito forte ali. Ela sentia falta de uma grande caneca de café americano aguado.

Ela voltou ao interessante tópico da família de Tab. Sabia da sua ascendência argelina e perguntou:

– Sua avó veio da Argélia?

– Não. Ela nasceu em Thierville-sur-Meuse, onde existe uma importante base militar. Meu bisavô lutou na Segunda Guerra Mundial, na famosa Terceira Divisão de Infantaria da Argélia; ele inclusive ganhou uma medalha, a Croix de Guerre. E ainda estava no Exército quando minha avó nasceu. Mas está na hora de aprender alguma coisa sobre você.

– Não tenho como competir com a sua ancestralidade fascinante – disse Tamara. – Eu nasci em uma família judia em Chicago. Meu pai é professor de história e dirige um Toyota, não um Mercedes. Minha mãe é diretora de uma escola secundária. – Ela imaginou os dois, o pai com um terno de tweed e uma gravata de lã, a mãe escrevendo relatórios com os óculos na ponta do nariz. – Eu não sou religiosa, mas eles frequentam uma sinagoga liberal. Meu irmão, Simon, mora em Roma.

Ele deu um sorriso.

– E só?

Tamara hesitou em revelar detalhes íntimos demais. Tinha que se lembrar o tempo todo de que aquela era uma ocasião de trabalho. Ela ainda não estava pronta para contar a ele sobre seus dois casamentos. Algum dia, talvez.

Ela fez que sim com a cabeça.

– Nada de aristocratas, nada de medalhas, nada de marcas de luxo. Ah, espera. Um dos livros do papai foi um best-seller. O título era *Esposas pioneiras: Mulheres na fronteira americana*. Vendeu um milhão de cópias. Fomos famosos por quase um ano.

– E mesmo assim essa família americana supostamente banal deu origem a… você.

Aquilo tinha sido um elogio, ela percebeu. E não foi só uma bajulação vazia. Ele pareceu ter sido sincero.

O jantar tinha acabado, mas ainda era cedo para ir para casa. Ela surpreendeu a si mesma ao sugerir:

– Você quer dançar?

Havia uma boate no subsolo do hotel. Era sóbria em comparação às boates de Chicago ou mesmo de Boston, mas era o local mais badalado de N'Djamena.

– Claro – respondeu Tab. – Sou um péssimo dançarino, mas adoro.

– Péssimo? Como?

– Não sei. Já me disseram que sou desengonçado.

Era difícil imaginar aquele homem elegante e alinhado fazendo algo desengonçado. Tamara estava ansiosa para ver.

Tab pediu a conta, e eles dividiram.

Desceram pelo elevador. Antes mesmo de as portas se abrirem, eles ouviram o baque sísmico do baixo e da bateria, um som que sempre deixava Tamara com os pés coçando para dançar. A boate estava lotada de jovens chadianos abastados em trajes sumários. As saias curtas das garotas faziam com que Tamara parecesse estar vestida como uma mulher de meia-idade.

Ela levou Tab direto para a pista de dança, movendo-se ao ritmo da batida antes mesmo de chegarem lá.

Tab era um dançarino cativantemente ruim. Seus braços e pernas se mexiam sem ritmo nenhum, mas ele visivelmente se divertia. Tamara gostou de dançar com ele. A atmosfera casual e sexy de uma boate a colocou em um clima levemente romântico.

Depois de uma hora, pegaram duas Coca-Colas e fizeram uma pausa. Reclinando-se no sofá do lounge, Tab perguntou:

– Você já experimentou *marc*?

– Isso é uma droga?

– É um destilado feito com a casca da uva depois que o suco é espremido. Começou como uma alternativa barata ao conhaque, mas se tornou uma bebida refinada. Existe *marc* até de champanhe.

– Deixe-me adivinhar. Você tem uma garrafa em casa.

– Isso é telepatia.

– Todas as mulheres são telepatas.

– Então você sabe que eu quero te levar para tomar um drinque lá em casa antes de encerrarmos a noite.

Ela se sentiu lisonjeada. Ele já tinha decidido que aquilo era mais do que uma relação profissional.

Mas ela não.

– Não, obrigada – disse. – Eu me diverti muito, mas não quero ficar acordada até muito tarde.

– Tudo bem.

Eles saíram. Ela ficou um pouco desanimada e desejou não ter recusado a proposta dele para um último drinque.

Ele pediu ao recepcionista que pegasse seu carro e ofereceu uma carona para ela. Ela recusou e ligou para o serviço de motorista.

Enquanto esperavam, ele disse:

– Gostei muito de conversar com você. O que acha de sairmos para jantar de novo? Com ou sem *marc* de champanhe depois.

– Tudo bem – respondeu ela.

– A gente pode ir a um lugar mais descontraído da próxima vez. Um restaurante chadiano, quem sabe.

– Boa ideia. Me liga.

– Pode deixar.

O carro de Tamara chegou, e ele abriu a porta para ela. Ela deu um beijo no rosto dele.

– Boa noite.

– Durma bem.

O carro a levou para a embaixada, e ela voltou para seu apartamento.

Ela tinha gostado muito dele, percebeu enquanto tirava a roupa. Então, lembrou a si mesma que era muito ruim em escolher homens.

Tinha se casado com Stephen quando ainda estava na Universidade de Chicago. Foi só depois da cerimônia que descobriu que ele não achava que os votos o impediam de dormir com qualquer outra pessoa que ele quisesse, e eles se separaram seis meses depois. Ela tinha parado de falar com ele desde então e nunca mais queria ver a cara dele.

Depois de se formar, ela fez um mestrado em relações internacionais, com especialização em Oriente Médio, numa universidade parisiense chamada Sciences Po. Lá ela conheceu um americano chamado Jonathan, com quem se casou, o que foi um tipo diferente de erro. Ele era gentil, inteligente e divertido. O sexo era um pouco sem graça, mas eles eram felizes juntos. No fim das contas, os dois perceberam que Jonathan era gay. O divórcio deles foi amigável e ela ainda gostava dele. Eles se falavam por telefone três ou quatro vezes por ano.

Parte de seu problema era que muitos homens se sentiam atraídos por ela. Sabia que era bonita, sexy e cheia de vida, e que não tinha dificuldade para chamar a atenção de um homem. A dificuldade era descobrir quais prestavam.

Ela se deitou e apagou a luz, ainda pensando em Tab. Ele sem dúvida parecia prestar. Tamara fechou os olhos e o visualizou. Era alto e magro, seu cabelo feito para ser acariciado, e tinha profundos olhos castanhos para os quais ela tinha vontade de ficar olhando indefinidamente. Sempre ficava bem nas roupas que vestia, quer estivesse de terno, como naquela noite, quer estivesse em traje casual. Tamara tinha se perguntado como ele conseguia comprar roupas com o corte tão perfeito, mas ele tinha dado a resposta: sua família era rica.

Ela desconfiava de homens bonitos. Stephen era bonito. Eles costumam ser vaidosos e egocêntricos. Uma vez ela foi para a cama com um ator que depois perguntou: "Como eu me saí?" Tab poderia ser do mesmo jeito, apesar de ela não acreditar muito nisso.

Tab era mesmo tão bom quanto parecia ou aquele era mais um de seus péssimos equívocos? Ela tinha concordado em sair de novo com ele, e não dava para fingir que o segundo encontro seria puramente profissional. "Então acho que vou descobrir", pensou. E, com isso, foi dormir.

# CAPÍTULO 5

Tamara foi nadar na piscina da embaixada logo pela manhã, quando o sol estava baixo e o ar ainda se mantinha fresco e sem poeira. Ela normalmente nadava sozinha. Por meia hora, podia pensar ininterruptamente em tudo o que estava em sua cabeça: a coragem de Abdul, a hostilidade de Dexter, a ternura de Karim e a demonstração de interesse de Tab por ela. O segundo encontro seria no dia seguinte: um drinque no apartamento de Tab seguido de um jantar no restaurante árabe favorito dele.

Quando saiu da água, viu que Dexter estava sentado em uma espreguiçadeira à beira da piscina, observando-a. Ficou irritada, principalmente quando reparou que ele estava olhando para o seu maiô molhado.

Ela se enrolou em uma toalha e se sentiu menos vulnerável.

– Tem uma coisa que eu quero que você verifique – disse ele.

– Ok.

– Você conhece a ponte de N'Gueli.

– Claro.

A ponte de N'Gueli cortava o rio Logone, que demarcava a fronteira entre o Chade e Camarões e, portanto, era uma passagem internacional. Conectava N'Djamena com a cidade camaronesa de Kousséri. Na verdade eram duas pontes, uma alta para os veículos e outra mais antiga, mais baixa e mais estreita, agora usada apenas por pedestres.

Tamara protegeu os olhos e olhou para o sul.

– Quase dá para ver a ponte daqui. Fica a mais ou menos um quilômetro e meio em linha reta.

– É um posto de fronteira, mas não tem policiamento ostensivo – continuou Dexter. – A maioria dos veículos passa direto. Quanto aos pedestres, todo mundo parece amigo ou parente dos guardas de fronteira. Só os brancos são retidos. É cobrado um imposto fictício de entrada ou de saída. O valor depende de quanto a pessoa pareça rica, e os guardas só aceitam dinheiro. Imagino que eu não precise entrar em mais detalhes.

– Não. – Tamara não estava surpresa. No Chade havia notoriamente muita corrupção. Mas aquilo não era problema da CIA. – Qual o nosso interesse nisso?

– Um informante meu me disse que os jihadistas estão tomando o controle da ponte de pedestres. Eles discretamente puseram homens armados ali. Não incomodam a população local, mas assumiram a coleta da propina. Aumentaram os preços e dividem os lucros com os verdadeiros guardas de fronteira, que não dão a mínima.

– E a gente dá? Isso me parece um problema para a polícia local.

– A gente dá, sim, partindo do pressuposto de que meu informante esteja certo. A questão não é a extorsão, e sim que o EIGS quer controlar um posto de fronteira.

Tamara não estava convencida. Por que o EIGS ia querer aquilo? Ela não via vantagem nenhuma para os jihadistas.

– O seu informante é confiável?

– É. E mesmo que não fosse, precisamos verificar isso. Quero que você vá lá e dê uma olhada.

– Tudo bem. Vou precisar de proteção.

– Acho que não será o caso, mas leve alguns soldados, se vai fazer você se sentir melhor.

– Vou falar com a coronel Marcus.

Ela voltou para o apartamento, se vestiu e saiu, encarando o calor da manhã. Os militares tinham o próprio prédio no complexo da embaixada. Tamara entrou e foi até o escritório de Susan Marcus. Uma secretária disse para ela entrar, que a coronel estaria lá em um minuto.

Tamara olhou ao redor da sala. Uma parede estava coberta de mapas que, unidos, formavam uma composição em grande escala de todo o Norte da África. No meio do Níger havia um adesivo com a inscrição "Al-Bustan". Na parede oposta havia uma grande tela. Não havia fotos de família. Ela dispunha de uma estação de trabalho com computador e um telefone. Em uma estante de plástico barata e bem-arrumada viam-se lápis, papel e post-its. Tamara imaginou que a coronel Marcus devia ser ou obsessivamente organizada, ou determinada a não revelar nada pessoal sobre si mesma – ou ambas as coisas.

A coronel Marcus fazia parte do que os militares chamavam de Força-Tarefa de Operações Especiais Combinadas Grau 2, ou, abreviadamente, Forças Especiais.

Ela chegou no instante seguinte. Tinha cabelos curtos e um jeito enérgico, como todos os oficiais militares que Tamara conhecia. Usava uniforme cáqui e quepe, o que lhe dava uma aparência masculina, mas Tamara percebeu que por trás daquilo tudo ela era bonita. Tamara entendia tanto a aparência quanto o escritório: Susan precisava ser tratada com igualdade em um mundo de homens, e qualquer indício de feminilidade poderia ser usado contra ela.

Ela tirou o quepe, as duas se sentaram e Tamara disse:

– Acabei de falar com o Dexter.

– Ele deve estar satisfeito com o seu trabalho com o Abdul.

Tamara fez que não com a cabeça.

– Ele não gosta de mim.

– Eu já ouvi algo a respeito. Você precisa aprender a arte de fazer os homens acreditarem que todo sucesso é mérito deles.

Tamara deu uma risadinha e perguntou:

– Você não está brincando, está?

– De jeito nenhum. Como você acha que virei coronel? Deixando o meu chefe levar o crédito todas as vezes. O que o Dexter disse a você hoje?

Tamara explicou sobre a ponte de N'Gueli.

Quando terminou, Susan franziu a testa, abriu a boca para falar, hesitou, depois pegou um lápis em uma mesinha lateral e bateu com ele na mesa vazia.

– O que foi? – perguntou Tamara.

– Não sei. O informante do Dexter é confiável?

– Ele disse que sim, mas não tão confiável a ponto de a gente não precisar confirmar as informações. – Tamara ficou um pouco apreensiva com a ansiedade de Susan. – Qual a sua preocupação? Você é uma das pessoas mais inteligentes por aqui. Se está achando algo estranho, quero saber o que é.

– Ok. O Dexter disse que os jihadistas estão extorquindo os turistas, o que deve ser uma ninharia, e dando metade aos guardas regulares, então o ganho financeiro é metade de uma ninharia. O verdadeiro objetivo disso, portanto, é tomar o controle de um posto de fronteira estratégico.

– Eu sei o que você está pensando – disse Tamara. – Será que para eles vale mesmo esse trabalho todo?

– Analise alguns pontos. Um: assim que a polícia local perceber o que está acontecendo, eles vão tirar os jihadistas da ponte, o que provavelmente conseguem fazer sem sequer suar a camisa.

Tamara não tinha refletido sobre aquela hipótese, mas concordou com um aceno de cabeça.

– O EIGS só vai ter o controle enquanto eles deixarem, o que no fundo não é controle nenhum.

– Dois – continuou Susan –: a ponte só é importante se houver algum embate iminente, uma tentativa de golpe, por exemplo, como a Batalha de N'Djamena em 2008, mas isso é improvável agora, porque atualmente a oposição ao General é fraca.

– A União das Forças para a Democracia e o Desenvolvimento certamente não está em condições de iniciar uma revolução.

– Exatamente. E três: no caso improvável de os jihadistas conseguirem permissão para ficar lá, e na hipótese mais improvável ainda de a UFDD estar prestes a dar um golpe contra o General, eles estão na ponte errada. A ponte crucial é a rodoviária, que permite que tanques, carros blindados e caminhões cheios de tropas saiam de um país estrangeiro direto para a capital. A ponte de pedestres não serve pra nada.

A análise foi muito precisa. Susan tinha uma mente afiada. Tamara se perguntou por que ela mesma não tinha pensado naquilo tudo antes.

– Talvez tenha a ver com prestígio – disse ela, hesitante.

– Como conseguir encostar as mãos nos dedos dos pés. Não serve pra nada, mas você faz só pra mostrar que consegue.

– De certa forma, tudo o que os jihadistas fazem é por prestígio.

– Humm… – Susan não concordou de todo. – De qualquer forma, você precisa de um guarda-costas, por precaução.

– O Dexter acha que não, mas disse que eu deveria levar alguns soldados se isso fizesse com que eu me sentisse melhor.

– O Dexter só fala merda. Eles são jihadistas. Você precisa de proteção.

■ ■ ■

Eles deixaram o complexo da embaixada na manhã do dia seguinte, bem quando o sol começava a despontar sobre o mar de tijolos a leste da cidade. Susan insistiu para que todos usassem coletes leves à prova de balas. Tamara vestia uma jaqueta jeans larga por cima do colete. Mais tarde, ela sentiria calor com tudo aquilo.

Foram em dois carros. A CIA tinha uma perua Peugeot marrom com três anos de uso e um para-choque amassado, usada para operações discretas, porque havia muitas iguais a ela na cidade. Tamara dirigia e Susan estava no banco do carona. O carro que transportava os soldados era conduzido por Pete Ackerman, o atrevido jovem de 20 anos que certa vez tinha chamado Tamara para sair. Esse veículo, por sua vez, não era tão anônimo, um utilitário esportivo verde com vidros fumê, um carro que chamaria a atenção de algumas pessoas. No entanto, eles tinham tirado os bonés e pousado os fuzis no chão, então quem por acaso os visse através do para-brisa não repararia que eram soldados.

As ruas estavam silenciosas enquanto Tamara liderava o caminho ao longo da margem norte do rio Chari e pegava uma ponte rumo ao subúrbio de Walia, ao sul. A próxima estrada principal levava diretamente ao posto de fronteira.

Tamara estava nervosa. Tinha passado a noite em claro, pensando. Estava no Chade havia mais de dois anos, coletando informações sobre o EIGS, mas seu trabalho consistia em tarefas como estudar fotos de satélite de oásis distantes, em busca de sinais de aparato militar. Nunca tinha entrado em contato direto com homens cujo objetivo de vida era matar pessoas como ela.

Portava uma pequena pistola semiautomática Glock 9mm em um coldre embutido no colete. Os oficiais da CIA raramente entravam em ação, mesmo no exterior. Tamara tinha passado no curso de armas de fogo com a melhor nota da turma, mas nunca havia disparado fora do campo de tiro. Ela adoraria que as coisas continuassem assim.

A extrema cautela de Susan a tinha deixado ainda mais preocupada.

As duas pontes sobre o rio Logone ficavam separadas por uma altura de cerca de cinquenta metros, notou Tamara quando entraram em seu campo de visão, e a de circulação de veículos era a de cima. Ela saiu da estrada principal e pegou uma trilha de terra.

A vinte metros do final da ponte de pedestres havia vários veículos estacionados: um micro-ônibus, provavelmente esperando para levar as pessoas ao centro da cidade; uma dupla de táxis em uma missão semelhante; e meia dúzia de latas-velhas. Tamara passou por entre os carros e parou num ponto de onde tinha uma visão nítida de ambas as pontes. Deixou o motor ligado. O esquadrão parou ao lado dela.

À primeira vista, a situação parecia normal. As pessoas cruzavam a ponte de pedestres vindas do lado de Camarões em um fluxo constante, e muito poucas iam no sentido contrário. Ela sabia que muitos moradores de Kousséri, a pequena cidade do outro lado, iam para N'Djamena a trabalho ou a negócios. Alguns andavam de bicicleta ou de burro, e Tamara viu até um camelo. Outros carregavam produtos em cestas ou carrinhos de mão improvisados, provavelmente se dirigindo aos mercados no centro da cidade. Eles voltariam naquela mesma noite e o fluxo seria maior no sentido oposto.

Ela pensou nos passageiros que iam e voltavam do trabalho na região do Chicago Loop. Além das roupas, a principal diferença era que em Chicago todo mundo estava sempre com pressa, enquanto aqui ninguém parecia correr com nada.

Ninguém estava questionando as pessoas nem pedindo passaportes. Havia poucos sinais de presença oficial. Uma pequena construção baixa talvez fosse uma guarita de segurança. A princípio ela achou que não houvesse nenhum tipo de barreira, mas depois de um tempo avistou um pedaço de madeira comprido, o tronco de uma árvore fina, pousado no chão ao lado de um par de cavaletes, e imaginou que poderia ser erguido rapidamente para formar um obstáculo frágil.

"Isso aqui é uma palhaçada", pensou. "O que eu tô fazendo com uma pistola debaixo da jaqueta?"

Depois de mais algum tempo, percebeu que nem todo mundo à vista estava se movendo rumo a um destino conhecido. Dois homens vestidos com peças de uniformes militares estavam encostados no parapeito na extremidade próxima, ambos com pistolas na cintura. Usavam calças camufladas com camisas de manga curta, uma laranja e outra de um azul vívido. O de laranja estava fumando; o outro, tomando seu café da manhã, um tipo de rolinho recheado. Desinteressados, observavam os passantes. O fumante avistou os carros estacionados e não esboçou nenhuma reação.

Por fim Tamara avistou o inimigo e sentiu um calafrio de apreensão. Alguns metros adiante, na ponte, havia dois homens de aspecto sério. Um tinha uma alça pendurada no ombro, da qual pendia algo que estava quase todo coberto por um xale de algodão – tudo exceto uma ponta, que se projetava e parecia o cano de um fuzil.

O outro olhava diretamente para o carro de Tamara.

Pela primeira vez, ela se sentiu de fato em perigo.

Ela o estudou pelo para-brisa. Ele era alto, de rosto magro e testa grande. Talvez fosse imaginação dela, mas tinha um ar de determinação implacável. Ele não prestava atenção na multidão de pessoas que passavam por ele, aglomeradas. Também carregava um rifle parcialmente enrolado em um pano, como se não se importasse nem um pouco se a arma fosse vista.

Enquanto ela olhava, ele pegou um telefone, discou um número e colocou o aparelho no ouvido.

– Tem um cara… – disse Tamara.

– Estou vendo – rebateu Susan ao lado dela.

– Ao telefone.

– Exatamente.

– Ligando pra quem?

– É a pergunta que não quer calar.

Tamara se sentiu como um alvo. Ele poderia atirar nela pelo para-brisa. A distância era curta para um fuzil. Ela estava perfeitamente visível e mal conseguia se mexer, sentada no banco do motorista.

– A gente devia sair do carro – sugeriu.

– Tem certeza?

– Não vou descobrir nada sentada aqui.

– Ok.

As duas saíram.

Tamara podia ouvir o tráfego na ponte superior, mas não conseguia ver os veículos. Susan foi até o carro verde e falou rapidamente com a equipe.

– Instruí para ficarem no carro, porque queremos ser discretos, mas eles vão descer a qualquer sinal de problema – informou ela quando voltou.

De algum lugar, ouviu-se um grito:

– Al-Bustan!

Tamara olhou em volta, confusa. De onde tinha vindo, e por que alguém gritaria aquilo?

Foi quando os primeiros tiros foram disparados.

Ouviu-se um rá-tá-tá, como um baterista de rock tocando, depois um barulho de vidro se quebrando e, por fim, um grito de dor.

Sem pensar duas vezes, Tamara se jogou debaixo do Peugeot.

Susan fez o mesmo.

As pessoas que cruzavam a ponte começaram a gritar, apavoradas. Olhando para lá, Tamara viu que todos estavam tentando voltar correndo por onde tinham vindo, mas não avistava ninguém atirando.

O homem que Tamara estava observando não tinha sacado a arma.

– De onde saíram essas merdas desses tiros? – perguntou Tamara deitada embaixo do carro, com o coração disparado.

A incerteza a deixava mais assustada.

– Lá de cima. Da ponte dos carros – respondeu Susan.

Susan tinha uma visão clara da ponte superior quando colocava a cabeça de lado, ao passo que Tamara conseguia ver a ponte de pedestres sem se mexer.

– Os tiros quebraram o para-brisa do outro carro – continuou Susan. – Acho que um dos rapazes foi atingido.

– Ah, meu Deus, espero que ele esteja bem.

Houve outro rugido de agonia, esse mais demorado.

– Ele não parece morto. – Susan olhou para a direita. – Estão arrastando-o para debaixo do carro. – Ela fez uma pausa. – É o cabo Ackerman.

– Ah, merda, como ele está?

– Não dá pra ver.

Não se ouvia mais nenhum grito, o que Tamara considerou um mau sinal.

Susan olhou para fora e para cima, com a pistola na mão. Ela disparou uma vez.

– Muito longe – disse ela, frustrada. – Consigo ver uma pessoa segurando um fuzil no parapeito da ponte dos carros, mas a esta distância não consigo acertá-la com uma porra de uma pistola.

Houve outra rajada de tiros vinda da ponte, e a partir daí uma cacofonia aterrorizante de sons de coisas se quebrando quando as balas atingiram o teto e os vidros do Peugeot. Tamara deu um grito. Pôs as mãos sobre a cabeça, sabendo que era inútil, mas foi incapaz de resistir ao instinto.

No entanto, a rajada parou e ela tinha saído ilesa, assim como Susan.

– Ele está atirando da ponte alta – avisou Susan. – Agora seria uma boa hora para você sacar a sua arma, se estiver pronta.

– Ah, porra, esqueci que estou armada!

Tamara enfiou a mão no coldre preso ao colete sob o braço esquerdo. Na mesma hora, os soldados começaram a atirar também.

Tamara se deitou de barriga para baixo, com os cotovelos apoiados no chão, segurando a pistola com as duas mãos, tomando o cuidado de apontar os polegares para a frente para que ficassem fora do caminho do ferrolho quando ele voltasse. Ela ajustou sua Glock para disparar um tiro por vez. Caso contrário, poderia ficar sem munição em segundos.

Os soldados pararam de atirar. Imediatamente houve uma terceira rajada vinda da ponte, mas, dessa vez, em uma fração de segundo, os soldados dispararam uma rajada de volta.

De onde estava Tamara não conseguia ver a ponte superior, então ficou de olho na ponte de pedestres. Houve uma espécie de tumulto quando aqueles que fugiam desesperados de onde estava ocorrendo o tiroteio saíram correndo em direção a pessoas menos aterrorizadas na ponta oposta, que provavelmente não sabiam direito o que era aquele barulho. Os dois guardas de fronteira com calças camufladas estavam atrás da multidão e pareciam tão apavorados quanto os civis, empurrando as pessoas à frente deles na tentativa de fugir mais rápido. Tamara viu alguém pular no rio e começar a nadar para o outro lado.

Na ponta mais próxima, viu os dois jihadistas escalando em direção à margem do rio. Enquanto ela buscava mirar a Glock na direção deles, conseguiram se esconder debaixo da ponte.

– Acho que o pegamos – disse Susan depois que o tiroteio parou. – De qualquer forma, ele desapareceu. Ah, não, não, ele voltou. Não, esse é outro cara, o turbante é diferente. Porra, são quantos deles lá em cima?

Em meio ao breve silêncio que se fez, Tamara ouviu alguém gritar novamente:

– Al-Bustan!

Susan usou seu rádio para pedir reforços urgentes e uma ambulância para Pete.

Houve outra troca de tiros entre os soldados e a ponte superior, mas os dois lados tinham boa cobertura e parecia que ninguém havia sido atingido.

Eles estavam encurralados e indefesos. "Vou morrer aqui", pensou Tamara. "Queria ter conhecido o Tab um pouco antes. Tipo uns cinco anos atrás."

Na ponte de pedestres, o jihadista de rosto magro reapareceu, na margem do rio onde o parapeito acabava e o leito da ponte se fundia com o solo pedregoso, a cerca de vinte metros de distância. Quando ela ajustou a mira na sua direção, ele se jogou no chão, e ela sabia que ele continuaria deitado e atiraria pacientemente em todos eles se abrigando debaixo dos carros, algo que ela acreditava que ele faria sem nenhum remorso.

Tamara tinha apenas um ou dois segundos para tomar uma providência. Sem pensar, mirou no rosto do homem, olhando pelo entalhe da alça de mira e colocando o ponto branco da massa de mira bem nos olhos dele. Alguma parte distante de sua mente ficou maravilhada com a própria calma. Ela moveu a pistola acompanhando o movimento lento que a cabeça do homem fez para baixo enquanto ele se acomodava no chão, movendo-se com agilidade mas sem pressa, ciente de que erraria o alvo se não disparasse um tiro tranquilo e silencioso. Por fim, ele se acomodou, agarrou seu fuzil e ergueu o cano, e então Tamara apertou o gatilho da Glock.

A arma quicou, como sempre acontecia. Calmamente, ela ajustou o cano de volta e mirou mais uma vez na cabeça dele. Ela viu que não havia necessidade de um segundo tiro – a cabeça do homem estava arrebentada –, mas apertou o gatilho mesmo assim, e a bala se chocou contra um corpo inerte.

– Bom tiro! – ouviu Susan dizer.

"Fui eu? Eu acabei de matar um homem?", pensou Tamara.

O outro jihadista apareceu, mais distante na margem do rio, fugindo com o fuzil na mão.

Tamara mudou de posição para poder ver a ponte superior, mas não tinha como saber se os atiradores ainda estavam lá. Ela conseguia ouvir o barulho dos caminhões e dos carros passando. Escutou o rugido gutural de uma moto de alta potência: se só houvesse dois atiradores, poderiam estar fugindo nela.

Susan estava pensando a mesma coisa. Ela falou em seu rádio:

– Antes de virem para a ponte de pedestres, verifiquem a ponte rodoviária para checar se algum dos atiradores ainda está lá.

Então falou com os soldados sob o carro verde.

– Fiquem onde estão enquanto a gente descobre se todos já foram.

A maioria dos passantes já havia chegado ao outro lado da ponte de pedestres. Tamara conseguiu ver alguns deles agrupados em torno de vários edifícios e árvores, espiando pelos cantos, esperando para ver o que ia acontecer. Os dois guardas de fronteira em suas camisas vívidas apareceram na entrada da ponte, mas hesitaram em voltar.

Tamara começou a achar que tudo havia acabado, mas estava disposta a ficar ali o dia inteiro até ter certeza de que era seguro se mexer.

Uma ambulância do Exército americano chegou a toda velocidade pela estrada de terra e parou atrás do carro verde.

– Todas as armas apontadas para o parapeito da ponte alta, agora! – gritou Susan.

Os três soldados que ainda estavam ilesos saíram de baixo do carro e se esconderam atrás de outros veículos, apontando seus fuzis para a ponte superior.

Dois paramédicos saltaram da ambulância.

– Debaixo do carro verde! – gritou Susan. – Um homem ferido à bala.

Nenhum tiro foi disparado.

Os paramédicos levaram uma maca.

Tamara permaneceu onde estava. Ficou observando o jihadista correndo ao longo da margem do rio. Ele já estava quase fora de vista, e ela imaginou que ele não voltaria. Os dois guardas de fronteira começaram a caminhar cautelosamente de volta pela ponte. Eles estavam com as pistolas na mão, tarde demais.

– Obrigada pela ajuda, pessoal… – resmungou Tamara.

O rádio de Susan fez um barulho e Tamara ouviu uma voz distorcida dizer:

– Tudo limpo na ponte rodoviária, coronel.

Tamara hesitou. Estaria disposta a arriscar sua vida acreditando em uma mensagem de rádio cheia de interferência?

"Claro que estou", pensou ela. "Eu sou profissional."

Ela saiu rolando de baixo do carro e ficou de pé. Sentindo-se fraca, estava com vontade de se sentar, mas não queria parecer frágil na frente dos soldados. Apoiou-se no para-choque do Peugeot por um momento, olhando para os buracos de bala. Sabia que algumas munições de fuzil eram capazes de atravessar um carro. Tinha tido sorte.

Ela se lembrou de que era uma agente de inteligência e que precisava coletar todas as informações disponíveis a partir daquele incidente.

– Pergunte se tem algum cadáver na ponte alta – pediu a Susan.

Susan levou o rádio à boca e fez a pergunta.

– Nenhum corpo, mas algumas manchas de sangue.

Um ou mais homens feridos tinham fugido, concluiu Tamara.

Só tinha sobrado aquele que ela havia matado.

Determinada, começou a andar em direção à ponte de pedestres. Suas pernas pareciam mais fortes. Foi até o cadáver. Não havia dúvida de que o jihadista estava morto: sua cabeça estava um caos. Tirou a arma das mãos débeis dele. Era curta e surpreendentemente leve, um fuzil do tipo *bullpup* com pente em forma de banana. Havia um número de série no lado esquerdo do cano, próximo à junção com a culatra. Tamara percebeu que era de fabricação da Norinco, a China North Industries Group Corporation, uma empresa bélica de propriedade do governo chinês.

Ela apontou a arma para o chão, soltou a trava do pente e o desencaixou, depois abriu o ferrolho e tirou a bala que estava na agulha. Colocou o pente em forma de banana e a bala no bolso da jaqueta e levou o fuzil descarregado de volta para o carro.

– Você carrega isso como se fosse um cachorro morto – disse Susan ao vê-la.

– Pelo menos já arranquei os dentes dele – comentou Tamara.

Os paramédicos estavam colocando a maca na ambulância. Tamara percebeu que não havia falado com Pete, então correu até ele.

Pete estava assustadoramente imóvel.

– Ai, meu Deus – disse ela parada ao lado dele.

O rosto de Pete estava pálido, e seus olhos, virados para cima.

– Desculpe, senhorita – disse um paramédico.

– Ele me chamou para sair uma vez – contou Tamara e começou a chorar. – Eu disse que ele era novo demais. – Ela enxugou o rosto com a manga da jaqueta, mas as lágrimas continuaram caindo. – Ah, Pete... – lamentou olhando para o rosto sem vida dele. – Sinto muito.

■ ■ ■

– O pai do cabo Ackerman está na linha, senhora presidente. O Sr. Philip Ackerman – informou a telefonista.

Pauline odiava aquilo. Cada vez que tinha que falar com um pai cujo filho havia morrido a serviço das Forças Armadas, isso destroçava seu coração. Não conseguia deixar de pensar em como se sentiria se Pippa morresse. Era a pior parte do seu trabalho.

– Obrigada – falou à telefonista. – Pode me passar a ligação.

– Phil Ackerman – disse uma voz grave.

– Sr. Ackerman, aqui é a presidente Green.

– Sim, senhora presidente.

– Lamento muito por sua perda.

– Obrigado.

– Pete deu a própria vida, e você deu o seu filho, e quero que saiba que o seu país é profundamente grato pelo sacrifício de vocês.

– Obrigado.

– Fiquei sabendo que o senhor é bombeiro.

– Isso mesmo, senhora.

– Então o senhor sabe o que é arriscar a vida por uma boa causa.

– Sim.

– Não tenho como aliviar sua dor, mas posso dizer que a vida de Pete foi dada em defesa do nosso país e dos nossos valores de liberdade e justiça.

– Eu acredito nisso. – O homem parecia estar se contendo.

Pauline achou que era hora de seguir em frente.

– Posso falar com a mãe do Pete?

Houve uma hesitação.

– Ela está muito mal.

– Ela pode ficar à vontade para atender ou não.

– Ela está acenando aqui, vou passar para ela.

– Ok.

– Alô – disse uma voz de mulher.

– Sra. Ackerman, aqui é a presidente. Lamento muito por sua perda.

Ela ouviu o som de soluços, o que encheu seus olhos de lágrimas.

– Quer me devolver o telefone, querida? – Pauline ouviu do outro lado da linha, ao fundo.

– Sra. Ackerman, o seu filho morreu por uma causa extremamente importante.

– Ele morreu na África – afirmou a Sra. Ackerman.

– Sim. Nossos militares lá…

– África! Por que você o mandou para morrer na África?

– Neste mundo tão pequeno…

– Ele morreu pela África. Quem se importa com a África?

– Eu entendo a sua reação, Sra. Ackerman. Eu também sou mãe…

– Não consigo acreditar que você jogou a vida dele fora!

Pauline queria dizer *Também não consigo acreditar, Sra. Ackerman, e isso parte o meu coração*, mas ficou em silêncio.

Após uma pausa, Phil Ackerman voltou à linha:

– Peço desculpas por isso.

– Não é preciso se desculpar, senhor. Sua esposa está sofrendo uma dor terrível. Eu compreendo perfeitamente.

– Obrigado.

– Tchau, Sr. Ackerman.

– Tchau, senhora presidente.

■ ■ ■

O interrogatório durou o resto do dia.

O Exército defendeu a hipótese de que tudo tinha sido uma armadilha: informações falsas os tinham atraído para a ponte, onde uma emboscada havia sido armada. Susan Marcus estava certa disso.

A CIA discordava dessa interpretação, que refletia negativamente sobre Dexter.

A implicação seria a de que ele havia confiado em um informante que o passara para trás. Mas, segundo o argumento de Dexter, a denúncia era genuína e os jihadistas na ponte de pedestres entraram em pânico quando o Exército apareceu e pediu reforços.

Às seis da tarde, Tamara não se importava mais com qual explicação era mais verídica. Ela se sentia mentalmente ferida. De volta ao apartamento, considerou se jogar na cama, mas sabia que não ia dormir. Não parava de imaginar o corpo sem vida de Pete e a cabeça arrebentada do homem de rosto magro que ela havia matado.

Não queria ficar sozinha e se lembrou de que tinha um encontro com Tab. Instintivamente, concluiu que ele saberia o que fazer. Tomou um banho e vestiu roupas limpas, jeans e uma camiseta com um xale de algodão, para dar um ar mais recatado. Então pediu um carro.

Tab morava em um prédio perto da Embaixada da França. Não era nada muito sofisticado, e ela imaginou que ele poderia pagar por algo melhor, mas seria obrigado a ficar em acomodações diplomáticas que poderiam ser examinadas e monitoradas.

Ele abriu a porta e disse:

– Você está parecendo um zumbi. Entre, sente-se.

– Eu estive numa espécie de tiroteio – contou ela.

– Na ponte de N'Gueli? A gente ouviu falar. Você estava lá?

– Sim. E o Pete Ackerman foi morto.

Ele a pegou pelo braço e a levou para o sofá.

– Coitado do Pete. E coitada de você.

– Eu matei um homem.

– Meu Deus.

– Ele era um jihadista e estava prestes a atirar em mim. Eu não me arrependo. – Ela percebeu que conseguia dizer a Tab algo que não tinha sido capaz de dizer no interrogatório. – Mas ele era um ser humano e num segundo estava vivo, se mexendo e pensando, e então eu apertei o gatilho, e ele tinha partido, estava morto, era um cadáver. Não consigo tirar essa imagem da minha cabeça.

Havia uma garrafa de vinho branco aberta dentro de um balde de gelo na mesinha de centro. Ele serviu meia taça e deu a ela. Tamara deu um gole e pousou a taça.

– Você se importa se a gente não sair para jantar?

– Claro que não. Vou cancelar a reserva.

– Obrigada.

Ele pegou o telefone. Enquanto ligava, ela olhou ao redor. O apartamento era modesto, mas a mobília era cara, com poltronas macias e tapetes grossos. Ele tinha uma grande TV e um aparelho de som sofisticado, com enormes alto-falantes de pé. A taça de vinho era de cristal.

Dois porta-retratos de moldura prateada em uma mesinha lateral chamaram a atenção dela. Uma das fotos mostrava um homem de pele negra usando um terno ao lado de uma mulher loira e chique de meia-idade, sem dúvida os pais de Tab. A outra era de uma mulher árabe pequena e de aparência ferina parada orgulhosa diante de uma loja: aquela devia ser a avó dele em Clichy-sous-Bois.

– Vamos mudar de assunto – pediu ela assim que ele desligou. – Me conte como você era quando criança.

Ele deu um sorriso.

– Eu estudei numa escola bilíngue chamada Ermitage International. Era bom aluno, mas às vezes arrumava confusão.

– É? O que você fazia?

– Ah, o de sempre. Um dia, fumei um baseado antes da aula de matemática. O professor não entendia como eu tinha ficado completamente idiota de uma hora pra outra. Achou que eu estava fazendo aquilo só de graça, tipo uma brincadeira.

– O que mais?

– Tive uma banda de rock. O nome era em inglês, claro: The Boogie Kings.

– Você era bom?

– Não. Me tiraram logo depois do primeiro show. Eu tocava bateria tão bem quanto danço.

Ela riu, pela primeira vez desde o tiroteio.

– Depois que eu saí a banda melhorou – disse ele.

– Você tinha namoradas na época?

– Era uma escola mista, então sim.

Ela notou um olhar distante nos olhos de Tab.

– De quem você está se lembrando?

Ele ficou envergonhado.

– Ah…

– Não precisa dizer. Não quero ser enxerida.

– Não é nada de mais, mas se eu te contar pode soar como ostentação.

– Ah, mas fala mesmo assim!

– Foi uma professora de inglês.

Tamara deu uma risadinha – a segunda. Estava começando a se sentir mais normal.

– Como ela era?

– Tinha uns 25 anos. Linda, loira. A gente costumava ficar se beijando na papelaria.

– E vocês só se beijavam?

– Não, não era só isso.

– Seu menino mau.

– Eu era louco por ela. Queria fugir da escola, pegar um avião para Las Vegas e me casar.

– E como isso acabou?

– Ela conseguiu um emprego em outra escola e desapareceu da minha vida. Fiquei de coração partido. Mas dores de cotovelo não duram muito tempo quando você tem 17 anos.

– Escapou por pouco?

– Ah, foi. Ela era sensacional, mas no fundo você precisa se apaixonar e se desapaixonar algumas vezes antes de começar a entender o que está procurando de verdade.

Ela concordou com a cabeça. Ele era bastante esperto, pensou.

– Entendo o que quer dizer.

– Sério?

– Já fui casada duas vezes – ela deixou escapar.

– Eu não imaginava! – Ele sorriu, substituindo sua expressão de choque. – Me fala mais sobre isso... se você quiser.

Ela falou. Estava feliz por ser lembrada de que havia coisas importantes na vida além de armas e matança.

– O Stephen foi só um erro de adolescente – disse ela. – A gente se casou no meu primeiro ano de faculdade e se separou antes das férias. Não falo com ele há anos e nem sei mais onde ele mora.

– Lá se foi o Stephen – comentou Tab. – Se serve de consolo, tenho a mesma sensação em relação a uma garota chamada Anne-Marie. Mas eu não me casei com ela. Me fala sobre o número dois.

– O Jonathan era sério. Ficamos juntos quatro anos. A gente se amava, e de alguma forma ainda nos amamos. – Ela fez uma pausa, pensando.

Tab esperou pacientemente por alguns momentos, então insistiu de forma gentil:

– O que houve de errado?

– O Jonathan é gay.

– Ah! Complicado.

– Eu não sabia desde o início da relação, claro, e acho que ele também não, embora no final ele tenha admitido que sempre tinha tido alguma dúvida.

– Mas vocês continuaram amigos depois da separação.

– A gente nunca se separou de verdade. Ainda somos próximos, ou o mais próximo que dá para ser de alguém que mora a milhares de quilômetros de distância.

– Mas vocês se divorciaram? – perguntou ele enfaticamente.

Isso parecia importante para ele por algum motivo.

– Sim, a gente se divorciou – respondeu ela com firmeza. – Ele é casado com um homem agora. – Ela queria saber mais sobre Tab. – Você já foi casado? Você deve ter o quê, 35?

– Trinta e quatro, e não, nunca fui casado.

– Mas você deve ter tido pelo menos um caso de amor sério depois da professora de inglês.

– Ah, sim.

– Por que não se casou?

– Humm, acho que a minha experiência foi como a sua, exceto pelo fato de que nunca troquei alianças. Tive casos passageiros, casos desastrosos e algumas mulheres verdadeiramente incríveis com quem me relacionei por bastante tempo... mas não para sempre.

Tamara deu outro gole no vinho. Era delicioso, reparou.

Tab estava começando a abrir o coração para ela, e ela queria desesperadamente que ele continuasse. As mortes daquela manhã ainda assombravam o fundo da mente de Tamara, como fantasmas esperando para pular em cima dela, mas aquela conversa estava sendo reconfortante.

– Me fala sobre uma dessas mulheres incríveis – pediu. – Por favor.

– Certo. Eu morei três anos com a Odette, em Paris. Ela é linguista, fala vários idiomas e ganha a vida como tradutora, geralmente do russo para o francês. E é muito inteligente.

– E...?

– Quando fui designado para vir para cá, pedi que ela se casasse comigo e viesse junto.

– Ah. Então era bem sério. – Tamara ficou de fato consternada por ele ter se envolvido a ponto de pedi-la em casamento. "Que sentimento besta", pensou.

– Sério da minha parte, pelo menos. E ela poderia trabalhar como tradutora aqui no Chade, porque fazia tudo remotamente. Mas ela disse não. Tudo bem, eu disse, a gente se casa e eu recuso a transferência. Aí ela me disse que não queria se casar de jeito nenhum.

– Ai.

Ele deu de ombros de forma pouco convincente.

– Eu estava levando mais a sério do que ela, e descobri da pior maneira.

Ele estava só fingindo ter superado a situação. Tamara conseguia ver que ele ainda guardava mágoa e teve vontade de tomá-lo nos braços.

Ele fez um gesto como que afastando aquilo.

– Chega de mágoas passadas. Você quer comer alguma coisa?

– Sim. Não quis comer nada o dia todo, mas agora estou faminta.

– Vamos ver se tem algo na geladeira.

Ela o seguiu até a pequena cozinha. Ele abriu a porta da geladeira e listou:

– Ovos, tomates, uma batata grande e meia cebola.

– Você prefere sair? – perguntou ela. Torcia para que ele dissesse que não, pois ainda não se sentia pronta para entrar em um restaurante.

– Pelo amor de Deus, não – respondeu ele. – Tem o suficiente para um banquete aqui.

Tab cortou a batata em cubos e fritou, fez uma salada de tomate e cebola, depois bateu os ovos e fez uma omelete. Eles comeram sentados nos banquinhos do pequeno balcão da cozinha. Tab serviu mais vinho branco.

Ele estava certo, era um banquete.

Depois de comer ela percebeu que se sentia humana novamente.

– Acho que vou indo – avisou, relutante. Sabia que, quando se deitasse na cama sozinha em seu apartamento, os fantasmas apareceriam e ela não teria como se defender.

– Você não precisa ir – disse ele.

– Não sei.

– Eu sei o que você está pensando.

– Sabe?

– Aviso logo que, o que quer você decida, está bem por mim.

– Eu não quero dormir sozinha esta noite.

– Então dorme comigo.

– Mas não estou com nenhuma vontade de transar.

– Eu não esperava que você estivesse.

– Tem certeza de que está tudo bem? Sem beijos nem nada? Você vai simplesmente colocar seus braços em volta de mim e me abraçar enquanto durmo?

– Eu adoraria fazer isso.

E foi o que ele fez.

# CAPÍTULO 6

O ar em Beijing estava respirável naquela manhã. A garota do tempo havia dito isso mesmo, e Chang Kai confiava nela, então vestiu suas roupas de ciclismo. Ele confirmou esse prognóstico na primeira inspiração que deu ao sair do prédio. Mesmo assim, pôs a máscara antes de montar na bicicleta.

Ele tinha uma bicicleta de estrada Fuji-ta com quadro de liga de alumínio leve e garfo dianteiro de fibra de carbono. Quando começou a pedalar, o equipamento todo parecia não pesar mais do que um par de sapatos.

Kai ia de bicicleta para o trabalho porque era a única forma de incluir um exercício físico na agenda. Com os congestionamentos colossais de Beijing, levava o mesmo tempo que ir de carro, então pedalava todos os dias úteis.

Kai precisava se exercitar. Estava com 45 anos e sua esposa, Tao Ting, com 30. Ele era magro e tinha bom preparo físico, e além disso era mais alto que a média, mas nunca esquecia aquela diferença de quinze anos e se sentia no dever de ser tão ágil e enérgico quanto Ting.

A rua onde ele morava era uma via principal, com ciclovias exclusivas separando os milhares de ciclistas das centenas de milhares de carros. Pessoas de todos os tipos pedalavam: trabalhadores, estudantes, mensageiros uniformizados, até mesmo elegantes executivas de saia. Saindo da via principal e virando em uma rua lateral, Kai teve que encarar o tráfego de quatro rodas, serpenteando entre caminhões, limusines, táxis amarelos e ônibus de capota vermelha.

Enquanto avançava, pensou com carinho em Ting. Ela era atriz, linda e atraente, e metade dos homens na China era apaixonada por ela. Kai e Ting estavam casados havia cinco anos e ele ainda era louco pela esposa.

O pai dele não aprovava. Para Chang Jianjun, as pessoas que apareciam na televisão eram superficiais e frívolas, a menos que fossem políticos que instruíssem as massas. Ele queria que Kai tivesse se casado com uma cientista ou uma engenheira.

A mãe de Kai era igualmente conservadora, mas não tão dogmática. "Se você a conhece tão bem a ponto de estar familiarizado com todos os seus defeitos e fraquezas, e mesmo assim continua a adorá-la, então pode ter certeza de que é amor de verdade", disse ela. "É assim que eu me sinto em relação ao seu pai."

Ele pedalou até o distrito de Haidian, no noroeste da cidade, e entrou em um amplo campus próximo ao Palácio de Verão. Era a sede do Ministério da Segurança do Estado, em mandarim o Guojia Anquan Bu, ou Guoanbu na forma abreviada. Era a agência de espionagem responsável pela inteligência tanto externa quanto doméstica.

Estacionou sua bicicleta em um bicicletário. Ainda respirando com dificuldade e suando por todo o esforço, ele entrou no prédio mais alto do campus. Por mais importante que fosse o ministério, o saguão estava malcuidado, com móveis angulares que haviam sido incrivelmente modernos nos tempos de Mao. O porteiro baixou a cabeça em deferência. Kai era vice-ministro de Inteligência Internacional, responsável por metade das operações de inteligência da China no exterior. Ele e o vice-ministro de Inteligência Doméstica estavam em pé de igualdade na hierarquia, e ambos se reportavam ao ministro de Segurança.

Kai era jovem para um cargo tão importante, mas era extremamente inteligente. Depois de se formar em História na Universidade de Beijing – o Departamento de História dessa universidade era o mais respeitado na China –, ele fez doutorado em História Americana em Princeton. Mas sua inteligência não era a única razão para sua rápida ascensão. Sua família havia sido pelo menos tão importante quanto. Seu bisavô participara da lendária Longa Marcha com Mao Tsé-tung, sua avó havia sido embaixadora da China em Cuba e seu pai era atualmente vice-presidente da Comissão de Segurança Nacional, o comitê que tomava todas as decisões importantes em relação a política externa e segurança.

Em suma, Kai era da realeza comunista. Havia uma expressão para designar pessoas como ele, os filhos dos poderosos: ele era um "principezinho", um *tai zi dang*, nome que não era usado abertamente, mas dito baixinho, entre amigos, com a mão à boca.

Era um nome depreciativo, mas Kai estava determinado a usar seu status em prol de seu país e lembrava a si mesmo esse propósito toda vez que entrava na sede do Guoanbu.

Os chineses achavam que corriam perigo se fossem pobres e fracos. Estavam enganados. Ninguém queria eliminá-los naqueles tempos. Mas agora a China caminhava para se tornar o país mais rico e poderoso do mundo. Tinha a maior e mais inteligente população, e não havia razão para não estar no topo. Portanto, corria sério risco. As pessoas que governavam o mundo havia séculos – europeus e americanos – estavam apavoradas. Dia após dia elas viam a dominação mundial escapar de suas mãos. Elas acreditavam que tinham que destruir a China, caso contrário seriam destruídas. Não parariam por nada.

E já tinha havido um exemplo terrível disso. Os comunistas russos, inspirados pela mesma filosofia marxista que impulsionou a revolução na China, tinham lutado para se tornar o país mais poderoso do mundo – e foram derrubados com um estrondo. Kai, como todos nos mais altos escalões do governo, era obcecado pela queda da União Soviética e temia que o mesmo acontecesse com a China.

Era essa a razão da ambição de Kai. Ele queria ser presidente, para garantir que a China cumprisse seu destino.

Não é que ele se achasse a pessoa mais inteligente da China. Na universidade, tinha conhecido matemáticos e cientistas muito mais gabaritados. Porém, ninguém tinha mais capacidade que ele para levar o país à concretização de suas aspirações. Ele jamais diria aquilo em voz alta, nem mesmo para Ting, pois quem não o consideraria arrogante por pensar assim? Mas acreditava secretamente nisso e estava determinado a provar seu ponto.

A única forma de abordar uma tarefa colossal como aquela era dividi-la em partes executáveis, e o pequeno desafio que Kai teria que enfrentar hoje era a resolução da ONU sobre o comércio de armas, proposta pelos Estados Unidos.

Países como a Alemanha e o Reino Unido apoiariam essa resolução sem pensar duas vezes. Outros, como a Coreia do Norte e o Irã, seriam contra da mesma forma automática, mas o resultado dependeria dos muitos países não alinhados. Na véspera, Kai tinha sido informado de que os embaixadores americanos em vários países do Terceiro Mundo haviam falado com os governos anfitriões para garantir apoio à resolução. Kai suspeitava que a presidente Green estava, discretamente, montando um enorme esforço diplomático. Ele ordenou que as equipes de inteligência do Guoanbu em todos os países neutros descobrissem imediatamente se o governo havia sido pressionado, e com que desfecho.

Os resultados dessa investigação já deveriam estar em sua mesa.

Desceu do elevador no último andar. Havia três gabinetes principais, pertencentes ao ministro e aos dois vice-ministros. Todos tinham pessoal de apoio em salas adjacentes. Nos níveis abaixo, o ministério era dividido em departamentos geográficos, chamados de mesas – a mesa dos Estados Unidos, a mesa do Japão –, e em divisões técnicas, como a divisão de inteligência de sinais, a divisão de inteligência de satélites, a divisão de guerra cibernética.

Kai foi para o próprio complexo de escritórios, cumprimentando secretárias e assistentes conforme passava por eles. As mesas e cadeiras eram utilitárias, feitas de madeira compensada e metal pintado, mas os computadores e telefones eram de última geração. Em sua mesa havia uma pilha organizada de mensagens de chefes de estações do Guoanbu em embaixadas ao redor do mundo, respondendo à consulta da véspera.

Antes de lê-los, foi até o seu banheiro particular, tirou a roupa de ciclista e tomou um banho. Ele mantinha um terno cinza-escuro no escritório, feito sob medida para ele por um alfaiate de Beijing que havia trabalhado em Nápoles e sabia como conseguir um visual moderno e descontraído. Tinha levado na mochila uma camisa branca limpa e uma gravata vinho. Ele se vestiu rapidamente e saiu, pronto para encarar o dia.

Como temia, as mensagens mostravam que o Departamento de Estado americano havia conduzido discretamente uma campanha de lobby vigorosa e abrangente, com considerável sucesso. Ele chegou à alarmante conclusão de que a resolução da presidente Green na ONU estava em vias de ser aprovada. Ficou feliz por ter detectado isso.

A ONU tinha pouco poder para fazer cumprir sua vontade, mas a resolução era simbólica. Se aprovada, seria usada por Washington como propaganda contra a China. Em compensação, se fosse derrubada, daria ânimo aos chineses.

Kai pegou a pilha de papéis e cruzou o corredor em direção à sala do ministro. Passou pelo amplo escritório sem paredes até chegar à sala da secretária particular.

– Ele está disponível para um assunto urgente?

A secretária pegou o telefone para checar. Depois de um momento, disse:

– O vice-ministro Li Jiankang está com ele, mas você pode entrar.

Kai fez uma careta. Teria preferido falar com o ministro a sós, mas agora não tinha como voltar atrás.

– Obrigado – disse ele e entrou.

O ministro da Segurança era Fu Chuyu, um homem de 60 e poucos anos, defensor confiável e de longa data do Partido Comunista da China. Sua mesa não tinha nada além de um maço dourado de cigarros Double Happiness, um isqueiro de plástico barato e um cinzeiro feito de um projétil militar. O cinzeiro já estava cheio até a metade e havia um cigarro aceso apoiado na borda.

– Bom dia, senhor – disse Kai. – Obrigado por me receber tão rapidamente.

Ele então olhou para o outro ocupante da sala, Li Jiankang. Kai não falou nada, mas sua expressão perguntava: *O que ele está fazendo aqui?*

Fu pegou o cigarro, deu uma tragada, soprou a fumaça e disse:

– Li e eu estávamos só conversando. Mas me diga, por que você queria me ver?

Kai explicou a situação da resolução da ONU.

Fu assumiu uma expressão séria.

105

– Isso é um problema – disse, sem agradecer a Kai.

– Fiquei satisfeito por saber disso com antecedência – falou Kai, ressaltando que havia soado o aviso antes de qualquer um. – Acho que ainda há tempo para consertar as coisas.

– Precisamos discutir isso com o ministro das Relações Exteriores. – Fu olhou para o relógio. – O problema é que eu preciso voar para Xangai agora.

– Terei o maior prazer em informar o ministro das Relações Exteriores, senhor – disse Kai.

Fu hesitou. Provavelmente não queria que Kai falasse diretamente com o ministro: isso o colocaria em um nível alto demais. A desvantagem de ser um principezinho era que os outros se ressentiam disso. Fu preferia Li, que era um tradicionalista como ele, mas não podia cancelar uma viagem a Xangai apenas para impedir Kai de falar com o ministro das Relações Exteriores.

– Está bem – concordou Fu, relutante.

Kai se virou para sair, mas Fu o conteve:

– Antes de você sair...

– Pois não.

– Sente-se.

Kai se sentou, com um mau pressentimento.

Fu se virou para Li.

– Talvez seja melhor você contar para o Chang Kai o que você me falou há alguns minutos.

Li não era muito mais jovem que o ministro e também fumava. Os dois homens tinham o cabelo cortado como o de Mao, grosso na parte superior e curto nas laterais. Eles usavam os ternos rígidos preferidos dos comunistas tradicionais mais antigos. Kai não tinha dúvidas de que ambos o consideravam um jovem radical perigoso que precisava ser monitorado por homens mais velhos e experientes.

– Recebi um relatório do estúdio Beautiful Films – contou Li.

Kai sentiu seu coração gelar. O trabalho de Li era monitorar cidadãos chineses descontentes, e ele havia encontrado um no local onde Ting trabalhava. Era quase certo que fosse alguém próximo à esposa, isso se não fosse ela mesma. Ela não era subversiva, na verdade nem se interessava muito por política. Mas era imprudente e às vezes dizia o que lhe vinha à mente sem refletir antes.

Li estava atingindo Kai por meio de sua esposa. Muitos homens achariam vergonhoso atacar um homem ameaçando sua família, mas o serviço secreto chinês nunca hesitava. E sempre tinha êxito. Kai poderia resistir a um ataque a si mesmo, mas jamais suportaria ver Ting sofrer por sua causa.

– Houve conversas com críticas ao Partido – continuou Li.

Kai tentou não deixar transparecer sua angústia.

– Entendo – comentou em tom de voz neutro.

– Lamento dizer que sua esposa, Tao Ting, participou de algumas delas.

Kai lançou um olhar de ódio e desprezo a Li, que nitidamente não estava nem um pouco pesaroso. Na verdade, estava eufórico por apresentar uma acusação contra Ting.

Aquilo poderia ter sido tratado de forma diferente. A atitude mais amigável teria sido Li contar a Kai sobre o problema em particular. Mas, em vez disso, ele escolheu ir ao ministro, maximizando o dano. Foi um ato de hostilidade nua e crua.

Kai disse a si mesmo que tais táticas desleais eram as armas de um homem que sabia que não era capaz de ascender pelos próprios méritos. Mas isso não bastou para consolá-lo. Ele estava devastado.

– Isso é sério – disse Fu. – Tao Ting pode ser influente. Ela talvez seja mais famosa do que eu!

"Claro que ela é, seu idiota", pensou Kai. "Ela é uma estrela e você é um velho burocrata cabeça-dura. As mulheres querem ser iguais a ela. Ninguém quer ser igual a você."

– Minha esposa assiste a todos os episódios de *Amor no Palácio* – continuou Fu. – Ela parece prestar mais atenção nisso do que nas notícias. – Ele estava visivelmente insatisfeito com aquilo.

Kai não ficou surpreso. Sua mãe também assistia à novela, mas só se o seu pai não estivesse em casa.

Ele se recompôs. Com esforço, se manteve cortês e sereno.

– Obrigado, Li – disse. – Fico feliz por trazer essas alegações a mim. – Deu uma ênfase distinta à palavra *alegações*. Sem negar de forma direta o que Li dissera, estava indicando a Fu que tais relatos nem sempre eram verdadeiros.

Li pareceu ficar ressentido com a crítica implícita, mas não disse nada.

– Me diga – continuou Kai. – Quem fez esse relatório?

– O alto funcionário do Partido Comunista no estúdio – respondeu Li prontamente.

Aquela tinha sido uma resposta evasiva. Todos os relatórios como aquele vinham de funcionários comunistas. Kai queria saber a fonte original, mas não desafiou Li. Em vez disso, virou-se para Fu.

– O senhor gostaria que eu conversasse com a Ting em particular sobre isso, antes que o poder do ministério seja oficialmente posto em prática?

Li se irritou.

– A subversão é investigada pelo Departamento Doméstico, não pelas famílias dos acusados – disse em tom de dignidade ferida.

Mas o ministro hesitou.

– Um certo grau de flexibilidade é normal nesses casos – disse. – Não queremos que pessoas proeminentes caiam em descrédito sem necessidade. Não faz bem ao Partido. – Virou-se para Kai. – Descubra tudo o que você conseguir.

– Obrigado.

– Mas seja rápido. Reporte-se a mim dentro de vinte e quatro horas.

– Sim, senhor ministro.

Kai se levantou e se dirigiu rapidamente para a porta. Li não o acompanhou. Ficaria lá para sussurrar mais veneno para o ministro, sem dúvida. Não havia nada que Kai pudesse fazer sobre isso no momento, então saiu.

Precisava falar com Ting o mais rápido possível, mas, para sua frustração, tinha que tirá-la da cabeça por enquanto. Primeiro precisava lidar com a questão da ONU. De volta ao seu escritório, falou com sua secretária principal, Peng Yawen, uma mulher agitada de meia-idade, de cabelos curtos grisalhos e óculos.

– Ligue para o gabinete do ministro das Relações Exteriores – pediu. – Diga que eu gostaria de me encontrar com ele para transmitir algumas informações urgentes de segurança... em qualquer horário que seja conveniente para ele hoje.

– Sim, senhor.

Kai não conseguiria dar um único passo até saber quando esse encontro aconteceria. O estúdio Beautiful Films não ficava longe da sede do Guoanbu, mas o Ministério das Relações Exteriores ficava a quilômetros de distância, no distrito de Chaoyang, onde havia sedes de muitas embaixadas e empresas estrangeiras. Se o trânsito estivesse ruim, o trajeto poderia levar uma hora ou mais.

Preocupado, olhou pela janela, por cima dos telhados variados com suas antenas parabólicas e transmissores de rádio, em direção à rodovia que circundava o campus do Guoanbu. O trânsito parecia normal, mas podia mudar de uma hora para outra.

Por sorte, o Ministério das Relações Exteriores respondeu prontamente a sua mensagem.

– Ele receberá o senhor ao meio-dia – informou Peng Yawen. Kai olhou para o relógio: dava para chegar na hora marcada sem problemas. Yawen acrescentou: – Liguei para o Monge. Ele estará à espera quando o senhor chegar ao térreo. – O motorista de Kai tinha ficado careca ainda jovem e foi apelidado de *Heshang*, "Monge".

Kai enfiou as mensagens das embaixadas em uma pasta e desceu pelo elevador.

Seu carro foi praticamente se arrastando pelo centro de Beijing. Kai poderia ter feito o trajeto de bicicleta em menos tempo. Ao longo do caminho, refletiu sobre a resolução da ONU, mas sua mente continuava voltando para sua preocupação com Ting. O que ela teria dito? Ele voltou seus pensamentos para o problema que os americanos haviam criado. Precisava ter uma solução para oferecer ao ministro das Relações Exteriores. Por fim teve uma ideia e, quando alcançou o número 2 da Chaoyangmen Nandagi, já havia traçado um plano.

A sede do ministério era um edifício alto e elegante com uma fachada curva. O saguão reluzia de tão luxuoso. O objetivo era impressionar os visitantes estrangeiros, ao contrário da sede do Guoanbu, que nunca, jamais, recebia visitas.

Kai foi conduzido até o elevador e levado ao escritório do ministro, que era ainda mais luxuoso do que o saguão. Sua mesa era uma escrivaninha de estudos da época da Dinastia Ming, e sobre ela havia um vaso de porcelana azul e branco que Kai julgou ser do mesmo período e, portanto, de valor inestimável.

Wu Bai era um *bon vivant* afável cujo objetivo principal, na política e na vida, era evitar problemas. Alto e bonito, usava um terno azul de risca de giz que parecia ter sido feito em Londres. Suas secretárias o adoravam, mas seus colegas lhe davam pouca importância. Do ponto de vista de Kai, Wu Bai servia a um propósito. Os líderes estrangeiros gostavam de seu charme e lhe dirigiam um tratamento que jamais dirigiriam a um político chinês mais obstinado, como o ministro da Segurança Fu Chuyu.

– Entre, Kai – disse Wu Bai em tom amigável. – Que bom ver você. Como está sua mãe? Eu tinha uma queda por ela quando éramos jovens, sabia? Antes de ela conhecer o seu pai. – Wu Bai às vezes dizia coisas assim para a mãe de Kai e a fazia rir feito uma garotinha.

– Ela está muito bem, fico feliz em dizer. Meu pai também.

– Ah, eu sei. Vejo o seu pai o tempo todo, claro. Faço parte da Comissão de Segurança Nacional junto com ele. Sente-se. Que história é essa da ONU?

– Tive um pressentimento ontem e o confirmei durante a noite, então achei melhor lhe contar imediatamente.

Sempre era bom para Kai enfatizar aos ministros que ele estava dando as notícias de última hora. Ele repetiu o que havia contado ao ministro da Segurança mais cedo.

– Parece que os americanos fizeram um enorme esforço. – Wu Bai franziu a testa em desaprovação. – Fico surpreso que meu pessoal não tenha ficado sabendo disso.

– Para ser justo, eles não têm os recursos que eu tenho. Nosso foco é o que é secreto. É esse o nosso trabalho.

– Esses americanos! – exclamou Wu. – Eles sabem que a gente odeia terroristas muçulmanos tanto quanto eles. Mais, até.

– Muito mais.

– Nossos maiores causadores de problemas são os islamitas da província de Xinjiang.

– Concordo.

Wu Bai deixou a indignação de lado.

– Mas o que a gente vai fazer a respeito? Essa é a questão que importa.

– A gente pode contra-atacar a campanha diplomática americana. Nossos embaixadores podem tentar mudar a opinião dos países neutros.

– Podemos tentar, é claro – disse Wu Bai, hesitante. – Mas presidentes e primeiros-ministros não gostam de voltar atrás em acordos. Isso faz com que pareçam fracos.

– Posso dar uma sugestão?

– Por favor.

– Muitos dos países neutros de cujo apoio precisamos são lugares onde o governo chinês está fazendo investimentos maciços, de literalmente bilhões de dólares. Podemos ameaçar nos retirar desses projetos. Você quer seu novo aeroporto, sua ferrovia, sua refinaria? Então vote com a gente ou vá pedir dinheiro à presidente Green.

Wu Bai franziu a testa.

– Não gostaríamos de cumprir essa ameaça. Não vamos paralisar nosso programa de investimentos por causa de uma resolução incômoda da ONU.

– Não, mas a simples ameaça pode funcionar. Ou, se necessário, podemos retirar um ou dois projetos menores, de forma simbólica. A gente sempre pode retomá-los depois, enfim. Mas a notícia de que uma ponte ou uma escola foram canceladas assustaria quem está à espera de uma rodovia ou de uma refinaria de petróleo.

Wu Bai ficou pensativo.

– Isso pode funcionar. Grandes ameaças sustentadas por uma ou duas retiradas simbólicas que podem ser revertidas mais tarde. – Ele olhou para o relógio. – Vou me encontrar com o presidente hoje à tarde. Apresentarei isso a ele. Acho que ele vai gostar da ideia.

Kai também achava isso. Durante a escolha do novo líder chinês, um processo mais misterioso e intrincado do que o de escolha do papa, o presidente Chen Haoran tinha dado aos tradicionalistas a impressão de que estava do lado deles, mas desde que havia se tornado líder já tinha tomado inúmeras decisões pragmáticas.

Kai se levantou.

– Obrigado, senhor. Meus cumprimentos a madame Wu.

– Com certeza os darei.

Kai saiu.

No luxuoso saguão, ligou para Peng Yawen. Ela lhe repassou vários recados, mas nenhum exigia sua atenção imediata. Ele teve a sensação de já ter feito um bom trabalho por seu país naquela manhã e agora poderia tratar de um assunto particular. Deixou o prédio e pediu ao Monge que o levasse ao estúdio Beautiful Films.

Era um longo trajeto cortando a cidade, quase todo o caminho de volta ao Guoanbu. No caminho, pensou em Ting. Ele era perdidamente apaixonado, mas às vezes ela o deixava perplexo e de vez em quando, como naquele momento, constrangido. Kai tinha se apaixonado por ela em parte porque ficara encantado com o jeito descontraído das pessoas da TV. Ele amava sua franqueza e sua desinibição. Eles estavam sempre fazendo piadas, principalmente sobre sexo. Mas ele também sentia um impulso conflitante e igualmente forte: ansiava por ter uma família tradicional chinesa. Não se atrevia a comentar isso com Ting, mas queria ter um filho com ela.

Era um assunto que ela nunca havia levantado. Ela adorava ser adorada. Gostava quando estranhos se aproximavam dela e pediam um autógrafo. Ela sorvia os elogios deles e se alimentava da empolgação que demonstravam ao conhecê-la. E ela gostava do dinheiro. Tinha um carro esporte, um quarto cheio de lindas roupas e uma casa de férias na ilha de Gulangyu, em Xiamen, a dois mil quilômetros de distância do ar poluído de Beijing.

Ela não demonstrava nenhuma inclinação a querer se aposentar e se tornar mãe.

Mas a necessidade estava se tornando urgente. Com 30 anos, logo seria cada vez mais difícil que ela engravidasse. Quando Kai pensava nisso, entrava em pânico.

Ele não falaria nada sobre esse assunto hoje. Havia um problema mais urgente.

Uma pequena multidão de fãs, todas mulheres, estava do lado de fora do portão do estúdio, cadernos de autógrafos nas mãos, enquanto o carro de Kai se aproximava. Seu motorista falou com o segurança enquanto as mulheres espiavam dentro do carro, na esperança de reconhecer uma estrela, então viram Kai e desviaram o olhar, desapontadas. A cancela foi erguida e o carro entrou.

Monge conhecia o caminho em meio ao mar de edifícios industriais sem charme. Era início da tarde, e algumas pessoas estavam fazendo uma pausa para o almoço: a indústria audiovisual nunca podia contar com horários regulares para as refeições. Kai viu um homem vestido de super-herói comendo macarrão em uma tigela de plástico, uma princesa medieval fumando um cigarro e quatro monges budistas sentados ao redor de uma mesa jogando pôquer. O carro passou por vários cenários externos: um trecho da Grande Muralha, feito de madeira pintada sustentada por andaimes de aço modernos; a fachada de uma construção da Cidade Proibida; e a entrada de um departamento de polícia da cidade de Nova York, com uma placa onde se lia 78ª DELEGACIA. Qualquer fantasia podia ser realizada ali. Kai amava aquele lugar.

Monge parou o carro junto a uma construção semelhante a um armazém com uma portinha sinalizada por uma placa escrita à mão onde se lia AMOR NO PALÁCIO. Nada se parecia menos com um palácio do que aquilo. Kai entrou.

Ele já conhecia o labirinto de corredores cheios de camarins, guarda-roupas, salas de maquiagem e depósitos de equipamentos. Técnicos usando calça jeans e fones de ouvido o cumprimentaram cordialmente: todos conheciam o sortudo marido da estrela.

Ele descobriu que Ting estava no estúdio à prova de som. Foi seguindo um grande emaranhado de cabos que passava pela parte de trás dos altos cenários até chegar a uma porta onde uma luz vermelha indicava que era proibido entrar. Kai sabia que podia ignorar a indicação se não fizesse barulho. Ele entrou devagar. A ampla sala estava em silêncio.

A trama era ambientada no início do século XVIII, antes da Primeira Guerra do Ópio, que deu início à queda da Dinastia Qing. As pessoas viam aqueles tempos como uma época de ouro, quando a erudição, a sofisticação e a riqueza da civilização tradicional chinesa eram incontestáveis. Era semelhante à forma como os franceses pensavam em Versalhes e na corte do Rei Sol ou como os russos glamorizavam a São Petersburgo anterior à revolução.

Kai reconheceu o cenário, que representava os aposentos onde o imperador recebia as pessoas. Havia um trono sob um dossel drapeado e, atrás dele, um afresco retratando pavões e uma vegetação fantástica. A impressão era de enorme opulência, até que se olhasse de perto e percebesse o tecido barato e a madeira nua que a câmera não revelava.

A novela era uma saga familiar, pejorativamente chamada de "dramalhão", estrelada pelas pessoas mais bem-vistas. Ting era a concubina preferida do imperador. Ela estava em cena agora, com uma maquiagem pesada: pó branco e batom vermelho brilhante. Usava um elaborado ornamento de cabeça cravejado de joias, obviamente falsas. Seu vestido parecia ser de seda cor de marfim e era primorosamente bordado com flores e pássaros esvoaçantes, embora na realidade fosse feito de raiom estampado. A cintura era fina, como a dela de fato era, e ressaltada por pequenas ancas.

Seu olhar era de inocência e virtude, como se feito de porcelana. O apelo da personagem era o fato de que ela não era tão pura e doce quanto parecia, muito pelo contrário. Ela podia ser terrivelmente rancorosa, inconsequentemente cruel e explosivamente sexy. O público a amava.

Ting era a grande rival da esposa mais velha do imperador, que não estava em cena. Mas o imperador estava. Sentado no trono, vestindo um quimono de seda laranja de mangas largas e compridas sobre uma roupa multicolorida que mais parecia um vestido. Na cabeça havia uma espécie de gorro de ponta pequena, e ele tinha um bigode pendente. Era interpretado por Wen Jin, um ator alto e de aparência romântica, o galã de milhões de mulheres chinesas.

Ting estava irritada, repreendendo o imperador, balançando a cabeça, seus olhos brilhando de petulância. Daquela forma ela ficava muito atraente. Kai não conseguia entender o que ela estava dizendo, pois o estúdio era grande e ela falava em voz baixa. Ele sabia, porque ela havia lhe explicado, que gritar não funcionava bem na televisão e que os microfones captavam facilmente suas injúrias quase silenciosas.

O imperador alternava entre uma postura ora conciliadora, ora severa, mas sempre reagindo a ela, nunca tomando a iniciativa, algo de que o ator costumava reclamar. Por fim, ele a beijou. O público ansiava por essas cenas, que aconteciam com pouca frequência: a teledramaturgia chinesa era mais recatada do que a americana.

O beijo foi terno e demorado, algo que poderia ter deixado Kai com ciúmes se ele não soubesse que Wen Jin era cem por cento gay. Durou um tempo irrealisticamente longo, então a diretora gritou "*Cut!*", em inglês mesmo, e todos relaxaram.

Ting e Jin se afastaram de imediato. Ting limpou os lábios com um pedaço de papel que Kai sabia ser um lencinho higienizante. Ele andou até ela. Ela sorriu, surpresa, e o abraçou.

Kai não tinha dúvidas do amor dela por ele, mas, se tivesse, uma recepção como aquela o teria tranquilizado. Era nítido que ela estava encantada em vê-lo, embora tivessem tomado café da manhã juntos apenas algumas horas antes.

– Sinto muito pelo beijo – disse ela. – Você sabe que eu não gostei.

– Mesmo com aquele homem lindo?

– O Jin não é lindo, ele é bonito. Lindo é você, querido.

Kai riu.

– Uma lindeza um pouco enrugada, talvez, se a luz não for muito boa.

Ela deu uma risada.

– Venha para o meu camarim. Eu tenho um intervalo agora. Eles têm que montar o cenário do quarto.

Ela foi na frente, segurando a mão dele. Uma vez dentro do camarim, fechou a porta. Era uma sala pequena e sem graça, mas ela tinha dado vida ao lugar com algumas coisas suas: pôsteres na parede, uma prateleira de livros, um vaso de orquídeas, um porta-retratos com uma foto da mãe.

Ting tirou rapidamente o vestido e foi se sentar só de sutiã e calcinha, ambos do século XXI. Kai sorriu de prazer com aquela visão.

– Só mais uma cena e acho que damos o dia por encerrado – disse Ting. – Essa diretora é rápida.

– Como ela consegue?

– Ela sabe o que quer e é organizada, mas também exige muito da gente. Não vejo a hora de chegar em casa.

– Você deve ter esquecido – falou Kai com pesar. – Nós combinamos ir jantar com os meus pais hoje à noite.

Ting fez uma cara de decepção.

– É mesmo...

– Eu posso cancelar se você estiver cansada.

– Não. – A expressão no rosto de Ting mudou, e Kai sabia que ela estava no modo "Encarando a Decepção com Bravura". – Sua mãe deve ter preparado um banquete.

– Eu não me importo, de verdade.

– Eu sei, mas quero muito ter um bom relacionamento com os seus pais. Eles são importantes para você, então são importantes para mim. Não se preocupe. A gente vai.

– Obrigado.

– Você faz muito por mim. Você é uma rocha de estabilidade na minha vida. A desaprovação do seu pai é um preço pequeno a pagar.

– Acho que lá no fundo meu pai gosta de você, mas ele tem que manter a fachada de puritanismo inflexível. Já a minha mãe nem tenta fingir que não gosta.

– Um dia eu vou conquistar o seu pai. Mas o que trouxe você aqui? Não tem muita coisa para fazer no Guoanbu? Os americanos estão sendo compreensivos e prestativos em relação à China? A paz mundial está chegando?

– Quem dera. Estamos com um pequeno problema. Alguém disse por aí que você fez críticas ao Partido Comunista.

– Ah, pelo amor de Deus, que bobagem.

– Sim, mas o relatório chegou ao Li Jiankang e, claro, ele quer tirar o máximo de proveito disso para me prejudicar. Quando o ministro se aposentar, o que não deve demorar muito para acontecer, o Li quer ficar com o lugar dele, ao passo que todo mundo quer que o sucessor dele seja eu.

– Ah, meu querido, eu sinto muito!

– Isso significa que você vai ser investigada.

– Eu sei quem me acusou. Foi o Jin. Ele está com ciúmes. Quando a novela começou, ele achava que seria a estrela principal, mas agora eu sou mais popular e ele me odeia por isso.

– Existe algum fundamento para terem te acusado?

– Ah, pode ser que sim. Você sabe como são as pessoas da televisão, estão sempre falando demais, principalmente no bar depois de um dia de gravação. Imagino que alguém tenha dito que a China não é uma democracia e que eu tenha concordado com a cabeça.

Kai deu um suspiro. Era perfeitamente possível. Assim como qualquer agência de segurança, o Guoanbu acreditava piamente que não havia fumaça sem fogo. Pessoas mal-intencionadas podiam usar essa máxima para criar problemas para seus inimigos. Era como as acusações de bruxaria de outros tempos: uma vez apontado o dedo, era fácil encontrar qualquer coisa que parecesse uma prova. Ninguém é cem por cento inocente.

No entanto, a informação de que Jin devia ser o delator deu munição a Kai.

Alguém bateu na porta.

– Pode entrar – disse Ting.

O gerente de chão, um rapaz novo vestindo uma camisa do Manchester United, olhou para dentro e avisou:

– Estamos prontos para você, Ting.

Nem ele nem Ting pareceram se importar com o fato de ela estar seminua. As coisas eram assim no estúdio, percebeu Kai: descontraídas. Ele achava aquilo fascinante.

O gerente de chão saiu e Kai ajudou Ting a pôr o vestido de volta. Depois deu um beijo nela.

– Te vejo em casa – disse ele.

Ting saiu. Kai se dirigiu ao prédio da administração e foi até o escritório do Partido Comunista.

Todos os empreendimentos na China eram monitorados por um grupo do Partido, e qualquer coisa relacionada à mídia recebia uma atenção especial. O Partido lia todos os roteiros e investigava todos os atores. Os produtores gostavam de dramas históricos porque fatos ocorridos muito tempo atrás tinham menos implicações políticas no presente, e, portanto, era menos provável que houvesse interferência.

Kai foi até a sala de Wang Bowen, o secretário do Partido que cuidava daquela divisão.

Sua sala era dominada por um enorme retrato do presidente Chen, um homem de terno escuro e cabelo preto cuidadosamente penteado, igual ao retrato de milhares de outros executivos chineses. Na mesa havia outra foto de Chen, dessa vez trocando um aperto de mão com Wang.

Wang era um homem inexpressivo na casa dos 30, com uma camisa encardida nos punhos e entradas na testa. Os "executivos-sombra" tendiam a entender mais de política do que de negócios. No entanto, eles eram poderosos e precisavam ser acalmados, como se fossem deuses coléricos. Uma atitude desfavorável da parte deles podia provocar um desastre. Wang tratava atores e técnicos com arrogância, segundo Ting.

Por outro lado, Kai também era poderoso. Era o principezinho. Os funcionários comunistas costumavam ser provocadores, mas tinham que ser subservientes aos superiores do Partido. Wang começou em tom bajulador:

– Entre, Chang Kai, sente-se. É um prazer ver você, espero que esteja tudo bem.

– Está tudo bem, obrigado. Passei para ver a Ting e achei que deveria dar uma palavrinha com você, já que estou aqui. Só entre nós, entende?

– Claro – disse Wang com ar de satisfação. Estava lisonjeado por Kai querer lhe fazer confidências.

A abordagem de Kai não seria defender Ting. Isso seria considerado uma admissão de culpa. Optou por uma estratégia diferente.

– Você não deve estar nem aí para as fofocas de bastidores, Wang Bowen – começou, embora soubesse que fofoca era justamente aquilo com que Wang se preocupava –, mas talvez o ajude saber que o Wen Jin morre de inveja da Ting.

– Eu já tinha ouvido algo sobre isso – disse Wang, não querendo admitir sua ignorância.

– Você é muito bem informado, então sabe que, quando o Jin aceitou o papel de imperador em *Amor no Palácio*, foi dito que ele seria a estrela principal do show. Agora, porém, está claro que a Ting o superou em termos de popularidade.

– Sim.

– Estou falando isso porque a investigação do Guoanbu provavelmente vai concluir que as acusações do Jin foram motivadas por rivalidade pessoal e, portanto, infundadas. Imaginei que você achasse útil ser avisado. – Isso era mentira. – A Ting gosta muito de você. – Isso era uma mentira maior ainda. – Não queremos que isso cause problemas para você.

Wang pareceu assustado.

– Fui obrigado a levar os relatórios a sério – protestou.

– Claro. É o seu trabalho. Nós no Guoanbu entendemos isso. Só não quero que você seja pego de surpresa. Talvez você queira falar com o Jin novamente e escrever um pequeno adendo a seu relatório enfatizando que a animosidade pode ser um fator.

– Ah. Boa ideia. Sim.

– Não cabe a mim interferir, é claro. Mas *Amor no Palácio* é um sucesso tão grande, tão amado pelo povo, que seria uma tragédia se algum tipo de desconfiança recaísse sobre a novela, ainda mais sem necessidade.

– Ah, eu concordo.

Kai se levantou.

– Não posso me demorar. Como sempre, tenho muita coisa para fazer. Tenho certeza de que você também.

– Sim, sem dúvida – disse Wang, olhando ao redor da sala, que não apresentava nenhuma evidência de qualquer tipo de tarefa em andamento.

– Tchau, camarada – despediu-se Kai. – Fico feliz por termos tido essa conversa.

...

Os pais de Kai moravam em uma espécie de mansão, uma casa espaçosa de dois andares em um terreno não muito grande em um recente empreendimento nos subúrbios destinado à crescente classe média alta. Seus vizinhos eram importantes funcionários do governo, empresários bem-sucedidos, militares de alto escalão e diretores de grandes empresas. O pai de Kai, Chang Jianjun, sempre dissera que nunca precisaria de uma casa maior do que o apartamento compacto de três cômodos em que Kai fora criado. Entretanto, acabou fazendo essa concessão à esposa, Fan Yu – ou talvez apenas a tenha usado como desculpa para mudar de ideia.

Kai nunca desejaria morar em um bairro tão entediante. Seu apartamento tinha tudo de que ele precisava, e ele não tinha que se preocupar com um jardim. A cidade era onde as coisas aconteciam: governo, negócios, cultura. Não havia nada para se fazer nos subúrbios, e o deslocamento para o trabalho seria ainda maior.

No carro, a caminho de lá, Kai disse a Ting:

– Amanhã de manhã vou dizer ao ministro da Segurança que a informação contra você veio de um rival invejoso, e Wang vai confirmar isso, de modo que a investigação será encerrada.

– Obrigada, querido. Lamento que tenha precisado se preocupar com isso.

– Isso acontece, mas talvez daqui para a frente você possa ser mais discreta sobre o que fala, e até sobre aquilo com que concorda mesmo sem dizer nada.

– Vou ser, prometo.

A mansão estava tomada pelo aroma de um jantar condimentado. Jianjun ainda não tinha chegado em casa, então Kai e Ting se sentaram em banquinhos na moderna cozinha enquanto Yu cozinhava. A mãe de Kai tinha 65 anos e era uma mulher pequena com o rosto enrugado e fios prateados no cabelo preto. Eles ficaram conversando sobre a novela.

– O imperador gosta da esposa mais velha porque ela é sorridente e fala com doçura, mas ela tem um lado mau – comentou Yu. Ting estava acostumada a ouvir as pessoas falando sobre os personagens fictícios como se fossem de verdade. – Ele não deveria confiar nela. Ela só quer saber de si mesma.

Yu serviu um prato de *dumplings* de lula envolvidos em uma massa fina como papel.

– Para distrair vocês até seu pai chegar – disse ela, e Kai se acomodou.

Ting pegou um por educação, mas precisava manter a cintura fina o suficiente para caber nos vestidos de uma concubina do século XVIII.

Jianjun chegou. Era baixinho e musculoso, feito um boxeador peso-mosca. Seus dentes eram amarelados de cigarro. Ele deu um beijo em Yu, cumprimentou Kai e Ting e pegou quatro pequenos copos e uma garrafa de *baijiu*, o destilado transparente como vodca que é a bebida alcoólica mais popular da China. Kai teria preferido um Jack Daniel's com gelo, mas não disse nada e seu pai não perguntou.

Jianjun serviu os quatro copos e os distribuiu. Levantando o seu, disse:

– Sejam bem-vindos!

Kai deu um gole. Sua mãe tocou o copo com os lábios, fingindo beber para não ofender o marido. Ting, que gostava da bebida, esvaziou o copo.

Yu era submissa a Jianjun quase o tempo todo, mas, muito de vez em quando, ela dizia alguma coisa severa em determinado tom de voz e Jianjun se continha. Ting achava aquilo divertido.

Jianjun encheu o copo de Ting e o seu e então brindou:

– Aos netos.

Kai sentiu um aperto no peito. Então aquele seria o tema da noite. Jianjun queria um neto e achava que tinha o direito de insistir. Kai também queria ter um filho com Ting, mas aquela não era a maneira de abordar o assunto. Ela não se deixaria ser pressionada por seu pai nem por qualquer outra pessoa. Kai resolveu não transformar isso em uma questão.

– Vamos, querido, deixe as pobres crianças em paz – disse Yu. No entanto, ela não usou o tom de voz especial, então Jianjun a ignorou.

– Você deve estar com 30 agora – falou ele a Ting. – Não espere até ser tarde demais!

Ting deu um sorriso e não disse nada.

– A China precisa de mais meninos inteligentes como o Kai – insistiu Jianjun.

– Ou de meninas inteligentes, pai – sugeriu Ting.

Mas Jianjun queria um neto.

– Tenho certeza de que o Kai gostaria que fosse um menino – afirmou.

Yu pegou uma vaporeira do fogão, encheu uma cesta com pãezinhos *bao* e a entregou ao marido.

– Leva isso para a mesa, por favor – pediu.

Ela rapidamente arrumou uma travessa de porco frito com pimentões verdes, outra de tofu feito em casa e uma tigela de arroz. Jianjun se serviu de mais *baijiu*; os demais recusaram. Ting, comendo com moderação, disse a Yu:

– Você faz os melhores *baos* que eu já comi, mãe.

– Obrigada, querida.

Para manter Jianjun longe do assunto dos netos, Kai falou sobre a resolução da presidente Green na ONU e da disputa diplomática por votos. Jianjun estava com espírito desdenhoso.

– A ONU nunca faz nenhuma diferença na prática – comentou. Os tradicionalistas acreditavam que um conflito nunca era resolvido de fato se não fosse pelo combate. Mao tinha dito que o poder emerge do cano de uma arma. – É bom que os jovens sejam idealistas – finalizou Jianjun com toda a condescendência que um pai chinês sentia ter o direito de expressar.

– Que gentileza da sua parte dizer isso – observou Kai.

O sarcasmo passou batido pelo pai.

– De uma forma ou de outra, vamos ter que romper o anel de aço dos americanos – comentou Jianjun.

– O que é anel de aço, pai? – perguntou Ting.

– Nós estamos cercados pelos americanos. Eles têm tropas no Japão, na Coreia do Sul, em Guam, em Cingapura e na Austrália. Além disso, as Filipinas e o Vietnã são aliados dos Estados Unidos. Os americanos fizeram o mesmo com a União Soviética. Chamaram isso de "contenção". E, no fim das contas, a Revolução Russa acabou sendo estrangulada. Temos que evitar o mesmo destino dos soviéticos, mas não vai ser com a ajuda da ONU que faremos isso. Mais cedo ou mais tarde teremos que romper esse anel.

Kai concordava com a análise do pai, mas tinha uma solução alternativa:

– Sim, Washington gostaria de destruir a gente, mas o mundo não se resume aos Estados Unidos. Estamos fazendo alianças e fechando negócios por todo o mundo. Cada vez mais países percebem que é interessante manter amizade com a China, por mais que isso incomode os Estados Unidos. Estamos mudando a dinâmica. A disputa entre a China e os Estados Unidos não precisa ser resolvida numa batalha de gladiadores, em que só existe um vencedor. A melhor coisa é buscar uma posição onde a guerra não seja necessária. Deixar o anel de aço enferrujar até se desfazer.

Jianjun era irredutível:

– Isso é um devaneio. Nenhuma quantidade de investimento em países do Terceiro Mundo vai fazer os americanos mudarem. Eles nos odeiam e querem acabar com a gente.

Kai tentou outra abordagem:

– A tradição chinesa é evitar uma batalha sempre que possível. Sun Tzu não disse que a arte suprema da guerra consiste em derrotar o inimigo sem lutar?

– Ah, você está tentando usar minha crença na tradição contra mim. Mas isso não vai funcionar. Devemos estar sempre prontos para a guerra.

Kai começou a ficar frustrado e irritado. Ting reparou nisso e colocou uma mão em seu braço, numa tentativa de restringi-lo. Ele não deu atenção.

– E você acha que a gente tem como derrotar o poder avassalador dos Estados Unidos, pai? – perguntou em tom de deboche.

– Talvez devêssemos conversar sobre outra coisa – sugeriu Yu.

Jianjun a ignorou:

– Nosso Exército é dez vezes mais forte do que já foi. Melhorias…

– Mas quem iria ganhar? – interrompeu Kai.

– Nossos novos mísseis têm múltiplas ogivas com alvos independentes…

– Mas quem iria ganhar?

Jianjun bateu com o punho na mesa, fazendo os pratos balançarem.

– Temos bombas nucleares suficientes para devastar as cidades americanas!

– Ah – disse Kai se recostando. – Então chegamos à guerra nuclear. Num pulo.

Jianjun também estava irritado agora:

– A China jamais será a primeira a usar armas nucleares. Mas, se for para evitar a destruição total da China, aí, sim!

– E o que isso nos traria de bom?

– Jamais voltaríamos à Era da Humilhação.

– Em que circunstâncias exatamente o senhor, pai, no papel de vice-presidente da Comissão de Segurança Nacional, recomendaria ao presidente que atacasse os Estados Unidos com armas nucleares, sabendo que a aniquilação viria quase certamente a seguir?

– Diante de duas condições. Primeira, se a agressão americana ameaçasse a existência, a soberania ou a integridade da República Popular da China. Segunda, se nem a diplomacia nem as armas convencionais fossem suficientes para conter essa ameaça.

– Você está falando sério – falou Kai.

– Sim.

– Tenho certeza de que você tem razão, querido – disse Yu para Jianjun. Ela lhe estendeu a cestinha de *baos*. – Pega mais um.

# CAPÍTULO 7

Kiah estava voltando do lago com a roupa lavada, uma cesta apoiada em um quadril e Naji no outro, quando um grande Mercedes preto surgiu na aldeia.

Todos ficaram surpresos. Às vezes se passava um ano sem que houvesse nenhum visitante de fora, e agora era o segundo que chegava em uma semana. Todas as mulheres saíram de casa para ver.

O para-brisa refletia o sol como um círculo em chamas. O carro parou para o motorista falar com um aldeão que estava arrancando ervas daninhas de um canteiro de cebolas. Em seguida, foi até a casa de Abdullah, o mais velho dos anciãos. Abdullah saiu e o motorista abriu a porta de trás para que ele entrasse. O visitante tinha tido a polidez de falar com os anciãos da aldeia logo de cara. Depois de alguns minutos, Abdullah saiu do carro parecendo satisfeito e voltou para dentro de casa. Kiah supôs que ele havia recebido algum dinheiro.

O carro seguiu para o centro da aldeia.

O motorista, vestindo calça bem passada e uma camisa branca limpa, desceu e deu a volta no carro. Ele deslizou a porta de trás para abrir o lado do carona, revelando um vislumbre do estofamento de couro bege.

A mulher que emergiu tinha cerca de 50 anos e pele negra e usava roupas europeias caras: um vestido que marcava sua silhueta, sapatos de salto alto, um chapéu de aba larga para proteger o rosto e uma bolsinha de mão. Ninguém na aldeia tinha tido uma bolsinha de mão na vida.

O motorista apertou um botão e a porta se fechou com um zumbido elétrico.

As mulheres mais velhas da aldeia ficaram observando de longe, mas as mais novas se aglomeraram em torno da visitante. As adolescentes, descalças e com vestidos gastos, olhavam com inveja para as roupas da visitante.

A mulher tirou da bolsa um maço de cigarros Cleopatra e um isqueiro. Colocou um cigarro entre os lábios vermelhos e o acendeu, depois tragou com força a fumaça.

Ela era a sofisticação em pessoa.

Soprou a fumaça e apontou para uma garota alta com a pele marrom-clara.

As mulheres mais velhas se aproximaram para ouvir o que estava sendo dito.

– Eu me chamo Fátima – disse a visitante em árabe. – Como você se chama?

– Zariah.

– Um lindo nome para uma linda garota.

As outras crianças riram, mas era verdade: Zariah era fascinante.

– Você sabe ler e escrever? – perguntou Fátima.

– Eu estudei no colégio das freiras – respondeu Zariah orgulhosa.

– Sua mãe está aqui?

A mãe de Zariah, Noor, deu um passo à frente segurando um galo debaixo do braço. Ela criava galinhas e, sem dúvida, tinha pegado a valiosa ave para mantê-la protegida das rodas do carro. O galo parecia mal-humorado e contrariado, assim como Noor.

– O que você quer com a minha filha? – perguntou.

Fátima ignorou a hostilidade e respondeu com gentileza:

– Quantos anos tem a sua linda menina?

– Dezesseis.

– Bom.

– Por que isso é bom?

– Tenho um restaurante em N'Djamena, na avenida Charles de Gaulle. Eu preciso de garçonetes. – Fátima adotou um tom de voz enérgico e prático: – Elas precisam ser inteligentes o suficiente para anotar pedidos de comida e bebida sem cometer erros, e também precisam ser jovens e bonitas, porque é disso que os clientes gostam.

A multidão ficou ainda mais interessada. Kiah e as outras mães se aproximaram. Kiah sentiu um aroma, como se alguém tivesse aberto uma caixa de doces, e percebeu que a fragrância vinha de Fátima. Ela parecia saída de um conto de fadas, mas estava ali para oferecer algo bastante pragmático e muito desejado: um emprego.

– E se os clientes não falarem árabe? – perguntou Kiah.

Fátima olhou fixamente para ela, avaliando-a.

– Posso perguntar seu nome, minha jovem?

– Eu me chamo Kiah.

– Bem, Kiah, acho que meninas inteligentes conseguem aprender rapidamente em francês e inglês os nomes dos pratos que estão servindo.

Kiah concordou com a cabeça.

– Claro. Não deve ser muita coisa.

Fátima olhou para ela por um instante, pensativa, depois se voltou para Noor.

– Eu nunca contrataria uma garota sem a permissão da mãe. Eu mesma sou mãe, e avó também.

Noor ficou menos hostil.

– Qual é o pagamento? – perguntou mais uma vez Kiah.

– As meninas recebem todas as refeições, um uniforme e um lugar para dormir. Elas podem ganhar até cinquenta dólares por semana em gorjetas.

– Cinquenta dólares! – exclamou Noor. Era três vezes o salário normal. As gorjetas podiam variar, todo mundo sabia, mas mesmo metade daquilo seria bastante para uma semana levando pratos e copos de um lado para outro.

– Mas não tem salário? – perguntou Kiah.

Fátima pareceu ficar irritada.

– Correto.

Kiah ficou se perguntando se Fátima era confiável. Ela era uma mulher, o que era um ponto a seu favor, embora não fosse decisivo. Sem dúvida estava pintando um quadro atraente do emprego que estava oferecendo, mas isso era normal e não fazia dela uma mentirosa. Kiah gostou do seu discurso franco e do extremo glamour, mas por baixo de tudo aquilo detectou uma veia de crueldade que a deixou desconfortável.

Mesmo assim, ela invejava as meninas solteiras. Elas tinham como fugir das margens do lago e achar um novo futuro na cidade. Kiah gostaria de poder fazer o mesmo. Achava que seria uma garçonete perfeitamente boa e assim estaria salva da terrível escolha entre Hakim e a miséria.

No entanto, ela tinha um filho e não podia nem imaginar uma vida sem Naji. Ela o amava demais.

– Como é o uniforme? – perguntou Zariah animada.

– Roupas europeias. Uma saia vermelha, uma blusa branca e um lenço vermelho com bolinhas brancas no pescoço. – As meninas faziam sons de aprovação, e Fátima acrescentou: – Sim, é muito bonito.

Noor fez a pergunta de uma mãe:

– Quem fica responsável por essas meninas?

Era óbvio que jovens de 16 anos precisavam ser supervisionadas.

– Elas moram em uma casinha nos fundos do restaurante, e a Sra. Amat al-Yasu toma conta delas.

Aquilo foi interessante, pensou Kiah. O nome da supervisora era cristão-árabe.

– Você é cristã, Fátima? – perguntou ela.

– Sim, mas meus funcionários são uma mistura. Você tem interesse em trabalhar para mim, Kiah?

– Não posso. – Ela olhou para Naji, que estava em seus braços contemplando Fátima fascinado. – Eu não posso deixar meu filho.

– Ele é lindo. Como se chama?

– Naji.

– Ele deve ter o quê, 2 anos?

– Sim.

– O pai dele também é bonito?

O rosto de Salim brilhou na memória de Kiah: a pele escurecida pelo sol, o cabelo preto molhado com spray, os vincos em torno dos olhos enrugados de tanto olhar para a água em busca de peixes. Aquela lembrança súbita a encheu de uma repentina tristeza.

– Eu sou viúva.

– Sinto muito. A vida deve ser difícil.

– É, sim.

– Mas você pode ser garçonete mesmo assim. Duas das minhas garotas têm filhos.

O coração de Kiah deu um pulo.

– Mas como é possível?

– Elas passam o dia todo com os filhos. O restaurante abre à noite, e então a Sra. Amat al-Yasu toma conta dos bebês enquanto as mães trabalham.

Kiah ficou deslumbrada. Ela tinha presumido que não era elegível, e agora, de repente, uma nova perspectiva se abria. Seu coração disparou. Estava animada, mas ao mesmo tempo intimidada. Em toda a sua vida, tinha estado na cidade apenas algumas vezes, e agora recebia um convite para se mudar para lá. Os únicos restaurantes em que tinha entrado eram pequenos cafés ou bares, como aquele em Three Palms, mas agora havia uma oferta de emprego em um lugar que parecia assustadoramente luxuoso. Será que era capaz de fazer uma mudança tão grande? Será que tinha coragem?

– Preciso pensar – respondeu.

Noor fez outra pergunta maternal:

– Sobre as meninas lá que têm filhos. E os maridos delas?

– Uma delas é viúva, como a Kiah. A outra, lamento dizer, foi boba o suficiente para se entregar a um homem que depois desapareceu.

As mães entenderam. Elas eram conservadoras hoje, mas já haviam sido garotas volúveis um dia.

– Pense sobre isso, não tem pressa – disse Fátima. – Tenho outras aldeias para visitar. Vou passar por aqui de novo na volta. Zariah e Kiah, se vocês quiserem trabalhar para mim, estejam prontas no meio da tarde.

– A gente tem que ir hoje? – perguntou Kiah. Ela achou que poderia refletir sobre a oferta por uma ou duas semanas, não por algumas horas.

– Hoje – repetiu Fátima.

Kiah voltou a ficar assustada.

– E quanto ao resto de nós? – perguntou outra garota.

– Talvez quando forem mais velhas – respondeu Fátima.

Kiah sabia que, na verdade, as outras não eram bonitas o suficiente.

Fátima voltou para o carro e o motorista abriu a porta. Antes de entrar, ela jogou a guimba no chão e pisou nela. A conversa toda tinha durado apenas o tempo de um cigarro. Ela entrou no carro e se inclinou para fora.

– Decidam-se – disse. – Vejo vocês mais tarde.

O motorista fechou a porta.

Os aldeões ficaram vendo o carro ir embora.

– O que você acha? Você vai para N'Djamena com a Fátima? – perguntou Kiah para Zariah.

– Se a minha mãe deixar, sim! – Os olhos de Zariah brilhavam de esperança e empolgação.

Kiah era só quatro anos mais velha, mas a diferença de idade parecia maior. Kiah tinha um filho com que se preocupar e era mais ciente dos riscos.

Então pensou em Hakim, com sua camiseta suja e seu colar *grigri*. Ela agora estava diante da escolha entre Fátima e Hakim.

Não havia exatamente muita dúvida.

– E você, Kiah? Vai junto com a Fátima de tarde? – perguntou Zariah.

Kiah hesitou apenas por um instante.

– Sim – disse, depois acrescentou: – Claro.

. . .

O restaurante tinha um nome em inglês, Bourbon Street, exibido do lado de fora em neon vermelho. Kiah chegou no Mercedes de Fátima no final da tarde, junto com Zariah e mais duas garotas que ela não conhecia. Adentraram um saguão com um carpete grosso e paredes pintadas no tom suave de uma orquídea branca. Era ainda mais luxuoso do que Kiah havia imaginado. Isso foi reconfortante.

As meninas faziam sons de espanto e deleite.

– Aproveitem – disse Fátima. – Esta é a última vez que vocês vão entrar pela porta da frente. Há uma entrada de funcionários nos fundos.

Havia dois homens grandes em ternos pretos no saguão, sem fazer nada, e Kiah imaginou que fossem seguranças.

O salão principal era enorme. Em uma das laterais havia um balcão comprido com mais garrafas do que Kiah já tinha visto em um só lugar. Que tanta coisa havia nelas todas? Havia sessenta ou mais mesas. Do lado oposto ao bar havia um palco com cortinas vermelhas. Kiah nunca imaginara que também podia haver espetáculos em restaurantes. O salão era acarpetado, exceto por um pequeno círculo de madeira diante do palco, que Kiah supôs que fosse uma pista de dança.

Cerca de uma dezena de homens estava bebendo, e algumas garotas os serviam, mas, fora isso, o lugar estava vazio, e Kiah imaginou que devia ter acabado de abrir. Os uniformes vermelhos e brancos eram bastante elegantes, mas ela ficou chocada com o comprimento curto das saias. Fátima apresentou as novas garotas às garçonetes, que fizeram festa para Naji, e ao barman, que foi seco. Na cozinha, seis cozinheiros trabalhavam limpando e picando legumes e preparando molhos. O espaço parecia pequeno demais para a tarefa de preparar refeições para todas aquelas mesas.

Nos fundos, um corredor conduzia a uma série de pequenas salas, cada uma com mesa, cadeiras e um sofá comprido.

– Os clientes pagam a mais pelas salas privadas – disse Fátima. Kiah se perguntou por que alguém pagaria mais caro para jantar em segredo.

Ficou impressionada com a dimensão do empreendimento. Fátima tinha que ser muito inteligente para administrar aquilo. Kiah se questionou se ela teria um marido para ajudar.

Passaram por uma pequena área para funcionários com ganchos para casacos, depois saíram pela porta de serviço. Do outro lado do pátio havia uma construção de concreto de dois andares pintada de branco e com persianas azuis. Uma senhora idosa estava sentada do lado de fora, aproveitando o frescor da noite. Ela se levantou quando Fátima se aproximou.

– Esta é a Sra. Amat al-Yasu – apresentou Fátima. – Mas todo mundo a chama de Jadda. – Era a expressão coloquial para "babá". Era uma mulher pequena e rechonchuda, mas em seus olhos havia uma expressão que deu a Kiah a sensação de que Jadda poderia ser tão dura quanto Fátima.

Fátima apresentou as novas garotas e disse:

– Se vocês fizerem o que a Jadda mandar, não terão como errar.

A porta era uma folha de ferro corrugado pregada a uma estrutura de madeira, um design não raro em N'Djamena. Dentro havia uma série de pequenos quartos e um chuveiro comum. O andar de cima era igual ao de baixo. Cada quarto tinha duas camas estreitas, com um espaço entre elas suficiente apenas para uma pessoa ficar de pé, e dois pequenos guarda-roupas. A maioria das jovens que moravam ali estava se preparando para o trabalho da noite, arrumando o cabelo e vestindo o uniforme de garçonete. Jadda informou que elas deveriam tomar banho pelo menos uma vez por semana, o que surpreendeu as novatas.

Kiah e Zariah foram designadas para o mesmo quarto. Seus uniformes estavam pendurados, um em cada guarda-roupa, junto com roupas íntimas em estilo europeu, calcinhas e sutiãs minúsculos. Não havia berço: Naji teria que dormir na cama com Kiah.

Jadda disse a elas para se trocarem imediatamente, pois iam trabalhar naquela noite. Kiah lutou contra o pânico. "Mas já?" Com Fátima, a impressão era de que tudo acontecia mais rápido do que se esperava.

– Como a gente vai saber o que fazer? – perguntou Kiah a Jadda.

– Esta noite você vai fazer par com uma garota experiente que vai lhe explicar tudo – respondeu a supervisora.

Kiah tirou a roupa e foi para o chuveiro. Depois vestiu o uniforme e foi falar com Amina, que seria sua tutora. Um segundo depois ela estava entrando no restaurante, que começava rapidamente a se encher. Uma pequena banda estava tocando e algumas pessoas dançavam. Embora todos estivessem falando árabe ou francês, Kiah não conseguia reconhecer metade das palavras e imaginou que estivessem falando sobre pratos e bebidas dos quais ela nunca tinha ouvido falar. Sentiu-se uma estrangeira em seu próprio país.

No entanto, assim que Amina começou a anotar os pedidos, Kiah passou a entender melhor. Amina perguntava aos clientes o que desejavam, e eles respondiam, às vezes apontando os itens em uma lista impressa para terem certeza de que estavam sendo compreendidos. Amina anotava os pedidos em um bloco e ia até a cozinha. Lá ela gritava os pedidos, depois arrancava a folha do bloco e a colocava sobre o balcão. Os pedidos de bebidas eram repassados para o barman taciturno. Quando a comida ficava pronta, ela a levava até a mesa, o mesmo com as bebidas.

Depois de observar por meia hora, Kiah anotou seu primeiro pedido e não cometeu nenhum erro. Amina deu a ela apenas um conselho:

– Molhe os lábios – disse, lambendo os próprios lábios para demonstrar. – Faz você parecer sexy.

Kiah deu de ombros e molhou os lábios.

Ela ganhou confiança rapidamente e começou a ficar satisfeita consigo mesma.

Depois de algumas horas, as meninas se revezaram para fazer uma pequena pausa e comer alguma coisa. Kiah correu para a casa e foi ver como estava Naji. Ela o encontrou dormindo profundamente. Ele era muito tranquilo, pensou Kiah agradecida. A mudança lhe despertara mais interesse do que medo. Ela voltou ao trabalho tranquila.

Alguns clientes voltaram para casa depois de terminado o jantar, mas muitos permaneceram, e os recém-chegados juntaram-se a eles para beber. Kiah ficou espantada com a quantidade de cerveja, vinho e uísque que as pessoas consumiam. Ela mesma não gostava da sensação que experimentava quando ingeria bebida alcoólica. Salim tomava um copo de cerveja de vez em quando. Beber não era proibido – eles eram cristãos, não muçulmanos –, mas, mesmo assim, não era algo que desempenhava um papel importante em suas vidas.

A atmosfera começou a mudar. As risadas foram ficando mais altas. Kiah percebeu que a clientela agora era sobretudo masculina. Ela estranhava quando os homens colocavam a mão em seu braço enquanto pediam bebidas, ou quando tocavam suas costas quando passava. Um pousou a mão inclusive em seu quadril rapidamente. Tudo era feito de forma casual, sem sorrisos maliciosos nem comentários sussurrados, mas isso a desconcertou. Coisas desse tipo não aconteciam na aldeia.

Era meia-noite quando ela descobriu para que servia o palco. A orquestra começou a tocar uma melodia árabe e as cortinas se abriram para revelar uma dançarina do ventre egípcia. Kiah já tinha ouvido falar naquelas pessoas, mas nunca tinha visto uma. A mulher usava um traje que não escondia quase nada. Ao final da dança, ela de alguma forma tirou a parte de cima para mostrar os seios e, um segundo depois, as cortinas se fecharam. O público aplaudiu com vigor.

Kiah não entendia muito da vida na cidade, mas suspeitava que nem todos os restaurantes tivessem atrações daquele tipo e começou a se sentir desconfortável.

Foi conferir suas mesas e um cliente acenou para ela. Era o homem que havia colocado a mão em seu quadril. Ele era europeu, corpulento e vestia um terno listrado com uma camisa branca desabotoada no alto. Parecia ter cerca de 50 anos.

– Uma garrafa de champanhe, *chérie* – disse. – Bollinger. – Estava um pouco bêbado.

– Sim, senhor.

– Leva pra mim na sala privada. Estarei na número três.

– Sim, senhor.

– E duas taças.

– Sim, senhor.

– Pode me chamar de Albert.

– Sim, Albert.

Ela encheu um balde prateado de gelo e pegou uma garrafa de champanhe e duas taças com o barman. Colocou tudo em uma bandeja e o barman acrescentou uma pequena tigela de *dukkah*, um mix triturado de castanhas e especiarias, e um prato com palitinhos de pepino para mergulhar na mistura. Ela levou a bandeja para a parte de trás do restaurante. Outro segurança grande de terno preto estava parado perto da porta do corredor privado. Kiah encontrou a sala número três, bateu na porta e entrou.

Albert estava sentado no sofá. Kiah olhou ao redor da sala, mas não havia mais ninguém. Aquilo a deixou tensa.

Ela pôs a bandeja na mesa.

– Pode abrir o champanhe – disse Albert.

Kiah não tinha recebido treinamento para abrir garrafas de vinho.

– Eu não sei abrir, senhor, me desculpe. É o meu primeiro dia.

– Então eu vou te ensinar.

Ela observou atentamente enquanto ele tirava a cápsula de papel-alumínio e afrouxava o arame. Ele segurou a rolha, torceu um pouco e deixou o dedo sobre ela para que fosse saindo lentamente. Houve um som parecido com o de uma lufada de vento.

– Como o suspiro de uma mulher satisfeita – disse ele. – Com a diferença de que não ouvimos isso com tanta frequência, não é? – Riu, e ela percebeu que ele havia contado uma piada, então deu um sorriso, embora não tivesse achado nada engraçado.

Ele serviu duas taças.

– Está esperando por alguém? – perguntou Kiah.

– Não. – Ele pegou uma das taças e a estendeu a ela. – Essa é para você.

– Ah, não, obrigada.

– Não vai fazer mal nenhum, sua bobinha. – Ele deu um leve tapa na coxa carnuda com a mão. – Vem aqui, senta no meu colo.

– Não, senhor, eu realmente não posso.

Ele começou a parecer irritado.

– Te dou vinte pratas por um beijo.

– Não! – Ela não sabia se ele queria dizer dólares, euros ou o que fosse, mas em qualquer moeda aquele seria um valor absurdamente alto por um beijo e ela instintivamente percebeu que seria exigido dela mais do que aquilo. E tinha receio de que, apesar da aparência de bonzinho, ele se tornasse insistente e tentasse obrigá-la.

– Você é difícil de jogo – comentou ele. – Tá bom, cem por uma foda.

Kiah saiu correndo da sala.

Fátima estava junto à porta do lado de fora.

– O que houve? – perguntou.

– Ele quer sexo!

– Ele te ofereceu dinheiro?

Ela fez que sim com a cabeça.

– Cem... pratas, ele disse.

– Dólares. – Fátima segurou Kiah pelos ombros, se aproximou dela, e Kiah sentiu seu perfume, que cheirava a mel queimado. – Me escuta. Alguém já te ofereceu cem dólares antes?

– Não.

– E nunca vai oferecer, a menos que você jogue o jogo. É assim que você ganha gorjetas, embora nem todos os nossos clientes sejam tão generosos quanto o Albert. Agora volta lá e tira a calcinha. – Ela tirou um pacotinho achatado do bolso. – E use camisinha.

Kiah não pegou os preservativos.

– Sinto muito, Fátima. Não gosto de me opor a você e quero muito ser garçonete, mas não posso fazer o que está me pedindo, simplesmente não posso. – Kiah estava determinada a manter a dignidade, mas, para sua decepção, lágrimas começaram a brotar de seus olhos. – Por favor, não tente me obrigar – implorou.

Fátima assumiu uma expressão severa.

– Você não pode trabalhar aqui se não der aos clientes o que eles esperam!

Kiah percebeu que estava chorando demais para conseguir responder.

O segurança apareceu e perguntou a Fátima:

– Está tudo bem, chefe?

Kiah se deu conta de que, se eles decidissem forçá-la, o segurança conseguiria detê-la com pouco esforço. Perceber isso a fez mudar de postura. A pior coisa que ela podia fazer naquele momento era parecer desamparada, uma garota de aldeia ignorante que poderia ser forçada a fazer coisas. Tinha que se defender.

Deu um passo para trás e ergueu o queixo.

– Não vou fazer isso – disse com firmeza. – Sinto muito por decepcioná-la, Fátima, mas a culpa é só sua. Você me enganou. – Falando de forma lenta e enfática, finalizou: – Não precisamos brigar.

Fátima se irritou:

– Você está me ameaçando?

– Claro que eu não tenho como encará-lo – disse Kiah olhando para o segurança. Então ergueu o tom de voz: – Mas posso fazer uma confusão terrível na frente dos seus clientes.

Naquele momento, um cliente de outra sala privada pôs a cabeça para fora e gritou:

– Ei, precisamos de mais bebidas aqui!

– Já vai, senhor! – Fátima pareceu ceder. – Vá para o seu quarto e reflita bem sobre isso – disse a Kiah. – Quando acordar você vai ver as coisas de outro jeito. E aí amanhã pode tentar de novo.

Kiah acenou com a cabeça, mas não falou nada.

– E, pelo amor de Deus, não deixe os clientes verem você choramingando – exigiu Fátima.

Kiah saiu dali na mesma hora, antes que Fátima mudasse de ideia.

Ela achou o caminho até a porta dos funcionários e cruzou o pátio em direção à casa das meninas. Jadda estava sentada no saguão de entrada, vendo televisão.

– Você chegou cedo – disse em tom de reprovação.

– Sim – rebateu Kiah e subiu correndo as escadas sem dar explicações.

Naji ainda estava dormindo.

Kiah tirou o uniforme, que ela agora via como uma roupa de prostituta. Pôs a camisola e se deitou ao lado de Naji. Já passava da meia-noite, mas ela conseguia ouvir a banda e o barulho das conversas no restaurante. Estava cansada, mas não dormiu.

Zariah chegou por volta das três, com os olhos brilhando e um bolo de dinheiro na mão.

– Estou rica! – disse.

Kiah estava cansada demais para dizer que ela estava agindo errado. Na verdade, nem tinha certeza se era errado mesmo.

– Quantos homens? – perguntou.

– Um me deu vinte, e outro me deu dez por eu ter usado a mão – contou Zariah. – Pensa só quanto tempo minha mãe leva pra ganhar trinta! – Ela tirou a roupa e foi para o banheiro.

– Tome um bom banho – disse Kiah.

Zariah voltou em pouco tempo e pegou no sono um minuto depois.

Kiah ficou acordada até a luz da manhã começar a se infiltrar pelas cortinas frágeis. Naji se mexeu. Ela o amamentou para mantê-lo quieto por mais algum tempo, depois se vestiu e o vestiu também.

Quando saíram do quarto, não havia mais nenhum barulho.

Eles deixaram para trás o silêncio da casa.

A avenida Charles de Gaulle era um amplo bulevar bem no centro da capital. Mesmo àquela hora havia pessoas circulando. Kiah perguntou onde ficava o mercado de peixes, o único lugar que ela conhecia em N'Djamena. Todas as noites, os pescadores do lago Chade deixavam a aldeia em meio à escuridão para levar o pescado da véspera até a cidade, e Kiah tinha acompanhado Salim algumas vezes.

Quando chegou lá, os homens estavam descarregando seus caminhões à meia-luz. O cheiro de peixe empesteava o ambiente, mas para Kiah parecia mais respirável do que a atmosfera do Bourbon Street. O pessoal estava organizando bandejas prateadas em suas barracas, borrifando água para mantê-las frescas. Já teriam vendido tudo até o meio-dia, e à tarde voltariam para casa.

Kiah ficou andando por lá até avistar um rosto conhecido.

– Você se lembra de mim, Melhem? – perguntou. – Sou a viúva do Salim.

– Kiah! – exclamou ele. – Claro que lembro. O que faz aqui sozinha?

– É uma longa história.

# CAPÍTULO 8

Quatro dias depois da troca de tiros na ponte de N'Gueli, quatro noites depois de Tamara ter dormido com Tab sem ter transado com ele, o embaixador americano deu uma festa para comemorar o trigésimo aniversário da esposa.

Tamara queria que o evento fosse um sucesso, tanto pelo bem de Shirley, porque ela era sua melhor amiga no Chade, quanto pelo bem do embaixador, Nick, que estava dando tudo de si nos preparativos. Normalmente era Shirley que ficava responsável pelas festas – era um dos deveres da esposa de um embaixador –, mas Nick tinha decretado que ela não poderia cuidar da própria festa de aniversário e que então ele assumiria o comando.

Seria um grande evento. Todos da embaixada estariam presentes, incluindo os membros da CIA, que fingiriam ser diplomatas. Todos os funcionários importantes das embaixadas aliadas tinham sido convidados, assim como muitos membros da alta sociedade do Chade. Haveria algumas centenas de convidados.

A festa aconteceria no salão de baile. A embaixada quase nunca realizava bailes ali. O tradicional baile europeu agora era visto como antiquado, com sua formalidade rígida e a música sincopada. No entanto, o salão era muito utilizado para grandes recepções, e Shirley era ótima em fazer as pessoas relaxarem e se divertirem, mesmo em ambientes formais.

Na hora do almoço, Tamara foi até o salão para ver se podia ajudar em alguma coisa e encontrou Nick todo atrapalhado. Havia um bolo enorme na cozinha esperando para ser decorado, vinte garçons aguardando instruções e uma banda de jazz malinesa chamada Desert Funk sentada do lado de fora, debaixo das palmeiras, fumando haxixe.

Nick era um homem alto de cabeça grande, nariz grande, orelhas grandes e queixo grande. Tinha um jeito despojado e amistoso, além de uma inteligência afiada. Era um diplomata extremamente competente, mas não um produtor de eventos. Ele estava disposto a fazer tudo dar certo e andava de um lado para outro com uma expressão de ansiedade, sem entender de jeito nenhum por que as coisas estavam indo tão mal.

Tamara deixou três cozinheiros decorando o bolo, mostrou à banda onde ligar seus amplificadores e pediu a dois funcionários da embaixada que comprassem balões e fitas. Pediu aos garçons que pegassem enormes tinas de gelo e colocassem as bebidas para gelar. Foi passando de uma tarefa a outra conferindo cada detalhe e colocando a equipe para trabalhar. Ela não voltou ao escritório da CIA naquela tarde.

E, o tempo todo, Tab não saiu de sua cabeça. O que ele estaria fazendo naquele momento? A que horas chegaria? Para onde eles iriam depois da festa? Iam passar a noite juntos?

Será que ele era bom demais para ser verdade?

Ela só teve tempo de correr para casa e colocar seu vestido de festa, de seda, num tom azul-real vivo que era popular por lá. Ela estava de volta ao salão minutos antes de os convidados começarem a chegar.

Shirley chegou pouco tempo depois. Ao ver a decoração, os garçons com suas bandejas de canapés e bebidas e a banda com os instrumentos nas mãos, ela se encheu de alegria. Jogou os braços em volta de Nick e lhe agradeceu.

– Você se saiu muito bem! – disse, sem disfarçar sua surpresa.

– Eu tive uma assistência fundamental – confessou ele.

Shirley olhou para Tamara.

– Você ajudou – disse.

– Todo mundo ficou tocado com o entusiasmo do Nick – comentou Tamara.

– Estou muito feliz.

Tamara sabia que o que deixava Shirley tão feliz daquele jeito não era propriamente o sucesso dos preparativos, mas o desejo de Nick de fazer aquilo por ela. E ele estava feliz por tê-la agradado. "É assim que tem que ser", pensou Tamara. "É esse tipo de relacionamento que eu quero."

O primeiro convidado chegou, uma chadiana vestindo uma espécie de quimono estampado em vermelho, branco e azul brilhantes.

– Ela está lindíssima – murmurou Tamara para Shirley. – Eu ficaria parecendo um sofá usando isso.

– Mas nela fica maravilhoso.

Nas festas da embaixada era sempre servido espumante californiano. Os franceses disseram com toda a educação que era muito bom, depois largaram as taças pela metade. Os britânicos pediram gim-tônica. Tamara achou o espumante delicioso, mas estava em êxtase.

Shirley olhou para ela, inquisitiva.

– Seus olhos estão brilhando demais essa noite.

– Eu gostei de ajudar o Nick.

– Você está com cara de apaixonada.

– Pelo Nick? Claro. Todo mundo está.

– Humm – sibilou Shirley. Ela sabia quando Tamara estava sendo evasiva. – Eu aprendi a ler o que o amor em silêncio escreveu.

– Deixa eu adivinhar. Shakespeare?

– Acertou, e ganhou um ponto extra por fugir da pergunta original.

Mais convidados chegaram. Shirley e Nick foram até a porta para recebê-los. Levariam uma hora para cumprimentar todo mundo.

Tamara ficou circulando. Aquele era o tipo de ocasião em que os agentes de inteligência podiam ouvir fofocas aleatórias. Era notável como as pessoas logo deixavam o sigilo de lado quando a bebida era de graça.

As mulheres chadianas tinham tirado do armário as cores mais radiantes e as estampas mais vibrantes. Os homens eram mais sóbrios, exceto por alguns jovens com mais noção de moda, que usavam paletós estilosos com camiseta.

Em ocasiões como aquela, Tamara às vezes tinha um desconfortável choque de realidade. Enquanto bebia espumante e jogava conversa fora, ela pensou em Kiah, desesperada para encontrar uma forma de alimentar o filho, considerando fazer uma jornada arriscada através do deserto e do mar na esperança de encontrar algum tipo de segurança em um país distante sobre o qual ela não sabia quase nada. O mundo era um lugar estranho.

Tab estava atrasado. Seria estranho vê-lo pela primeira vez desde que tinham passado a noite juntos. Eles se deitaram na cama dele, ele de camiseta e cueca samba-canção, ela de moletom e calcinha. Ele a abraçou, ela se aninhou nele e adormeceu em segundos. A próxima coisa de que ela se lembrava era dele sentado na beira da cama, de terno, lhe estendendo uma xícara de café e dizendo: "Desculpa te acordar, mas tenho que pegar um avião e não queria que você acordasse sozinha." Ele tinha voado para o Mali naquela manhã com um de seus chefes de Paris e a volta estava marcada para hoje. Como ela iria cumprimentá-lo? Eles não eram amantes, mas sem dúvida eram mais do que colegas.

Ela foi abordada por Bashir Fakhoury, um jornalista local ao qual já havia sido apresentada. Ele era brilhante e obstinado, e ela ficou logo desconfiada. Quando Tamara perguntou como estava, ele respondeu:

– Estou escrevendo um artigo detalhado sobre a UFDD. – Ele estava se referindo ao principal grupo rebelde do Chade, cuja ambição era derrubar o General. – Qual é a sua opinião sobre eles?

"Por que não tirar proveito dele?", pensou ela.

– Como eles se financiam, Bashir? Você sabe?

– Boa parte vem do Sudão, nosso amigável vizinho a leste. E o que você acha do Sudão? Washington acha que o Sudão não tem o direito de interferir no Chade, não é isso?

– Não é meu trabalho fazer comentários sobre a política local, Bashir. Você sabe disso.

– Ah, não se preocupe, estamos falando em off. Você é americana, então imagino que seja pró-democracia.

Nada nunca era verdadeiramente em off, Tamara sabia.

– Eu penso com frequência na longa e lenta trajetória dos Estados Unidos rumo à democracia – disse ela. – Tivemos que travar uma guerra para nos libertarmos de um rei, depois outra para abolir a escravidão, e então foram necessários cem anos de feminismo para determinar que as mulheres não são cidadãs de segunda classe.

Aquele não era o tipo de coisa que o jornalista estava buscando.

– Está querendo dizer que os chadianos que defendem a democracia devem ter paciência?

– Não estou querendo dizer nada disso, Bashir. Estamos só batendo um papo em uma festa. – Ela fez sinal com a cabeça na direção de um jovem americano loiro conversando com um grupo em um francês confiante. – Fala com o Drew Sandberg, ele é o assessor de imprensa.

– Eu já falei com o Drew. Ele não sabe de muita coisa. Eu quero a opinião da CIA.

– O que é a CIA? – perguntou Tamara.

Bashir deu uma risada triste, e Tamara lhe deu as costas.

Ela viu Tab no mesmo instante. Ele estava junto à porta, cumprimentando Nick. Usava um terno preto com uma camisa branca impecável e abotoaduras. A gravata era roxo-escura com uma estampa discreta. Estava maravilhoso.

Tamara não era a única a achar isso. Reparou em várias outras mulheres olhando discretamente para Tab. "Mantenham distância, senhoras, ele é meu", pensou. Mas claro que ele não era.

Ele a tinha consolado quando ela estava angustiada. Tinha sido delicado, atencioso e muito agradável, mas o que isso significava? Apenas que era legal. Durante a viagem ao Mali ele poderia ter desenvolvido pavor de compromisso; os homens são assim. Ele poderia rejeitá-la recorrendo a algum clichê – foi bom enquanto estava bom, é melhor não passar disso, não quero um relacionamento agora ou, o pior de todos, não é você, sou eu.

E, pensando em tudo isso, ela percebeu que queria desesperadamente ter um relacionamento com ele e que ficaria completamente arrasada se isso não fosse recíproco.

Tamara se virou novamente e lá estava Tab. Seu rosto bonito a surpreendeu quando ele sorriu; parecia radiante de amor e felicidade. Seus medos e dúvidas desapareceram. Ela se conteve para não jogar os braços em volta do pescoço dele.

– Boa noite – disse ela com formalidade.

– Que vestido lindo! – Ele pareceu se inclinar para beijá-la, então ela estendeu a mão e ele a apertou.

Ele continuou com um sorriso bobo na cara.

– Como foi no Mali? – perguntou ela.

– Senti saudade de você.

– Fico feliz. Mas para de sorrir assim para mim. Não quero que as pessoas saibam que agora nós somos… próximos. Você é um agente de inteligência de outro país. O Dexter vai arrumar confusão.

– É que eu estou muito feliz em te ver.

– E eu te adoro, mas dá o fora daqui antes que as pessoas comecem a reparar.

– Claro. – Ele falou um pouco mais alto: – Tenho que dar os parabéns à Shirley. Com licença. – Fez uma pequena mesura e foi embora.

Assim que ele saiu, Tamara percebeu que acabara de dizer *eu te adoro*. "Ah, merda", pensou, "isso foi precipitado. E ele não retribuiu. Vai ficar apavorado".

Ela olhou para as costas perfeitamente ajustadas de seu paletó e se perguntou se teria estragado tudo.

Karim foi falar com ela em um terno novo cinza-pérola com uma gravata lilás.

– Já fiquei sabendo tudo sobre a sua aventura – disse, olhando para ela de uma forma diferente, como se nunca a tivesse visto antes.

Desde a troca de tiros na ponte ela tinha notado uma expressão parecida nos olhos das pessoas, como se dissessem "A gente achava que te conhecia, mas agora não sabemos mais".

– O que você ouviu? – perguntou Tamara.

– Que os militares americanos não conseguiram acertar ninguém, mas que você baleou um terrorista. É verdade isso?

– Eu tinha um alvo fácil.

– O que a sua vítima estava fazendo na hora?

– Ele estava apontando um fuzil de assalto para mim a uma distância de vinte metros.

– Mas você manteve a calma.

– Acho que sim.

– E você o feriu ou…?

– Ele morreu.

– Meu Deus.

Tamara percebeu que havia entrado para algum tipo de elite. Karim estava impressionado. Ela não ficou contente com aquilo: queria ser respeitada por sua inteligência, não por sua mira. Então mudou de assunto.

– O que estão dizendo no Palácio Presidencial?

– O General está muito irritado. Nossos amigos americanos foram atacados. Os agressores podiam tecnicamente estar em território camaronês, ou em uma espécie de terra de ninguém na fronteira, mas os soldados americanos são nossos hóspedes, por isso ficamos chateados.

Tamara observou que Karim estava pontuando duas coisas. A primeira, que o General estava determinando a se distanciar dos agressores ao dizer quanto tinha ficado irritado. A segunda, a insinuação de que eles não eram necessariamente chadianos. Era sempre melhor culpar os estrangeiros pelos problemas. Karim estava sugerindo até mesmo que eles nem tinham pisado em solo chadiano. Tamara sabia que isso era besteira, mas queria coletar inteligência, não arrumar briga.

– Fico feliz em ouvir isso.

– Estou certo de que você sabe que o Sudão está por trás do ataque.

Tamara não tinha ouvido falar disso.

– Os gritos de "Al-Bustan" sugerem que tenha sido o EIGS.

Karim deu um tapa no ar como que discordando.

– Um estratagema para nos confundir.

– Então, quem você acha que foi? – perguntou ela em tom neutro.

– O ataque foi orquestrado pela UFDD com o apoio do Sudão.

– Interessante – disse Tamara de modo evasivo.

Karim chegou mais perto dela.

– Depois de matar o seu terrorista, você deve ter conferido a arma dele.

– Claro.

– Que tipo?

– Um fuzil *bullpup*.

– Da Norinco?

– Sim.

– Chinês! – Karim parecia triunfante. – O Exército sudanês compra todas as armas da China.

O EIGS também tinha armas da Norinco e as comprava da mesma fonte, o Exército sudanês, mas Tamara não mencionou isso. Ela duvidava que o próprio Karim acreditasse no que estava dizendo, mas era a versão que o governo ia adotar e Tamara simplesmente encarou aquilo como inteligência útil.

– O General vai tomar alguma atitude?

– Ele vai dizer ao mundo quem é o responsável por isso!

– E como ele vai fazer isso?

– Ele está planejando fazer um grande discurso condenando a participação do governo do Sudão nas atividades subversivas aqui no Chade.

– Um grande discurso.

– Sim.

– Quando?

– Em breve.

– Você e os demais já devem estar trabalhando no texto.

– É claro.

Tamara escolheu suas palavras com cuidado:

– A Casa Branca espera que a situação não piore. Não queremos que a região se desestabilize.

– Claro, claro, a nossa expectativa é a mesma, não preciso nem dizer.

Tamara hesitou. Será que tinha coragem para fazer o que estava pensando? Claro que tinha.

– A presidente Green ficaria muito agradecida se pudesse ver um rascunho do discurso com antecedência.

Houve um longo silêncio.

Tamara imaginou que Karim tinha se abalado com a audácia do pedido, mas que também devia estar pensando em como a aprovação dos americanos poderia ser útil.

Ela estava maravilhada com o simples fato de ele estar refletindo.

– Vou ver o que consigo fazer – disse Karim por fim e saiu.

Tamara olhou em volta e viu uma profusão de cores. O salão agora estava lotado, com as mulheres competindo para ver quem chamava mais atenção. As portas da sacada estavam abertas para que as pessoas pudessem sair para fumar. A banda tocava uma versão africana de cool jazz, mas o zunido das conversas em árabe, francês e inglês abafava o som. O ar-condicionado lutava para dar vazão. Todo mundo estava se divertindo.

Shirley apareceu ao lado dela.

– Você não deu muita trela para o Tabdar, Tamara.

Ela era observadora.

– Ele estava com pressa para te dar os parabéns.

– Você ficou toda atirada pra cima dele umas semanas atrás, na recepção na embaixada italiana.

Pensando melhor, Tamara havia conversado bastante com Tab naquela noite, embora tivesse sido principalmente sobre Abdul. Será que estava se apaixonando por Tab sem perceber?

– Eu não fiquei toda atirada – retrucou. – A gente estava falando de trabalho.

Shirley deu de ombros.

– Você que sabe. Espero que ele tenha feito algo para te ofender. Você pareceu furiosa. – Ela olhou bem nos olhos de Tamara, então disse: – Não, espera. É o contrário! Você está fingindo. Está disfarçando. – E, baixando o tom de voz: – Você dormiu com ele?

Tamara não sabia como responder aquela pergunta. Ela teria que dizer que *sim e não*, o que demandaria ainda mais explicações.

Shirley pareceu ficar constrangida, o que era raro.

– Que grosseria da minha parte perguntar. Desculpa.

Tamara conseguiu concatenar uma frase:

– Se tivesse dormido, eu não te diria, porque aí eu teria que te pedir que guardasse segredo do Nick e do Dexter, e não seria justo com você.

Shirley assentiu.

– Entendi. Obrigada. – Ela viu algo do outro lado do salão. – Estão me chamando.

Tamara seguiu seu olhar e viu Nick acenando para ela da entrada. Parados perto dele estavam dois homens de terno preto e óculos escuros. Eram obviamente guarda-costas, mas de quem?

Tamara foi atrás de Shirley.

Nick falou com urgência com um assessor. Assim que Shirley chegou até ele, pegou a mão dela e foi até a porta.

Alguns segundos depois, o General entrou.

Tamara nunca tinha visto o presidente do Chade pessoalmente, mas o reconheceu pelas fotos. Era um homem de ombros largos, de cerca de 60 anos, com a cabeça raspada e a pele negra. Usava um terno de estilo ocidental e vários anéis de ouro grossos. Um grupo de homens e mulheres entrou atrás dele.

Ele estava de bom humor, sorrindo. Apertou a mão de Nick, recusou uma taça de espumante oferecida por um garçom e entregou um pequeno embrulho de presente a Shirley. Depois começou a cantar:

– *Happy birthday to you...*

Sua comitiva se juntou a ele para o segundo verso:

– *Happy birthday to you...*

Ele olhou em volta em expectativa e mais pessoas pegaram a deixa, cantando:

– *Happy birthday, dear Shirley...*

A banda encontrou o tom e conseguiu acompanhar. No final, todo mundo no salão estava cantando:

– *Happy birthday to you!*

Então todos aplaudiram.

"Bom", pensou Tamara, "ele visivelmente sabe como atrair todas as atenções".

– Posso abrir o meu presente? – perguntou Shirley.

– Claro, fique à vontade! – disse o General. – Quero ter certeza de que você vai gostar.

"Como se ela fosse dizer que não", pensou Tamara.

Ela reparou em Karim, que estava olhando para ela com uma cara de cumplicidade, e entendeu qual era o presente.

Shirley ergueu um livro.

– Isso é maravilhoso! – exclamou. – As obras da Al-Khansa, minha poetisa árabe preferida, traduzidas para o inglês! Obrigada, senhor presidente.

– Eu sei que você se interessa por poesia – falou o General –, e Al-Khansa é uma das poucas poetisas árabes.

– Foi uma ótima escolha.

O General ficou satisfeito.

– Veja bem, ela é um pouco sombria – disse. – A maioria dos poemas é de elegias aos mortos.

– Algumas das melhores poesias são tristes, não é verdade, senhor presidente?

– Sim. – Ele pegou Nick pelo braço e o afastou do grupo. – Uma palavra rápida, se me permite, embaixador.

– Claro – disse Nick, e eles começaram a falar em voz baixa.

Shirley entendeu a deixa e se virou para as pessoas ao redor, exibindo o livro. Tamara não revelou que dera a dica para a escolha do presente. Ela contaria a Shirley um dia, quem sabe.

O General conversou com Nick por cerca de cinco minutos, depois foi embora. A festa ficou ainda mais animada. Todos tinham ficado empolgados com a presença do presidente do país.

Nick parecia um pouco sério, pensou Tamara, e ficou se perguntando o que o General havia dito a ele.

Ao esbarrar em Drew, ela lhe falou sobre sua conversa com Bashir:

– Não contei nada que ele já não soubesse – comunicou. – Claro, ele pode inventar alguma coisa, mas isso é uma consequência inevitável das festas em embaixadas.

– Obrigado pelo aviso – disse Drew. – Acho que a gente não precisa se preocupar.

A noiva de Drew, Annette Cecil, estava ao lado dele. Fazia parte da pequena missão britânica em N'Djamena.

– Vamos para o Bar Bisous depois daqui – avisou ela. – Você não quer vir com a gente?

– Talvez, se eu conseguir escapar. Obrigada.

Tamara olhou para Shirley e viu que ela parecia abatida. O que poderia ter acontecido para estragar sua festa de aniversário? Ela foi até a amiga e perguntou:

– O que houve?

– Lembra que eu disse que o General tinha concordado em apoiar a resolução da presidente Green na ONU em relação ao comércio de armas?

– Sim, você disse que o Nick tinha ficado muito contente.

– O General veio aqui para dizer que mudou de ideia.

– Que merda. E por que isso?

– O Nick fez essa pergunta várias vezes, e o General só deu respostas evasivas.

– Será que a presidente Green fez algo que o ofendeu?

– Estamos tentando descobrir.

Um convidado apareceu e agradeceu a Shirley pela festa. As pessoas estavam começando a ir embora.

Karim se aproximou de Tamara.

– Sua sugestão de presente foi um grande sucesso! – disse ele. – Obrigado pela dica.

– De nada. Todo mundo ficou superempolgado quando o General apareceu.

– A gente se vê esta semana. Temos um café marcado.

Ele estava se virando para ir embora, mas ela o conteve.

– Karim, você sabe de tudo o que acontece nesta cidade.

Ele ficou lisonjeado.

– Talvez não tudo…

– O General não vai apoiar a resolução da presidente Green na ONU, e não sabemos o motivo. A princípio ele tinha dito que ia. Você sabe por que ele mudou de ideia?

– Sei – respondeu Karim, mas não deu explicações.

– Seria muito bom se o Nick soubesse.

– Você deveria perguntar ao embaixador chinês.

Aquilo era uma pista. Karim havia cedido um pouco. Tamara insistiu:

– Sei que os chineses são contra a nossa resolução, é claro. Mas que tipo de pressão a China poderia exercer para fazer um aliado tão leal mudar de lado?

Karim esfregou o polegar direito contra a ponta do indicador, em um gesto universal que significa "dinheiro".

– Subornaram o General? – perguntou Tamara.

Karim fez que não com a cabeça.

– O que foi, então?

Karim precisava dizer algo agora ou ia parecer que estava só fingindo saber.

– Há mais de um ano – disse ele com cautela, em voz baixa – os chineses estão trabalhando em um projeto para um canal que vai ligar o rio Congo ao lago Chade. Vai ser o maior projeto de infraestrutura da história.

– Já ouvi falar nisso. E...?

– Se votarmos a favor da resolução americana, eles vão abandonar imediatamente o projeto do canal.

– Ah... – Tamara deu um suspiro. – Isso explica tudo.

– O General tem muito apreço pelo canal – disse Karim.

"E tem que ter mesmo", pensou Tamara. "Ele vai salvar milhões de vidas e transformar o Chade."

Projetos como aquele podiam ser usados para exercer pressão política. Não havia nada de errado nem mesmo de incomum nisso. Outros países, inclusive os Estados Unidos, usavam seus projetos de apoio e de investimento externo para aumentar sua influência: isso fazia parte do jogo.

Mas o embaixador precisava saber.

– Não conta pra ninguém que eu te falei. – Karim piscou para Tamara e foi embora.

Ela procurou por Dexter ou qualquer um dos altos funcionários da CIA a quem pudesse reportar aquilo, mas eles já tinham ido embora.

Tab apareceu.

– Obrigado pela linda festa – disse em voz alta e depois, mais baixo: – Lembra o que me disse uma hora atrás?

– Qual das coisas?

– Você disse: "Eu te adoro, mas dá o fora daqui."

Ela ficou envergonhada.

– Me desculpa, de verdade. Eu estava tensa por causa da festa. – "E de você", pensou ela.

– Não precisa pedir desculpas. A gente pode ir jantar em algum lugar?

– Eu adoraria, mas não podemos sair daqui juntos.

– Onde eu te encontro?

– Você pode me pegar no Bar Bisous? O Drew e a Annette me convidaram para ir lá.

– Claro.

– Não precisa nem entrar lá. Me liga da porta que eu saio na mesma hora.

– Bom plano. Assim é menos provável que nos vejam juntos.

Ela deu um sorriso e foi embora.

Tamara precisava repassar as notícias que tinha recebido de Karim. Ela poderia ir atrás de Dexter, mas Nick parecia tão para baixo que ela decidiu que deveria contar logo a ele.

Assim que ela se aproximou, ele disse:

– Obrigado pela ajuda hoje à tarde. A festa foi um grande sucesso. – Ele estava sendo sincero, mas Tamara percebeu que havia mais coisas ocupando a sua mente.

– Fico feliz – rebateu ela rapidamente e continuou: – Acabei de ouvir algo que você talvez queira saber.

– Diga.

– Eu estava me perguntando o que tinha feito o General mudar de ideia sobre a nossa resolução na ONU.

– Eu também. – Nick passou a mão pelo cabelo, despenteando-o.

– Os chineses têm debatido a hipótese de construir um canal multibilionário do rio Congo ao lago Chade.

– Eu sei... – disse Nick. – Ah, entendi. Vão suspender o projeto se o Chade votar a favor da resolução.

– Foi o que ouvi.

– Faz sentido para mim. Bem, estou feliz em saber, pelo menos. Não sei se temos como fazer algo sobre isso. Eles nos encurralaram – afirmou ele, e depois pareceu se perder em pensamentos.

O salão estava quase vazio e os garçons estavam fazendo a limpeza. Tamara deixou Nick lá meditando. Sentiu que tinha feito um bom trabalho ao coletar informações sobre a reviravolta do General com tanta rapidez; a questão sobre o que fazer em relação àquilo era problema de Nick e da presidente Green, não dela.

Ela saiu do salão e atravessou o complexo. Era noite: o sol havia se posto e a temperatura estava baixando. Em seu apartamento, o telefone tocou enquanto ela estava no banho. Dexter deixou uma mensagem pedindo que ela ligasse de volta. Ele provavelmente queria dar os parabéns a ela. Isso poderia esperar até o dia seguinte: ela estava ansiosa para ver Tab. Não ligou de volta.

Colocou uma calcinha limpa e se vestiu de novo: uma camisa roxa e uma calça jeans preta. Pôs uma jaqueta curta de couro para se aquecer. Então pediu um carro.

Havia um punhado de pessoas esperando por carros: Drew e Annette, Dexter e Daisy, o vice de Dexter, Michael Olson, e dois juniores da estação da CIA, Dean e Leila. Drew e Annette sugeriram dividir o carro com Tamara, e ela concordou de pronto.

Dexter estava com o rosto um pouco vermelho por causa do champanhe.

– Eu liguei pra você – disse ele em tom acusador.

– Eu ia te ligar de volta agora mesmo – mentiu ela. Ele não parecia estar planejando dar os parabéns a ninguém.

– Tenho uma pergunta pra você.

– Ok.

– Quem você pensa que é, porra? – perguntou ele em voz alta.

Ela ficou tão assustada que deu um passo para trás. Sentiu seu pescoço ficar vermelho. As pessoas que estavam perto pareciam constrangidas.

– O que foi que eu fiz? – perguntou ela em voz baixa, na esperança de que ele também baixasse o tom.

Não funcionou.

– Você passou informações para o embaixador! – vociferou ele. – Esse não é o seu trabalho. Eu passo informações ao embaixador e, se eu não estiver disponível, quem faz isso é o Michael. Tem umas vinte pessoas entre você e ele na porra da hierarquia!

Como ele podia fazer aquilo na frente de tantos colegas dela?

– Eu não passei nenhuma informação ao embaixador – explicou ela. No entanto, assim que as palavras saíram de sua boca, ela percebeu que, tecnicamente, tinha passado, sim. – Ah, está se referindo ao General.

– Sim, isso mesmo, estou me referindo ao maldito General – disse ele balançando a cabeça e com voz de deboche.

– Dexter, aqui não – pediu Daisy baixinho.

Ele ignorou a esposa. Com as mãos na cintura, lançou um olhar furioso para Tamara e perguntou:

– Não foi?

Ele tinha razão, estritamente falando, mas seguir o protocolo seria uma perda de tempo.

– O Nick estava angustiado e confuso, e aconteceu de eu descobrir o que ele precisava saber – argumentou ela. – Achei que ele deveria receber a informação imediatamente.

– E você só teria a autoridade para tomar esse tipo de decisão se fosse chefe de estação, algo que você não é e que, se depender de mim, nunca será.

Era verdade que a inteligência tinha que ser analisada antes de ser repassada aos políticos. Informações não filtradas não eram confiáveis e podiam ser enganosas. A equipe sênior da CIA avaliava o que chegava, verificava o histórico de confiabilidade da fonte, comparava relatórios, colocava as coisas em contexto e só então repassava ao político em questão o que achava válido. Sempre que possível eles evitavam compartilhar dados brutos.

Por outro lado, aquele era um caso simples. Nick era um diplomata experiente e dificilmente precisaria ser lembrado de que a inteligência nem sempre era precisa. Não havia nenhum mal naquilo.

Tamara supôs que a raiva de Dexter se devesse ao fato de que seu departamento havia conquistado um pequeno triunfo sem ele receber nenhum crédito por aquilo. Mas não adiantava discutir com Dexter. Ele era o chefe e tinha o direito de insistir para que o protocolo fosse cumprido. Ela teria que engolir essa.

A limusine dele chegou e o motorista abriu a porta. Daisy entrou, parecendo mortificada.

– Sinto muito – disse Tamara. – Eu agi por impulso. Isso não vai se repetir.

– É melhor que não – rebateu Dexter e entrou no carro.

...

Três horas depois, Tamara tinha esquecido que Dexter existia.

Ela correu as pontas dos dedos pela linha da mandíbula de Tab, uma curva graciosa que ia de uma orelha a outra. Ela gostava do fato de ele não usar barba.

A única iluminação no apartamento dele era a luz fraca de um abajur. O sofá era grande e macio. Um quarteto de piano tocava baixinho; Tamara achou que fosse Brahms.

Ele pegou a mão dela e a beijou, seus lábios movendo-se suavemente sobre sua pele, sentindo seu gosto, explorando os nós e as pontas dos dedos, a palma da sua mão e, em seguida, a parte macia do pulso, onde as pessoas se cortavam quando queriam morrer.

Ela tirou os sapatos, e ele também. Ele não estava de meias. Tinha os pés largos e bem torneados. Parecia que tudo nele era elegante. "Tem que ter algum defeito", pensou ela. Dali a pouco ela iria vê-lo completamente nu. Talvez ele tenha um umbigo grande e feio ou... qualquer coisa.

"Eu deveria estar um pouco nervosa neste momento", pensou ela. Ele pode ser uma decepção: insensível, apressado demais ou com desejos peculiares. Às vezes, quando o sexo dá errado, o homem fica irritado e agressivo, culpando a mulher. Ela havia passado por algumas experiências ruins e ouvido amigas contarem muitas outras. Mas estava relaxada. Seu instinto lhe dizia que não precisava se preocupar com Tab.

Ela abriu a camisa dele, sentindo a textura do algodão e o calor do corpo dele por baixo dela. Ele tinha tirado a gravata horas atrás. Ela sentiu um cheiro de sândalo, de algum perfume antigo. Beijou seu peito. Não tinha muitos pelos, apenas alguns longos fios pretos. Ela tocou seus mamilos castanho-escuros. Ele deu um leve suspiro de prazer, que ela interpretou como um bom sinal, e os beijou. Ele acariciou os cabelos dela.

Quando ela recuou, ele disse:

– Eu poderia ficar aqui por horas. Por que você parou?

Ela começou a desabotoar sua blusa roxa.

– Porque quero que você faça o mesmo comigo – respondeu. – Tudo bem por você?

– Mais do que bem – respondeu ele.

# CAPÍTULO 9

A presidente Green conversou sobre as más notícias com seu secretário de Estado, Chester Jackson. Ele parecia um professor universitário, com seu terno espinha de peixe e sua gravata de tricô. Quando ele se sentou no sofá ao lado de Pauline, ela notou algo branco em seu pulso esquerdo.

– Que relógio é esse, Chess? – perguntou. Ele normalmente usava um pequeno Longines com uma pulseira marrom de couro de crocodilo.

Ele puxou a manga, revelando um Swatch Day-Date branco com pulseira de plástico.

– Presente da minha neta – explicou.

– O que o torna muito mais valioso do que qualquer coisa que se compra em uma joalheria.

– Exatamente.

Ela riu.

– Admiro um homem que tem as prioridades certas.

Chess era um estadista astuto e pragmático, com a tendência conservadora de não cutucar onça com vara curta. Antes de entrar na política, tinha sido sócio de um escritório de advocacia de Washington especializado em direito internacional. Pauline gostava de suas orientações sucintas, sem rodeios.

– Pode ser que a gente perca a votação hoje na ONU – disse ele. – A senhora já tem os números do relatório do Josh. – Joshua Woodward era o embaixador americano na ONU. – Ficamos com menos apoio. A maioria dos países neutros que inicialmente prometeram nos apoiar já disse que vai se abster ou até votar contra. Sinto muito.

– Droga – disse Pauline. A situação começou a parecer incerta ao longo do fim de semana, e ela estava consternada por ver seus temores se confirmarem.

– Os chineses conquistaram muita gente ameaçando suspender investimentos – prosseguiu Chess.

O vice-presidente Milton Lapierre estava sentado em frente a Pauline, brincando com o cachecol roxo que usava. Ele falou, indignado:

– Nós devíamos fazer o mesmo, usar nosso programa de auxílio internacional como contraponto. Quem recebe ajuda nossa tem que nos ajudar! – Em seu sotaque sulista, as palavras pareciam cantadas. – E, se não ajudarem, que vão para o inferno.

Chess balançou a cabeça em negativa, pacientemente.

– Grande parte de nossa ajuda está ligada a compras de fabricantes americanos, então, se nós suspendermos a ajuda, vamos ter problemas com os nossos empresários.

– Essa resolução não foi uma grande ideia – afirmou Pauline.

– Na época todos nós achamos que era um bom plano – disse Chess.

– Em vez de perder a votação, prefiro tirá-la da pauta.

– Suspenda. Podemos dizer que é um adiamento para debater algumas alterações. A senhora pode manter suspensa por quanto tempo quiser.

– Sim, Chess, mas isso deixa meu coração devastado, tendo em vista que um garoto de uma família americana honesta e trabalhadora como os Ackermans acabou de ser morto por um terrorista com um fuzil chinês. Eu não vou desistir. Quero garantir que a China saiba que o que eles fazem tem um preço. Eles não vão se safar dessa.

– A senhora pode fazer um protesto ao embaixador chinês.

– Eu vou, com certeza.

– O embaixador vai dizer que os chineses vendem armas para o Exército sudanês e que não é culpa da China se eles as vendem ao EIGS.

– Enquanto os governos da China e do Sudão fazem vista grossa.

Chess assentiu.

– Imagine o que não falariam de nós se oficiais do Exército afegão vendessem fuzis americanos aos rebeldes anti-Beijing na província de Xinjiang.

– O governo chinês nos acusaria de estar tentando derrubá-los.

– Senhora presidente, se a sua intenção é punir a China, por que não intensifica as sanções contra a Coreia do Norte?

– Isso traria prejuízo financeiro aos chineses, mas não muito.

– Concordo, mas mostraria ao mundo que a China ignora as sanções da ONU, e isso provocaria constrangimento para eles. E, se eles contestarem, só vão confirmar nosso argumento.

– Muito sagaz, Chess. Gosto disso.

– E não precisaríamos de uma votação na ONU, porque a ONU já impôs restrições comerciais à Coreia do Norte. Tudo o que precisamos fazer é aplicar as regras já existentes.

– Por exemplo…?

– Documentos de importação e exportação são publicados na internet, e, se os analisarmos com cuidado, conseguiremos detectar quais são falsos.

– Como?

– Vou dar um exemplo. A Coreia do Norte fabrica acordeões baratos e de boa qualidade. No passado eles exportavam para o mundo todo, hoje não podem. Mas a senhora vai descobrir que, no ano passado, uma província da China importou 433 deles e que, no mesmo ano, a China exportou para a Itália exatamente 433 acordeões marcados como *Made in China*.

Pauline deu uma risada.

– Não é nada do outro mundo – disse Chess. – Só precisamos fazer o trabalho de detetive.

– Tem mais coisa além disso?

– Um monte. Monitorar as transferências de navio para navio em alto-mar, algo que hoje temos como fazer por meio de satélites. Dificultar o acesso da Coreia do Norte às suas reservas em moeda estrangeira. Criar problemas para as nações suspeitas de violar as sanções.

– Uau, vamos em frente – falou Pauline.

– Obrigado, senhora presidente.

Lizzie abriu a porta e disse:

– O Sr. Chakraborty gostaria de dar uma palavra.

– Entre, Sandip – chamou Pauline.

Sandip Chakraborty, o diretor de Comunicações, era um jovem brilhante de ascendência bengalesa que usava terno com tênis de corrida, moda entre os funcionários descolados de Washington.

– O James Moore vai fazer um grande discurso hoje à noite em Greenville, na Carolina do Sul, e fiquei sabendo que ele vai falar sobre a resolução da ONU – informou. – Achei que a senhora gostaria de saber.

– Liga na CNN, por favor – pediu Pauline.

Sandip ligou a TV, e Moore apareceu na tela.

Ele tinha 60 anos, dez a mais que Pauline. Suas feições eram bem marcadas, e seu cabelo loiro grisalho tinha um corte militar. Seu paletó era de estilo caubói, com uma costura em forma de V nos ombros e nos bolsos.

– Não é porque veio do Sul que você precisa se vestir como um caipira – disse Milt em tom depreciativo.

– Ele fez fortuna com petróleo, não com gado – comentou Chess.

– Aposto que ele tem um cavalo chamado Alazão.

– Mas olhe – observou Pauline –, repare como todo mundo o adora.

Moore parecia feliz da vida em interagir com os frequentadores de uma rua comercial num dia ensolarado. Eles se aglomeravam ao redor dele, tirando selfies com seus celulares. "Aqui, Jimmy! Olha pra mim! Dá um sorriso!" As mulheres, em particular, ficavam animadíssimas ao lado dele. Ele não parava de falar, dizendo: "Como vai?", "Bom te ver", "Oi", "Obrigado pelo apoio, fico grato de verdade".

Uma jovem enfiou um microfone na cara dele e perguntou:

– No seu discurso de hoje à noite o senhor vai censurar a China por vender armas a terroristas?

– Pode ter certeza que eu vou falar da venda de armas, senhora.

– Mas o que o senhor vai dizer?

Moore deu um sorriso para ela.

– Bem, senhora, se eu te dissesse isso agora, ninguém ia precisar sair de casa para me ouvir falar mais tarde, não é?

– Desliga isso – ordenou Pauline.

A tela se apagou.

– O sujeito é uma piada ambulante! – exclamou Chess.

– Mas ele tem um ótimo desempenho – retrucou Milt.

Lizzie apareceu à porta e disse:

– O Sr. Green está aqui, senhora presidente.

Pauline se levantou e os demais fizeram o mesmo.

– Esse assunto ainda não está encerrado – avisou. – Vamos fazer uma reunião amanhã de manhã na sala de conferências. Tragam ideias para que os chineses fiquem sabendo que nós não desistimos.

Todos foram embora e Gerry entrou. Estava em traje de negócios, com um terno azul-marinho e uma gravata listrada. Ele raramente entrava no Salão Oval.

– Algum problema? – perguntou Pauline.

– Sim – respondeu ele, sentando-se em frente a ela. Milt havia deixado seu cachecol roxo para trás e Gerry o pegou e esticou no braço do sofá. – A diretora da escola de Pippa foi ao meu escritório hoje à tarde.

Gerry não tinha se aposentado integralmente do direito. Em seu antigo escritório, no andar dos sócios, ainda havia uma sala pequena, porém luxuosa, que ele podia usar no trabalho com a fundação. Mas lá ele costumava dar conselhos, de maneira informal e gratuita, e era um diferencial para o escritório ter o marido da presidente à disposição. Pauline não se sentia muito confortável com esse arranjo, mas tinha decidido não brigar por causa disso.

– A Sra. Judd? Você não me disse que tinha marcado com ela.

– Mas eu não tinha. Ela marcou uma reunião usando o nome de casada, Sra. Jenks.

Aquilo ainda soava estranho para Pauline, mas essa não era a questão importante.

– Pippa está tendo problemas de novo?

– Aparentemente, ela fuma maconha.

Pauline ficou incrédula.

– Na escola?

– Não. Se fosse, ela teria sido expulsa sumariamente. Eles têm uma política de tolerância zero, sem exceções. Mas não foi tão grave assim. Ela fumou fora das instalações e fora do horário escolar, na festa de aniversário da Cindy Riley.

– Mas suponho que a Sra. Judd tenha descoberto de alguma forma, e ela não pode ignorar a informação, embora Pippa não tenha propriamente infringido uma norma da escola.

– Exato.

– Porra. Por que os filhos não podem passar da etapa criança fofa direto para a de adulto responsável sem o desagradável estágio intermediário?

– Alguns passam.

Gerry provavelmente tinha passado, pensou Pauline.

– E o que a Sra. Judd quer da gente?

– Que a gente faça a Pippa parar de fumar maconha.

– Tudo bem – disse Pauline, mas por dentro estava pensando: "Como é que eu vou fazer isso? Não consigo nem obrigá-la a pegar as meias do chão e colocar no cesto de roupa suja."

– Perdão, esqueci meu cachecol – disse Milton.

Pauline levantou a cabeça, assustada. Não tinha escutado a porta se abrir.

Milton pegou o cachecol.

Lizzie apareceu na porta e falou:

– Quer uma xícara de café ou alguma outra coisa, Sr. Green?

– Não, obrigado.

Lizzie avistou Milt e franziu a testa.

– Senhor vice-presidente! Eu não tinha visto o senhor voltar. – Era sua função policiar os visitantes do Salão Oval, e ela ficou incomodada por alguém ter entrado sem seu conhecimento. – Posso fazer algo pelo senhor?

Pauline ficou se perguntando quanto da sua conversa com Gerry Milt teria escutado. Certamente não muito. De todo modo, não havia nada que ela pudesse fazer a respeito.

Milt ergueu o cachecol roxo como explicação e disse:

– Lamento tê-la interrompido, senhora presidente. – E saiu rapidamente.

Lizzie estava constrangida.

– Lamento muito por isso, senhora presidente.

– Não é culpa sua, Lizzie – falou Pauline. – Vamos para a residência oficial agora. Onde está a Pippa?

– No quarto dela, fazendo a lição de casa. – O Serviço Secreto sempre sabia onde cada um estava e mantinha Lizzie informada.

Pauline e Gerry deixaram o Salão Oval juntos e tomaram o caminho sinuoso que cruzava o Roseiral ao sol da tarde. Ao chegarem à residência, subiram as escadas rumo ao segundo andar e foram até o quarto de Pippa.

Pauline percebeu que o pôster de ursos-polares que ficava sobre a cabeceira da cama dela tinha sido substituído pela foto de um rapaz segurando um violão – provavelmente alguém famoso, embora Pauline não soubesse quem era.

Pippa estava sentada na cama, de pernas cruzadas, calça jeans e casaco de moletom, com o laptop aberto diante dela. Levantou a cabeça e perguntou:

– O que houve?

Pauline se sentou em uma cadeira.

– A Sra. Judd foi falar com o seu pai hoje à tarde.

– O que a velha Judders queria? Arrumar problema, imagino, pela cara de vocês.

– Ela disse que você está fumando maconha.

– Como ela saberia uma porra dessas?

– Sem palavrões, por favor. Pelo visto, aconteceu na festa de aniversário da Cindy Riley.

– Quem foi o babaca que contou pra ela?

"Como ela consegue parecer tão fofa e ter a boca tão suja?", pensou Pauline.

– Pippa, você está fazendo as perguntas erradas – disse Gerry calmamente. – Não importa como a Sra. Judd descobriu.

– Não é da conta dela o que eu faço fora da escola.

– Ela não enxerga as coisas assim, nem a gente.

Pippa deu um suspiro dramático e fechou o laptop.

– O que vocês querem que eu faça?

Pauline se lembrou de quando deu à luz Pippa. Ela queria muito ter um filho, mas sentiu muita dor. Continuava a amar a filha de todo o coração, e continuava a sentir dor.

Gerry respondeu à pergunta insolente de Pippa:

– Que você pare de fumar maconha.

– Todo mundo fuma, pai! É legalizado em Washington e em meio mundo.

– Faz mal pra você.

– Não faz tão mal quanto álcool, e vocês bebem vinho.

– Concordo – disse Pauline. – Mas sua escola proíbe.

– Eles são imbecis.

– Não são, mas não faria diferença se fossem. São eles que fazem as regras. Se a Sra. Judd resolver que você é uma má influência para os outros alunos, ela tem o direito de te expulsar. E isso é o que vai acontecer se você não mudar seus hábitos.

– Eu não ligo.

Pauline se levantou.

– Acho que eu também não. Você está grandinha demais para eu ter que ficar dizendo o que precisa fazer, e não tenho como protegê-la das consequências dos seus erros por muito mais tempo.

Pippa ficou assustada. A conversa tomou um rumo que ela não esperava.

– Do que você está falando?

– Se você for expulsa, vai ter que passar a estudar em casa. Não adianta mandar você para outra escola para ter o mesmo tipo de problema. – Pauline não tinha planejado dizer aquilo, mas agora viu que era necessário. – Vamos contratar um tutor, talvez dois, que vão dar as aulas aqui mesmo e aplicar as provas. Você vai sentir falta dos seus amigos, mas que seja. No final do dia vai poder sair, sob supervisão, caso se comporte bem e estude muito.

– Isso é cruel demais!

– É duro, mas é por amor. – Pauline olhou para Gerry. – Eu já falei o que tinha para falar.

– Vou passar mais alguns minutos com a Pippa – disse Gerry.

Pauline o encarou por alguns segundos, depois saiu do quarto.

Foi para o Quarto Lincoln. Era o cômodo que usava quando tinha ou que ir para a cama tarde ou acordar cedo e não queria perturbar o sono de Gerry, o que acontecia com frequência.

Por que ela estava desapontada? Pippa tinha sido insolente, então Pauline precisou ser firme. No entanto, Gerry ficou para trás, sem dúvida para suavizar o impacto da repreensão de Pauline. Eles não estavam em sintonia. Isso era novidade? Quando se conheceram, ela ficou impressionada ao perceber quanto eles pensavam da mesma forma. Mas agora, refletindo sobre o passado, ela percebeu que muitas vezes eles haviam discordado por causa de Pippa.

Tinha começado antes mesmo de ela nascer. Pauline queria dar à luz da maneira mais natural possível. Gerry queria que a filha nascesse em uma maternidade de última geração, com todos os equipamentos médicos de alta tecnologia. A princípio Pauline tinha conseguido convencê-lo, e Gerry concordou com todo o planejamento para o parto em casa. Porém, quando as contrações começaram a piorar, ele chamou uma ambulância, e Pauline estava angustiada demais para brigar. Ela se sentiu traída, mas, em meio à emoção e ao desafio de cuidar de um bebê recém-chegado, não o havia confrontado.

Será que vinham discordando mais nos últimos tempos? Essa tendência de culpá-la pelo que dava errado sem dúvida era uma novidade.

Alguns minutos depois, ele entrou.

– Achei que fosse te encontrar aqui.

– Por que você fez isso? – inquiriu ela de imediato.

– Consolar a Pippa?

– Me desautorizar!

– Achei que ela precisava de um pouco de carinho.

– Olha, nós podemos ser rígidos e indulgentes, o que não podemos é adotar abordagens diferentes. Mensagens conflitantes só vão confundi-la, e uma criança confusa é uma criança infeliz.

– Então precisamos combinar de antemão como lidar com ela.

– Nós combinamos! Você disse que a gente tinha que fazê-la parar de fumar maconha, e eu concordei.

– Não foi assim – disse ele com irritação. – Eu disse que a Sra. Judd queria que ela parasse e você decidiu concretizar isso. Eu não fui consultado.

– Você acha que a gente deveria deixá-la continuar?

– Eu teria gostado de conversar sobre isso com ela em vez de apenas dar uma ordem.

– Ela está ficando grande demais para obedecer ou ouvir nossos conselhos. Tudo o que podemos fazer é dar alertas quanto às consequências. E foi isso que eu fiz.

– Mas você a deixou assustada.

– Que bom!

Do lado de fora, uma voz disse:

– O jantar está pronto, senhora presidente.

Eles cruzaram o Hall Central até a Sala de Jantar, na extremidade oeste do prédio, próxima à cozinha. Havia uma pequena mesa redonda no centro e duas janelas altas que davam para o gramado norte, com sua fonte. Pippa chegou um minuto depois.

Quando Pauline dava sua primeira garfada no camarão empanado, seu telefone tocou. Era Sandip Chakraborty. Ela se levantou e se afastou da mesa.

– O que foi, Sandip?

– O James Moore ficou sabendo do adiamento da nossa resolução – informou ele. – Ele está na CNN agora. Você talvez queira dar uma olhada. Ele está atacando com força.

– Ok. Não desliga. – Ela disse aos outros: – Com licença, só um minuto.

Ao lado da Sala de Jantar havia uma salinha conhecida como Salão de Beleza, embora Pauline não a usasse como tal. Lá havia uma TV. Ela entrou e a ligou.

Moore estava em um ginásio de basquete repleto de apoiadores. Estava em cima de um palco, com um microfone na mão, e falava sem ler. Usava botas de caubói de bico pontudo. Atrás dele havia um pano de fundo com estrelas e listras.

– Agora, quantas das boas pessoas aqui reunidas teriam dito à presidente Green que não depositasse suas esperanças na ONU? – questionava ele.

A câmera fez uma panorâmica da plateia, a maioria vestida de modo casual, com bonés e camisetas com "Jimmy" escrito.

– Ah! – reagiu Moore. – Todos vocês levantaram as mãos! – A plateia riu. – Então o que estamos dizendo é que qualquer pessoa aqui poderia ter orientado a Pauline! – Ele desceu do palco e olhou para as arquibancadas. – Estou vendo algumas crianças aqui na frente com as mãos levantadas. – A câmera passou rapidamente para a primeira fila. – Bem, talvez até mesmo elas pudessem ter orientado.

Ele parecia um comediante de stand-up, fazendo as pausas nos momentos certos.

– Agora, se vocês decidirem que eu devo ser o seu presidente... – Houve uma longa salva de palmas pela modéstia do *se vocês decidirem*. – Deixem eu contar como vou falar com o presidente da China. – Ele fez uma pausa. – Não se preocupem, não vai demorar muito. – Pausa para as risadas. – Eu vou dizer: "Você pode fazer o que quiser, senhor presidente. Mas, na próxima vez que me vir, é melhor correr!"

Os aplausos foram ensurdecedores.

Pauline tirou o som e falou ao telefone.

– O que você acha, Sandip?

– É uma grande bobagem, mas ele é muito bom.

– Devemos responder?

– Não de imediato. Isso só vai fazer com que esse trecho fique passando o dia inteiro amanhã. Melhor esperar até termos uma boa munição.

– Obrigada, Sandip. Boa noite. – Pauline desligou e voltou para a Sala de Jantar. As entradas já haviam sido recolhidas e o prato principal, frango frito, estava servido. – Me desculpem – disse Pauline para Gerry e Pippa. – Vocês sabem como é.

– Aquele caubói está te causando problemas? – perguntou Gerry.

– Nada que eu não tenha como lidar.

– Que bom.

Depois do jantar, eles tomaram café na Sala de Estar Leste e retomaram a discussão.

– Ainda acho que a Pippa precisa é ver a mãe com mais frequência – sugeriu Gerry.

Pauline teria que encarar isso.

– Você sabe quanto eu gostaria que isso possível, e também sabe por que não é – respondeu ela.

– Uma pena.

– É a segunda vez que você toca nesse assunto.

Ele deu de ombros.

– Eu acho que isso precisa ser resolvido.

– Mas preciso perguntar por que você continua dizendo isso quando sabe que não tem nada que eu possa fazer.

– Deixa eu ver se adivinho: você tem uma teoria.

– Bom, tudo que você consegue com isso é pôr a culpa em mim.

– Não tem a ver com culpa.

– É difícil enxergar qualquer outro propósito.

– Pode achar o que quiser, mas acredito que a Pippa precisa de mais atenção da mãe. – Ele terminou o café e pegou o controle remoto.

Pauline voltou para a Ala Oeste e foi trabalhar no Estúdio. Estava frustrada. Uma resolução da ONU era algo pequeno, no fim das contas, mas ela não tinha conseguido emplacá-la. Esperava que o plano de Chess de endurecer as sanções à Coreia do Norte desse algum resultado.

Ela tinha que revisar o resumo do orçamento anual da Defesa, mas sozinha naquela pequena sala, tarde da noite, sua mente começou a divagar. Talvez fosse Gerry, e não Pippa, que precisasse passar mais tempo com ela. Era possível que ele estivesse atribuindo a Pippa o sentimento de rejeição que ele mesmo estava tendo. Era o tipo de coisa que um psicólogo diria.

Gerry parecia autossuficiente, mas Pauline sabia que às vezes ele ficava carente. Agora, talvez, ele quisesse mais dela. Não se tratava de sexo: logo depois de se casarem, eles haviam estabelecido uma rotina de fazer amor uma vez por semana, normalmente nas manhãs de domingo, e isso era visivelmente suficiente para ele. Pauline teria preferido mais, mas de qualquer forma ela mal tinha tempo. No entanto, Gerry tinha outras necessidades além do sexo. Ele queria ser afagado intelectualmente. Precisava ouvir que era maravilhoso. "Eu deveria fazer isso com mais frequência", pensou Pauline.

Deu um suspiro. O mundo inteiro queria mais atenção dela.

Ela gostaria que Gerry fosse mais compreensivo. Talvez Pippa viesse a se tornar uma grande amiga, mas esse dia ainda parecia muito longe de chegar.

"Eu tenho que dar apoio a todo mundo", pensou, num momento de autocomiseração.

"Claro que tenho, é por isso que sou presidente. Para de ser covarde, Pauline", continuou refletindo, e voltou sua atenção para o orçamento.

# CAPÍTULO 10

O Bourbon Street tinha sido a última chance de Kiah de ganhar a vida no Chade, ela sabia. Mas tinha fracassado. "Eu sou um fracasso como prostituta", pensou. "Será que devo sentir vergonha ou orgulho disso?"

Ela deveria ter imaginado qual era o trabalho de verdade. Fátima tinha oferecido casa, comida, uniforme e até alguém para cuidar de seu filho: ninguém faria isso só para contratar uma garçonete. Kiah tinha sido ingênua.

Ela deveria ter insistido? A jovem Zariah tinha. Mas Zariah estava feliz com o trabalho. Achava aquilo excitante e glamouroso, e o dinheiro que tinha ganhado naquela primeira noite provavelmente era mais do que ela já havia visto. "Se Zariah é capaz de fazer isso, por que eu não sou?", perguntou Kiah a si mesma. Ela já havia feito sexo antes, muitas vezes, embora apenas com Salim. Não tinha doído. Havia maneiras de evitar a gravidez. As prostitutas tinham que fazer aquilo tanto com homens desagradáveis quanto com homens interessantes, mas toda mulher precisava sorrir e ser charmosa diante de homens rudes e feios de vez em quando. Será que ela havia sido melindrosa e covarde? Jogara fora a oportunidade de sustentar seu filho e a si mesma? Era inútil tentar encontrar respostas: ela não era capaz de fazer aquilo e jamais o faria.

Portanto, sua única esperança era Hakim e seu ônibus.

Seu excesso de escrúpulos poderia levá-la à morte. Ela poderia morrer no trajeto, muito antes de chegar ao seu destino dos sonhos, a França. Conseguia facilmente imaginar Hakim abandonando todos os passageiros para ficar com o dinheiro. Ainda que ele se mostrasse honesto, mesmo uma coisa simples como um defeito no motor poderia ser fatal no deserto. E as pessoas diziam que os contrabandistas às vezes usavam pequenos botes, muitos arriscados, para fazer a travessia do Mediterrâneo.

Mas, se estava destinada a morrer, que assim fosse. Ela só não podia fazer o que não podia fazer.

Tinha distribuído seus poucos pertences entre as mulheres da aldeia: colchões, panelas, potes, almofadas e tapetes. Chamou todas elas à sua casa, determinou quem ficaria com o quê e disse que elas poderiam pegar as coisas assim que ela partisse.

Ela passou a noite em claro, pensando em todas as coisas que haviam acontecido ali naquela casa. Tinha se deitado com Salim pela primeira vez ali. Tinha dado à luz Naji naquele chão, e todos na aldeia a ouviram berrar de dor. Estava ali quando chegaram com o corpo de Salim e o colocaram gentilmente sobre o tapete, e ela se jogou sobre ele e o beijou como se seu amor pudesse trazê-lo de volta à vida.

Na véspera da partida do ônibus, ela acordou antes do nascer do sol. Colocou algumas roupas em uma sacola, junto com um pouco de comida que não estragaria: peixe defumado, frutas secas e carneiro salgado. Olhou ao redor da casa e se despediu dela.

Saiu ao amanhecer, com a bolsa em uma das mãos e Naji na outra, aninhado na cintura. Ao cruzar os limites da aldeia silenciosa, olhou para trás, para os telhados de folhas de palmeira. Tinha nascido na aldeia e vivido ali por todos os seus vinte anos. Olhou para o lago que vinha ficando cada vez menor. Sob a luz prateada, sua superfície estava calma e imóvel como a morte. Ela nunca mais o veria novamente.

Passou direto pela aldeia de Yusuf e Azra.

Passada uma hora, Naji ficou pesado e ela precisou parar para descansar. Depois disso, começou a parar com frequência, e seu progresso foi lento.

No calor do dia, ela fez uma longa pausa em outra aldeia e se sentou à sombra de um pequeno bosque de tamareiras. Amamentou Naji, depois bebeu um pouco d'água e comeu uma fatia de carne salgada. Naji cochilou por uma hora. Eles partiram novamente sob o frescor da tarde.

O sol estava baixo quando chegaram a Three Palms. Ela passou pelo posto de gasolina perto do café, quase torcendo para que Hakim tivesse partido mais cedo e a deixado para trás. Mas ela o viu do lado de fora, junto à entrada da garagem, conversando muito fanfarrão com um grupo de homens que carregavam bagagens de todos os tamanhos e formatos. Assim como ela, eles haviam chegado um dia antes da partida, de modo a estarem prontos para embarcar na manhã seguinte.

Ela foi andando devagar e tentou observá-los atentamente, sem parecer que estava olhando. Aqueles homens seriam seus companheiros em uma difícil jornada. Ninguém saberia dizer com segurança quanto tempo a viagem levaria, mas não tinha como ser menos de duas semanas e poderia facilmente levar o dobro disso. Os homens eram em sua maioria jovens. Falavam alto e pareciam animados.

Ela pensou que soldados indo para a guerra talvez fossem daquele jeito, ansiosos por conhecer lugares estranhos e viver novas experiências, cientes de que estavam arriscando a vida, mas sem cogitar as implicações disso.

Não havia sinal do vendedor de cigarros. Ela esperava que ele aparecesse. Seria um alívio ter na viagem alguém que não fosse um completo estranho.

Não havia hotéis em Three Palms. Kiah foi até o convento e falou com uma freira.

– Você conhece uma família respeitável que poderia dar a mim e a meu filho uma cama esta noite? Eu tenho um pouco de dinheiro, posso pagar.

Como esperava, foi convidada a ficar no convento. A atmosfera do local a levou imediatamente de volta à infância, um cheiro de fumaça de vela, incenso e Bíblias velhas. Ela adorava ir à escola. Queria saber mais sobre os mistérios da matemática e do francês, da história antiga e de lugares distantes. Mas teve que parar de estudar aos 13 anos.

As freiras fizeram um grande alvoroço com Naji e ofereceram a Kiah uma farta refeição, cordeiro com feijão e especiarias, tudo em troca de entoar um hino e fazer algumas orações antes de dormir.

Ela passou a noite acordada, preocupada com Hakim. Ele tinha exigido receber o valor completo antecipadamente, e ela temia que ele repetisse essa exigência no dia seguinte. Ela não lhe daria mais que a metade, mas e se ele se recusasse a levá-la? E se ele visse problema no fato de Naji viajar de graça?

Bom, não havia nada que ela pudesse fazer. Lembrou a si mesma que Hakim não era o único contrabandista de pessoas do Chade. Se o pior acontecesse, ela procuraria outro. Seria melhor do que fazer alguma coisa estúpida, como entregar todo o seu dinheiro a Hakim.

Por outro lado, tinha a sensação de que, se não partisse agora, poderia perder a coragem para sempre.

Pela manhã, as freiras lhe deram pão e café e perguntaram quais eram seus planos. Ela mentiu, dizendo que ia visitar um primo na cidade vizinha. Tinha receio de que, se contasse a verdade, elas passassem horas tentando dissuadi-la.

Caminhando pela cidade, deixando Naji cambalear ao lado dela, percebeu que depois daquele dia provavelmente nunca mais veria Three Palms e logo se despediria do Chade, e então da África. Os migrantes mandavam cartas para casa, raramente voltavam. Ela estava prestes a abandonar toda a sua vida até agora, a jogar fora todo o seu passado e a se mudar para um novo mundo. Era assustador. Começou a se sentir perdida e sem raízes desde então.

Chegou ao posto de gasolina antes de o sol nascer.

Vários outros passageiros já haviam chegado, alguns acompanhados por famílias numerosas que, claro, estavam se despedindo deles. O café ao lado estava aberto e bastante movimentado enquanto todos esperavam por Hakim. Kiah já havia tomado café, mas pediu um pouco de arroz-doce para Naji.

O proprietário foi hostil com ela.

– O que está fazendo aqui? Isso não parece bom, uma mulher sozinha no meu café.

– Eu vou embarcar no ônibus do Hakim.

– Sozinha?

Ela inventou uma mentira:

– Meu primo vai me encontrar aqui. Ele vai comigo.

O homem foi embora sem responder.

No entanto, a esposa dele trouxe o arroz. Ela se lembrou de Kiah de sua visita anterior e disse a ela que guardasse o dinheiro, pois o arroz era para a criança.

Havia pessoas boas no mundo, pensou Kiah agradecida. Talvez ela precisasse mesmo da ajuda de estranhos naquela jornada.

Um minuto depois, uma família perguntou se poderiam se sentar com ela. Havia uma mulher da idade de Kiah chamada Esma e os sogros dela, uma mulher que parecia gentil chamada Bushra e um homem mais velho, Wahed, fumando um cigarro e tossindo.

Esma simpatizou de imediato com Kiah e perguntou se seu marido estava com ela. Kiah explicou que era viúva.

– Sinto muito – disse Esma. – Meu marido está em Nice, que é uma cidade na França.

Kiah ficou interessada.

– Que trabalho ele faz lá?

– Ele faz muros para jardins de pessoas ricas. É pedreiro. Existem muitos palácios em Nice, então ele trabalha o tempo todo. Assim que termina um muro já tem outro para ser feito.

– É o dinheiro é bom?

– É incrível. Ele me enviou cinco mil dólares para que eu fosse me juntar a ele. Ele não é residente legal, então eu tenho que usar essa rota.

– Cinco mil dólares?

Bushra, a sogra, explicou:

– Era para ser só para a Esma. Ele disse que mandaria mais depois para o pai dele e para mim, mas a minha nora é uma menina tão boa que quer levar a gente com ela.

– Fiz um trato com o Hakim, nós três por cinco mil – disse Esma. – Significa que não temos nada de sobra, mas vai valer a pena, pois em breve estaremos todos juntos novamente.

– Seja o que Deus quiser – disse Kiah.

...

Abdul passou a noite na casa de Anand, o homem que havia comprado seu carro. Abdul havia barganhado, para evitar suspeitas, mas no final o valor combinado foi uma ninharia, e ele deixou de bônus os pacotes restantes de Cleopatra. Anand ficou grato e convidou Abdul para passar a noite com ele. Suas três esposas prepararam um jantar saboroso.

Naquela noite, dois amigos de Anand apareceram, Fouzen e Haydar, e Anand propôs um jogo de dados. Fouzen era um jovem valentão com uma camisa suja, e Haydar era baixo e parecia ser uma pessoa má, com um dos olhos sem abrir direito devido a um machucado antigo. Na melhor das hipóteses, pensou Abdul, Anand esperava ganhar de volta parte do dinheiro que havia pagado pelo carro. Mas temia que suas intenções fossem um tanto sinistras.

Abdul jogou com cuidado e ganhou só um pouco.

Eles lhe fizeram perguntas e ele explicou que tinha vendido seu carro para pagar a Hakim por sua viagem para a Europa. Pela maneira como falava árabe, eles perceberam que Abdul não era do Chade.

– Eu sou libanês – disse ele, o que era verdade: seu sotaque seria identificado por qualquer pessoa de lá.

Eles perguntaram por que ele havia deixado o Líbano, e ele lhes deu sua resposta-padrão:

– Se você tivesse nascido em Beirute, também ia ter vontade de ir embora.

Eles ficaram interessados em saber a que horas o ônibus partiria e quão cedo Abdul teria que chegar ao posto de gasolina de Hakim, e isso o deixou mais apreensivo. Provavelmente estavam pensando em roubá-lo. Ele era um estrangeiro sem rumo, e talvez eles achassem até mesmo que poderiam matá-lo e sair impunes. Não havia delegacia de polícia em Three Palms.

Abdul fugia de brigas sempre que possível, mas, de todo modo, não estava muito preocupado. Aqueles homens eram amadores. Abdul tinha praticado luta livre no colégio e disputado competições de MMA para ganhar dinheiro durante a faculdade. Ele se lembrou de um momento constrangedor em seu treinamento na CIA. Era o curso de combate desarmado, e o instrutor, um sujeito extremamente musculoso, havia dito as palavras de praxe: "Ok, agora tenta me acertar."

"Acho melhor não", respondeu Abdul, e a turma riu, achando que ele estava com medo.

"Ah", zombou o treinador, "então você entende tudo de combate desarmado?".

"Eu não entendo nada. Mas entendo um pouco de luta e evito entrar em uma sempre que posso."

"Bom, vamos ver, então. Me mostra o seu melhor golpe."

"Escolhe outra pessoa, por favor."

"Vem logo."

O sujeito era teimoso. Ele queria impressionar os alunos com uma demonstração de talento. Abdul não queria estragar os planos dele, mas não teve escolha.

"Olha, vamos conversar sobre isso", então ele chutou o treinador na barriga, jogou-o no chão e o imobilizou com um mata-leão. "Lamento muito, mas você insistiu", disse Abdul. Então o soltou e se levantou.

O treinador precisou fazer um esforço para ficar de pé. Seu único ferimento visível era um nariz sangrando.

"Dá o fora daqui", foi o que disse.

Por outro lado, Fouzen e Haydar podiam ter facas.

Eles partiram por volta da meia-noite e Abdul se deitou em um colchão de palha. Acordou à primeira luz do dia, agradeceu a Anand e a suas esposas e disse que estava saindo.

– Tome café da manhã – incitou Anand. – Café, um pãozinho com mel, uns figos. A garagem do Hakim fica a poucos minutos a pé daqui.

O entusiasmo de Anand fez Abdul suspeitar de que eles planejavam roubá-lo ali na casa. As crianças podiam ser tiradas do caminho e as esposas não diriam nada. Não haveria testemunhas.

Ele recusou com determinação, pegou sua pequena bolsa de couro e partiu, esperando ter frustrado os planos deles.

As ruas cheias de areia da pequena cidade estavam em silêncio. Logo, logo as janelas seriam abertas, os fornos a lenha dos pátios começariam a soltar fumaça e as mulheres sairiam com seus jarros e garrafas de plástico para buscar água. As pequenas vespas e scooters rosnariam irritadas ao serem acordadas. Mas, agora, estava tudo em silêncio, então Abdul ouviu nitidamente os passos atrás dele, dois homens correndo para alcançá-lo.

Ele estudou os arredores, procurando por uma arma. A rua estava cheia de maços de cigarro, cascas de legumes, pedrinhas e pedaços irregulares de madeira. Seria perfeito encontrar uma telha caída com uma ponta afiada, mas a maioria das coberturas era feita de folhas de palmeira. Ele contemplou uma vela de motor enferrujada, mas era pequena demais para causar algum estrago. No fim das contas, ele se contentou com uma pedra do tamanho de seu punho e seguiu em frente.

Eles foram chegando cada vez mais perto. Abdul parou em uma encruzilhada, onde talvez eles se distraíssem por terem que olhar em quatro direções. Largou a bolsa e se virou para encará-los. Eles estavam de sandálias, o que era uma vantagem: Abdul estava de botas. Ambos portavam facas com lâminas de quinze centímetros, pequenas o suficiente para serem consideradas um utensílio de cozinha, grandes o suficiente para atingir o coração.

Andaram até ele e pararam. Hesitação era um bom sinal.

– Vocês estão prestes a cometer suicídio – disse. – Não sabem que isso é pecado?

Ele queria que dessem meia-volta e fossem embora, mas eles se mantiveram firmes, e Abdul percebeu que teria que lutar.

Erguendo a pedra, ele correu na direção de Haydar, o menor, que recuou. Com o canto do olho, Abdul viu Fouzen se aproximar, girou e lançou a pedra com força e precisão. Acertou o homem no rosto. Ele gritou, levando uma das mãos ao olho, e caiu de joelhos.

Abdul girou novamente e chutou Haydar entre as pernas com a bota. Ele havia aprendido, no treinamento de artes marciais, que chutes também têm sua utilidade, e Haydar uivou de dor e se curvou, recuando cambaleante.

O instinto de Abdul foi avançar e socar cada um deles como faria no ringue, pulando sobre um homem caído e acertando a cara e o tronco dele até que o árbitro interrompesse a luta. Mas não havia árbitro e ele teve que se conter.

Ficou olhando de um para outro, encarando cada um e os desafiando a se mexer, mas nenhum dos dois o fez.

– Se algum dia eu vir qualquer um de vocês de novo, eu mato.

Então pegou sua bolsa, se virou e continuou andando.

Estava exultante e ao mesmo tempo envergonhado por essa sensação. Era algo familiar. Dentro do ringue, ele sentia uma profunda satisfação secreta por conta da agressão e da violência permitidas ali dentro, mas depois sempre pensava: "Que tipo de homem sou eu?" Ele era como a raposa no galinheiro, matando todas as aves, mais do que era capaz de comer, mais do que seria capaz de carregar de volta para a toca, mordendo e arrancando pedaços por puro prazer.

"Mas não matei o Fouzen e o Haydar", pensou. "E eles não são galinhas."

Uma multidão lotava o café ao lado do posto de gasolina. Ele viu Kiah, a mulher com quem havia falado da última vez que estivera ali. Ela estava com a criança. Ela era corajosa, pensou.

Não havia nenhum sinal de Hakim.

Kiah sorriu e acenou para Abdul, mas ele deu as costas e se sentou sozinho. Não queria fazer amizade com ela nem com qualquer outra pessoa. Um agente secreto não tinha amigos.

Pediu café e pão. Os homens em volta pareciam ao mesmo tempo assustados e ansiosos. Uns falavam alto, talvez para disfarçar o medo; alguns andavam de um lado para outro, impacientes; outros estavam sentados, em silêncio e pensativos, fumando. Os homens mais velhos e as mulheres chorosas na multidão pareciam ser parentes que tinham ido se despedir, cientes de que provavelmente nunca mais veriam seus entes queridos.

Por fim, Hakim apareceu, caminhando desleixado pela rua com suas roupas esportivas ocidentais sujas. Ignorou as pessoas que o aguardavam. Abriu a porta lateral da garagem, entrou e fechou-a. Poucos minutos depois, o portão basculante se abriu e Hakim conduziu o ônibus para fora.

Os dois jihadistas vinham logo atrás, andando com arrogância, seus fuzis de assalto pendurados no ombro, encarando sem constrangimento as pessoas, que rapidamente desviavam o olhar. Abdul ficou se perguntando o que os passageiros achavam daqueles dois evidentes terroristas. Só ele sabia que o ônibus continha milhões de dólares em cocaína. Será que essas pessoas acreditavam que os jihadistas estavam ali para protegê-las? Talvez elas simplesmente deixassem a questão para lá, pois não teriam como saber.

Hakim desceu do ônibus, abriu a porta dos passageiros, e a multidão avançou.

– Não tem lugar para bagagem, exceto no bagageiro acima dos bancos! – gritou. – Uma mala por pessoa. Sem exceção, sem discussão.

A multidão soltou resmungos e gritos de indignação, mas os jihadistas se postaram um de cada lado de Hakim, e os protestos cessaram.

– Peguem seu dinheiro agora – ordenou Hakim. – Mil dólares, mil euros ou o equivalente. Primeiro vocês pagam, depois podem entrar no ônibus.

Algumas pessoas se debateram para serem as primeiras a embarcar. Abdul não se juntou ao tumulto; ele entraria por último. Alguns passageiros tentavam espremer o conteúdo de duas malas em uma só. Outros abraçavam e beijavam seus parentes chorosos. Abdul esperou mais para trás.

Ele sentiu o cheiro de canela e cúrcuma e viu que Kiah estava ao seu lado.

– Depois que falei com você, conversei com o Hakim e ele disse que eu tinha que pagar o valor inteiro antes de embarcar – contou ela. – Agora ele está pedindo a metade a todo mundo, como você falou. Você acha que mesmo assim ele vai tentar me fazer pagar tudo agora?

Abdul queria ter dito algo tranquilizador, mas manteve a boca fechada e deu de ombros, indiferente.

– Vou dar mil a ele – disse ela. Então se juntou à multidão, com o filho no colo.

Por fim, ele a viu entregar o dinheiro a Hakim, que o pegou, contou, pôs no bolso e fez sinal para que ela subisse, tudo isso sem falar uma palavra ou mesmo olhar para o rosto dela. Claramente, a exigência do valor inteiro antecipado tinha sido uma tentativa de explorar uma mulher sozinha, mas a tática foi logo abandonada quando a mulher não se mostrou tão fácil de enrolar.

O embarque levou uma hora. Abdul subiu os degraus por último, sua bolsa de couro barata na mão.

O ônibus tinha duas fileiras com vinte assentos cada, agrupados de dois em dois. Estava lotado, com exceção dos lugares da frente, que estavam desocupados. Porém, havia uma bolsa sobre cada par de assentos, e um homem na segunda fila disse:

– Os guardas estão sentados aí. Parece que eles precisam de dois bancos cada.

Abdul deu de ombros e olhou para o fundo do ônibus. Havia um único lugar vazio. Ao lado de Kiah.

Ele concluiu que ninguém queria se sentar ao lado de uma criança, que sem dúvida ficaria agitada, chorando e vomitando durante todo o trajeto até Trípoli.

Abdul colocou sua bolsa no compartimento acima do banco e se sentou ao lado de Kiah.

Hakim tomou o assento do motorista, os guardas embarcaram e o ônibus partiu rumo ao norte da cidade.

As janelas quebradas deixavam entrar uma brisa refrescante enquanto o veículo ganhava velocidade. Com quarenta pessoas a bordo, ventilação era essencial. Porém, seria ruim quando houvesse uma tempestade de areia.

Uma hora depois, ele viu ao longe o que parecia ser uma pequena cidade americana, um mar de edifícios variados, incluindo muitas torres, e percebeu que estava olhando para a refinaria de petróleo em Djermaya, com suas chaminés fumegantes, suas colunas de destilação e seus pequenos tanques brancos de armazenagem. Era a primeira refinaria do Chade, construída pelos chineses como parte do acordo para explorar o petróleo do país. O governo ganhava bilhões em royalties com o negócio, mas nenhuma parte desse dinheiro chegava às pessoas carentes às margens do lago Chade.

Depois disso, era tudo basicamente deserto.

No Chade, a maior parte da população vivia no sul, ao redor do lago Chade e na cidade de N'Djamena. Na Líbia, ponto final da viagem, a maioria das cidades ficava concentrada no norte, na costa do Mediterrâneo. Entre esses dois centros populacionais havia mil e quinhentos quilômetros de deserto. Havia algumas estradas improvisadas, incluindo a rodovia Transaariana, mas aquele ônibus, com sua carga de contrabando e seus imigrantes ilegais, não tomaria as rotas principais. Ele seguiria rotas pouco usadas na areia, avançando a trinta quilômetros por hora, de um pequeno oásis a outro, muitas vezes sem avistar qualquer outro veículo por um dia inteiro.

O filho de Kiah estava fascinado por Abdul. O menino ficou olhando para ele até Abdul olhar de volta, quando rapidamente escondeu o rosto. Aos poucos ele foi percebendo que Abdul era inofensivo, mas continuou com a brincadeira de olhar e se esconder.

Abdul deu um suspiro. Ele não poderia ficar amuado, em silêncio, por centenas de quilômetros. Então cedeu e disse:

– Oi, Naji.

– Você se lembra do nome dele! – disse Kiah com um sorriso.

O sorriso dela o fez se lembrar de outra pessoa.

...

Ele estava trabalhando em Langley, a sede da CIA nos arredores de Washington. Usava o nome do meio, John, pois tinha descoberto que, quando dizia que se chamava Abdul, precisava contar toda a sua história de vida a cada pessoa branca a quem era apresentado.

Estava na CIA havia um ano e tudo o que fazia, além do treinamento, era ler jornais em árabe e escrever resumos em inglês de quaisquer reportagens que tratassem de política externa, defesa ou espionagem. A princípio escrevia bastante, mas logo desenvolveu uma noção daquilo que seus chefes de fato queriam e agora estava ficando entediado.

Conheceu Annabelle Sorrentino em uma festa em um apartamento em Washington. Ela era alta, embora não tanto quanto Abdul, e atlética: malhava e corria maratonas. Também era incrivelmente bonita. Trabalhava no Departamento de Estado, e eles conversaram sobre o mundo árabe, que era de interesse dos dois. Abdul percebeu logo que ela era muito inteligente, mas o que mais o impressionou foi seu sorriso.

Quando ela estava saindo, ele pediu seu número de telefone, e ela deu.

Eles saíram, depois dormiram juntos, e ele descobriu que ela era selvagem na cama. Em poucas semanas, ele soube que queria se casar com ela.

Depois de seis meses passando a maioria das noites juntos, fosse no estúdio dele ou no apartamento dela, decidiram morar juntos em uma casa maior. Acharam um belo lugar, mas não tinham dinheiro para a entrada. No entanto, Annabelle disse que pegaria emprestado com os pais. Foi quando ele descobriu que o pai dela era o milionário dono da Sorrentino's, uma pequena rede de mercearias de luxo que vendia vinhos caros, destilados exclusivos e azeites especiais.

Tony e Lena Sorrentino quiseram conhecer "John".

Eles moravam em um prédio de luxo em um condomínio fechado em Miami Beach. Annabelle e Abdul pegaram um avião para lá em um sábado e chegaram a tempo para o jantar. Ficaram em quartos separados.

– Podemos dormir juntos – disse Annabelle. – Isso aqui é só para acalmar os anfitriões.

Lena Sorrentino pareceu chocada ao ver Abdul, e naquele momento ele percebeu que Annabelle não havia contado aos pais que ele tinha pele negra.

– Então, John – disse Tony durante o jantar –, conta pra gente a sua história.

– Eu nasci em Beirute…

– Ah, um imigrante.

– Sim, como o original Sr. Sorrentino. Ele deve ter vindo de Sorrento, suponho.

Tony forçou um sorriso. Ele sem dúvida estava pensando: "Sim, mas nós somos brancos."

– Neste país somos todos imigrantes, eu acho – disse. – Por que a sua família saiu de Beirute?

– Se você tivesse nascido em Beirute, também teria vontade de sair de lá.

Todos deram uma risada protocolar.

– E a religião? – perguntou Tony.

O que ele queria dizer era: *Você é muçulmano?*

– Minha família é católica, o que não é incomum no Líbano – respondeu Abdul.

– Beirute fica no Líbano? – perguntou Lena.

– Sim.

– Puxa, quem diria.

Tony, que era um pouco mais sábio que a esposa, disse:

– Mas acho que o catolicismo deles é diferente por lá.

– Verdade. Nós somos católicos maronitas. Estamos em plena comunhão com a Igreja Romana, mas usamos o árabe em nossos cultos.

– O conhecimento do árabe deve ser útil no seu trabalho.

– É, sim. Também sou fluente em francês, que é a segunda língua no Líbano. Mas me conte sobre a família Sorrentino. Foi você que começou nos negócios?

– Meu pai tinha uma loja de bebidas no Bronx – disse Tony. – Eu o via tendo que lidar com bêbados e vagabundos para lucrar um dólar em uma garrafa de cerveja, e percebi que aquilo não era para mim. Então, abri minha própria loja no Greenwich Village e passei a vender vinhos caros com um lucro de vinte e cinco dólares por garrafa.

– O primeiro anúncio – disse Lena – mostrava um sujeito bem-vestido com uma taça na mão, dizendo "Puxa, isso tem gosto de uma garrafa de vinho de cem dólares!", e o amigo dele dizia "Tem, não tem? Mas eu comprei na Sorrentino's e paguei a metade disso". Rodamos esse anúncio uma vez por semana durante um ano inteiro.

– Foi-se o tempo em que a gente conseguia comprar um bom vinho por cem dólares – comentou Tony e todo mundo riu.

– Seu pai ainda tem a loja original? – perguntou Abdul.

– Meu pai faleceu. Ele foi baleado dentro da própria loja por um cara que tentou roubá-lo. – Tony fez uma pausa e acrescentou: – Um sujeito afro-americano.

– Sinto muito – disse Abdul no automático, mas estava pensando sobre o adendo de Tony: *Um sujeito afro-americano.* "Você precisava ter dito isso, não é, Tony?", pensou. Significa *Meu pai foi assassinado por um negro.* Como se nenhum branco cometesse assassinatos. Como se Tony nunca tivesse ouvido falar na máfia.

Annabelle aliviou a tensão contando sobre seu trabalho e, pelo resto da noite, Abdul ouviu mais do que falou. Mais tarde Annabelle foi de pijama até o quarto dele e eles passaram a noite nos braços um do outro, mas não fizeram amor.

Eles nunca chegaram a morar juntos. Tony se recusou a emprestar o dinheiro da entrada, mas isso foi só o começo de uma campanha familiar para impedir que ela se casasse com Abdul. A avó parou de falar com ela. O irmão ameaçou espancar Abdul por causa das pessoas com quem ele tinha "conexões", mas abandonou a ameaça depois que descobriu para quem Abdul trabalhava. Annabelle jurou que jamais cederia à família, mas o conflito envenenou o amor deles. Em vez de um romance, eles estavam vivendo uma guerra. Quando não conseguiu mais aguentar, ela terminou o relacionamento.

E Abdul disse à CIA que estava pronto para trabalhar infiltrado no exterior.

# CAPÍTULO 11

Tao Ting saiu do banheiro com uma toalha enrolada no corpo e outra na cabeça. Chang Kai, sentado na cama, tirou os olhos da leitura dos jornais em seu tablet. Ele a observou abrir as portas de todos os três armários e ficar olhando para suas roupas. Depois de algum tempo, ela deixou cair as duas toalhas no tapete.

Ele se regozijou ao ver a esposa nua e pensar em como tinha sorte. Havia uma razão para que milhões de telespectadores fossem apaixonados por ela. Era absolutamente perfeita. Seu corpo era esguio e bem torneado, sua pele era branca e sedosa, e seu cabelo era exuberante e escuro.

E ela era divertida.

– Eu sei que você está olhando – disse ela sem se virar.

Ele deu uma risadinha.

– Estou lendo o *Diário do povo* na internet – disse ele, fingindo contrariedade.

– Mentira.

– Como sabe que estou mentindo?

– Eu leio os seus pensamentos.

– Esse é um poder fabuloso.

– Eu sempre sei o que os homens estão pensando.

– Como?

– Eles estão sempre pensando a mesma coisa.

Ela vestiu a calcinha e o sutiã, então passou mais um tempo contemplando os cabides de roupas. Kai se sentiu culpado por ficar na cama olhando para ela. Havia muito a fazer, por si mesmo e pelo seu país. Mas era difícil olhar para outra coisa.

– Não importa o que estiver vestindo, não é? Assim que você chegar ao estúdio, eles vão fazer você botar alguma fantasia mirabolante.

Às vezes ele era acometido pela tenebrosa suspeita de que ela se vestia para os jovens atores bonitos com quem trabalhava. Ting tinha muito mais em comum com esses rapazes do que com ele.

– Sempre importa o que estou vestindo – corrigiu Ting. – Sou uma celebridade. As pessoas esperam que eu seja especial. Motoristas, porteiros, faxineiros e jardineiros, todo mundo conta para a família e para os amigos: "Você não vai acreditar em quem eu vi hoje: a Tao Ting! Sim, ela mesma, de *Amor no Palácio!*" Não quero que digam por aí que não sou tão bonita na vida real.

– Claro, entendi.

– De qualquer forma, hoje eu não vou direto para o estúdio. Eles estão filmando uma grande luta de espadas. Só preciso estar lá depois das duas.

– O que você vai fazer na sua manhã livre?

– Levar minha mãe para fazer compras.

– Bom.

Ting era muito próxima da mãe, Cao Anni, que também era atriz. Elas se falavam ao telefone todos os dias. O pai de Ting tinha morrido em um acidente de carro quando ela tinha 13 anos. No mesmo acidente, a perna de sua mãe foi atingida e ela passou a andar mancando, o que arruinou sua carreira. Mas Anni havia descoberto uma nova frente de trabalho como dubladora.

Kai gostava de Anni.

– Não a faça andar muito – sugeriu a Ting. – Ela disfarça, mas sua perna ainda dói.

Ting deu um sorriso.

– Eu sei.

Claro que ela sabia. Ele estava dizendo a ela para ser cuidadosa com a própria mãe. Ele sempre tentava não agir como se fosse o pai de Ting, mas vira e mexe isso voltava a acontecer.

– Desculpa – disse ele.

– Fico feliz que se preocupe com ela. Ela também gosta de você. Acha que você vai cuidar de mim quando ela se for.

– Eu vou.

Ting tomou sua decisão e vestiu uma calça jeans Levi's azul desbotada.

Sem tirar os olhos da esposa, Kai voltou seus pensamentos para o dia à frente. Ele teria um encontro com um espião importante.

Seu voo sairia na hora do almoço em direção a Yanji, uma cidade de médio porte perto da fronteira com a Coreia do Norte. Embora fosse o chefe do Departamento de Inteligência Estrangeira, ainda orientava pessoalmente alguns dos espiões mais valiosos, sobretudo aqueles que havia recrutado quando ocupava um cargo mais baixo. Um deles era um general norte-coreano chamado Ham Ha-sun. Por alguns anos, Ham foi a melhor fonte de informações privilegiadas que o Guoanbu tinha sobre o que acontecia na Coreia do Norte.

E a Coreia do Norte era o grande ponto fraco da China.

Era o flanco, o calcanhar de aquiles, a criptonita e todas as outras metáforas de fragilidade letal em um corpo forte. Os norte-coreanos eram aliados-chave e ao mesmo tempo pouquíssimo confiáveis. Kai via Ham regularmente, e, entre uma reunião e outra, acontecia de eles entrarem em contato para solicitar um encontro de emergência. A reunião daquele dia era rotineira, mas mesmo assim importante.

Ting vestiu um moletom azul vívido e calçou um par de botas de caubói. Kai olhou para o relógio ao lado da cama e se levantou.

Lavou-se rapidamente e vestiu seu terno. Enquanto ele se arrumava, Ting se despediu com um beijo e saiu.

Uma névoa de poluição pairava sobre Beijing, e Kai separou uma máscara, para o caso de precisar ir a pé para algum lugar. Sua mala estava pronta para a viagem. Pegou seu casaco de inverno e o levou no braço: Yanji era uma cidade fria.

Então saiu do apartamento.

...

Havia quatrocentas mil pessoas em Yanji, e quase metade delas era coreana.

A cidade havia se expandido rapidamente após a Segunda Guerra Mundial, e, enquanto o avião de Kai descia, ele olhou para as fileiras de edifícios modernos aglomerados de ambos os lados do amplo rio Buerhatong. A China era o principal parceiro comercial da Coreia do Norte, portanto milhares de pessoas cruzavam a fronteira todos os dias em ambas as direções para fazer negócios. Yanji era um importante entreposto dessas trocas.

Além disso, centenas de milhares – talvez milhões – de coreanos viviam e trabalhavam na China. A maioria era de imigrantes registrados. Havia algumas prostitutas, e não poucos eram trabalhadores agrícolas não pagos ou esposas compradas, mas que nunca eram chamados especificamente de escravos. A vida na Coreia do Norte era tão ruim que ser uma pessoa escravizada bem alimentada na China não parecia um destino tão terrível assim, pensou Kai.

Yanji possuía a maior população coreana entre todas as cidades chinesas. Tinha duas estações de TV em língua coreana. Um dos residentes coreanos de Yanji era Ham Hee-young, uma jovem brilhante e talentosa que era filha ilegítima do general Ham, um fato desconhecido na Coreia do Norte e do conhecimento de pouquíssimas pessoas na China. Como gerente de uma loja de departamentos, ela ganhava um alto salário, além de comissões sobre as vendas.

Kai aterrissou no aeroporto doméstico de Chaoyangchuan e pegou um táxi para o centro da cidade. Todas as placas de trânsito eram bilíngues, em coreano e, abaixo, em mandarim. Algumas jovens se vestiam ao estilo refinado e sexy da moda sul-coreana, reparou Kai. Ele fez check-in no hotel de uma grande rede e logo depois saiu de novo, vestindo seu casaco pesado para se proteger do frio intenso de Yanji. Ignorou os táxis na porta do hotel, caminhou alguns quarteirões e fez sinal para um táxi na rua. Deu ao motorista o endereço de um supermercado Wumart no subúrbio.

O general Ham estava alocado em uma base nuclear chamada Yeongjeo-dong, no norte da Coreia do Norte, perto da fronteira com a China. Ele era membro da Comissão Bilateral de Supervisão da Fronteira, que se reunia regularmente em Yanji, de modo que cruzava a fronteira pelo menos uma vez por mês.

Muitos anos atrás, ele tinha se desiludido com o regime de Pyongyang e começado a atuar como espião para os chineses. Kai pagava bem e encaminhava o dinheiro direto para Hee-young, filha de Ham.

O táxi de Kai o levou a um subúrbio em desenvolvimento e o deixou no Wumart, a dois quarteirões de seu verdadeiro destino. Ele andou até um canteiro de obras onde uma grande casa estava sendo construída. Era ali que Ham gastava o dinheiro que ganhava do Guoanbu. O terreno e a casa estavam no nome de Hee-young, e ela pagava aos construtores com o dinheiro que Kai lhe enviava. O general Ham estava perto de se aposentar e planejava sumir da Coreia do Norte, adotar uma nova identidade fornecida por Kai e passar seus anos dourados com a filha e os netos em sua adorável nova casa.

Ao se aproximar do local, Kai não avistou Ham, que tomava o cuidado de nunca ser visto da rua. Ele estava na garagem ainda em construção, falando em mandarim fluente com um operário, provavelmente o mestre de obras.

– Preciso falar com o meu contador – interrompeu-se imediatamente e foi cumprimentar Kai. Ham era um homem ágil, na casa dos 60, e com um doutorado em física. – Deixa eu te mostrar a casa.

Todo o encanamento já havia sido instalado e agora os carpinteiros estavam colocando portas, janelas, guarda-roupas e armários de cozinha. Kai se pegou sentindo inveja de Ham enquanto eles percorriam a construção: era mais espaçosa do que qualquer casa em que Kai havia morado. Todo orgulhoso, Ham mostrou a suíte feita para Hee-young e o marido, dois pequenos quartos para os netos e uma construção independente para si próprio. "Fomos nós que pagamos por isso tudo", pensou Kai. "Mas valeu a pena."

Depois que viram tudo, eles saíram, apesar do frio, e foram para os fundos da casa, onde ficavam fora da vista de qualquer passante na rua e não podiam ser ouvidos pelos operários. Soprava um vento gelado, e Kai estava feliz por ter levado o casaco.

– Como vão as coisas na Coreia do Norte?

– Piores do que você pensa – disse Ham de pronto. – Você já sabe como somos totalmente dependentes da China. Nossa economia é um fracasso. Nossa única indústria bem-sucedida é a de fabricação e exportação de armamentos. Temos um setor agrícola lamentavelmente ineficaz, que produz apenas setenta por cento da nossa demanda alimentar. Vivemos pulando de uma crise para outra.

– Quais as novidades, então?

– Os americanos endureceram as sanções.

Aquilo era novidade para Kai.

– Como?

– Apenas fazendo cumprir as regras já existentes. Um carregamento de carvão norte-coreano com destino ao Vietnã foi apreendido em Manila. O pagamento por doze limusines Mercedes foi recusado por um banco alemão, por suspeita de que fossem destinadas a Pyongyang, embora a papelada indicasse Taiwan. Um navio russo foi interceptado transferindo gasolina para um navio norte-coreano em pleno alto-mar, próximo a Vladivostok.

– Coisas pequenas em si, mas que deixaram todo mundo com medo de fazer negócios – comentou Kai.

– Exatamente. Mas o que o seu governo pode não saber é que temos um estoque de apenas seis semanas de alimentos e outros itens essenciais. Estamos muito perto de passar fome.

– Seis semanas! – Kai estava chocado.

– Eles não vão admitir isso para ninguém, mas Pyongyang está prestes a abordar Beijing para pedir ajuda econômica de emergência.

Isso era útil. Kai poderia avisar Wu Bai com antecedência.

– Quanto eles vão pedir?

– Eles nem querem dinheiro. Precisam é de arroz, carne de porco, gasolina, ferro e aço.

A China provavelmente daria a eles o que quisessem, Kai pensou. No passado sempre tinha sido assim.

– Qual foi a reação da hierarquia do Partido diante de mais um fracasso?

– Houve rumores de descontentamento, sempre há, mas esses resmungos não vão dar em nada enquanto a China apoiar o regime.

– A incompetência pode ser terrivelmente estável.

Ham deu uma risada que mais pareceu um latido.

– Uma puta verdade.

···

Kai tinha muitos contatos americanos, mas o melhor deles era Neil Davidson, um funcionário da CIA na embaixada dos Estados Unidos em Beijing. Eles se encontraram para tomar café da manhã no Rising Sun, perto do parque Chaoyang e da embaixada, o que era conveniente para Neil. Kai não usou seu motorista, Monge, porque os carros do governo tinham todo aquele aspecto oficial e suas reuniões com Neil precisavam ser discretas, então pegou um táxi.

Kai se dava bem com Neil, embora fossem inimigos. Eles agiam como se a paz fosse possível até mesmo entre rivais como a China e os Estados Unidos, desde que houvesse um certo grau de compreensão mútua. Talvez isso até fosse verdade.

Kai sempre descobria algo que Neil não tinha intenção de revelar. Neil nem sempre dizia a verdade, mas suas evasivas às vezes forneciam pistas.

O Rising Sun era um restaurante de preço razoável frequentado por trabalhadores chineses e estrangeiros no distrito comercial central. Não fazia nenhum esforço para atrair turistas, e os garçons não falavam inglês. Kai pediu chá e Neil chegou alguns minutos depois.

Neil era texano, mas não fazia muito o estilo caubói, exceto por seu sotaque, que até mesmo Kai conseguia perceber. Ele era baixo e careca. Tinha ido à academia naquela manhã – estava tentando perder peso, explicou – e ainda não havia tirado os tênis surrados e o agasalho preto da Nike. "Enquanto isso, minha esposa vai para o trabalho de jeans e botas de caubói", pensou Kai. "Que mundo engraçado."

Neil falava mandarim fluentemente, mas com uma péssima pronúncia. Ele pediu *congee*, um mingau de arroz, com ovo cozido. Kai pediu macarrão ao molho de soja com ovos cozidos em chá.

– Você não vai perder muito peso comendo *congee* – disse Kai. – A comida chinesa é muito calórica.

– Não tanto quanto a americana – rebateu Neil. – Até o nosso bacon tem açúcar. Mas afinal, o que você tem em mente?

Direto ao ponto. Nenhum chinês seria assim. Mas Kai começou a gostar dessa espontaneidade dos americanos. Ele respondeu com a mesma franqueza:

– Coreia do Norte.

– Tudo bem – respondeu Neil de forma despojada.

– Vocês estão impondo sanções.

– As sanções foram impostas há muito tempo, pela ONU.

– Mas agora os Estados Unidos e seus amigos próximos as estão aplicando de verdade, interceptando navios, apreendendo cargas e obstruindo pagamentos internacionais que violam as sanções.

– Talvez.

– Neil, para de me enrolar. Só me explica por quê.

– Armas na África.

– Você está falando do cabo Peter Ackerman? O assassino era um terrorista! – retrucou Kai fingindo uma leve indignação.

– É uma pena que ele tenha usado uma arma de fabricação chinesa.

– Normalmente não se culpa o fabricante da arma pelo crime. – Kai sorriu ao acrescentar: – Se fosse assim, já teriam fechado a Smith and Wesson anos atrás.

– Pode ser.

Neil estava sendo evasivo, mas Kai precisava que ele se abrisse mais.

– Você sabe qual é a maior atividade criminosa do mundo, hoje, em termos financeiros? – perguntou Kai.

– Você vai me dizer que é o comércio de armas ilícitas.

Kai assentiu.

– Maior que o mercado de drogas, maior que o de tráfico de pessoas.

– Não me surpreende.

– No mercado clandestino é muito fácil encontrar tanto armas chinesas quanto americanas.

– Dá para encontrar, sim – concordou Neil. – Mas com facilidade? Não. A arma que matou o cabo Ackerman não foi comprada em uma mera transação clandestina, foi? Quando esse negócio foi fechado, dois governos fizeram vista grossa: o sudanês e o chinês.

– Não está claro que a gente odeia os terroristas muçulmanos tanto quanto vocês?

– Não vamos simplificar dessa maneira. Vocês odeiam terroristas muçulmanos chineses. Não se preocupam tanto assim com os terroristas muçulmanos africanos.

Neil estava desconfortavelmente perto da verdade.

– Sinto muito, Neil, mas o Sudão é um aliado, e vender armas para eles é um bom negócio – explicou Kai. – Não vamos parar. O cabo Ackerman é apenas um homem.

– Isso não tem necessariamente a ver com o pobre cabo Ackerman. Tem a ver com obuseiros.

Kai ficou surpreso. Não estava esperando aquilo. Então se lembrou de um detalhe de um relatório que havia lido duas semanas antes. Os americanos e seus aliados haviam invadido um grande e importante esconderijo do EIGS chamado Al-Bustan, que continha várias unidades de artilharia autopropulsada.

Então era aquilo que havia motivado a resolução da ONU.

A comida chegou, dando a Kai tempo para refletir. Ele estava tenso, apesar da fachada relaxada de camaradagem, e comeu seu macarrão devagar, sem muito apetite. Neil estava com fome depois dos exercícios e devorou o *congee*. Quando terminaram, Kai retomou o assunto:

– Então a presidente Green está usando as sanções à Coreia do Norte para punir a China pela artilharia encontrada em Al-Bustan.

– Mais do que isso, Kai. Ela quer que vocês tenham mais cuidado com os usuários finais das armas que vocês vendem.

– Vou garantir que isso chegue ao altíssimo escalão – disse Kai.

Isso não significava nada, mas Neil parecia satisfeito por ter entregado a mensagem. Então mudou de assunto:

– Como está a adorável Ting?

– Muito bem, obrigado. – Neil era um dos milhões de homens que achavam Ting absurdamente atraente. Kai estava acostumado com isso. – Você já conseguiu um apartamento?

– Sim, finalmente.

– Que bom. – Kai sabia que Neil estava procurando um lugar melhor para morar. Sabia também que ele já havia encontrado um e se mudado, e sabia o endereço e o número de telefone. Também sabia a identidade e o histórico de todos os outros moradores do prédio. O Guoanbu acompanhava de perto os agentes estrangeiros em Beijing, principalmente os americanos.

Kai pagou o café da manhã e os dois deixaram o restaurante. Neil se dirigiu para a embaixada a pé, e Kai chamou um táxi.

...

O pedido de ajuda emergencial da Coreia do Norte foi debatido em uma pequena reunião convocada pelo Departamento de Assuntos Estrangeiros do Partido Comunista Chinês. A sede do departamento, no número 4 da estrada Fuxing, no distrito de Haidian, era menor e menos impressionante do que o Ministério das Relações Exteriores, porém mais poderosa. O escritório do diretor tinha vista para o Museu Militar da Revolução Popular Chinesa, que por sua vez tinha uma estrela vermelha gigante no telhado.

O chefe de Kai, o ministro de Segurança do Estado Fu Chuyu, levou Kai junto até lá. Kai supunha que Fu teria preferido não levá-lo, mas ele não tinha todas as informações sobre a crise na Coreia do Norte na ponta da língua e receava fazer papel de idiota. Dessa forma, poderia recorrer a Kai para qualquer detalhe e culpá-lo por qualquer lapso.

Todos que estavam sentados à mesa eram homens, embora entre os assessores sentados junto às paredes houvesse também mulheres. Kai achava que a elite governante chinesa precisava de mais mulheres. Seu pai pensava o contrário.

O diretor, Hu Aiguo, pediu ao ministro das Relações Exteriores Wu Bai que descrevesse a questão que havia motivado a reunião.

– Há uma crise econômica na Coreia do Norte – começou Wu.

– Como sempre. – O comentário partiu de Kong Zhao, um amigo e aliado político de Kai. Era um pouco desrespeitoso interromper o ministro das Relações Exteriores daquele jeito, mas Kong tinha crédito. Trilhando uma brilhante carreira militar, ele havia modernizado completamente a tecnologia de comunicação do Exército e agora era ministro da Defesa Nacional.

Wu o ignorou e continuou:

– O governo de Pyongyang solicitou uma ajuda vultosa.

– Como sempre – repetiu Kong.

Kong tinha a mesma idade de Kai, mas parecia mais jovem. Na verdade, ele parecia um aluno prodígio, com seu cabelo cuidadosamente desarrumado e seu sorriso atrevido. Na política chinesa, a maioria das pessoas tomava o cuidado de parecer conservadora – a exemplo de Kai –, mas Kong permitia que sua aparência denunciasse uma postura liberal. Kai admirava sua coragem.

– O pedido chegou na tarde de ontem, embora eu já soubesse que ele viria graças à inteligência avançada do Guoanbu – informou Wu. Ele olhou para Fu Chuyu, que curvou a cabeça em agradecimento ao elogio, feliz por receber o crédito pelo trabalho de Kai. – A mensagem foi enviada pelo líder supremo Kang U-jung ao nosso presidente Chen Haoran e hoje a nossa tarefa é orientar o presidente Chen em sua resposta – encerrou Wu.

Kai já havia refletido sobre aquela reunião e sabia como seria a discussão. Haveria um confronto entre a velha guarda comunista de um lado e a ala progressista do outro. Isso era previsível. A questão era como o conflito seria resolvido. Kai tinha um plano.

Kong Zhao foi o primeiro a falar.

– Com sua permissão, diretor – começou, talvez compensando sua atitude desrespeitosa prévia. Hu assentiu. – Nos anos anteriores, os norte-coreanos desafiaram descaradamente o governo chinês. Eles foram maldosos ao provocar o regime sul-coreano de Seul com pequenas incursões em seu território, tanto em terra como no mar. Pior, eles insistiram em despertar a hostilidade internacional testando mísseis de longo alcance e ogivas nucleares. Isso levou a ONU a impor sanções comerciais à Coreia do Norte. – Ele levantou um dedo, para dar ênfase. – Essas sanções são uma das principais razões para suas contínuas crises econômicas!

Kai balançou a cabeça em concordância. Tudo o que Kong disse era verdade. O líder supremo era o autor dos próprios problemas.

– Nossos protestos foram ignorados por Pyongyang – continuou Kong. – Agora devemos punir os norte-coreanos por terem nos desafiado. Se não o fizermos, a que conclusão eles vão chegar? Vão achar que podem dar continuidade ao programa nuclear e vão torcer o nariz para as sanções da ONU, porque Beijing sempre vai intervir para salvá-los das consequências de suas ações.

– Obrigado, Kong, pelos comentários sempre incisivos – disse Hu. Sentado à mesa no lado oposto ao de Kong, o general Huang Ling tamborilava com os dedos rudes na madeira polida, extremamente impaciente para falar. Hu percebeu e lhe deu a vez: – General Huang.

Huang era amigo de Fu Chuyu e do pai de Kai, Chang Jianjun. Todos os três eram membros da poderosa Comissão de Segurança Nacional e compartilhavam uma visão linha-dura quando se tratava de política internacional.

– Permitam-me fazer alguns comentários – disse Huang. Sua voz era um rosnado agressivo e ele falava mandarim com um forte sotaque do norte da China. – Um: a Coreia do Norte forma uma zona tampão vital entre a China e a Coreia do Sul, dominada pelos Estados Unidos. Dois: se recusarmos ajuda a Pyongyang, o governo deles entrará em colapso. Três: haverá de pronto uma demanda internacional para a chamada "reunificação" da Coreia do Norte com a do Sul. Quatro: a reunificação é um eufemismo para sua aquisição pelo Ocidente capitalista. Lembrem-se do que aconteceu com a Alemanha Oriental! Cinco: a China vai acabar tendo um inimigo implacável em sua fronteira. Seis: isso faz parte do plano de cerco de longo prazo dos americanos, cujo objetivo final é destruir a República Popular da China da mesma forma que destruíram a União Soviética. Minha conclusão é que não podemos recusar ajuda à Coreia do Norte. Obrigado, diretor.

Hu Aiguo parecia um pouco perplexo.

– Ambas as perspectivas fazem muito sentido – disse. – Ao mesmo tempo, elas se contradizem diretamente.

– Diretor, se me permite – disse Kai –, não tenho a experiência ou a sabedoria de meus colegas mais velhos ao redor desta mesa, mas falei com uma fonte norte-coreana de alto nível anteontem.

– Prossiga, por favor – pediu Hu.

– A Coreia do Norte tem um estoque de alimentos e de outros itens essenciais para seis semanas. Quando isso acabar, haverá fome em massa e colapso social, sem falar no risco de haver milhões de coreanos famintos atravessando a fronteira e se entregando à nossa misericórdia.

– Então devemos mandar a ajuda! – afirmou Huang.

– Mas também gostaríamos de punir o mau comportamento deles negando a ajuda.

– Temos que fazer isso, senão vamos perder todo o controle! – exclamou Kong.

– Minha sugestão é simples – interveio Kai. – Recusar a ajuda agora, para punir Pyongyang, mas enviá-la daqui a seis semanas, a tempo de evitar o colapso do governo.

Houve um momento de silêncio enquanto todos assimilavam aquilo.

Kong foi o primeiro a se manifestar.

– Seria um aperfeiçoamento da minha proposta – disse generosamente.

– Talvez – falou o general Huang com relutância. – A situação teria que ser acompanhada de perto, dia a dia, para que possamos antecipar o envio da ajuda caso a crise seja pior do que o esperado.

– Sim, isso seria fundamental. Obrigado, general – disse Hu.

Kai percebeu que seu plano seria aceito. Era a solução certa. Ele estava numa maré de sorte.

Hu olhou ao redor da mesa.

– Se todos estiverem de acordo...?

Ninguém se opôs.

– Então vamos apresentar essa proposta ao presidente Chen.

# CAPÍTULO 12

Tamara e Tab foram convidados para o casamento, mas separadamente: eles ainda mantinham seu relacionamento em segredo. Chegaram cada um em um carro. Drew Sandberg, chefe da assessoria de imprensa da embaixada americana, iria se casar com Annette Cecil, da missão britânica.

O casamento aconteceu na mansão de um magnata britânico do petróleo que era parente de Annette, e os convidados se reuniram em um enorme salão com ar condicionado e toldos protegendo as janelas.

Foi uma cerimônia humanista. Tamara ficou intrigada: nunca tinha estado em um casamento daquele tipo. A celebrante, uma simpática mulher de meia-idade chamada Claire, falou de forma rápida e sensata sobre as alegrias e os desafios do matrimônio. Annette e Drew haviam escrito os próprios votos e os lido com tanto sentimento que Tamara chorou. Eles tocaram uma de suas canções favoritas, "Happy", de Pharrell Williams. "Se eu me casar de novo, quero que seja assim", pensou.

Quatro semanas antes ela não teria pensado isso.

Olhou discretamente para Tab, do outro lado do salão. Será que ele tinha gostado da cerimônia? Os votos o tinham deixado emocionado? Ele estaria pensando no próprio casamento? Ela não sabia dizer.

O magnata tinha oferecido sua casa também para a festa, além da cerimônia, mas Annette disse que suas amigas eram indomáveis e podiam destruir o lugar. Após a celebração, os noivos foram assinar os papéis, enquanto os convidados foram encaminhados a um grande restaurante local que ficava fechado ao público durante o dia.

O lugar pertencia a cristãos chadianos que faziam comida típica do Norte da África e não tinham restrições a servir bebidas alcoólicas. Havia uma grande sala de jantar tomada pelo cheiro de comida condimentada, além de um pátio sombreado com uma fonte. O bufê era de dar água na boca: bolinhos dourados e

crocantes de batata-doce guarnecidos com perfumados gomos de limão; um ensopado de carne de bode com quiabo com um toque bem apimentado; bolinhos
de milho frito, chamados *aiyisha*, com molho de amendoim; e muito mais. Tamara
gostou particularmente de uma salada de arroz integral com pepino e rodelas de
banana e um molho picante de mel. Havia vinho marroquino e cerveja Gala.

A maioria' dos convidados era de membros mais jovens do circuito diplomático de N'Djamena. Tamara conversou um pouco com a secretária de Nick
Collinsworth, Layan, uma chadiana alta e elegante que havia estudado em Paris,
assim como Tamara. Layan se mostrava um pouco distante, mas Tamara gostava
dela. Elas conversaram sobre a cerimônia, da qual ambas haviam gostado.

Ao mesmo tempo, Tamara estava o tempo todo atenta a Tab e precisava fazer
um esforço para não segui-lo pela sala com os olhos, embora sempre soubesse
onde estava. Ainda não tinha falado com ele. De vez em quando encontrava os
olhos dele e desviava o olhar, fingindo que não tinha percebido. Tamara tinha a
sensação de estar usando um traje espacial que a impedia de tocá-lo ou de falar
com ele.

Annette e Drew reapareceram, vestidos com roupas de festa e parecendo de-
lirantemente felizes. Tamara ficou olhando os dois com uma pontinha de inveja.

Uma banda começou a tocar e a festa ficou animada. Tamara finalmente se
permitiu falar com Tab.

– Puxa, como isso é difícil – disse baixinho. – Fingir que não somos mais do
que colegas.

Ele estava com uma garrafa de cerveja na mão, para parecer simpático, mas
quase não havia bebido.

– Também acho.

– Fico feliz que também esteja sofrendo.

Ele riu.

– Olha só esses dois – comentou ele, apontando com a cabeça para os noivos. – Drew não consegue tirar as mãos de Annette. Eu sei exatamente como
ele se sente.

A maioria dos convidados estava dançando ao som da banda.

– Vamos para o pátio – convidou Tamara. – Não tem muita gente lá.

Eles saíram e ficaram olhando a fonte. Havia meia dúzia de pessoas lá fora, e
Tamara desejou que todas fossem embora.

– A gente precisa de mais tempo juntos – afirmou Tab. – A gente sempre se vê
e se despede, se vê e se despede. Eu queria mais intimidade.

– Mais intimidade? – perguntou ela com um sorriso. – Existe alguma parte de
mim que você ainda não conheça tão bem quanto o seu próprio corpo?

Os olhos castanhos dele a fitavam de um jeito que sempre a fazia sentir uma pontada por dentro.

– Não foi isso que eu quis dizer.

– Eu sei. Só falei isso pelo prazer de dizer.

Mas ele estava falando sério.

– Quero um fim de semana inteiro, em outro lugar, sem interrupções, sem precisar fingir nada para ninguém.

Tamara estava começando a achar a ideia excitante, mas não via como isso poderia ser feito.

– Você quer dizer, tipo, umas férias?

– Sim. Seu aniversário é daqui a pouco, que eu sei.

Ela não se lembrava de ter dito isso a ele. Mas teria sido fácil para ele descobrir, afinal era um espião.

– Domingo – disse ela. – Vou fazer 30. Não estava planejando fazer grandes movimentos.

– Eu gostaria de te levar para viajar, como um presente de aniversário.

Ela sentiu uma onda de afeto. "Ah, meu Deus, eu gosto desse cara", pensou. No entanto, havia um obstáculo.

– Adorei a ideia, mas para onde podemos ir? Não é como se houvesse um resort onde dá pra gente fazer check-in e passar despercebido. Em qualquer lugar desse país, exceto aqui na capital, a gente chamaria tanta atenção quanto um casal de girafas.

– Eu conheço um bom hotel em Marrakech.

– Marrocos? Está falando sério?

– Por que não?

– Não tem voo direto daqui. Tem que ir via Paris ou Casablanca, ou os dois. Leva um dia para chegar lá. Não dá para fazer isso em um fim de semana só.

– Vamos supor que eu tenha como resolver esse problema.

– De que outra forma a gente poderia viajar? Em um camelo a jato?

– Minha mãe tem um avião.

Ela começou a rir.

– Tab! Quando vou me acostumar com você? Sua mãe tem um avião! Minha mãe nunca nem voou de primeira classe.

Ele deu um sorriso triste.

– Você vai achar difícil de acreditar, eu sei, mas pensar na sua família me deixa intimidado.

– Tem razão, é difícil acreditar nisso.

– Meu pai é comerciante. Um comerciante brilhante, é verdade, mas não é um intelectual. Seu pai é um professor universitário que escreve livros de história. Minha mãe tem talento para criar relógios e bolsas pelos quais mulheres ricas pagam preços absurdos. Sua mãe é diretora de uma escola secundária, responsável pela educação de centenas, talvez milhares de jovens. Eu sei que seus pais não ganham muito dinheiro, mas de certa forma isso é ainda mais impressionante. Eles provavelmente vão me enxergar como um garoto rico e mimado.

Ela reparou em duas coisas naquele pequeno discurso. Uma foi sua humildade, que ela achava bastante incomum em homens do grupo social dele. A outra, mais importante, foi que ele tinha dado a entender que iria conhecer os pais dela. Ele tinha uma visão de futuro, e ela fazia parte dele.

Ela não fez comentários sobre nenhuma das duas coisas. Em vez disso, falou:

– A gente pode mesmo fazer isso?

– Vou ter que perguntar se o avião está livre.

– Isso é muito romântico. Eu queria que a gente pudesse fazer amor agora mesmo.

Ele levantou uma sobrancelha.

– Não vejo por que não.

– Na fonte?

– Talvez, mas não quero tirar os holofotes dos noivos. Seria falta de cortesia.

– Ah, tudo bem, seu velho careta. Vamos pra sua casa, então.

– Eu vou primeiro. Vou escapar sem me despedir. Você pode dar os parabéns ao Drew e à Annette e me encontrar lá um pouco depois.

– Ok.

– E isso me dá a chance de garantir que o meu apartamento esteja razoavelmente limpo e arrumado. Esvaziar a lava-louça, jogar minhas meias no cesto de roupa suja, botar o lixo pra fora.

– Tudo isso só pra mim?

– Ou eu posso tirar a roupa e ficar deitado na cama até você chegar.

– Eu gosto do plano B.

– Ah, cara... – disse ele. – Você é muito esperta.

■ ■ ■

Na manhã seguinte, Tamara acordou em seu apartamento, no complexo da embaixada, sabendo que alguma coisa havia mudado. Seu relacionamento com Tab tinha alcançado outro patamar. Ele não era mais apenas um caso. Era mais que isso. Eles tinham se tornado um casal. Iam viajar juntos. E ela não tinha insistido em nada disso. Tudo tinha sido ideia dele.

Ela ficou deitada na cama por alguns minutos, curtindo essa sensação.

Quando se levantou, encontrou uma mensagem em seu telefone:

*Por favor, compre 14 bananas para a vovó. Obrigado, Harun.*

Ela se lembrou da aldeia semiabandonada na margem do lago que encolhia e do árabe intenso, de pele negra, com sotaque de Nova Jersey, que tinha dito: "Ele vai mencionar um número por mensagem, que pode ser oito quilômetros ou quinze dólares, e o número vai ser a hora em que ele quer se encontrar com você na contagem de vinte e quatro horas. O local do primeiro encontro será o Grand Marché."

Tamara ficou animada, mas disse a si mesma para não criar muita expectativa. Abdul não sabia muito sobre Harun. Talvez ele tivesse acesso a segredos, talvez não. Era possível que fosse um impostor que tentaria arrancar dinheiro dela. Ela não devia ter muitas esperanças.

Tomou banho, se vestiu e comeu uma tigela de cereal. Colocou o lenço que Abdul lhe dera para se identificar, azul com uma estampa peculiar de círculos laranja. Então saiu, ao encontro da atmosfera agradável das manhãs no deserto. Era sua hora favorita do dia no Chade, antes que o ar ficasse cheio de areia e o calor se tornasse sufocante.

Dexter estava em sua mesa, tomando café. Usava um terno de anarruga com listras azuis e brancas. Em um país de túnicas árabes vibrantes e alta-costura francesa, ele estava vestido com um clichê da alfaiataria americana. Na parede havia uma foto dele com o time de beisebol da faculdade, segurando um troféu todo orgulhoso.

– Tenho uma reunião com um informante hoje à tarde – disse ela. – No Grand Marché, às duas horas.

– Quem é ele?

– Um terrorista desiludido, segundo o Abdul. Ele se autodenomina Harun e mora do outro lado do rio, em Kousséri.

– É confiável?

– Não dá pra saber. – Era importante administrar a expectativa de Dexter. Ele tinha dificuldade em perdoar promessas não cumpridas. – Vamos ver o que ele tem a dizer.

– Não parece muito promissor.

– Pode ser que não seja.

– O Grand Marché é enorme. Como vocês vão se achar?

Ela tocou no lenço em volta do pescoço.

– Isto aqui é dele.

Dexter deu de ombros.

– Vale a tentativa.

Tamara se virou para sair.

– Tenho pensado no Karim – disse Dexter.

Ela se virou de volta. "Justo agora?"

– Ele prometeu te dar um esboço do grande discurso do General – completou.

– Ele não me prometeu nada – rebateu Tamara com convicção. – Disse que veria o que poderia fazer.

– Que seja…

– Eu não quero insistir com ele sobre isso. Se ele perceber que isso é importante para nós, pode achar melhor guardar para si mesmo.

– Se ele não nos der informações, não adianta nada – disse Dexter com impaciência.

– Eu posso dar uma indireta sutil da próxima vez que esbarrar com ele.

Dexter franziu a testa.

– Ele é um peixe grande.

Tamara se perguntou aonde Dexter queria chegar com aquilo.

– Sim, ele é um peixe grande. É por isso que estou muito feliz por ter conquistado a confiança dele.

– Você está na CIA há quanto tempo? Cinco anos?

– Sim.

– E esta é a primeira vez que você é lotada no exterior.

Tamara começou a perceber aonde ele queria chegar. Isso a deixou irritada.

– O que está querendo dizer, Dexter? – perguntou, de uma forma não tão respeitosa quanto deveria. – Bota pra fora.

– Que você é jovem e ingênua. – O tom dela tinha dado a ele uma justificativa para ser duro. – Você não tem experiência suficiente para operar uma fonte tão importante quanto o Karim, alguém que tem acesso a escalões tão altos.

"Seu babaca", pensou Tamara.

– Eu tive *experiência suficiente* para atraí-lo.

– Mas não é a mesma coisa, claro.

"Não adianta debater com ele", pensou ela. "Não dá pra ganhar uma discussão do próprio chefe."

– Quem vai me substituir como contato do Karim?

– Pensei em fazer isso eu mesmo.

"Então é isso. Você vai ficar com o crédito pelo meu trabalho. Como um professor que publica um artigo a partir de uma descoberta feita por um orientando de doutorado. Um clássico."

– Presumo que os números de contato dele estejam todos nos seus relatórios – falou Dexter.

– Você vai encontrar tudo nos arquivos do computador. – "Menos algumas pequenas coisas que eu não anotei lá, como o número do telefone da esposa dele, que ele usa quando não quer que ninguém o encontre. Mas nem fodendo, Dexter, você vai conseguir esse número."

– Ok – disse ele. – É só isso por enquanto.

Dispensada, ela saiu do escritório dele e foi até sua mesa.

Mais tarde, naquela mesma manhã, recebeu uma mensagem em seu celular:

*O Expresso de Marrakech parte amanhã cedo e volta a tempo para o expediente na segunda-feira. Combinado?*

O dia seguinte era sábado. Eles teriam 48 horas. Ela respondeu:

*Combinadíssimo, minha belezura.*

Ela decidiu ver Karim mais uma vez. Seria uma cortesia informá-lo sobre a decisão de Dexter e que a notícia viesse pessoalmente dela. Daria a Karim uma versão amaciada, é claro. Teria que dizer que estava sendo transferida para outras tarefas.

Ela olhou para o relógio. Era quase meio-dia. A essa hora, Karim costumava estar no International Bar, no hotel Lamy. Havia tempo para tomar um drinque com ele. Se saísse do hotel direto para o mercado, conseguiria estar lá às duas.

Tamara pediu um carro.

Teria preferido ir pedalando. Havia milhares de bicicletas grandes e pequenas nas largas avenidas de N'Djamena, motocicletas, scooters, vespas e até mesmo a clássica parisiense Vélo Solex, uma bicicleta com um pequeno motor de 50 cilindradas do tamanho de uma caixa de sapatos acima da roda dianteira. Nos tempos de Washington ela andava numa Fat Boy, com assento baixo, guidão alto e um enorme motor V-twin. Mas era chamativa demais para o Chade. "Jamais chamar a atenção" era uma regra básica do trabalho diplomático e de inteligência, então Tamara a vendeu quando foi lotada ali. Quem sabe, um dia, ela compraria uma de novo.

No meio do trajeto ela pediu ao motorista que parasse em uma pequena loja de conveniência. Comprou uma caixa de cereal matinal, uma garrafa d'água, um tubo de pasta de dente e um pacote de lenços de papel. Pôs tudo em uma sacola plástica. Pediu ao motorista que a colocasse no porta-malas e que esperasse até ela sair do hotel.

O saguão do Lamy estava movimentado. As pessoas marcavam de se encontrar para almoçar ali ou para ir a outros restaurantes. Tamara podia perfeitamente estar em Chicago ou em Paris. O distrito central era como uma ilha estrangeira em meio a uma cidade africana. Pessoas que passavam o tempo todo viajando queriam que os lugares fossem sempre iguais, refletiu ela.

Ela entrou no International Bar. Era hora dos drinques antes do almoço. O bar estava cheio, porém mais silencioso do que na hora do coquetel da noite, que tinha um clima maior de negócios. A maioria dos clientes usava trajes ocidentais, embora alguns vestissem túnicas. Havia uma quantidade enorme de homens, mas ela avistou a coronel Marcus à paisana. No entanto, Karim não estava lá.

Mas Tab estava.

Ela viu seu rosto de perfil, sentado perto de uma janela e olhando para fora. Ele estava vestindo um paletó azul-escuro com uma camisa azul-clara, que ela agora percebia ser a combinação preferida dele. O rosto dela se abriu em um sorriso de surpresa e prazer. Ela deu um passo na direção dele, mas parou. Ele não estava sozinho.

A mulher que estava com ele era alta, quase tão alta quanto ele, e esguia. Devia ter uns 40 e poucos anos, o que fazia com que fosse dez anos mais velha que Tab. Seu cabelo com mechas loiras na altura dos ombros tinha corte e tintura de aparência cara, e ela usava pouca maquiagem, mas com precisão. Trajava um vestido simples de linho em um tom azul de verão.

Eles estavam sentados a uma mesa quadrada. Não frente a frente, como fariam em uma reunião de negócios, mas em lados adjacentes, o que sugeria intimidade. Sobre a mesa havia duas bebidas. Tamara sabia que, àquela hora do dia, o copo de Tab continha água Perrier e uma rodela de limão. Diante da mulher havia uma taça de martíni.

Ela estava inclinada em direção a ele, olhando nos olhos dele, falando de uma forma intensa, mas em voz baixa. Ele falava pouco, apenas balançando a cabeça e dando respostas monossilábicas, embora sua linguagem corporal não fosse de constrangimento nem de rejeição. Ela ditava os rumos da conversa, mas ele era um interlocutor participativo. Ela pôs a mão esquerda sobre a mão direita dele, acima da mesa, e Tamara percebeu que não usava aliança. Ele deixou que ela mantivesse a mão daquele jeito por bastante tempo, depois pegou o copo, soltando-se do toque dela.

Ela desviou os olhos dos dele rapidamente, examinando a multidão na sala com desinteresse. Seu olhar passou rápido por Tamara, sem ensaiar nenhuma reação: elas não se conheciam. Então voltou sua atenção para Tab. Não tinha interesse em mais ninguém.

De súbito, Tamara ficou constrangida. Ela se sentiria humilhada se fosse flagrada bisbilhotando. Deu meia-volta e saiu do bar.

No saguão, parou e pensou: "Por que estou constrangida? O que foi que eu fiz de constrangedor?"

Sentou-se em um sofá, entre uma dúzia ou mais de pessoas que estavam esperando – pelos colegas, pela liberação dos quartos, pelas respostas do concierge –, e tentou se recompor. Havia inúmeras razões pelas quais Tab estaria tomando um drinque com outra pessoa. Poderia ser uma amiga, um contato, uma colega da DGSE, uma agente de vendas, qualquer coisa.

Mas ela tinha compostura, estava bem-vestida, era atraente e solteira. E tinha posto a mão sobre a dele na mesa.

No entanto, ela não estava flertando. Tamara franziu a testa, pensando: "Como é que eu sei disso?" A resposta veio de imediato: eles se conheciam bem demais.

A mulher podia ser da família, uma tia, talvez irmã mais nova de sua mãe. Mas uma tia não teria se arrumado com tanto esmero para tomar um drinque com o sobrinho. Pensando melhor, Tamara se lembrou de ter visto brincos de diamante, um elegante lenço de seda, duas ou três pulseiras de ouro em um dos braços, sapatos de salto alto.

Quem era ela?

"Vou voltar para o bar", pensou Tamara. "Vou direto até a mesa deles e digo: 'Oi, Tab, estou procurando o Karim Aziz, você o viu?' Então o Tab vai ter que me apresentar a ela."

Havia algo de que ela não gostava nesse cenário. Imaginou Tab hesitante e a mulher ressentida pela interrupção. Tamara seria escalada para o papel de intrusa indesejável.

"Dane-se", pensou, e voltou.

Ao entrar no bar, encontrou a coronel Susan Marcus, que estava de saída. Susan parou e beijou Tamara nas duas faces, ao estilo francês. Sua postura ríspida habitual tinha desaparecido, e ela estava simpática, quase afetuosa. Ambas tinham encarado uma troca de tiros fatal e sobrevivido juntas, e isso criara um vínculo entre elas.

– Como tem passado? – perguntou Susan.

– Estou bem. – Tamara não queria ser rude com Susan, mas tinha outra coisa ocupando sua mente.

– Já se passaram algumas semanas desde a nossa... aventura – continuou Susan. – Essas coisas às vezes têm consequências psicológicas.

– Estou bem, de verdade.

– Depois de uma coisa daquelas, você deveria falar com um psicólogo. É o procedimento-padrão.

Tamara se forçou a prestar atenção. Susan estava sendo gentil. Tamara não tinha pensado em terapia para traumas. Quando Susan disse "uma coisa daquelas", estava se referindo a ter matado um homem. Ninguém na estação da CIA tinha sugerido que Tamara procurasse ajuda.

– Acho que não tem necessidade – disse.

Susan colocou a mão de leve no braço de Tamara.

– Talvez você não seja a melhor pessoa para avaliar isso. Vai uma vez, pelo menos.

Tamara assentiu.

– Obrigada. Vou seguir o seu conselho.

– De nada – disse Susan e se virou para sair.

Tamara a parou.

– A propósito...

– Sim?

– Tenho certeza de que conheço aquela mulher na mesa perto da janela, falando com o Tabdar Sadoul. Ela é da DGSE?

Susan deu uma olhada, viu a mulher e sorriu.

– Não. Essa é a Léonie Lanette, uma poderosa da Total, aquela petrolífera francesa.

– Ah. Então provavelmente ela é uma amiga do pai dele, que é diretor da Total... se não me falha a memória.

– Talvez – disse Susan com um olhar de maldade. – Mas, de qualquer forma, ela é uma loba.

Tamara sentiu um arrepio. Uma loba era uma mulher de meia-idade que gostava de homens mais novos.

– Você acha que ela está dando em cima dele?

– Ah, já está muito além disso. Eles estão tendo um caso há meses. Achei que tivesse acabado, mas aparentemente não acabou.

Tamara sentiu como se tivesse levado um soco. "Eu não posso chorar", pensou. Então mudou de assunto rápido:

– Eu estava procurando pelo Karim Aziz, mas acho que ele não está aqui.

– Eu não o vi.

Elas saíram do hotel juntas. Susan entrou em um veículo do Exército e Tamara voltou para o seu carro.

– Me leva pro Grand Marché – pediu ao motorista. – Mas me deixa a alguns quarteirões de distância e fica aguardando, por favor.

Então ela se recostou no assento e tentou não chorar. Como o Tab estava sendo capaz de fazer aquilo? Ele a tinha enganado esse tempo todo? Era quase inacreditável, mas não havia como não perceber a linguagem corporal íntima. Aquela mulher achava que tinha o direito de tocar nele, e ele não a repeliu.

O mercado ficava na extremidade oeste da longa avenida Charles de Gaulle, no bairro onde se localizava a maioria das embaixadas. O motorista parou o carro e

Tamara enrolou o lenço azul e laranja na cabeça. Ela pegou no porta-malas sua sacola cheia de mantimentos. Dessa forma pareceria uma simples dona de casa fazendo compras.

Nesse momento, ela deveria estar animada e cheia de expectativa, ansiosa para encontrar Harun e descobrir o que ele tinha a dizer, otimista de que pudesse ser uma informação importante e útil para os militares. Mas ela só conseguia pensar em Tab e naquela mulher, o rosto deles um perto do outro, a mão dela sobre a dele, falando baixo em uma conversa que visivelmente tinha um fundo emocional.

Ficava repetindo para si mesma que poderia haver uma explicação inocente. Mas ela e Tab agora dormiam mais dias juntos do que separados toda semana e tinham aprendido muito um sobre o outro. Tamara sabia até mesmo o nome do dogue alemão dos pais de Tab, Flâneur, que quer dizer "indolente" em francês, mas ele nunca havia falado nada sobre Léonie.

– Eu achava que era pra valer – disse com tristeza, falando sozinha enquanto andava pela rua. – Eu achava que era amor.

Ela chegou ao mercado e se forçou a se concentrar na tarefa que tinha em mãos. Havia um supermercado convencional e pelo menos cem barracas. Os becos entre elas estavam apinhados de chadianos bem-vestidos, além de alguns turistas de boné e tênis. Vendedores com bandejas ou apenas um único item para vender se misturavam à multidão, abordando potenciais clientes, e Tamara quase achou que fosse se deparar com Abdul vendendo cigarros Cleopatra.

Ali, em algum lugar, havia um homem que queria trair uma organização terrorista.

Ela não podia sair à procura dele. Não sabia como ele era. Só precisava ficar atenta e esperar que ele fizesse contato.

As bandejas de frutas e vegetais frescos eram maravilhosas. Equipamentos elétricos usados pareciam ser um grande negócio: cabos, plugues, conectores e interruptores. Ela sorriu quando viu uma barraca que vendia camisetas de times de futebol europeus: Manchester United, Milan, Bayern de Munique, Real Madrid, Olympique de Marseille.

Um sujeito pulou na frente dela segurando um tecido de algodão estampado em cores vivas. Ele o levantou até a altura do rosto dela e disse em inglês:

– Isso vai ficar perfeito em você.

– Não, obrigada – disse ela.

Ele mudou para o árabe:

– Eu sou o Harun.

Tamara olhou fixamente para ele, analisando-o. Por baixo do lenço havia um rosto árabe afilado e um par de olhos escuros que a fitavam com candura. A julgar pelo bigode e pela barba ralos, ela chutou que ele tinha cerca de 20 anos. Vestia uma túnica tradicional, mas debaixo dela havia um corpo franzino e de ombros largos.

Ela pegou uma dobra do pano entre o polegar e o indicador e fingiu sentir a qualidade.

– O que você tem pra me contar? – perguntou ela em voz baixa, em árabe.

– Você está sozinha?

– Claro.

Ele foi desdobrando mais o algodão, para que ela pudesse ver uma extensão maior da estampa. Era uma mistura vívida de amarelo e fúcsia.

– O EIGS está muito feliz com o que aconteceu na ponte de N'Gueli – disse ele.

– Feliz? – questionou ela, surpresa. – Mas eles perderam.

– Dois de seus homens morreram. Mas os mortos vão para o Paraíso. E eles mataram um americano.

Aquela era a estranha, mas familiar, lógica do inimigo. Um americano morto representava um triunfo, um terrorista morto era um mártir. Uma dupla vitória. Tamara já sabia de tudo isso.

– O que aconteceu desde então? – perguntou.

– Um homem veio para nos dar os parabéns. Um herói da luta em muitos países, disseram para a gente. Ele ficou cinco dias, depois foi embora.

Tamara continuou examinando o algodão enquanto eles conversavam, dando a impressão de que falavam sobre o tecido.

– Qual era o nome dele?

– Eles o chamavam de Afegão.

Tamara entrou de súbito em alerta máximo. Podia haver muitos afegãos no Norte da África, mas a CIA tinha interesse em um em particular.

– Descreve ele pra mim.

– Alto, cabelo grisalho e barba preta.

– Alguma coisa de especial? Alguma ferida visível, por exemplo? – Ela não queria conduzir Harun, mas havia um detalhe crucial que precisava escutar.

– O polegar – respondeu ele. – Decepado. Diz ele que foi uma bala americana.

"Al-Farabi", pensou ela ainda mais empolgada. A figura principal do EIGS. O Homem Mais Procurado. Em um reflexo, ela tirou os olhos do pedaço de algodão e olhou para o sul. Tudo o que viu foram barracas e compradores, mas ela sabia que Camarões ficava a apenas um quilômetro e meio naquela direção. Daria para avistá-lo do minarete da Grande Mesquita ali ao lado. Al-Farabi tinha estado muito perto.

– E outra coisa – continuou Harun. – Algo mais… espiritual.

– Me conta.

– Ele é um homem que respira ódio. Ele quer matar, anseia por matar e matar várias e várias vezes. Alguns homens são assim com bebida, cocaína, mulheres ou com jogo. Ele tem uma sede que nunca é saciada. E não vai mudar até o dia em que alguém acabar com ele, e que Alá faça com que esse dia chegue logo.

Tamara ficou em silêncio por um longo momento, atordoada com as palavras de Harun e com a intensidade dele ao pronunciá-las. Por fim, ela voltou a si e disse:

– O que ele fez durante esses cinco dias, além de parabenizar o seu grupo?

– Ele nos deu um treinamento especial. Nós nos reuníamos fora da cidade, às vezes a muitos quilômetros de distância, e então ele chegava com seus companheiros.

– O que você aprendeu?

– A fazer bombas de beira de estrada e bombas suicidas. Tudo sobre disciplina telefônica, mensagens codificadas e segurança. A desativar os telefones de um bairro inteiro.

"Nem eu sei fazer isso", pensou Tamara.

– Quando ele saiu, ele disse para onde ia? – perguntou ela.

– Não.

– Ele deu alguma pista?

– Nosso líder fez essa pergunta diretamente, e ele respondeu "Para onde Alá me levar".

"Traduzindo, *Não vou te falar*", pensou Tamara.

– Como está o vendedor de cigarros? – perguntou Harun.

Seria aquele um interesse genuíno e amigável ou uma tentativa de obter informações?

– Está bem, pelo que eu soube da última vez.

– Ele me disse que faria uma longa viagem.

– Ele costuma ficar fora de alcance por dias.

– Espero que ele esteja bem. – Harun olhou em volta, nervoso. – Você tem que comprar o pano.

– Tudo bem.

Ela tirou algumas notas do bolso.

Harun parecia inteligente e honesto. Esse julgamento era uma suposição, mas o instinto de Tamara lhe disse para vê-lo pelo menos mais uma vez.

– Onde nos encontramos da próxima vez? – perguntou.

– No Museu Nacional.

Tamara já havia ido lá. Era pequeno, mas interessante.

– Tudo bem – disse, entregando o dinheiro.

– Perto daquele crânio famoso – acrescentou Harun.

– Sei onde fica.

A peça mais estimada do museu era o crânio parcial de um macaco de 7 milhões de anos, um possível ancestral da espécie humana.

Harun dobrou novamente o tecido e o entregou a ela. Ela o pôs em sua sacola plástica de supermercado. Ele se virou e desapareceu na multidão.

Tamara voltou para o carro. Retornou para a embaixada, foi até sua mesa e teve que tirar todos os pensamentos de Tab da cabeça até terminar de escrever seu relatório sobre o encontro com Harun.

Fez um relatório discreto, enfatizando que era seu primeiro contato com Harun e que ele não tinha nenhum histórico na CIA que pudesse indicar se ele era confiável. Mas ela sabia que a menção a Al-Farabi era uma notícia eletrizante e que seria retransmitida imediatamente para todas as estações da CIA no Norte da África e no Oriente Médio – sem dúvida com a assinatura de Dexter ao final da mensagem.

Quando concluiu o relatório, toda a equipe estava começando a ir embora para casa. Ela voltou para seu apartamento. Agora não havia nada que pudesse desviar seus pensamentos de Léonie Lanette.

Uma mensagem de Tab piscou em seu celular:

*Te vejo hoje à noite? O dia começa cedo amanhã.*

Ela tinha que decidir o que fazer. Não podia viajar, mesmo que por pouco tempo, com um homem que talvez a estivesse traindo. Teria que confrontá-lo sobre Léonie. Por que estava hesitando? Ela não tinha nada a temer, tinha?

Claro que tinha. Temia a rejeição, a humilhação e a terrível sensação de ter cometido um erro de avaliação tão idiota.

Mas aquilo poderia ser algum tipo de mal-entendido. Parecia pouco provável, mas tinha que perguntar.

Ela respondeu:

*Onde você está agora?*

Ele respondeu imediatamente:

*Em casa, fazendo as malas.*

Ela replicou:

*A caminho.*

Depois dessa resposta, ela teve que ir.

Sentiu as pernas tremerem enquanto subia as escadas em direção ao apartamento de Tab e batia à porta. Em um devaneio macabro, imaginou que a porta seria aberta por Léonie, vestindo um pijama confortável e passado à perfeição.

Mas quem abriu foi Tab, e, por mais que ela o odiasse por tê-la enganado, não pôde deixar de notar quanto atraente ele ficava vestindo camiseta branca e jeans desbotado, além de descalço.

– Linda! – disse ele. – Entra. Já está na hora de eu te dar uma chave. Onde está a sua mala?

– Eu não fiz as malas – disse ela. – Eu não vou.

Ela entrou.

Ele ficou pálido.

– O que houve?

– Senta que eu te conto.

– Claro. Você quer uma água, um café, um vinho?

– Nada.

Ele se sentou em frente a ela.

– O que aconteceu?

– Eu fui ao International Bar hoje por volta do meio-dia.

– Eu estava lá! Eu não te vi... ah. Mas você me viu, com a Léonie.

– Ela é atraente e solteira, e você visivelmente tem intimidade com ela. Eu percebi, qualquer um perceberia só de olhar para vocês dois juntos. Ela até segurou sua mão uma hora.

Ele assentiu, sem dizer nada. "A qualquer momento", pensou ela, "ele vai começar a explodir, indignado, negando tudo".

Mas ele não começou.

– Por acaso, eu encontrei uma pessoa que me disse quem ela é e explicou que você tem um caso com ela há meses – continuou ela.

Ele deu um longo suspiro.

– Isso é culpa minha. Eu deveria ter te contado sobre ela.

– Contado o quê, exatamente?

– Eu tive um caso com a Léonie por seis meses. Não me envergonho disso. Ela é inteligente, charmosa, e eu ainda gosto dela. Mas terminamos um mês antes de fazermos aquela viagem ao lago Chade.

– Um mês inteiro! Minha nossa. O que te fez esperar tanto?

Ele deu um sorriso irônico.

– Você tem o direito de ser sarcástica. Eu nunca menti para você nem te traí, mas não te contei tudo, e isso não deixa de ser decepcionante, né? A verdade é que fiquei com vergonha de me apaixonar por você tão rápido, e tudo ficou sério muito rápido. Até hoje fico constrangido. Faz eu me sentir como um Casanova, o que não sou, e não respeito nem um pouco os caras que contabilizam conquistas como quem lista os gols de um campeonato de futebol. Mas, mesmo assim, eu deveria ter contado.

– Quem terminou, você ou ela?

– Eu.

– Por quê? Você gostava dela, e ainda gosta.

– Ela mentiu pra mim, e quando eu descobri me senti traído.

– Qual foi a mentira?

– Ela me disse que era solteira. Ela não é, tem um marido em Paris e dois filhos no colégio interno, o mesmo que eu frequentei, o Ermitage International. Ela vai pra casa no verão para ficar com eles.

– Foi por isso que você terminou. Porque ela é casada.

– Não me sinto bem em dormir com uma mulher casada. Não condeno quem faz isso, mas não é para mim. Não quero ter um segredo do qual me envergonharia.

Ela lembrou que ele havia demonstrado preocupação em saber se ela e Jonathan estavam de fato divorciados na primeira vez que ela falou com ele sobre seu passado.

Se tudo aquilo era uma mentira elaborada, era uma mentira bastante plausível.

– Então você terminou o caso há dois meses – disse ela. – Por que vocês estavam de mãos dadas hoje?

Ela imediatamente se arrependeu de ter perguntado aquilo. Era uma pergunta desonesta, pois eles não estavam propriamente de mãos dadas.

Mas Tab era maduro demais para discutir esse pormenor.

– A Léonie pediu pra me ver. Ela queria conversar. – Ele deu de ombros. – Teria sido cruel recusar.

– O que ela queria?

– Reatar o caso. Eu disse que não, claro. Mas tentei ser gentil.

– Então foi isso o que eu vi. Você sendo gentil.

– Estarei mentindo se disser que me arrependo disso. Mas com certeza me arrependo de não ter contado tudo antes. Agora é tarde.

– Ela disse que te amava?

Ele hesitou.

– Eu posso te contar tudo – disse. – Mas você tem certeza de que quer que eu responda a essa pergunta?

– Ai, meu Deus. Você é tão decente que deveria usar uma porra de uma auréola.

Ele deu uma risadinha.

– Até terminando comigo você consegue me fazer rir.

– Eu não estou terminando com você – disse ela, e sentiu o calor das lágrimas pelo seu rosto. – Eu te amo muito.

Ele estendeu a mão para pegar as mãos dela.

– Eu também te amo. Caso ainda não tenha percebido. Inclusive... – Ele fez uma pausa. – Olha, você e eu já amamos outras pessoas antes. Mas eu queria que soubesse que nunca me senti assim com ninguém. Nunca. Jamais.

– Você poderia vir aqui e me dar um abraço?

Ele fez o que ela pediu e ela o abraçou com força.

– Não me assusta assim de novo, certo? – pediu.

– Eu juro por Deus.

– Obrigada.

# CAPÍTULO 13

Sábado não era dia de folga para a presidente dos Estados Unidos, mas era um dia diferente dos outros. A Casa Branca ficava um pouco mais silenciosa do que o habitual e o telefone não tocava com tanta frequência. Pauline aproveitava a oportunidade para lidar com documentos que exigiam tempo e concentração: extensos relatórios do Departamento de Estado sobre questões internacionais, páginas e páginas de cifras de impostos do Departamento do Tesouro, especificações técnicas de sistemas de armas de bilhões de dólares do Pentágono. Nos finais de tarde, ela gostava de trabalhar na Sala do Tratado, um elegante espaço tradicional da residência oficial, muito mais antigo do que o Salão Oval. Sentou-se à enorme Mesa do Tratado de Ulysses Grant, com o enorme relógio de pêndulo batendo forte às suas costas como se fosse o espírito de um presidente anterior, lembrando-a de que não havia tempo suficiente para tudo o que ela desejava fazer.

Mas ela nunca ficava sozinha por muito tempo, e naquele dia sua paz foi interrompida por Jacqueline Brody, sua chefe de gabinete. Jacqueline era risonha e jamais demonstrava tensão, mas tinha nervos de aço. Seu corpo magro e musculoso era resultado de uma disciplinada combinação de dieta rigorosa e exercícios regulares. Ela era divorciada, os filhos já eram adultos, e parecia não ter vida amorosa, ou melhor, parecia não ter vida nenhuma para além da Casa Branca.

Jacqueline sentou-se e disse:

– O Ben Riley veio falar comigo hoje de manhã.

Benedict Riley era o diretor do Serviço Secreto, a agência responsável pela segurança da presidente e de outras figuras do alto escalão que pudessem estar em risco.

– O que o Ben falou? – perguntou Pauline.

– Que os seguranças do vice-presidente reportaram um problema.

Pauline tirou os óculos de leitura e os colocou sobre a velha mesa. Deu um suspiro.

– Continua.

– Eles acham que o Milt está tendo um caso.

Pauline deu de ombros.

– Ele é um homem solteiro, acho que tem direito a isso. Não me parece um problema. Com quem ele está saindo?

– Esse é o problema. O nome dela é Rita Cross e ela tem 16 anos.

– Ah, porra.

– Então.

– Quantos anos tem o Milt?

– Sessenta e dois.

– Pelo amor de Deus, ele já deveria ter aprendido.

– Em Washington a idade de consentimento é 16, então pelo menos ele não está cometendo nenhum crime.

– Mas mesmo assim…

– Eu sei.

Pauline imaginou com repulsa o corpulento Milt em cima de uma adolescente franzina. Balançou a cabeça para se livrar dessa imagem.

– Ela não é… o Milt não paga pelo sexo, paga?

– Não exatamente…

– O que isso quer dizer?

– Ele dá presentes a ela.

– Tipo?

– Ele comprou uma bicicleta de dez mil dólares para ela.

– Ah, céus. Isso não é bom. Já consigo visualizar a capa da porra do *New York Mail*. Será que ninguém consegue convencer o Milt a pôr um fim no relacionamento?

– Acho difícil: os seguranças dele dizem que está apaixonado. Mas duvido que faça diferença. De uma forma ou de outra, ela deve acabar vendendo essa história.

– Então o escândalo é de certo modo inevitável.

– E ele pode estourar no início do ano que vem, justamente quando as primárias estiverem começando.

– Então temos que nos antecipar.

– Concordo.

– O que significa que tenho que me livrar do Milt.

– O mais rápido possível.

Pauline recolocou os óculos, sinal de que a reunião estava chegando ao fim.

– Descobre onde o Milt está, por favor, Jacqueline. Pede a ele para vir falar comigo... – Pauline se virou e olhou para o relógio de pêndulo. – Amanhã de manhã, na primeira hora.

– Pois não. – Jacqueline se levantou.

– E informe ao Sandip. Vamos ter que fazer um comunicado à imprensa dizendo que o Milt renunciou por razões pessoais.

– Com aspas suas, agradecendo a ele pelos anos de serviço ao povo dos Estados Unidos e à presidência...

– E precisamos escolher um novo vice. Prepara uma lista de nomes, por favor.

– Já estou trabalhando nisso.

Jacqueline deixou a sala.

Pauline tinha lido apenas mais algumas páginas sobre os maus resultados das escolas em zonas urbanas quando ouviu um barulho no corredor. Seus pais estavam visitando Washington e passariam a noite na Casa Branca, e parecia que tinham chegado. A voz que ela ouviu foi a da mãe, dramática e esganiçada, chamando:

– Pauline? Cadê você?

Pauline se levantou e saiu.

Sua mãe estava no Hall Central, um espaço grande e inútil com móveis que nunca eram usados: uma mesa octogonal no centro, um piano de cauda com a tampa fechada, sofás e cadeiras nos quais ninguém se sentava. A senhora parecia perdida.

Christine Wagner tinha 75 anos. Estava usando uma saia de tweed e um casaco de lã cor-de-rosa. Pauline se lembrava dela décadas atrás: vigorosa e competente, fazendo o café da manhã e ao mesmo tempo passando uma camisa branca limpa, conferindo o dever de casa de Pauline, escovando os ombros do terno de flanela cinza do marido enquanto ele saía para o trabalho e o ônibus escolar buzinava do lado de fora. Outrora uma mulher inteligente e obstinada, ela tinha se tornado tímida e ansiosa nos últimos anos.

– Então aí está você – disse ela, como se Pauline viesse se escondendo.

Pauline deu um beijo nela.

– Oi, mãe. Seja bem-vinda. Que bom ver você.

Seu pai apareceu. O cabelo de Keith Wagner estava branco, mas seu bem-cuidado bigode era preto. Um empresário que tinha usado ternos azul-marinho e cinza por meio século, ele agora havia adotado os tons de marrom. Usava uma roupa que parecia nova, um paletó casual bege com calça cor de chocolate e gravata combinando. Pauline deu um beijo no rosto dele e todos se encaminharam para a Sala de Estar Leste. Gerry juntou-se a eles.

Ficaram conversando sobre os hobbies dos pais. Keith fazia parte do conselho do Commercial Club, que reunia a elite empresarial de Chicago, e Christine era leitora voluntária em duas escolas locais.

Pippa entrou e deu um beijo nos avós.

– Então, Pauline, que crise global você resolveu nos últimos tempos? – perguntou Keith.

– Tenho tentado fazer com que os chineses tenham mais cuidado em relação aos compradores de suas armas.

Pauline estava prestes a explicar a questão, mas seu pai estava mais interessado nas próprias reminiscências.

– Eu fazia negócios com os chineses de vez em quando, antigamente. Comprava milhões de sacos de lixo deles e vendia para os hospitais. Uma raça muito inteligente, os chineses. Quando decidem fazer uma coisa, eles fazem. É preciso dar algum crédito aos governos autoritários.

– Eles fazem os trens serem pontuais – acrescentou Pauline.

– Na verdade, isso é um mito – disse Gerry com pedantismo. – O Mussolini nunca conseguiu que os trens italianos cumprissem o horário.

Keith não estava ouvindo.

– Eles não precisam agradar cada pequeno grupo que se opõe ao progresso porque precisa proteger os locais de nidificação do papa-mosca-pintado…

– Keith! – interrompeu Christine, e Pippa deu uma risadinha, mas Keith ignorou ambas.

– … ou que acha que o solo ali é sagrado porque é onde os espíritos de seus ancestrais se reúnem a cada lua cheia.

– E outra coisa surpreendente sobre os governos autoritários é que, se eles quiserem matar seis milhões de judeus, ninguém vai conseguir impedir – disse Pippa.

Pauline ficou pensando se deveria ou não dizer a Pippa para ficar quieta e chegou à conclusão de que o pai havia merecido ouvir aquilo.

Mas Keith não estava nem aí.

– Eu lembro, Pippa, que a sua mãe também sabia dar respostinhas inteligentes quando tinha só 14 anos.

– Não liga para o seu avô, Pippa – sugeriu Christine. – Pelos próximos três ou quatro anos você vai fazer coisas das quais vai se lembrar depois, cheia de constrangimento. Mas, quando ficar velha, vai desejar ter feito tudo em dobro.

Pauline deu uma risada alegre. Aquilo havia sido um flash de sua mãe como ela costumava ser, ao mesmo tempo mal-humorada e engraçada.

– Pérolas de sabedoria da ala geriátrica – disse Keith, enfezado.

A conversa estava ficando muito combativa. Pauline se levantou.

– Vamos jantar – disse, e todos cruzaram o Hall Central em direção à Sala de Jantar.

Pauline não considerava mais seus pais pessoas às quais ela poderia recorrer se precisasse de apoio. Isso foi acontecendo aos poucos. Os horizontes deles se estreitaram, eles foram perdendo contato com o mundo moderno e o bom senso se deteriorou. "Um dia Pippa vai se sentir assim em relação a mim", pensou Pauline enquanto se sentavam para jantar. Quanto tempo ia levar? Dez anos? Vinte? Ela achava aquela perspectiva perturbadora: Pippa solta no mundo, tomando decisões por conta própria, e Pauline marginalizada, vista como incapaz.

Seu pai estava conversando com Gerry sobre negócios, e as três mulheres não interromperam. Gerry já tinha sido um confidente íntimo de Pauline. Quando isso tinha acabado? Ela não sabia dizer ao certo. Tinha acabado, mas por quê? Seria só por causa de Pippa? Pauline sabia, por observar outros casais de pais, que divergências quanto à forma de criar os filhos davam origem a alguns dos piores conflitos conjugais. Era algo que mexia com as convicções mais arraigadas das pessoas em relação a moral, religião e valores. Revelavam se o casal era de fato compatível ou não.

Pauline achava que os jovens deveriam contestar os conceitos preestabelecidos. Era assim que o mundo progredia. Ela era conservadora porque sabia que a mudança precisava ser introduzida e administrada com cautela, mas não era do tipo que achava que nada devia mudar. Tampouco era do tipo pior, que ansiava pela volta a uma era de ouro do passado, quando tudo era muito melhor. Ela não tinha saudade nenhuma dos bons e velhos tempos.

Gerry era diferente. Ele dizia que os jovens precisam ter maturidade e sabedoria antes de tentar mudar o mundo. Pauline sabia que o mundo nunca era mudado por pessoas que ficavam esperando a hora certa.

Pessoas como Gerry.

Ui.

O que ela poderia fazer? Gerry queria que ela passasse mais tempo com a família – o que significava com ele –, mas ela não podia. Uma presidente podia ter o que quisesse, exceto mais tempo.

Já estava comprometida com a vida pública muito antes de se casar com ele: não havia motivo para ele estar surpreso. E ele tinha dado todo o apoio para que ela se candidatasse à presidência. E tinha sido sincero ao dizer que seria bom para a carreira dela, ganhando ou perdendo. Se ela ganhasse, ele se aposentaria por quatro ou oito anos, mas depois disso seria um advogado requisitadíssimo. Contudo, quando ela foi eleita, ele começou a se ressentir do pouco tempo que tinha para ele. Talvez ele tivesse tido esperança de que se envolveria mais com o trabalho dela, de que, como presidente, ela o consultaria a respeito de suas decisões. Talvez ele não devesse ter se aposentado. Talvez...

Talvez ela não devesse ter se casado com ele.

Por que ela não compartilhava do desejo de Gerry de que passassem mais tempo juntos? Alguns casais muito ocupados ansiavam por uma noite juntos, quando se dedicavam um ao outro e tinham um jantar romântico, ou iam ao cinema, ou ouviam música sentados no sofá.

Esse pensamento a deixou deprimida.

Ao olhar para Gerry enquanto ele concordava com a visão de seu pai sobre os sindicatos, ela percebeu que o problema com o marido era que ele era um pouco enfadonho.

Nesse momento ela estava sendo dura. Mas era verdade. Gerry era chato. Ela não o achava sexy. E ele não dava o devido apoio a ela.

Então, o que sobrava?

Pauline sempre encarava os fatos.

Será que tudo isso significava que ela não o amava mais?

Tinha receio que sim.

■ ■ ■

Na manhã seguinte ela tomou café da manhã com o pai, exatamente como fazia quando ele trabalhava e ela estudava na Universidade de Chicago. Ambos costumavam acordar cedo. Pauline comeu granola com leite, enquanto o pai comia torradas e tomava café. Eles não conversaram muito: como sempre, ele estava com a cara enfiada no caderno de economia do jornal. Mas era um silêncio amigável. Com uma pontada de relutância, ela se despediu dele e foi para a Ala Oeste.

Milt havia sugerido um horário bem cedo para o encontro, para que ele pudesse passar na Casa Branca a caminho da igreja. Pauline o receberia no Salão Oval. A atmosfera formal do cômodo era adequada a uma demissão.

Milt chegou usando terno de tweed marrom e colete, parecendo um cavalheiro do interior.

– O que o James Moore fez agora que precisa de uma reunião tão cedo no Dia do Senhor?

– Isto aqui não tem a ver com o James Moore – disse Pauline. – Sente-se.

– Sobre o que é, então?

– Nosso problema se chama Rita Cross.

Milt se endireitou, levantou o queixo e assumiu um ar arrogante.

– Do que está falando?

Pauline não suportava enrolações: a vida era curta demais para isso.

– Pelo amor de Deus, não finja que você não sabe.

– Me parece que isso não é da conta de ninguém além da minha.

– Quando o vice-presidente está fodendo uma garota de 16 anos, é problema de todo mundo, Milt. Para de se fazer de idiota.

– Quem pode provar que não é só uma amizade?

– Me poupe dessa babaquice. – Pauline estava ficando com raiva. Tinha achado que Milt seria realista e maduro em relação ao assunto, que aceitaria que havia sido pego quebrando as regras e se retiraria educadamente. Ela não teve essa sorte.

– Ela não é menor de idade – disse Milt com o ar de um jogador de cartas que baixa um ás.

– Explica isso pra imprensa quando ligarem para perguntar sobre a sua relação com Rita Cross. Você acha que eles vão dizer que então, nesse caso, não tem motivo para escândalo? Ou o quê?

Milt parecia desesperado.

– A gente pode manter segredo.

– Não, a gente não pode. Seus seguranças já sabem e contaram para a Jacqueline, que contou para mim e para o Sandip, tudo nas últimas vinte e quatro horas. E quanto à Rita? Ela não tem amigos de 16 anos? O que eles acham que ela está fazendo com um homem de 62 anos que deu a ela uma bicicleta de dez mil dólares? Palavras cruzadas?

– Tudo bem, senhora presidente, tem razão. – Milt se curvou para a frente, baixou a voz em tom de confidencialidade e falou como de um colega para outro: – Deixa isso comigo, por favor. Eu resolvo tudo, prometo.

A proposta era ultrajante e ele deveria saber disso.

– Vai se foder, Milt. Não vou deixar nada com você. Isso é um escândalo que vai prejudicar cada uma das pessoas aqui dentro que têm trabalhado arduamente por um país melhor. O mínimo que eu posso fazer é reduzir os danos e, para isso, vou controlar quando e como a notícia vai ser publicada.

Milt parecia estar começando a perceber que não havia esperança para ele.

– O que você quer que eu faça? – perguntou, amargurado.

– Vai pra igreja, confessa o seu pecado e promete a Deus que não vai fazer isso de novo. Vai pra casa, liga pra Rita e diz que está tudo acabado entre vocês. Em seguida, me envia sua carta de afastamento alegando motivos pessoais. Não mente, não inventa problemas de saúde nem qualquer outra coisa. Cuide para que a carta esteja nesta mesa às nove da manhã de amanhã.

Milt se levantou.

– Eu quero levá-la a sério, sabe – disse ele calmamente. – Ela é o amor da minha vida.

Pauline acreditava nele. Era absurdo, mas a contragosto ela sentiu uma pontada de empatia.

– Se você a ama de verdade, vai terminar com ela e deixá-la voltar a viver a vida de uma adolescente normal. Agora vai lá e faz a coisa certa.

Ele parecia triste.

– Você é uma mulher dura, Pauline.

– Sim. Porque o meu trabalho é duro também.

# CAPÍTULO 14

Na manhã de segunda-feira, Tamara começou a suspeitar que o General estivesse tramando alguma coisa. Talvez fosse algo banal, mas estava com um mau pressentimento.

Depois da viagem a Marrakech, ela estava eufórica demais para ir direto para sua mesa, então deixou a mala em casa e foi até a cantina. Pegou uma xícara grande de café aguado, no estilo americano, uma torrada e um exemplar do jornal em língua francesa subsidiado pelo governo, o *Le Progrès*.

Quando ela passou para a página três do jornal, um alarme tocou baixinho no fundo de sua mente. Havia uma foto do General, careca e sorridente, vestido como se estivesse indo fazer uma caminhada, com calça de corrida e agasalho. O cenário era a favela de Atrone, no nordeste de N'Djamena. As notícias relacionadas a Atrone geralmente se concentravam nos atrasos na extensão da rede de água potável e de esgoto da cidade. No entanto, naquela manhã havia uma história positiva. O General, retratado diante das habitações precárias, estava cercado por uma multidão de crianças e adolescentes felizes e distribuía pares de Nike de graça.

Enquanto refletia sobre aquela história, sua mente ia e voltava para Tab.

Ela tinha viajado com discrição. Tab pediu carros da embaixada francesa para levá-los e buscá-los no aeroporto, onde usaram o terminal particular para embarcar no jato da Travers. Tamara tinha preenchido a notificação obrigatória de que estaria fora do país, mas não incluiu a informação de que estava viajando com Tab. De qualquer forma, Dexter nunca lia aquele tipo de papelada.

O fim de semana tinha sido um sucesso. Eles passaram quarenta e oito horas grudados e não ficaram nem irritados nem entediados um com o outro. Tamara sabia que a intimidade doméstica podia provocar brigas. Os homens nunca são tão limpos quanto se acha que deveriam ser e, por sua vez, acusam as mulheres de serem bagunceiras. As pessoas têm hábitos antigos que detestam mudar. "A gente arruma tudo amanhã", os homens dizem, mas nunca cumprem. Tab, no entanto, não era como os outros.

Ela se lembrava o tempo todo de como tinha escolhido mal os homens no passado, principalmente os dois com quem havia se casado: Stephen, imaturo, e Jonathan, homossexual. Mas com certeza ela tinha aprendido a lição, não? Jonathan havia sido uma melhora em relação a Stephen, e Tab era ainda melhor. Talvez Tab fosse o cara certo.

"Talvez? Coisa nenhuma. Ele é, sim. Eu sei", pensou.

Enquanto voltavam do aeroporto na manhã de segunda-feira, Tab havia dito: "Agora a gente precisa se preparar para fingir que não estamos perdidamente apaixonados."

Ela deu um sorriso. Ele estava *perdidamente* apaixonado por ela. Ele nunca tinha usado aquela expressão antes. Ela gostou.

Mas agora tinham um problema. Seus países eram aliados, mas, mesmo assim, mantinham segredos um do outro. A princípio não havia nenhuma regra da CIA que a impedisse de se relacionar com um agente da DGSE, e vice-versa. Mas, na prática, isso arruinaria a carreira dela, e provavelmente a dele também. A menos que um deles arrumasse outro emprego...

Ela tirou os olhos do jornal e avistou a secretária do embaixador, Layan, carregando uma bandeja.

– Senta aqui comigo – convidou Tamara. – Você normalmente não tem tempo nem de tomar café da manhã.

– O Nick está tomando café na embaixada britânica – explicou Layan.

– O que ele está tramando com os britânicos?

– A gente acredita que o Chade está fazendo negócios sigilosos com a Coreia do Norte, vendendo petróleo para eles, violando as sanções. – Layan virou uma colher de iogurte sobre um prato de figos frescos. – O Nick quer que os britânicos e outros países pressionem o General a ir vender o petróleo dele em outro lugar.

– Ele deve conseguir cobrar mais caro de Pyongyang.

– Imagino que sim.

Tamara mostrou o jornal a Layan.

– O que você acha disso?

Layan estudou a página por alguns segundos.

– Acho muito bom – disse. – Pelo preço de algumas centenas de pares de sapatos, o General faz com que o país inteiro acredite que ele é o Papai Noel. Uma forma muito barata de conquistar popularidade.

– Concordo, mas para que fazer isso? Ele não precisa de popularidade, ele tem a polícia secreta.

– Talvez não precise, mas só até certo ponto. Ser um ditador amado provavelmente é mais fácil do que ser um ditador odiado.

– Talvez. – Tamara não estava convencida. – É melhor eu ir trabalhar – finalizou se levantando.

– É...

Layan tinha algo em mente. Tamara ficou esperando, já de pé, ao lado da cadeira.

– Tamara, você gostaria de ir jantar na minha casa? Experimentar um pouco da culinária típica do Chade?

Tamara ficou surpresa, mas contente.

– Eu adoraria! – respondeu. Era a primeira vez que recebia um convite para conhecer uma casa chadiana em N'Djamena. – Que honra.

– Ah, não fala isso. Vai ser um prazer pra mim. Que tal quarta à noite?

– Quarta é bom. – "Vou para a casa do Tab depois", pensou.

– Você sabe que não comemos à mesa. Nos sentamos em um tapete no chão para jantar.

– Tudo bem, sem problemas.

– Estou ansiosa.

– E eu mal posso esperar!

Tamara deixou a cantina e se dirigiu ao escritório da CIA.

Estava muito curiosa sobre o General. Por que, de repente, ele tinha sentido necessidade de trabalhar sua imagem?

Os dois agentes mais jovens da estação tinham a tarefa de ler todos os jornais publicados em N'Djamena e assistir a todos os programas de notícias na TV, em francês e em árabe. O especialista em francês era Dean Jones, um pequeno gênio loiro de Boston; a falante de árabe era Leila Morcos, uma nova-iorquina experiente com cabelos escuros presos em um coque. Sentavam-se um de frente para o outro, com os jornais do dia na mesa entre eles. Tamara se dirigiu aos dois:

– Vocês viram alguma crítica ao General em alguma mídia?

Dean balançou a cabeça em negativa. Leila respondeu:

– Nada.

– Nem uma leve indireta, um rumor? Algo como *Olhando em retrospecto, essa questão poderia ter sido abordada de outra forma,* ou quem sabe um *É uma pena que isso não tivesse sido previsto,* esse tipo de observação codificada?

Ambos ficaram refletindo mais a fundo, e em seguida repetiram as respostas anteriores.

– Mas vamos ficar especialmente atentos a esse tipo de comentário, agora que sabemos que você tem interesse nele – acrescentou Leila.

– Obrigada. Tenho a sensação de que o General está um pouco preocupado com alguma coisa.

Ela foi para sua mesa. Poucos minutos depois, Dexter a chamou e ela foi até o escritório dele. Ele tinha afrouxado a gravata e estava com o colarinho da camisa desabotoado, embora o ar-condicionado mantivesse a sala fresca. Ele devia achar que aquilo o deixava parecido com o Frank Sinatra.

– Sobre o Karim Aziz – começou ele. – Eu acho que você o julgou mal.

Ela não fazia ideia do que ele estava falando.

– Como assim?

– Ele não é assim tão importante nem tão bem relacionado como você supôs.

– Mas… – Estava prestes a contra-argumentar, mas se conteve. Ainda não sabia aonde aquilo estava indo. Ela o deixaria falar e coletaria o máximo de dados que conseguisse antes de responder. – Continua.

– Ele não forneceu aquele discurso do General que disse que seria tão importante.

Ou seja, Karim não daria a Dexter o rascunho que ele havia meio que prometido a Tamara. Ela ficou se perguntando por quê.

– E esse discurso nunca foi feito – continuou Dexter.

O General poderia ter desistido do discurso, mas era igualmente provável que estivesse simplesmente esperando pelo momento certo. No entanto, Tamara não disse nada.

– Vou colocar você de volta no contato com ele – disse Dexter.

Tamara franziu a testa. Por que ele estava fazendo aquilo?

Ele respondeu à dúvida no rosto dela.

– O Karim não merece a atenção de um agente sênior – explicou. – Como eu disse, você o superestimou.

"Mas esse homem trabalha no Palácio Presidencial", pensou Tamara. É quase certo que ele tem material de inteligência aproveitável. Até mesmo uma faxineira do palácio é capaz de descobrir segredos nas lixeiras.

– Tudo bem – respondeu. – Vou ligar para ele.

Dexter concordou com a cabeça.

– Faça isso. – Ele olhou para o documento que estava sobre a mesa. Tamara interpretou aquilo como um sinal de dispensa e saiu.

Foi cuidar do trabalho de rotina, mas estava preocupada com Abdul. Esperava que ele fizesse contato logo. Não recebia nenhuma notícia havia onze dias. Isso não era totalmente inesperado, apenas preocupante. Numa estrada americana, uma jornada de mil e quinhentos quilômetros levaria dois dias de viagem, como de Chicago a Boston. Tamara tinha feito esse caminho de carro uma vez, para visitar um namorado em Harvard. Em outra vez, ela foi de ônibus: trinta e seis horas, cento e nove dólares, wi-fi grátis. A viagem de Abdul seria muito diferente. Não havia limite de velocidade, porque isso era desnecessário: não era possível andar a mais do que cerca de trinta quilômetros por hora em trilhas pedregosas não pavimentadas em meio ao deserto. Era provável que ocorressem furos nos pneus e outros tipos de avaria, e, se o motorista não conseguisse resolver o problema, a espera pela ajuda poderia levar dias.

Mas Abdul já havia enfrentado riscos piores que pneus furados. Ele estava fingindo ser um migrante desesperado, mas precisava falar com as pessoas, observar Hakim, identificar os homens que Hakim tinha contatado e descobrir por onde eles andavam. Se qualquer suspeita recaísse sobre ele... O corpo do antecessor de Abdul, Omar, veio mais uma vez à mente de Tamara, e ela se lembrou, como em um pesadelo, de quando se ajoelhou na areia para pegar seus pés e mãos decepados.

Não havia nada que ela pudesse fazer além de esperar pela ligação de Abdul.

Poucos minutos depois do meio-dia, Tamara pediu um carro para levá-la ao hotel Lamy.

Karim estava no bar, vestindo um terno de linho branco, bebendo o que parecia ser um coquetel sem álcool, conversando com um homem que Tamara reconheceu por alto como sendo da embaixada alemã. Ela pediu Campari com gelo e soda, um coquetel tão fraco que nem um litro dele a deixaria tonta. Karim pediu licença ao seu conhecido alemão e foi falar com ela.

Ela queria saber por que o General estava distribuindo tênis de graça e se a popularidade dele estava caindo. Porém, uma pergunta direta colocaria Karim na defensiva e ele negaria tudo, então ela precisava abordar o assunto com cuidado.

– Você sabe que os Estados Unidos apoiam o General como base da estabilidade no país.

– É claro.

– Ficamos um pouco preocupados depois de ouvir boatos de que há certo descontentamento em relação a ele.

Ela não tinha ouvido boato nenhum, é claro.

– Não se preocupe com boatos – respondeu Karim, e Tamara percebeu que ele não a contradisse. – Não é nada – reforçou, fazendo-a pensar que sem dúvida havia alguma coisa. – Já estamos resolvendo tudo.

Tamara comemorou consigo mesma. Karim tinha acabado de confirmar algo que não passava de especulação sua.

– Não entendemos por que isso começou agora – disse ela. – Não há nada de errado... – Deixou a pergunta não feita pairando no ar.

– Houve aquele incidente na ponte de N'Gueli em que você se envolveu.

Então era isso.

– Tem gente dizendo que o General deveria ter respondido com mais rapidez e determinação – continuou ele.

Tamara estava empolgada. Aquele era um novo insight. Mas franziu a testa, como se estivesse fazendo uma conta de cabeça.

– Bom, já faz mais de duas semanas – disse.

– As pessoas não entendem que essas coisas são complicadas.

– É verdade – disse ela, concordando para demonstrar empatia.

– Mas vamos responder com muita firmeza, e em breve.

– Fico feliz. Você tinha falado sobre um discurso…

– Sim. O seu amigo Dexter estava muito curioso sobre isso. – Karim parecia ofendido. – Ele agiu quase como se tivesse o direito de aprovar o rascunho.

– Peço desculpas por ele. Você e eu ajudamos um ao outro, não é? É disso que se trata o nosso relacionamento.

– Exatamente!

– Talvez o Dexter não tenha percebido isso.

– Bem, talvez seja só isso – disse Karim, um pouco mais calmo.

– Quando você acha que o General vai fazer o discurso?

– Muito em breve.

– Boa. Isso deve pôr fim aos rumores.

– Ah, vai, sim, você vai ver.

Tamara estava desesperada para ver um rascunho, mas não podia pedir isso depois de Dexter o ter ofendido ao fazer o mesmo pedido. Mas quem sabe ela não conseguia alguma pista?

– Fiquei me perguntando o que teria atrasado o discurso.

– Ainda estamos nos últimos preparativos.

– Preparativos?

– Sim.

Tamara estava genuinamente perplexa.

– Quais preparativos?

– Ah… – reagiu Karim com um sorriso enigmático.

– Fico tentando imaginar que tipos de preparativo são tão elaborados a ponto de atrasarem um discurso em mais de duas semanas – disse Tamara, decepcionada.

– Não posso dizer – confessou Karim. – Não posso revelar segredos de Estado.

– Ah, não – falou Tamara. – De maneira nenhuma.

■ ■ ■

Naquela noite, antes de se encontrar com Tab para jantar, Tamara ligou para o ex-marido Jonathan. Ele era sábio e carinhoso, e ainda era seu melhor amigo. Já estava na hora de contar a ele sobre Tab.

San Francisco estava nove horas atrás de N'Djamena, então ele provavelmente estaria tomando café da manhã. Ele atendeu de pronto.

– Tamara, querida, que bom ouvir sua voz! Onde você está? Ainda na África?

– Ainda no Chade. E você? Está podendo falar agora?

– Tenho que sair para o trabalho daqui a pouco, mas pra você eu sempre tenho tempo. O que houve? Você está apaixonada?

A intuição dele era boa.

– Sim, estou.

– Parabéns! Me conta tudo sobre ele. Ou ela, mas, se eu te conheço bem, é ele.

– Você me conhece bem. – Tamara descreveu Tab entusiasmada e contou sobre sua viagem a Marrakech.

– Que garota de sorte! – exclamou Jonathan. – Você está louca por ele, dá pra perceber.

– Mas estamos juntos faz menos de um mês. E, convenhamos, no passado eu me apaixonei por homens que não eram certos para mim.

– Eu também, querida, eu também, mas você tem que continuar tentando.

– Não sei bem qual é o próximo passo.

– Eu sei o que você deve fazer, se ele for mesmo como você descreveu. Tranca esse homem no porão e deixa ele lá como seu escravo sexual. É o que eu faria.

Ela riu.

– Ok, agora sério.

– Sério mesmo?

– Sim.

– Tudo bem, eu falo, mas é sério de verdade, viu?

– Vai em frente.

– Casa com ele, sua boba – disse Jonathan.

■ ■ ■

Uma hora depois, Tab disse:

– Você quer conhecer o meu pai?

– Eu adoraria – respondeu Tamara sem pensar duas vezes.

Eles estavam em um restaurante árabe tranquilo chamado Al-Quds, que quer dizer *Jerusalém*. O lugar havia se tornado o refúgio preferido do casal. Eles não tinham medo de serem vistos: o restaurante não servia bebidas alcoólicas, então europeus e americanos nunca iam lá.

– De vez em quando meu pai vem ao Chade a negócios. A Total é o maior cliente do Chade.

– Quando ele vem?

– Daqui a algumas semanas.

Ela olhou para o próprio reflexo na janela e tocou a cabeça.

– Preciso cortar o cabelo.

Tab riu.

– Meu pai vai adorar você, não se preocupa.

Ela se perguntou se ele apresentava todas as namoradas aos pais. Antes que conseguisse se conter, ela deixou escapar:

– Seu pai conheceu a Léonie?

Tab teve um leve sobressalto.

– Desculpa, foi uma pergunta rude – disse Tamara, envergonhada.

– Eu não me incomodo, de verdade. É você, você é direta. E não, meu pai não conheceu a Léonie.

Tamara retomou a conversa rápido:

– Como ele é? – Estava genuinamente curiosa. O pai de Tab era franco-argelino, filho de um comerciante, agora um poderoso executivo.

– Eu adoro ele, e acho que você também vai adorar – comentou Tab. – Ele é inteligente, interessante e gentil.

– Que nem você.

– Não exatamente. Mas você vai ver.

– Ele vai ficar no seu apartamento?

– Ah, não. Um hotel é mais conveniente para ele. Vai ficar no Lamy.

– Espero que ele goste de mim.

– Como não gostar? Você causa uma primeira impressão maravilhosa: é absolutamente linda, além de ter o estilo simples e chique que os franceses gostam. – Ele fez um gesto em direção à roupa dela: ela usava um vestido cinza com cinto vermelho e sabia que estava sensacional. – Além disso, ele vai adorar o fato de você falar francês. Ele fala inglês, é claro, mas os franceses odeiam ter que fazer isso o tempo todo.

– E na política?

– Meio do caminho. Liberal nos costumes, conservador na economia. Ele jamais votaria no *Parti Socialiste* francês, mas, se fosse americano, seria democrata.

Tamara entendia: na Europa, o centro político ficava um pouco mais à esquerda do que o seu equivalente americano.

Não havia nada sobre o pai de Tab que a incomodasse. Mesmo assim, ela disse:

– Estou nervosa.

– Não se preocupe. Ele vai achar você encantadora.

– Como você sabe?

Ele deu de ombros de um jeito bastante francês.

– Foi o que aconteceu comigo.

...

O plano do General foi revelado na tarde seguinte, em um comunicado à imprensa que também foi entregue a todas as embaixadas. Ele faria um importante discurso em um campo de refugiados.

Havia uma dúzia de campos desse tipo no leste do Chade. Os refugiados vinham da fronteira com o Sudão. Alguns eram opositores do governo de lá; outros eram simplesmente vítimas do conflito, famílias fugindo da violência. Esses campos enfureciam o governo do Sudão em Cartum, que acusava ferozmente o Chade de abrigar insurgentes e usava isso como desculpa para despachar seu Exército pela fronteira em busca de fugitivos.

O governo do Chade fazia acusações equivalentes. As armas chinesas vendidas ao Exército do Sudão chegavam às mãos de grupos rebeldes chadianos, como a União das Forças para a Democracia e o Desenvolvimento, além de vários outros causadores de problemas no Norte da África.

Com ambos os lados trocando acusações, o resultado era uma relação tensa e o risco constante de conflito junto à fronteira.

Todos os agentes se reuniram no escritório de Dexter para debater o anúncio.

– O embaixador vai querer saber do que isso se trata, e espera que a CIA tenha alguma ideia – disse Dexter. – No momento, tudo o que sabemos com certeza é o local.

Leila Morcos foi a primeira a falar. Seu cargo era baixo na hierarquia, mas ela nunca deixava que isso fosse um empecilho.

– É noventa e nove por cento certo que o discurso será um ataque ao governo de Cartum.

– Mas por que agora? – questionou Dexter. – E por que uma produção dessa magnitude?

– Ontem ouvi um boato de que o discurso é uma resposta ao tiroteio na ponte de N'Gueli – disse Tamara.

– O grande drama que você viveu – falou Dexter de modo condescendente. – Mas isso não teve nada a ver com o Sudão.

Tamara deu de ombros. As armas tinham vindo do Sudão, como todo mundo sabia, mas ela não quis perder tempo repetindo o óbvio.

Uma secretária entrou e entregou a Dexter uma folha de papel.

– Mais uma mensagem do Palácio Presidencial – avisou ela.

Ele leu rápido, resmungou de surpresa, leu novamente mais devagar e então disse:

– O General está convidando os aliados mais próximos para enviar uma pessoa de cada embaixada para participar da comitiva de imprensa que vai acompanhar o seu discurso no campo de refugiados.

– Qual vai ser o campo? – perguntou Michael Olson, o vice de Dexter.

Dexter balançou a cabeça.

– Não diz.

Olson era um sujeito esguio e descontraído, com um olhar afiado para os detalhes.

– Todos ficam a cerca de mil quilômetros daqui – disse. – Como as pessoas vão chegar lá?

– Diz aqui que o transporte será feito pelos militares. Vão providenciar um voo para Abéché.

– É o único aeroporto dessa região do país – comentou Olson. – Mas mesmo assim fica a cento e cinquenta quilômetros da fronteira.

Tamara lembrou que Abéché era a cidade mais quente do Chade, com temperaturas na casa dos trinta graus o ano todo.

– De Abéché, o Exército vai organizar o transporte por terra – continuou Dexter. – A viagem vai incluir um tour pelos campos de refugiados e duas noites de estadia em um hotel. – Então franziu a testa. – Duas noites?

– Esse aeroporto só funciona à luz do dia – informou Olson. – Acho que isso dificulta a logística.

Tamara se deu conta de que aqueles deviam ser os preparativos que Karim falou que estavam demorando tanto. Uma viagem da imprensa ao deserto era um grande projeto e demandava muita organização. Por outro lado, será que levava mesmo quase três semanas?

– A comitiva parte amanhã – disse Dexter.

– Suponho que o Nick vai ser nosso representante – comentou Leila.

– De jeito nenhum. – Dexter balançou a cabeça. – Ele teria que ir desprotegido. A regra de uma pessoa por embaixada vai ser aplicada estritamente devido às limitações de transporte, o que significa que não há espaço para os seguranças acompanharem.

– Então quem vai?

– Acho que terei que ser eu, sem minha equipe de segurança particular. – Ele não parecia muito contente. – Obrigado a todos. Vou informar o embaixador.

Era fim de tarde. Tamara foi para casa, tomou banho, pôs uma roupa limpa e, em seguida, pediu um carro para ir ao apartamento de Tab.

Ela tinha sua própria chave agora.

– Sou eu – disse ela ao entrar.

– Estou no quarto.

Ele estava de cueca. Ficava fofo daquele jeito, e ela riu.

– Por que você está de cueca?

– Tirei o terno e ainda não me vesti de volta.

Ela viu que ele estava fazendo uma mala pequena, e seu coração gelou.

– Onde...?

– Vou para Abéché.

Era o que ela temia. Tamara engoliu em seco.

– Eu torci para que você não fosse. É praticamente uma zona de guerra.

– Não exatamente.

– Uma zona de tensão, então.

– A gente passa a aceitar a existência de algum grau de perigo quando se torna agente de inteligência, não é?

– Isso foi antes de me apaixonar por você.

Ele a abraçou e a beijou, e ela soube que ele tinha gostado do que ela dissera sobre estar apaixonada. Um minuto depois, ele interrompeu o beijo e disse:

– Eu vou tomar cuidado, prometo.

– Quando você viaja?

– Amanhã.

Ela não pôde deixar de pensar que aquela poderia ser a última noite deles juntos.

Disse a si mesma para não ser melodramática. Ele estava indo com o General. Estaria protegido por metade do Exército Nacional.

– O que você quer para o jantar? – perguntou ele. – Ou prefere sair?

Ela sentiu uma vontade súbita de agarrá-lo em seus braços.

– Vamos para a cama primeiro – disse. – O jantar pode esperar.

– Gosto das suas prioridades – comentou Tab.

■ ■ ■

O General fez seu discurso no dia seguinte. O noticiário do fim da tarde na TV o exibiu em traje militar completo, cercado por tropas fortemente armadas, dirigindo-se a uma multidão de repórteres e observado à distância por um grupo sombrio de refugiados magros e de cabelos empoeirados.

O discurso foi inflamado.

A assessoria de imprensa do governo divulgou o texto enquanto o General falava. Estava mais provocativo do que qualquer um havia imaginado, e Tamara desejou ter sido bem-sucedida em conseguir um rascunho antecipado. Talvez tivesse conseguido, se não fosse a interferência de Dexter.

O General começou culpando o Sudão pela morte do cabo Ackerman. Isso já havia sido sugerido pela mídia governamental, mas agora, pela primeira vez, a acusação era explícita.

Ele prosseguiu dizendo que o incidente fazia parte de um padrão sudanês de patrocínio ao terrorismo por toda a região do Sahel. Isso também não era mais do que a verbalização nua e crua de algo em que muitos acreditavam, inclusive a própria Casa Branca.

– Vejam este campo de refugiados – disse ele, esticando o braço para apontar o que havia ao redor. A câmera obedientemente fez uma panorâmica pelo assentamento, que era maior do que Tamara havia imaginado: não apenas algumas dezenas de tendas, mas várias centenas de moradias improvisadas, com um agrupamento de árvores esqueléticas indicando um lago ou poço no centro. – Este campo protege os refugiados da perversidade do regime de Cartum.

Tamara se perguntou até onde ele iria. A Casa Branca não queria que nada desestabilizasse o Chade porque ele era um aliado útil na guerra contra o EIGS. A presidente Green não ia gostar daquele discurso.

– Nós no Chade temos um dever humanitário para com nossos vizinhos – continuou o General, e Tamara sentiu que ele estava chegando à questão principal. – Ajudamos quem foge da tirania e da brutalidade. Temos o dever de ajudá-los, ajudamos e assim continuaremos. Não seremos intimidados!

Tamara se recostou. Aquela era a meta. Ele estava fazendo um convite aberto aos opositores do regime sudanês para transformarem os campos de refugiados no Chade em seus quartéis-generais.

– Isso vai enfurecer Cartum – murmurou.

Leila Morcos ouviu e respondeu:

– E como.

O discurso terminou. Não houve nenhum problema, nenhuma violência. Tab ficaria bem.

Quando Tamara estava saindo, passou por Layan, que perguntou:

– Por volta das sete hoje à noite?

– Perfeito – disse Tamara.

...

A casa de Layan ficava a nordeste do centro da cidade, em um bairro chamado N'Djari. Ela morava em uma rua repleta de lixo. De ambos os lados as casas se escondiam atrás de paredes de concreto em ruínas e altos portões de metal enferrujados. Tamara ficou surpresa com a pobreza do bairro. Layan sempre ia para o trabalho com roupas elegantes feitas sob medida, usando um pouco de maquiagem habilmente aplicada, o cabelo preso de maneira elegante. Sua aparência jamais tinha dado a entender que ela vivia em um lugar tão precário.

Como na maioria das casas em N'Djamena, o portão alto dava para um pátio. Quando Tamara entrou, Layan estava cozinhando em uma fogueira no meio do espaço aberto, observada por uma mulher idosa parecida com ela. A construção adjacente tinha paredes de blocos de concreto e teto de zinco. A scooter de Layan estava estacionada em um dos cantos. Para surpresa de Tamara, havia quatro crianças pequenas brincando na terra. Layan nunca tinha mencionado as crianças, e não havia nenhuma foto delas em sua mesa de trabalho.

Layan deu as boas-vindas a Tamara, apresentou sua mãe e, em seguida, apontando para as crianças, recitou quatro nomes que Tamara esqueceu logo em seguida.

– Todos são seus filhos? – perguntou Tamara, e Layan assentiu.

Não havia nenhum sinal de homem.

Não era assim que Tamara tinha imaginado a casa de Layan.

A mãe deu a Tamara um copo com uma bebida refrescante que levava limão.

– O jantar está quase pronto – avisou Layan.

Elas se sentaram de pernas cruzadas em um tapete no cômodo principal da casa, com as tigelas de comida diante de si. Layan tinha feito um ensopado de vegetais chamado *daraba*, aromatizado com pasta de amendoim; um prato de feijão-vermelho com molho de tomate picante; e uma tigela de arroz com um toque de limão. As crianças se sentaram separadas dos adultos. Tudo estava delicioso, e Tamara comeu com gosto.

– Eu sei por que o Dexter te devolveu o Karim – contou Layan, falando em francês para que a mãe e os filhos não entendessem.

– Sabe? – Tamara ficou intrigada; ainda não tinha desenvolvido nenhuma teoria.

– Dexter teve que contar ao embaixador, e o Nick me contou.

– O que ele disse?

– Disse que o Karim não gostou dele e não quis lhe dar informação nenhuma.

Tamara deu um sorriso. Então era isso. Nenhuma surpresa. Ela tinha trabalhado duro para conquistar Karim. Dexter provavelmente não se preocupara em ser gentil, simplesmente considerara a cooperação de Karim como algo certo.

– Então o Karim não quis dar o discurso ao Dexter?

– O Karim disse que não tinha discurso nenhum.

– Ora, veja.

– O Dexter disse ao Nick que o Karim só falava com você porque tem uma queda por mulheres brancas.

– O Dexter vai dizer qualquer coisa, menos que cometeu um erro de avaliação.

– É exatamente o que eu acho.

A mãe de Layan serviu o café e levou as crianças embora, provavelmente para o quarto.

– Queria agradecer por você ter sido tão amigável comigo – falou Layan. – Isso é muito importante para mim.

– A gente conversa – disse Tamara. – Isso não é nada do outro mundo.

– Meu marido me deixou há quatro anos – disse Layan. – Levou todo o dinheiro e o carro. Tive que sair de casa porque não tinha como pagar o aluguel. Meu mais novo tinha 1 ano.

– Que horror.

– O pior de tudo é que pensei que era culpa minha, mas não conseguia entender o que eu tinha feito de errado. Eu mantinha a casa limpa e arrumada. Fazia tudo o que ele queria na cama, e dei quatro filhos lindos a ele. Onde foi que eu errei?

– Você não errou.

– Hoje eu sei disso. Mas quando acontece… a gente fica procurando explicações.

– O que você fez?

– Me mudei para cá com a minha mãe. Ela era viúva, pobre e vivia sozinha. Ficou feliz em nos receber, mas não tinha dinheiro para alimentar e dar de vestir a seis pessoas, então eu tive que arrumar um emprego. – Ela olhou bem nos olhos de Tamara e repetiu, com ênfase: – Eu *tive* que arrumar um emprego.

– Eu entendo.

– Foi difícil. Eu estudei, leio e escrevo em inglês, francês e árabe. Mas os empregadores chadianos não gostam de contratar mulheres divorciadas. Acham que todas são devassas e que vão arrumar problemas. Eu estava perdida. Mas meu marido era americano e me deu uma coisa que ele não tinha mais como tirar: minha cidadania americana. Então consegui um emprego na embaixada. Um bom trabalho, com salário em dólar, suficiente até para pagar a educação dos meus filhos.

– Que história – disse Tamara.

Layan deu um sorriso.

– Com um final feliz.

...

No dia seguinte, houve uma enorme tempestade de areia em Abéché. Essas tempestades às vezes levam apenas alguns minutos, mas aquela durou mais. O aeroporto fechou, e o passeio da imprensa aos campos de refugiados teve que ser adiado.

No dia seguinte àquele, Tamara se encontrou com Karim, mas sugeriu que eles marcassem em outro lugar que não o hotel Lamy, por medo de que as pessoas começassem a reparar na frequência dos encontros dos dois. Karim disse que seria improvável que alguém os visse no Café de Cairo e deu a ela o endereço de um lugar que ficava distante do centro da cidade.

Era um café limpo e básico, frequentado exclusivamente por chadianos. As cadeiras eram de plástico e as mesas, cobertas com um laminado. Nas paredes havia pôsteres sem moldura com os pontos turísticos do Egito: o Nilo, as pirâmides, a Mesquita de Alabastro e a Necrópole. Um garçom com um avental imaculado deu boas-vindas efusivas a Tamara e a conduziu até uma mesa de canto, nos fundos, onde Karim a esperava. Como de costume, ele estava impecavelmente vestido com um terno executivo e uma gravata cara.

– Este não é o tipo de lugar em que eu esperava te ver, meu amigo – disse Tamara com um sorriso enquanto se sentava.

– Eu sou o dono daqui – contou Karim.

– Isso explica tudo. – Ela não ficou surpresa por Karim ser dono de um café. Todo mundo que estava no topo da classe política do Chade tinha dinheiro sobrando para investir. – O discurso do General foi emocionante – disse ela, indo direto ao ponto. – Espero que vocês estejam preparados para as retaliações do Sudão.

– Não seremos surpreendidos – afirmou Karim com ar de complacência.

Havia uma implicação por trás daquilo que deixou Tamara inquieta:

– O Exército sudanês pode inclusive cruzar a fronteira para atacar, usando a desculpa de que está perseguindo subversivos.

– Deixa eu te contar – disse ele, assumindo uma expressão presunçosa. – Se eles vierem, vão ter uma surpresa.

Tamara disfarçou sua preocupação. Visando entrar no mesmo espírito que ele, esboçou um sorriso e torceu para que não parecesse tão falso quanto de fato era.

– Uma surpresa, é? – questionou. – Eles vão encontrar mais resistência do que imaginam?

– E como.

Ela queria mais e sustentou o papel de ingênua maravilhada.

– Fico feliz que o General tenha previsto esse ataque e que o Exército Nacional do Chade esteja pronto para rechaçá-lo.

Por sorte, Karim estava no modo falastrão. Ele adorava soltar pequenas doses de informações valiosas.

– Com uma força avassaladora – completou.

– Isso é bastante... estratégico.

– Exatamente.

Ela jogou um verde:

– O General preparou uma emboscada.

– Bom... – Karim não estava muito disposto a concordar com aquilo. – Digamos apenas que ele tenha tomado precauções.

A cabeça de Tamara estava a todo vapor. Aquilo começava a soar como o início de um conflito sério. E Tab estava lá. Dexter também.

– Se houver uma batalha, quando será que vai começar? – perguntou, tentando disfarçar o tremor de medo em sua voz.

Karim pareceu notar que suas dicas já estavam entregando mais do que ele tinha planejado. Deu de ombros.

– Em breve. Pode ser hoje. Pode ser na semana que vem. Depende de quanto prontos os sudaneses estão e de quanto bravos eles ficaram.

Ela notou que ele não iria liberar mais nenhuma informação. Agora precisava voltar para a embaixada e compartilhar as novidades. Ela se levantou.

– Karim, é sempre um prazer falar com você.

– Para mim também.

– E boa sorte para o Exército, se houver um confronto!

– Acredite em mim, eles não vão precisar de sorte.

Ao deixar o café, ela se conteve para não sair correndo em direção ao carro. Conforme o motorista se afastava, ela ficou refletindo sobre a quem deveria se reportar. Obviamente, a CIA precisava receber aquela notícia imediatamente. Mas os militares também. Se houvesse um embate, talvez o Exército americano precisasse se envolver.

Quando chegou à embaixada, tomou uma decisão de súbito e foi até o escritório da coronel Marcus. Susan estava lá. Tamara se sentou.

– Acabei de ter uma conversa perturbadora com o Karim Aziz – contou. – O governo do Chade espera que o Exército sudanês lance uma investida contra um campo de refugiados, em retaliação ao discurso do General, e o Exército Nacional do Chade está em massa na fronteira para emboscar os sudaneses, caso apareçam.

– Nossa – reagiu Susan. – O Karim é confiável?

– Ele não é um impostor. Claro que ninguém pode ter certeza do que Cartum vai fazer, mas, se eles atacarem, certamente haverá um confronto. E, se atacarem hoje, há um grupo de civis da imprensa e das embaixadas que pode ficar preso em meio ao conflito.

– Talvez a gente tenha que fazer algo a respeito.

– Acho que sim, principalmente porque um dos civis das embaixadas é o chefe da estação da CIA.

– O Dexter foi?

– Sim.

Susan se levantou e foi até a parede do mapa. Apontou para um conjunto de pontos vermelhos entre Abéché e a fronteira do Sudão.

– Esses são os campos de refugiados.

– Eles estão espalhados por uma grande faixa de território – informou Tamara. – Isso dá o quê, uns duzentos e cinquenta quilômetros quadrados?

– Mais ou menos isso. – Susan voltou para a mesa e digitou algo no teclado. – Vamos dar uma olhada nas fotos de satélite mais recentes.

Tamara se virou para a grande tela na parede.

– Hoje pode ser o único dia do ano em que há uma camada de nuvens sobre o Saara Oriental... mas não, graças a Deus – murmurou Susan. Apertou mais teclas e o satélite mostrou uma cidade com uma comprida pista de pouso em sua extremidade norte: Abéché. Ela mudou a imagem e um deserto alaranjado apareceu na tela. – Todas essas fotos foram tiradas nas últimas vinte e quatro horas.

Tamara tinha experiência em observar imagens de satélite. Isso podia ser frustrante.

– Um exército inteiro pode se esconder em toda essa extensão de deserto – comentou.

Susan continuou passando as imagens, mostrando diferentes seções da paisagem do deserto.

– Se eles estiverem parados, sim. Tudo fica coberto de areia em questão de minutos. Mas, quando estão em movimento, fica mais fácil de ver.

Tamara de certa forma torcia para que não houvesse nenhum sinal do Exército sudanês. Assim, Tab retornaria para Abéché em segurança naquela tarde e pegaria o voo de volta para N'Djamena na manhã seguinte.

Susan soltou um grunhido.

Tamara viu o que parecia ser uma fileira de formigas na areia. Isso fez com que ela se lembrasse de um programa de TV a que havia assistido, falando sobre insetos. Ela tentou enxergar melhor.

– O que é isso?

– Meu Deus, aí estão eles – disse Susan.

Tamara se lembrou de ter pensado que a noite de terça-feira poderia ter sido sua última com Tab. "Não", pensou, "por favor, não".

Susan anotou as coordenadas da tela.

– Um exército de dois ou três mil homens, mais veículos, todos em camuflagem para deserto – informou. – Em uma estrada não pavimentada, parece, então o avanço será lento.

– Nosso ou deles?

– Não tem como saber, mas estão a leste dos campos, indo em direção à fronteira, então provavelmente são sudaneses.

– Você os achou!

– Você que deu a dica.

– E onde está o Exército chadiano?

– Tem um jeito rápido de descobrir isso. – Susan pegou o telefone. – Ligue para o general Touré, por favor.

– Eu tenho que informar à CIA – disse Tamara. – Deixa eu anotar essas coordenadas. – Ela pegou um lápis e rasgou uma folha do bloco de anotações de Susan.

Susan começou a falar em francês, provavelmente com o general Touré, usando o pronome pessoal *tu* em vez do mais formal *vous*. Ela recitou as coordenadas da localização do Exército sudanês e fez uma pausa para que ele as anotasse.

– Agora, César – continuou ela se dirigindo a ele pelo primeiro nome –, onde está o seu exército?

Susan repetiu os números em voz alta enquanto anotava, e Tamara também os anotou.

– E para onde você levou a comitiva de imprensa? – perguntou Susan.

Quando Tamara ficou de posse dos três conjuntos de coordenadas, pegou um bloco de post-its na mesa de Susan e foi até a parede do mapa. Colou um post-it na posição de cada um dos dois exércitos e outro na da comitiva de imprensa. Depois olhou para o mapa.

– A comitiva está entre os dois exércitos – disse. – Que merda.

Tab corria risco de vida. Não era mais sua imaginação mórbida; era um fato indiscutível.

Susan agradeceu ao general chadiano e desligou.

– Você fez muito bem em nos passar esse aviso – afirmou a Tamara.

– Temos que retirar os civis de lá – alertou Tamara, pensando principalmente em Tab.

– Sem dúvida – respondeu Susan. – Vou precisar da autorização do Pentágono, mas isso não vai ser problema.

– Eu vou com você.

Isso era óbvio, visto que ela havia fornecido a informação-chave, e Susan concordou com a cabeça.

– Ok.

– Me avisa quando estiver saindo e onde eu te encontro.

– Claro.

Tamara se dirigiu à porta.

– Ei, Tamara – chamou Susan.

– Sim?

– Leve uma arma.

# CAPÍTULO 15

Tamara vestiu um traje de proteção e requisitou a mesma pistola Glock 9mm que havia salvado sua vida na ponte de N'Gueli. Na ausência de Dexter, era Michael Olson que estava a cargo da estação da CIA, e ele não fez nenhuma objeção mesquinha como as que Dexter certamente teria desejado fazer. Tamara foi de carro com Susan até a base militar no aeroporto de N'Djamena, onde elas se juntaram a um pelotão de cinquenta soldados e embarcaram em um gigantesco helicóptero Sikorsky, que transportou todos eles mais seus equipamentos. Tamara recebeu um rádio com microfone e fones de ouvido, para que pudesse falar com Susan mesmo com o barulho dos rotores.

O helicóptero estava lotado.

– Como vamos trazer quarenta civis na viagem de volta? – perguntou Tamara.

– Só sobrou lugar em pé – respondeu Susan.

– O helicóptero aguenta o peso?

Susan deu um sorriso.

– Não se preocupa. Esta é uma máquina de levantamento de carga, originalmente projetada para resgatar aeronaves abatidas no Vietnã. Consegue içar outro helicóptero do mesmo peso que ela.

A travessia do Saara levou quatro horas. Tamara não temia por si mesma; estava era sendo torturada pela ideia de que poderia perder Tab hoje, agora. Só de imaginar isso sentiu náusea e por um instante achou que fosse vomitar diante de cinquenta soldados durões. O helicóptero voava a 150 quilômetros por hora mas parecia lento, quase parando, passando sobre aquela paisagem imutável de areia e rocha, e antes do final da viagem ela percebeu que queria passar o resto de sua vida com Tab. Não queria nunca mais se separar dele daquele jeito, nunca mais.

Esse pensamento mudaria tudo, e ela ficou avaliando as consequências dele em sua mente. Tinha certeza de que Tab sentia a mesma coisa. Apesar de seu histórico de casamentos que deram errado, ela achava que não tinha como estar enganada em relação a ele. Mas havia uma centena de perguntas para as quais não tinha resposta. Para onde eles iriam? Como viveriam? Será que Tab queria filhos? Eles nunca tinham falado sobre isso. Será que Tamara queria filhos? Ela nunca tinha pensado muito sobre isso. Mas ela queria, percebeu. Agora ela queria. "Com outros homens eu era indiferente a esse assunto", pensou, "mas com ele eu quero".

Ela tinha tanta coisa em que pensar que a viagem pareceu rápida demais, e ela ficou surpresa quando pousaram em Abéché. A distância percorrida tinha sido quase o limite da autonomia do helicóptero, e eles precisavam reabastecer antes de partir para a busca da comitiva de imprensa.

Abéché já havia sido uma grande cidade, um ponto de parada na rota transaariana usado por séculos pelos árabes que traficavam pessoas para serem escravizadas. Tamara imaginou as fileiras de camelos avançando incansavelmente pelo vasto deserto, as grandes mesquitas com centenas de adoradores ajoelhados, os opulentos palácios com seus haréns de mulheres belas e entediadas, e a miséria humana dos abundantes mercados de pessoas. Quando os franceses colonizaram o Chade, a população de Abéché foi quase totalmente exterminada por doenças. Agora era uma cidade pequena, com um comércio de gado e algumas fábricas que faziam cobertores de pelo de camelo. "Impérios ascendem", pensou Tamara, "e um dia caem".

Havia uma pequena base do Exército dos Estados Unidos no aeroporto, com pessoal em uma escala de rodízio de seis semanas, e a equipe de plantão estava com o caminhão de reabastecimento pronto na pista. Em poucos minutos o helicóptero estava levantando voo novamente.

Ele se dirigiu para leste, rumo à última localização conhecida da comitiva de imprensa. Tamara enfim estava se aproximando de Tab. Em pouco tempo descobriria se ele estava em apuros e se teria como ajudá-lo.

Quinze minutos depois avistaram um campo desolado: fileiras de habitações improvisadas; refugiados sujos e letárgicos; crianças maltrapilhas brincando com pedras em meio às ruas repletas de lixo. O piloto sobrevoou toda a extensão do local três vezes: não havia nenhum sinal da comitiva.

Susan estudou o mapa, identificou o campo mais próximo e deu instruções ao copiloto. O helicóptero levantou voo rapidamente e rumou para nordeste.

Poucos minutos depois, sobrevoaram um enorme contingente militar movendo-se para leste.

– Tropas do Exército Nacional do Chade – disse Susan pelos fones de ouvido. – Cinco ou seis mil homens. Sua informação estava correta, Tamara. Eles superam os sudaneses na proporção de dois para um.

Ao ouvir isso, os soldados olharam para Tamara com respeito renovado. Inteligência de boa qualidade poderia salvar a vida deles, e eles prezavam todos que a forneciam.

O campo seguinte parecia muito com o primeiro, exceto pelo fato de se localizar em um pequeno vale com ligeiras elevações a leste e a oeste. Tamara procurou sinais de pessoas da cidade: roupas ocidentais, cabeças descobertas e óculos escuros, lentes de câmeras refletindo a luz do sol. Então avistou dois ônibus com a pintura coberta de poeira parados um atrás do outro bem no centro do acampamento. Próximo deles ela notou uma blusa roxa, depois uma camisa azul e então um boné.

– Acho que é esse – disse ela.

– Também acho – respondeu Susan.

Um pequeno helicóptero, no qual Tamara não tinha reparado ainda, alçou voo subitamente a partir do acampamento. Ele se inclinou e voou para longe do Sikorsky, depois tomou a direção oeste a toda velocidade.

– Meu Deus, o que é isso? – perguntou Tamara.

– Eu conheço essa aeronave – disse Susan. – É o transporte particular do General.

"Isso é um mau presságio", pensou Tamara.

– Fico me perguntando por que ele está indo embora.

– Ganha altura suficiente para inspecionarmos os arredores – pediu Susan ao piloto.

O helicóptero subiu.

O céu estava limpo. A leste, conseguiam ver um exército se aproximando, deixando uma nuvem de poeira para trás: os sudaneses.

– Merda – reagiu Susan.

– A que distância estão? Um quilômetro? – perguntou Tamara.

– Menos.

– E a que distância na outra direção está a força chadiana?

– Cinco quilômetros. Nessa trilha não pavimentada do deserto, eles se movem a uns quinze quilômetros por hora. Vão chegar aqui em vinte minutos.

– Esse é o tempo que a gente tem para resgatar nosso pessoal e tirar os refugiados da rota de confronto?

– Isso.

– Eu esperava que a gente fosse conseguir entrar e sair antes que os sudaneses chegassem.

– Esse era o antigo plano. Agora temos um novo.

Susan deu ordem para que o piloto pousasse perto dos ônibus, depois se dirigiu aos soldados enquanto o helicóptero descia:

– Esquadrões Um e Dois, dirijam-se ao cume leste imediatamente. Abram fogo assim que o inimigo estiver ao alcance. Tentem dar a entender que o esquadrão é dez vezes maior do que de fato é. Esquadrão Três, percorra o acampamento e diga à comitiva de imprensa para se reunir nos ônibus e aos refugiados para correrem para o deserto e não saírem de lá. – Perguntou para Tamara como se dizia em árabe *Os sudaneses estão vindo, fujam!*, e Tamara repetiu a frase no rádio para todo o pelotão. Susan concluiu: – Vamos sobrevoar baixo para que eu possa acompanhar tudo. Eu aviso o momento de recuar e onde se reagruparem.

O helicóptero pousou e uma rampa foi baixada da parte traseira.

– Vai, vai, vai! – gritou Susan.

Os soldados desceram correndo a rampa. Seguindo as ordens, a maioria deles virou para leste, subindo a encosta e chegando próximo ao topo. O resto se espalhou pelo acampamento. Tamara saiu em busca de Tab.

Conforme os soldados iam transmitindo a mensagem, alguns refugiados começaram a deixar o campo em ritmo lento, parecendo céticos quanto à urgência.

A maioria dos visitantes estava andando de um lado para outro fazendo entrevistas, e eles também reagiram lentamente às ordens. Outros estavam reunidos em torno de uma mesa onde funcionários da assessoria de imprensa do governo distribuíam bebidas tiradas de um cooler e lanches que se achavam armazenados em um recipiente de plástico.

– Temos um problema se aproximando! – gritou Tamara para o pessoal do governo. – Estamos aqui para retirar vocês. Avisem a todos para se prepararem para embarcar naquele helicóptero.

Ela reconheceu um dos repórteres, Bashir Fakhoury, com uma garrafa de cerveja na mão.

– O que está acontecendo, Tamara? – perguntou ele.

Ela não tinha tempo de conversar com a imprensa. Ignorando a pergunta, disse:

– Você viu o Tabdar Sadoul?

– Só um minuto – disse Bashir. – Você não pode simplesmente sair dando ordens assim. Conta pra gente o que está acontecendo!

– Vai se foder, Bashir – disse ela e saiu apressada.

De cima, ela tinha visto que havia duas ruas compridas e retas que cortavam o acampamento, uma mais ou menos no eixo norte-sul e outra no eixo leste-oeste, e chegou à conclusão de que a melhor forma de procurar por Tab era percorrendo ambas de ponta a ponta. Não teria como parar e olhar dentro de cada construção: isso levaria muito tempo, e ela ainda estaria ali procurando por ele quando os sudaneses chegassem.

Correndo para leste em direção aos soldados no topo da elevação, ela ouviu um único tiro de fuzil.

Houve um silêncio. Então teve início uma rajada, quando o restante dos soldados americanos começou a atirar. Por fim, sons de tiros mais distantes alertaram Tamara de que os sudaneses, surpresos, tinham começado a responder. Seu coração bateu forte de medo, mas ela não parou de correr.

O barulho fez as pessoas começarem a se mexer no acampamento. Todos saíram de suas tendas para ver o que estava acontecendo. O barulho dos tiros tinha sido mais eficaz do que as instruções faladas: os refugiados começaram a fugir dali, muitos carregando crianças ou outros bens preciosos: uma cabra, uma panela de ferro, um fuzil, um saco de farinha. Os jornalistas interromperam as entrevistas e correram para os ônibus, segurando câmeras e arrastando os cabos dos microfones.

Tamara observou os rostos, mas não viu Tab.

Então o bombardeio começou.

Um morteiro explodiu à esquerda de Tamara, destruindo uma casa, e foi logo seguido por vários outros. A artilharia sudanesa estava atirando sobre a cabeça dos soldados americanos no acampamento. Ela ouviu gritos de medo e uivos de dor quando os refugiados começaram a ser atingidos. Paramédicos das tropas americanas pegaram macas dobráveis e começaram a cuidar das vítimas. A pressa para deixar o acampamento se transformou em debandada.

"Fica tranquila", disse Tamara para si mesma. "Fica calma. Você tem que achar o Tab."

Mas encontrou Dexter.

Quase sentiu saudades dele. No chão em frente à entrada de uma casa, ela viu o que parecia ser uma pilha de trapos, mas algo a fez dar uma segunda olhada e então perceber que aquilo era o terno de anarruga listrado de Dexter e era Dexter dentro dele.

Ela se ajoelhou ao seu lado. Ele estava respirando com dificuldade. Havia poucos sinais externos de danos, nada além de arranhões, mas ele estava inconsciente, então devia estar machucado.

Ela se levantou e gritou:

– Preciso de uma maca aqui!

Nenhum dos paramédicos estava à vista, portanto não houve resposta. Ela correu uns vinte metros em direção ao centro, mas mesmo assim não avistou ninguém. Então voltou até Dexter. Ela sabia que era arriscado mover uma pessoa ferida, mas claramente seria ainda mais perigoso deixá-lo à mercê dos sudaneses. Tomou uma decisão rápida. Rolou-o de barriga para cima, levantou o tronco dele, colocou sua barriga sobre as próprias costas e se ergueu com o corpo flácido dele sobre o ombro direito. Uma vez de pé, conseguiu aguentar o peso com mais facilidade e caminhar em direção ao helicóptero e aos ônibus.

Ela havia percorrido cem metros quando viu dois paramédicos.

– Ei! – gritou. – Chequem este cara aqui, ele é da nossa embaixada.

Eles pegaram um Dexter inconsciente e o colocaram em uma maca, e Tamara continuou andando.

Ela percebeu que alguns dos jornalistas não paravam de filmar e ficou admirada com sua coragem.

Quase todos os refugiados já haviam fugido. Uma idosa estava ajudando um homem manco, e uma adolescente lutava para carregar duas crianças aos berros, mas todas as outras pessoas já estavam fora do acampamento, cruzando o deserto o mais rápido possível, se distanciando da zona de confronto.

Por quanto tempo mais ou menos trinta soldados americanos conseguiriam conter um exército de dois mil? Tamara supôs que restava muito pouco tempo.

O helicóptero estava começando a descer. Susan estava prestes a resgatar todo mundo. Onde estava Tab?

Foi quando ela o viu. Ele estava correndo pelo eixo norte-sul, atrás dos refugiados em debandada, com uma criança já grande no colo. Era uma menina de cerca de 9 anos, reparou Tamara, e ela estava aos berros, provavelmente com mais medo do estranho que a carregava do que dos morteiros explodindo às suas costas.

O helicóptero pousou. Pelos fones de ouvido, Tamara ouviu Susan dizer:

– Esquadrão Três, embarque os civis!

Tab chegou às cercanias do acampamento, alcançou o último dos refugiados em fuga e pôs a criança no chão. Ela saiu correndo de imediato. Tab começou a fazer o caminho de volta.

Tamara correu em sua direção. Ele a abraçou sorrindo.

– Por que eu tinha a certeza de que você estava envolvida nesse resgate?

Ela teve que admirar sua coragem e seu sangue-frio, mantendo o bom humor em meio ao confronto. Mas não estava tão calma assim:

– Vamos logo! Temos que embarcar naquele helicóptero! – Começou a correr, e Tab foi atrás dela.

A voz de Susan em seus ouvidos disse:

– Esquadrão Dois, recuar e embarcar!

Tamara olhou para o topo da elevação e viu metade dos soldados recuar de ré, se arrastando, depois se levantando e correndo em direção ao acampamento. Um dos soldados carregava um companheiro, que estava morto ou ferido.

Assim que os soldados chegaram ao helicóptero, Susan ordenou:

– Esquadrão Um, recuar e embarcar! Corram com tudo, pessoal!

Eles seguiram o conselho dela.

Tamara e Tab alcançaram o helicóptero e embarcaram pouco antes de o Esquadrão Um chegar. Todos os outros já estavam a bordo. Uma centena de pessoas se amontoava no espaço dos passageiros, algumas delas em macas.

Tamara olhou pela janela do helicóptero e viu o exército sudanês alcançar o cume. Eles julgaram ter sentido o cheiro da vitória e abandonaram qualquer disciplina. Estavam atirando mas mal se preocupavam em mirar, desperdiçando suas balas nos abrigos precários que os separavam dos americanos em retirada.

As portas se fecharam e o chão sob os pés de Tamara subiu de repente. Ela olhou pela janela e viu que todos os sudaneses agora apontavam suas armas para a aeronave.

Quase foi dominada pelo pavor. Embora os tiros não tivessem como penetrar o helicóptero blindado, o mesmo não se poderia dizer de um morteiro no lugar certo ou de um míssil saído de um lançador de ombro. Os motores poderiam sofrer pane ou um tiro certeiro poderia atingir os rotores e então... Ela se lembrou de um comentário sombrio que os pilotos gostavam de fazer: *Um helicóptero plana tão bem quanto um piano de cauda*. Percebeu que estava tremendo conforme a máquina levantava voo e os canos dos fuzis iam seguindo sua trajetória ascendente. Apesar do barulho dos motores e dos rotores, ela achou ter ouvido barulho de tiros atingindo a blindagem. Ficou imaginando aquele helicóptero enorme, com cem pessoas a bordo, caindo ao chão, se despedaçando e explodindo em chamas.

Então viu os sudaneses mudarem de foco. Eles pararam de prestar atenção na aeronave e passaram a observar outra coisa. Ela acompanhou o olhar deles mirando a encosta oeste. Lá ela viu o exército chadiano atingir o topo. Era mais um ataque do que um avanço ordenado, soldados correndo e atirando ao mesmo tempo. Alguns sudaneses atiraram de volta, mas logo perceberam que estavam em menor número e começaram a fugir.

O helicóptero irrompeu em vivas e aplausos.

O piloto voou diretamente no sentido norte, afastando-se de ambos os exércitos, e em poucos segundos estavam fora de alcance.

– Acho que estamos salvos – comemorou Tab.

– Sim – disse Tamara. Ela pegou a mão dele e a apertou com força.

■ ■ ■

Na manhã seguinte, a estação da CIA em N'Djamena estava agitada. Da noite para o dia, o diretor da CIA em Washington tinha disparado uma série de perguntas: O que tinha desencadeado o confronto? Qual o número de vítimas? Algum norte-americano tinha sido morto? Quem saiu vencedor? O que aconteceu com Dexter? Onde raios ficava Abéché? E, o mais importante, quais seriam as consequências? Ele precisava de respostas para manter a presidente informada.

Tamara chegou cedo e se sentou a sua mesa para escrever um relatório. Começou com o encontro da véspera com Karim, a quem descreveu como "uma fonte próxima do General". Ela informaria o nome caso alguém solicitasse, mas não o colocaria em um relatório escrito se fosse possível evitar.

Conforme os outros iam chegando, um por um ia até ela perguntar o que havia acontecido com Dexter. "Não sei", respondeu todas as vezes. "Eu o encontrei inconsciente, sem nenhum indício do que o havia derrubado. Talvez ele tenha desmaiado de susto."

Junto com as outras vítimas, Dexter havia sido levado para o hospital de Abéché quando o helicóptero parou para reabastecer. Tamara sugeriu a Mike Olson que enviasse um oficial de baixa patente, talvez alguém como Dean Jones, no próximo voo para Abéché. Ele faria uma visita ao hospital e obteria um diagnóstico em primeira mão do médico. Olson aprovou a ideia.

Com Olson no comando, o ambiente ficava mais agradável e todo o trabalho era feito da mesma forma, se não até com mais qualidade.

O General estava no noticiário matinal, se gabando:

– Eles aprenderam uma lição! Agora vão pensar duas vezes antes de enviar terroristas para a ponte de N'Gueli.

– Senhor presidente, algumas pessoas disseram que o senhor levou muito tempo para responder a esse incidente – comentou o entrevistador.

O General estava claramente pronto para aquela pergunta.

– Os chineses têm um provérbio. A vingança é um prato que se come frio.

Aquilo não era um provérbio chinês, Tamara sabia, e sim uma frase de um romance francês, mas dava para entender a mensagem em qualquer idioma. O General tinha planejado cuidadosamente e aguardado aquele momento para então lançar o ataque. Estava certo de que tinha sido muito inteligente.

Tamara incluiu todos os detalhes em seu relatório, depois se recostou na cadeira e ficou pensando em como resumir o confronto. Sua conversa com Karim tinha confirmado a afirmação do General de que ele havia armado uma emboscada em retaliação pelo incidente na ponte. A declaração de que os sudaneses "aprenderam uma lição" foi validada por um relatório do general Touré, repassado por Susan a Tamara e que dizia que os sudaneses haviam sido derrotados.

Isso significava que o governo de Cartum ficaria furioso. Tentariam provocar uma reviravolta que os fizesse melhorar a própria imagem, mas eles e o mundo saberiam a verdade. Então se sentiriam humilhados e surgiria o desejo de retaliação.

Às vezes a política internacional parecia uma *vendetta* siciliana, pensou Tamara. As pessoas se vingam pelo que lhes foi feito, como se não soubessem que seus rivais certamente se vingariam pela vingança. À medida que o olho por olho prosseguia, a escalada era inevitável: mais raiva, mais ressentimento, mais violência.

Esse era o ponto fraco dos ditadores. Eles estavam tão acostumados a fazer tudo o que queriam que não esperavam que o mundo fora de seus domínios lhes dissesse não. O General havia começado algo que talvez não fosse capaz de controlar.

E aí residia a relevância do assunto para a presidente Green. Ela queria que o Chade se mantivesse estável. Os Estados Unidos haviam apoiado o General por ser um líder capaz de manter a ordem, mas agora era ele que estava ameaçando a estabilidade da região.

Ela terminou o relatório e o enviou para Olson. Poucos minutos depois, ele foi até a mesa dela com uma cópia impressa na mão.

– Obrigado por isto – disse ele. – É uma leitura empolgante.

– Empolgante até demais – ironizou ela.

– De qualquer forma, inclui a maior parte do que Langley precisa saber, então enviei como está.

– Obrigada.

Dexter o teria reescrito, pensou Tamara, e depois enviado com a própria assinatura.

– Se quiser tirar o resto do dia de folga, eu diria que você merece – falou Mike.

– Vou fazer isso.

– Aproveite o descanso.

Tamara voltou para seu apartamento e ligou para Tab. Ele também havia passado a manhã no escritório redigindo seu relatório para a DGSE, mas estava quase terminando e só então encerraria o expediente. Os dois combinaram de se encontrar no apartamento dele e, talvez, sair para almoçar.

Ela pediu um carro e chegou lá antes dele.

Tamara usou sua chave para entrar. Era a primeira vez que estava ali sem ele. Andou pelo apartamento, explorando a sensação de estar à vontade no universo particular de Tab. Ela já conhecia tudo, e ele havia dito: "Pode olhar, não tenho segredos para você", mas agora ela podia ficar olhando as coisas pelo tempo que quisesse, sem receio de que ele fosse dizer: "O que tem de tão interessante no meu armário do banheiro?"

Ela abriu o armário e ficou olhando para as roupas dele. Havia doze camisas azul-claras. Notou vários pares de sapatos que nunca o tinha visto usar. Todo o armário cheirava a sândalo, e ela por fim percebeu que os cabides de madeira e as sapateiras estavam impregnados daquele cheiro.

Ele tinha um pequeno armário de suprimentos médicos: paracetamol, curativos, remédio para resfriado, pastilhas para indigestão. Ela não sabia que ele sofria de indigestão. Na estante havia uma edição do século XVIII das peças de Molière, seis volumes, em francês, claro. Ela abriu um dos volumes e um cartão caiu de dentro. Estava escrito: "*Joyeux anniversaire, Tab – ta maman t'aime*". *Sua mãe te ama*. "Legal", pensou Tamara.

Em uma gaveta havia uma pasta contendo documentos pessoais: uma cópia de sua certidão de nascimento, seus dois diplomas e uma antiga carta da avó, na caligrafia cuidadosa de quem não escreve com frequência, evidentemente enviada quando ele ainda era criança. Na carta ela lhe dava os parabéns por ter passado de ano. Tamara percebeu que aquilo mexia com ela, só não sabia exatamente por quê.

Tab chegou alguns minutos depois. Ela ficou sentada de pernas cruzadas na cama dele e o observou tirar o terno, lavar o rosto e vestir uma roupa mais casual. Mas ele parecia estar sem pressa para sair. Sentou-se na ponta da cama e ficou olhando para Tamara por um longo momento. Ela não ficou constrangida com o olhar dele. Na verdade, adorou aquilo.

– Quando o tiroteio começou... – disse ele por fim.

– Você pegou aquela garotinha.

Ele deu um sorriso.

– A atrevida. Ela me mordeu, sabia? – Ele olhou para sua mão. – Não sangrou, mas olha só este hematoma!

Ela pegou a mão dele e a beijou.

– Pobrezinho.

– Isso não foi nada, mas achei que fosse morrer. E então pensei: queria ter passado mais tempo com a Tamara.

Ela olhou bem nos olhos dele.

– Esse foi, tipo, o seu último pensamento.

– Sim.

– No caminho para lá, na longa viagem de helicóptero pelo deserto, fiquei pensando na gente e senti uma coisa parecida. Eu não queria ficar longe de você nunca mais.

– Então nós dois sentimos a mesma coisa.

– Eu sabia.

– Mas o que a gente faz com isso?

– Essa é a grande questão.

– Fiquei pensando no assunto. Você é comprometida com a CIA. Eu não me sinto assim em relação à DGSE. Gosto de trabalhar com inteligência e, bom, aprendi muita coisa, mas não tenho ambição de chegar ao topo. Sirvo ao meu país há dez anos e agora tenho vontade de fazer parte dos negócios da família, talvez assumir o comando quando minha mãe quiser se aposentar. Amo moda e o mercado de luxo, e nós, franceses, somos muito bons nisso. Mas isso significaria morar em Paris.

– Eu tinha imaginado.

– Se a CIA transferisse você... você se mudaria para Paris comigo?

– Sim – respondeu Tamara. – Sem pensar duas vezes.

# CAPÍTULO 16

A temperatura começou a subir impiedosamente conforme o ônibus rangia devagar pelo deserto. Kiah não tinha noção de que seu antigo lar, às margens do lago Chade, era uma das regiões mais frescas do país. Sempre tinha imaginado que o Chade fosse todo igual, e foi uma surpresa desagradável descobrir que o Norte, pouco habitado, era mais quente. No início da viagem tinha se incomodado com as janelas abertas, sem vidro, que deixavam entrar uma brisa irritante cheia de areia. Mas agora, suada e desconfortável com Naji no colo, ela estava feliz com qualquer lufada de vento, mesmo que fosse quente e poeirenta.

Naji estava agitado e mal-humorado. "Quero *leben*", repetia toda hora, mas Kiah não tinha nem arroz nem leite, muito menos como cozinhar algo. Ela o pôs no peito, mas ele logo ficou insatisfeito. Ela suspeitava que o seu leite estava ficando ralo porque também estava com fome. A comida que Hakim havia prometido muitas vezes era apenas água e pão velho, e não muito pão. Os "luxos" pelos quais ele cobrava por fora incluíam cobertores, sabonete e qualquer alimento que não fosse pão ou mingau. Existe algo pior para uma mãe do que saber que não tem como dar de comer a seu filho faminto?

Abdul olhou para Naji. Kiah não ficou tão envergonhada quanto deveria por ele ver seu seio. Depois de mais de duas semanas sentados lado a lado o dia inteiro todos os dias, eles haviam criado certa intimidade, fruto do cansaço.

Ele falou com Naji:

– Era uma vez um homem chamado Sansão, e ele era o homem mais forte do mundo todo.

Naji parou de choramingar e fez silêncio.

– Um dia, Sansão estava andando pelo deserto quando, de repente, ouviu um leão rugir perto dele... muito perto.

Naji colocou o polegar na boca e se aninhou em Kiah, ao mesmo tempo que olhava para Abdul com os olhos arregalados.

Abdul era simpático com todo mundo, Kiah havia descoberto. Todos os passageiros gostavam dele. Ele sempre os fazia rir. Kiah não ficou surpresa: ela o vira pela primeira vez vendendo cigarros, fazendo piadas com os homens e flertando com as mulheres, e lembrou que os libaneses eram considerados bons comerciantes. Na primeira cidade onde o ônibus parou por uma noite, Abdul foi a um bar ao ar livre. Kiah foi para o mesmo lugar, com Esma e os sogros dela, só para variar um pouco. Tinha visto Abdul jogando cartas, sem ganhar nem perder muito. Estava com uma garrafa de cerveja na mão, embora parecesse não acabar de bebê-la nunca. Acima de tudo, ele falava com as pessoas, conversas aparentemente sem importância, mas depois ela percebeu que ele havia descoberto quantas esposas os homens tinham, quais vendedores eram desonestos e de quem todos eles tinham medo. O mesmo se repetiu em todas as outras cidades ou vilas.

No entanto, Kiah tinha certeza de que aquilo era uma encenação. Quando não estava fazendo amizade com todo mundo ele se mostrava retraído, indiferente, até mesmo deprimido, como um homem cheio de preocupações no presente e de mágoas no passado. A princípio, isso a levou a pensar que ele não gostava dela. Com o tempo, passou a achar que ele tinha dupla personalidade. E então, por baixo de tudo isso, havia um terceiro homem, que se dava ao trabalho de acalmar Naji contando uma história que um menino de 2 anos seria capaz de entender e gostar.

O ônibus seguia trilhas mal marcadas e muitas vezes invisíveis para Kiah. A maior parte do deserto consistia em rocha dura e plana com uma fina camada de areia por cima, uma superfície razoável para ser percorrida a baixa velocidade. De vez em quando, uma lata de Coca-Cola jogada no chão ou um pneu abandonado confirmavam que eles estavam de fato seguindo uma estrada, e não perdidos no deserto.

Cada aldeia era um oásis: as pessoas não podiam viver sem água. Cada pequeno povoado tinha um aquífero subterrâneo, muitas vezes despontando na superfície como um pequeno lago ou poço. Às vezes eles secavam, como o lago Chade, e então as pessoas tinham que ir para outro lugar, como Kiah estava fazendo.

Numa das noites, não havia onde parar e todos tiveram que dormir em seus assentos no ônibus, até serem acordados pelo raiar do sol.

Bem no começo da viagem, alguns dos homens importunaram Kiah. Acontecia sempre à noite, depois de escurecer, quando todos os passageiros já estavam deitados no chão de alguma casa ou em um pátio – em colchões, se tivessem sorte. Numa noite, um dos homens se arrastou para cima dela. Ela lutou contra ele em silêncio, sabendo que se gritasse ou o humilhasse de qualquer forma haveria vingança e ela seria acusada de ser prostituta. Mas ele era forte demais e conseguiu arrancar o cobertor dela. Então, de repente, ele se afastou e ela percebeu que alguém mais forte o havia tirado de cima dela. À luz das estrelas, viu que Abdul estava com o sujeito colado ao chão com uma das mãos segurando seu pescoço, impedindo-o de fazer qualquer barulho ou até mesmo de respirar. Ouviu Abdul sussurrar: "Deixa ela em paz ou eu te mato. Você entendeu? Eu te mato." E foi embora. O homem ficou ali ofegante por um minuto, depois se afastou. Ela nem sabia direito quem tinha sido.

Depois disso, começou a tentar decifrar Abdul. Supôs que ele não queria ser visto como amigo dela, então o tratava como um estranho na frente dos outros, sem conversar nem sorrir para ele, nem pedindo ajuda quando tinha dificuldade em fazer tarefas corriqueiras com uma criança de 2 anos nos braços. Mas, sentada ao seu lado no ônibus, ela falava. Com calma e sem fazer drama, contou-lhe sobre sua infância, seus irmãos no Sudão, a vida junto ao lago que secava e a morte de Salim. Contou até mesmo a história do Bourbon Street. Ele não falava nada sobre si mesmo e ela nunca perguntava, porque sentia que o questionamento não seria bem-recebido, mas ele costumava fazer comentários sobre as histórias que Kiah contava, e ela foi tendo uma empatia cada vez maior por ele.

Agora estava ouvindo sua voz suave e baixa, com seu sotaque libanês:

– Ela segurou uma mecha do cabelo dele entre o indicador e o polegar, e ele não acordou, continuou roncando. Ela cortou a mecha de cabelo com a tesoura, e mesmo assim ele não acordou. Depois, mais um corte. Tic, tic, fazia a tesoura, e Sansão não parava de roncar.

Sua mente viajou até o colégio de freiras, onde tinha ouvido pela primeira vez as histórias da Bíblia – Jonas e a baleia, Davi e Golias, Noé e sua arca. Tinha aprendido a ler e a escrever, a dividir e multiplicar e a falar um pouco de francês. Tinha aprendido com as outras garotas também, algumas das quais sabiam mais do que ela sobre os mistérios dos adultos, como o sexo. Tinha sido uma época feliz. Na verdade, ela tinha sido feliz até aquele dia terrível em que lhe trouxeram o corpo frio de Salim. Desde então, tudo havia sido decepção e sofrimento. Será que isso algum dia ia acabar? Haveria dias felizes de novo? Será que ela conseguiria chegar até a França?

De repente o ônibus começou a reduzir a velocidade. Olhando para a frente, Kiah viu fumaça saindo da dianteira do veículo.

– O que será que houve? – murmurou.

– E, quando ele acordou de manhã, sua cabeça estava quase careca, e seus lindos cabelos compridos estavam espalhados pelo travesseiro – continuou Abdul. – E o que aconteceu depois nós vamos descobrir amanhã.

– Não, agora! – pediu Naji, mas Abdul não respondeu.

Hakim parou o ônibus e desligou o motor.

– O radiador ferveu – anunciou.

Kiah ficou com medo. O ônibus já havia quebrado duas vezes antes, o principal motivo pelo qual a viagem já estava demorando mais do que o esperado, mas a terceira vez não era menos assustadora. Não havia ninguém por perto, os celulares não funcionavam e eles raramente viam outro veículo. Se não fosse possível consertar o ônibus, todo mundo teria que andar. E aí ou alcançariam um oásis ou cairiam mortos, o que acontecesse primeiro.

Hakim pegou um kit de ferramentas e saiu do ônibus. Ele abriu o capô para olhar o motor. A maioria dos passageiros desceu para esticar as pernas. Naji ficou correndo, botando para fora o excesso de energia. Havia aprendido a correr recentemente e tinha orgulho de sua velocidade.

Por cima do ombro de Hakim, Kiah, Abdul e vários outros ficaram olhando o motor fumegante. Consertar carros e motocicletas velhos era uma atividade importante nas áreas mais pobres do Chade e, embora fosse considerada uma responsabilidade masculina, Kiah tinha algum conhecimento.

Não havia nenhum sinal de vazamento.

Hakim apontou para um pedaço de borracha que parecia uma cobra pendurada em uma polia.

– A correia da ventoinha arrebentou – disse.

Com cuidado, ele enfiou a mão no maquinário quente e tirou a correia. Era preta e estava com manchas amarronzadas, desgastada e rachada em alguns lugares. Kiah reparou que já deveria ter sido substituída há muito tempo.

Hakim voltou para o ônibus e puxou uma grande caixa de lata de baixo de seu assento. Tinha feito a mesma coisa nos incidentes anteriores. Pôs a caixa na areia, abriu e começou a remexer em um monte de peças: velas, fusíveis, uma variedade de lacres cilíndricos e um rolo de fita adesiva. Hakim franziu a testa e continuou olhando dentro da caixa.

– Não tem correia sobressalente – disse por fim.

– Estamos com problemas – sussurrou Kiah para Abdul.

– Não ainda – respondeu ele igualmente baixo. – Não ainda.

– Vamos ter que improvisar – determinou Hakim. Olhou para os passageiros ao redor e fixou os olhos em Abdul. – Me dá essa faixa – ordenou, apontando para a tira de algodão na cintura de Abdul.

– Não – respondeu Abdul.

– Eu preciso dela para improvisar uma correia da ventoinha.

– Não vai funcionar – disse Abdul. – Você precisa de algo com mais aderência.

– Tem uma mola que aumenta a tensão.

– Mesmo assim, o algodão ficaria girando em falso.

– Estou mandando você me dar!

Um dos homens armados interveio. O nome deles era Hamza e Tareq, e foi Tareq, o mais alto, quem falou. Ele se dirigiu a Abdul com uma voz que indicava calmamente que nenhum tipo de discussão era bem-vindo.

– Faz o que ele está dizendo.

Kiah teria ficado apavorada, assim como a maioria dos homens, mas Abdul simplesmente ignorou Tareq e falou com Hakim:

– Seu cinto teria mais aderência.

A calça jeans de Hakim estava presa por um cinto gasto de couro marrom.

– E sem dúvida tem comprimento suficiente – acrescentou Abdul, e todo mundo riu, porque a cintura de Hakim era grande.

Furioso, Tareq disse a Abdul:

– Faz o que ele está dizendo!

Kiah ficou surpresa ao perceber que Abdul parecia não ter medo do sujeito com o fuzil pendurado no ombro.

– O cinto do Hakim vai funcionar melhor – explicou Abdul tranquilamente.

Por um instante, pareceu que Tareq ia tirar o fuzil do ombro e ameaçar Abdul, mas ele demonstrou estar repensando. Então se virou para Hakim:

– Usa o seu cinto.

Hakim tirou o cinto.

Kiah se perguntou por que Abdul era tão apegado à sua faixa de algodão.

Hakim passou o cinto pelas polias, encaixou a fivela e depois apertou bem. Depois tirou de dentro do ônibus um garrafão de plástico de cinco litros cheio d'água e encheu o radiador, que chiou, borbulhou e depois parou. Ele voltou para dentro do ônibus e ligou o motor, depois saiu de novo para olhar debaixo do capô. Como Kiah já tinha conseguido ver, o cinto estava fazendo seu trabalho, girando o mecanismo de resfriamento.

Hakim fechou o capô. Estava furioso.

Voltou para o ônibus segurando as calças com uma das mãos. Sentou-se no banco do motorista e ligou o motor. Os passageiros embarcaram novamente. Hakim pisou no acelerador com impaciência. Quando o sogro de Esma, Wahed, hesitou antes de colocar o pé na escada, Hakim de súbito avançou com o ônibus e freou com força.

– Vamos logo, rápido! – rosnou.

Kiah já estava sentada, com Naji no colo e Abdul ao lado dela.

– O Hakim ficou furioso porque você levou a melhor lá fora – disse ela.

– Eu fiz um inimigo – comentou Abdul, pesaroso.

– Ele é um porco.

O ônibus seguiu viagem.

Kiah ouviu um zumbido baixo. Parecendo surpreso, Abdul pegou o telefone.

– Temos sinal! – exclamou. – Devemos estar chegando perto de Faya. Eu não sabia que eles tinham sinal lá. – Ele se mostrou muito contente.

O telefone era maior do que Kiah se lembrava, e ela se perguntou se ele teria dois.

– Agora você pode ligar para as suas namoradas – disse ela em tom de provocação.

Ele olhou para ela por um momento, sem sorrir, e rebateu:

– Eu não tenho namorada.

Ele ficou mexendo no telefone e parecia estar enviando mensagens que havia escrito antes e que tinham ficado armazenadas. Então hesitou, mudou de ideia e abriu algumas fotos, e ela percebeu que ele havia fotografado secretamente Hakim, Tareq, Hamza e algumas das pessoas que eles tinham conhecido ao longo do caminho. Por um ou dois minutos, ela ficou olhando de esguelha enquanto ele digitava alguma coisa. Ele cuidou para que ninguém além de Kiah estivesse vendo suas mãos.

– O que está fazendo? – perguntou ela.

Ele digitou mais alguma coisa, desligou o telefone e o colocou de volta dentro da roupa.

– Enviei umas fotos para um amigo em N'Djamena com uma mensagem dizendo: "Se eu morrer, esses homens são os responsáveis."

– Você não tem medo que o Hakim e os guardas vejam o que acabou de enviar? – sussurrou ela.

– Pelo contrário. Se isso acontecesse, eles ficariam longe de mim.

Ela achou que ele estava falando a verdade, mas ao mesmo tempo teve certeza de que não era a verdade completa. Naquele dia ela tinha descoberto outro fato surpreendente sobre Abdul: de todas as pessoas no ônibus, ele era o único que não tinha medo de Tareq e Hamza. Até Hakim obedecia a eles.

Abdul guardava um segredo, quanto a isso não havia dúvida, mas ela não conseguia imaginar o que era.

Em pouco tempo avistaram a cidade de Faya. Kiah perguntou a Abdul quantas pessoas moravam ali, porque ele sempre sabia esse tipo de coisa, e ele de fato sabia.

– Umas doze mil – disse. – É a principal cidade do Norte do país.

Parecia mais uma grande aldeia. Kiah viu muitas árvores e muitos campos irrigados. Ali tinha que haver uma boa quantidade de água subterrânea para sustentar tanta agricultura. O ônibus passou por uma pista de pouso, mas ela não viu aviões nem qualquer sinal de atividade ali.

– Percorremos cerca de seiscentas milhas em dezessete dias – observou Abdul.

– Isso dá só cinquenta e cinco quilômetros por dia, ainda mais devagar do que eu esperava.

O ônibus parou em frente a uma enorme casa bem no meio da cidade. Os passageiros foram conduzidos a um amplo pátio, onde comeriam e dormiriam. O sol já estava se pondo e havia muita sombra. Algumas jovens apareceram levando água fresca para eles.

Hakim e os guardas partiram no ônibus, provavelmente para comprar uma nova correia da ventoinha, além de uma extra, assim esperava Kiah. Ela sabia, pelas paradas anteriores, que eles estacionariam em algum lugar seguro e que Tareq ou Hamza passaria a noite toda no ônibus. "Quem iria querer roubar uma porcaria dessas?", pensou. Mas eles pareciam considerá-lo precioso. Ela não ligava, desde que no dia seguinte estivesse funcionando para que a viagem continuasse.

Abdul também deixou a casa. Ele iria a um bar ou café, imaginou ela, e talvez ficasse de olho em Hakim e nos guardas.

Em um dos cantos do pátio havia um chuveiro com uma bomba manual e uma tela, e os homens puderam se lavar. Kiah perguntou a uma das criadas se as mulheres e Naji poderiam se lavar na casa. A garota foi para dentro, depois voltou até Kiah e assentiu. Kiah fez sinal com a cabeça para Esma e Bushra, as únicas outras mulheres no ônibus, e elas entraram.

A água subterrânea era gelada, mas Kiah ficou grata por isso e pelo sabonete e as toalhas generosamente fornecidos pelo proprietário invisível da casa – ou, mais provavelmente, por sua esposa mais velha, ela supôs. Ela lavou sua calcinha e as roupas de Naji. Sentindo-se bem melhor, voltou para o pátio.

Quando escureceu, tochas foram acesas. Em seguida, as empregadas serviram ensopado de carneiro com cuscuz. Hakim provavelmente cobraria de todo mundo por isso na manhã seguinte. Ela não deixou que esse pensamento estragasse seu deleite. Deu a Naji o cuscuz com o caldo, junto com alguns legumes amassados, e ele comeu com vontade. Ela também.

Abdul chegou de volta quando as tochas estavam sendo apagadas. Ele se sentou a alguns metros de Kiah, com as costas na parede. Ela se deitou com Naji, que adormeceu no mesmo instante. "Mais um dia", pensou. "Alguns quilômetros mais perto da França, e ainda estamos vivos." E, com esse pensamento, ela também adormeceu.

# CAPÍTULO 17

– Eu sou a única pessoa que está preocupada com o que está acontecendo no Chade? – perguntou Pauline. Ninguém respondeu, é claro. – Isso tem todos os sinais de uma escalada. O Sudão pediu ao Egito, aliado deles, que envie tropas para ajudar a revidar o ataque do Chade.

Era uma reunião formal do Conselho de Segurança Nacional, com o conselheiro de Segurança Nacional, o secretário de Estado, a chefe de gabinete e outros funcionários importantes, além de seus respectivos assessores. Pauline havia convocado todos às sete da manhã. Eles estavam na Sala do Gabinete, um espaço comprido e de pé-direito alto, com quatro grandes janelas em arco que davam vista para a Colunata Oeste. Havia uma mesa de conferência oval feita de mogno com vinte cadeiras estofadas em couro sobre um tapete vermelho com estrelas douradas. Ao longo das duas paredes maiores havia cadeiras menores, para os assessores. Na outra extremidade havia uma lareira que nunca era usada. Uma janela estava aberta, e Pauline conseguia ouvir vagamente o tráfego na rua 15, um som baixinho e distante como o de folhas de árvores ao sabor do vento.

– Os egípcios ainda não confirmaram – disse Chester Jackson, o secretário de Estado. – Estão irritados porque os sudaneses não os apoiaram na construção daquela barragem.

– Mas vão confirmar – rebateu Pauline. – A disputa sobre a barragem é uma questão pequena. O Sudão alegou ter sofrido uma invasão, justificou a derrota dizendo que tinha sido causada por um ataque furtivo em território deles. Isso não é verdade, mas não importa.

– A presidente tem razão, Chess – interveio Gus Blake, o conselheiro de Segurança Nacional. – Ontem, em Cartum, houve manifestações nacionalistas histéricas contra o Chade.

– Manifestações orquestradas pelo governo, provavelmente.

– Sim, mas isso nos diz para onde eles estão indo.

– Verdade – disse Chess. – Você tem razão.

– E o Chade pediu à França para dobrar sua presença militar lá – observou Pauline. – Duvido que a França não mande ajuda. Ela está empenhada em proteger a integridade territorial do Chade e de outros aliados no Sahel. Há um bilhão de barris de petróleo submersos na areia do Chade, dos quais grande parte pertence à petrolífera francesa Total. A França não quer arrumar confusão com o Egito e pode até não querer enviar mais tropas para o Chade, mas acho que vai ser inevitável.

– Entendi o que a senhora quis dizer com escalada – falou Chess.

– Em breve teremos tropas francesas e egípcias frente a frente na fronteira Chade-Sudão, uma desafiando a outra a dar o primeiro tiro.

– Parece que sim.

– E pode piorar. O Sudão e o Egito podem pedir reforços à China, e Beijing pode assentir. Os chineses levam muito a sério a ideia de se firmarem na África. Então a França e o Chade vão pedir ajuda aos Estados Unidos. A França é nossa aliada na Otan e já temos tropas no Chade, por isso seria difícil ficarmos de fora desse combate.

– É um grande salto – comentou Chess.

– Mas estou errada?

– Não, não está.

– E, quando chegar a esse ponto, estaremos à beira de uma guerra de superpotências.

A sala ficou em silêncio por um momento.

A lembrança de Munchkin veio à cabeça de Pauline. Era como um pesadelo que não ia embora mesmo depois que a pessoa acordava. Ela viu novamente as fileiras de camas no quartel, o tanque de água de vinte milhões de litros e a Sala de Crise, com seus fios de telefone e telas. Foi assombrada pelo pensamento de que um dia poderia precisar viver naquele esconderijo subterrâneo, sendo a única pessoa capaz de salvar a espécie humana. E, se o apocalipse acontecesse, seria culpa dela. Ela era a pessoa mais poderosa do mundo. Não havia mais ninguém a quem culpar.

E ela precisava garantir que James Moore jamais se tornasse a pessoa com esse terrível dever nas mãos. A agressão era o modus operandi dele, e era disso que seus apoiadores gostavam. Ele fazia de conta que ninguém, jamais, poderia se opor aos Estados Unidos, ignorando Vietnã, Cuba, Nicarágua. Ele falava grosso, e isso fazia seus admiradores se sentirem especiais. Porém, posturas agressivas geravam ações violentas no mundo real, da mesma forma que geravam no pátio da escola. Um idiota era só um idiota, mas um idiota na Casa Branca era a pessoa mais perigosa do mundo.

– Deixem-me ver se consigo acalmar um pouco essa tempestade antes que o mar fique agitado demais – comentou Pauline. Ela se virou para sua chefe de gabinete. – Jacqueline, preciso de uma ligação com o presidente da França assim que ele estiver disponível, mas para hoje ainda, sem falta.

– Sim, senhora.

– Também preciso falar com o presidente do Egito, mas primeiro temos que estabelecer algumas bases. Chess, fale com o embaixador saudita aqui. É o príncipe Faisal, não é?

– Um dos muitos sauditas chamados Faisal, sim.

– Pede pra ele falar com os egípcios e os convencer a ouvir o que eu tenho a dizer. Os sauditas são aliados do Egito e devem exercer alguma influência.

– Sim, senhora.

– Talvez a gente consiga pôr um fim nisso antes que todo mundo perca a cabeça de vez. – Pauline se levantou e todos fizeram o mesmo. – Vem comigo até a residência oficial – disse para Gus.

Ele a seguiu para fora da sala.

– Sabe, a senhora foi a única pessoa naquela sala que percebeu a dimensão do perigo – falou Gus enquanto atravessavam a Colunata Oeste. – Todo mundo ainda estava vendo isso como uma mera desavença local.

Pauline assentiu com a cabeça. Ele tinha razão. Era por isso que ela era a chefe.

– Obrigada por ter me enviado aquele relato da testemunha ocular do embate no campo de refugiados – disse ela. – Foi bem intenso.

– Achei que a senhora fosse gostar.

– Eu conheço a mulher que escreveu, Tamara Levit. Ela é de Chicago. Foi voluntária na minha campanha para o Congresso. – Pauline invocou uma lembrança. – Uma moça de cabelos escuros, bem-vestida, muito atraente, todos os rapazes se apaixonavam por ela. E era boa também, foi promovida a organizadora.

– E agora é uma agente da estação da CIA em N'Djamena.

– E não se assusta com facilidade. Pelo que está nas entrelinhas, os projéteis sudaneses estavam explodindo ao redor enquanto ela carregava o chefe inconsciente no ombro.

– Ela teria sido muito útil no Afeganistão.

– Vou ligar para ela mais tarde.

Então chegaram à residência oficial. Ela se despediu de Gus e subiu correndo as escadas em direção ao andar familiar. Gerry estava na Sala de Jantar, comendo ovos mexidos e lendo o *The Washington Post*. Pauline se sentou ao lado dele, desdobrou o guardanapo e pediu ao cozinheiro uma omelete simples.

Pippa apareceu. Parecia sonolenta, mas Pauline não falou nada: havia pouco ela lera que os adolescentes precisavam dormir muito porque estavam crescendo rápido demais, e não porque fossem preguiçosos. Pippa estava vestindo uma camisa de flanela maior que o seu tamanho e uma calça jeans surrada. Não havia uniforme na Foggy Bottom Day School, mas os alunos deveriam usar roupas limpas e razoavelmente bem cuidadas. Pippa estava claramente no limite, mas Pauline se lembrou de que ela mesma, naquela idade, sempre tentava se vestir de uma forma que ofendesse os professores, mas sem quebrar totalmente as regras.

Pippa despejou seu cereal em uma tigela e acrescentou leite. Pauline pensou em sugerir que ela colocasse alguns mirtilos, por causa das vitaminas, mas decidiu que era melhor não dizer nada, mais uma vez. A dieta de Pippa não era a ideal, mas apesar de tudo seu sistema imunológico parecia estar funcionando perfeitamente.

O que ela falou em vez disso foi:

– Como vai a escola, querida?

Pippa parecia mal-humorada.

– Eu não estou fumando maconha, não se preocupe.

– Fico muito feliz em ouvir isso, mas eu estava pensando mais nas aulas.

– A mesma merda de sempre.

"Será que eu mereço mesmo isso?", refletiu Pauline.

– Só faltam três anos para você começar a enviar suas inscrições para as faculdades. Tem alguma ideia de para onde quer ir e o que pretende estudar?

– Não sei se quero ir para a faculdade. Não vejo muito sentido nisso.

Pauline ficou surpresa, mas se recuperou logo.

– Além de aprender, claro, acho que o objetivo é ampliar as opções de vida disponíveis para você. Não consigo imaginar que tipo de trabalho você conseguiria aos 18 anos tendo só um diploma do ensino médio.

– Posso ser poeta. Eu gosto de poesia.

– Você pode estudar poesia na faculdade.

– Sim, mas eles querem que você tenha o que eles chamam de uma *educação geral ampla*, então eu teria que estudar, tipo, química, geografia e outras coisas.

– De quais poetas você gosta?

– Dos modernos, que experimentam. Não ligo pra rimas, métricas nem nada disso.

"Por que isso não me surpreende?", pensou Pauline.

Ela ficou tentada a levantar a questão de como Pippa ganharia a vida sendo uma poetisa experimental de 18 anos, mas se conteve mais uma vez. O argumento era óbvio demais para ser apresentado. Que Pippa chegasse a essa conclusão por conta própria.

A omelete de Pauline chegou, a desculpa perfeita para que a conversa fosse encerrada, e ela pegou o garfo com alívio. Logo depois Pippa terminou seu cereal, pegou sua bolsa e disse:

– Até mais.

E desapareceu.

Pauline esperou que Gerry dissesse algo sobre o humor de Pippa, mas ele continuou em silêncio, passando agora para a leitura da seção de negócios. Houve um tempo em que ele e Pauline teriam lamentado juntos, mas isso não vinha acontecendo muito ultimamente.

Eles sempre tinham falado em ter dois filhos. Gerry adorava a ideia, mas depois que Pippa chegou ele ficou menos empolgado com essa perspectiva. Pauline era congressista na época e Gerry parecia ressentido por sua parte no cuidado com a filha. Mesmo assim eles tentaram, embora Pauline já estivesse com quase 40 anos. Ela engravidou novamente, mas sofreu um aborto, e depois disso Gerry não quis mais tentar. Disse que estava preocupado com a saúde de Pauline, mas ela ficou se perguntando se o verdadeiro motivo seria o fato de ele não querer mais brigar sobre quem levaria o bebê ao médico. Essa decisão foi como um soco para Pauline, mas ela não insistiu: era um erro ter um filho que um dos pais não desejava.

Ela reparou que o marido estava de suspensório e camisa social.

– O que você tem para fazer hoje? – perguntou.

– Uma reunião do conselho. Nada muito desgastante. E você?

– Tenho que garantir que uma guerra não estoure no Norte da África. Nada muito desgastante.

Gerry riu e, por um momento, ela se sentiu próxima dele novamente. Então ele dobrou o jornal e se levantou.

– É melhor eu ir colocar a gravata.

– Boa reunião.

Ele deu um beijo na testa dela.

– Boa sorte com o Norte da África – disse Gerry e saiu.

Pauline voltou para a Ala Oeste, mas, em vez de ir para o Salão Oval, foi até a assessoria de imprensa. Cerca de uma dúzia de pessoas, a maioria bastante jovem, estava sentada em suas estações de trabalho, lendo ou digitando. Havia TVs nas paredes, cada uma passando um noticiário diferente. Havia exemplares de jornais espalhados por toda parte.

Sandip Chakraborty tinha uma mesa no centro da sala, que ele preferia a um escritório particular: gostava de estar no meio das coisas. Ele se levantou assim que Pauline entrou. Estava usando a combinação de terno e tênis que era sua marca registrada.

– A questão no Chade – disse ela a ele. – Essa história rendeu alguma coisa?

– Até poucos minutos atrás, não, senhora presidente – respondeu Sandip. – Mas o James Moore acabou de comentar na NBC. Ele disse que a senhora não deveria enviar tropas americanas para intervir.

– Já temos uma força de contraterrorismo de alguns milhares de soldados lá.

– Mas ele não sabe desse tipo de coisa.

– Enfim, em uma escala de um a dez?

– O interesse passou de um para dois.

Pauline assentiu.

– Fala com o Chester Jackson, por favor. Prepara uma declaração curta pontuando que já temos tropas no Chade e em outros países do Norte da África que lutam contra o Estado Islâmico no Grande Saara.

– Talvez insinuando a ignorância do Moore? "O Sr. Moore parece não perceber...", esse tipo de coisa?

Pauline pensou por um momento. Ela não gostava muito desse tipo de alfinetada na política.

– Não, eu não quero que soe como se o Chess fosse um engraçadinho. Procura o tom de alguém que está explicando coisas simples com paciência e gentileza.

– Entendido.

– Obrigada, Sandip.

– Obrigado, senhora presidente.

Ela foi para o Salão Oval.

Teve uma reunião com o secretário do Tesouro, passou uma hora com o primeiro-ministro norueguês, que estava de visita ao país, e recebeu uma delegação de produtores de leite. Almoçou no Estúdio: salmão pochê frio com salada. Enquanto comia, leu um relatório curto sobre a escassez de água na Califórnia.

A seguir veio o telefonema para o presidente da França. Chess foi até o Salão Oval e se sentou ao lado dela, ouvindo tudo em fones de ouvido. Gus e vários outros estavam ouvindo remotamente. Havia também intérpretes de ambos os lados da linha, em caso de necessidade, embora Pauline e o presidente Pelletier normalmente conseguissem resolver tudo sem eles.

Georges Pelletier tinha um jeito relaxado e tranquilo, mas, quando os calos apertavam, pensava apenas no que era do interesse da França, e esse interesse o guiava de maneira implacável. Portanto, não havia garantias de que Pauline fosse conseguir o que queria.

– *Bonjour, monsieur le président* – começou Pauline. – *Comment ça va, mon ami?*

O presidente francês respondeu em um inglês coloquial perfeito:

– Senhora presidente, é muito amável da sua parte fingir que fala francês, e você sabe quanto apreciamos isso, mas no fim das contas é mais fácil se nós dois falarmos em inglês.

Pauline riu. Pelletier não perdia o charme nem quando adotava um ar de superioridade.

– Em qualquer idioma, é um prazer falar com você – disse ela.

– Para mim também.

Ela o imaginou no Palácio do Eliseu, sentado na vasta mesa do presidente no Salon Doré, dando a impressão de que havia nascido ali, elegante em um terno de caxemira.

– É uma da tarde aqui em Washington, então devem ser sete da noite em Paris – observou ela. – Imagino que você já esteja bebendo champanhe.

– Minha primeira taça do dia, obviamente.

– *Salut*, então.

– *Cheers*, saúde.

– Estou ligando para falar sobre o Chade.

– Imaginei.

Pauline não precisou repassar tudo o que havia acontecido. Georges estava sempre bem informado.

– Seu Exército e o meu trabalham em conjunto no Chade, combatendo o EIGS, mas acho que não queremos nos envolver em uma disputa com o Sudão – disse ela.

– Correto.

– O perigo é que, se houver tropas de ambos os lados da fronteira, mais cedo ou mais tarde algum idiota vai dar um tiro e acabaremos dando início a uma briga que ninguém quer.

– Verdade.

– Minha ideia é demarcar uma zona desmilitarizada de vinte quilômetros de extensão ao longo da fronteira.

– Excelente ideia.

– Acredito que os egípcios e os sudaneses vão concordar em manter os exércitos deles a dez quilômetros da fronteira caso eu e você façamos o mesmo.

Houve uma pausa. Georges não era facilmente influenciável, e agora, como ela havia previsto, ele estava fazendo cálculos nada sentimentais.

– Diante disso, me parece uma boa ideia – disse ele.

Pauline ficou esperando pelo "mas" do presidente. No entanto, o que ele falou em vez disso foi:

– Vou só conversar com os militares antes.

– Tenho certeza que vão aprovar – disse Pauline. – Eles não vão querer uma guerra desnecessária.

– Você pode muito bem ter razão.

– Mais uma coisa – emendou Pauline.

– Sim?

– Vamos ter que fazer o primeiro movimento.

– Ou seja, vamos impor um limite a nós mesmos *antes* de os egípcios concordarem em fazer o mesmo.

– A princípio, acho que é muito provável que eles concordem, mas não vão se comprometer de fato até verem que já demos o exemplo.

– Porém...

– Porém suas tropas não estão nem perto da fronteira agora, então você só precisa anunciar que vai respeitar a zona desmilitarizada como um gesto de boa vontade, na firme esperança de que o outro lado faça o mesmo. Você vai soar como um pacificador sensato, o que é claro que você é. E então é só ver o que acontece. Se o outro lado não fizer a parte dele, você pode deslocar suas tropas para a fronteira quando quiser.

– Minha querida Pauline, você é muito persuasiva.

– Odeio estragar sua noite, Georges, mas você poderia falar com os militares agora? Talvez antes mesmo do jantar? – Era um pedido ousado, mas ela odiava protelar as coisas: uma hora virava um dia, um dia se transformava em uma semana e ideias brilhantes morriam por falta de oxigênio. – Se você conseguir me dar um ok antes de se recolher para dormir, eu posso avançar na tratativa com os egípcios, e você vai acordar em um mundo mais seguro amanhã de manhã.

Ele riu.

– Gosto de você, Pauline. Você tem uma coisa. Tem uma palavra em iídiche para isso. *Chutzpah.*

– Vou aceitar isso como um elogio.

– É, sim. Dou notícias ainda esta noite.

– Agradeço demais por isso, Georges.

– De nada.

Eles desligaram.

– Permita-me dizer uma coisa, senhora presidente – disse Chess. – A senhora é muito boa. Incrivelmente boa.

– Vamos ver se vai funcionar – falou Pauline.

...

Ela teve uma conversa semelhante com o presidente do Egito. Não foi tão calorosa, mas o desfecho foi o mesmo: uma resposta favorável, sem um acordo definitivo.

Naquela noite, Pauline teve que fazer um discurso no Baile dos Diplomatas, uma festa anual organizada por um comitê de embaixadores para arrecadar fundos para instituições de apoio à alfabetização. Grandes empresas com negócios no exterior compravam mesas para ter acesso a importantes emissários diplomáticos.

O traje era black tie. A roupa, que Pauline tinha escolhido com antecedência, havia sido preparada pelos funcionários da residência oficial, um vestido verde-nilo com um xale de veludo verde-escuro. Ela acrescentou um pingente de esmeralda em formato de lágrima, com brincos combinando, enquanto Gerry colocava abotoaduras em sua camisa.

Grande parte da conversa da noite seria sobre amenidades, mas haveria gente poderosa entre os convidados, e Pauline pretendia avançar com seu plano para a questão entre o Chade e o Sudão. De acordo com a sua experiência, decisões de verdade eram tomadas em eventos como aquele tanto quanto em encontros formais em torno de mesas de reuniões. A atmosfera relaxada, a bebida, as roupas sensuais e a comida abundante, tudo isso fazia com que as pessoas relaxassem e entrassem em um estado de espírito mais receptivo.

Ela circularia pelo salão durante o coquetel antes do jantar, falando com o máximo de pessoas possível, depois faria um discurso e iria embora antes da refeição, seguindo seu princípio de não perder tempo comendo com desconhecidos.

De saída, ela foi interceptada por Sandip.

– Tem uma coisa que talvez a senhora queira saber antes de ir para o baile – avisou ele. – O James Moore se manifestou de novo sobre o Chade.

Pauline deu um suspiro.

– Ele nunca decepciona quando se trata de atrapalhar. O que foi que ele falou?

– Acho que é uma reação à nossa declaração de que já temos tropas no Chade. Ele disse que elas deveriam ser retiradas, para garantir que não se envolvam em uma guerra que não tem nada a ver com os Estados Unidos.

– E a gente deixaria de participar da luta contra o EIGS?

– Essa seria a consequência, mas ele não mencionou o EIGS.

– Ok, Sandip, obrigada por avisar.

– Eu que agradeço, senhora presidente.

Ela entrou no carro preto alto com portas blindadas e vidros à prova de balas com centímetros de espessura. À frente dele estava um carro idêntico, com os guarda-costas do Serviço Secreto, e atrás outro, com os funcionários da Casa Branca. Conforme o comboio foi se afastando, ela conseguiu conter a irritação. Enquanto ela corria para tentar aprovar um plano de paz, Moore ficava dando aos americanos a impressão de que ela estava se metendo inadvertidamente em outra guerra no exterior. Havia um ditado que dizia que "a mentira dá a volta ao mundo enquanto a verdade calça as botas". Era irritante pensar que seus esforços poderiam ser facilmente minados por um fanfarrão como Moore.

Agentes da polícia em motocicletas fechavam o trânsito para ela a cada cruzamento, e levou apenas alguns minutos até que ela chegasse a Georgetown.

Quando eles estavam se aproximando da entrada do hotel, ela disse a Gerry:

– Vamos tomar rumos distintos logo depois de entrar, como de costume, se estiver tudo bem por você.

– Claro. Assim, algumas das pessoas que ficarem decepcionadas por não terem conseguido falar com você podem conversar comigo como prêmio de consolação. – Ele estava sorrindo enquanto dizia isso, então ela achou que aquilo não o incomodava de fato.

O gerente do hotel a recebeu na porta e a conduziu escada abaixo, com membros de seu destacamento do Serviço Secreto à frente e às costas. Um burburinho vinha do salão. Ela ficou feliz ao ver a silhueta corpulenta de Gus esperando ao pé da escada, devastadoramente bonito em um smoking.

– Só para você saber – murmurou ele –, o James Moore está aqui.

– Obrigada – disse ela. – Não se preocupe, eu lido com ele se a gente se esbarrar. E o príncipe Faisal?

– Está aqui.

– Traga-o aqui assim que puder.

– Deixe comigo.

Ela adentrou o salão de baile e recusou uma taça de champanhe. Havia uma atmosfera de corpos quentes, canapés de peixe e garrafas de vinho vazias. Foi recebida pela presidente de uma das instituições de caridade, a esposa de um milionário em um vestido justo de seda azul-turquesa e saltos extremamente altos. Então Pauline começou a colocar sua habilidade de comunicação em prática. Fez perguntas brilhantes sobre alfabetização e demonstrou interesse nas respostas. Foi apresentada ao principal patrocinador do baile, o CEO de uma grande fabricante de papel, e perguntou como iam os negócios. O embaixador da Bósnia a deteve e implorou por ajuda para lidar com minas terrestres não detonadas, das quais havia ainda oitenta mil em seu país. Pauline foi compreensiva, mas as minas terrestres não haviam sido colocadas lá pelos Estados Unidos, e ela não planejava gastar o dinheiro dos contribuintes para retirá-las de lá. Ela não era republicana por acaso.

Ela demonstrou simpatia e interesse a todo mundo e conseguiu esconder a impaciência para seguir com as suas prioridades.

Foi abordada pela embaixadora da França, Giselle de Perrin, uma mulher magra de 60 e poucos anos que usava um vestido preto. Quais seriam as notícias de Paris? O sucesso do acordo dependia em grande parte do presidente Pelletier.

Madame De Perrin cumprimentou Pauline com um aperto de mão.

– Senhora presidente, falei com monsieur Pelletier há uma hora. Ele me pediu para lhe dar isto. – Ela tirou um papel dobrado de sua bolsa. – Ele disse que a senhora ficaria satisfeita.

Ansiosa, Pauline desdobrou a folha. Era um comunicado de imprensa do governo francês com um parágrafo destacado e traduzido para o inglês: "O governo da França, preocupado com as tensões na fronteira Chade-Sudão, enviará imediatamente mil soldados ao Chade para reforçar sua missão naquele país. A princípio, as forças francesas permanecerão a pelo menos dez quilômetros da fronteira, na esperança de que as forças do outro lado façam o mesmo, criando assim uma separação de vinte quilômetros entre os exércitos, para evitar embates acidentais."

Pauline ficou em êxtase.

– Obrigada por isso, embaixadora – disse. – É de grande ajuda.

– De nada – respondeu a embaixadora. – A França tem sempre prazer em ajudar nossos aliados americanos.

Aquilo não era verdade, refletiu Pauline, mas continuou a sorrir.

Sua atenção foi desviada quando Milton Lapierre apareceu. "Ah, merda", pensou ela, "eu não precisava disso agora." Ela não esperava que ele estivesse ali; não havia nenhuma razão para que estivesse. Ele havia renunciado e Pauline tinha nomeado um novo vice-presidente, que estava em processo de aprovação nas duas casas do Congresso. Mas a história do caso dele com Rita Cross, de 16 anos, ainda não tinha chegado à imprensa, e ela supôs que ele estava tentando fingir normalidade.

Mas Milt não parecia bem. Estava com um copo de uísque na mão e parecia já ter bebido bastante. Seu smoking era caro, mas a faixa na cintura estava escorregando e a gravata-borboleta estava frouxa.

Os guarda-costas de Pauline se aproximaram.

Pauline tinha aprendido ainda no início de sua carreira a manter a calma durante encontros constrangedores.

– Boa noite, Milt – disse, se lembrando de que ele havia sido nomeado diretor de uma firma de lobby. – Parabéns pela sua indicação para o conselho da Riley Hobcraft Partners.

– Obrigado, senhora presidente. Você fez o seu melhor para arruinar a minha vida, mas não teve muito sucesso.

Pauline ficou assustada com a intensidade do ódio dele.

– Arruinar sua vida? – questionou ela com o que esperava ser um sorriso amigável. – Pessoas melhores do que você e eu já foram demitidas antes e superaram.

Ele baixou o tom de voz:

– Ela me largou.

Pauline não sentiu nenhuma pena dele.

– Melhor assim – disse. – Melhor para ela e melhor para você.

– Quem é você pra saber? – sibilou ele.

Gus interveio e colocou um braço protetor entre Pauline e Milt.

– Aqui está Sua Excelência, o príncipe Faisal – falou, e com um leve toque a virou de modo que ela ficasse de costas para Milt. Ela ouviu um de seus guarda-costas distraindo Milt dizendo de forma agradável:

– Que bom vê-lo novamente, senhor vice-presidente. Espero que esteja bem.

Pauline sorriu para Faisal, um homem de meia-idade com uma barba grisalha e um semblante que exibia desconfiança.

– Boa noite, príncipe Faisal – disse ela. – Falei com o presidente do Egito, mas ele não quis prometer nada.

– Foi o que eles nos disseram. Nosso ministro das Relações Exteriores gosta da ideia de uma zona desmilitarizada entre o Chade e o Sudão e ligou imediatamente para o Cairo. Mas os egípcios disseram apenas que iam pensar.

Pauline estava com o comunicado do governo francês na mão.

– Dá uma olhada nisso – pediu.

Faisal leu rápido.

– Isso pode fazer diferença – disse.

O ânimo dela voltou a aumentar.

– Por que a senhora não mostra isso ao seu amigo, o embaixador egípcio?

– É exatamente nisso que eu estava pensando.

– Por favor, faça isso.

Gus tocou seu braço e a conduziu ao púlpito. Estava quase na hora do discurso. Uma equipe de televisão tinha recebido permissão para transmitir sua fala. Um texto sobre alfabetização seria exibido para ela em uma tela que não tinha como ser vista pelo público. No entanto, ela estava pensando em fugir do roteiro, ou pelo menos fazer acréscimos a ele, com alguns comentários sobre o Chade. Tudo o que ela queria era ter alguma boa notícia concreta para relatar, em vez de meras expectativas.

Trocou algumas palavras rápidas com as pessoas enquanto os agentes do Serviço Secreto abriam caminho para ela em meio à multidão. Pouco antes de chegar ao curto lance de escadas, James Moore a cumprimentou.

Ela falou com polidez, mas manteve o rosto sem expressão:

– Boa noite, James, e obrigada pelo interesse que você está demonstrando pelo Chade. – Ela sentiu que estava quase cruzando a fronteira em que a cortesia se transforma em hipocrisia.

– É uma situação perigosa – disse Moore.

– Claro, e a última coisa que queremos fazer é envolver as tropas americanas.

– Então você deveria trazê-las para casa.

Pauline deu um leve sorriso.

– Acho que podemos fazer melhor que isso.

Moore pareceu confuso.

– Melhor?

Ele não tinha capacidade para pensar em diferentes opções e pesar prós e contras. Tudo o que conseguia fazer era pensar em uma resposta agressiva e então verbalizá-la.

Mas Pauline não tinha uma alternativa à proposta dele, apenas a esperança de que ela existisse.

– Você vai ver – disse ela com mais confiança do que de fato sentia, e seguiu em frente.

Ao chegar aos degraus, encontrou Latif Salah, o embaixador egípcio, um homem pequeno com olhos brilhantes e um bigode preto. Ele não era muito mais alto do que Pauline. De smoking, ela achou que ele lembrava um melro-preto agitado. Ela gostava da energia dele.

– O Faisal me mostrou o anúncio dos franceses – disse ele sem rodeios. – É um passo importante.

– Concordo – falou Pauline.

– É muito tarde no Cairo agora, mas o ministro das Relações Exteriores ainda está acordado e falei com ele alguns minutos atrás. – O embaixador parecia estar satisfeito consigo mesmo.

– Que bom! O que disse o ministro?

– Que vamos concordar com a zona desmilitarizada. Estamos apenas esperando a confirmação dos franceses.

Pauline disfarçou a empolgação. Sua vontade era dar um beijo em Latif.

– Ótima notícia, embaixador. Obrigada por me avisar tão rápido. Posso mencionar seu anúncio no meu discurso, se não se importar.

– Seria uma honra. Obrigado, senhora presidente.

A esposa do milionário com o vestido de seda azul-turquesa olhou para ela. Pauline acenou com a cabeça, para indicar que estava pronta. A mulher fez um breve discurso de boas-vindas e a apresentou, e Pauline foi até o púlpito em meio aos aplausos do público. Ela tirou uma cópia impressa do discurso de dentro da bolsa e o desdobrou. Não porque precisasse dele, mas para que pudesse fazer algo teatral depois.

Falou sobre as conquistas das instituições de caridade voltadas para a alfabetização e sobre o trabalho que ainda precisava ser feito por elas e pelo governo federal, mas no fundo de sua mente estava o Chade. Ela queria fazer um alarde sobre sua conquista, agradecer o papel desempenhado pelos embaixadores e levar James Moore à lona sem parecer vingativa. Gostaria de ter tido uma hora inteira para trabalhar nesse discurso, mas aquela era uma oportunidade boa demais para ser desperdiçada, então improvisaria.

Disse tudo o que era necessário sobre alfabetização, depois começou a falar sobre os diplomatas. Nesse ponto, dobrou o papel com o discurso ostensivamente e o guardou, para que todos soubessem que estava fugindo do roteiro. Ela se inclinou para a frente, baixou a voz e falou em um tom mais íntimo, e o lugar ficou em silêncio.

– Quero falar sobre algo importante, um acordo que vai salvar vidas que foi selado hoje pelo corpo diplomático de Washington, inclusive por algumas pessoas presentes aqui. Vocês ouviram falar no noticiário sobre a tensão na fronteira entre o Chade e o Sudão, sabem que vidas já foram perdidas e estão cientes do perigo de que uma escalada de violência arraste exércitos de outras nações para o conflito. Mas hoje nossos amigos franceses e egípcios, com ajuda e incentivo dos sauditas e da Casa Branca, concordaram em estabelecer uma zona desmilitarizada de vinte quilômetros de extensão ao longo da fronteira, em um primeiro passo para aliviar a tensão e reduzir o risco de que haja novas vítimas.

Fez uma pausa para deixá-los digerir aquilo e então continuou:

– É assim que trabalhamos por um mundo pacífico. – Ela se arriscou a fazer uma piadinha: – Os diplomatas fazem isso com muita discrição. – Ouviram-se discretos risos de aprovação. – Nossas armas são o planejamento e a franqueza. E, para concluir, além de agradecer às nossas maravilhosas instituições de caridade, gostaria de pedir a vocês que agradeçam aos diplomatas de Washington, os negociadores silenciosos que salvam vidas. Uma salva de palmas para eles.

Houve uma enorme animação. Pauline bateu palmas, e o público a acompanhou. Ela olhou ao redor, encontrando o olhar de um embaixador após o outro, dando um aceno de cabeça especial para Latif, Giselle e Faisal em reconhecimento. Então desceu do púlpito e foi escoltada pelo Serviço Secreto pelo meio da multidão, deixando o local antes mesmo que os aplausos tivessem começado a perder força.

Gus estava bem atrás dela.

– Brilhante – comentou ele, entusiasmado. – Vou ligar para o Sandip e passar os detalhes para ele, se a senhora quiser. Ele precisa repassar isso para a imprensa imediatamente.

– Boa ideia. Faça isso, por favor.

– Tenho que voltar lá para dentro – disse Gus com pesar. – Só uns poucos privilegiados conseguem evitar o salmão com molho de pimenta. Mas vou passar no Salão Oval mais tarde, tudo bem?

– Claro.

Quando ela entrou no carro, Gerry já estava lá.

– Muito bem – disse ele. – Deu tudo certo.

– A zona desmilitarizada vai estar na primeira página de todos os jornais amanhã.

– E as pessoas vão se dar conta de que, enquanto Moore fica falando bobagens por aí, você resolve problemas de verdade.

Ela sorriu com tristeza.

– Talvez isso seja esperar demais.

Na Casa Branca, eles foram direto para a residência oficial e se dirigiram à Sala de Jantar. Pippa já estava à mesa.

– Vocês não precisavam se vestir tão formalmente só para mim, mas obrigada mesmo assim – disse ela olhando para eles.

Pauline deu uma risada alegre. Aquela era a Pippa de que ela mais gostava – a que fazia comentários engraçados, mas não engraçadinhos. Eles comeram bife com salada de rúcula e tiveram uma conversa descontraída. Então Pippa voltou para os seus deveres de casa, Gerry foi ver golfe na TV e Pauline pediu que seu café fosse servido no Estúdio ao lado do Salão Oval.

Aquele era um espaço mais privado, e as pessoas não entravam sem permissão. Pelas duas horas seguintes ninguém a perturbou. Ela encarou uma pilha de relatórios e memorandos, um a um. Gus apareceu às dez e meia, depois de escapar do baile. Ele havia tirado o smoking e estava mais despojado, quase fofo, com um suéter de caxemira azul-escuro e calça jeans. Ela deixou de lado a papelada com alívio, feliz por ter alguém com quem debater os acontecimentos do dia.

– Como foi o resto do baile? – perguntou.

– O leilão correu bem. Alguém pagou vinte e cinco mil dólares por uma garrafa de vinho.

Ela sorriu.

– Quem vai conseguir beber isso depois?

– Eles adoraram o seu discurso. Não pararam de falar a respeito a noite toda.

– Que bom. – Pauline estava contente, mas tinha pregado para convertidos. Poucas pessoas no Baile dos Diplomatas votariam em James Moore. Os apoiadores dele pertenciam a outra camada da sociedade americana. – Vamos ver como isso vai funcionar nos tabloides. – Ela ligou a TV. – Daqui a alguns minutos vão começar as resenhas das primeiras edições dos canais de notícias. – Tirou o som da TV ao ver que ainda estava passando a parte de esportes.

– Como foi o resto da sua noite? – perguntou Gus.

– Foi bom. Pippa estava de bom humor, incrivelmente, e depois tive algumas horas de silêncio para ler aqui. Com todas essas informações que preciso digerir, eu queria ter um cérebro maior.

Gus riu.

– Sei como é. Minha cabeça precisava de um upgrade de memória igual aos que a gente faz no computador.

As resenhas do noticiário começaram, e Pauline colocou o som de volta.

A primeira página do *New York Mail* fez seu coração dar um salto.

A manchete dizia:

PIPPA
MACONHEIRA

– Ah, não! Não! – exclamou Pauline.

– A filha da presidente, Pippa Green, de 14 anos, foi flagrada fumando maconha em uma festa na casa de uma colega de sua escola particular de elite – informou o âncora.

Pauline ficou em choque. Olhou para a tela, o queixo caído em perplexidade, as mãos apoiadas nas faces, sem conseguir acreditar que aquilo fosse verdade.

A primeira página ocupava a tela inteira. Havia uma montagem de Pauline e Pippa juntas: nela Pauline estava furiosa, e Pippa, com uma camiseta velha e o cabelo desgrenhado. Cada uma das imagens tinha sido tirada de uma foto diferente e ambas foram combinadas para mostrar uma cena que jamais havia acontecido, com Pauline supostamente repreendendo a filha viciada em drogas.

O choque foi substituído pela raiva. Pauline se levantou, gritando para a TV:

– Seus desgraçados de merda! Ela é uma criança!

A porta se abriu e um agente do Serviço Secreto olhou apreensivo para dentro do Estúdio. Gus fez sinal para que ele fosse embora.

O âncora passou para outros jornais, mas em todos os tabloides o assunto era Pippa.

Pauline seria capaz de ouvir qualquer insulto contra si e dar risada, mas não suportava a ideia de ver Pippa sendo humilhada. Estava com tanto ódio que teve vontade de matar alguém: o repórter, o editor, o dono do jornal e todos os idiotas desmiolados que liam aquele tipo de lixo. Seus olhos se encheram de lágrimas de raiva. Ela foi possuída pelo instinto primitivo de proteger a filha, mas não podia fazer nada, e a frustração a fez querer arrancar os cabelos.

– Isso não é justo! – gritou. – Nós preservamos as identidades das crianças que cometem assassinato, mas estão crucificando minha filha só porque ela fumou uma porra de um baseado!

A imprensa séria tinha outras prioridades, mas, mesmo assim, Pippa estava na primeira página de todos os jornais. O conflito no Chade e o sucesso de Pauline em estabelecer uma zona desmilitarizada não foram mencionados pelo âncora.

– Inacreditável – disse Pauline.

O resumo dos jornais chegou ao fim e o âncora passou a palavra a um crítico de cinema. Pauline desligou a TV e se virou para Gus.

– O que eu faço?

– Acho que James Moore é o responsável – respondeu Gus em voz baixa. – Ele fez isso para tirar a sua zona desmilitarizada das primeiras páginas.

– Eu não estou nem aí para quem vazou – disse Pauline, e era capaz de ouvir o tom estridente na própria voz. – Só preciso descobrir um jeito de lidar com isso em relação a Pippa. É o tipo de humilhação que provoca suicídios entre os adolescentes. – As lágrimas voltaram a escorrer por seu rosto, e agora eram de tristeza.

– Eu sei – disse Gus. – Minhas filhas eram adolescentes até mais ou menos uma década atrás. É um momento delicado. Elas podem ficar deprimidas uma semana inteira só porque alguém criticou o esmalte delas. Mas você tem como ajudá-la.

Pauline olhou para o relógio.

– Já passa das onze, ela deve estar dormindo, não viu a notícia. Vou falar com ela assim que ela acordar. Mas o que eu digo?

– Você vai dizer que lamenta que isso tenha acontecido, mas você a ama, e juntas vocês vão superar isso. É desagradável, mas, por outro lado, ninguém morreu, ninguém pegou um vírus mortal e ninguém vai preso. O mais importante, você vai dizer que isso não é culpa dela.

Pauline o olhou, perplexa. Já estava se sentindo mais calma.

– Como você ficou tão sábio, Gus? – perguntou em um tom de voz mais normal. Ele fez uma pausa.

– Prestando atenção no que você fala, basicamente – murmurou ele. – Você é a pessoa mais sábia que já conheci.

Ela ficou tímida diante da intensidade inesperada dos sentimentos dele. Tentou disfarçar aquilo fazendo uma gracinha:

– Se somos tão espertos assim, por que temos tantos problemas?

Ele levou a pergunta a sério.

– Todo mundo que faz o bem também faz inimigos. Pense em como as pessoas odiavam o Martin Luther King. Tenho uma outra pergunta, embora ache que sei a resposta. Quem contou para o James Moore que Pippa tinha fumado maconha?

– Você acha que foi o Milt.

– Ele te odeia o suficiente e deixou isso bem claro no começo da noite. Não sei como ele descobriu que ela tinha fumado maconha, mas não é difícil imaginar. Ele estava por aqui o tempo todo.

Pauline ficou pensativa.

– Acho que sei exatamente como e quando ele descobriu. – Ela se lembrou do momento exato. – Foi umas três semanas atrás. Eu estava falando sobre a Coreia do Norte com o Milt e o Chess. Então o Gerry entrou, o Milt e o Chess foram embora e o Gerry me contou sobre a maconha. Quando estávamos conversando, o Milt voltou para pegar alguma coisa que tinha esquecido. – Ela levantara a cabeça, assustada, para conferir quem era e vira Milt pegando seu cachecol roxo. – Então fiquei me perguntando quanto ele tinha escutado. Agora a gente sabe. De qualquer forma, ele reuniu informação suficiente para divulgar a história no *Mail*.

– Tenho certeza de que você não vai querer, mas não posso deixar de falar: se quiser punir o Milt, você tem como.

– Você quer dizer revelando tudo sobre o caso dele? Tem razão, mas não vou fazer isso.

– Não achei que fosse o seu estilo.

– Além disso, não vamos esquecer que existe uma outra adolescente vulnerável no meio dessa confusão: a Rita Cross.

– Você está certa.

O telefone dela tocou. Era Sandip. Ele pulou as preliminares e foi direto ao ponto:

– Senhora presidente, posso dar uma sugestão de como responder à história do *New York Mail* de amanhã?

– Devemos ser bem sucintos. Não vou falar de particularidades da minha filha com aqueles chacais.

– Exatamente. Sugiro o seguinte: "Este é um assunto particular, e a Casa Branca não tem nada a declarar." O que acha?

– Perfeito – disse ela. – Obrigada, Sandip.

Ela percebeu que Gus estava espumando de raiva. Ele não tinha rompantes, como ela. Em vez disso, ia queimando aos poucos, e agora estava prestes a explodir.

– O que esses filhos da puta querem? – perguntou.

Ela ficou um pouco assustada. Na zona de alta tensão que era a Ala Oeste, as pessoas costumavam usar palavrões, mas ela achava que nunca tinha ouvido Gus usar aquele em particular.

– Você faz algo construtivo em vez de ficar por aí falando bobagens, e eles ignoram isso e atacam a sua filha – continuou ele. – Às vezes acho que a gente merece mesmo ter um idiota como o Moore como presidente.

Pauline deu um sorriso. A irritação dele a enterneceu. Depois que ele colocou a raiva para fora, ela conseguiu ser mais racional.

– A democracia é a pior forma de governo que existe, não é? – disse.

Ele conhecia o ditado e completou a ideia:

– Com exceção de todas as outras formas.

– E, se você espera gratidão, não deveria estar na política.

De repente, Pauline se sentiu cansada. Ela se levantou e foi até a porta. Gus também se levantou.

– O que você fez hoje foi uma pequena obra-prima da diplomacia – comentou ele.

– Estou satisfeita, não importa o que a imprensa diga.

– Espero que você saiba quanto eu a admiro. Faz três anos que eu a observo. O tempo todo você encontra uma solução, a abordagem certa, a frase perfeita. Faz algum tempo que percebi que tenho o privilégio de trabalhar com um gênio.

Pauline ficou parada, com a mão na maçaneta.

– Nunca fiz nada sozinha. Somos parte de uma boa equipe, Gus. Tenho sorte de ter você, a sua inteligência e a sua amizade para me dar apoio.

Ele ainda não havia terminado. As emoções foram se seguindo umas às outras no rosto dele, até que ela não entendeu mais o que ele estava querendo dizer.

Foi quando Gus soltou:

– Da minha parte, é um pouco mais que amizade.

O que aquilo queria dizer? Ela ficou olhando para ele, confusa. O que significava mais do que amizade? Uma resposta emergiu em sua consciência, mas ela não conseguia admiti-la.

– Eu não deveria ter dito isso – disse Gus. – Por favor, deixe isso pra lá.

Ela o encarou por bastante tempo, sem saber o que dizer ou fazer.

– Tudo bem – falou por fim.

Ela hesitou um pouco mais, depois saiu.

Voltou rapidamente para a residência oficial, seguida por seu destacamento do Serviço Secreto, pensando em Gus. As palavras dele tinham soado como uma declaração de amor. Mas isso era ridículo.

Gerry já tinha ido deitar e a porta do quarto estava fechada, então ela voltou para o Quarto Lincoln. Ficou feliz por estar sozinha. Tinha muito em que pensar.

Ficou planejando mentalmente a conversa com Pippa enquanto executava de forma mecânica as tarefas da hora de dormir que não exigiam nenhum pensamento: escovar os dentes, tirar a maquiagem, colocar as joias na caixa. Pendurou o vestido no armário e jogou as meias no cesto de roupa suja.

Acertou o despertador para seis da manhã, uma hora antes de Pippa acordar. Elas conversariam o tempo que fosse necessário. Não haveria problema se Pippa não fosse para a escola no dia seguinte.

Pauline pôs uma camisola, foi até a janela e olhou para além do Gramado Sul, para o Monumento a Washington. Pensou em George Washington, a primeira pessoa a ocupar o cargo que ela ocupava agora. Ainda não havia Casa Branca quando ele tomou posse. Ele nunca teve filhos e os jornais da época não se interessavam pelo comportamento da prole de seus líderes: tinham coisas mais importantes para tratar.

Estava chovendo. Havia uma vigília noturna na avenida Constitution, um protesto contra o assassinato de um homem negro por um policial branco, e os manifestantes estavam debaixo de chuva com chapéus e guarda-chuvas. Gus era negro. Ele tinha netos; um dia eles teriam que ouvir que corriam mais risco diante da polícia e que precisariam obedecer a regras estritas para se manterem seguros: nada de correr na rua, nada de gritar, regras que não se aplicavam a crianças brancas. Não fazia diferença que Gus ocupasse um dos mais altos cargos do governo e que dedicasse sua inteligência e sua sabedoria ao país; ele continuava a ser definido pela cor de sua pele. Pauline ficou se perguntando quanto tempo levaria até que esse tipo de injustiça desaparecesse dos Estados Unidos.

Ela se enfiou debaixo dos lençóis frios. Apagou a luz, mas não fechou os olhos. Tinha passado por dois choques. Já estava começando a definir o que falaria para Pippa, mas não fazia ideia de como lidar com Gus.

O problema é que eles tinham um histórico.

Gus tinha sido assessor de política externa em sua campanha presidencial. Durante um ano inteiro eles tinham viajado juntos pelo país, com dias de muito trabalho e noites de pouco sono. Tornaram-se próximos.

E tinha acontecido mais que isso. Nada muito relevante, mas ela não tinha se esquecido e sabia que ele também não.

Foi no auge da campanha, quando Pauline despontava como vencedora. Eles estavam voltando de um comício extremamente bem-sucedido: milhares de pessoas vibrando em um estádio de beisebol e um discurso brilhante dela. Inebriados com aquele êxito, eles entraram em um elevador lento de um hotel alto e se viram sozinhos. Ele a envolveu com os braços, ela inclinou o rosto de lado e os dois se beijaram apaixonadamente, com as bocas abertas, as mãos umas sobre as outras, até que o elevador parou, as portas se abriram, e eles viraram em direções diferentes e foram para seus quartos, sem dizer uma palavra.

Eles nunca haviam tocado nesse assunto.

Ela precisou fazer um esforço para se lembrar da última vez que alguém tinha se apaixonado por ela. Claro que se lembrava de seu romance com Gerry, mas nesse caso tinha sido uma amizade que foi crescendo aos poucos, mais do que uma paixão arrebatadora. Com ela normalmente era assim. Nunca tentava seduzir nem flertar – havia coisas mais importantes para fazer. Os homens não se apaixonavam por ela à primeira vista, embora fosse bonita. Não, as pessoas é que iam passando a gostar dela aos poucos, à medida que a iam conhecendo. No entanto, alguns homens acabaram se jogando aos pés dela – e uma mulher também, a propósito. Ela tinha saído com muitos deles e ido para a cama com alguns poucos, mas nunca tinha se sentido como eles, arrebatados, perdidamente apaixonados, desesperados por mais intimidade. Ela nunca tinha sentido uma paixão capaz de mudar sua vida, exceto o desejo de tornar o mundo um lugar melhor.

E agora Gus havia se declarado.

Aquilo não tinha como dar em nada, obviamente. Um caso entre os dois não poderia ser mantido em segredo, e, quando viesse a público, a história arruinaria a carreira dos dois. Também destruiria sua pequena família. Na verdade, arruinaria a vida dela. Não era nem mesmo uma possibilidade. Não havia nenhuma decisão a ser tomada: não havia escolha.

Dito isso, como ela se sentia em relação a um possível romance com Gus?

Ela gostava muito dele. Ele era compassivo e severo, uma combinação difícil de existir na prática. Ele dominava a arte de dar conselhos sem insistir em seu ponto de vista. E era sexy. Ela se pegou imaginando os primeiros toques exploratórios, os beijos apaixonados, as carícias nos cabelos, o calor dos corpos.

"Você ficaria ridícula", disse a si mesma. "Ele é trinta centímetros mais alto que você."

Mas isso não era ridículo. Era outra coisa. Aquilo a aqueceu por dentro. Só de pensar já era agradável.

Tentou se livrar de todos aqueles pensamentos. Ela era a presidente: não podia se apaixonar. Seria como um furacão, como dois trens colidindo, como uma bomba nuclear.

Que Deus jamais deixasse isso acontecer.

# CAPÍTULO 18

O ônibus saiu de Faya no sentido nordeste, rumo a uma zona conhecida como Faixa de Auzu. Ali os viajantes estavam à mercê de um perigo diferente: as minas terrestres.

A Faixa de Auzu, com cem quilômetros de extensão, era o que estava em jogo na guerra de fronteira em que o Chade derrotou seu vizinho ao norte, a Líbia. Depois que o conflito chegou ao fim, milhares de minas terrestres foram deixados para trás no território que o Chade havia conquistado. Em alguns lugares, havia avisos: fileiras de pedras à beira da estrada pintadas de vermelho e branco. Mas muitas permaneciam escondidas.

Hakim dizia saber onde todas elas estavam, mas parecia cada vez mais assustado à medida que o ônibus avançava e foi reduzindo a velocidade com nervosismo, conferindo mais de uma vez se estava seguindo a estrada certa, que nem sempre era claramente discernível do deserto ao redor.

Eles estavam agora no coração ardente do Saara. Até o ar tinha um gosto de brasa. Todo mundo se sentia desconfortável. O pequeno Naji estava nu e agitado; Kiah sempre lhe dava um pouco d'água, para garantir que ele não ficasse desidratado. Montanhas assomavam ao longe, a altura delas oferecendo uma falsa promessa de clima mais fresco. Isso porque as montanhas eram intransitáveis para veículos com rodas e teriam que ser contornadas, de modo que o ônibus não tinha como escapar do calor escaldante das areias do deserto.

Abdul ficou pensando que os árabes de outros tempos não teriam viajado o dia todo. Teriam acordado os camelos antes do amanhecer, atado neles as cestas de marfim e ouro ainda à luz das estrelas e amarrado, nuas, as pessoas que mantinham escravizadas, em longas e miseráveis fileiras, para que partissem à primeira luz do dia e descansassem na metade dele, o período de calor mais intenso. Seus descendentes modernos, com veículos movidos a gasolina, suas cargas de cocaína cara e seus migrantes desesperados, não eram tão espertos.

Conforme o ônibus foi se aproximando da fronteira com a Líbia, Abdul ficou se perguntando como Hakim lidaria com o controle de fronteira. A maioria dos migrantes não tinha passaporte, que dirá vistos ou outro tipo de autorização de viagem. Muitos chadianos passavam a vida inteira sem ter nenhum tipo de documento de identidade. Como passariam pela imigração e pela alfândega? Sem dúvida Hakim tinha algum esquema, provavelmente envolvendo suborno, mas podia ser perigoso. O sujeito que aceitou a propina da última vez poderia decidir dobrar o preço. Ou seu supervisor poderia estar presente, observando cada movimento. Ou poderia ter sido substituído por um idealista que se recusasse a ser corrompido. Não havia como prever esse tipo de coisa.

O último vilarejo antes da fronteira era o lugar mais primitivo que Abdul já tinha visto. O principal material de construção consistia em galhos finos de árvore, tão desbotados e ressecados quanto os ossos esbranquiçados de sol dos animais que morriam de sede no deserto. As varas – porque não passavam disso – eram trançadas para formar paredes precariamente verticais. Trapos irregulares de algodão e lona formavam os telhados. Havia cerca de meia dúzia de moradias melhores, construções minúsculas de um único cômodo feitas de blocos de concreto.

Hakim parou o ônibus, desligou o motor e anunciou:

– Aqui vamos encontrar o nosso guia tubu.

Abdul já tinha ouvido falar dos tubus. Eles eram pastores nômades que viviam na fronteira entre o Chade, a Líbia e o Níger, guiando seus rebanhos incessantemente em busca de escassas pastagens. Havia muito que eram desprezados pelos governos dos três países como sendo selvagens primitivos. Os tubus retribuíam esse desprezo: não reconheciam nenhum governo, não obedeciam às leis e não respeitavam as fronteiras. Muitos deles descobriram que contrabandear pessoas e drogas era mais fácil e lucrativo que criar gado. Os governos nacionais descobriram que era impossível policiar pessoas que nunca paravam de se deslocar, mais ainda quando o habitat delas ficava a centenas de quilômetros de deserto do edifício administrativo mais próximo.

No entanto, o guia tubu não estava ali.

– Ele vai aparecer – disse Hakim.

No centro da aldeia havia um poço de água límpida e fria, e todos beberam até se fartar.

Enquanto isso, Hakim teve uma longa conversa com um dos moradores, um sujeito mais velho que parecia inteligente, provavelmente um chefe informal da aldeia. Abdul não conseguiu ouvir o que falaram.

Os viajantes foram conduzidos até um complexo com abrigos nas laterais. Abdul percebeu, pelo cheiro, que o local tinha sido usado para a criação de ovelhas, provavelmente para proteger os animais do sol do meio-dia. Já era fim da tarde: visivelmente os passageiros do ônibus iriam passar a noite ali.

Hakim chamou a atenção de todos.

– Fuad me passou uma mensagem – avisou, e Abdul presumiu que Fuad fosse o homem que parecia ser o líder da aldeia. – Nosso guia pediu o dobro do preço, e ele não vai vir aqui até receber o excedente. Vão ser vinte dólares por pessoa.

Houve uma explosão de protestos. Os passageiros disseram que não tinham como pagar, e Hakim disse que não iria pagar por eles. O que se seguiu foi uma repetição mais intensa de uma discussão que já havia ocorrido várias vezes durante a viagem, sempre que Hakim tentava extorquir mais dinheiro. No fim das contas, as pessoas tinham que pagar.

Abdul se levantou e saiu do complexo.

Olhando ao redor da aldeia, percebeu que ninguém ali estava envolvido no contrabando de drogas ou de pessoas: eram todos muito pobres. Nas paradas anteriores ele em geral conseguia descobrir quem eram os criminosos, porque eles tinham dinheiro e armas, além do ar estressado dos homens que vivem nas periferias violentas, sempre prontos para bater em retirada. Ele anotava com cuidado os nomes, as descrições e as relações entre eles, e em Faya enviou um longo relatório para Tamara. Parecia não haver homens como esses naquele povoado deplorável. No entanto, a menção ao povo tubu forneceu a resposta de que ele precisava: naquela área, o contrabando devia ser comandado por eles.

Ele se sentou no chão perto do poço, com as costas contra uma acácia que lhe dava sombra. Dali podia ver boa parte da aldeia, mas um denso ajuntamento de tamargueiras o escondia das pessoas que iam ao poço: ele queria observar, não conversar. Perguntou-se onde estaria o guia, se não na aldeia. Não havia outros assentamentos em muitos quilômetros ao redor. Estaria o misterioso membro da tribo tubu logo além da colina, em uma tenda, esperando para ser informado de que os migrantes tinham conseguido reunir o dinheiro extra? Era bem possível que ele nem tivesse pedido mais dinheiro; aquilo poderia ser só mais um estratagema de extorsão de Hakim. O guia poderia estar em uma daquelas cabanas da aldeia, comendo ensopado de cabra com cuscuz, descansando antes da jornada do dia seguinte.

Abdul viu Hakim sair do complexo com uma expressão transtornada. Atrás dele veio Wahed, o sogro de Esma. Hakim parou e os dois homens ficaram conversando, Wahed implorando e Hakim recusando. Abdul não conseguiu ouvir as palavras, mas supôs que estavam discutindo sobre o dinheiro extra para o guia. Hakim fez um gesto para dispensar o homem e se afastou, mas Wahed o seguiu, as mãos estendidas em súplica. Então Hakim parou, se virou e falou de forma agressiva antes de se afastar novamente. Abdul fez uma careta de desgosto: o comportamento de Hakim era violento, e o de Wahed, indigno. Abdul se sentiu ofendido diante da cena.

Hakim atravessou o chão arenoso em direção ao poço, e Esma deixou o complexo e saiu correndo atrás dele.

Eles pararam junto ao poço para conversar, como as pessoas faziam havia milhares de anos. Abdul não conseguia vê-los, mas podia ouvir a conversa com clareza e tinha habilidade em entender o árabe coloquial falado com rapidez.

– Meu pai está muito chateado – disse Esma.

– O que é que eu tenho a ver com isso? – perguntou Hakim.

– Não temos como pagar o extra. Só temos o dinheiro que devemos dar quando chegarmos à Líbia, o restante do valor. Não mais que isso.

Hakim fingiu indiferença.

– Então basta vocês ficarem aqui na aldeia – falou ele.

– Mas isso não faz sentido – argumentou ela.

"Claro que não faz", pensou Abdul. "O que Hakim está tramando?"

– Daqui a alguns dias vamos pagar dois mil e quinhentos dólares para você – continuou Esma. – Você vai mesmo abrir mão disso por causa de vinte dólares?

– Sessenta – corrigiu ele. – Vinte seus, vinte da sua sogra e vinte do velho.

"Uma ninharia", pensou Abdul.

– Não temos, mas podemos arranjar quando chegarmos a Trípoli – tentou Esma. – Vamos pedir ao meu marido que envie mais dinheiro de Nice, eu prometo.

– Não quero promessas. Os tubus não aceitam promessas como pagamento.

– Então não temos escolha – disse ela desconcertada, em um exaspero. – Vamos ter que ficar aqui até que apareça alguém que possa nos dar uma carona de volta ao lago Chade. Teremos jogado fora o dinheiro que o meu marido ganhou construindo todos aqueles muros para os franceses ricos. – Ela parecia completamente desesperada.

– A menos que você pense em outra forma de me pagar, minha belezinha – sugeriu Hakim.

– O que você está fazendo? Não encosta em mim!

Abdul ficou tenso. Seu instinto foi intervir, mas ele suprimiu o impulso.

– Como quiser. Só estou tentando ajudar – disse Hakim. – É só ser boazinha comigo, por que não?

"Esse tem sido o comportamento do Hakim o tempo todo", refletiu Abdul. "Eu não deveria estar surpreso."

– Está tentando me dizer que vai aceitar sexo em vez de dinheiro? – perguntou Esma.

– Não fale desse jeito tão grosseiro, por favor.

"O pudor do abusador sexual", pensou Abdul. "Ele não gosta de ouvir a descrição do que quer que ela faça. Uma ironia macabra."

– E então? – perguntou Hakim.

Houve um longo silêncio.

Era isso o que Hakim de fato queria, pensou Abdul. Ele não se importava de verdade com os sessenta dólares. Estava insistindo naquilo apenas como uma forma de fazê-la aceitar a alternativa.

Abdul se perguntou quantas outras mulheres não haviam escutado aquela mesma proposta aterrorizante.

– Meu marido vai te matar – afirmou Esma.

– Não, ele não vai, não. Pode ser que ele mate você.

– Tudo bem. Mas só com a mão – disse Esma por fim.

– Vamos ver.

– Não! – insistiu ela. – Nada além disso.

– Tudo bem.

– Agora, não. Mais tarde, quando escurecer.

– Me segue quando eu sair do complexo depois da refeição.

– Eu posso pagar o dobro quando chegarmos a Trípoli – disse Esma com uma nota de desespero na voz.

– Mais promessas.

Abdul ouviu os passos de Esma se afastando. Ele ficou onde estava. Um pouco depois, ouviu Hakim ir embora.

Ele ficou observando a aldeia por mais algumas horas, mas nada acontecia além de pessoas indo até o poço e voltando.

Quando escureceu, ele voltou ao complexo. Alguns habitantes da aldeia estavam preparando a refeição da noite, supervisionados por Fuad, e havia um cheiro agradável de cominho no ar. Ele se sentou no chão, perto de onde Kiah estava amamentando Naji.

– Reparei que a Esma teve uma conversa com o Hakim – disse Kiah, que tinha o olhar aguçado.

– Sim – respondeu Abdul.

– Você ouviu o que eles falaram?

– Ouvi.

– O que foi?

– Ele disse a ela que, se ela não tivesse dinheiro, poderia pagar de outra forma.

– Eu sabia. Esse porco.

Discretamente, Abdul enfiou a mão debaixo da roupa e abriu sua doleira. Ele carregava notas de várias moedas e as mantinha em uma ordem determinada, para poder pegar o dinheiro sem precisar ver. Fosse na África, fosse nos Estados Unidos, era uma idiotice deixar que outros vissem que você carregava muito dinheiro.

Delicadamente, ele sacou três notas de vinte dólares. Escondendo-as atrás das mãos, olhou para baixo para conferir o valor e então as dobrou. Entregou as notas para Kiah.

– Para a Esma – instruiu ele.

Ela escondeu o dinheiro debaixo da túnica.

– Deus te abençoe – disse ela.

Um pouco mais tarde, quando eles fizeram fila para receber o jantar, Abdul viu Kiah colocar algo na mão de Esma. Um instante depois, Esma a abraçou e a beijou, agradecida.

A refeição consistia em pão pita e uma sopa de legumes engrossada com farinha de painço. Se havia carne na panela, Abdul não ficou com nenhum pedaço.

Abdul saiu do complexo pouco antes da hora de dormir. Lavou as mãos e o rosto com água do poço. Na volta passou pelo ônibus, onde estavam Hakim, Tareq e Hamza.

– Você não é deste país, é? – perguntou Hakim em tom de provocação.

Hakim estava ansioso para ganhar uma punheta e tinha se decepcionado por, em vez disso, receber as sessenta pratas, presumiu Abdul. Ele provavelmente tinha reparado em Esma abraçando e beijando Kiah, e supunha que Kiah havia lhe dado o dinheiro. Kiah poderia ter o próprio bolso secreto, é claro, mas, se ela tinha recebido aquilo de outra pessoa, Hakim percebeu que Abdul era a fonte mais provável. Vigaristas às vezes têm bom instinto.

– Que te importa de onde eu sou? – retrucou Abdul.

– Nigéria? – insistiu Hakim. – Você não parece nigeriano. De onde é esse sotaque?

– Eu não sou nigeriano.

Hamza pegou um maço de cigarros e colocou um na boca; sinal de que estava ficando nervoso, pensou Abdul. Quase automaticamente, Abdul pegou o isqueiro de plástico vermelho que sempre usava com os clientes e acendeu o cigarro de Hamza. Ele não precisava mais do isqueiro, mas o guardava com a vaga sensação de que um dia poderia ser útil. Em retribuição, Hamza lhe ofereceu um cigarro. Abdul recusou.

Hakim retomou as investidas:

– De onde era seu pai?

Aquilo era uma prova de força. Hakim estava desafiando Abdul na frente de Hamza e Tareq.

– Beirute – respondeu Abdul. – Meu pai era libanês. Era cozinheiro. Fazia rolinhos de queijo muito bons.

Hakim deu um olhar de desdém.

– Ele já morreu – continuou Abdul. – Viemos de Alá, e a Ele retornaremos. – Essa frase era o equivalente muçulmano de "Que Deus o tenha". Abdul notou que Hamza e Tareq ouviram com aprovação. Ele continuou, usando um tom de voz mais lento e sério: – Você deveria ter cuidado com o que diz sobre o pai de um homem, Hakim.

Hamza soprou fumaça e fez que sim com a cabeça.

– Eu falo o que eu quiser! – vociferou Hakim. Olhou para os dois guardas. Confiava neles para defendê-lo, mas percebeu que Abdul estava minando a lealdade deles.

Abdul falou mais para os guardas do que para Hakim, puxando conversa:

– Eu fui motorista do Exército, sabia?

– E daí? – retrucou Hakim.

Abdul ignorou Hakim solenemente.

– Dirigi blindados primeiro, depois porta-tanques. Os porta-tanques eram difíceis de guiar no deserto. – Ele estava inventando aquilo. Nunca tinha dirigido um porta-tanques e nunca tinha servido no Exército Nacional do Chade nem em qualquer outra força militar. – Estive principalmente no leste, perto da fronteira com o Sudão.

Hakim estava perplexo.

– Por que está contando isso? – disse em um tom estridente de frustração. – Do que está falando?

Abdul apontou o polegar de forma grosseira para Hakim.

– Se ele morrer – disse Abdul aos guardas –, eu posso dirigir o ônibus. – Foi uma ameaça mal disfarçada à vida de Hakim. Será que Hamza e Tareq reagiriam?

Nenhum dos guardas falou nada.

Hakim pareceu se lembrar de que o trabalho dos guardas era proteger a cocaína, não ele, e percebeu que havia perdido o prestígio.

– Some da minha frente, Abdul – disse numa voz fraquejante e saiu dali.

Abdul sentiu que talvez tivesse provocado um sutil abalo naquela lealdade. Homens como Hamza e Tareq respeitavam a força. A lealdade deles a Hakim tinha sido prejudicada por sua tentativa fracassada de intimidar Abdul. Tinha sido um golpe certeiro dizer "Viemos de Alá, e a Ele retornaremos". Como jihadistas no

Estado Islâmico do Grande Saara, os dois guardas já deviam ter pronunciado bastante essas palavras diante dos corpos de camaradas mortos.

Poderiam até mesmo ter começado a pensar em Abdul como sendo um deles. No fim, se tivessem que escolher entre ele e Hakim, talvez ao menos hesitassem.

Abdul não falou mais nada. Ele entrou no complexo e se deitou no chão. Enquanto esperava o sono chegar, ficou pensando sobre o dia. Ainda estava vivo e continuava acumulando inteligência inestimável para a guerra contra o EIGS. Tinha conseguido se esquivar das perguntas provocadoras de Hakim, mas sua posição estava se enfraquecendo. Ele tinha começado esta viagem como um estranho para todo mundo, um homem sobre o qual ninguém sabia nada e com quem ninguém se importava. Porém, ele não tinha conseguido se manter nesse papel, e agora via que teria sido mesmo impossível, dado o tempo que o grupo permanecia intimamente próximo. Ele era uma pessoa para eles agora, um estrangeiro e um solitário, sim, mas também um homem que ajudava mulheres vulneráveis e que não tinha medo de abusadores.

Ele tinha feito amizade com Kiah e inimizade com Hakim. Para um agente disfarçado, eram dois erros.

· · ·

O guia tubu estava lá pela manhã.

Ele entrou no complexo cedo, quando o dia ainda estava fresco, enquanto os passageiros tomavam um café da manhã composto de pão e chá aguado. Era um homem alto, de pele negra, de túnica e turbante brancos, com um ar de indiferença que fez Abdul pensar em um orgulhoso indígena americano. Por baixo da roupa, do lado esquerdo, entre as costelas e o quadril, havia uma protuberância que poderia mesmo ser um revólver de cano longo, talvez um Magnum, em um coldre improvisado.

Hakim foi com ele até o meio do pátio.

– Prestem atenção! – disse. – Este é o Issa, o nosso guia. Vocês devem fazer tudo o que ele mandar.

Issa foi conciso ao falar. O árabe decerto não era sua primeira língua, e Abdul lembrou que os tubus falavam um idioma próprio chamado teda.

– Vocês não precisam fazer nada – começou Issa, pronunciando as palavras com cuidado. – Eu vou cuidar de tudo. – Não havia nenhum calor em seu tom, ele era friamente pragmático. – Se alguém perguntar algo, digam que são garimpeiros indo para as minas de ouro no oeste da Líbia. Mas acho que ninguém vai fazer nenhuma pergunta.

– Certo, vocês já receberam suas instruções, agora entrem no ônibus, rápido – ordenou Hakim.

– O Issa parece confiável, pelo menos – comentou Kiah com Abdul. – Eu confiaria mais nele do que no Hakim.

Abdul não pensava o mesmo.

– Ele parece competente – disse. – Mas não consigo dizer o que ele tem no coração.

Aquilo deixou Kiah pensativa.

Issa foi o último a embarcar, e Abdul observou com interesse enquanto ele inspecionava o interior do veículo e via que não havia nenhum assento sobrando. Tareq e Hamza estavam, como sempre, esparramados cada um em dois assentos. Parecendo ter tomado uma decisão, Issa parou na frente de Tareq. Ele não disse nada e sua expressão se mostrava impassível, olhando sem piscar.

Tareq o encarou como se esperasse que ele dissesse alguma coisa.

Hakim deu partida no motor.

Sem se virar, Issa disse com calma:

– Desliga o motor.

Hakim olhou para ele. Issa continuou olhando para Tareq e repetiu:

– Desliga.

Hakim girou a chave de volta na ignição e o motor parou.

Tareq se endireitou, tirou a bolsa do assento ao lado dele e chegou para o lado, abrindo espaço.

Issa então apontou para o outro assento duplo, ocupado por Hamza.

Tareq se levantou, cruzou o corredor com sua bolsa em uma das mãos e seu fuzil na outra e se sentou ao lado de Hamza, os dois com as bolsas sobre os joelhos.

Issa olhou para Hakim e falou:

– Vai.

Hakim deu partida novamente no motor.

Logo ficou claro para Abdul que aquela disputa de poder não tinha apenas o objetivo de estabelecer quem era o macho alfa. Na verdade, Issa precisava daqueles dois assentos dianteiros. Ele observava a estrada com concentração inabalável, muitas vezes movendo-se para o assento da janela para olhar para fora e de volta para o assento do corredor para olhar o caminho à frente. A cada poucos minutos, dava a Hakim uma ou outra indicação, principalmente por meio de gestos, dizendo onde ficava a estrada quando o traçado era imperceptível, mandando que ele virasse para um lado, que diminuísse a velocidade quando a superfície estava cheia de pedras, que fosse mais rápido quando a estrada estava limpa.

Num determinado ponto, Issa o orientou a deixar a estrada e avançar por um trecho acidentado para passar bem longe de um Toyota que estava capotado e carbonizado na beira da estrada, provavelmente destruído por uma mina terrestre. A guerra entre a Líbia e o Chade tinha acontecido muito tempo atrás, mas as minas ainda estavam ativas e onde havia uma poderia haver mais.

Eles paravam a cada duas ou três horas. Os passageiros desciam para se esticar e quando embarcavam de volta Hakim distribuía pão velho e garrafas com água. O ônibus seguiu adiante mesmo no calor do dia: não havia sombra do lado de fora, e fazia menos calor com o ônibus em movimento do que parado.

À medida que a tarde avançava e o ônibus se aproximava da fronteira, Abdul percebeu que estava prestes a cometer um crime pela primeira vez na vida. Nada que ele tivesse feito até aquele momento para a CIA, ou em qualquer outra esfera de atividade, tinha sido de fato ilegal. Mesmo quando fingia ser um vendedor de cigarros roubados, todo o seu estoque havia sido comprado honestamente. Mas agora estava prestes a entrar de forma ilegal em um país, acompanhado por outros migrantes ilegais, escoltado por homens armados com fuzis contrabandeados e viajando com vários milhões de dólares em cocaína. Se as coisas dessem errado, acabaria em uma prisão na Líbia.

Ele se perguntou quanto tempo levaria até a CIA tirá-lo de lá.

Enquanto o sol descia pela abóbada do céu em direção ao oeste, Abdul olhou para a frente e viu um abrigo improvisado como os da última aldeia: uma parede de gravetos com um teto improvisado feito com um tapete velho e gasto. Havia também uma espécie de carro-pipa que Abdul supôs que estivesse armazenando água. Ao lado da estrada, havia dezenas de tambores de combustível empilhados.

Aquilo era um posto de gasolina improvisado.

Hakim reduziu a velocidade.

Três homens em túnicas brancas e amarelas apareceram brandindo rifles de alta potência. Ficaram lado a lado, com o rosto de todos impassível, ameaçador.

Issa desceu do ônibus e a atmosfera mudou. Os homens armados o cumprimentaram como a um irmão, abraçaram-no, beijaram-no nos dois lados do rosto e apertaram a mão dele com força, tagarelando o tempo todo numa língua incompreensível que provavelmente era o teda.

Hakim desceu em seguida e foi apresentado por Issa, sendo também bem recebido, embora de forma menos efusiva, por ser um colaborador, não um membro da tribo.

Tareq e Hamza vieram logo atrás.

O carro-pipa era uma prova de que não havia oásis nenhum ali. Então qual era a razão de haver um posto de gasolina, ou o que quer que fosse, ali no meio do nada?

– Acho que chegamos à fronteira – murmurou Abdul para Kiah.

Os passageiros desceram do ônibus. Já tinha começado a escurecer e certamente era ali que passariam a noite. Havia apenas algo que era uma construção, apesar de não ser propriamente digna desse nome.

Um dos tubus começou a reabastecer o ônibus a partir de um dos tambores.

Os passageiros foram para o abrigo e conseguiram ficar relativamente à vontade para o pernoite. Abdul não conseguia relaxar. Eles estavam cercados por homens fortemente armados, todos criminosos violentos. Tudo era possível: sequestro, estupro, assassinato. Não havia lei ali. Ninguém estava a salvo. Quem ia se importar se todos os passageiros do ônibus fossem assassinados? Migrantes também eram criminosos. "Bem feito", as pessoas diriam.

Passado algum tempo, dois adolescentes serviram a refeição: ensopado e pão. Abdul imaginou que os meninos tinham cozinhado sozinhos. Suspeitou que a carne, dura, fosse de camelo, mas não perguntou. Depois os meninos limparam tudo de forma superficial, deixando restos no chão. Homens sem mulheres eram desleixados em toda parte, pensou Abdul.

Quando já estava escuro, deu uma olhada no dispositivo de rastreamento escondido na sola de sua bota. Ele o verificava pelo menos uma vez por dia para ter certeza de que a cocaína não tinha sido retirada do ônibus e levada para outro lugar. Naquela noite, como de costume, o dispositivo o tranquilizou.

Quando todos se enrolaram nos cobertores para dormir, Abdul se sentou, de olhos abertos, observando. Deixou sua mente vagar e, por horas, pensou sobre a infância em Beirute, a adolescência em Nova Jersey, a carreira na faculdade como lutador de MMA e seu romance fracassado com Annabelle. Acima de tudo, pensou na morte de Nura, sua irmã mais nova. No fim das contas, pensou, ela era a razão de ele estar ali, no deserto do Saara, passando a noite inteira em claro para evitar ser assassinado.

Homens como aqueles é que haviam matado Nura. Os exércitos do mundo civilizado estavam tentando exterminar esses homens, e ele era uma peça fundamental nesse esforço. Se sobrevivesse, isso permitiria que os Estados Unidos e seus aliados infligissem uma derrota terrível às forças do mal.

De madrugada, ele viu um dos tubus sair para fazer xixi. Ao voltar, o homem parou e ficou olhando um bom tempo para Kiah, que estava dormindo. Abdul o encarou até que o homem da tribo percebeu e o encarou de volta. Eles ficaram assim por um longo e apreensivo tempo. Abdul conseguia imaginar os cálculos que se passavam dentro daquela cabeça cruel. O homem sabia que conseguiria dominar Kiah e, com sorte, ela não gritaria, pois as mulheres eram sempre culpadas, e ela saberia que as pessoas pensariam, ou fingiriam pensar, que ela o havia atraído. Mas o homem percebeu que Abdul não ia desviar o olhar. Ele poderia enfrentar Abdul, mas não tinha certeza se venceria. Poderia pegar o fuzil e dar um tiro em Abdul, mas isso acordaria todo mundo.

Por fim, o homem deu as costas e voltou para o seu cobertor.

Não muito depois, Abdul viu com o canto do olho algo se mexer em meio às sombras. Ele se virou para olhar melhor. Não havia nenhum barulho, e levou algum tempo até que ele identificasse o que havia vislumbrado. Não havia lua, mas a luz das estrelas estava forte, como de costume no deserto. Ele viu uma criatura de pelagem prateada movendo-se de forma tão delicada que parecia deslizar, e por um instante ele sentiu pavor. Então percebeu que algo como um cachorro havia entrado no complexo, um cachorro com pelos claros e pernas e cauda pretas. Ele rastejou silenciosamente em meio às pessoas adormecidas sob seus cobertores. Era cauteloso, mas confiante, como se já tivesse estado ali antes, um visitante noturno regular que assombrava aquele precário acampamento no deserto. Devia ser algum tipo de raposa, e Abdul percebeu que havia um filhote vindo atrás dela. Mãe e filho, pensou, e ele sabia que estava vendo algo raro e especial. Quando um dos passageiros do ônibus de súbito deu um ronco alto, a raposa ficou mais alerta. Virando a cabeça na direção do som, ela levantou as orelhas, que eram longas e ficaram eretas, quase como as de um coelho. Enquanto Abdul olhava, hipnotizado, percebeu que era uma criatura da qual tinha ouvido falar, mas nunca vira: uma raposa-orelhas-de-morcego. Ela relaxou, entendendo que a pessoa que havia roncado não iria acordar. Então a raposa e o filhote começaram a vasculhar o chão, engolindo em silêncio restos de comida e lambendo tigelas sujas. Depois de três ou quatro minutos, foram embora tão silenciosamente quanto haviam chegado.

Logo depois, amanheceu.

Os migrantes acordaram cansados. Aquele dia marcava a quarta semana na estrada, e todas as noites haviam sido de alguma forma desconfortáveis. Eles enrolaram seus cobertores, beberam água e comeram pão seco. Não havia água para se lavarem. Nenhum deles, exceto Abdul, havia sido criado em casas com chuveiros quentes. Mesmo assim, estavam acostumados a se lavar com regularidade, e todos achavam deprimente estar tão sujos.

O ânimo de Abdul melhorou quando o ônibus deixou o posto de gasolina. Os tubus deviam ter recebido uma taxa polpuda pela passagem segura das drogas e dos migrantes, pensou. O suficiente para motivá-los a manter a palavra e esperar pelo carregamento seguinte em vez de matar todo mundo e roubar tudo.

Quando o sol nasceu, as montanhas ficaram para trás e eles entraram em uma vasta planície. Uma hora depois, Abdul percebeu que o sol estava sempre atrás deles. Ele se levantou e foi até a frente do ônibus.

– Por que estamos indo no sentido oeste? – perguntou a Hakim.

– Este é o caminho para Trípoli – respondeu Hakim.

– Mas Trípoli fica para o norte.

– Este é o caminho! – repetiu Hakim, irritado.

– Tudo bem – disse Abdul e voltou ao seu lugar.

– O que aconteceu? – perguntou Kiah.

– Nada – disse Abdul.

Não fazia parte da missão chegar a Trípoli, é claro. Ele tinha que ficar com o ônibus, aonde quer que ele fosse. Sua missão era identificar as pessoas que comandavam o contrabando, descobrir onde se escondiam e passar essa informação à CIA.

De modo que ficou calado, se acomodou no assento e esperou para ver o que ia acontecer.

# CAPÍTULO 19

O incidente no mar da China Meridional poderia se transformar em uma crise, pensou Chang Kai, caso não fosse tratado com cuidado.

Fotos de satélite na mesa de Kai mostravam um navio desconhecido perto das ilhas Xisha, que os ocidentais chamam de ilhas Paracel. Uma aeronave de vigilância tinha descoberto que se tratava de um navio vietnamita de exploração de petróleo chamado *Vu Trong Phung*. Aquilo era dinamite pura, mas o pavio não precisava ser aceso.

Kai estava familiarizado com a situação, assim como quase todo mundo no governo chinês. Os barcos chineses pescavam naquelas águas havia séculos. Agora a China tinha despejado milhões de toneladas de terra e areia sobre um conjunto de rochas e recifes inabitáveis e, em seguida, construído bases militares por cima. Kai achou que qualquer pessoa com bom senso reconheceria que isso tornava as ilhas parte da China.

Ninguém teria se importado muito com essa questão se não tivessem encontrado petróleo sob o leito do mar junto às ilhas, e todos queriam um pouco dele. Os chineses julgavam que o petróleo era seu e não planejavam compartilhá-lo com ninguém. Por isso a presença do *Vu Trong Phung* era um problema.

Kai decidiu informar pessoalmente o ministro das Relações Exteriores. Seu chefe, o ministro da Segurança Fu Chuyu, havia viajado para Urumqi, capital da província de Xinjiang, onde milhões de muçulmanos se mantinham obstinadamente fiéis à sua religião, apesar dos esforços enérgicos do governo comunista para reprimi-la. A ausência de Fu daria a Kai a oportunidade de debater o caso do *Vu Trong Phung* de forma discreta com o ministro das Relações Exteriores, Wu Bai, e chegar a um acordo diplomático a ser proposto ao presidente Chen. Mas, quando chegou ao Ministério das Relações Exteriores, na Chaoyangmen Nandagi, ele ficou consternado ao encontrar o general Huang lá.

Huang Ling era baixo e largo, e parecia uma caixa em seu uniforme de ombros quadrados. Ele era um orgulhoso membro da velha guarda comunista, como seu amigo Fu Chuyu. Assim como Fu, fumava o tempo todo.

O fato de Huang ser membro da Comissão de Segurança Nacional o tornava muito poderoso. Como um dos líderes da alcateia, podia aparecer onde bem entendesse e tinha o direito de interferir em qualquer assunto do Ministério das Relações Exteriores. Mas quem havia lhe contado sobre aquele encontro? Talvez Huang tivesse um espião no ministério, alguém próximo a Wu. "Preciso me lembrar disso", pensou Kai.

Apesar da irritação, Kai cumprimentou Huang com o respeito devido a um homem mais velho.

– Temos o privilégio de contar com o seu conhecimento e a sua experiência – disse sem nenhuma sinceridade. A verdade é que ele e Huang estavam em lados opostos no interminável embate entre a velha guarda e os jovens reformistas.

Quando se sentaram, Huang logo partiu para o ataque:

– Os vietnamitas continuam nos provocando! Eles sabem que não têm direito ao nosso petróleo.

Huang estava com um assistente, e havia um assessor sentado ao lado de Wu. Não era exatamente necessário que houvesse assistentes naquela reunião, mas Huang era importante demais para viajar sem uma comitiva, e Wu provavelmente sentiu a necessidade de reforçar sua defesa. Kai ficou um pouco desanimado por ter ido sozinho, mas reconsiderou. "Que besteira", pensou.

No entanto, era verdade que os vietnamitas já haviam tentado duas vezes explorar o leito marinho em busca de petróleo.

– Concordo com o general Huang – disse Kai. – Devemos apresentar um protesto ao governo em Hanói.

– Protesto? – questionou Huang com desdém. – Nós já apresentamos um protesto antes!

– No fim das contas, eles sempre recuam e retiram o navio – comentou Kai com paciência.

– Então por que estão fazendo isso de novo?

Kai conteve um suspiro. Todo mundo sabia por que os vietnamitas continuavam repetindo suas incursões. Eles não ligavam para o fato de ter que recuar quando eram ameaçados, pois isso significava apenas que haviam sido intimidados. Parar de tentar seria como aceitar que não tinham direito ao petróleo, e isso eles não estavam dispostos a fazer.

– Eles estão tentando firmar uma posição – afirmou Kai, simplificando.

– Então devemos firmar uma posição com mais força ainda! – Huang se inclinou para a frente e bateu a cinza do cigarro em uma tigela de porcelana na mesa de Wu. A tigela era vermelho-rubi com um padrão de flor de lótus, e provavelmente valia dez milhões de dólares.

Wu pegou com cuidado a delicada e antiga tigela, jogou as cinzas no chão e discretamente a colocou na outra ponta da mesa, fora do alcance de Huang. Depois disse:

– O que você tem em mente, general?

– Devíamos afundar o *Vu Trong Phung*. Isso vai ensinar uma lição aos vietnamitas – respondeu Huang sem hesitar.

Huang queria aumentar a tensão, como de costume.

– É uma medida um pouco drástica – opinou Wu –, mas pode ser que ponha fim a essas repetidas ofensivas.

– Há um porém – interveio Kai. – Minha inteligência diz que a indústria petrolífera vietnamita é assessorada por geólogos americanos. Pode muito bem haver um ou mais deles a bordo do navio.

– E daí? – desdenhou Huang.

– Estou só perguntando se queremos mesmo matar cidadãos americanos.

– É indiscutível que afundar um navio com americanos a bordo aumentaria a tensão – disse Wu.

Aquilo deixou Huang furioso.

– Por quanto tempo vamos permitir que os filhos da puta dos americanos ditem o que acontece no nosso território? – vociferou.

Aquilo tinha sido rude. Todos os piores palavrões chineses envolvem ofensas à mãe de alguém. Esse tipo de linguajar não costumava ser empregado em discussões de política externa.

– Por outro lado – disse Kai com tranquilidade –, se vamos começar a matar americanos, precisamos levar mais coisas em conta do que apenas petróleo em alto-mar. Vamos ter que estimar a provável resposta aos assassinatos e nos preparar para ela.

– Assassinatos? – indignou-se Huang ainda mais.

– É assim que a presidente Green vai avaliar. – Kai julgou que era hora de fazer uma concessão, para acalmar Huang; ele logo continuou: – Não descarto a possibilidade de afundarmos o *Vu Trong Phung*. Vamos manter essa opção na mesa. Mas teríamos de dizer que foi um último recurso. Devemos antes apresentar um protesto a Hanói...

Huang deu uma bufada depreciativa.

– ... depois um aviso, e então uma ameaça aberta.

– Sim, essa é a melhor forma – comentou Wu. – Gradualmente.

– Então, depois de tudo isso, se afundarmos o navio, vai ter ficado claro que fizemos o possível para buscar uma solução pacífica.

Huang não estava feliz, mas sabia que havia sido derrotado.

– Então vamos pelo menos deslocar um contratorpedeiro para as proximidades, pronto para atacar – propôs, tentando minimizar a derrota.

– Excelente proposta – disse Wu, levantando-se para indicar que a reunião havia acabado. – É isso que vou sugerir ao presidente Chen.

Kai entrou no elevador com Huang, que permaneceu em silêncio enquanto desciam os sete andares. Do lado de fora do prédio, Huang e seu assistente foram recebidos por uma reluzente limusine Hongqi preta, enquanto Kai entrou em um sedã Geely cinza-prata com Monge ao volante.

Kai se perguntou se deveria prestar mais atenção em símbolos de status como aquele. As marcas de riqueza e prestígio eram mais importantes em países comunistas do que no Ocidente decadente, onde um homem com um casaco de couro surrado podia ser um bilionário. Mas Kai, como os estudantes americanos que havia conhecido em Princeton, achava que os símbolos de status eram uma perda de tempo. E hoje ele havia comprovado isso, pois o ministro das Relações Exteriores havia seguido o conselho dele, não o de Huang. Portanto, talvez o assistente e a limusine não fizessem tanta diferença assim, no fim das contas.

Monge encarou o trânsito e se dirigiu ao estúdio Beautiful Films. Naquela noite haveria uma festa para celebrar o centésimo capítulo de *Amor no Palácio*. A novela era um sucesso. Tinha conquistado uma audiência gigantesca e os dois protagonistas se tornaram celebridades. Ting ganhava muito mais dinheiro do que Kai, mas ele não se importava.

Kai tirou a gravata para parecer menos formal em meio aos atores. Quando chegou, a festa já havia começado no estúdio à prova de som, com todos os cenários ao redor, cômodos de todos os tamanhos mobiliados e decorados no suntuoso estilo do final da Dinastia Qing.

Os atores tinham tirado a maquiagem pesada e trocado de roupa, e agora inundavam a sala com um mar de cores. No mundo de Kai, os homens usavam ternos para parecerem sérios, e as poucas mulheres usavam cinza e azul-escuro para se parecerem com os homens. Ali era diferente. Os atores e atrizes vestiam roupas da moda de todas as cores.

Kai viu Ting do outro lado da sala, adorável, de calça jeans preta e moletom rosa. Ela estava bajulando o produtor do programa. Kai havia aprendido a não ter ciúme. Aquele tipo de comportamento fazia parte do trabalho dela, sem contar que metade dos homens com quem ela flertava era gay.

Kai pegou uma garrafa de cerveja Yanjing. Os técnicos e os figurantes estavam aproveitando a bebida grátis tanto quanto possível, mas os atores eram mais circunspectos, notou Kai. O outro protagonista da trama, Wen Jin, que interpretava o imperador, falava sério com o chefe do estúdio, em uma demonstração sutil de importância. Jin era alto, bonito e autoritário, e o chefe se mostrava um tanto admirado, tratando-o como se ele de fato fosse o governante todo-poderoso que apenas representava. Os outros atores pareciam mais relaxados, conversando e rindo, mas estavam jogando charme para os produtores e diretores que tinham o poder de lhes dar emprego. Como a maioria das festas, aquela era trabalho para muitos dos convidados.

Ting avistou Kai, se aproximou dele e lhe deu um demorado beijo na boca, provavelmente para que todos soubessem que aquele era o seu marido e que ela o amava. Kai se deleitou com aquilo.

No entanto, ele percebeu que seu sorriso feliz de festa escondia uma emoção diferente, e a conhecia bem o suficiente para saber que algo a incomodava.

– O que houve de errado? – perguntou Kai.

Nesse momento, o chefe do estúdio, de terno preto, subiu em uma cadeira para fazer um discurso e todos ficaram quietos.

– Te conto em um minuto – respondeu Ting baixinho.

– Parabéns ao grupo de pessoas mais talentoso com quem já trabalhei! – exclamou o chefe, e todo mundo aplaudiu. – Já filmamos cem episódios de *Amor no Palácio* e eles estão ficando cada vez melhores!

Esse tipo de hipérbole era normal no showbiz, Kai sabia. "É possível que também falem assim em Hollywood", pensou, embora nunca tivesse ido a Los Angeles.

– E tenho uma notícia especial – continuou o chefe. – Acabamos de vender a novela para a Netflix!

Aquela era sem dúvida uma boa notícia e o estúdio irrompeu em aplausos.

Havia cinquenta milhões de chineses morando em outros países, e muitos deles adoravam assistir a programas de televisão de seu país natal. Os melhores programas produzidos na China eram transmitidos em mandarim com legendas no idioma local e rendiam um bom dinheiro para os produtores. Era como uma via de mão dupla. Algumas produções estrangeiras eram transmitidas na China para ajudar as pessoas a aprender inglês, mas era mais comum que os estúdios chineses produzissem imitações vergonhosas de programas americanos de sucesso, sem pagar royalties aos criadores. Hollywood se queixava amargamente daquilo. Kai, como a maioria dos chineses, achava graça. O Ocidente tinha explorado a China de forma impiedosa por centenas de anos, de modo que os protestos ocidentais contra a exploração atual soavam simplesmente hilários aos chineses.

Assim que o chefe desceu da cadeira, Ting falou com Kai em voz baixa:

– Estive com um dos autores.

– Qual é o problema?

– Minha personagem vai ficar doente.

– De quê?

– Uma doença misteriosa, mas grave.

Kai não percebeu o problema de imediato.

– Que drama – comentou. – Seus inimigos se regozijando malignamente, seus amigos aos prantos, seus amantes ajoelhados ao lado da cama. Isso te dá a oportunidade de ser trágica.

– Você aprendeu bastante sobre roteiros de televisão, mas não sobre a política do estúdio – disse ela com um toque de irritação. – Isso é o que eles fazem quando estão pensando em eliminar um personagem.

– Você acha que a sua personagem pode morrer?

– Eu perguntei isso ao autor, e ele foi evasivo.

Kai teve um pensamento insultuoso. Se Ting deixasse a novela, ela poderia se aposentar e ter um filho. Ele descartou a ideia de pronto. Ela adorava ser uma estrela, e ele faria tudo o que pudesse para ajudá-la a manter o emprego. Se ela se aposentasse, teria que ser por vontade própria.

– Mas você é a personagem mais popular – disse ele.

– Sim. Há um mês, quando fizeram aquela reclamação por eu ter criticado o Partido, tive certeza de que o Wen Jin tinha feito por inveja. Mas o Jin não tem o poder de me tirar da trama. Alguma outra coisa está acontecendo, mas não sei o que é.

– Acho que eu sei – falou Kai. – Isso provavelmente não tem nada a ver com você. Meus inimigos estão tentando me atingir através de você.

– Que inimigos?

– Os de sempre: meu chefe, o Fu Chuyu, o general Huang, com quem tive um conflito hoje, todos os velhos com péssimos cortes de cabelo e péssimos ternos. Deixa eu falar com o Wang Bowen. – Kai conhecia Wang, o funcionário do Partido Comunista responsável pela supervisão do estúdio. Ele olhou em volta e viu a cabeça calva de Wang no quarto da esposa número um do imperador. – Vou ver o que consigo descobrir.

Ting apertou o braço dele.

– Obrigada.

Kai abriu caminho em meio à multidão. No universo de Ting, todos os conflitos eram imaginários, ele ficou pensando. Ela não ia morrer de verdade, apenas a pessoa fictícia que interpretava. Talvez fosse disso que ele gostava no showbiz.

No universo dele, a discussão sobre o *Vu Trong Phung* dizia respeito à morte de pessoas de carne e osso.

Ele pegou Wang Bowen para conversar.

A camisa de Wang estava amassada, e o pouco de cabelo que ele tinha precisava de um corte. Kai teve vontade de dizer "Você representa o maior partido comunista do mundo, não acha que deveria parecer inteligente?", mas sua missão era outra. Após uma breve troca de gentilezas, ele começou:

– Tenho certeza de que você sabe que a personagem de Ting está prestes a adoecer.

– Sim, claro – disse Wang, parecendo desconfiado.

Então era mesmo verdade.

– Talvez seja algo fatal – prosseguiu Kai.

– Eu sei.

Então a suspeita de Ting estava certa.

– Tenho certeza que você já pensou sobre a questão política que pode emergir por causa desse desfecho – observou Kai.

Wang pareceu completamente perplexo e um pouco assustado.

– Acho que não sei do que você está falando.

– A medicina do século XVIII era primitiva.

– Sim, claro – concordou Wang. – Uma barbárie.

– Ela poderia ter uma recuperação milagrosa, é claro. – Kai deu de ombros e sorriu. – Milagres acontecem em novelas desse gênero.

– Sim, de fato.

– Mas você vai ter que tomar muito cuidado.

– Eu sempre tomo – rebateu Wang, ainda perplexo e perturbado. – Mas em que você está pensando especificamente?

– No risco de a história ser vista como uma sátira aos cuidados de saúde na China contemporânea.

– Ah, meu Deus! – Aquela insinuação deixou Wang assustado. – Como isso poderia acontecer?

Havia até um tremor na voz dele, reparou Kai.

Não era difícil assustar aqueles homens. Eles tinham pavor de parecerem infiéis à linha do Partido.

– Essa história só pode tomar dois rumos possíveis – retomou Kai. – Ou os médicos são incompetentes e ela morre, ou os médicos são incompetentes mas ela sobrevive por milagre. De uma forma ou de outra, os médicos são vistos como incompetentes.

– Mas os médicos não sabiam nada no século XVIII.

– Ainda assim, não acho que o Partido gostaria de ver o tema da incompetência médica ser levantado em uma novela de grande audiência. – Nos centros de saúde municipais, apenas dez por cento dos médicos tinham instrução médica formal. – Acho que você entende o que estou querendo dizer.

– Sim, claro. – Wang estava agora em um território mais familiar e se adaptou rapidamente. – Alguém pode postar nas redes sociais: "Fui atendido por um péssimo médico uma vez." E outra pessoa pode dizer: "Eu também." E, antes que a gente perceba, vai haver um debate nacional sobre a competência dos nossos médicos, com as pessoas relatando suas experiências na internet.

– Você é muito inteligente, Wang Bowen, percebeu os riscos de cara.

– Sim, percebi.

– A equipe de produção pede a sua orientação sobre essas questões, e você tem total capacidade de ajudá-los. É muito bom saber que o Partido pode confiar em você.

– É sempre bom conversar com você, Chang Kai. Obrigado pela dica.

A missão estava cumprida. Wang tinha escapado do constrangimento. Kai foi de volta até Ting:

– Acho que eles não vão mais usar essa trama. O Wang percebeu que ela tem implicações políticas indesejáveis.

– Ah, obrigada, meu amor – disse ela. – Mas você acha que eles vão tentar outra coisa?

– Espero que meus inimigos cheguem à conclusão de que é mais simples vir direto a mim do que me atacar através de você. – Ele não tinha muita esperança de que isso acontecesse. O uso de ameaças à família como forma de manter as pessoas na linha era uma tática-padrão do Partido Comunista. Era assim que o governo controlava os chineses no exterior. Ameaças ao próprio indivíduo eram muito menos eficazes.

– As pessoas estão começando a ir embora – observou Ting. – Vamos aproveitar o embalo.

Eles deixaram o estúdio sem alarde, entraram no carro e Monge deu a partida.

– Vamos comprar algo gostoso para o jantar e ter uma noite tranquila – sugeriu Ting.

– Ótima ideia.

– Podemos comprar umas orelhas de coelho fritas. Eu sei que você ama.

– Minha comida preferida.

O celular de Kai apitou uma notificação de mensagem de texto. Ele olhou para a tela e reparou que vinha de um número não identificado. Franziu a testa: poucas pessoas tinham seu número, e menos ainda tinham permissão para contatá-lo anonimamente. Ele leu a mensagem. Era apenas uma palavra: UR-GENTE.

Ele soube de imediato que era do general Ham, da Coreia do Norte. Aquilo significava que Ham queria encontrá-lo o mais rápido possível.

Ham estava em silêncio fazia quase três semanas. Algo importante deveria ter acontecido. A crise econômica do país era notícia velha; provavelmente havia algo novo se desenrolando.

Os espiões costumavam exagerar o valor de suas informações para potenciali-zar a própria importância, mas Ham não era assim. Talvez o líder supremo Kang U-jung estivesse prestes a testar uma ogiva nuclear, o que deixaria os ame-ricanos enfurecidos. Talvez estivesse planejando uma violação à zona desmilita-rizada entre as Coreias do Norte e do Sul. Ele tinha muitas formas de dificultar a vida do governo chinês.

Havia três voos diários de Beijing para Yanji, e em caso de emergência Kai poderia usar um avião da Força Aérea. Ele ligou para o escritório. Sua secretária, Peng Yawen, ainda estava lá.

– A que horas é o primeiro voo para Yanji amanhã? – perguntou.

– É bem cedo... – Kai a ouviu digitando no teclado. – Seis e quarenta e cinco, direto.

– Reserva pra mim, por favor. A que horas ele chega?

– Oito e cinquenta. Posso agendar um carro para recebê-lo na chegada ao ae-roporto de Chaoyangchuan?

– Não. – Kai preferia ser discreto. – Eu pego um táxi.

– O senhor vai passar a noite lá?

– Não se eu puder evitar. Reserva um lugar no voo de volta seguinte. Se for necessário, a gente altera.

– Sim, senhor.

Kai desligou o telefone e calculou o tempo em sua cabeça. As reuniões eram feitas na casa inacabada de Ham, a menos que combinassem algo diferente. Kai deveria chegar lá por volta de nove e meia.

Ele respondeu à mensagem de Ham com outra igualmente concisa. Dizia sim-plesmente 9h30.

■ ■ ■

Uma chuva forte e fria caía sobre o aeroporto de Yanji na manhã seguinte. O avião de Kai teve que ficar quinze minutos dando voltas enquanto um jato da Força Aérea pousava. Terminais civis e militares compartilhavam a mesma pista, mas na China os militares sempre tinham prioridade.

Ainda era outubro, mas Kai ficou feliz por ter levado seu casaco de inverno quando saiu do terminal e entrou na fila para pegar um táxi. Como de costume, ele deu o endereço do supermercado Wumart. O motorista sintonizou o rádio em uma estação coreana que tocava "Gangnam Style", um clássico do K-pop. Kai se acomodou e ficou apreciando a música.

Do supermercado, Kai caminhou até a casa de Ham. O local estava um mar de lama, e havia pouco trabalho sendo feito.

– Estou arriscando a vida encontrando você – disse Ham –, mas de todo modo devo ser morto nos próximos dias.

Aquilo foi um choque.

– Está falando sério? – reagiu Kai.

A pergunta era desnecessária. Ham sempre falava sério.

– Vamos lá pra dentro, sair da chuva – disse.

Eles entraram na construção inacabada. Um decorador e seu assistente estavam trabalhando nos quartos dos netos de Ham, usando cores pastel vívidas, e a casa estava tomada pelo cheiro característico de tinta fresca, pungente e cáustico, mas também com um toque prazeroso de novidade e elegância.

Ham levou Kai para a cozinha. Na bancada havia uma chaleira elétrica, um pote de folhas de chá e algumas xícaras. Ham ligou a chaleira e fechou a porta, para a conversa deles não ser ouvida.

A casa estava gelada. Nenhum dos dois tirou o casaco. Não havia cadeiras; eles estavam apoiados na bancada recém-instalada.

– O que houve? Qual é a emergência? – perguntou Kai, impaciente.

– Esta crise econômica é a pior desde a Guerra Norte-Sul.

Kai já sabia disso. Ele era parcialmente responsável por ela.

– E...

– O Líder Supremo apertou o orçamento militar. Os vice-marechais protestaram, e ele demitiu todos eles. – Ham fez uma pausa. – Isso foi um equívoco.

– Então agora os militares são comandados por uma nova geração de oficiais mais jovens. E...?

– Por muito tempo os militares tiveram um forte sentimento reformista ultranacionalista. Eles querem que a Coreia do Norte seja independente da China. Dizem que temos que decidir nosso próprio destino, que não devemos ser o bichinho de estimação da China. Por favor, não se ofenda com isso, meu amigo.

– Nem um pouco.

– Para sustentar essa independência, eles teriam que fazer reformas na agricultura e na indústria, afrouxando as restrições impostas pelo Partido Comunista.

– Como a China fez sob o comando do Deng Xiaoping.

– As opiniões deles sempre tinham sido silenciadas. Se fizessem críticas abertas ao Líder Supremo, não permaneciam como oficiais por muito tempo. Essas opiniões são sempre expressas em voz baixa, entre amigos de confiança. No entanto, isso significa que o Líder Supremo nem sempre sabe quem são seus inimigos, e muitos da nova safra de líderes pertencem secretamente à tendência ultranacionalista. Eles acham que nada vai melhorar com Kang U-jung no poder.

Kai começou a entender aonde ele estava querendo chegar e ficou preocupado.

– O que eles vão fazer em relação a isso?

– Estão falando em um golpe militar.

– Inferno! – Kai ficou abalado. Aquilo era sério, muito mais do que um navio vietnamita perto das ilhas Xisha ou uma resolução da ONU sobre a venda de armas. A Coreia do Norte precisava ser estável: essa era a pedra angular da defesa da China. Qualquer ameaça a Pyongyang era uma ameaça a Beijing.

A água ferveu e a chaleira desligou sozinha. Nenhum dos dois se mexeu para fazer o chá.

– Um golpe quando? – perguntou Kai. – Como?

– Os cabeças são os meus colegas, os oficiais de Yeongjeo-dong. Eles sem dúvida serão capazes de assumir o controle da base.

– O que significa que terão controle sobre as armas nucleares.

– Isso é essencial para eles.

Cada vez pior.

– Eles têm o apoio de outras bases?

– Não sei. Para ficar claro, não faço parte do grupo principal. Eles me consideram um apoiador, confiável, mas periférico. Eu provavelmente seria um aliado de peso, não fosse pelo fato de que escolhi meu próprio destino anos atrás.

– Mas se os conspiradores estão falando sério, devem estar espalhados por toda parte.

– Eu acho que eles estão em contato com superiores de visão semelhante em outras bases do Exército, mas não tenho certeza.

– Então você provavelmente não sabe quando vão dar o golpe.

– Vai ser em breve. O Exército está ficando sem comida e sem combustível. Talvez na semana que vem. Mas pode ser amanhã.

Kai precisava dar a notícia ao presidente chinês imediatamente.

Cogitou repassar a informação a Beijing por telefone, mas logo rejeitou essa hipótese; seria uma medida desesperada. Suas chamadas para o Guoanbu eram criptografadas, mas nenhum código era impossível de ser quebrado. De qualquer forma, se o golpe ocorresse naquele mesmo dia ele já estava atrasado, mas se fosse no dia seguinte ele ainda teria tempo de dar o aviso. Voltaria a Beijing imediatamente e faria um relatório em poucas horas.

– Seria bom se você me desse alguns nomes – disse Kai.

Ham ficou parado por um bom tempo, olhando para seus pés sobre o piso recém-colocado. Por fim, disse:

– O governo da Coreia do Norte é brutal e incompetente, mas esse não é o problema. O problema são as mentiras. Tudo o que dizem é propaganda, nada é verdade. Um homem pode ser leal a um líder ruim, mas não a um líder desonesto. Eu traí os líderes do meu país porque eles mentiram para mim.

Kai não queria ouvir aquilo. Estava com pressa, mas sentiu que Ham precisava dizer aquilo, então permaneceu em silêncio.

– Há muito tempo resolvi cuidar de minha família e de mim mesmo – continuou Ham no tom pesado de um homem mais velho refletindo sobre as escolhas que·haviam decidido o rumo de sua vida. – Incentivei minha filha a se mudar aqui para a China. Comecei a espionar para você e a guardar dinheiro. Por fim, comecei a construir uma casa para a minha aposentadoria. Ao longo de todo esse processo, não fiz nada de que me envergonhasse. Mas agora…

– Eu entendo – interveio Kai. – Mas você está seguindo seu destino agora. Como você mesmo disse, tomou decisões importantes muito tempo atrás.

Ham ignorou aquilo.

– Agora estou prestes a trair meus irmãos de armas, homens que só querem que o seu país seja independente. – Ele fez uma pausa, depois disse com tristeza: – Homens que nunca mentiram para mim.

– Eu entendo como se sente – murmurou Kai –, mas precisamos conter esse golpe. Não dá para saber onde isso vai parar. Não podemos permitir que a Coreia do Norte saia do controle.

Mesmo assim, Ham hesitou.

– De que adianta me contar sobre o plano se não for para acabar com ele? – questionou Kai.

– Meus camaradas vão ser executados.

– Quantas pessoas você acha que eles vão matar no golpe deles?

– Haveria baixas, é claro.

– Sem dúvida. Milhares. A menos que você e eu evitemos isso tomando uma providência ainda hoje.

– Você tem razão. Estamos todos no Exército, sempre a postos para o combate. Devo estar ficando frouxo na minha velhice. – Ham se sacudiu. – O líder rebelde é o comandante da base, meu superior imediato, o general Pak Jae-jin.

Kai escreveu o nome na área de transferência de seu celular.

Ham deu mais seis nomes, e Kai anotou todos eles.

– Você vai voltar para Yeongjeo-dong ainda hoje? – perguntou Kai.

– Sim. E provavelmente não vou poder vir à China pelos próximos dias.

– Se você precisar se reportar a mim, talvez tenhamos que falar abertamente por telefone.

– Vou tomar precauções.

– Que precauções?

– Vou roubar o celular de alguém.

– E depois de me ligar?

– Vou jogar o aparelho no rio.

– Perfeito. – Kai apertou a mão de Ham. – Cuidado, meu amigo. Sobreviva ao caos, depois se aposente e volte para cá. – Ele olhou ao redor da cozinha moderna e novinha em folha. – Você merece isto aqui.

– Obrigado.

Kai deixou a casa e caminhou em direção ao supermercado. No caminho, chamou um táxi. Em seu celular havia uma lista de todas as empresas de táxi de Yanji, e ele nunca usava a mesma mais de uma vez. Nenhum motorista teria a chance de reparar no padrão de seus deslocamentos.

Ele ligou para o Guoanbu e falou com Peng Yawen.

– Ligue para o gabinete do presidente – pediu.

– Sim, senhor – respondeu ela friamente. Nada a perturbava. Ela provavelmente poderia fazer o mesmo trabalho de Kai.

– Diga que é vital que eu fale com ele hoje. Tenho dados de inteligência extraordinária que não podem ser mencionados por telefone.

– Dados de inteligência extraordinária, sim.

Kai conseguia ver o lápis dela deslizando pelo papel.

– Depois ligue para a Força Aérea e diga que preciso de um voo para Beijing o mais rápido possível. Estarei na base aérea em meia hora.

– Sr. Chang, é melhor eu dizer ao gabinete do presidente que o senhor precisa de um horário para esta tarde ou noite. O senhor não vai estar de volta antes disso.

– Bem pensado.

– Obrigada, senhor.

– Assim que o pessoal do presidente responder com um horário em que ele possa me receber, ligue para o Ministério das Relações Exteriores e diga que eu gostaria que Wu Bai participasse da reunião.

– Sim.

– Mantenha-me informado sobre o progresso.

– Claro.

Kai desligou. Um minuto depois, ele chegou ao Wumart e encontrou um táxi à sua espera. O motorista estava assistindo a uma novela sul-coreana no celular. Kai sentou no banco de trás e disse:

– Base aérea de Longjing, por favor.

...

A sede do governo chinês era um complexo de seis quilômetros quadrados conhecido como Zhongnanhai. No antigo coração de Beijing, era adjacente à Cidade Proibida e havia sido o parque do imperador. O motorista de Kai, Monge, entrou pela entrada sul, chamada de Portão da Nova China. A vista do portão para o interior ficava escondida dos olhares curiosos por um muro com o slogan gigante "Sirva ao Povo" escrito na caligrafia estilosa característica de Mao Tsé--tung, que era reconhecida por um bilhão de pessoas.

As pessoas puderam entrar em Zhongnanhai por um breve período, durante a atmosfera de descontração da Revolução Cultural, mas agora a segurança era pesada. O poder de fogo no Portão da Nova China poderia resistir a uma invasão. Soldados de capacete e fuzis *bullpup* olhavam de forma ameaçadora enquanto os guardas examinavam a parte de baixo do veículo com espelhos. Mesmo que Kai já tivesse visitado o presidente antes, seu crachá do Guoanbu foi cuidadosamente examinado e o seu agendamento conferido duas vezes. Quando sua boa-fé foi enfim confirmada, as estacas corta-pneus se retraíram para dentro do asfalto para que o carro pudesse seguir em frente.

Mais da metade da área de Zhongnanhai era ocupada por dois lagos. A água refletia tristemente o céu cinza. Só de olhar para ela, Kai sentiu um calafrio. Estaria congelada em um próximo inverno rigoroso. O carro de Kai contornou o lago mais ao sul no sentido horário até o quarteirão noroeste, onde ficava a maior parte da superfície. Os edifícios eram palácios e casas de veraneio tradicionais chineses, com telhados curvos de pagode, condizentes com o agradável jardim que o local já fora um dia.

O complexo era a residência oficial dos membros do Comitê Permanente do Politburo, incluindo o presidente, mas eles não eram obrigados a morar ali e alguns optavam por permanecer na própria casa, do lado de fora. Os grandes salões eram agora usados para reuniões.

Monge parou o carro em frente ao palácio Qinzheng, na extremidade do primeiro lago. Era uma construção recente, no mesmo local que um dia comportara o Palácio Imperial. O escritório do presidente ficava ali. Não havia soldados com capacete, mas Kai notou vários rapazes corpulentos em ternos baratos com armas mal escondidas.

No saguão, Kai foi até um balcão onde seu rosto foi comparado com uma imagem em uma tela. A seguir entrou em uma cabine de segurança e foi revistado.

Do outro lado da cabine, encontrou o chefe da segurança presidencial, que estava de saída. Wang Qingli era amigo do pai de Kai e eles haviam sido apresentados na casa de Chang Jianjun. Qingli fazia parte da velha guarda conservadora, mas era mais inteligente, talvez porque estava sempre com o presidente. Tinha boa aparência, com o cabelo penteado para trás e bem repartido, seu terno azul-marinho bem cortado no estilo europeu. Aliás, se parecia bastante com o homem cuja vida ele protegia. Cumprimentou Kai com um sorriso e um aperto de mão e o acompanhou escada acima. Perguntou por Ting e disse que sua esposa nunca perdia um episódio de *Amor no Palácio*. Kai tinha ouvido aquilo de uma centena de homens, mas não se importava: ficava feliz por Ting fazer tanto sucesso.

O prédio era mobiliado em um estilo de que Kai gostava. Os aparadores e biombos tradicionais chineses eram meticulosamente misturados com cadeiras modernas e confortáveis, de forma que nada parecia fora do lugar. Isso contrastava com muitos dos outros edifícios, que ainda estavam presos aos móveis de pé palito e aos tecidos com estampas de modelos atômicos que haviam sido sofisticados um dia, mas agora estavam gastos e pareciam fora de moda.

Na sala de espera do presidente, Kai viu o ministro das Relações Exteriores, Wu Bai, recostado em um sofá com um copo de água com gás na mão. Ele se mostrava imaculado em um terno preto com padrão espinha de peixe, camisa de um branco vívido e gravata cinza-escura com uma listra vermelha clara.

– Que bom que você apareceu – disse ele em tom sarcástico. – Mais alguns minutos e eu teria que dizer ao presidente Chen que não sei por que diabos estou aqui.

Ele tinha status superior ao de Kai, então Kai deveria ter chegado antes dele, não o contrário.

– Acabei de chegar de Yanji – explicou Kai. – Peço desculpas por deixá-lo esperando.

– É melhor você me dizer que porra está fazendo.

Kai se sentou e explicou, e, quando terminou, Wu havia mudado de postura.

– Temos que fazer algo em relação a isso imediatamente – disse. – O presidente vai ter que ligar para Pyongyang e avisar o Líder Supremo. Pode até já ser tarde demais.

Um assessor apareceu e os convidou a seguirem-no até o gabinete do presidente.

– Vou introduzir o assunto – determinou Wu enquanto caminhavam. Este era o protocolo correto: o diretor de inteligência servia ao político. – Vou dizer a ele que um golpe está sendo planejado, e você vai lhe dar os detalhes que temos.

– Muito bem, senhor – disse Kai. Era importante submeter-se aos homens mais velhos. Agir de qualquer outro jeito ofenderia tanto Wu quanto Chen.

Eles entraram. A sala do presidente era ampla e comprida, com uma grande janela que dava vista para a água. Na vida real, o presidente Chen era um pouco diferente dos retratos oficiais pendurados nas inúmeras repartições públicas. Ele era um tanto baixo e tinha uma barriga ligeiramente protuberante que não aparecia nas fotos. Porém, era mais simpático do que sua imagem pública sugeria.

– Ministro Wu! – disse em um tom amigável. – É um prazer ver você. Como está a Sra. Wu? Soube que ela passou por um pequeno procedimento médico.

– A operação foi um sucesso e ela já está totalmente recuperada, senhor presidente, obrigado por perguntar.

– Chang Kai. Eu te conheci quando você era criança e agora toda vez que te vejo tenho vontade de dizer quanto você cresceu.

Kai riu, embora Chen tivesse feito a mesma piada da última vez que haviam se encontrado. O presidente tinha o cuidado de ser afável. Era sua política ser amigo de todo mundo. Kai se perguntou se ele tinha lido Maquiavel, que dizia que era melhor ser temido do que ser amado.

– Sentem-se, por favor. A Lei vai trazer chá para vocês. – Kai não tinha reparado na mulher de meia-idade silenciosa ao fundo, que agora servia chá em pequenas xícaras. – Então, digam-me do que se trata.

Conforme combinado, Wu repassou ao presidente as linhas gerais e então deu a deixa para que Kai falasse sobre os detalhes. Chen ouviu em silêncio, duas vezes fazendo anotações com uma caneta-tinteiro Travers dourada. A mulher chamada Lei levou uma delicada xícara de chá de jasmim perfumado para cada um.

– E isso vem de uma fonte em quem você pode confiar? – quis saber Chen quando Kai terminou.

– Ele é um general do Exército do Povo Coreano e tem nos fornecido informações confiáveis há muitos anos, senhor.

Chen assentiu.

– Uma trama como essa é secreta por natureza, então é improvável que obtenhamos confirmação. Mas pode proceder, e isso vai ditar nossa reação. Sua fonte não tem a dimensão da força dos rebeldes para além de Yeongjeo-dong.

– Não. Talvez possamos supor que pelo menos os cabeças acreditem ter apoio maciço. Eles não estariam fazendo planos se não fosse assim.

– Concordo – disse Chen, e ficou pensativo por um instante. – Pelo que me lembro, existem dezoito bases militares na Coreia do Norte, certo?

Kai olhou para Wu, que claramente não tinha aquela informação na ponta da língua.

– Sim, senhor presidente, é isso mesmo – respondeu Kai.

– Doze delas são bases de mísseis e duas dessas possuem armas nucleares.

– Sim.

– São as bases de mísseis que realmente contam, e as nucleares são primordiais.

Chen tinha chegado ao cerne da questão em um segundo, percebeu Kai.

O presidente olhou para Wu, que fez que sim com a cabeça.

– O que você recomenda?

– Temos que evitar a todo custo a desestabilização do governo norte-coreano – disse Wu. – Acho que devemos avisar Pyongyang imediatamente. Se eles agirem agora, podem conter a rebelião antes que ela comece.

Chen assentiu.

– Por mais que desejemos ver o Líder Supremo Kang pelas costas, ele é melhor do que o caos. Como diz o provérbio, se lhe oferecerem duas maçãs estragadas, você escolhe a menos podre. Essa maçã é o Kang.

– Esse seria o meu conselho – disse Wu.

Chen pegou o telefone.

– Ligue para Pyongyang – ordenou. – Preciso falar com o Kang antes do final do dia. Diga a eles que é um assunto de extrema urgência. – Ele desligou o telefone e se levantou. – Obrigado, camaradas. Vocês fizeram um bom trabalho.

Kai e Wu apertaram sua mão e saíram da sala.

– Muito bem – disse Wu enquanto desciam as escadas.

– Espero que não seja tarde – falou Kai.

...

O telefone de Kai tocou na manhã seguinte enquanto ele fazia a barba. O identificador de chamadas estava em coreano. Kai não sabia ler nem falar coreano, mas imaginou quem fosse e ficou tenso.

– Tão rápido assim? – disse em voz alta antes de atender.

– Já começou – falou uma voz que ele reconheceu como sendo do general Ham.

– O que aconteceu? – Kai largou o barbeador elétrico e pegou um lápis.

Ham falou baixo, obviamente preocupado em ser ouvido:

– Pouco antes do amanhecer, Yeongjeo-dong foi invadida pela Força de Operações Especiais.

Ele estava falando da divisão de elite do Exército do Povo Coreano.

– Presumo que essa tenha sido a reação do Líder Supremo às informações passadas por Beijing – continuou Ham.

– Que bom – disse Kai. Kang tinha agido com rapidez. – E...?

– Eles tentaram tomar o controle da base e prender os oficiais do alto escalão. Kai não gostou de ouvir aquilo.

– Tentaram, você disse?

– Houve uma troca de tiros. – Ham passava informações de forma concisa mas calma, como havia sido treinado para fazer. – Os rebeldes estavam em casa, com fácil acesso a todos os recursos da base. Os invasores chegaram em helicópteros vulneráveis e não conheciam o terreno. Além disso, acho que ficaram surpresos com o número de rebeldes e a força deles. De qualquer forma, a Força de Operações Especiais foi repelida, e agora os rebeldes têm total controle da base.

– Merda – reagiu Kai. – Chegamos tarde demais.

– Quase todos os invasores foram mortos ou presos – continuou Ham. – Poucos conseguiram fugir. Peguei este celular de um que foi morto. Os oficiais que não são partidários da conspiração também foram presos.

– Essa é uma péssima notícia. O que aconteceu depois?

– As duas bases de mísseis mais próximas daqui têm grupos rebeldes. Eles foram avisados para entrar em ação, e por garantia foram enviados reforços para essas bases. É possível que tenha havido outras rebeliões em todo o país, ainda não sabemos. O próximo alvo de interesse dos cabeças é a outra instalação de mísseis nucleares, Sangnam-ni, mas ainda não há nenhuma notícia sobre ela.

– Me liga assim que souber de mais coisas.

– Vou roubar um celular de outro cadáver.

Kai desligou e olhou pela janela. Fazia mais ou menos uma hora que o sol havia nascido e as coisas já estavam dando errado. Aquele dia prometia ser longo.

Ele deixou curtos recados para o presidente Chen e o ministro Wu dizendo o que havia acontecido e prometendo mais detalhes em breve. Então ligou para o escritório.

Falou com o supervisor da noite, Fan Yimu:

– Houve uma tentativa de golpe na Coreia do Norte. Desfecho incerto. Convoque a equipe o mais rápido possível. Estarei aí em menos de uma hora.

Era domingo, mas sua equipe teria que cancelar os planos de lavar o carro e a roupa suja.

Ele terminou de se barbear às pressas.

Ting entrou no banheiro nua e bocejando. Tinha escutado a parte dele da conversa.

– *We got a situation* – disse ela em inglês. *Temos um problema.*

Kai sorriu. Ela devia ter ouvido aquela frase em um filme ou algo do tipo.

– Vou ter que pular o café da manhã – avisou em mandarim.

– *Knock yourself out* – respondeu ela com outro anglicismo. *Divirta-se.*

Kai riu. Ting tinha bom ouvido para aquele tipo de coisa.

– Só você pra me fazer rir no meio de uma crise – disse.

– Pode apostar. – Ela deu uma reboladinha para ele, depois entrou no chuveiro.

Kai vestiu rapidamente o terno de trabalho. Quando ficou pronto, Ting já estava secando o cabelo. Ele deu um beijo de despedida nela.

– Eu te amo – disse ela em mandarim. – Me liga mais tarde.

Kai saiu. Na rua, a qualidade do ar era ruim. Apesar de ainda ser cedo, o trânsito já estava congestionado e dava para sentir o gosto de cano de descarga na boca.

No carro, ficou pensando no dia que estava por vir. Aquela era a maior crise que ele enfrentava desde que tinha se tornado vice-ministro de Inteligência Internacional. Todo o aparato governamental recorreria a ele para obter informações sobre o que estava acontecendo.

Depois de meia hora pensando, ainda preso no trânsito, Kai ligou de novo para o escritório. Àquela altura, Peng Yawen já havia chegado.

– Três coisas – começou ele. – Peça a alguém que verifique os sinais de inteligência de Pyongyang. – Há muito o Guoanbu havia invadido o sistema de comunicações seguras da Coreia do Norte, que usava equipamentos de fabricação chinesa. Eles não tinham acesso a tudo, é claro, mas o que estivesse disponível seria útil. – Segundo, certifique-se de que alguém esteja ouvindo as notícias na rádio sul-coreana. Geralmente eles são os primeiros a descobrir o que está acontecendo no norte.

– O Jin Chin-hwa já está fazendo isso, senhor.

– Ótimo. Terceiro, veja se temos como providenciar para que o nosso pessoal na embaixada em Pyongyang participe remotamente da reunião de planejamento.

– Sim, senhor.

Kai finalmente chegou à sede do Guoanbu. Tirou o casaco enquanto subia no elevador.

A caminho de sua sala foi interceptado por Jin Chin-hwa, que era um cidadão chinês de ascendência coreana jovem, voluntarioso e, o mais importante, fluente em coreano. Jin estava vestido de forma casual, como era permitido aos fins de semana, de calça jeans preta e um moletom do Iron Maiden. Tinha um fone sem fio em um ouvido.

– Estou ouvindo a KBS1 – avisou ele.

– Muito bom. – Kai sabia que esse era o principal canal de notícias do Korean Broadcasting System, com sede em Seul, capital da Coreia do Sul.

– Estão dizendo que houve um "incidente" em uma base militar na Coreia do Norte – prosseguiu Jin. – Citam rumores de que um destacamento da Força de

Operações Especiais tentou prender um grupo de conspiradores antigovernistas em um ataque ao amanhecer.

– Podemos ligar a TV da sala de reuniões no noticiário da TV norte-coreana? – perguntou Kai.

– A televisão norte-coreana só começa a transmitir à tarde, senhor.

– Ah, merda, eu tinha esquecido.

– Mas estou monitorando a Pyongyang FM, a estação de rádio, alternando entre ela e a KBS1.

– Boa. Vamos nos reunir na sala de reuniões em meia hora. Avise aos outros.

– Sim, senhor.

Kai foi até sua sala e revisou as informações que haviam chegado até o momento. Não havia absolutamente nada nas redes sociais, já que os norte-coreanos eram proibidos de usar a internet. A inteligência de sinais confirmou as suspeitas: a embaixada em Pyongyang não tinha nada.

Ting telefonou.

– Acho que fiz uma coisa errada – disse ela.

– O quê?

– Você tem um amigo chamado Wang Wei?

Havia centenas de milhares de homens na China chamados Wang Wei, mas por acaso Kai não tinha nenhum amigo com esse nome.

– Não, por quê?

– Era disso que eu tinha medo. Eu estava decorando uma fala bastante longa, o telefone tocou e eu atendi. Ele perguntou por você, e eu disse que você estava no escritório. Eu estava distraída, não pensei direito. Depois que desliguei, me dei conta de que não deveria ter dito nada. Desculpa.

– Não tem problema nenhum – garantiu ele. – Não faça isso de novo, mas não se preocupe.

– Ah, que bom que você não ficou bravo comigo.

– E de resto, tudo bem?

– Sim, estou saindo para ir ao mercado. Pensei em fazer o jantar hoje à noite.

– Maravilha. Vejo você mais tarde.

A ligação tinha sido de um espião, provavelmente americano ou europeu. O número do telefone residencial de Kai era secreto, mas espiões descobriam segredos, esse era o trabalho deles. E o homem que ligou tinha descoberto uma coisa. Ele agora sabia que Kai tinha ido para o escritório em uma manhã de domingo, e isso dizia a ele que deveria estar havendo algum tipo de crise.

Kai foi para a sala de reuniões. Seus cinco principais funcionários já estavam lá, além de quatro especialistas em Coreia do Norte, incluindo Jin Chin-hwa, e o escritório do Guoanbu em Pyongyang havia se juntado ao grupo remotamente. Kai os informou sobre os eventos das últimas vinte e quatro horas, e cada participante relatou as informações que tinha conseguido recolher na última hora.

– Por hoje, e acredito que pelos próximos dias, é imperativo que tenhamos informações em tempo real sobre o que está acontecendo na Coreia do Norte – disse Kai. – Nosso presidente e todo o nosso pessoal de política externa estarão acompanhando os eventos minuto a minuto, avaliando se a China precisará intervir e, se for o caso, de que forma, e eles vão depender de nós para terem dados confiáveis. Precisamos extrair o máximo de todas as fontes de inteligência. O reconhecimento por satélite deve se concentrar nas bases militares. A inteligência de sinais deve monitorar todo tráfego norte-coreano que pudermos acessar. Qualquer volume fora do normal de telefonemas e mensagens pode indicar um ataque rebelde. O escritório do Guoanbu na embaixada chinesa em Pyongyang funcionará vinte e quatro horas por dia, sete dias por semana, assim como nosso consulado em Chongjin. Eles devem conseguir fornecer algumas informações. E não se esqueçam da diáspora. Há vários milhares de cidadãos chineses morando na Coreia do Norte, incluindo empresários, estudantes, além de pessoas casadas com coreanos. Devíamos ter os números de telefone de todos eles. Este é o momento para eles provarem seu patriotismo. Quero que vocês liguem para todos eles.

Jin o interrompeu:

– Pyongyang está fazendo um comunicado. – Ele foi traduzindo conforme ouvia. – Estão dizendo que prenderam vários sabotadores e traidores controlados pelos americanos em uma base militar esta manhã... Não disseram em qual base... nem quantas pessoas foram presas... nada sobre violência nem troca de tiros... E é isso. Fim do comunicado.

– Isso é uma surpresa – comentou Kai. – Normalmente eles levam horas, ou até dias, para responder aos acontecimentos.

– Isso deixou o governo de Pyongyang agitado – disse Jin.

– Agitado? – questionou Kai. – Acho que eles estão mais do que agitados. Acho que estão com medo. E sabem de uma coisa? Eu também estou.

# DEFCON 4

ACIMA DA PRONTIDÃO NORMAL.
MAIOR ATENÇÃO À INTELIGÊNCIA E
REFORÇO DAS MEDIDAS DE SEGURANÇA.

# CAPÍTULO 20

A presidente Green detestava o frio. Tendo crescido em Chicago, deveria ter se acostumado a ele, mas isso nunca aconteceu. Quando era criança, adorava ir à escola, mas odiava fazer isso no inverno. Um dia jurou que moraria em Miami, pois tinha ouvido falar que lá era possível dormir na praia.

Pauline nunca morou em Miami.

Ela vestiu um casaco grande e fofo para caminhar da residência oficial até a Ala Oeste às sete da manhã de domingo. Ao passar pela colunata, pensou em sexo. Gerry estivera cheio de disposição na noite anterior. Pauline gostava de sexo, mas não se deixava levar por ele, não desde seus 20 e poucos anos. Gerry também não, e a vida sexual deles sempre tinha sido agradável, amena, como os demais aspectos do relacionamento.

"Mas não é mais assim", pensou ela com tristeza.

Algo havia desandado nos sentimentos dela em relação a Gerry, e ela achava que sabia por quê. Antes, ela tinha a sensação reconfortante de que ele a protegia. Eles discordavam de vez em quando, mas jamais prejudicavam um ao outro. As brigas entre eles não eram inflamadas porque seus conflitos eram superficiais.

Até aquele momento.

Pippa estava na raiz daquilo. Seu lindo bebê havia se transformado em uma adolescente rebelde, e eles não conseguiam chegar a um acordo quanto ao que fazer. Era quase um clichê; provavelmente havia artigos sobre isso nas revistas femininas que Pauline nunca lia. Ela tinha ouvido falar que as brigas conjugais sobre a criação dos filhos eram consideradas as piores.

Gerry não apenas discordava de Pauline; ele alegava que a culpa era dela. "A Pippa precisa ver mais a mãe", dizia ele, quando sabia perfeitamente que aquilo não era possível. Isso a fazia se sentir mal pelos dois.

Até recentemente, eles tinham enfrentado os problemas juntos e assumido a responsabilidade juntos. Ela estava do lado de Gerry, e ele do lado dela. Mas agora ele parecia estar contra ela. E foi nisso que Pauline passou a noite anterior pensando, enquanto Gerry estava deitado em cima dela na cama de dossel que ficava no Quarto da Rainha, outrora usado pela rainha Elizabeth II da Inglaterra. Pauline não sentiu ternura, intimidade nem tesão. Gerry demorou mais tempo do que o normal, e ela supôs que aquilo significava que ele também estava se sentindo distante.

Pippa ia superar aquela fase, Pauline sabia, mas será que o casamento ia sobreviver? Quando se fazia essa pergunta, era tomada pelo desânimo.

Chegou ao Salão Oval tremendo de frio. Jacqueline Brody, sua chefe de gabinete, esperava por ela, com o aspecto de quem já estava acordada havia horas.

– O conselheiro de Segurança Nacional, o secretário de Estado e a diretora de Inteligência Nacional desejam falar com a senhora com urgência – disse Jacqueline. – Eles trouxeram o vice-diretor de Análises da CIA.

– Gus, Chess, a diretora de inteligência e um nerd da CIA enquanto ainda está escuro em uma manhã de domingo? Alguma coisa está acontecendo. – Pauline tirou o casaco. – Manda entrarem agora – pediu e se sentou à sua mesa.

Gus estava vestindo um blazer preto e Chess um paletó de tweed, roupas de domingo. A diretora de Inteligência Nacional, Sophia Magliani, estava mais formal, com um blazer curto e uma calça preta. O sujeito da CIA parecia um morador de rua, com calças de corrida, tênis surrados e um casaco de marinheiro. Seu nome era Michael Hare, Sophia o apresentou, e Pauline lembrou que já tinha ouvido falar dele: ele sabia russo e mandarim, e seus colegas diziam que ele tinha dois cérebros. Ela apertou a mão dele e disse:

– Obrigada por ter vindo.

– Bom dia – disse ele com a voz arrastada.

"Parece que ele tem é meio cérebro", pensou Pauline.

Sophia notou a frieza na reação dela.

– O Michael passou a noite em claro – disse, se desculpando.

Pauline não fez comentários a respeito.

– Podem sentar – disse. – O que está acontecendo?

– Seria melhor se o Michael explicasse – falou Sophia.

– Meu equivalente em Beijing é um homem chamado Chang Kai – começou Hare. – Ele é vice-ministro de Inteligência Estrangeira do Guoanbu, o serviço secreto chinês.

Pauline não tinha tempo para uma narrativa longa.

– Pode ir direto ao ponto, Sr. Hare – disse.

– Esse é o ponto – rebateu ele, deixando escapar um toque de irritação.

Uma resposta tão contundente à presidente beirava a grosseria. Hare não tinha nenhum charme, para dizer o mínimo. Havia pessoas na comunidade de inteligência que achavam que todos os políticos eram idiotas, sobretudo em comparação a eles próprios, e parecia que Hare era uma dessas pessoas.

Gus falou da forma mais delicada possível:

– Senhora presidente, se me permite, julgo que a senhora vai achar a narrativa útil.

Se Gus estava dizendo, era verdade.

– Tudo bem. Continue, Sr. Hare.

Hare continuou como se mal tivesse notado a interrupção:

– Ontem o Chang voou para Yanji, uma cidade perto da fronteira com a Coreia do Norte. Sabemos disso porque a estação da CIA em Beijing invadiu o sistema do aeroporto.

Pauline franziu a testa.

– Ele usou o próprio nome?

– Para o voo de ida, sim. No entanto, para a volta, ou ele usou um nome falso, ou pegou um voo não programado. Seja como for, o retorno dele não aparece no sistema.

– Talvez ele não tenha voltado.

– Ele voltou, sim. Hoje de manhã, às oito e meia de Beijing, um dos nossos agentes ligou para a casa dele se passando por um amigo, e a esposa do Chang disse que ele tinha ido para o escritório.

Pauline estava interessada, apesar de sua antipatia por Hare.

– Então – disse ela pensativa –, ontem ele fez uma viagem que, a princípio, parecia de rotina, mas que se tornou ou urgente ou de alta segurança, ou as duas coisas, e ele foi para o escritório em uma manhã de domingo. Por quê? O que mais você sabe?

– Vou chegar lá. – Mais uma vez o toque de irritação. Ele era como um professor universitário que não gostava que sua aula fosse interrompida por alunos com perguntas tolas. Sophia parecia constrangida, mas não disse nada. – Hoje cedo a rádio sul-coreana informou que a unidade de elite da Coreia do Norte, a Força de Operações Especiais, havia invadido uma base militar não identificada em uma tentativa de deter uma rebelião contra o governo. Mais tarde, Pyongyang anunciou que vários traidores controlados pelos Estados Unidos haviam sido presos em uma base militar, novamente não identificada.

– Temos uma parcela de responsabilidade nisso – disse Pauline.

Chess falou pela primeira vez:

– Por termos aumentado as sanções contra a Coreia do Norte depois que os chineses derrubaram nossa resolução sobre a venda de armas.

– O que prejudicou a economia norte-coreana.

– É para isso que servem as sanções – observou Chess em um tom defensivo. A ideia tinha sido dele.

– E funcionou melhor do que a gente esperava – comentou Pauline. – A economia norte-coreana já ia mal, e nós a fizemos cair ladeira abaixo.

– Se não queríamos que isso acontecesse, não deveríamos ter tomado essa atitude.

Pauline não queria que Chess interpretasse aquilo como um ataque a ele.

– Eu tomei a decisão, Chess. E não estou dizendo que foi uma decisão errada. Mas nenhum de nós imaginou que isso fosse desencadear uma rebelião contra o governo de Pyongyang... se é que se trata disso. – Ela se voltou para o analista da CIA. – Continue, por favor, Sr. Hare. Você estava dizendo que pelos relatórios não dá para saber ao certo se as prisões de fato ocorreram.

– Exato, mas isso foi resolvido há duas horas, final da tarde no horário da Coreia, antes do amanhecer aqui – comentou Hare. – Um repórter do KBS1, o principal canal de notícias da Coreia do Sul, fez contato com os chamados traidores, que, aliás, não estão sendo controlados pelos americanos.

– Que pena – interrompeu Gus.

– O canal exibiu uma entrevista, feita pela internet, com um oficial do Exército norte-coreano que alegou ser um dos rebeldes. O nome dele não é citado pela reportagem, mas nós o identificamos como sendo o general Pak Jae-jin. Ele disse que ninguém havia sido preso, que a Força de Operações Especiais tinha sido rechaçada e que os rebeldes tinham tomado o controle da base.

– A reportagem dizia qual base?

– Não. E não há imagens de satélite do conflito desta manhã, porque é inverno e há nuvens cobrindo toda a região. A filmagem dele, no entanto, foi feita ao ar livre, com construções ao fundo, então comparamos o que conseguíamos ver com as fotos existentes e outras informações sobre as bases do Exército norte-coreano e descobrimos que ela se chama Sangnam-ni.

– Esse nome não me é estranho – disse Pauline. – Não é uma base de mísseis nucleares? – A ficha então caiu. – Ai, meu Deus! Os rebeldes estão com as armas nucleares.

– É por isso que estamos aqui – disse Gus.

Pauline ficou em silêncio por um instante enquanto assimilava a informação. Então continuou:

– Isso é muito sério. E as providências? Acho que minha primeira atitude deveria ser falar com o presidente Chen, da China.

Todos concordaram com a cabeça.

Ela olhou para o relógio.

– Ainda não são nem oito da noite em Beijing, ele não está dormindo. Jacqueline, por favor, agende essa ligação. – A chefe de gabinete foi para a sala ao lado para providenciar isso.

– O que você vai dizer ao Chen? – perguntou Chess.

– Essa é a segunda grande questão. O que você sugere?

– Em primeiro lugar, ele poderia nos passar a avaliação de risco deles.

– Vou pedir isso, sem dúvida. Ele deve ter mais informações que nós. Imagino que tenha falado com o Líder Supremo Kang pelo menos uma vez nas últimas doze horas.

– Ele não deve ter extraído muita coisa do Kang – comentou Hare com desdém. – Eles se odeiam. Mas o serviço de inteligência chinês está trabalhando duro o dia inteiro, assim como nós fizemos a noite toda, e eles são tão inteligentes quanto a gente, então ele deve saber alguma coisa por meio do Chang Kai. Agora, se ele vai compartilhar com a senhora é outra questão.

Aquilo não exigia uma resposta de Pauline.

– O que mais, Chess? – perguntou ela.

– Pergunte o que ele planeja fazer a respeito.

– Quais opções ele tem?

– Ele poderia propor uma força de ataque conjunta sino-norte-coreana para retomar a base de Sangnam-ni para o governo de Pyongyang em um ataque relâmpago.

Hare interveio de novo sem que ninguém pedisse sua opinião:

– O Kang não vai aceitar isso – disse, descartando a hipótese.

"Infelizmente ele tem razão", pensou Pauline.

– Muito bem, Sr. Hare – falou ela. – O que o presidente chinês pode fazer, na sua opinião?

– Nada.

– E o que o faz achar isso?

– Eu não acho, eu sei. Qualquer coisa que os chineses façam agora só vai piorar a situação.

– Apesar disso, vou perguntar a ele se tem algo que os Estados Unidos ou a comunidade internacional possam fazer que ele ache útil.

– Contanto que a senhora diga antes: "Não quero interferir nos assuntos internos de outro país, mas…" Os chineses são obcecados por isso – pontuou Hare.

Pauline não precisava de lições de diplomacia.

– Sr. Hare, acho que podemos deixá-lo ir dormir um pouco.

– Sim, claro.

Hare foi até a porta e saiu.

– Peço desculpas pelos modos dele – disse Sophia. – Ninguém gosta dele, mas é inteligente demais para ser dispensado.

Pauline não estava com vontade nenhuma de ficar debatendo sobre Hare.

– Precisamos decidir agora se colocamos os militares americanos em alerta – afirmou.

– Sim, senhora – falou Gus. – Agora tudo está em DEFCON 5, prontidão normal.

– Devemos passar para DEFCON 4.

– Maior atenção à inteligência e reforço das medidas de segurança.

– Não gosto de fazer isso, porque a imprensa reage de forma exagerada, mas neste caso é inevitável.

– Concordo. E podemos ter que passar a Coreia do Sul para DEFCON 3. A última vez que isso foi usado aqui foi no 11 de Setembro.

– Refresca minha memória, qual a diferença entre o 4 e o 3?

– Basicamente, no DEFCON 3 a Força Aérea deve estar pronta para entrar em ação em quinze minutos.

Jacqueline voltou.

– Os tradutores estão prontos e vamos falar com o Chen por vídeo.

Pauline olhou para a tela do computador.

– Que rapidez.

– Acho que ele já estava esperando a sua ligação.

Pauline fez anotações em um bloco: *Sangnam-ni, nuclear, Força de Operações Especiais, nenhuma prisão, estabilidade regional, estabilidade internacional*, depois o computador emitiu um som parecido com o de um sino e Chen apareceu na tela. Ele estava em seu escritório, sentado a uma grande mesa, com a bandeira vermelha e amarela da China e uma pintura da Grande Muralha atrás de si.

– Um bom dia, senhor presidente, e obrigada por atender a minha ligação – disse Pauline.

Por meio do intérprete ele respondeu:

– É um prazer ter a oportunidade de falar com a senhora.

Em situações informais, Chen falava com Pauline em inglês de maneira bastante segura, mas em uma conversa como aquela eles tinham que ter certeza absoluta de que não seriam mal interpretados.

– O que está acontecendo em Sangnam-ni? – perguntou Pauline.

– Receio, senhora presidente, que as sanções americanas tenham provocado uma crise econômica.

“As sanções são da ONU, e não haveria crise nenhuma se não fosse pelo desastre que é o sistema econômico comunista”, pensou Pauline, mas não repetiu em voz alta.

– Em resposta – continuou Chen –, a China vai enviar ajuda econômica emergencial para a Coreia do Norte na forma de arroz, carne de porco e combustível.

"Então nós somos os bandidos e vocês os mocinhos", pensou Pauline. "Tudo bem, tudo bem. Mas vamos ao que interessa."

– Estamos cientes de que a Força de Operações Especiais foi rechaçada sem efetuar nenhuma prisão. Isso não quer dizer que os rebeldes estão no controle das armas nucleares?

– Não tenho como confirmar isso.

"O que significa que sim", pensou Pauline, e sentiu um aperto no coração. Chen teria negado se não fosse verdade.

– Em caso positivo, senhor presidente, que providências serão tomadas?

– Não vou interferir nos assuntos internos de outro país – respondeu Chen em tom ríspido. – Esse é um princípio fundamental da política externa chinesa.

"É uma besteira fundamental, isso sim", pensou Pauline, mas ela tentou apresentar seu ponto de vista de uma forma mais sutil:

– Se um grupo rebelde possui armas nucleares, é certo que há uma ameaça à estabilidade regional, o que deve preocupá-lo.

– Atualmente não há nenhuma ameaça à estabilidade regional.

"Que cara de pau."

Pauline deu um tiro no escuro:

– E se a rebelião se espalhar para outras bases militares na Coreia do Norte? Sangnam-ni não é a única instalação nuclear do país.

Chen hesitou por um bom tempo, e então disse:

– O Líder Supremo Kang tomou medidas firmes para evitar tais consequências.

Essa declaração, rigidamente ensaiada, continha no fundo uma revelação oculta, mas Pauline conteve a empolgação. Ela decidiu encerrar a conversa. Chen tinha falado pouco, mas, como sempre, tinha dito algo que ela precisava saber, mesmo que inadvertidamente.

– Obrigada pela sua ajuda, senhor presidente – disse ela. – Como sempre, falar com o senhor é um dever agradável. Vamos manter contato próximo.

– Obrigado, senhora presidente.

A tela escureceu e Pauline olhou para Gus e Chess. Ambos pareciam animados. Eles também tinham chegado à mesma conclusão.

– Se a rebelião se restringisse a uma base, ele teria falado – observou ela.

– Exatamente – falou Gus. – Mas o Kang agiu com firmeza, o que significa que foram necessárias medidas duras porque a rebelião se espalhou.

Chess concordou.

– Ele deve ter enviado tropas para a base de Yongdok, onde ficam armazenadas as ogivas nucleares. E os rebeldes devem ter revidado. Chen não disse que as forças do governo saíram vitoriosas, disse apenas que Kang havia tomado medidas. Isso indica que a situação não está resolvida.

– O Kang está focado nas bases mais importantes – comentou Gus –, mas esses lugares também são alvo dos rebeldes.

Pauline achou que era hora de partir para a ação.

– Eu quero mais informações. Sophia, cuide para que nosso pessoal de inteligência de sinais esteja lendo tudo o que pudermos pegar da Coreia do Norte. Gus, verifique nossas informações mais recentes sobre as armas nucleares da Coreia do Norte: quantas são, quais as dimensões e assim por diante. Chess, fale com a ministra das Relações Exteriores da Coreia do Sul, pode ser que ela tenha algum insight ou saiba de coisas que deixamos passar. É preciso dar algum tipo de declaração sobre isso. Jacqueline, chama o Sandip aqui, por favor.

Todos saíram. Pauline ficou pensando na melhor forma de explicar aquela situação para a população americana. Tudo o que ela dizia era distorcido por James Moore e seus apoiadores na imprensa. Ela precisava ser perfeitamente clara.

Sandip apareceu alguns minutos depois, com seus tênis de sempre. Pauline o deixou a par de Sangnam-ni.

– Isso não pode ser mantido em segredo – disse ele. – A mídia sul-coreana é muito boa. Tudo vai vir a público.

– Concordo. Por isso, preciso mostrar aos americanos que o governo está no controle da situação.

– Você vai dizer que estamos prontos para uma guerra nuclear?

– Não, isso é alarmista demais.

– O James Moore vai perguntar.

– Posso dizer que estamos prontos para tudo.

– Muito melhor. Mas me diga o que está de fato sendo feito.

– Falei com o presidente da China. Ele está preocupado, mas diz que não há perigo de desestabilização regional.

– Que providências ele vai tomar?

– Vai enviar ajuda para a Coreia do Norte, alimentos e combustível, porque acha que a crise econômica é o verdadeiro problema.

– Ok, um pragmático quase entediante.

– Mal não vai fazer, pelo menos.

– O que mais estamos fazendo?

– Não acho que isso terá repercussões imediatas para os Estados Unidos, mas, por precaução, vou aumentar o nível de alerta para DEFCON 4.

– Tudo de modo muito discreto.

– É assim que eu quero que seja.

– Quando a senhora gostaria de falar com a imprensa?

Ela olhou para o relógio.

– Dez é cedo demais? Quero resolver logo isso.

– Dez, então.

– Ok.

– Obrigado, senhora presidente.

...

Pauline adorava coletivas de imprensa. Em geral, os correspondentes da Casa Branca eram homens e mulheres inteligentes que entendiam que a política raramente era algo simples. Eles faziam perguntas desafiadoras, e ela tentava dar respostas francas. Pauline gostava da atmosfera tensa do debate quando ele de fato girava em torno de questões, não de aparência.

Tinha visto fotos históricas de coletivas de imprensa do passado, quando os correspondentes eram todos homens de terno, camisa branca e gravata. Agora o grupo incluía mulheres e o código de vestimenta era mais descontraído, com as equipes de TV usando moletom e tênis.

Pauline tinha ficado nervosa em sua primeira entrevista coletiva, vinte anos atrás. Ela havia sido eleita vereadora de Chicago. Chicago era uma cidade democrata e quase nunca elegia vereadores republicanos, então ela concorreu como independente. Devido ao seu histórico de campeã na ginástica ela se tornou defensora de melhores instalações esportivas, e foi esse o tema de sua primeira coletiva. Seu nervosismo não durou muito. Assim que começou a falar com os jornalistas, relaxou e em pouco tempo os fez rir. Depois disso, nunca mais ficou nervosa.

O evento daquela manhã saiu conforme o planejado. Sandip tinha dito aos correspondentes que Pauline não responderia a perguntas sobre a filha e que se alguém fizesse perguntas sobre o assunto a coletiva seria encerrada de imediato. Pauline esperava que alguém fosse quebrar a regra, mas ninguém o fez.

Ela falou sobre a conversa com Chen, contou a eles sobre o DEFCON 4 e terminou com as palavras que queria que todos ali levassem para casa:

– Os Estados Unidos estão prontos para tudo.

Ela respondeu às perguntas dos principais correspondentes e então, faltando apenas um ou dois minutos, deu a palavra a Ricardo Alvarez, do hostil *New York Mail*.

– Hoje cedo James Moore foi questionado sobre a crise na Coreia do Norte e disse que nessas circunstâncias o país precisa ser liderado por um homem – disse ele. – O que acha disso, senhora presidente?

Algumas risadinhas ecoaram pela sala, embora Pauline tenha reparado que nenhuma mulher estava rindo.

A pergunta não a surpreendeu. Sandip tinha contado a ela sobre a observação misógina de Moore. Ela comentou que era um erro crasso que faria Moore perder o apoio de muitas mulheres, e Sandip retrucou dizendo: "Minha mãe acha que ele tem razão." Nem todas as mulheres são feministas.

De qualquer forma, ela não queria discutir com a imprensa se uma mulher poderia ser uma líder em tempos de guerra. Isso ia permitir que Moore definisse os termos da coletiva. Ela precisava trazer o assunto de volta para o seu próprio território.

Ficou pensando por um bom tempo. Uma ideia lhe veio à cabeça, mas era um pouco ousada. No entanto, decidiu abraçá-la. Inclinou-se para a frente e falou em um tom de voz mais informal:

– Já repararam que o James Moore nunca faz isso? – Fez um gesto de um lado a outro com o braço, indicando todos os correspondentes aglomerados na sala. – Aqui estão os canais abertos e pagos, os jornais tradicionais e os tabloides tóxicos, a imprensa liberal e a conservadora.

Fez uma pausa e apontou para o repórter que havia feito a pergunta.

– No momento estou respondendo a uma pergunta do Ricky, cujo jornal nunca teve uma única palavra boa a dizer sobre mim. Que contraste com o Sr. Moore! Vocês sabem quando ele deu uma entrevista ampla para um canal aberto de televisão? A resposta é nunca. Ele nunca colaborou com a elaboração de um perfil seu para o *The Wall Street Journal*, o *The New York Times* ou qualquer um dos jornais mais convencionais, até onde sei. Ele só responde a perguntas de amigos e apoiadores. Perguntem a si mesmos por que ele age assim.

Ela fez outra pausa. Tivera a ideia de fazer uma gracinha, para encerrar. Ela queria ser agressiva? Sim, queria. E continuou antes que alguém pudesse interrompê-la:

– Eu vou lhes dizer o que acho. O James Moore está com medo. Ele tem medo de não conseguir defender suas políticas diante de um entrevistador sério. E isso me traz de volta à sua pergunta, Ricky. – "Lá vem a gracinha", pensou ela. – Quando o bicho pegar de verdade, vocês querem que os Estados Unidos sejam liderados pelo Tímido Jim?

Fez outra pausa, rápida, então disse:

– Obrigada a todos.

E saiu da sala.

...

Pauline jantou com Gerry e Pippa na residência oficial naquela noite de domingo, olhando para as luzes das ruas de Washington enquanto as pessoas em Beijing e em Pyongyang acordavam em meio à escuridão de uma manhã de inverno na segunda-feira.

O cozinheiro havia preparado um curry de carne, o prato preferido de Pippa no momento. Pauline comeu o arroz e a salada. Comida não a excitava, nem bebida. O que quer que fosse colocado na frente dela, ela comia ou bebia só um pouco.

– Como estão as coisas entre você e a Sra. Judd agora? – perguntou a Pippa.

– Aquela velha idiota parou de pegar no meu pé, graças a Deus – respondeu Pippa.

Se Pippa não estava mais atraindo a atenção da diretora da escola, isso provavelmente significava que seu comportamento havia melhorado. A mesma coisa tinha acontecido em casa: fazia tempo que ninguém brigava. Pauline achava que a melhora se devia à ameaça de tirá-la da escola para estudar em casa. Por mais que Pippa fosse rebelde, a escola era o centro de sua vida social. A conversa de Pauline sobre um tutor serviu como um choque de realidade.

– A Amelia Judd não é nem velha nem idiota – afirmou Gerry, irritado. – Ela tem 40 anos e é uma mulher extremamente competente e capaz.

Pauline olhou para ele com uma leve surpresa. Ele não costumava repreender Pippa, e era inusitado que ele tivesse escolhido justamente aquela ocasião. Passou por sua cabeça a hipótese de que Gerry tivesse desenvolvido uma quedinha pela "Amelia". Talvez não fosse tão surpreendente assim. A diretora era uma mulher com autoridade em um papel de liderança, assim como Pauline, só que dez anos mais nova. "Uma edição mais recente do mesmo livro", pensou Pauline com cinismo.

– Você não ia gostar tanto dela se fosse você que ela estivesse tentando sacanear – retrucou Pippa.

Houve uma batida na porta, e Sandip entrou. Não era comum que os funcionários interrompessem as refeições da família na residência oficial; isso era inclusive proibido, exceto em caso de emergência.

– O que houve? – perguntou Pauline.

– Lamento interromper, senhora presidente, mas duas coisas aconteceram nos últimos minutos. A CBS anunciou uma longa entrevista com o James Moore, ao vivo, às sete e meia.

Pauline olhou para o relógio. Passava um pouco das sete.

– Ele nunca deu uma entrevista para um canal aberto de televisão – disse Sandip.

– Como eu frisei hoje de manhã – comentou Pauline.

– É um furo para a CBS, e é por isso que eles estão correndo.

– Você acha que ele ficou mordido por eu tê-lo chamado de Tímido Jim?

– Não tenho dúvida. Muitos veículos usaram essas palavras em suas transmissões da coletiva de imprensa. Foi muito inteligente da sua parte. Forçou o Moore a tentar provar que você está errada, e para isso ele vai ter que arriscar o pescoço.

– Que bom.

– Ele provavelmente vai fazer papel de bobo na CBS. Basta eles colocarem um entrevistador que tenha cérebro.

Pauline não estava tão confiante assim.

– Ele pode nos surpreender. É escorregadio. Tentar pegá-lo é como tentar agarrar um peixe vivo só com uma das mãos.

Sandip assentiu.

– Na política, a única certeza é que não existem certezas.

Aquilo fez Pippa rir.

– Vou ver a entrevista aqui e depois vou lá para a Ala Oeste – disse Pauline para Sandip. – Qual foi a segunda coisa?

– A mídia no Leste Asiático acordou e a televisão sul-coreana está dizendo que os rebeldes na Coreia do Norte agora têm o controle das duas bases nucleares e de duas bases de mísseis regulares, além de um número ainda desconhecido de bases militares comuns.

Pauline ficou perturbada.

– Isso não é só mais um incidente – disse. – Isso é uma rebelião de verdade.

– A senhora quer se manifestar sobre isso?

Ela refletiu sobre aquilo.

– Acho que não – respondeu. – Aumentei o nível de alerta e disse aos americanos que estamos prontos para tudo. Não vejo razão para acrescentar nada a essa mensagem por enquanto.

– Concordo, mas talvez devêssemos nos falar novamente depois da entrevista do Moore.

– Claro.

– Obrigado, senhora presidente.

Sandip saiu. Gerry e Pippa ficaram pensativos. Eles costumavam ouvir as notícias da política em primeira mão, mas aquilo era mais drástico do que o normal. A família terminou de jantar em silêncio.

Pouco antes das sete e meia, Pauline entrou no antigo Salão de Beleza e ligou a TV. Pippa a acompanhou, mas Gerry disse que não suportaria "ficar meia hora na companhia daquele idiota do Moore" e desapareceu.

Pauline e Pippa se sentaram no sofá. Antes de a entrevista começar, Pauline perguntou a Pippa:

– Como é a Sra. Judd?

– Loira e baixinha, com uns peitões.

"Onde foram parar as descrições de gênero não binárias?", pensou Pauline.

A entrevista aconteceu no estúdio, em um cenário que havia sido montado para se parecer com uma sala de estar qualquer, com abajures, mesinhas de cabeceira e vasos de flores. Moore não parecia à vontade.

Ele foi apresentado por uma experiente jornalista de televisão, Amanda Gosling. Ela estava perfeitamente arrumada, como todos os apresentadores costumam estar. Seu cabelo loiro estava bem penteado e ela usava um vestido azul-acinzentado que deixava suas panturrilhas perfeitas à mostra, e era também inteligente e durona. Ela não facilitaria a vida de Moore.

Moore estava com roupas mais simples que de costume. Seu blazer tinha os bordados de caubói de sempre, mas ele usava uma camisa social branca e uma gravata normal.

Gosling começou de maneira amistosa. Perguntou a ele sobre sua carreira de sucesso como jogador de beisebol, depois como comentarista e, por fim, como apresentador de rádio. Pippa ficou impaciente.

– Quem liga pra essa porcaria?

– Ela está dando uma abrandada nele – disse Pauline. – Espera só.

Gosling logo abordou a questão do aborto:

– Alguns críticos dizem que, de acordo com a sua política, o senhor pensa que as mulheres devem ser forçadas a ter bebês que não desejam. O senhor acha isso justo?

– Ninguém obriga uma mulher a engravidar – disse ele.

– O quê? O quê? – reagiu Pippa.

Aquilo obviamente não era verdade, mas Gosling não rebateu.

– Gostaria de ter certeza de que estamos deixando suas opiniões perfeitamente claras para o nosso público – disse ela de forma docemente razoável.

– Boa ideia, aí todo mundo vai ver o babaca que ele é – disse Pippa.

– Em sua opinião, quando um marido pede intimidade física à esposa, ela tem o direito de dizer não? – continuou Gosling.

– Um homem tem necessidades – disse Moore em uma voz que sugeria profunda sabedoria. – E o casamento é a forma criada por Deus para que essas necessidades sejam supridas.

Gosling deixou transparecer seu desprezo:

– Então, quando a esposa fica grávida, é culpa de Deus ou do marido?

– Sem dúvida é a vontade de Deus, a senhora não acha?

Gosling evitou discutir a vontade de Deus.

– Seja como for – retomou ela com desdém –, o senhor parece acreditar que a mulher não deve ter voz nesse assunto.

– Eu acredito que maridos e esposas devem discutir essas coisas de uma forma amorosa e carinhosa.

Gosling não desistiria tão facilmente.

– Mas no final o homem é o mestre, segundo o senhor.

– Bom, acho que está na Bíblia, não é? Você lê a Bíblia, Srta. Gosling? Eu leio sempre.

– De que século ele é? – perguntou Pippa.

– Ele está repetindo coisas em que muitos americanos acreditam – disse Pauline. – Se não fosse assim, não estaria na TV.

Gosling conduziu Moore por dezenas de questões polêmicas, desde a imigração até o casamento entre pessoas do mesmo sexo. Em cada tópico, sem se opor a ele de maneira ostensiva, ela não deixou que ele ficasse apenas nas frases de efeito dele e o forçou a assumir com todas as letras os pontos de vista extremistas que o guiavam. Milhões de telespectadores em seus sofás se contorciam de vergonha e nojo. Mas, infelizmente, outros milhões estavam em êxtase.

Gosling deixou a política externa para o fim:

– Recentemente, o senhor defendeu o afundamento de navios chineses no mar da China Meridional. Como o senhor imagina que o governo chinês reagiria a isso? Que atitude eles tomariam em retaliação?

– Absolutamente nenhuma – respondeu Moore com ousadia. – A última coisa que os chineses querem é uma guerra com os Estados Unidos.

– Mas eles ignorariam o afundamento deliberado de um de seus navios?

– O que mais poderiam fazer? Se eles nos atacarem, a China se transformará em um deserto nuclear em poucas horas.

– E nessas mesmas horas nós não teríamos sofrido nenhum dano?

– Não, porque nada vai acontecer. Eles não vão nos atacar enquanto eu for presidente porque sabem com a mais pura certeza que vou acabar com eles.

– Esse é o seu ponto de vista, não é?

– Com certeza.

– E o senhor está disposto a arriscar a vida de milhões de americanos por esse ponto de vista.

– É isso que um presidente faz.

Parecia quase inacreditável, até Pauline relembrar as palavras de um ex-presidente: *Se nós temos armas nucleares, por que não podemos usá-las?*

– E agora nossa última pergunta: O que o senhor faria hoje em relação aos rebeldes que estão tentando derrubar o governo norte-coreano e que têm armas nucleares?

– Eu soube que o presidente da China está mandando arroz e carne de porco para os norte-coreanos. Parece que a presidente Green acha que isso vai resolver o problema. Eu duvido.

– A presidente aumentou o nível de alerta hoje.

– De cinco para quatro. Isso não é suficiente.

– Então o que o senhor faria?

– Eu tomaria uma atitude simples e decisiva. Uma única bomba nuclear destruiria toda a base norte-coreana e todas as armas nela contidas. E o mundo daria aos Estados Unidos uma grande salva de palmas por terem se livrado de uma ameaça.

– E o que o senhor acha que o governo norte-coreano faria em resposta?

– Eles me agradeceriam.

– Vamos supor que eles considerassem o bombardeio um ataque ao seu território soberano.

– O que eles fariam? Eu teria acabado com as armas nucleares deles.

– Eles podem muito bem ter lançadores de armas nucleares subterrâneos em algum lugar que nós não sabemos.

– Eles sabem que se nos atacarem vão virar um deserto radioativo pelos próximos cem anos. Eles não vão correr esse risco.

– O senhor tem certeza disso.

– Tenho.

– Poderíamos resumir sua política externa dizendo que os Estados Unidos podem sempre conseguir o que querem apenas usando a ameaça de uma guerra nuclear?

– Não é para isso que as armas nucleares servem?

– James Moore, possível candidato às primárias republicanas e às eleições presidenciais do próximo ano, obrigada por estar conosco esta noite.

Pauline desligou a TV. Moore tinha se saído melhor do que ela esperava. Ele não pareceu fraco nem inseguro em nenhum momento, apesar das besteiras que ficou falando.

– Tenho dever de casa pra fazer – disse Pippa e saiu.

Pauline foi para a Ala Oeste.

– Peça ao Sandip para vir aqui, por favor – solicitou a Lizzie. – Estarei no Estúdio.

– Sim, senhora.

Ela ligou na CNN, para ver um debate sobre o desempenho de Moore. Os comentaristas demonstravam bastante desprezo, não sem razão, mas Pauline achava que eles deveriam prestar mais atenção nos pontos fortes dele.

Ela tirou o som da TV quando Sandip chegou.

– O que você achou? – perguntou.

– Esse cara é maluco – respondeu Sandip. – Alguns eleitores vão ver isso. Outros, não.

– Também acho.

– Então não precisamos fazer nada a respeito?

– Não esta noite. – Pauline sorriu. – Vá pra casa, tenha uma boa noite.

– Obrigado, senhora presidente.

Como de costume, Pauline aproveitou aquelas horas tranquilas para pôr em dia a leitura dos relatórios que exigiam concentração ininterrupta por pelo menos alguns minutos. Pouco depois das onze Gus apareceu, vestindo o suéter de caxemira azul de que ela gostava.

– Os japoneses estão ficando furiosos com o caso Sangnam-ni – comentou ele.

– Não me surpreende – disse Pauline. – Eles são vizinhos próximos.

– Três horas de balsa de Fukuoka a Busan, na Coreia do Sul. Até a Coreia do Norte a distância é um pouco maior, mas mesmo assim fica a um alcance muito curto das bombas.

Pauline se levantou e eles se sentaram nas duas poltronas. Naquele cômodo apertado, seus joelhos se tocavam.

– O Japão e a Coreia têm um histórico ruim – afirmou Pauline.

– Os japoneses dirigem muito ódio aos coreanos. As redes sociais estão cheias de ataques racistas.

– Bom, igualzinho aos Estados Unidos.

– Bandeira diferente, os mesmos abusos – comentou Gus.

Pauline percebeu que estava relaxando. Ela gostava daquelas conversas noturnas ocasionais com Gus. Eles repassavam as questões sem obedecer a nenhuma pauta e geralmente não havia nada que pudessem fazer a respeito até a manhã seguinte, então não se sentiam pressionados a tomar nenhuma atitude.

– Pega um drinque pra você – disse ela. – Você sabe onde ficam as bebidas.

– Obrigado. – Ele foi até um armário e pegou uma garrafa e um copo. – Este bourbon é muito bom.

– Não faço a menor ideia. Não sei nem quem o escolheu.

– Eu escolhi – disse ele com um sorriso. Por um rápido instante, pareceu um estudante travesso. Ele se sentou novamente e serviu dois dedos de bebida no copo.

– O que o governo japonês vai fazer? – perguntou Pauline.

– O primeiro-ministro convocou uma reunião do Conselho de Segurança Nacional, o que deve colocar os militares em algum nível de alerta. É fácil imaginar como o Japão e a China podem entrar em conflito por causa disso, e os comentaristas japoneses já estão preocupados com a possibilidade de uma guerra.

– A China é muito mais forte.

– Não tanto quanto você imagina. O Japão tem o quinto maior orçamento de defesa do mundo.

– No entanto, eles não têm armas nucleares.

– Mas nós temos, e assinamos um tratado militar com o Japão que nos obriga a ajudá-los se eles sofrerem um ataque. Para cumprir essa promessa, temos cinquenta mil soldados lotados lá, mais a Sétima Frota, a Terceira Força Expedicionária de Fuzileiros Navais e 130 caças da Força Aérea.

– E aqui em casa temos cerca de quatro mil ogivas nucleares.

– Metade delas pronta para uso imediato, metade em reserva.

– E estamos comprometidos com a defesa do Japão.

– Sim.

Aqueles fatos não eram novidade para Pauline, mas ela nunca tinha enxergado as suas implicações com tanta clareza.

– Gus, isso é um compromisso dos infernos.

– Eu não saberia descrever melhor a situação. E tem mais uma coisa. Já ouviu falar no que os norte-coreanos chamam de Residência 55?

– Sim, é a casa oficial do Líder Supremo, no subúrbio de Pyongyang.

– Na verdade é um complexo com treze quilômetros quadrados de extensão. Possui diversas opções de lazer de alto padrão, incluindo piscina com toboágua, spa, campo de tiro e um hipódromo.

– Esses comunistas não têm nenhum limite, não é? Por que eu não tenho um hipódromo particular?

– Senhora presidente, você não precisa de área de lazer porque não tem nenhuma hora de lazer.

– Eu deveria ter virado ditadora.

– Sem comentários.

Pauline deu uma risadinha. Ela sabia que as pessoas faziam piadinhas sobre ela ser uma tirana.

– O Serviço Nacional de Inteligência da Coreia do Sul diz que o regime de Pyongyang repeliu um ataque à Residência 55 – disse Gus. – É um forte com um bunker nuclear subterrâneo e provavelmente o lugar mais seguro da Coreia do Norte. O fato de os rebeldes terem tentado tomar até mesmo esse local sugere que eles estão muito mais fortes do que qualquer um de nós imaginava.

– Existe chance de eles vencerem?

– Parece cada vez mais possível.

– Um golpe militar!

– Exato.

– A gente precisa saber mais sobre essas pessoas. Quem são, o que querem. Pode ser que daqui a poucos dias eu tenha que lidar com eles enquanto governo.

– Fiz todas essas perguntas à CIA. Eles vão trabalhar a noite inteira em um relatório que você deve receber pela manhã.

– Obrigada. Você sabe do que eu preciso antes até de mim.

Gus baixou os olhos e Pauline percebeu que seu comentário poderia ter sido interpretado como um flerte. Ela ficou constrangida.

Ele deu um gole no bourbon.

– Gus, o que acontece se a gente fizer uma grande merda nessa questão? – perguntou Pauline.

– Guerra nuclear – disse ele.

– Me explica – pediu ela. – Passo a passo.

– Bem, ambos os lados iriam se defender com ataques cibernéticos e artilharia antimíssil, mas todas as evidências apontam que esses métodos seriam bem-sucedidos apenas em parte, na melhor das hipóteses. Portanto, algumas bombas nucleares atingiriam seus alvos em ambos os países em guerra.

– Que alvos?

– Os dois lados tentariam destruir as instalações de lançamento de mísseis do inimigo e também alvejar as principais cidades. No mínimo, a China bombardearia Nova York, Chicago, Houston, Los Angeles, San Francisco e esta aqui em que estamos, Washington.

Conforme ele foi listando as cidades, Pauline as visualizou em sua cabeça: a ponte Golden Gate, em San Francisco; o Astrodome, em Houston; a Quinta Avenida, em Manhattan; a Rodeo Drive, em Los Angeles; a casa dos pais dela, em Chicago; e o Monumento a Washington, bem visível de sua janela.

– O mais provável – continuou Gus – é que eles visem entre dez e vinte grandes cidades.

– Me ajuda a lembrar como é a explosão.

– No primeiro milionésimo de segundo, é formada uma bola de fogo de duzentos metros de diâmetro. Todos dentro dela morrem no mesmo instante.

– Talvez essas sejam as pessoas de sorte.

– A explosão põe abaixo os edifícios num raio de quase dois quilômetros. Quase todos nesse perímetro morrem com o impacto ou com a queda de destroços. O calor provoca a combustão de qualquer coisa que queime, incluindo pessoas, em um raio de três a oito quilômetros. Carros batem, trens saem dos trilhos. A explosão e o calor também sobem, de modo que os aviões despencam do céu.

– Quantas vítimas?

– Em Nova York, cerca de duzentas e cinquenta mil pessoas morreriam quase que imediatamente. Outro meio milhão ficaria ferido. Mais pessoas morreriam envenenadas pela radiação nas horas e nos dias seguintes.

– Meu Deus.

– Mas isso é só uma bomba. Eles apontariam mais de um míssil para cada cidade, em caso de defeito. E a China agora tem várias ogivas, então um único míssil pode carregar até cinco bombas distintas, cada uma buscando um alvo diferente. Ninguém sabe qual seria o efeito de dez, vinte, cinquenta explosões nucleares em uma cidade, porque isso nunca aconteceu.

– É inimaginável.

– E esse seria apenas o impacto a curto prazo. Com todas as grandes cidades dos Estados Unidos e da China em chamas, imagine quanta fuligem seria lançada na atmosfera. O suficiente, acreditam alguns cientistas, para reduzir a entrada de luz do Sol e baixar as temperaturas na superfície da Terra, provocando perda de colheitas, escassez de alimentos e fome em muitos países. Seria o chamado inverno nuclear.

Pauline sentiu como se tivesse engolido uma coisa fria e pesada.

– Peço desculpas por ter sido tão macabro – disse Gus.

– Fui eu que perguntei.

Ela se inclinou para a frente e estendeu as duas mãos. Gus as segurou.

Depois de bastante tempo, ela disse:

– Isso não pode acontecer nunca.

Ele apertou as mãos dela suavemente.

– Deus te ouça.

– E você sabe quem está encarregado de impedir isso: você e eu.

– Sim – concordou Gus. – Principalmente você.

# CAPÍTULO 21

Tamara achava que eles talvez tivessem perdido Abdul.

Haviam se passado oito dias desde que ele tinha ligado para dizer que o ônibus estava prestes a cruzar a fronteira com a Líbia. Era possível que ele tivesse sido preso pelos líbios, embora aquela parte do mundo fosse tão sem lei que isso parecia improvável. O mais plausível era que ele tivesse sido sequestrado ou morto por membros de uma tribo sem nenhuma relação com qualquer governo. Talvez um pedido de resgate chegasse em breve.

Ou talvez Abdul tivesse desaparecido para sempre.

Tab convocou uma reunião para discutir o que fazer. Essas reuniões eram comandadas ora pelos americanos, ora pelos franceses, e aquela foi realizada na embaixada da França. Como a conversa seria em francês, Dexter não compareceu.

Ela foi presidida pelo chefe de Tab, Marcel Lavenu, um homem grande cuja cabeça calva se erguia acima dos ombros como a cúpula de uma igreja.

– Encontrei o embaixador chinês ontem à noite – disse ele, falando em tom de conversa enquanto o grupo se sentava. – Ele está furioso com a rebelião na Coreia do Norte, mas os chineses não veem problema em armar rebeldes no Norte da África. Imaginem a reação se a base nuclear de Sangnam-ni tivesse sido ocupada por homens carregando Bugles!

Tamara não entendeu a referência.

– "Bugle" é o apelido do fuzil *bullpup* fabricado pela empresa francesa FAMAS – explicou Tab.

Tab abriu um grande mapa sobre a mesa de reuniões. Estava usando uma camisa branca com as mangas enroladas, e seus braços de cor marrom tinham uma leve penugem. Inclinando-se sobre o mapa com um lápis na mão e o topete caindo sobre os olhos, ele parecia irresistivelmente atraente, e Tamara quis levá-lo para a cama naquele momento.

Ele estava alheio ao efeito que provocava. Uma vez ela o acusou, de brincadeira, de se vestir com o único propósito de fazer os corações das mulheres dispararem, e ele deu um sorriso vago que demonstrou que de fato não entendia de que ela estava falando. Isso o tornava ainda mais atraente.

– Aqui fica Faya – começou ele, apontando com o lápis para um local no mapa. – A mil quilômetros daqui, pela estrada. É de onde Abdul ligou oito dias atrás, quando nos forneceu um volume de dados inestimável. Desde então, seu telefone provavelmente tem estado fora da área de alcance.

Monsieur Lavenu era um sujeito inteligente, embora um pouco pomposo.

– E o sinal de rádio da remessa? – questionou. – Não temos como captá-lo?

– Não daqui – disse Tab. – O alcance dele é de apenas cento e cinquenta quilômetros.

– Claro. Pode prosseguir.

– Os militares propuseram que por enquanto nenhuma atitude seja tomada contra os terroristas que Abdul identificou, por medo de alertar outros possivelmente mais importantes em um ponto mais adiante do caminho. Mas vamos atacar em breve.

– E como estava o moral de monsieur Abdul oito dias atrás? – perguntou Lavenu novamente.

– Ele falou com a nossa colega americana – respondeu Tab apontando para Tamara.

Lavenu olhou para ela em expectativa.

– Ele estava otimista – disse ela. – Frustrado com os enguiços e os atrasos, é claro, mas aprendendo muito sobre o EIGS. Ele sabe que está correndo um perigo enorme, mas é corajoso e resiliente.

– Não há nenhuma dúvida quanto à coragem dele.

– Presumimos que o ônibus pegou o sentido noroeste, de Faya em direção a Zouarké – continuou Tab –, depois rumou para o norte, com as montanhas à direita e a fronteira com o Níger à esquerda. Não há estradas pavimentadas por lá. Presumimos que o ônibus tenha cruzado a fronteira em algum ponto ao norte de Wour. É provável que Abdul esteja na Líbia agora, embora não seja possível confirmar.

– Isso não é muito satisfatório – comentou Lavenu. – É claro que precisamos aceitar a possibilidade de perder de vista um agente secreto, mas estamos fazendo tudo o que podemos para encontrá-lo?

– Não sei o que mais poderíamos fazer, senhor – respondeu Tab educadamente.

– O sinal de rádio da remessa não poderia ser captado por um helicóptero no alto, seguindo a rota mais provável do ônibus?

– Sim, possivelmente – disse Tab. – É uma área enorme que precisa ser coberta, mas vale a tentativa. Podemos presumir que o ônibus percorreu o trajeto mais curto rumo a uma rodovia pavimentada, que fica mais ou menos ao norte. O problema é que o helicóptero seria visto e ouvido pelas pessoas no ônibus, os contrabandistas perceberiam que estão sendo vigiados e então dariam algum jeito de se dispersar.

– Que tal um drone?

Tab assentiu.

– Um drone é mais silencioso do que um helicóptero e pode voar muito mais alto. Muito melhor para esse tipo de vigilância.

– Então vou pedir à Força Aérea Francesa que envie um de nossos drones para tentar captar o sinal de rádio da remessa.

– Isso seria ótimo! – exclamou Tamara. Seria um alívio enorme para ela poder avistar o ônibus de Abdul.

A reunião terminou logo depois disso, e Tab acompanhou Tamara até o carro. A embaixada francesa era um edifício modernista baixo e comprido cuja brancura reluzia com força à luz do sol.

– Você lembra que o meu pai chega hoje? – perguntou Tab. Ele estava sorrindo, mas parecia nervoso, o que era algo raro.

– Claro – disse Tamara. – Mal posso esperar para conhecê-lo.

– Houve uma ligeira mudança nos planos.

Ela percebeu que era por isso que ele estava nervoso.

– Minha mãe está vindo também – continuou Tab.

– Ai, meu Deus, ela está vindo me inspecionar, não é?

– Não, claro que não. – Tab reparou na expressão cética de Tamara e disse: – Ok, está.

– Sabia.

– Isso é tão ruim assim? Eu contei a eles sobre você, e naturalmente ela ficou curiosa.

– Ela já veio visitar você aqui antes?

– Não.

O que Tab tinha dito para que sua mãe quisesse vir ao Chade pela primeira vez? Ele deve ter comentado que Tamara provavelmente ia se tornar uma parte permanente de sua vida – e da deles. Ela deveria estar feliz com aquilo, não ansiosa.

– Que ironia – disse Tab. – Aqui neste país sem lei você enfrenta o perigo todos os dias sem pestanejar, mas está com medo da minha mãe.

– Verdade.

Ela riu de si mesma. Mesmo assim, estava ansiosa. Ela trouxe à memória a fotografia no apartamento de Tab. Só conseguia lembrar que a mãe dele era loira e bem-vestida.

– Você nunca me disse o nome deles – comentou Tamara. – Não posso chamá-los de *papa* e *maman*.

– Não por enquanto, pelo menos. O nome dele é Malik e o dela é Marie-Anatole, mas sempre se apresenta como Anne, que funciona em muitos idiomas.

Tamara reparou que ele havia dito *Não por enquanto*, mas não falou nada sobre isso.

– Quando eles chegam? – perguntou ela.

– O voo chega por volta do meio-dia. Podemos jantar com eles hoje à noite.

Tamara fez que não com a cabeça. As pessoas costumam ficar mal-humoradas depois de voar. Ela preferia que eles tivessem uma boa noite de descanso antes de conhecê-los.

– Você deveria passar a primeira noite sozinho com eles – sugeriu ela. Como não queria dizer que eles poderiam estar mal-humorados, adicionou apenas: – Você precisa se inteirar de todas as notícias da família.

– Pode ser...

– Por que você e eu não almoçamos com eles amanhã?

– Tem razão, essa ideia é melhor. Mas não queremos ser vistos, queremos? Nós quatro em público? Não estou pronto para confrontar meus superiores com a notícia de que estou apaixonado por uma espiã ianque.

– Eu não tinha pensado nisso. E não posso convidá-los para o meu apartamento apertado. O que a gente faz?

– Podemos usar uma das salas de jantar privadas do Lamy. Ou almoçar na suíte deles. *Papa* sempre fica em um quarto individual quando viaja sozinho, mas *maman* deve ter reservado a suíte presidencial para eles.

"Bom, então tudo certo", pensou Tamara um tanto confusa. Ela ainda não tinha se acostumado com a riqueza da família de Tab.

– No nosso primeiro encontro você usou um vestido listrado azul-marinho e branco, com um casaco azul e sapatos azuis de couro – disse Tab.

– Nossa, você reparou mesmo.

– Você estava maravilhosa.

– Me fez parecer recatada, mas você percebeu o disfarce bem rápido.

– Seria uma ótima roupa para usar na terça-feira.

Ela foi pega de surpresa. Ele nunca tinha dito a ela o que vestir. Não era próprio dele ser controlador. Ela imaginou que fosse apenas apreensão, mas mesmo assim não gostou que ele se preocupasse tanto com a impressão que ela iria causar em sua mãe.

– Confie em mim, Tabdar – disse ela. Ela só usava seu nome completo quando queria provocá-lo. – São grandes as chances de eu não te envergonhar. Hoje em dia quase nunca fico bêbada e pego na bunda do garçom.

– Desculpa – disse ele com uma risada. – O *papa* é descontraído, mas a *maman* às vezes é crítica.

– Eu te entendo. Espera só até você conhecer minha mãe, que é professora. Se ela se irritar com você, vai te colocar de castigo.

– Obrigado pela compreensão.

Ela deu um beijo na face dele e entrou no carro.

Ficou pensando no *Não por enquanto* de Tab. Ele estava supondo que chegaria o dia em que ela chamaria os pais dele de *papa* e *maman*, o que significava que ela e Tab se casariam. Ela já sabia que queria passar a vida com ele, mas o casamento não era uma de suas prioridades no momento. Já havia se casado duas vezes, ambas com mau resultado. Não tinha pressa de casar de novo.

Em cinco minutos ela estava de volta ao terreno arborizado da embaixada americana. À sua mesa, fez um resumo sobre a reunião para Dexter, depois foi à cantina e pegou uma salada *cobb* e um refrigerante diet para o almoço.

Susan Marcus se juntou a ela, colocando sua bandeja sobre a mesa, tirando o quepe e sacudindo o cabelo curto para restaurar seu balanço natural. Ela se sentou, mas não encostou no seu bife.

– Os dados de inteligência do Abdul são inestimáveis – reconheceu. – Espero que ele ganhe uma medalha.

– Se ele ganhar, talvez a gente nunca fique sabendo. As honras da CIA geralmente são secretas. As pessoas chamam de "medalhas-coquilha".

Susan sorriu.

– Porque não ficam visíveis e são dispensáveis para as mulheres.

– Entendeu de primeira.

Susan ficou séria novamente.

– Olha, tem uma coisa que eu queria te perguntar.

Tamara engoliu o que tinha na boca e pousou o garfo.

– Por favor.

– Você sabe que treinar o Exército Nacional do Chade é uma grande parte da nossa missão aqui.

– Claro.

– Você provavelmente não sabe que temos ensinado alguns dos melhores recrutas a operar drones.

– Disso eu não sabia.

– Claro que isso é feito sob rigoroso controle, e os garotos daqui não têm permissão para operar um drone sem supervisão americana.

– Faz sentido.

– Às vezes, um drone é destruído em um exercício. Um que tinha uma ogiva explodiu quando atingiu o alvo, que é o que deveria acontecer. Outro foi abatido, mas isso fazia parte do treinamento. Obviamente, mantemos um registro meticuloso de quantos deles temos.

– Claro.

– Mas um drone sumiu.

Tamara ficou surpresa.

– Como isso aconteceu?

– Muitos deles caem. É uma tecnologia recente. A justificativa oficial é "mau funcionamento do sistema de orientação".

– E vocês não conseguem encontrá-lo? Qual o tamanho dele?

– Drones que carregam armas por longas distâncias não são pequenos. O que sumiu tem a envergadura de um jatinho executivo e precisa de uma pista de decolagem, mas o deserto é bem grande.

– Você acha que pode ter sido roubado?

– O drone normalmente é pilotado por uma equipe de três homens: piloto, operador de sensor e coordenador de inteligência da missão. Em caso de emergência ele até pode ser operado por apenas uma pessoa, mas não dá para fazer nada sem a estação de controle.

– E como é essa estação?

– É tipo uma van. Nos fundos, o piloto fica sentado em uma cabine virtual, com telas que mostram a visão do drone, mapas e instrumentos de voo. Há um acelerador e um manche convencionais. Uma antena parabólica no teto faz a comunicação com o drone.

– Então o ladrão teria que roubar a van também.

– Ele pode comprar uma clandestinamente.

– Você quer que eu coloque alguém atrás disso?

– Sim, por favor.

– O drone pode ter sido colocado à venda. Ou então o General pode estar escondendo o drone em alguma pista de pouso remota. Talvez alguém esteja tentando comprar uma estação de controle roubada. Vou ver o que consigo descobrir.

– Obrigada.

– Posso comer a minha salada agora?

– Vai fundo.

• • •

Tamara tinha um encontro marcado com Karim na terça de manhã.

Ela escolheu a roupa com cuidado, porque teria que ir direto do café de Karim para o almoço com os pais de Tab. Ela não pôs a roupa sugerida por Tab: isso a faria se sentir como se fosse sua marionete. No entanto, não ia ser teimosa e aparecer com uma calça jeans rasgada. Lembrou-se de ele ter dito que ela possuía a elegância simples que os franceses admiravam e, de fato, esse era o estilo preferido dela. Então escolheu a mesma roupa que usava quando ele disse aquilo, um vestido cinza com cinto vermelho.

Ela hesitou em relação às joias. Marie-Anatole Sadoul era dona e gerente da Travers, empresa que produzia acessórios de alta classe, entre outras coisas. Nada na caixa de joias de Tamara era caro o suficiente para competir com qualquer coisa que a mãe de Tab estaria usando. Decidiu ser do contra e colocar algo que ela mesma tivesse feito. Escolheu um pingente feito de uma antiga ponta de flecha tuaregue. Várias partes do Saara estavam repletas desses artefatos, de modo que não eram tão preciosos, mas não deixavam de ser interessantes e diferentes. Havia sido esculpido em pedra e cuidadosamente moldado, com as bordas serrilhadas. Tamara simplesmente tinha feito um buraco na parte mais larga e passado uma tira estreita de couro cru para pendurar no pescoço. A pedra era cinza-escura e combinava com o vestido.

Karim arregalou os olhos de admiração quando notou quanto ela estava elegante, mas não fez nenhum comentário. Tamara se sentou diante dele na que era evidentemente a mesa do dono e aceitou uma xícara de café. Eles falaram sobre a batalha no campo de refugiados onze dias antes.

– Ficamos felizes que a presidente Green não tenha acreditado nas mentiras dos sudaneses sobre termos invadido o território deles – disse Karim.

– A presidente recebeu o relatório de uma testemunha ocular.

Karim ergueu as sobrancelhas.

– Você?

– Ela me ligou pessoalmente para agradecer.

– Muito bem! Você a conhece?

– Trabalhei na campanha eleitoral dela para o Congresso, anos atrás.

– Impressionante.

Os parabéns dele estavam tingidos de algo mais, e ela percebeu que precisava ser cuidadosa. Karim era uma figura importante porque conhecia o General, e não ia gostar de imaginar que Tamara pudesse ter ainda mais destaque que ele por conhecer a presidente dos Estados Unidos. Ela decidiu tentar consertar isso.

– Mas ela sempre faz isso, liga pra gente comum, um motorista, um policial, um repórter de um jornal local, e agradece pelo bom trabalho.

– Isso rende uma boa publicidade para ela!

– Exato. – Tamara sentiu que tinha voltado ao seu tamanho normal e estava pronta para fazer a pergunta delicada: – A propósito, um dos nossos drones desapareceu. Você ficou sabendo disso?

Karim odiava admitir ignorância. Ele sempre fingia que já sabia. Só alegava desconhecimento quando queria mesmo esconder que sabia de alguma coisa. Então ela calculou que, se ele agora dissesse "Sim, ouvi falar", isso significava que ele provavelmente não sabia de nada, ao passo que, se dissesse "Não fazia ideia", significaria que sabia de tudo.

Ele hesitou por uma expressiva fração de segundo e então disse:

– Sério? Um drone desapareceu? Não fazia ideia.

"Então você sabia", pensou ela. "Muito bem."

– Achamos que talvez estivesse com o General – disse ela para testar sua convicção.

– Com certeza não! – exclamou Karim, tentando fingir indignação. – Por quê, o que faríamos com isso?

– Não sei. Ele pode achar que é bom ter um, tipo... – Ela apontou para o relógio de mergulho no pulso esquerdo de Karim, grandalhão e complexo. – Tipo o seu relógio. – Se Karim fosse franco, daria risada e diria "Sim, claro, é bom ter um drone no bolso, mesmo que você não vá usar nunca".

Mas não foi isso que ele fez.

– O General jamais pensaria em ter uma arma tão poderosa sem a aprovação dos nossos aliados americanos – disse solenemente.

Aquela baboseira hipócrita confirmou a intuição de Tamara. Agora tinha as informações de que precisava, então mudou de assunto.

– Os exércitos estão respeitando a zona desmilitarizada ao longo da fronteira com o Sudão? – perguntou.

– Até o momento, sim.

Enquanto conversavam sobre o Sudão, Tamara ficou refletindo sobre a pergunta de Karim: o que o General faria com um drone americano? Ele poderia guardá-lo apenas como um troféu, sem nunca usá-lo, assim como Karim, que vivia num país desértico e sem acesso ao mar como o Chade, jamais precisaria de um relógio à prova d'água com resistência de cem metros de profundidade. Mas o General era um conspirador ardiloso, como havia demonstrado em sua emboscada, e poderia muito bem ter um propósito mais sinistro em mente.

Tamara conseguiu todas as informações que esperava obter de Karim naquele dia. Ela se despediu e voltou para o carro. Faria um relatório sobre aquela conversa mais tarde. Antes tinha que ser avaliada pelos pais de Tab.

Disse a si mesma para não ficar melindrada. Aquilo não era um teste, e sim um almoço social. De qualquer forma, ela estava apreensiva.

Ao chegar ao Lamy, primeiro foi ao banheiro para conferir a aparência. Ajeitou o cabelo e retocou a maquiagem. O pingente de ponta de flecha parecia bem no espelho.

Havia uma mensagem em seu celular com o número do quarto. Quando ela entrou no elevador, Tab entrou logo atrás. Ela o beijou nas duas faces, depois limpou o batom do rosto dele. Ele estava vestido de maneira formal, de terno e gravata de bolinhas, com um lenço branco despontando do bolso da camisa.

– Deixa eu adivinhar – disse ela em francês. – Sua mãe gosta de ver os homens dela bem alinhados.

Ele sorriu.

– Os homens também gostam. E você está perfeita.

Eles chegaram à porta do quarto, que estava aberta, e entraram.

Tamara nunca tinha estado em uma suíte presidencial. Eles passaram por um pequeno saguão e chegaram a uma espaçosa sala de estar. De uma porta lateral dava para ver uma sala de jantar, onde um garçom arrumava guardanapos sobre a mesa. Na parede oposta havia uma porta dupla, que provavelmente levava ao quarto.

Os pais de Tab estavam sentados em um sofá cor-de-rosa. O pai se levantou, a mãe permaneceu sentada. Ambos usavam óculos que não estavam na foto que Tamara tinha visto. Malik tinha o rosto másculo e o tom de pele escuro, e estava bem-vestido, com um blazer de algodão azul-marinho, calça bege-clara e uma gravata listrada, um francês fazendo o estilo britânico, mas com mais elegância. Anne era esguia e de pele bem clara, uma bela senhora em um vestido de linho creme com gola mandarim e manga godê. Eles pareciam o que eram: um casal abastado de bom gosto.

Tab fez as apresentações, sempre em francês. Tamara disse algo que tinha ensaiado antes:

– Estou muito feliz por conhecer os pais desse homem maravilhoso. – Em resposta, Anne sorriu, mas com frieza. Qualquer mãe ficaria feliz em ouvir um comentário daqueles sobre um filho, mas ela não se impressionou.

Eles se sentaram. Na mesinha de centro havia um balde de gelo com uma garrafa de champanhe e quatro taças. O garçom entrou e as serviu, e Tamara percebeu que o champanhe era um Travers vintage.

– Você sempre bebe champanhe da sua empresa? – perguntou a Anne.

– Quase sempre, sim, para conferir como ele está indo – respondeu Anne. – Normalmente provamos nas caves, assim como os negociantes e os críticos do mundo todo que vão à nossa vinícola em Reims, mas o que chega aos nossos clientes é diferente. O vinho pode ter viajado milhares de quilômetros para chegar até eles e às vezes é mantido por anos em condições inadequadas.

Tab a interrompeu:

– Quando eu estava estudando na Califórnia, trabalhei em um restaurante onde o vinho era guardado em um armário perto do forno. Se alguém pedisse champanhe, tínhamos que colocar a garrafa no freezer por quinze minutos.

Ele deu uma risada.

Sua mãe não entendeu a graça.

– Então você vê, o champanhe precisa de uma qualidade que nunca se mostra em uma degustação na cave: resistência. Precisamos fazer um vinho que sobreviva a maus-tratos e se mantenha saboroso, mesmo que as condições não sejam ideais.

Tamara não esperava ouvir uma palestra, mas achou interessante. E aprendeu que a mãe de Tab era implacavelmente séria.

Anne provou o champanhe.

– Até que não está muito decepcionante – disse ela.

Tamara achou delicioso.

Enquanto conversavam, Tamara reparou nas joias de Anne. As mangas godês de seu vestido revelavam um lindo relógio Travers no pulso esquerdo e três pulseiras de ouro no direito. Tamara não planejava falar sobre joias, mas Anne comentou sobre o pingente dela:

– Nunca vi nada parecido antes.

– É artesanal – disse Tamara e explicou que era uma ponta de flecha tuaregue.

– Que original – comentou Anne.

Tamara tinha conhecido matronas americanas que diriam algo como *Que original* quando na verdade queriam dizer *Que horror*.

Tab perguntou ao pai sobre o lado comercial da viagem.

– Todas as reuniões importantes vão ser aqui na capital – contou Malik. – Os homens que mandam neste país estão todos aqui, acho que não preciso te dizer isso. Mas vou ter que voar para Doba e dar uma olhada nos poços de petróleo. – Ele se virou para a esposa para explicar. – Os campos de petróleo ficam todos no extremo sudoeste do país.

– Mas o que você veio fazer de fato, em Doba e em N'Djamena? – perguntou Tab.

– Os negócios são muito pessoais na África – disse Malik. – Ter uma relação amigável com as pessoas pode ser mais importante do que oferecer condições vantajosas em um contrato. A coisa mais eficaz que faço aqui é descobrir se as pessoas estão descontentes com alguma coisa e tomar as medidas necessárias para mantê-las do nosso lado.

Terminado o almoço, Tamara já tinha formado uma imagem nítida daquele casal. Ambos eram empresários inteligentes, bem informados e decididos. Malik era simpático e descontraído, ao passo que Anne era agradável mas fria, como o seu champanhe. Em um lance de sorte dos dados genéticos, Tab tinha herdado a personalidade descontraída do pai e a elegância da mãe.

Tamara e Tab foram embora juntos.

– Eles são um casal incrível – disse ela para ele no saguão.

– Achei que foi tudo muito engessado.

Ele não estava errado, mas por delicadeza ela evitou dizer que concordava. Em vez disso, propôs uma solução.

– Vamos levá-los ao Al-Quds amanhã à noite – sugeriu ela. Era o restaurante preferido de Tamara e Tab, um lugar árabe tranquilo onde os ocidentais nunca iam. – Lá a gente vai poder relaxar mais.

– Boa ideia. – Tab franziu a testa. – Mas eles não servem vinho.

– Seus pais vão se importar?

– *A maman* não vai. O *papa* pode querer uma bebida. Podemos tomar um champanhe no meu apartamento antes de ir.

– E falar para os seus pais para usarem roupas bem casuais.

– Vou tentar!

– Então – disse ela sorrindo – você trabalhou mesmo na cozinha de um restaurante na Califórnia?

– Trabalhei.

– Eu achava que seus pais tinham bancado você.

– Eles me davam uma mesada generosa, mas eu era jovem e idiota, e teve um semestre em que eu gastei além da conta. Fiquei com tanta vergonha de pedir mais dinheiro que arrumei um emprego. Não me fez mal nenhum, foi uma experiência nova. Eu nunca tinha trabalhado antes.

"Jovem, mas não tão idiota assim", pensou Tamara. Ele tivera força de caráter suficiente para resolver o problema sozinho em vez de recorrer ao papai e à mamãe em busca de ajuda. Ela gostou daquilo.

– Tchau – disse ela. – Vamos apertar as mãos. Se alguém estiver observando a gente, vamos parecer colegas, nada além.

Eles foram embora. Sentada no banco de trás do carro, Tamara pôde parar com a encenação. O almoço tinha sido péssimo. Todo mundo estava desconfortável. Malik visivelmente preferia ter vindo sozinho; ele teria até mesmo flertado com Tamara. Mas Anne tinha o conjunto certo de modos, do tipo que fazia todo mundo se comportar direito.

O relacionamento de Tamara com Tab não dependia da aprovação da mãe dele, ela tinha certeza disso. Anne era uma figura importante, mas tudo tinha limites. No entanto, se ela se opusesse a Tamara, saberia ser irritante, algo que poderia provocar atritos ocasionais na vida de um casal por muitos anos. Tamara estava determinada a não deixar que isso acontecesse.

E deveria haver uma mulher de verdade em algum lugar dentro de Anne. Ela era uma aristocrata que havia rompido com seu círculo social e se casado com o filho de um comerciante árabe: para fazer isso, deve ter sido guiada pelo coração, não pela razão. Tamara ia descobrir um jeito de se conectar com a garota que tinha ficado perdidamente apaixonada por Malik.

Voltou para a embaixada americana e foi atrás de Dexter, que estava de volta ao trabalho com um grande hematoma na testa e uma tipoia no braço. Ele não lhe agradeceu por tê-lo resgatado no campo de refugiados.

– Falei com o Karim sobre o drone desaparecido – disse ela.

– Drone desaparecido? – Dexter parecia irritado. – Quem te contou sobre isso?

Ela foi pega de surpresa.

– Eu não podia saber?

– Quem te contou? – repetiu ele.

Ela hesitou, mas Susan não se importaria com o que Dexter sabia ou achava.

– A coronel Marcus.

– Mulheres são muito fofoqueiras – disse ele com desdém.

– Estamos todos do mesmo lado, não estamos? – perguntou Tamara, deixando transparecer seu aborrecimento. A história do drone não era ultrassecreta, mas Dexter gostava de controlar o fluxo de informações. Tudo tinha que passar por ele, fosse para entrar ou sair. Era exaustivo. – Se você não quer saber o que Karim disse...

– Tudo bem, tudo bem, fala logo.

– Ele disse que o drone não está com o General, mas acho que estava mentindo.

– Por que acha isso?

– Apenas um palpite.

– Intuição feminina.

– Como você preferir.

– Você nunca foi militar, não é?

– Não.

Dexter tinha servido na Marinha.

– Então você não vai entender.

Tamara não disse nada.

– Equipamentos desaparecem o tempo todo – continuou Dexter. – Ninguém consegue rastrear tudo. É coisa demais em lugares demais sendo transportada com frequência demais.

Ela ficou tentada a perguntar como ele achava que as grandes companhias aéreas internacionais administravam suas frotas, mas se conteve.

– O equipamento está desaparecido porque desapareceu – disse ele. – Não tem necessidade de inventar uma teoria da conspiração.

– Se você está dizendo...

– Eu estou dizendo – repetiu Dexter.

...

Na noite do dia seguinte, Malik e Anne se sentaram nos banquinhos da pequena cozinha de Tab. Tab passou homus em fatias de pepino enquanto Tamara espalhava azeite, sal e alecrim em discos de tortilha e os levava ao forno para tostar. À medida que se moviam no pequeno espaço, eles se esbarravam com frequência, como de costume. Todo mundo participava da conversa, mas Tamara sabia que estava sendo observada, especialmente por Anne. No entanto, quando fez contato visual com ela, achou ter visto um sinal de satisfação. Por fim, Anne disse:

– Vocês dois são felizes juntos.

Era a primeira vez que ela dizia algo sobre o relacionamento do filho com Tamara, e era positivo, o que a deixou contente. E Anne comeu todas as tortilhas antes mesmo que esfriassem.

Talvez um dia elas pudessem até ser amigas.

Tamara estava um pouco nervosa por ir ao Al-Quds com Anne. Tamara, com seu cabelo escuro e seus olhos castanhos, poderia se passar por uma garota árabe, mas Anne era alta e loira. No entanto, tinha certa noção, então naquela noite ela havia colocado um lenço na cabeça e vestido uma calça larga de linho, para ficar mais discreta.

O proprietário conhecia Tamara e Tab e os recebeu cordialmente, e pareceu feliz quando Tab lhe apresentou os pais e contou que eles moravam em Paris. O Al-Quds não recebia muitos clientes que moravam em Paris.

Quando a comida chegou, Tab começou um discurso que tinha ensaiado antes:

– Minha relação com a Tamara é um problema para nossos chefes. Eles não gostam que nos aproximemos muito de oficiais dos serviços de inteligência de outros países. Temos sido discretos, mas não podemos continuar assim para sempre.

– Você tem um plano? – disse Anne com impaciência.

Tab deixou o script de lado:

– Queremos morar juntos.

– Com um mês de relacionamento?

– Cinco semanas.

Malik riu.

– Você não lembra como foi com a gente? – perguntou para Anne. – Ao final da primeira semana, fomos para a cama na sexta-feira e só voltamos a nos vestir na manhã de segunda.

Anne corou.

– Malik! Por favor!

Malik não se intimidou.

– Eles são iguais à gente, você não percebe? – questionou. – Amor verdadeiro é assim.

Anne não queria discutir a natureza do amor verdadeiro.

– Vocês pensam em ter filhos? – perguntou.

Eles nunca tinham tido essa conversa, mas Tamara sabia o que queria.

– Sim – respondeu ela.

– Sim – respondeu Tab.

– Quero filhos e uma carreira, e para isso tenho dois modelos esplêndidos: minha mãe e você, Anne – falou Tamara.

– O que vocês vão fazer, então?

– Vou sair da DGSE e, se você me aceitar, *maman*, gostaria de trabalhar a seu lado – disse Tab.

– Eu vou adorar – rebateu Anne de imediato. – Mas e você, Tamara, o que vai fazer?

– Eu quero ficar na CIA, se possível. Vou tentar conseguir uma transferência para a embaixada de Paris. Se eu não conseguir, vou ter que pensar em outra solução. Mas uma coisa é certa: prefiro deixar a CIA a deixar o Tab.

Houve um momento de silêncio. Então Anne deu o sorriso mais caloroso que Tamara já tinha visto em seu rosto. Ela se esticou sobre a mesa e pôs a mão sobre a mão de Tamara.

– Você o ama de verdade, não é? – disse ela serenamente.

– Sim – admitiu Tamara. – De verdade.

• • •

No dia seguinte, Tab ligou para dizer a ela que o drone francês não tinha conseguido captar o sinal de rádio da remessa nem avistar nenhum ônibus no trajeto.

Abdul tinha desaparecido.

# CAPÍTULO 22

O ônibus Mercedes passou cinco dias em uma aldeia líbia sem nome, esperando uma nova bomba de combustível chegar de Trípoli. Os habitantes da aldeia falavam um dialeto tuaregue desconhecido de todos os viajantes, mas Kiah e Esma se comunicavam com as mulheres por meio de gestos e sorrisos, e se saíam bem. Foi preciso trazer comida das aldeias vizinhas, porque aquele assentamento sozinho não tinha como alimentar mais trinta e nove bocas, não importa quanto dinheiro fosse oferecido.

Hakim exigiu que todos lhe pagassem a mais, porque ele não havia incluído aquilo no orçamento. Com raiva, Abdul disse que estava ficando sem dinheiro, e outros passageiros fizeram o mesmo. Kiah sabia que Abdul estava fingindo, escondendo o fato de que tinha dinheiro de sobra.

Todo mundo estava acostumado com Hakim e seus guardas armados àquela altura. Não tinham medo de discutir nem de negociar com ele os pagamentos extras. O grupo já tinha sobrevivido a muitos contratempos. Kiah estava quase começando a se sentir segura. Tinha passado a pensar na travessia do Mediterrâneo, que agora era a parte da jornada que mais a assustava.

Curiosamente, ela não estava infeliz. As privações e os perigos diários pareciam quase normais. Ela conversava muito com Esma, que tinha mais ou menos a sua idade, mas passava a maior parte do tempo com Abdul, que gostava de Naji. Abdul parecia fascinado com o desenvolvimento mental de uma criança de 2 anos: o que o menino entendia, o que não conseguia entender e quanto aprendia a cada dia. Kiah tinha perguntado se ele pensava em ter filhos. "Faz muito tempo que não penso nisso", foi o que ele respondeu. Ela ficou se perguntando o que haveria por trás dessa resposta, mas já havia percebido, semanas antes, que ele não respondia a perguntas sobre seu passado.

Um dia, todos acordaram em meio a um denso nevoeiro que recobria tudo com uma camada de orvalho frio, um fenômeno que ocorria no deserto muito raramente. Não era possível enxergar a casa ao lado, os ruídos das pessoas eram abafados, e os passos e fragmentos de conversa pareciam acontecer do outro lado de uma parede.

Kiah amarrou Naji a si com uma tira de pano, temendo que, se ele se perdesse, jamais o encontrasse de novo. Ela e Abdul ficaram sentados juntos o dia todo, sem mais ninguém à vista durante a maior parte do tempo. Ela perguntou o que ele faria para viver assim que chegassem à França.

– Alguns europeus pagam uma pessoa para ajudá-los a se manterem fortes e em forma – disse ele. – Essas pessoas são conhecidas como personal trainers e cobram até cem dólares por hora. É preciso ter uma aparência atlética, mas, na prática, você só tem que dizer aos alunos quais exercícios devem ser feitos.

Kiah ficou perplexa com aquela ideia. Não fazia sentido para ela que as pessoas pagassem tanto dinheiro por nada. Ela tinha muito a aprender sobre os europeus.

– E você? – perguntou ele. – O que vai fazer?

– Assim que chegar lá, faço qualquer trabalho com prazer.

– Mas do que você ia gostar mais?

Ela sorriu.

– Eu ia adorar ter uma peixaria. Entendo de peixe. Sei que na França existem muitos que não conheço, mas não ia levar muito tempo para aprender sobre eles. Eu ia comprar peixe fresco todos os dias e encerrar o expediente quando vendesse tudo. Quando o Naji crescer ele pode trabalhar comigo e aprender o negócio, e então assumir a peixaria quando eu estiver velha demais para trabalhar.

No dia seguinte, a bomba de combustível finalmente chegou, trazida por um homem em um camelo que ficou para ajudar Hakim a instalá-la e garantir que estava funcionando direito.

Quando partiram na manhã seguinte, rumaram novamente no sentido oeste. Kiah lembrou que Abdul já havia questionado Hakim sobre a direção que estavam tomando, mas agora ele ficou de boca fechada. No entanto, ele não era a única pessoa no ônibus que achava que a costa do Mediterrâneo não ficava naquela direção. Dois homens confrontaram Hakim na parada de descanso seguinte e exigiram saber por que estavam se desviando do destino.

Kiah ficou escutando, imaginando o que ele ia responder.

– O caminho é esse! – disse Hakim com raiva. – Só existe uma estrada.

Os homens insistiram.

– Vamos para o oeste, depois para o norte – explicou Hakim. – É o único jeito, a menos que você esteja em um camelo. – Ele assumiu um tom sarcástico: – Vai lá, pega um camelo, vamos ver quem chega primeiro a Trípoli.

– Você acredita no Hakim? – perguntou Kiah baixinho para Abdul.

Abdul deu de ombros.

– Ele é mentiroso e trapaceiro. Não acredito em nada do que diz. Mas é o ônibus dele, ele que está dirigindo, e os seguranças dele estão armados, então vamos ter que confiar.

O ônibus fez um bom progresso naquele dia. Perto do final da tarde, Kiah olhou pela janela sem vidro e notou resíduos de habitação humana: tambores de óleo amassados, caixas de papelão, um banco de carro com o enchimento de espuma saindo pela costura. Ao olhar para a frente, avistou ao longe um povoado que não parecia uma aldeia tuaregue.

Conforme o ônibus foi se aproximando, ela pôde ver mais detalhes. Havia algumas construções feitas de blocos de concreto e muitas cabanas e abrigos improvisados usando galhos secos e restos de lona e tapete. Mas havia também caminhões e outros veículos, e algumas partes estavam protegidas por cercas de arame reforçadas.

– Que lugar é este? – perguntou Kiah.

– Parece uma aldeia de garimpo.

– Uma mina de ouro? – Assim como todo mundo, ela já tinha ouvido falar na corrida do ouro na região central do Saara, mas nunca tinha visto uma mina.

– Acho que sim – disse Abdul.

O lugar era imundo, reparou Kiah enquanto o ônibus passava lentamente entre as cabanas. No chão, entre as construções, havia latas de bebida, restos de comida e maços de cigarro.

– Os garimpos são sempre tão sujos assim? – perguntou ela a Abdul.

– Acredito que alguns sejam licenciados pelo governo líbio e sujeitos às leis trabalhistas, mas outros são escavações ilícitas, sem autorização nem regulamento. O Saara é grande demais para monitorar. Este lugar deve ser ilegal.

Homens maltrapilhos olhavam sem curiosidade para o ônibus. Entre eles havia alguns guardas, jovens de barba portando fuzis. Uma mina de ouro precisava de seguranças, supôs Kiah. Ela reparou em um carro-pipa e em um homem com uma mangueira distribuindo água para pessoas segurando jarros e garrafas. No deserto, a maioria dos assentamentos tinha sido construída em torno de oásis, mas as minas tinham que estar onde o ouro estava, concluiu Kiah, então a água tinha que ser transportada para manter os garimpeiros vivos.

Hakim parou o ônibus, se levantou e disse:

– É aqui que vamos passar a noite. Eles vão nos dar comida e lugar para dormir.

Kiah não ansiava por comer nada preparado num lugar como aquele.

– A segurança é rigorosa porque isso é uma mina de ouro – continuou Hakim.

– Não mexam com os guardas. Não pulem a cerca das áreas restritas em hipótese alguma. Se vocês fizerem isso, podem acabar levando um tiro.

Kiah não gostou nada dali.

Hakim abriu a porta do ônibus. Hamza e Tareq desceram e ficaram parados, com as armas em punho.

– Estamos na Líbia – informou Hakim –, e, conforme combinado, vocês agora vão me pagar a segunda parcela da passagem antes de descer do ônibus. Mil dólares por pessoa.

Todos vasculharam suas bagagens ou remexeram em suas roupas em busca do dinheiro.

Kiah abriu mão de seu dinheiro com relutância, mas não teve escolha.

Hakim contou cada nota, sem pressa.

Quando todos já haviam descido do ônibus, um guarda se aproximou. Era alguns anos mais velho do que a maioria, tinha em torno de uns 30 anos, e, em vez de fuzil, portava uma pistola no coldre. Ele olhou para os passageiros do ônibus com uma expressão de desprezo. "O que a gente fez pra você?", pensou Kiah.

– Este é o Mohammed – apresentou Hakim. – Ele vai mostrar onde vocês vão dormir.

Hamza e Tareq subiram de volta no ônibus, e Hakim o conduziu até o estacionamento. Os dois jihadistas costumavam passar a noite no veículo, talvez com medo de que fosse roubado.

– Todos vocês, sigam-me – disse Mohammed.

Ele os conduziu em um zigue-zague entre as moradias improvisadas. Kiah estava logo atrás, com Esma e sua família. O pai de Esma, Wahed, se dirigiu a ele:

– Há quanto tempo está aqui, irmão?

– Cala a boca, seu velho idiota – respondeu Mohammed.

Ele os levou até um abrigo de três lados, com um teto de chapas de ferro corrugado. Quando entraram, Kiah viu um rato-do-deserto com um pedaço de pão na boca se enfiar por uma fresta na parede, o rabo sacudindo atrás dele como um tchauzinho despreocupado.

Não havia luzes no abrigo. Parecia não haver eletricidade.

– Eles vão trazer comida para vocês – disse Mohammed e saiu. Kiah se perguntou quem seriam "eles".

Ela montou acampamento, limpando uma parte do chão com uma vassoura improvisada com um pedaço de papelão. Pegou seu cobertor e o de Naji e os colocou dobrados ao lado da bolsa, para demarcar seu espaço.

– Vou dar uma volta – avisou Abdul.

– Eu vou com você – falou ela, pegando Naji. – Pode haver algum lugar onde a gente possa se lavar.

Era noite, mas ainda estava claro. Eles acharam uma via mais ou menos reta cortando o acampamento e seguiram por ela. Kiah gostava de andar ao lado de Abdul, com Naji nos braços. Eram quase como uma família.

Uma mulher olhou fixamente para ela, depois um homem, e Abdul disse:

– Coloca o crucifixo por baixo do vestido. Acho que existem fundamentalistas aqui.

Ela não tinha percebido que seu colar de prata com o pequeno crucifixo estava à vista. Lembrou que, diferentemente do Chade, a Líbia era predominantemente muçulmana sunita, e os cristãos compunham uma pequena minoria. Ela escondeu o crucifixo na mesma hora.

As moradias improvisadas contornavam um grande edifício feito de blocos de concreto. À entrada dele havia uma mulher grandalhona em um *hijab* preto que cobria tudo, exceto os olhos. Ela estava mexendo vários panelões sobre uma fogueira. A comida não estava com o aroma picante típico da culinária africana, e Kiah supôs que ela estivesse fazendo mingau de painço. Sem dúvida a comida era armazenada dentro daquele edifício. Dos fundos emanava um fedor vindo de uma enorme pilha de cascas de vegetais e latas vazias.

Porém, o trecho em que os migrantes haviam sido alojados era a única parte com aquela aparência. O resto do lugar consistia em três grandes áreas cercadas que eram limpas e bem-arrumadas.

Uma era um estacionamento com mais ou menos uma dúzia de veículos. Kiah contou quatro caminhonetes, provavelmente usadas para levar o ouro e trazer suprimentos; dois grandes carros-pipa como o que ela vira distribuindo água; e duas SUVs pretas reluzentes, que ela supôs serem de pessoas importantes, talvez os donos da mina. Havia também um grande carro-pipa articulado para gasolina. A lateral era pintada de amarelo e cinza, com um dragão preto de seis patas e as letras "ENI", símbolo da gigante petrolífera italiana. Kiah presumiu que ele estivesse ali para reabastecer os outros veículos. Ela também viu uma mangueira de ar comprimido para calibrar pneus.

O amplo portão para acesso de veículos estava fechado por uma corrente com cadeado, e havia uma pequena guarita do lado de dentro. Um homem com um fuzil, parado perto do portão com cara de tédio, fumava. Kiah imaginou que ele iria para dentro da guarita depois que escurecesse; as noites do deserto eram frias.

– Norte-coreano – disse Abdul, mais ou menos para si mesmo.

– Aquele sujeito? – perguntou Kiah, olhando para o guarda. – Não.

– Ele, não. O fuzil.

– Ah. – Armas estavam entre as muitas coisas que Abdul conhecia.

– Isto aqui pode até ser uma mina ilegal, mas é surpreendentemente bem equipada – comentou ele. – Deve estar rendendo muito dinheiro.

– Claro – disse ela, rindo. – É uma mina de ouro.

Ele sorriu.

– Verdade. Já os trabalhadores que escavam o ouro não parecem ficar com muito desse lucro.

– Os trabalhadores não ficam com muito do lucro em lugar nenhum, nunca. – Ela estava surpresa por Abdul, sendo tão esperto, ter ignorado esse aspecto tão básico da vida.

– Então o que os traz até aqui? – perguntou ele.

Aquela era uma boa pergunta. Pelo que Kiah tinha ouvido, as minas de ouro ilegais abertas no deserto funcionavam na lógica do "cada um por si", com indivíduos pegando tudo que conseguissem e gerenciando a própria comida e a água de forma independente. A vida era difícil, mas poderia haver grandes recompensas. A impressão era de que a recompensa por trabalhar *ali* era pequena.

Eles continuaram andando e Kiah ouviu o barulho agressivo de uma britadeira. Ela viu que o segundo complexo era uma área cercada de oito a doze mil metros quadrados. Havia aproximadamente cem homens trabalhando lá dentro. Kiah e Abdul observaram através da cerca, analisando a atividade. Em um poço raso a céu aberto, um homem estava quebrando a rocha com uma britadeira. Quando fez uma pausa, uma retroescavadeira recolheu os pedaços e os transferiu para uma ampla área de concreto. Era ali que a maioria dos homens trabalhava, arrebentando as pedras com marretas. Parecia um trabalho exaustivo debaixo do sol brutal do deserto.

– Onde fica o ouro? – perguntou Kiah.

– Na rocha. Às vezes em pepitas do tamanho de um polegar, que podem ser retiradas com a mão do interior de uma rocha quebrada. Mas acontece mais de estar em flocos que precisam ser extraídos por algum processo mais complicado. É chamado de ouro de aluvião.

– O que vocês pensam que estão fazendo? – perguntou uma voz atrás deles.

Eles se viraram. Era Mohammed. Kiah não gostava dele: tinha um semblante ameaçador.

– Estou dando uma olhada – respondeu Abdul. – Isso é proibido, irmão?

– Continuem andando.

Kiah reparou que Mohammed não tinha os dentes da frente.

– Como quiser – falou Abdul.

Eles voltaram a andar, com a cerca à esquerda. Depois de um tempo, Kiah olhou para trás e viu que Mohammed havia desaparecido.

O terceiro complexo também era diferente. A área cercada continha várias construções de blocos de concreto com telhado plano, distribuídas em fileiras bem organizadas, e provavelmente eram os alojamentos dos guardas. Do outro lado havia quatro objetos cobertos de tecido com camuflagem de deserto, cada um do tamanho de um caminhão articulado. Vários homens, aparentemente de folga, estavam sentados tomando café ou jogando dados. Para surpresa de Kiah, o ônibus Mercedes estava dentro daquele complexo.

Havia mais um enigma: uma construção sem janelas, com uma única porta trancada com um ferrolho. Tinha a aparência assustadora de uma prisão. Era pintada de azul-claro, para refletir o calor, o que seria necessário se as pessoas passassem o dia inteiro lá dentro.

Então voltaram para o abrigo. Os outros tinham feito como Kiah e limpado o lugar. Esma e a mãe pegaram um balde com água e estavam lavando roupa do lado de fora. Os outros passageiros jogavam conversa fora, como de costume.

Três mulheres chegaram com grandes tigelas de comida e uma pilha de pratos de plástico. O jantar era o mingau de painço que Kiah vira sendo preparado. Haviam acrescentado peixe e cebola.

O sol começou a se pôr enquanto comiam, e eles terminaram já à luz das estrelas. Kiah se enrolou junto com Naji nos cobertores e se esticou no chão para dormir.

Abdul se deitou perto dela.

■■■

Abdul estava intrigado. Era óbvio que Hakim tinha feito aquele desvio por alguma razão, mas qual seria? A presença do EIGS ali faria do local uma parada ideal para o pernoite caso ele estivesse na rota do ônibus. Mas não estava.

Ao contrário dos outros passageiros, Abdul não tinha pressa em chegar a Trípoli. Sua missão era coletar informações, e ele estava muito interessado naquele acampamento. Em particular, estava curioso sobre os objetos do tamanho de um caminhão no complexo dos guardas. O último esconderijo do EIGS que ele descobriu, o Al-Bustan, guardava três obuseiros chineses. Aquelas coisas ali pareciam ainda maiores.

Conforme ele ia pegando no sono, a palavra *poço* ficou ecoando em sua mente. As rochas que continham ouro estavam sendo extraídas de um *poço*. Qual era o significado daquilo?

Ele acordou assustado. Era madrugada, e a palavra *poço* ainda estava em sua cabeça.

O termo em árabe para *poço* era *hufra*, mais comumente traduzido como *buraco*. Que relevância tinha esse *buraco*?

Quando a ficha caiu, ele ficou tão agitado que se sentou com as costas retas e ficou olhando para o nada.

O esconderijo de Al-Farabi, o Afegão, possível líder do EIGS, era um lugar chamado *Hufra*. Era um buraco. Um poço. Uma mina.

Era ali.

Ele tinha achado o que estava procurando. Agora precisava reportar isso a Tamara e à CIA o mais rápido possível. Mas, irritantemente, não havia sinal de telefone ali.

Quanto tempo ia levar até que o ônibus chegasse à civilização?

Era um excelente arranjo para o EIGS: um esconderijo no meio de um vasto deserto, com ouro no solo esperando para ser garimpado. Não era de admirar que Al-Farabi tivesse feito dali a sua base principal. Aquela era uma descoberta importantíssima para as forças antiterrorismo, ou pelo menos seria, assim que Abdul conseguisse transmitir a informação.

Ele se perguntou se Al-Farabi estaria ali naquele momento.

Os migrantes começaram a acordar. Eles se levantaram, dobraram seus cobertores e se lavaram. Naji pediu *leben*, mas se contentou com leite materno. As mulheres que tinham trazido o mingau na noite anterior agora vinham com o café da manhã, composto de pão ázimo e *domiati*, um queijo conservado em salmoura. Em seguida, os migrantes ficaram sentados, esperando que Hakim chegasse com o ônibus.

Ele não apareceu.

Abdul começou a ter um mau pressentimento.

Passada uma hora, decidiram se dividir em grupos para ir atrás de Hakim. Abdul disse que iria checar a área mais distante, onde ficava o complexo dos guardas, e Kiah foi com ele, levando Naji. O sol estava nascendo, e a maioria dos homens já estava trabalhando no poço, de modo que havia apenas algumas mulheres e crianças no acampamento; Hakim teria chamado atenção. Hamza e Tareq se destacariam mais ainda. Nenhum dos três estava à vista.

Abdul e Kiah chegaram ao complexo dos guardas e espiaram através da cerca.

– Ontem à noite o ônibus estava parado bem ali – disse Abdul, apontando. Não estava mais. Havia vários homens por lá, mas nada de Hakim, Tareq ou Hamza.

Cheio de expectativa, Abdul procurou um homem alto de cabelos grisalhos e barba preta, um homem de olhar penetrante e com ar de autoridade que poderia ser Al-Farabi. Não viu ninguém com esses traços.

– Você de novo – disse uma voz.

Abdul se virou e viu que era Mohammed.

– Eu falei para você ficar longe daqui – falou o sujeito. A falta dos dentes da frente fazia com que ele sibilasse um pouco.

– Onde foi parar o ônibus Mercedes que estava estacionado aqui ontem à noite? – perguntou Abdul.

Mohammed pareceu surpreso ao ser questionado com tanta veemência. Provavelmente estava acostumado a ser tratado com uma deferência aterrorizada. Ele logo se recompôs e respondeu:

– Não sei e não me importo. Afaste-se da cerca.

– Três homens, Hakim, Tareq e Hamza, passaram a noite naquele complexo onde você mora – afirmou Abdul. – Você deve tê-los visto.

Mohammed tocou na pistola em seu cinto.

– Não me faça perguntas.

– A que horas eles partiram? Para onde foram?

Mohammed sacou a arma, uma pistola semiautomática 9mm, e encostou a ponta do cano na barriga de Abdul. Abdul olhou para baixo. Mohammed estava segurando a arma de lado, e Abdul viu a estrela de cinco pontas dentro de um círculo estampada na coronha. A arma era uma Baek Du San, a cópia norte-coreana da CZ-75 tcheca.

– Cala a boca – ordenou Mohammed.

– Abdul, vamos embora, por favor – pediu Kiah.

Abdul poderia tirar a arma de Mohammed em um piscar de olhos, mas não teria como abater um acampamento inteiro de guardas e no fim não conseguiria nenhuma informação. Ele pegou o braço de Kiah e saiu dali.

Eles ficaram dando voltas, ainda procurando por Hakim.

– Para onde você acha que o ônibus foi? – perguntou Kiah.

– Não sei.

– Será que vão voltar?

– Essa é a grande questão.

Abdul ia saber a resposta assim que tivesse uma chance de conferir o dispositivo de rastreamento na sola de sua bota. Decidiu fazer isso assim que ele e Kiah voltassem para o abrigo. Ele sairia para o meio do deserto sob o pretexto de atender a um chamado da natureza e lá, furtivamente, verificaria o dispositivo.

Mas isso não foi possível. Quando chegaram ao abrigo, encontraram Mohammed lá, sentado em uma caixa de madeira virada de cabeça para baixo. Ele apontou para Abdul, depois para um lugar no chão onde este deveria se sentar. Abdul decidiu não discutir. Talvez estivessem prestes a descobrir o que tinha acontecido com o ônibus.

O último grupo de busca voltou e se juntou aos que estavam sentados no chão. Mohammed contou trinta e seis pessoas, sem incluir Naji. Só então falou:

– O motorista de vocês saiu com o ônibus.

O homem mais velho entre os migrantes era Wahed e ele automaticamente se tornou porta-voz deles.

– Para onde o Hakim foi? – indagou.

– Como eu vou saber?

– Mas ele está com o nosso dinheiro! Nós pagamos para ele nos levar até a Europa.

– O que eu tenho a ver com isso? – disse Mohammed com um ar exasperado. – Não foi para mim que você pagou.

Abdul ficou intrigado. Aonde aquilo ia chegar?

– O que devemos fazer? – perguntou Wahed.

Mohammed sorriu, mostrando sua falta de dentes da frente.

– Vocês podem ir embora.

– Mas não temos nenhum meio de transporte.

– Tem um oásis centro e trinta quilômetros ao norte. Dá pra chegar lá a pé em alguns dias, se pegarem a direção certa.

Aquilo era impossível. Não havia estrada, apenas uma trilha que desaparecia e reaparecia em meio às dunas. Tribos tuaregues que viviam no deserto podiam saber se guiar, mas os migrantes não tinham nenhuma chance. Eles vagariam pelas areias até morrerem de sede.

Aquilo era um desastre. Abdul se perguntou como iria entrar em contato com Tamara e transmitir seu relatório.

– Você não tem como nos levar até o oásis? – perguntou Wahed.

– Não. Isto aqui é uma mina de ouro, não uma rodoviária. – Ele estava gostando daquela situação.

Abdul teve um estalo.

– Isso já aconteceu antes, não? – perguntou a Mohammed.

– Não sei do que você está falando.

– Sabe, sim. Você não está preocupado nem surpreso com o sumiço do Hakim. Seu discurso já estava pronto. Você está até entediado, porque já disse essas mesmas palavras inúmeras vezes antes.

– Cala a boca.

Hakim tinha armado um golpe, Abdul percebeu. Ele levava os migrantes para lá, pegava o resto do dinheiro e então os abandonava. Mas o que acontecia com eles depois? Talvez Mohammed entrasse em contato com as famílias e exigisse mais dinheiro para ajudá-los a seguir viagem.

– Então a gente só tem que ficar aqui até aparecer alguém disposto a nos levar? – perguntou Wahed.

"Vai ser pior que isso", pensou Abdul.

– O seu motorista nos pagou para hospedá-los por uma noite – disse Mohammed. – O café da manhã de hoje foi a última refeição incluída. Não vamos dar mais comida nenhuma pra vocês.

– Você vai matar a gente de fome!

– Se quiserem comer, vão ter que trabalhar.

Então era isso.

– Trabalhar como? – perguntou Wahed.

– Os homens vão trabalhar no poço. As mulheres podem ajudar a Rahima. Ela é a de *hijab* preto que comanda a cozinha. Estamos com falta de mulheres, e este lugar precisa de uma limpeza.

– Qual é o pagamento?

– Quem falou em dinheiro? Se você trabalha, você come. Se não trabalha, não come. – Mohammed deu outro sorriso. – Todos são livres para escolher. Não tem pagamento nenhum.

Wahed ficou indignado.

– Mas isso é trabalho escravo!

– Não tem nenhum escravo aqui. Olhe ao redor. Nenhum muro, nenhuma tranca. Vocês podem ir embora quando quiserem.

Mesmo assim era trabalho escravo, pensou Abdul. O deserto era mais eficaz do que uma muralha.

E aquela era a peça final do quebra-cabeça. Ele tinha se perguntado o que atraía as pessoas para lá e agora entendia. Elas não eram atraídas, eram arrastadas.

Abdul se perguntou quanto Hakim teria recebido. Talvez algumas centenas de dólares por cada uma das pessoas? Nesse caso, teria saído de lá com sete mil e duzentos dólares. Não era nada comparado com o lucro da cocaína, mas Abdul suspeitava que a maior parte desse lucro fosse para as mãos dos jihadistas e Hakim recebesse uma pequena parte como motorista. Isso também explicaria por que Hakim se esforçava tanto para arrancar alguns dólares a mais dos migrantes ao longo do caminho.

– Existem regras – tornou Mohammed. – As mais importantes são nada de álcool, nada de jogo e nada de comportamento homossexual impuro.

Abdul gostaria de perguntar qual era a punição, mas não queria chamar mais atenção para si. Tinha receio de que Mohammed já estivesse de olho nele.

– Aqueles de vocês que quiserem jantar esta noite precisam começar a trabalhar agora – continuou Mohammed. – As mulheres devem ir até a cozinha falar com a Rahima. Os homens vêm comigo. – Ele se levantou e saiu.

Abdul o seguiu, assim como todos os outros homens.

Eles se arrastaram pelo caminho entulhado de lixo, o barulho da britadeira ficando mais alto. A maioria estava na casa dos 20 anos, mais ou menos. Não seria fácil, mas provavelmente eles tinham como dar conta do trabalho. Wahed com certeza não tinha.

Um guarda armado abriu o portão que dava acesso ao cercado do poço e todos eles entraram.

Os homens que trabalhavam lá dentro tinham um olhar cadavérico, pessoas para quem tanto a esperança quanto o desespero eram coisas do passado. Eles não falavam nada nem mostravam qualquer animação, apenas martelavam uma pedra até que ela se desfizesse em pedaços, depois passavam para a seguinte. Todos usavam túnicas e turbantes, mas as roupas estavam caindo aos pedaços. Suas barbas estavam cheias de poeira. Eles paravam de tempos em tempos para ir até um tambor de óleo cheio d'água e molhar a boca.

Eram todos magros e musculosos, o que surpreendeu Abdul, até ele se dar conta de que os menos saudáveis deviam ter morrido.

Os supervisores podiam ser identificados facilmente pela melhor qualidade de suas roupas. Muitos deles ficavam observando atentamente as rochas enquanto eram marretadas.

Mohammed distribuiu marretas aos recém-chegados, cada uma com um longo cabo de madeira e uma pesada cabeça de ferro. Abdul ergueu a sua. Parecia bem-feita e em boas condições. Os jihadistas eram pragmáticos: ferramentas de baixa qualidade só fariam retardar a extração do ouro.

Wahed foi o único que não recebeu uma marreta, e Abdul se sentiu aliviado, supondo que Mohammed lhe daria uma tarefa mais leve. Essa suposição estava equivocada. Mohammed o levou até o poço e ordenou, com um sorriso macabro, que ele operasse a britadeira.

Todos pararam para ver.

Uma seção do terreno havia sido marcada com tinta branca, delineando a área a ser escavada a seguir, mas Wahed não conseguia levantar a britadeira para colocá-la na posição certa. Ele mal conseguia manter a coisa de pé, o que fez os jovens supervisores rirem, embora Abdul tenha visto que alguns dos mais velhos pareciam reprovar aquilo.

Wahed segurou a britadeira na vertical, inclinando-se sobre ela, lutando para evitar que caísse. Abdul nunca tinha usado uma britadeira antes, mas

344

para ele era óbvio que o operador tinha que ficar atrás dela, não em cima, e a ferramenta tinha que se inclinar ligeiramente em sua direção, para que a lâmina escorregasse para longe caso deslizasse. Era quase certo que Wahed ia se machucar.

Ele pareceu perceber isso e hesitou em operar a furadeira.

Mohammed apontou para a alavanca e mostrou a ele onde manter apertada para colocar a máquina em funcionamento.

Abdul sabia que ia arrumar problemas por intervir, mas foi em frente apesar disso.

Ele andou até o poço. Mohammed gesticulou com raiva para que se afastasse, mas ele o ignorou. Pegou as duas manoplas da britadeira. Pesava trinta ou quarenta quilos, ele avaliou. Wahed se afastou, agradecido.

– O que você pensa que está fazendo? Quem te mandou fazer isso? – esbravejou Mohammed.

Abdul o ignorou.

Ele sabia que operadores de britadeira eram treinados, mas teria que improvisar. Sem pressa, apontou o cinzel para o que parecia ser uma pequena crista na rocha e apoiou a lâmina ali. Deu um pequeno passo para trás, de modo que a furadeira ficou ligeiramente inclinada. Segurando as duas manoplas com força, acionou a alavanca por um instante, depois soltou. A lâmina golpeou brevemente a pedra e fez subir uma pequena nuvem de poeira. Abdul acionou a alavanca de novo, com mais confiança, e teve a satisfação de ver a lâmina penetrar na rocha.

Mohammed parecia furioso.

Uma nova pessoa apareceu, e Abdul ficou intrigado.

Parecia ser do Leste Asiático, e Abdul supôs que fosse coreano.

Usava calça grossa de brim e botas de engenheiro, além de óculos escuros e um capacete de plástico amarelo. Estava carregando uma lata de spray, do tipo usado por grafiteiros em Nova Jersey, e Abdul imaginou que ele é que tinha demarcado a próxima seção do poço a ser explorada. Não havia dúvida de que era o geólogo.

– Manda os outros homens trabalharem! – gritou ele para Mohammed em árabe fluente. – E para de brincadeira. – Depois se virou para um trabalhador corpulento, com um boné na cabeça careca, e chamou: – Akim! – O sujeito se aproximou e pegou a britadeira da mão de Abdul. O geólogo disse a Abdul: – Observa o Akim e aprende.

Os recém-chegados começaram a trabalhar, e a mina voltou à rotina.

Abdul ouviu alguém gritar "Pepita!". Um dos homens com marreta estava com a mão levantada. O geólogo examinou os fragmentos da rocha e, com um grunhido de satisfação, pegou o que parecia ser uma pedra amarela empoeirada: ouro, presumiu Abdul. Ele supôs que aquele fosse um evento raro. A maior parte do ouro de aluvião não era tão fácil de ser encontrada. De tempos em tempos os detritos da plataforma de concreto eram varridos e despejados em um enorme tanque, provavelmente contendo sais de cianeto dissolvidos em água, para extrair os flocos de ouro do pó de rocha.

O trabalho foi retomado. Abdul observou a técnica de perfuração de Akim. Quando ele precisava mover a broca para uma nova área, apoiava-a em uma das coxas, aliviando a tensão das costas. Ele não ia fundo na rocha logo de cara: primeiro fazia uma série de fendas rasas, e Abdul supôs que aquilo enfraquecia a rocha por inteiro, de modo que havia menos chance de a lâmina ficar presa.

O barulho era desesperador, e Abdul desejou ter um daqueles protetores de ouvido de espuma que os comissários distribuíam na classe executiva. Coisas assim pareciam fazer parte de um mundo distante. "Eu queria uma taça de vinho branco gelado", pensou ele, "e um mix de castanhas, por favor. E vou querer o filé para o jantar". Como é que ele já tinha ousado achar que andar de avião era desagradável?

Mas Akim tinha algo nos ouvidos, Abdul reparou ao acordar de seu devaneio. Depois de alguns instantes, ele rasgou duas pequenas tiras da bainha de sua *jalabiya*, fez uma bolinha com cada uma delas e as enfiou nas orelhas. Não eram muito eficazes, mas era melhor do que nada.

Meia hora depois, Akim passou a britadeira de volta para Abdul.

Abdul a operou com cuidado, sem pressa, imitando a técnica de Akim. Ele logo sentiu estar no controle da ferramenta, embora soubesse que não estava perfurando a rocha com a mesma rapidez de Akim. No entanto, não tinha previsto que seus músculos começariam a falhar tão cedo. Se havia uma coisa em que ele confiava era sua força, mas agora suas mãos pareciam relutantes em segurar com firmeza, seus ombros tremiam e suas coxas estavam tão fracas que achou que fosse cair. Se insistisse, poderia acabar deixando aquela maldita coisa cair.

Akim pareceu entender. Ele pegou a britadeira de volta.

– Você vai pegar força – disse.

Abdul se sentiu humilhado. A última vez que alguém tinha dito a ele em tom de condescendência que pegaria força foi quando tinha 11 anos, e ele odiara ouvir aquilo.

No entanto, sua disposição voltou, e quando Akim se cansou ele estava pronto para outra rodada. Mais uma vez, não durou tanto quanto esperava, mas se saiu um pouco melhor.

"Por que me importo com o desempenho que estou mostrando para esses assassinos fanáticos? Por orgulho, claro. Os homens são muito idiotas mesmo", pensou.

Pouco antes do meio-dia, quando o calor estava ficando insuportável, um apito soou e todos pararam de trabalhar. Eles não receberam autorização para deixar o cercado, mas descansaram em um abrigo com uma ampla cobertura.

Meia dúzia de mulheres apareceu trazendo comida. Era melhor do que o que serviram aos migrantes no dia anterior. Havia um ensopado gorduroso com pedaços de carne, provavelmente de camelo, que era popular na Líbia, e grandes porções de arroz. Alguém devia ter percebido que as pessoas escravizadas escavavam mais ouro quando estavam bem alimentadas. Abdul percebeu que estava com muita fome e comeu com vontade.

Depois de comer eles se deitaram à sombra. Abdul ficou feliz em descansar o corpo dolorido e sentiu pavor ao imaginar o momento de voltar ao trabalho. Alguns dos homens dormiram, mas Abdul não, nem Akim, e Abdul achou que era uma oportunidade para coletar informações. Ele puxou conversa, falando baixo para não chamar a atenção dos guardas.

– Onde você aprendeu a operar uma britadeira?

– Aqui – respondeu Akim.

Foi uma resposta curta, mas o homem não pareceu hostil, então Abdul continuou:

– Eu nunca tinha encostado em uma antes.

– Deu para perceber. Quando cheguei aqui era igual.

– Faz quanto tempo isso?

– Mais de um ano. Talvez dois. Parece uma eternidade. Provavelmente vai ser.

– Está querendo dizer que vai morrer aqui?

– A maioria dos homens que chegaram comigo está morta. Não existe outra saída.

– Ninguém tenta escapar?

– Conheci alguns homens que foram embora. Uns voltaram, praticamente mortos. Talvez os outros tenham chegado ao oásis, mas eu duvido.

– E os veículos que chegam e saem?

– Se você pedir a um motorista para levá-lo, ele vai dizer que nunca se atreveria a fazer isso. Eles acham que vão ser executados, como punição. Acredito que seja verdade.

Abdul já imaginava aquilo, mas mesmo assim ficou desolado.

Akim fez uma cara de quem estava lendo a mente de Abdul.

– Você está planejando a sua fuga, imagino.

Abdul não respondeu. Em vez disso, perguntou:

– Como você foi capturado?

– Eu sou de uma grande aldeia onde a maioria das pessoas segue a fé bahá'í.

Abdul já tinha ouvido falar nessa religião. Era minoritária em muitas partes do Oriente Médio e do Norte da África. Havia uma pequena comunidade bahá'í no Líbano.

– Uma religião tolerante, já ouvi falar – disse ele.

– Acreditamos que todas as religiões são boas, pois todas adoram o mesmo deus, embora lhe deem nomes diferentes.

– Acho que os jihadistas não gostaram disso.

– Eles nos deixaram em paz por anos, até que abrimos uma escola na aldeia. Os bahá'ís acreditam que as mulheres devem saber ler e escrever, então a escola era tanto para meninas quanto para meninos. Parece que foi isso que irritou os islamistas.

– O que houve?

– Eles apareceram com armas e lança-chamas. Mataram idosos e crianças, até bebês, e botaram fogo nas casas. Meus pais foram assassinados. Fiquei feliz por não ser casado. Eles capturaram os rapazes e moças, principalmente as colegiais.

– E os trouxeram para cá.

– Sim.

– O que fizeram com as meninas?

– Colocaram todas naquela construção sem janelas pintada de azul-claro, no complexo dos guardas. Eles chamam de *makhur*.

– O bordel.

– Elas estavam na escola, sabe, então não são consideradas muçulmanas legítimas.

– Elas ainda estão lá?

– Algumas devem ter morrido: comida estragada, infecções não tratadas ou simplesmente de desespero. Pode haver uma ou duas mais resistentes que ainda estejam vivas.

– Achei que ali fosse uma prisão.

– Mas é. Uma prisão para mulheres pagãs. Nossos captores acreditam que não é pecado estuprar essas mulheres. Ou fingem acreditar.

Abdul pensou em Kiah, com seu crucifixo de prata.

Logo o apito soou. Abdul lutou para ficar de pé, todo dolorido. Quanto tempo mais teria que lidar com aquela britadeira?

Akim foi com ele até o poço e ergueu a broca.

– Eu vou primeiro – disse.

– Obrigado.

Abdul nunca tinha proferido aquela palavra com tanta sinceridade.

Com uma lentidão dolorosa, o sol se arrastou pelo céu e começou a se pôr no oeste. À medida que o calor diminuía, as dores de Abdul foram se transformando em uma tortura. O geólogo foi embora e Mohammed apitou sinalizando o fim do turno. Abdul ficou tão feliz que seus olhos se encheram de lágrimas.

– Eles vão te dar uma tarefa diferente amanhã – avisou Akim. – Ordens do coreano. Ele acha que é a melhor forma de manter vivos os homens fortes. Mas, depois de amanhã, você vai voltar à britadeira.

Abdul percebeu que teria que se acostumar com aquilo, a menos que conseguisse fazer o que ninguém mais havia conseguido: escapar.

Quando estavam saindo, caminhando cansados em direção ao portão aberto, houve algum tipo de briga, com os guardas imobilizando um dos trabalhadores, um sujeito baixo de pele negra. Dois guardas o seguravam, cada um por um braço, enquanto Mohammed gritava com ele. Parecia estar lhe dizendo para cuspir alguma coisa.

Os outros ordenaram aos trabalhadores que formassem uma fila e aguardassem, e apontaram suas armas de forma ameaçadora para deter qualquer um que pensasse em intervir. Abdul teve a sensação nauseante de que estava prestes a testemunhar uma punição.

Um quarto guarda apareceu por trás do trabalhador e o golpeou na nuca com a coronha do fuzil. Algo saiu da boca do homem e caiu no chão; um guarda o pegou.

Era um pouco maior que uma moeda de 25 centavos, de cor amarelo-escura: ouro.

O homem estava tentando roubar uma pequena pepita. Como ele achava que conseguiria gastá-la? Não havia nada para comprar ali. Devia ter pensado que daria para subornar alguém e fugir com ela.

Os guardas arrancaram suas roupas puídas e o jogaram nu de costas no chão. Todos viraram seus fuzis ao contrário, segurando-os pelos canos. Mohammed atingiu o homem no rosto com a coronha. Ele gritou e cobriu o rosto com os braços, então Mohammed o acertou na virilha. Quando o homem cobriu os genitais, Mohammed bateu novamente em seu rosto. Ele fez um sinal com a cabeça para os guardas, que, um de cada vez, ergueram sua arma bem alto e acertaram o homem após percorrer um longo arco com ela para incutir o máximo de força. A sincronia era impressionante: já tinham feito aquilo antes.

Jorrava sangue da boca do homem enquanto ele gritava. Eles o acertaram várias vezes, atingindo a cabeça, a virilha, os pulsos, os joelhos. Ossos rachavam e sangue espirrava, e Abdul viu que era uma surra da qual o homem não teria como se recuperar. Ele se encolheu em posição fetal e seus gritos se transformaram em sons que pareciam o de um animal gemendo. A surra continuou, sem remorsos. O homem ficou em silêncio e imóvel, mas eles não pararam. Martelaram seu corpo inconsciente até restarem poucas evidências de que se tratava de um ser humano.

Por fim, se cansaram. A vítima parecia ter parado de respirar. Mohammed se ajoelhou e procurou o batimento cardíaco e então o pulso.

Um minuto depois, ele se levantou e falou com os trabalhadores que estavam observando.

– Peguem ele – ordenou. – Levem lá para fora e enterrem.

# CAPÍTULO 23

Logo cedo, Tamara recebeu uma mensagem em seu celular:

*O jeans custa 15 dólares.*

Isso significava que naquele dia, às 15 horas, ela deveria se encontrar com Harun, o jihadista arrependido. Eles já haviam combinado o ponto de encontro: no Museu Nacional, perto do famoso crânio de sete milhões de anos.

Ela sentiu uma pontada de apreensão. Aquilo poderia ser importante. Eles tinham se encontrado apenas uma vez, e naquela ocasião ele lhe dera informações valiosas sobre o notório Al-Farabi. Que notícias ele teria agora?

Era até possível que soubesse alguma coisa sobre Abdul. Nesse caso, provavelmente seriam más notícias: Abdul poderia ter sido desmascarado de alguma forma, feito prisioneiro, quem sabe até morto.

Naquele dia haveria um treinamento na estação da CIA em N'Djamena. O tema era "Conscientização sobre segurança de tecnologia da informação". No entanto, Tamara tinha certeza de que conseguiria escapar mais cedo para um encontro com um informante.

Ficou assistindo à CNN pela internet enquanto tomava o café da manhã, iogurte e melão, em seu apartamento. Gostou de ver que a presidente Green estava se posicionando sobre as armas de fabricação chinesa nas mãos de terroristas. Tamara tinha ficado sob a mira de um fuzil Norinco empunhado por um terrorista na ponte de N'Gueli e não confiava nas justificativas dos chineses. A China nunca fazia nada por acaso. Tinha um plano para o Norte da África que, fosse qual fosse, não seria bom para os Estados Unidos.

A grande notícia daquela manhã era que os ultranacionalistas japoneses estavam convocando um ataque preventivo às bases norte-coreanas, empreendido pela Força Aérea de Autodefesa do Japão, que contava com mais de trezentas aeronaves de combate. Tamara achava que os japoneses não arriscariam entrar em guerra com a China, mas, agora que o equilíbrio fora perturbado, tudo era possível.

Os pais de Tab tinham voltado para casa, o que era um alívio. Tamara achava que havia conquistado a simpatia de Anne, mas tinha sido tenso. Se Tamara se mudasse para Paris e morasse com Tab, teria que se esforçar bastante para se dar bem com a mãe dele. Mas isso não seria nada impossível.

Atravessando o complexo da embaixada sob o clima ameno da manhã, ela se deparou com Susan Marcus. Susan trajava um uniforme de combate com botas em vez da farda de serviço normalmente usada no escritório. Talvez houvesse algum motivo, ou talvez ela apenas gostasse de se vestir assim.

– Você achou seu drone? – perguntou Tamara.

– Não. Você descobriu alguma coisa?

– Eu disse que suspeitava que o General estivesse com ele, mas não consegui confirmar.

– Nem eu.

Tamara deu um suspiro.

– Receio que o Dexter não leve essa questão muito a sério. Segundo ele, equipamento militar some o tempo todo.

– Ele não está de todo errado, mas isso não significa que não haja nenhum problema.

– Porém, ele é meu chefe.

– Obrigada, de qualquer maneira.

Elas seguiram em direções distintas.

A CIA havia reservado uma sala de conferências para a sessão de treinamento. Os agentes da CIA eram mais descolados do que o pessoal da embaixada, ou pelo menos achavam que eram, e alguns dos mais jovens haviam se vestido de forma mais casual naquele dia, com camisetas de bandas e jeans desgastados em vez da indumentária típica do clima quente, calça cáqui e camisa de manga curta. Leila Morcos usava uma camiseta com a frase "Não é nada pessoal, eu detesto todo mundo".

No corredor, Tamara encontrou Dexter e o chefe dele, Phil Doyle, que estava lotado no Cairo mas era responsável por todo o Norte da África. Ambos estavam de terno.

– Alguma notícia de Abdul? – perguntou Doyle a Tamara.

– Nada – respondeu ela. – Ele pode estar preso em algum oásis por conta de algum defeito no ônibus. Ou pode estar nos arredores de Trípoli neste instante, tentando conseguir sinal de celular.

– Vamos torcer para que seja isso.

– Estou ansiosa pelo treinamento – mentiu Tamara –, mas vou ter que sair mais cedo – continuou, se dirigindo a Dexter.

– Não vai, não – disse ele. – O treinamento é obrigatório.

– Tenho um encontro com um informante às três da tarde. Vou passar a maior parte do dia aqui.

– Remarque o encontro.

Tamara conteve sua frustração.

– Pode ser importante – disse ela, tentando não soar exasperada.

– Quem é o informante?

– Harun – respondeu Tamara em um tom de voz mais baixo.

Dexter riu.

– Ele não é exatamente crucial para a nossa operação – comentou ele com Doyle. Então se virou para Tamara e continuou: – Você só teve uma reunião com ele.

– Na qual ele me deu informações valiosas.

– Que nunca foram confirmadas.

– Meu instinto me diz que ele está falando a verdade.

– De novo a intuição feminina. Lamento. Não é suficiente. Remarque.

Dexter acompanhou Doyle até a sala de conferências.

Tamara pegou o celular e escreveu uma única palavra em resposta a Harun: *Amanhã.*

Ela foi para a sala de conferências e se sentou à mesa para esperar o início da sessão de treinamento. Um minuto depois, seu celular vibrou com uma mensagem: *Seu jeans agora vai custar 11 dólares.*

"Onze horas da manhã de amanhã", pensou ela. "Tudo bem."

■ ■ ■

O museu ficava a cerca de cinco quilômetros da embaixada americana no sentido norte. Não havia trânsito, e Tamara chegou adiantada. O museu era uma construção nova e moderna em meio a um parque bem projetado. Havia uma estátua da Mãe África em uma fonte, mas a fonte estava seca.

Ela pegou o lenço azul com círculos laranja, colocou-o na cabeça e amarrou embaixo do queixo, para o caso de Harun ter se esquecido de sua aparência. Ela quase sempre usava lenços; com o habitual conjunto de vestido e calça, não ficava muito diferente das outras centenas de milhares de mulheres da cidade.

Tamara entrou.

Aquela não tinha sido uma boa escolha para um encontro clandestino, ela percebeu de imediato. Imaginara que os dois se perderiam em meio à multidão, mas não havia multidão nenhuma. O museu estava quase vazio. No entanto, todos os poucos visitantes pareciam turistas de verdade, então, com sorte, ninguém reconheceria Tamara nem Harun.

Ela subiu as escadas em direção ao crânio do Homem de Toumai. Parecia um pedaço de madeira velha, quase disforme, mal identificável como uma cabeça. Talvez isso não fosse surpreendente, visto que tinha sete milhões de anos. Como algo tinha sido preservado por tanto tempo? Enquanto ela se distraía pensando nisso, Harun apareceu.

Dessa vez ele estava vestindo roupas ocidentais: calça cáqui e camiseta branca. Ela sentiu a intensidade de seus olhos escuros quando ele a encarou. Ele estava arriscando a própria vida mais uma vez. Tudo o que ele fazia era extremo, pensou ela. De jihadista ele havia passado a traidor de jihadistas, mas jamais seria nada no meio-termo.

– Você deveria ter vindo ontem – disse ele.

– Não pude. Aconteceu algo grave?

– Depois da emboscada no campo de refugiados, nossos amigos no Sudão estão com sede de vingança.

"Isso não acaba nunca", pensou Tamara. Todo ato de vingança precisava ser vingado.

– O que estão querendo?

– Eles sabem que a emboscada foi um plano do General. E querem que a gente mate ele.

"Surpresa nenhuma", pensou Tamara; mas não seria fácil. A segurança do General era reforçada. No entanto, esse tipo de coisa nunca era impossível. E, se a tentativa tivesse êxito, o Chade mergulharia no caos. Ela tinha que soar o alarme.

– Como? – perguntou ela.

– Eu te contei que o Afegão nos ensinou a fazer bombas suicidas.

"Meu Deus", pensou ela.

Dois turistas entraram na sala, um casal branco de meia-idade de chapéu e tênis, falando francês. Tamara e Harun estavam falando em árabe, que os visitantes quase certamente não entendiam. No entanto, os recém-chegados andaram até onde estavam Tamara e Harun, perto da vitrine que continha o crânio. Tamara deu um sorriso e acenou com a cabeça para eles, então disse baixinho para Harun:

– Vamos sair daqui.

A sala seguinte estava vazia.

– Continue, por favor – pediu Tamara. – Como seria isso?

– Nós sabemos qual é o carro do General.

Tamara assentiu. Todo mundo sabia. Era um Citroën comprido, como o usado pelo presidente francês. Havia apenas um no país, e, como se não bastasse, tinha um pequeno mastro no para-choque com a bandeira do Chade, listras verticais nas cores azul, dourada e vermelha.

– Eles vão esperar na rua perto do Palácio Presidencial – continuou Harun –, e quando ele sair vão se jogar no carro, detonar os explosivos e então, acreditam, irão direto para o céu.

– Merda.

"Pode funcionar", pensou Tamara. O complexo do palácio tinha um forte esquema de segurança, mas o General teria que sair em algum momento. Seu carro podia ser à prova de balas, mas provavelmente não era à prova de bombas, principalmente se os coletes suicidas tivessem uma carga muito grande.

No entanto, agora que ela havia descoberto o plano, a CIA tinha como alertar o pessoal da segurança do General, que poderia tomar precauções extras.

– Quando eles planejam fazer isso?

– Hoje – disse Harun.

– Porra!

– Por isso que você devia ter me encontrado ontem.

Tamara pegou o celular, mas parou por um instante. De que outros detalhes ela precisava?

– Quantos homens-bomba?

– Três.

– Você tem a descrição deles?

Harun fez que não com a cabeça.

– Não me disseram quem tinha sido escolhido, só que eu não estava entre eles.

– Todos homens mesmo?

– Pode haver uma mulher.

– Como vão estar vestidos?

– Com roupas tradicionais, imagino. As túnicas encobrem os coletes-suicidas. Mas não tenho certeza.

– Mais algum envolvido além dos três?

– Não. Pessoas a mais apenas criam risco a mais.

– A que horas eles vão estar por lá?

– Podem já ter chegado.

Tamara ligou para a estação da CIA na embaixada.

A chamada não foi completada.

– O Afegão também nos ensinou a desativar temporariamente a rede telefônica na cidade inteira – disse Harun.

Tamara olhou para ele, incrédula.

– Quer dizer que o EIGS tirou o sinal dos celulares de todo mundo?

– Até alguém descobrir como reativá-lo.

– Eu tenho que ir.

Ela saiu correndo da sala.

– Boa sorte – ela ouviu Harun dizer às suas costas.

Desceu correndo as escadas e saiu no estacionamento. Seu carro estava esperando com o motor ligado. Ela entrou num salto.

– De volta para a embaixada, rápido, por favor.

Quando o carro entrou em movimento, ela começou a pensar melhor. Na embaixada ela poderia se reportar pessoalmente à estação da CIA, mas o que eles conseguiriam fazer sem telefones? Seria melhor ir direto para o Palácio Presidencial, mas ela não era conhecida o suficiente para ser recebida de imediato. E será que os seguranças iam acreditar em uma garota dizendo que a vida do General estava em perigo?

Então ela pensou em Karim. Ele entraria imediatamente no palácio e logo conseguiria a atenção do chefe da segurança do General. Mas onde ela ia encontrar Karim? Ainda não era meio-dia: talvez ainda estivesse no Café de Cairo, que ficava perto do museu. Ela poderia tentar lá primeiro e, se não conseguisse, rumar para o centro da cidade, em direção ao hotel Lamy.

Rezou para que o General não saísse do palácio nos minutos seguintes.

Informou o novo destino ao motorista, e eles chegaram ao café em pouco tempo. Ela entrou correndo e viu, com grande alívio, que Karim ainda estava lá. Tinha chegado bem a tempo: ele estava colocando o paletó para sair. Passou por sua cabeça o irrelevante pensamento de que ele estava engordando.

– Que bom que te encontrei – disse ela. – O EIGS cortou os telefones.

– Sério? – Encolhendo os ombros em seu paletó, ele enfiou a mão no bolso, pegou seu celular e olhou para a tela. – Tem razão. Eu não sabia que eles tinham como fazer isso.

– Acabei de falar com um informante. Eles estão planejando assassinar o General. Karim ficou de queixo caído.

– Agora?

– Achei que você fosse a melhor pessoa para dar o alarme.

– Claro. Como planejam fazer isso?

– Três homens-bomba do lado de fora do palácio, à espera do carro dele.

– Bom plano. Uma rota que ele tem que usar sempre, um momento em que o veículo precisa se mover mais devagar. É o ponto mais vulnerável. – Ele hesitou. – Essa informação é confiável?

– Karim, nenhum informante é totalmente confiável. No fundo são todos impostores, mas acho que essa pista pode ser válida. O General deve, sim, tomar precauções especiais.

Karim assentiu.

– Tem razão. Esse tipo de aviso não deve ser ignorado. Vou para lá agora mesmo. Meu carro está aqui nos fundos.

– Ótimo.

Ele deu as costas para sair, então se virou de volta.

– Obrigado.

– De nada.

Tamara saiu pela frente e voltou para o carro.

Ela pensou mais uma vez em ir para a embaixada, e mais uma vez chegou à conclusão de que não havia nada a fazer lá. O manual de operações não tinha um protocolo estabelecido para a combinação de tentativa de assassinato e queda da rede de telefonia. Por um instante ela cogitou pedir a Susan Marcus para levar um destacamento até os arredores do palácio e capturar os homens-bomba, mas as forças americanas não podiam agir sem o consentimento do Exército e da polícia locais; a confusão seria desastrosa. E quando eles enfim conseguissem organizar a cadeia de comando, seria tarde demais.

Ela decidiu ir até lá sozinha. Poderia pelo menos fazer um reconhecimento das ruas e tentar identificar os jihadistas.

Falou ao motorista que pegasse a via expressa na direção sul e depois a saída à direita, que dava na avenida Charles de Gaulle. Era proibido parar nas proximidades do palácio, portanto ela desceu do carro algumas centenas de metros antes da entrada e pediu ao motorista que esperasse.

Verificou o celular novamente. Ainda não havia sinal.

Ela observou o amplo bulevar que passava diante do palácio. Os enormes portões de ferro ficavam do lado direito, vigiados por soldados armados da Guarda Nacional em uniformes camuflados em verde, preto e marrom. Em frente havia uma série de monumentos e a catedral. A regra de proibido estacionar era aplicada à risca ali, de forma que os jihadistas estariam a pé.

Um Mercedes preto parou em frente aos portões e teve a entrada liberada imediatamente. Ela esperava que fosse Karim.

Pela primeira vez refletiu sobre o risco que estava correndo. A qualquer momento, em qualquer lugar ao longo daquela via, uma bomba poderia explodir. Se ela estivesse perto, morreria.

Ela não queria morrer, não quando tinha acabado de encontrar Tab.

A morte não era a pior coisa que poderia lhe acontecer. Ela poderia ficar mutilada, cega, paraplégica.

Amarrou o lenço com mais firmeza sob o queixo e pensou: "Que porra estou fazendo?" E então começou a andar rapidamente em direção ao palácio.

Daquele lado da calçada não havia ninguém além dos guardas: todo mundo preferia evitar homens segurando fuzis. Do lado oposto, onde ela estava, havia uma centena de pessoas ao redor dos monumentos: turistas observando as esculturas grandiosas e moradores aproveitando o espaço, almoçando ou apenas passeando. "Preciso identificar os terroristas", pensou ela, "e não tenho muito tempo!".

Um contingente de policiais armados, liderado por um sargento de bigode, vigiava a multidão. Os policiais estavam vestidos com um padrão de camuflagem ligeiramente diferente do da Guarda Nacional. Tamara sabia por experiência própria que a principal tarefa deles era garantir que o palácio não fosse fotografado, e ela duvidava que eles soubessem localizar um terrorista de verdade.

Ela procurou se acalmar e examinou as pessoas com atenção. Ignorou os homens e mulheres idosos e de meia-idade: os jihadistas eram sempre jovens. Também descartou qualquer pessoa que estivesse de roupas modernas justas, como jeans e camisetas, porque não teriam onde esconder um colete-suicida. Focou nos homens e mulheres entre o final da adolescência e os 20 e poucos anos vestindo túnicas tradicionais e, no caso das mulheres, *hijab*.

Memorizou cada um dos suspeitos restantes. Um jovem de túnica e *taqiyah* brancas estava sentado na ponta de um pedestal, lendo o jornal *Al Wihda*; parecia relaxado demais para ser um terrorista, mas Tamara não tinha como saber. Uma mulher de idade incerta tinha protuberâncias sob seu *hijab* preto, mas poderia ser apenas parte de seu corpo. Um adolescente de túnica laranja e turbante estava agachado na beira da via, consertando sua scooter Vespa, a roda dianteira solta e pousada no chão empoeirado em meio a porcas e parafusos.

Em uma parte do parque ela reparou em um jovem barbudo parado à sombra de uma árvore e suando. Ele vestia uma túnica que ia até o chão, do tipo chamado *thawb*, *jalabiya* ou *dishdasha*, mas por cima dela usava um colete de algodão folgado e abotoado até o pescoço. Ele estava perto de uma rua lateral e de vez em quando voltava sua atenção para ela, onde não havia nada para ser visto. Fumava com nervosismo, dando tragadas rápidas e repetidas, fazendo o cigarro queimar com rapidez.

Quando o carro do presidente saísse do complexo do palácio, provavelmente viraria na larga avenida Charles de Gaulle, mas poderia também pegar direto a rua lateral que descia em direção ao rio. Logicamente, deveria haver um homem-bomba daquele lado dos portões, um no lado oposto e outro próximo à rua lateral.

Ela atravessou a rua lateral em direção à catedral.

Espiou dentro dos portões do palácio, do outro lado da avenida, conforme foi chegando perto. Era possível ver o longo e majestoso caminho de acesso à construção distante, que mais parecia um escritório moderno do que um palácio. Havia mais meia dúzia de soldados do lado de dentro dos portões, mas eles estavam relaxados, conversando e fumando. Tamara ficou decepcionada: se Karim tivesse dado o alarme, com certeza àquela altura já estaria sendo formado um esquadrão para esvaziar a área e proteger o público em caso de explosão. Mas a rua estava movimentada, e carros e motocicletas não paravam de passar em ambos os sentidos. Uma bomba ali poderia matar centenas de inocentes. O aviso de Karim tinha sido ignorado? Ou quem sabe eles estivessem preocupados com o General, mas não com as pessoas?

A Catedral de Nossa Senhora da Paz era uma igreja moderna espetacular. No entanto, o local era gradeado e os portões estavam fechados. Não havia ninguém do lado de dentro, exceto por um jardineiro de túnica escura e turbante plantando uma pequena árvore no lado oeste, perto da grade, a apenas alguns metros de Tamara. De sua posição ele conseguia ver claramente os portões do palácio e o longo caminho de acesso à construção, e poderia pular rapidamente a grade em direção à rua lateral. Será que ele era um impostor? Se sim, estava se arriscando. Um padre poderia aparecer e perguntar: "Quem foi que mandou você plantar uma árvore aí?" Por outro lado, parecia não haver padres por perto.

Ela se voltou para os monumentos.

Era tudo uma questão de probabilidade, mas ela achou que os assassinos fossem o rapaz consertando a scooter, o homem suando debaixo da árvore e o jardineiro da catedral. Todos se encaixavam no perfil, e todos tinham espaço debaixo das vestes para carregar uma bomba de tamanho considerável.

Seria possível prendê-los? Alguns dispositivos suicidas têm um sistema em que a bomba explode assim que o homem-bomba larga um fio, o que garante que a explosão ocorra mesmo que o sujeito seja morto. No entanto, todos os três suspeitos estavam usando as mãos: um para consertar a scooter, outro para acender cigarro e o terceiro para plantar uma árvore. Isso significava que eles não poderiam estar usando aquele sistema.

Mesmo assim, teriam que ser tratados com cuidado. Teriam de ser imobilizados antes que pudessem alcançar o gatilho. Seria questão de um ou dois segundos.

Ela olhou o celular. Ainda sem sinal.

O que ela deveria fazer? Nada, provavelmente. Karim manteria o General fora de perigo. Mais cedo ou mais tarde, a polícia fecharia o parque dos monumentos e esvaziaria a rua. Os terroristas escapariam em meio à multidão.

Mas poderiam tentar de novo no dia seguinte.

Disse a si mesma que aquilo não era problema dela. Já havia fornecido a informação: era esse o seu trabalho. A polícia e o Exército é que deveriam tomar as decisões.

Ela deveria ir embora.

Olhou para o outro lado da avenida e viu a inconfundível limusine do General descendo lentamente o caminho em direção aos portões.

Ela teria que agir.

Pegou sua identidade da CIA e se aproximou do sargento de bigode.

– Eu trabalho com o Exército americano – disse ela, falando em árabe e mostrando o cartão. Apontou para o homem debaixo da árvore. – Acho que aquele homem tem algo suspeito debaixo do paletó. Você deveria dar uma olhada. Aconselho você a imobilizar as duas mãos dele antes de falar com ele, para o caso de ele estar armado.

O sargento olhou para ela com desconfiança. Ele não receberia ordens de uma mulher desconhecida, mesmo que ela tivesse uma identidade de plástico com foto e aspecto extremamente oficial.

Tamara conteve o pânico crescente e tentou manter a calma.

– Faça o que fizer, você precisa ser rápido, porque parece que o General está vindo.

O sargento olhou para o outro lado da avenida, viu a limusine se aproximando dos portões e tomou uma decisão. Deu ordens a dois de seus homens e eles marcharam pelo parque em direção ao sujeito fumando debaixo da árvore.

Tamara fez uma oração de agradecimento.

Os guardas do palácio ocuparam a avenida e interromperam o trânsito.

O rapaz que consertava a scooter se levantou.

Na rua lateral, o jardineiro da catedral largou sua pá.

Os portões do palácio se abriram.

Tamara se aproximou do rapaz consertando a scooter. Ele mal a notou, de tão concentrado na limusine. Ela deu um sorriso e pôs as mãos firmemente no peito dele. Por baixo da túnica de algodão laranja ela sentiu um objeto duro com cabos presos e foi tomada pelo pavor. Precisou fazer um esforço para manter as mãos ali mais um pouco. Apalpou três cilindros, sem dúvida contendo cargas de explosivo C4 enterradas em pequenos rolamentos de aço, com fios ligando os cilindros entre si e a uma pequena caixa que só podia ser o detonador.

Ela estava a um segundo de distância da morte.

O rapaz ficou surpreso e confuso com sua aparição repentina. Ele a empurrou, inutilmente, e deu um passo para trás.

Na fração de segundo que ele levou para perceber o que estava acontecendo, ela deu uma rasteira nele.

Ele caiu de costas. Tamara se jogou por cima dele, os joelhos em sua barriga, deixando-o sem fôlego. Ela agarrou a gola da túnica e a rasgou, expondo o plástico preto e o metal do dispositivo preso ao peito. Reparou em um cabo que saía da caixa do detonador e ia até um interruptor de gatilho feito de plástico verde. "Quatro dólares e noventa e nove *cents* na loja de ferragens", foi o pensamento tolo que passou pela cabeça dela.

Ela ouviu uma mulher que estava perto gritar.

Se ele colocasse as mãos naquele interruptor, mataria Tamara, a si mesmo e muitas outras pessoas.

Ela conseguiu segurar os dois pulsos dele e forçar seus braços em direção ao chão, inclinando-se para a frente para usar todo o seu peso. Ele resistiu, tentando se soltar. Os policiais que vigiavam o local estavam olhando, chocados.

– Peguem os braços e as pernas dele antes que ele exploda todo mundo aqui! – gritou ela.

Depois de um momento de perplexidade, eles fizeram o que ela mandou. Em circunstâncias normais não teriam seguido suas ordens, mas dava para ver o dispositivo e eles sabiam o que era aquilo. Quatro policiais seguraram os membros do homem-bomba e os imobilizaram com força.

Tamara se levantou.

Ao seu redor, os espectadores recuavam, alguns correndo.

Na outra extremidade do parque, o fumante inquieto estava sendo algemado.

Os portões do palácio se abriram e a limusine saiu.

No terreno da catedral, o jardineiro correu em direção à grade.

O carro pegou a avenida, ganhou velocidade e entrou na rua lateral.

O jardineiro pulou a grade em direção à calçada. Ele enfiou a mão dentro de sua *jalabiya* e puxou um gatilho de plástico verde.

– Não! – gritou Tamara em vão.

Ele correu em direção à rua e se jogou sobre o carro. O motorista o viu e pisou no freio. Tarde demais. O homem-bomba se chocou contra o para-brisa e quicou, então houve um clarão e um estrondo terrível. O para-brisa se estilhaçou e o jihadista foi ejetado para o meio da via. O carro continuou a andar, deixando o cadáver para trás, virou para a direita e bateu na grade em torno da catedral, que caiu. Só então o carro parou.

Ninguém saiu dele.

Tamara atravessou o parque correndo em direção ao veículo. Outras pessoas tiveram a mesma ideia e estavam logo atrás dela. Ela abriu a porta do carona e olhou para dentro.

O banco de trás estava vazio.

Havia cheiro de sangue fresco. Na frente estava apenas um homem, no banco do motorista, curvado e imóvel. Seu rosto estava ferido e ensanguentado demais para ser identificado, mas ele era pequeno e magro, de cabelo grisalho, e portanto não era o General, que era grandalhão e careca.

O General não estava no carro.

Por um segundo, Tamara ficou confusa. Então ela imaginou que o motorista poderia simplesmente estar indo abastecer. Uma hipótese mais sombria era a de que ele havia sido enviado como isca, para ver se a ameaça era real. Nesse caso, sua vida teria sido sacrificada. Era macabro, mas possível.

Havia buracos na carroceria e bolinhas de aço espalhadas pelo piso.

Tamara já tinha visto o suficiente. Ela se virou e olhou de volta para o parque.

"Eu salvei o General", pensou. "Quase perdi a vida. Será que valeu a pena? Quem vai saber dizer?"

Mas não era só isso. Harun tinha dito que o governo do Sudão estava por trás daquilo. Se fosse verdade, isso era muito relevante. Ela precisava de uma confirmação.

A polícia havia tirado o colete do rapaz da scooter – Tamara teria esperado o esquadrão antibombas, se a escolha fosse dela – e agora estava algemando as mãos e as pernas dele.

Tamara se aproximou.

– O que você está fazendo aqui? – perguntou um policial.

– Eu dei o alarme – disse ela com rispidez.

– É verdade, foi ela – confirmou outro policial.

O primeiro policial deu de ombros, e ela interpretou aquilo como uma permissão.

Aproximou-se do homem-bomba. Ele tinha olhos castanho-claros. Dava para ver uma penugem de adolescente em seu rosto: ele era muito jovem. A proximidade dela era uma mensagem contraditória, ao mesmo tempo íntima e ameaçadora, e o deixou confuso.

– Seu amigo no jardim da catedral está morto – disse ela em voz baixa.

O homem-bomba olhou, depois desviou o olhar.

– Ele está no céu.

– Você fez isso por Alá.

– Alá é bom.

– Mas você teve ajuda. – Ela fez uma pausa para encará-lo fixamente, tentando fazer com que ele olhasse de volta, para estabelecer uma conexão humana. – Alguém te ensinou a fazer as bombas.

Ele por fim olhou para ela.

– Você não sabe de nada.

– Eu sei que o Afegão te ensinou muita coisa.

Ela viu a surpresa em seus olhos e tirou vantagem disso.

– Eu sei que você conseguiu o material necessário com os seus amigos no Sudão.

Tamara não sabia disso, embora tivesse fortes suspeitas. A expressão dele não mudou. Ele continuou surpreso com quanto ela sabia.

– Foram os seus amigos sudaneses que mandaram você matar o General – disse ela e prendeu a respiração. Era essa informação que ela precisava confirmar.

Por fim, ele falou. Seu tom de espanto era indisfarçavelmente legítimo:

– Como você sabe?

Aquilo era o suficiente. Tamara foi embora.

...

De volta à embaixada, ela foi para seu apartamento. Sentindo-se subitamente esgotada, deitou-se na cama. Dormiu por alguns minutos, então seu telefone tocou.

O serviço de telefonia havia sido restaurado.

Ela atendeu.

– Onde raios você está? – perguntou Dexter.

Ela quase desligou. Fechou os olhos por um momento, reunindo paciência.

– Você está aí? – insistiu ele.

– Estou no meu apartamento.

– O que está fazendo aí?

Ela não ia contar a ele que estava se recuperando de uma verdadeira provação. Tinha aprendido há muito tempo a não admitir fraqueza para um colega do sexo masculino. Eles nunca se cansavam de trazer o assunto à tona novamente.

– Vim tomar um banho – respondeu.

– Vem pra cá agora.

Ela desligou sem dizer mais nada. Tinha estado muito perto de perder a vida e não conseguia mais levar Dexter a sério. Caminhou sem pressa pelo complexo rumo à estação da CIA.

Dexter estava sentado à sua mesa. Phil Doyle estava com ele. Àquela altura, Dexter já havia ficado sabendo de mais coisas.

– Estão dizendo que uma agente da CIA deteve um suspeito! – disse ele. – Foi você?

– Sim.

– Por que está prendendo pessoas por aí? O que deu em você, pelo amor de Deus?

Apesar de ninguém ter lhe oferecido, ela se sentou.

– Quer que eu conte o que aconteceu ou você prefere ficar só gritando comigo?

Dexter se ofendeu, mas hesitou. Ele não podia negar que tinha gritado, e seu chefe estava ali. Mesmo na CIA, era arriscado para um homem se expor a uma acusação de abuso.

– Muito bem – concedeu ele. – Está aberta a sessão.

– Está aberta a sessão? – Ela balançou a cabeça em descrença. – Isto aqui é um julgamento? Nesse caso, é melhor seguir toda a formalidade. Vou precisar de um representante legal.

– Você não está em julgamento – afirmou Doyle em um tom de voz razoável. – Só conta pra gente o que aconteceu.

Ela contou tudo a eles, que ouviram sem interrompê-la.

– Por que foi até o Karim? – perguntou Dexter assim que ela terminou. – Você deveria ter se reportado a mim!

Ele estava com raiva por ter sido deixado de fora da ação. Tamara estava exausta devido à tensão, mas forçou seu cérebro a funcionar para retomar a linha de raciocínio.

– Meu informante disse que o atentado era iminente, mas os telefones não estavam funcionando. Eu tive que decidir qual era a forma mais rápida de levar a notícia até o General. Se eu tivesse ido direto ao palácio, provavelmente não teria conseguido entrar. Mas Karim, sim.

– Eu poderia ter ido até lá.

"Por que você não resolveu tudo sozinho de uma vez, então?", pensou ela.

– Nem você teria entrado de imediato – disse ela, exausta. – Você teria sido submetido a perguntas e contratempos. Karim tem acesso instantâneo ao General. Ele seria capaz de fazer soar o alarme mais rápido do que as pessoas aqui na embaixada, mais rápido do que qualquer outra pessoa que eu consiga imaginar, na verdade.

– Tudo bem, mas por que você não se reportou a mim depois de ter falado com Karim?

– Não havia tempo. Eu teria que contar toda a história. Você não teria acreditado e teríamos tido uma longa conversa, muito parecida com esta aqui. Por fim você teria acreditado em mim, mas levaria tempo demais para formar uma equipe e passar as instruções necessárias, e só então você teria saído em direção ao palácio. Ficou claro que o melhor que eu podia fazer era ir direto para o local e tentar localizar os terroristas. E foi o que fiz. Com êxito.

– Eu poderia ter feito isso de forma mais eficiente com uma equipe.

– Exceto pelo fato de que você teria chegado depois da explosão. A tentativa de assassinato ocorreu poucos minutos após a minha chegada. Naqueles poucos minutos, eu identifiquei corretamente os três homens-bomba. Dois estão detidos e o terceiro está morto.

Dexter mudou a abordagem:

– E foi tudo à toa, porque o General não estava no carro.

Ele estava determinado a minimizar o feito dela.

Tamara deu de ombros. Ela pouco ligava para o que Dexter achava. Estava se dando conta de que não conseguiria trabalhar com ele por muito mais tempo.

– Provavelmente ele não estava no carro porque o Karim o alertou.

– Não temos certeza disso.

– Verdade. – Ela estava cansada demais para discutir.

Mas Dexter ainda não havia terminado:

– Pena que seu informante não nos falou sobre isso antes.

– Isso foi culpa sua.

Dexter se endireitou na cadeira.

– Do que você está falando?

– Ele queria ter se encontrado comigo ontem. Eu disse a você que precisava sair mais cedo do treinamento. Em vez disso, você me mandou adiar o encontro.

Ela percebeu que Dexter não tinha ligado uma coisa à outra. Aquilo o deixou apreensivo. Ele levou alguns segundos para responder.

– Não, não, não foi assim que aconteceu – disse ele por fim. – Nós tivemos uma conversa...

– Porra nenhuma – reagiu Tamara, interrompendo-o. Ela não ia engolir aquilo. – Não teve conversa nenhuma. Você me deu ordens para não encontrá-lo na hora marcada.

– Você não está se lembrando direito.

Tamara lançou um olhar severo em direção a Doyle. Ele estava lá. Sabia a verdade. Parecia desconfortável. Ela imaginou que ele teria o impulso de mentir, para não desautorizar Dexter. Se ele fizesse isso, ela pediria demissão na hora, decidiu Tamara. Ela manteve os olhos nele, sem dizer nada, apenas esperando que ele falasse.

– Acho que é você quem não está lembrando direito, Dexter – disse ele por fim. – Minha lembrança é de que o diálogo foi breve e que você deu uma ordem.

Parecia que Dexter ia explodir. Ele ficou completamente vermelho e sua respiração disparou.

– Acho que vamos ter que concordar em discordar, Phil... – disse ele, lutando para controlar a raiva.

– Não, não – rebateu Doyle com firmeza. – Eu não vou concordar em discordar. – Agora ele estava em posição de ter que impor disciplina, e parecia que não ia fugir da responsabilidade. – Você tomou uma decisão que se mostrou equivocada. Não se preocupe, isso não é um pecado capital. – Depois se virou para Tamara. – Você está dispensada.

Ela se levantou.

– Você fez um bom trabalho hoje – afirmou Doyle. – Obrigado.

– Obrigada, senhor – disse Tamara e saiu.

···

– O General quer te dar uma medalha – disse Karim a Tamara na manhã seguinte no Café de Cairo.

Ele parecia orgulhoso de si mesmo. Ela deduziu que o alerta tinha lhe valido a profunda gratidão do General. Em uma ditadura, isso era melhor do que dinheiro.

– Fico lisonjeada – respondeu Tamara –, mas acho que vou ter que recusar. A CIA não gosta que seus agentes se exponham assim.

Ele sorriu. Ela imaginou que ele não se importava com aquela recusa: isso significava que não teria que dividir os holofotes.

– Imagino que vocês tenham que ser agentes *secretos* – disse ele.

– Mesmo assim, é bom saber que o General reconhece o nosso trabalho.

– Os dois terroristas sobreviventes estão sendo interrogados.

"Claro que estão", pensou Tamara. Eles seriam mantidos acordados a noite toda, ficariam sem comida nem água, seriam acossados por equipes de interrogadores em tempo integral e provavelmente torturados também.

– Você vai compartilhar o relatório completo dos interrogadores com a gente?

– Acho que é o mínimo que podemos fazer.

O que não era um sim, percebeu Tamara. No entanto, Karim provavelmente não tinha autoridade para dar uma resposta concreta.

– Meu amigo, o General, está furioso com a tentativa de assassinato – continuou Karim. – Ele leva isso para o lado pessoal. Quando olhou para o corpo do motorista, ele só disse: "Poderia ter sido eu."

Tamara decidiu não perguntar se o motorista havia sido sacrificado.

– Espero que o General não tome nenhuma atitude precipitada – disse ela.

Tamara estava pensando na complexa emboscada que ele havia armado no campo de refugiados, tudo em retaliação por uma pequena contenda na ponte de N'Gueli.

– Eu também. Mas ele vai se vingar.

– Eu me pergunto o que será que ele vai fazer.

– Se eu soubesse, não poderia te contar. Mas acontece que não sei mesmo.

Tamara teve a sensação de que Karim estava falando a verdade, mas isso a deixou mais apreensiva. Por que o General manteria suas intenções em segredo de um de seus aliados mais próximos, o homem que havia acabado de salvar sua vida?

– Espero que não seja tão drástico a ponto de desestabilizar a região.

– Isso é pouco provável.

– Será mesmo? Os chineses estão profundamente envolvidos com o Sudão. Não queremos que eles comecem a botar as asas de fora.

– Os chineses são nossos amigos.

Os chineses não têm amigos, era a opinião de Tamara. Eles têm clientes e devedores, mas ela não queria discutir com Karim. Ele era um velho conservador que não daria ouvidos a uma mulher mais nova.

– Isso é uma coisa muito valiosa – disse ela, tentando soar sincera. – E tenho certeza de que você recomendará cautela.

Ele assumiu um ar de presunção.

– Eu sempre recomendo. Não se preocupe. Vai ficar tudo bem.

– *Insha'Allah* – disse Tamara. *Seja o que Alá quiser.*

■ ■ ■

No dia seguinte, ao final da tarde, a CNN começou a noticiar um grave incêndio em Porto Sudão, o maior porto sudanês, como o nome indica. Navios no mar Vermelho haviam sido os primeiros a relatar o incêndio, dizia a CNN. Eles transmitiram uma entrevista repleta de chiados feita via rádio com o capitão de um petroleiro que tinha decidido permanecer no mar enquanto tentava descobrir se era seguro se aproximar do porto. Havia uma enorme nuvem de fumaça cinza-azulada, segundo ele.

Praticamente todo o petróleo do Sudão era exportado a partir de Porto Sudão. A maior parte dele chegava por meio de um oleoduto de mil e seiscentos quilômetros, cuja operadora e principal acionista era a China National Petroleum Corporation. Os chineses também haviam construído uma refinaria e estavam no processo de criação de um novo cais multibilionário de navios-tanque.

A reportagem da CNN foi seguida por um anúncio do governo de que o corpo de bombeiros esperava controlar o incêndio em breve, o que significava que estava fora de controle, e que realizariam uma investigação completa, o que significava que não faziam ideia de qual havia sido a causa. Tamara tinha uma suspeita sombria no fundo de sua mente, sobre a qual ela ainda não havia comentado com ninguém.

Ela começou a monitorar os sites de jihadistas, aqueles que celebravam decapitações e sequestros. Em sua primeira varredura, todos estavam quietos.

Então ligou para a coronel Marcus.

– Você tem alguma imagem de satélite de Porto Sudão pouco antes do incêndio?

– Provavelmente – respondeu Susan. – Nunca há muitas nuvens sobre essa parte do globo. Que intervalo?

– A CNN deu a notícia por volta das quatro e meia, e já havia um véu de fumaça...

– Três e meia ou antes, então. Vou dar uma olhada. Do que você está suspeitando?

– De alguma coisa que eu ainda não sei bem.

– Justo.

Tamara ligou para Tab na embaixada da França.

– O que vocês sabem sobre o incêndio em Porto Sudão?

– Só o que passou na TV – respondeu ele. – Eu também te amo, por falar nisso.

Ela reprimiu uma risadinha.

– Para com isso – disse ela em voz baixa. – Estou em um escritório sem paredes.

– Desculpa.

– Ontem à noite eu te contei qual é o meu receio.

– Você está falando sobre a hipótese de vingança.

– Sim.

– Acha que pode ser isso?

– Acho.

– Isso vai dar problema.

– Pode apostar toda a sua beleza nisso – disse ela e desligou.

Ninguém, exceto Tamara, estava preocupado com aquilo, e por volta das cinco as pessoas começaram a ir embora.

Pouco tempo depois, o governo de Cartum, capital do Sudão, acrescentou ao pronunciamento inicial que cerca de vinte pessoas haviam sido resgatadas do incêndio, incluindo quatro engenheiros chineses que trabalhavam na construção do novo cais. Algumas mulheres e crianças chinesas, familiares dos engenheiros, também haviam sido resgatadas. A CNN explicou que o cais estava sendo construído com tecnologia e investimento da China e que cerca de cem engenheiros chineses estavam envolvidos no projeto. Tamara ficou se perguntando sobre as pessoas que não haviam sido resgatadas.

Ainda assim, não havia nenhum indício de sabotagem, e Tamara estava começando a torcer para que tivesse sido um mero acidente, sem implicações políticas.

Vasculhou a internet novamente e, dessa vez, foi parar em um site operado por um grupo que se autodenominava "Jihadistas Salafistas do Sudão". Ela nunca tinha ouvido falar neles antes. O grupo condenava o governo retrógrado do Sudão, simbolizado principalmente pelo corrupto projeto do cais de petroleiros liderado pelos chineses. Dava aos heroicos lutadores do JSS os parabéns por terem realizado o ataque daquele dia.

Tamara ligou para Susan, que atendeu dizendo:

– Foi a porra do meu drone, aquele que tinha sumido.

– Merda.

– Ele lançou bombas na refinaria e no novo cais em construção, depois caiu.

– A construção estava a cargo de engenheiros chineses.

– O ataque foi à uma e vinte e um.

– Um drone americano matou engenheiros chineses. Isso vai dar uma merda enorme.

Tamara desligou e mandou o link do site do JSS para Dexter. Depois enviou o mesmo link para Tab.

Então ela se ajeitou na cadeira e pensou: "O que é que os chineses vão fazer agora?"

# CAPÍTULO 24

O celular de Chang Kai estava tocando, mas, para sua grande frustração, ele não conseguia encontrar o aparelho. Acordou e percebeu que estava sonhando, mas seu celular continuava a tocar. Estava na mesa de cabeceira. A chamada era de Fan Yimu, supervisor do turno da noite no escritório do Guoanbu.

– Desculpe acordá-lo no meio da noite, senhor – disse ele.

– Ai, merda – disse Kai. – A Coreia do Norte foi pelos ares.

– Não, nada disso.

Kai ficou aliviado. Os rebeldes e o governo estavam em um impasse havia dez dias, e ele esperava que de alguma forma a situação fosse resolvida sem uma guerra civil.

– Graças a Deus – falou ele.

Ting se aconchegou a ele sem abrir os olhos. Ele colocou o braço em volta dela e acariciou seus cabelos.

– Então o que houve? – perguntou ele para Fan.

– Cerca de cem chineses foram mortos por um drone na cidade de Porto Sudão.

– Onde estamos construindo um cais de petroleiros de bilhões de dólares, se não me engano.

– Isso mesmo. Temos engenheiros chineses trabalhando no projeto. A maioria dos mortos é de homens, mas há um pequeno número de mulheres, além de crianças que pertenciam às famílias dos engenheiros.

– Quem fez isso? Quem mandou o drone?

– Senhor, a notícia acabou de chegar e achei melhor repassá-la antes de fazer mais perguntas.

– Mande um carro para me buscar.

– Já está a caminho. O Monge deve chegar ao seu prédio a qualquer minuto.

– Bom trabalho. Estarei aí o mais rápido possível.

Kai desligou.

– Quer uma rapidinha? – murmurou Ting.

– Volta a dormir, meu amor.

Kai tomou um banho rápido e vestiu uma camisa branca e um terno. Colocou uma gravata num bolso e o barbeador elétrico em outro. Olhando pela janela, viu um sedã compacto Geely prateado esperando na calçada com os faróis acesos. Pegou o sobretudo e desceu.

O ar estava gelado e soprava um vento frio. Kai entrou no carro e começou a se barbear enquanto Monge dirigia. Ele ligou para Fan e lhe pediu que convocasse algumas pessoas importantes: sua secretária, Peng Yawen; Yang Yong, perito em interpretação de imagens de vigilância; Zhou Meiling, uma jovem especialista em internet; e Shi Xiang, chefe do escritório do Norte da África, que falava árabe. Cada um deles deveria chamar sua equipe de apoio.

Ele se perguntou quem poderia ser o responsável pelo ataque a Porto Sudão.

Os americanos eram automaticamente os principais suspeitos. Eles se sentiam ameaçados pela iniciativa dos chineses em estabelecer ligações comerciais com o mundo todo, na chamada "Nova Rota da Seda", e haviam percebido que a China queria ter o controle do petróleo e de todos os outros recursos naturais da África. Mas eles matariam deliberadamente uma centena de chineses?

Os sauditas tinham drones, vendidos a eles pelos Estados Unidos, e estavam a apenas duzentos quilômetros de Porto Sudão, separados pelo mar Vermelho. Mas os sauditas e os sudaneses eram aliados. Poderia ter sido um acidente, mas parecia pouco provável. Os drones tinham computadores de localização. O alvo tinha sido programado.

Sobravam apenas os terroristas. Mas quais?

Agora cabia a ele descobrir, e o presidente Chen iria querer respostas pela manhã.

Ele chegou à sede do Guoanbu. Alguns membros de sua equipe já estavam lá, outros chegaram nos minutos seguintes. Kai ordenou que todos fossem para a sala de reuniões. Ele tinha adquirido o hábito de tomar café havia pouco tempo, como milhões de chineses, e se serviu de uma xícara que levou consigo.

Em uma das telas espalhadas pelas paredes da sala, o canal de notícias Al Jazeera exibia imagens ao vivo do incêndio em Porto Sudão, aparentemente captadas a partir de um navio. Já era noite no leste da África, mas as chamas iluminavam a nuvem de fumaça.

Kai sentou-se à cabeceira da mesa.

– Vamos ver o que temos – começou. – Presumo que alguns dos engenheiros sejam ativos do Guoanbu. – Todos os empreendimentos no exterior eram mantidos sob estreita observação dos agentes de Kai.

– Tínhamos dois, mas um deles foi morto no ataque – respondeu Shi Xiang.

Shi, chefe das operações no Norte da África, era um homem de meia-idade com um bigode grisalho. Ele tinha se casado com uma africana anos atrás, durante sua primeira missão no exterior, e agora tinham uma filha na universidade. – Tenho um relatório do agente sobrevivente, Tan Yuxuan. Entre os mortos há noventa e sete homens e quatro mulheres. Estavam todos no cais quando o drone atingiu o local. Era o período mais quente do dia, quando as pessoas fazem uma longa pausa naquela parte do mundo, e estavam dentro de uma tenda com ar condicionado, almoçando ou descansando.

– Isso é terrível – disse Kai.

– O drone disparou dois mísseis ar-terra que provocaram graves danos ao cais em construção e incendiaram tanques de petróleo próximos. Também foram mortas duas crianças. Normalmente não permitimos que pessoas que trabalham no exterior levem seus filhos, mas o engenheiro-chefe era uma exceção, e ontem ele tinha levado os filhos gêmeos para ver o projeto, tragicamente.

– O que o governo de Cartum disse?

– Nada de substancial. Fizeram um pronunciamento há duas horas, alegando que estavam controlando o fogo e que investigariam a causa. Foi uma típica declaração preliminar.

– Alguma coisa por parte da Casa Branca?

– Ainda não. Agora é começo da tarde em Washington. Eles devem se manifestar antes do final do dia.

Kai se virou para Yang Yong, um sujeito velho de rosto enrugado com experiência em imagens de satélite.

– Temos o drone nas imagens – disse Yang, digitando teclas de seu laptop. Uma foto apareceu em uma das telas na parede.

Kai se inclinou para a frente, tentando entender o que estava diante de si.

– Não consigo ver nada – afirmou.

Yang era experiente e provavelmente tinha começado a examinar fotos nos tempos dos aviões de grande altitude, antes das fotos de satélite. Ele pegou uma caneta laser e direcionou o ponto vermelho para a imagem. Com essa ajuda, Kai foi capaz de distinguir uma silhueta. Sem isso, ele poderia ter achado que era uma gaivota.

– É uma rodovia lá embaixo – explicou Yang. Ele moveu o ponto vermelho. – Essa mancha é um caminhão.

– Sabemos dizer que tipo de drone é? – perguntou Kai.

– É dos grandes – respondeu Yang. – Eu diria que é um MQ-9 Reaper, fabricado pela General Atomics nos Estados Unidos, mas vendido para uma dezena de países, incluindo Taiwan e República Dominicana.

– E provavelmente disponível no mercado clandestino.

– É possível, sim.

Yang mudou a imagem. Agora a gaivota estava sobre uma cidade, provavelmente Porto Sudão.

– Os sudaneses reagiram a isso? – quis saber Kai.

– O controle de tráfego aéreo deve ter percebido – respondeu Shi –, e provavelmente suspenderam os pousos e decolagens por um tempo. Vou conferir.

– A Força Aérea deles poderia ter derrubado o drone.

– Acho que eles não presumiram que fosse hostil. Poderia ser um drone civil, ou talvez um saudita que tivesse cruzado o mar Vermelho.

Yang mudou a imagem mais uma vez.

– Isso foi pouco antes de o drone disparar os mísseis. A imagem está ampliada. Dá para ver o cais. A aeronave está voando muito baixo. – Ele digitou algo no teclado novamente. – E isso é logo depois da explosão.

Kai conseguia ver a alvenaria em destroços e uma enorme nuvem de fumaça subindo. A gaivota estava inclinada, como se tivesse sido atingida por uma rajada de vento.

– O drone estava voando tão baixo que a explosão o danificou de maneira irreversível – disse Yang. – É o tipo de erro que pode ter sido cometido por um controlador inexperiente.

– Podemos presumir que os satélites americanos mostraram imagens semelhantes a essas – comentou Kai.

– Certamente – respondeu Yang.

Kai olhou para Zhou Meiling. Ela era jovem e não demonstrava confiança, exceto quando falava sobre sua especialidade.

– O que você tem, Meiling? – perguntou ele.

– Um grupo chamado Jihadistas Salafistas do Sudão assumiu a autoria, mas sabemos pouco sobre eles. Suspeitamente pouco, na verdade. O site entrou no ar faz apenas alguns dias.

– Um novo grupo do qual ninguém nunca ouviu falar – disse Kai. – Formado apenas para esse ultraje, provavelmente. Ou pode ser uma farsa.

– Estou verificando.

– Outros sites comentaram?

– Apenas discursos de ódio genéricos, exceto pelos uigures na China. Como o senhor sabe, existem vários sites ilegais que afirmam representar os muçulmanos uigures de Xinjiang, embora alguns, ou todos, possam ser falsos. No entanto, o fato é que a maioria desses sites está celebrando a morte de comunistas chineses repressores por muçulmanos africanos amantes da liberdade.

Kai adotou um ar de desdém.

– Os uigures deveriam tentar a vida no Sudão. Eles logo iam implorar para voltar à China autoritária.

Ele estava irritado porque a alegria dos uigures poderia provocar reações precipitadas da velha guarda comunista. Homens como seu pai estariam clamando por retaliação.

– Tudo bem – disse após uma pausa. – Meiling, veja o que mais você consegue descobrir sobre os Jihadistas Salafistas do Sudão. Yang, veja as fotos de satélite anteriores e rastreie o drone de volta até o ponto de decolagem. Shi, peça ao nosso homem em Porto Sudão que procure os destroços do drone e veja se ele consegue identificar a origem. Pessoal, fiquem de olho nos canais de notícias árabes e americanos para ver as reações dos governos. Terei que passar informações ao ministro das Relações Exteriores pela manhã bem cedo, e provavelmente para o presidente até o final do dia, então cuidem para que eu receba todas as informações disponíveis.

A reunião terminou e Kai voltou para sua sala.

Sua secretária, Peng Yawen, levou chá para ele. Ela desaprovava o café, que considerava um modismo dos jovens. Na bandeja havia um prato de *nai wong bao*, pãezinhos assados no vapor com recheio de creme. Ele percebeu que estava com fome.

– Onde você conseguiu isso a essa hora da madrugada? – perguntou.

– Minha mãe que fez. Ela soube que eu ia trabalhar a noite toda e mandou entregar aqui de táxi.

Yawen estava na casa dos 50, então sua mãe devia estar na casa dos 70, pensou Kai. Ele deu uma mordida em um pãozinho. Era leve e fofo, o creme deliciosamente doce.

– Sua mãe é uma bênção divina – comentou ele.

– Eu sei.

Kai pegou mais um pãozinho.

Yang Yong estava hesitante à porta, uma grande folha de papel na mão.

– Entre – chamou Kai.

Yawen saiu quando Yang entrou. Ele contornou a mesa de Kai e desdobrou o papel, que era um mapa do nordeste da África.

– O drone decolou de uma área inabitada no deserto a cem quilômetros de Cartum.

Ele colocou o dedo sobre um ponto a oeste do rio Nilo. Kai reparou nas veias salientes nas costas de sua mão idosa.

– Você foi rápido – disse Kai, surpreso.

– Hoje em dia dá para colocar o computador para fazer o rastreamento sozinho.

– Esse ponto fica a que distância da fronteira com o Chade?

– Mais de mil quilômetros.

– Isso corrobora a tese de que os autores do ataque são rebeldes sudaneses locais, e não terroristas islamitas.

– A mesma pessoa pode ser as duas coisas.

"Só para complicar", pensou Kai.

– Você consegue rastrear o drone mais para trás no tempo? – perguntou.

– Posso tentar. Ele pode ter sido transportado desmontado, é claro, e aí não vai estar visível. Caso contrário, devem tê-lo conduzido até lá. E não sabemos há quanto tempo foi. Vou ver o que consigo encontrar, mas não crie muita expectativa.

Poucos minutos depois, Zhou Meiling apareceu, seu rosto jovem ardendo de ansiedade.

– Os Jihadistas Salafistas do Sudão parecem legítimos – disse. – O nome é novo, mas eles postaram fotos dos membros, ou "heróis", como os chamam, e alguns são extremistas que já identificamos antes.

– Eles são rebeldes sudaneses ou terroristas islâmicos?

– A retórica sugere as duas coisas. Em ambos os casos, é difícil imaginar como conseguiram um MQ-9 Reaper. Custa trinta e dois milhões de dólares.

– Alguma indicação de onde fica a sede do grupo?

– O site está hospedado na Rússia, mas é claro que o JSS não fica lá. Eles não têm como estar em um dos campos de refugiados, que não têm acesso à internet. Talvez fiquem enfiados em uma cidade, como Cartum ou Porto Sudão.

– Continue pesquisando.

Levou mais uma hora para que Shi Xiang apresentasse o seu relatório, mas ele tinha a informação mais importante de todas e entrou na sala carregando um laptop.

– Acabamos de receber uma foto de Tan Yuxuan em Porto Sudão – contou, empolgado. – É um fragmento dos destroços.

Kai olhou para a tela. A foto havia sido tirada à noite, com flash, mas estava perfeitamente nítida. Em meio aos escombros de ferro corrugado e de camadas de rocha havia um pedaço de um composto semelhante ao Kevlar todo chamuscado e retorcido, o tipo de material leve de que os drones são feitos. Via-se claramente uma estrela branca dentro de um círculo azul, com listras verticais vermelhas, brancas e azuis de ambos os lados – o emblema da Força Aérea dos Estados Unidos.

– Maldição – disse Kai. – Foram os malditos americanos.

– Parece não haver dúvida.

– Faça vinte cópias disso em alta qualidade, por favor.

– Agora mesmo.

Shi saiu.

Kai se recostou na cadeira. Ele já tinha o suficiente para informar os políticos, mas as notícias eram ruins. Os americanos estavam envolvidos na chacina de mais de cem chineses inocentes. Aquilo era um incidente internacional de grandes proporções. A explosão no cais de Porto Sudão teria repercussões no mundo inteiro.

Ele precisava saber o que os americanos tinham a dizer.

Kai ligou para seu contato na CIA, Neil Davidson. A chamada foi atendida imediatamente.

– Neil falando. – Ele parecia alerta e totalmente acordado, apesar da fala arrastada do Texas. Kai ficou surpreso.

– Aqui é o Kai.

– Como você conseguiu meu telefone de casa?

– Como você acha? – O Guoanbu tinha os números de telefone privados de todos os estrangeiros em Beijing, naturalmente.

– Verdade, pergunta idiota.

– Achei que você estaria dormindo.

– Estou acordado pelo mesmo motivo que você, imagino.

– Porque cento e três cidadãos chineses foram mortos no Sudão por um drone americano.

– Não fomos nós que mandamos aquele drone.

– Os destroços têm o símbolo da Força Aérea dos Estados Unidos.

Neil ficou em silêncio. Aquilo obviamente era novidade para ele.

– Uma estrela branca dentro de um círculo azul, com listras dos dois lados – acrescentou Kai.

– Não posso dar nenhuma declaração sobre isso, mas estou dizendo que com certeza absoluta nós não enviamos um drone para bombardear Porto Sudão.

– Isso não isenta vocês de responsabilidade.

– Não? Lembra do cabo Ackerman? Vocês se recusaram a assumir a responsabilidade quando ele foi morto por uma arma de fabricação chinesa.

Ele tinha razão, mas Kai não iria admitir.

– Aquilo foi um fuzil. Quantos milhões de fuzis existem no mundo? Ninguém consegue rastrear todos eles, sejam feitos na China, nos Estados Unidos ou em qualquer outro lugar. Um drone é diferente.

– O fato é que os Estados Unidos não mandaram aquele drone.

– Quem mandou?

– A autoria foi reivindicada…

– Eu sei quem está reivindicando a autoria, Neil. O que estou perguntando é quem lançou aquela coisa. Você deveria saber, a porra do drone é seu.

– Fica calmo, Kai.

– Se um drone chinês tivesse matado cem americanos, você estaria calmo? A presidente Green lidaria com o incidente de maneira calma, sem nenhuma emoção?

– Eu entendo o seu argumento – disse Neil. – Mesmo assim, não adianta a gente gritar um com o outro no telefone às cinco da manhã.

Kai percebeu que Neil tinha razão. "Eu sou um oficial de inteligência", disse a si mesmo. "Meu trabalho é reunir informações, não trocar farpas."

– Tá bom – disse ele. – Considerando, em termos hipotéticos, que não foram vocês que mandaram o drone, como explica o que aconteceu em Porto Sudão?

– Vou te contar uma coisa em off. Se você tornar essa informação pública, vamos negar...

– Eu sei o que significa "em off".

Houve uma pausa, então Neil disse:

– Apenas entre a gente, Kai, aquele drone tinha sido roubado.

Kai se ajeitou na cadeira.

– Roubado? De onde?

– Não posso te dar detalhes, sinto muito.

– Suponho que tenha sido subtraído das forças americanas no Norte da África, que fazem parte da campanha de vocês contra o EIGS.

– Não adianta insistir. Tudo o que eu posso fazer é apontar a direção certa para você. E estou dizendo que alguém roubou aquele drone.

– Eu acredito em você, Neil – disse Kai, embora não tivesse certeza se acreditava mesmo. – Mas ninguém aqui vai dar crédito a essa história sem mais detalhes.

– Qual é, Kai, seja razoável. Por que a Casa Branca iria querer assassinar cem engenheiros chineses? Sem falar nas famílias deles.

– Não sei, para mim é difícil acreditar que os Estados Unidos sejam completamente inocentes.

– Ok. – Neil parecia resignado. – Se vocês estão determinados a começar a Terceira Guerra Mundial por causa disso, eu não tenho como impedir.

Neil verbalizou uma ansiedade da qual Kai compartilhava. Ela estava no fundo de sua mente como um dragão adormecido, cheio de ameaças latentes. Kai não admitia, mas compartilhava do medo de Neil de que o governo chinês reagisse de forma desproporcional ao bombardeio de Porto Sudão, com graves consequências. No entanto, respondeu em um tom de voz normal:

– Obrigado, Neil. Vamos nos falando.

– Pode deixar.

Eles desligaram.

Kai passou a hora seguinte redigindo um relatório que resumia tudo o que havia descoberto desde que seu celular o acordara. Classificou o dossiê com o codinome Abutre. Depois olhou para o relógio: eram seis da manhã.

Ele decidiu telefonar pessoalmente para o ministro das Relações Exteriores. Kai na verdade deveria se reportar ao ministro da Segurança, Fu Chuyu, mas ele ainda não estava em seu escritório; era uma desculpa esfarrapada, mas serviria. Ligou para o número residencial de Wu Bai.

Wu já estava acordado e de pé.

– Sim? – atendeu ele. Kai ouviu um zumbido ao fundo e supôs que Wu estivesse usando o barbeador elétrico.

– Aqui é o Chang Kai, e peço desculpas por ligar tão cedo, mas cento e três cidadãos chineses foram mortos no Sudão por um drone americano.

– Que merda – disse Wu. O zumbido parou. – Vai ser uma confusão dos infernos.

– Concordo.

– Quem mais sabe?

– No momento, ninguém na China fora do Guoanbu. O noticiário na TV diz apenas que há um incêndio nas docas de Porto Sudão.

– Melhor assim.

– Mas, obviamente, vou precisar informar os militares assim que acabar de me reportar a você. Devo ir ao seu apartamento?

– Sim, claro, isso vai poupar tempo.

– Estarei aí em meia hora, se for conveniente para você.

– Até breve, então.

Kai imprimiu cópias do dossiê Abutre e as colocou em uma pasta com algumas das fotos que Shi imprimiu e que mostravam o emblema da Força Aérea americana no drone em destroços. Então desceu as escadas rumo ao carro, que o aguardava. Deu a Monge o endereço residencial de Wu. Pegou a gravata no bolso e a colocou enquanto o carro seguia viagem.

Wu morava nos arredores do parque Chaoyang, a área mais chique de Beijing. Seu prédio dava para um campo de golfe. No reluzente saguão, Kai teve que comprovar sua identidade e passar por um detector de metais antes de poder entrar no elevador.

Wu abriu a porta do apartamento vestido com uma camisa cinza-clara e com a calça de um terno risca de giz. Sua colônia tinha notas de baunilha. O lugar era luxuoso, embora nada parecido em tamanho com alguns dos apartamentos que Kai tinha visto nos Estados Unidos. Wu o levou até a sala de jantar, onde o café da manhã estava servido em uma baixela polida sobre uma toalha de linho branco. Pratos de porcelana continham *dumplings* cozidos no vapor, mingau de arroz com camarão, palitinhos fritos e crepes finos como papel com molho de ameixa. Wu gostava de viver bem.

Kai tomou um pouco de chá e falou enquanto Wu tomava mingau. Ele repassou o projeto do cais de petroleiros, o bombardeio, o drone, a reivindicação da autoria pelo JSS e a alegação dos Estados Unidos de que o drone havia sido roubado. Mostrou a Wu a foto dos destroços do drone e deu a ele uma cópia do dossiê Abutre. O tempo todo, o cheiro da comida bem temperada o deixou com água na boca. Quando terminou de falar, Wu disse para ele se servir. Kai ficou feliz em pegar alguns *dumplings* e tentou não devorá-los de uma vez só.

– Temos que revidar – afirmou Wu.

Kai esperava por isso. Ele sabia que seria inútil argumentar para que não houvesse nenhuma represália: isso não iria acontecer. Então sua primeira reação foi concordar.

– Quando apenas um americano é morto, a Casa Branca reage como se tivesse havido um holocausto – disse. – A vida dos chineses também é preciosa.

– Mas como deve ser nossa retaliação?

– Nossa resposta deve equilibrar *yin* e *yang* – respondeu Kai, se encaminhando para um discurso moderado. – Devemos ser fortes, mas não imprudentes; controlados, mas sem demonstrar fraqueza. O verbo deve ser "retaliar", não "acirrar".

– Muito bom – falou Wu, que era um moderado mais por preguiça do que por convicção.

A porta se abriu e uma mulher atarracada de meia-idade entrou. Quando ela deu um beijo em Wu, Kai percebeu que era a esposa dele. Ele nunca tinha sido apresentado a ela e ficou espantado por ela não ser mais glamourosa.

– Bom dia, Bai – disse ela para o marido. – Como está o café da manhã?

– Delicioso, obrigado – comentou Wu. – Este é meu colega Chang Kai.

Kai se levantou e fez uma reverência.

– Prazer em conhecê-la.

Ela deu um sorriso simpático.

– Espero que você tenha comido algo.

– Os *dumplings* estão maravilhosos.

Ela voltou sua atenção para Wu.

– Seu carro está aqui, meu querido – disse e saiu da sala.

Ela era bem diferente de Wu, pensou Kai, mas os dois formavam um casal visivelmente apaixonado.

– Coma mais um pouco enquanto vou colocar a gravata – disse Wu e saiu.

Kai pegou o celular e ligou para Peng Yawen, sua secretária.

– Tem um arquivo chamado "Abutre" na minha pasta "África" – informou. – Envia imediatamente para o Fu Chuyu, com cópia para a Lista Três, aquela com todos os ministros, generais e altos funcionários do Partido Comunista. Anexa a foto dos destroços do drone. Faz isso o mais rápido possível, por favor. Quero que essas pessoas recebam essa notícia de mim, não de nenhum outro.

– O arquivo Abutre – repetiu ela.

– Sim.

– E a foto do drone.

– Foi o que eu disse.

Houve uma pausa, e Kai conseguiu ouvi-la digitando no teclado.

– Para Fu Chuyu, com cópia para a Lista Três.

– Correto.

– Está feito, senhor.

Kai sorriu. Ele amava uma equipe eficiente.

– Obrigado. – Então desligou.

Wu voltou de paletó e gravata, carregando uma pasta fina de documentos. Kai desceu no elevador com ele. Os dois carros do governo estavam esperando junto à porta do prédio.

– Quando você vai comunicar a todos os outros? – perguntou Wu.

– Fiz isso enquanto você se arrumava.

– Muito bem. Acho que nos vemos mais tarde. Esse alvoroço vai durar o dia todo. Kai sorriu.

– Vai, infelizmente.

Wu hesitou, evidentemente pensando em como expressar o que queria dizer. Sua expressão mudou: a máscara do bon vivant caiu e, de súbito, Kai viu ali um homem preocupado.

– Não podemos deixá-los matar chineses e sair impunes – disse Wu. – Essa jogada não está nas regras.

Kai apenas assentiu com a cabeça.

– O que devemos fazer – disse Wu – é impedir que os guerreiros de ambos os lados transformem isso em um banho de sangue. – Ele entrou no carro.

– Com certeza – murmurou Kai enquanto o carro se afastava.

Eram sete e meia. Kai precisava de um banho, de roupas limpas e de seu melhor terno: a armadura do combate político. Se estava pensando em pisar novamente em casa naquele dia, a hora era agora. Disse a Monge para voltar ao seu prédio. No caminho, ligou para o escritório.

Shi Xiang, o chefe do escritório do Norte da África, queria falar com ele.

– Uma história interessante do meu pessoal no Chade – começou Shi. – Parece que os militares americanos perderam um drone e todos acreditam que tenha sido roubado pelo Exército Nacional do Chade.

Talvez Neil estivesse dizendo a verdade.

– Isso parece terrivelmente plausível.

– A teoria é que o presidente do Chade, que é chamado de General, repassou o drone a um grupo rebelde sudanês, ciente de que seria usado contra o governo do Sudão.

– Por que diabos ele faria uma coisa dessas?

– Meu pessoal acha que pode ser a vingança do General por um recente atentado contra a vida dele, perpetrado por homens-bomba ligados ao Sudão.

– Um dramalhão ambientado no Saara – comentou Kai. – Aposto que é verdade.

– Eu também.

– A Casa Branca ainda não se pronunciou, mas fiquei sabendo por um contato da CIA que o drone tinha sido roubado.

– Então deve ser verdade.

– Ou uma elaborada história de fachada – disse Kai. – Me mantenha informado. Estou indo para casa para trocar de roupa.

Ele quase chegou lá. Estava a poucos minutos de seu prédio quando Peng Yawen ligou.

– O presidente Chen leu o dossiê Abutre – informou ela. – Você foi convocado para a Sala de Crise em Zhongnanhai. A reunião começa às nove.

No trânsito da hora do rush, talvez levasse uma hora para chegar lá. Kai não podia correr o risco de se atrasar. Não havia tempo para voltar para casa. Ele mandou Monge fazer o retorno.

De súbito, sentiu-se cansado. Já tinha trabalhado por quase um dia inteiro. Àquela hora, quando as pessoas comuns estavam acordando e se arrumando para ir trabalhar, ele queria voltar para a cama. Mas não podia. Iria aconselhar o presidente durante uma crise. Queria conduzir a China para uma abordagem conciliatória. Precisava estar alerta.

Mas poderia descansar por alguns minutos, então fechou os olhos. Deve ter cochilado, pois quando abriu os olhos o carro estava passando pelo Portão da Nova China e entrando no complexo de Zhongnanhai.

Na entrada do palácio Qinzheng, sede da presidência, o elegante chefe da segurança presidencial, Wang Qingli, supervisionava a operação de segurança. Ele cumprimentou Kai de forma amável. O detector de metais no saguão apitou para o barbeador no bolso de Kai e ele teve que deixá-lo com um segurança. Em compensação, seu nome estava na lista de pessoas que tinham permissão para permanecer com seu aparelho celular.

A Sala de Crise era um bunker subterrâneo à prova de bombas. Em um espaço que parecia um ginásio esportivo havia uma mesa de reuniões instalada sobre um palco, rodeada por cinquenta ou mais mesas, cada uma com várias telas. Além disso, havia telas gigantes em todas as paredes. Várias delas estavam mostrando o incêndio em Porto Sudão, onde ainda não havia amanhecido.

Kai pegou o celular e viu que o sinal estava bom. Ligou para o Guoanbu e falou com Peng Yawen:

– Pede a todo mundo para ir me enviando mensagens sobre os desdobramentos. Na atual situação, preciso saber de tudo em tempo real.

– Sim, senhor.

Ele cruzou a sala e subiu no palco central. Seu chefe, o ministro da Segurança, Fu Chuyu, já estava lá, conversando com o general Huang Ling, que trajava uniforme completo. Eles eram os líderes da velha guarda e acreditavam em atitudes ousadas e assertivas. Fu visivelmente deu as costas para Kai: estava com raiva por Kai ter ido sozinho falar com Wu Bai.

No entanto, o presidente Chen cumprimentou Kai afavelmente:

– Como vai, jovem Kai? Obrigado pelo seu relatório. Vocês devem ter trabalhado a noite toda.

– Trabalhamos, sim, senhor presidente.

– Bem, tenho certeza que você pode acabar caindo no sono enquanto eu estiver falando.

Era uma piada autodepreciativa, e concordar ou discordar seria igualmente indelicado, então Kai riu e não disse nada. Chen sempre tentava deixar as pessoas à vontade com gracejos, mas não era muito bom nisso.

Kai cumprimentou Wu Bai com um aceno de cabeça.

– Nossa segunda reunião hoje, senhor ministro, e ainda não são nem nove horas.

– A comida não vai ser tão boa nesta aqui – respondeu Wu. No centro da mesa, junto com as usuais garrafas d'água e bandejas de copos, havia travessas com *sachimas* e bolinhos de feijão-mungo que pareciam ser do dia anterior.

O pai de Kai, Chang Jianjun, foi recebido com um vigoroso aperto de mão do presidente Chen. Jianjun tinha ajudado a torná-lo presidente, mas desde então Chen havia decepcionado Jianjun e seus comparsas devido a sua cautela e moderação nas relações internacionais.

Jianjun sorriu para Kai, que baixou a cabeça em reverência, mas eles não se abraçaram: ambos achavam que demonstrações de afeto familiar pareciam pouco profissionais em ocasiões como aquela. Jianjun se sentou entre Huang Ling e Fu Chuyu, e todos acenderam um cigarro.

Assistentes e funcionários de menor escalão se sentaram a algumas das mesas na parte baixa, mas a maioria delas ficou vazia. Uma sala daquele tamanho provavelmente não ficaria cheia em nenhum evento que não fosse uma guerra.

O jovem ministro da Defesa Nacional, Kong Zhao, entrou, seu cabelo penteado com estilo, como sempre. Ele e Wu Bai se sentaram lado a lado, de frente para a velha guarda. As linhas de batalha estavam sendo traçadas, percebeu Kai, como tropas com espadas e mosquetes se enfrentando nas Guerras do Ópio.

O comandante da Marinha do Exército de Libertação Popular, o almirante Liu Hua, também fazia parte da velha guarda e, depois de cumprimentar o presidente, se sentou ao lado de Chang Jianjun.

Kai viu que a caneta-tinteiro Travers dourada do presidente Chen repousava sobre um bloco de notas com capa de couro em uma das cabeceiras da mesa oval. Kai se acomodou na outra cabeceira, longe do presidente, mas equidistante das duas facções rivais. Ele pertencia ao bloco liberal, mas fingia neutralidade.

O presidente se sentou. O momento de perigo estava se aproximando. Kai se lembrou do comentário de despedida de Wu duas horas antes: *O que devemos fazer é impedir que os guerreiros de ambos os lados transformem isso em um banho de sangue.*

Chen ergueu um documento que Kai percebeu ser o seu dossiê Abutre.

– Todos vocês leram este excelente e conciso relatório do Guoanbu. – Ele se virou para o ministro da Segurança. – Obrigado por isso, Fu. Você tem algo a acrescentar?

Fu não fez nenhuma questão de dizer que não tinha nada a ver com o dossiê Abutre nem que, inclusive, estava dormindo profundamente enquanto todo o trabalho era feito.

– Nada a acrescentar, senhor presidente.

– Nos últimos minutos – manifestou-se Kai – ouvimos uma coisa. Um boato, mas que é interessante.

Fu o fuzilou com os olhos. Kai havia demonstrado estar mais atualizado que ele em relação à crise. "Que sirva de lição para que ele nunca mais use minha esposa contra mim", pensou Kai com satisfação. Então teve um pensamento mais cauteloso: "Preciso ter cuidado, não posso perder a mão."

– Pessoas no Chade acreditam que o Exército Nacional roubou o drone dos americanos e o deu aos Jihadistas Salafistas do Sudão – prosseguiu – como forma de vingança por um atentado contra a vida do presidente. É possível que esse boato seja verdadeiro.

– Boato? – rosnou o general Huang. – Parece uma desculpa esfarrapada dos americanos. – Seu sotaque do norte estava especialmente áspero naquele dia. – Eles fizeram uma coisa criminosa e agora estão tentando fugir da responsabilidade.

– Pode ser – disse Kai. – No entanto...

– Eles fizeram a mesma coisa em 1999 – insistiu Huang –, quando a Otan bombardeou nossa embaixada em Belgrado. Fingiram que tinha sido um acidente, deram a desculpa ridícula de que a CIA tinha anotado errado o endereço da nossa embaixada!

A velha guarda ao redor da mesa assentia.

– Eles acham que a nossa vida não vale nada – afirmou o pai de Kai com raiva. – Matam uma centena de chineses sem pestanejar. São como os japoneses, que massacraram trezentos mil de nós em Nanquim em 1937. – Kai reprimiu um gemido. A geração paranoica de seu pai nunca parava de mencionar o Massacre de Nanquim. Jianjun continuou: – Mas a vida dos chineses é preciosa e devemos mostrar a eles que ninguém pode matar nossos cidadãos sem graves consequências.

"Até que ponto do passado vamos ter que voltar?", pensou Kai.

O ministro da Defesa, Kong Zhao, tentou trazê-los de volta ao século XXI.

– Os americanos estão claramente envergonhados – afirmou, afastando o cabelo dos olhos. – Seja o acidente algo planejado, mas que foi longe demais, ou algo que eles jamais tiveram a intenção de que ocorresse, o fato é que estão na defensiva e devemos pensar em como lucrar com isso. Podemos tirar alguma vantagem.

Kai sabia que Kong não diria aquilo se já não tivesse um plano.

O presidente Chen franziu a testa.

– Tirar vantagem? – perguntou. – Não vejo como.

Kong aproveitou a deixa:

– O dossiê do Guoanbu menciona que os filhos gêmeos do engenheiro-chefe foram mortos. Deve haver uma foto desses dois meninos em algum lugar. Tudo o que precisamos fazer é divulgar essa foto para a imprensa. Gêmeos são fofos. Garanto que a imagem vai aparecer nos noticiários de TV e nas primeiras páginas dos jornais do mundo todo: as crianças mortas pelo drone americano.

Isso era inteligente, pensou Kai. O valor da propaganda seria enorme. O texto que acompanharia a foto seria uma negação de responsabilidade por parte da Casa Branca, o que, como toda negação, sugeriria culpa.

Mas os homens ao redor da mesa não gostaram da ideia. Muitos deles eram velhos soldados.

O general Huang fez um muxoxo de desdém.

– Política internacional é uma luta por poder – disse ele –, não um concurso de popularidade. Você não ganha essa luta com fotos de crianças, por mais fofas que elas sejam.

Fu Chuyu se manifestou pela primeira vez:

– Precisamos retaliar. Qualquer coisa diferente disso será vista como fraqueza.

A maioria pareceu concordar com ele. Como Wu Bai tinha previsto, a retaliação era inevitável. O presidente Chen pareceu aceitar aquilo.

– Então a questão é como deve ser a nossa retaliação – disse.

Wu Bai tomou a palavra:

– Vamos nos lembrar da nossa filosofia chinesa. Nossa resposta deve equilibrar *yin* e *yang*. Devemos ser fortes, mas não imprudentes; controlados, mas sem demonstrar fraqueza. O verbo deve ser "retaliar", não "acirrar".

Kai conteve um sorriso: eram as palavras que ele tinha dito a Wu apenas algumas horas antes.

O pai de Kai estava um tanto beligerante.

– Devíamos afundar um navio da Marinha americana no mar da China Meridional – propôs. – Já devíamos ter feito isso, aliás. As convenções marítimas não nos obrigam a tolerar destróieres armados com mísseis ameaçando a nossa costa. Já repetimos exaustivamente que eles não têm o direito de estar lá.

O almirante Liu concordou. Filho de um pescador, tinha passado grande parte da vida no mar, e sua pele enrugada era da cor de velhas teclas de piano.

– Afundemos uma fragata em vez de um destróier – sugeriu. – Não queremos pesar a mão.

Kai quase riu. Destróier, fragata ou bote, os americanos iam ficar irados.

Mas seu pai concordou com Liu:

– Afundar uma fragata mataria quase o mesmo número de pessoas que o drone em Porto Sudão.

– Cerca de duzentas, uma fragata americana – informou o almirante Liu. – Mas fica ali na mesma ordem.

Kai mal podia acreditar que estavam falando sério. Eles não percebiam que aquilo acabaria em guerra? Como eram capazes de falar tão casualmente sobre começar o apocalipse?

Felizmente, Kai não foi a única pessoa a ter aquele pensamento.

– Não – disse o presidente Chen com firmeza. – Não vamos começar uma guerra com os Estados Unidos, nem mesmo depois de eles terem matado uma centena de pessoas do nosso povo.

Kai ficou aliviado, mas outros ficaram insatisfeitos. Fu Chuyu repetiu o que havia dito antes:

– Temos que retaliar, ou vamos parecer fracos.

– Quanto a isso estamos de acordo – disse Chen, impaciente, e Kai teve que reprimir um sorriso de satisfação com a humilhação de Fu. – A questão é como retaliar sem acirrar.

Houve um momento de silêncio. Kai se lembrou de uma discussão no Ministério das Relações Exteriores algumas semanas antes, quando o general Huang propôs afundar um petroleiro vietnamita no mar da China Meridional e Wu Bai recusou. Mas isso deu a Kai uma ideia:

– Podemos afundar o *Vu Trong Phung*.

Todos olharam para ele, a maioria sem saber do que ele estava falando.

Wu Bai explicou:

– Apresentamos um protesto ao governo do Vietnã contra um navio deles que estava fazendo prospecção de petróleo próximo às ilhas Xisha. Pensamos em afundar o navio, mas decidimos tentar a diplomacia primeiro, principalmente porque é provável que haja geólogos americanos a bordo.

– Eu me lembro disso – falou o presidente Chen. – Mas os vietnamitas responderam ao nosso protesto?

– Em parte. A embarcação se afastou das ilhas, mas está prospectando em uma área que também fica em nossa Zona Econômica Exclusiva.

Jianjun falou com um ar de frustração:

– É o jogo que eles jogam. Eles nos desafiam, recuam, depois nos desafiam de novo. É enlouquecedor. Somos uma superpotência!

O general Huang concordou:

– É hora de pararmos com isso.

– Imaginem o seguinte – retomou Kai. – Oficialmente, nosso afundamento do *Vu Trong Phung* não teria nada a ver com Porto Sudão. Mataríamos alguns americanos, mas isso seria um dano colateral. Não tem como sermos acusados de acirramento.

– É uma proposta sutil – disse o presidente Chen, pensativo.

"E muito menos provocadora do que afundar uma fragata da Marinha dos Estados Unidos", pensou Kai.

– Extraoficialmente, os americanos vão entender que foi uma retaliação pelo ataque do drone, mas ao mesmo tempo será uma retaliação em pequena escala. Duas ou três vidas americanas por mais de cem vidas chinesas – argumentou Kai.

– É uma resposta tímida – protestou Huang, mas sua oposição foi comedida: ele visivelmente já tinha percebido que o clima da reunião se encaminhava para um meio-termo.

O presidente Chen se voltou para o almirante Liu.

– Sabemos onde o *Vu Trong Phung* está neste momento?

– Claro, senhor presidente. – Liu pegou o celular e o pôs ao ouvido. – O *Vu Trong Phung*. – Todos ficaram olhando para ele. Depois de alguns instantes, ele disse: – O navio vietnamita recuou oitenta quilômetros para o sul, ainda dentro do nosso território. Está sendo rastreado pelo navio *Jiangnan*, da Marinha do Exército de Libertação Popular. Temos imagens captadas do nosso navio. – Olhou para a área abaixo do palco e perguntou em voz alta: – Qual de vocês é o técnico que está gerenciando as imagens nas telas gigantes? – Um jovem de cabelo espetado ficou de pé e levantou a mão. Liu falou com ele: – Pega o meu celular e fala com o meu pessoal. Joga as imagens do *Jiangnan* aqui nos telões.

O garoto de cabelo espetado ficou sentado em sua estação de trabalho com o celular de Liu entre o ombro e a mandíbula, falando "Sim... sim... Ok", seus dedos voando sem parar sobre o teclado.

– O *Jiangnan* é uma fragata multifuncional de quatro mil toneladas, cento e trinta e quatro metros de comprimento, tripulação de cento e sessenta e cinco pessoas e alcance de mais de oito mil milhas náuticas – informou Liu.

A imagem nos telões mostrava o convés cinzento de um navio, sua proa pontiaguda singrando a água. Era época das monções do nordeste, e o navio subia e descia vertiginosamente com as ondas, de modo que o horizonte subia e descia na tela, deixando Kai um pouco enjoado. Fora isso, a visibilidade era boa: um dia claro de sol forte.

– Essas imagens estão sendo captadas pelo *Jiangnan* – esclareceu Liu.

Um assessor lhe devolveu o celular.

– Dá para ver o navio vietnamita no horizonte, mas está a cinco ou seis quilômetros de distância – continuou o almirante.

Kai olhou para o telão e julgou ter visto uma mancha acinzentada no mar acinzentado, mas poderia ter sido apenas sua imaginação.

Liu falou ao celular:

– Sim, nos mostre as imagens de satélite.

Algumas telas passaram a mostrar uma vista aérea bem ampla. A pessoa que operava as telas deu zoom na imagem. Com alguma dificuldade, era possível discernir duas embarcações.

– O navio vietnamita é o que está na parte inferior da tela – disse Liu.

Kai olhou de volta para as imagens captadas pelo *Jiangnan*. Ele estava mais perto do alvo agora, e Kai conseguiu ver melhor o navio vietnamita. Tinha uma torre de perfuração a meia-nau.

– O *Vu Trong Phung* tem algum tipo de armamento? – perguntou ele.

– Nenhum visível – respondeu Liu.

Kai percebeu que eles estavam pensando em afundar um navio indefeso e sentiu um arrepio de culpa. Quantas pessoas morreriam afogadas naquele mar gelado? Tinha sido ideia dele, mas ele só queria evitar algo ainda pior.

– O *Jiangnan* está armado com mísseis de cruzeiro antinavio, guiados por radar ativo, cada um com uma ogiva de fragmentação de alto teor explosivo – disse Liu. Ele se virou para o presidente. – Devo ordenar que a tripulação se prepare para atirar?

Chen olhou ao redor da sala. Vários homens assentiram.

– Não é um pouco precipitado? – tentou Kong Zhao.

– Já se passaram mais de vinte e quatro horas desde que o drone matou cidadãos chineses – respondeu Chen. – Por que deveríamos esperar?

Kong deu de ombros.

– Acho que estamos todos de acordo – concluiu Chen com voz sombria.

Ninguém discordou.

– Preparar para atirar – disse Chen para Liu.

– Preparar para atirar – repetiu Liu ao celular.

A sala ficou em silêncio.

– Preparado para atirar, senhor presidente – informou Liu após uma pausa.

– Fogo – ordenou Chen.

– Fogo – repetiu Liu ao celular.

Todos estavam olhando para os telões

O míssil sobrevoou a proa do *Jiangnan*. Tinha seis metros de comprimento e deixava um rastro de fumaça branca e espessa. Ele se afastou do *Jiangnan* a uma velocidade surpreendente.

– Estamos recebendo imagens da câmera de bordo do míssil – avisou Liu. Instantes depois, uma nova imagem apareceu na tela. A velocidade do míssil sobre as ondas era vertiginosa. O navio vietnamita ficava maior a cada segundo.

Kai olhou de volta para as imagens captadas pelo *Jiangnan*. Um segundo depois, o míssil atingiu o *Vu Trong Phung*.

As telas ficaram pretas, mas apenas por um momento. Quando as imagens voltaram, Kai viu uma enorme labareda branca, amarela e vermelha serpentear do meio do navio. As chamas foram acompanhadas por uma fumaça preta e cinza e por uma chuva de destroços. Os sons vieram segundos depois, captados pelo microfone da câmera, primeiro um estrondo e depois um rugido de fogo. As chamas desapareceram conforme a fumaça crescia. Ela chegava a uma altura impressionante, assim como fragmentos do casco e da estrutura, enormes pedaços de aço voando como se fossem folhas em um vendaval.

Grande parte do navio ainda estava visível acima da água. O meio estava destruído e a torre de perfuração afundava lentamente, mas a proa e a popa pareciam intactas, e Kai achou que algumas das pessoas a bordo poderiam ter sobrevivido, pelo menos por enquanto. Haveria tempo para que elas pegassem coletes salva--vidas ou lançassem os botes antes que o navio afundasse?

– Dê ordens ao *Jiangnan* para resgatar os sobreviventes – disse o presidente Chen.

– Preparar para baixar os barcos de resgate – falou Liu ao celular.

Alguns segundos depois o navio chinês ganhou velocidade e começou a cortar as ondas.

– Sua velocidade máxima é de vinte e sete nós – informou Liu. – Ele vai chegar em cerca de cinco minutos.

Por um milagre, o *Vu Trong Phung* se manteve à tona. Estava afundando, mas bem devagar. Kai se perguntou o que teria feito se estivesse a bordo e sobrevivesse à explosão. Ele achou que o melhor caminho teria sido colocar um colete salva-vidas e abandonar o navio, fosse em um bote salva-vidas ou simplesmente pulando no mar. O navio afundaria mais cedo ou mais tarde, e quem ainda estivesse a bordo afundaria junto.

O *Jiangnan* manobrou e se aproximou do *Vu Trong Phung*, paralelo a ele mas a uma distância segura. Na superfície do mar, a câmera mostrou um bote e várias pessoas flutuando sobre as ondas. A maioria estava de colete salva-vidas, então era difícil saber se estavam vivas ou mortas.

Um minuto depois, apareceram três botes do *Jiangnan* para efetuar o resgate.

Kai olhou mais de perto para as cabeças das pessoas na água. Todas eram negras, ele viu, exceto uma, que tinha cabelos loiros e compridos.

# CAPÍTULO 25

A presidente Green estava andando de um lado para outro diante da mesa do Salão Oval, espumando de raiva.

– Não vou tolerar isso – disse. – O cabo Ackerman foi uma coisa, eram terroristas, por mais que estivessem usando armas chinesas. Mas isso? Isso é assassinato. Dois americanos morreram e um está no hospital porque os chineses simplesmente decidiram afundar um navio. Não posso deixar isso passar assim.

– Talvez seja necessário deixar – opinou Chester Jackson, o secretário de Estado.

– Eu tenho o dever de proteger vidas americanas. Se eu não for capaz de fazer isso, não sirvo para ser presidente.

– Nenhum presidente tem como proteger todo mundo.

A notícia do afundamento do *Vu Trong Phung* tinha acabado de chegar. Mas aquela já era a segunda crise do dia. Mais cedo tinha havido uma reunião na Sala de Crise sobre o drone usado no ataque a Porto Sudão. Pauline havia ordenado ao Departamento de Estado que assegurasse aos governos do Sudão e da China que não havia sido um ataque orquestrado pelos Estados Unidos. Os chineses se recusaram a acreditar. Assim como os russos, que tinham boas relações comerciais com o Sudão e lhe vendiam armas caras. O Kremlin emitiu um protesto efusivo.

Pauline havia chegado à conclusão de que o drone tinha "desaparecido" durante um exercício no Chade, mas isso era constrangedor demais para ser admitido publicamente, de modo que a assessoria de imprensa anunciou que as Forças Armadas estavam conduzindo uma investigação.

E agora aquilo. Pauline parou e se sentou na ponta da centenária mesa.

– Me conte o que nós já sabemos – pediu.

– Os três americanos a bordo do *Vu Trong Phung* – começou Chess – eram funcionários de corporações americanas emprestados à Petrovietnam, a petrolífera estatal, por intermédio de um programa do Departamento de Estado para ajudar países do Terceiro Mundo a explorar os próprios recursos naturais.

– Generosidade americana – comentou Pauline com raiva. – E olha o que a gente recebe em troca.

Chess não estava tão exaltado quanto ela.

– Nenhuma boa ação fica impune – afirmou ele com serenidade. Olhou para a folha de papel que tinha em mãos. – Presume-se que o professor Fred Phillips e o Dr. Hiran Sharma se afogaram; seus corpos não foram encontrados. Mas a Dra. Joan Lafayette foi resgatada. Disseram que ela foi levada ao hospital e está em observação.

– Por que os chineses fizeram isso, porra? O navio vietnamita não estava com nenhum armamento, não é?

– Pois é. Não conseguimos pensar em nenhuma justificativa imediata. Claro, os chineses não gostam que os vietnamitas façam prospecção de petróleo no mar da China Meridional e vêm protestando contra isso há anos. Mas não sabemos por que decidiram tomar uma atitude tão drástica agora.

– Vou perguntar ao presidente Chen. – Ela se virou para a chefe de gabinete. – Providencia essa ligação, por favor.

Jacqueline tirou o fone do gancho.

– A presidente gostaria de falar com o presidente Chen, da China – disse ela. – Agende para o mais rápido possível, por favor.

– Eu tenho um palpite sobre qual pode ser o motivo deles – disse Gus.

– Então fala – pediu Pauline.

– É uma retaliação.

– A quê?

– Porto Sudão.

– Ah, merda, eu não tinha pensado nisso. – Pauline bateu com a palma da mão na testa, num gesto que significa *Como pude ser tão idiota?* Olhou para Gus, pensando em quantas vezes ele tinha se mostrado a pessoa mais inteligente com quem ela podia contar.

– É possível – falou Chess. – Eles vão dizer que nunca tiveram a intenção de matar geólogos americanos, assim como estamos dizendo que nunca tivemos a intenção de que o nosso drone fosse usado para matar engenheiros chineses. Vamos argumentar que não é a mesma coisa, e eles vão dizer que o que vale para um vale para outro. Os países neutros vão dar de ombros e dizer que essas superpotências são todas iguais.

Aquilo era verdade, mas deixou Pauline irritada.

– Estamos falando de pessoas, não de números. Existem famílias chorando por elas.

– Eu sei. Como os mafiosos costumam perguntar, *che cosa farai*?

Pauline cerrou os punhos.

– Não sei o que eu vou fazer.

Ouviu-se um barulho vindo de sua estação de trabalho, indicando uma chamada de vídeo. Pauline se sentou à mesa, olhou para a tela e deu um clique no mouse. Chen apareceu na tela. Embora estivesse elegante como sempre em seu terno azul de costume, parecia cansado. Lá já era meia-noite, e ele provavelmente tinha tido um dia longo.

Mas ela não estava a fim de saber como ele estava.

– Senhor presidente, a ação da Marinha chinesa ao afundar o navio vietnamita *Vu Trong Phung...* – começou ela.

Para sua surpresa, ele a interrompeu sem nenhuma delicadeza, em voz alta, falando em inglês:

– Senhora presidente, eu condeno com toda a veemência as atividades criminosas perpetradas contra os americanos no mar da China Meridional.

Pauline ficou atônita.

– O *senhor* condena? Vocês acabaram de matar dois americanos!

– A legislação internacional não permite a prospecção de petróleo em águas chinesas. Não exploramos no golfo do México sem autorização; por que vocês não demonstram o mesmo respeito por nós?

– Explorar petróleo no mar da China Meridional não é um desrespeito.

– É um desrespeito à nossa legislação.

– Vocês não podem ajustar a legislação internacional para que ela se molde a seus interesses.

– Por que não? Foi o que as nações ocidentais fizeram durante séculos. Quando proibimos o ópio, os britânicos declararam guerra contra nós! – Chen deu um sorriso malicioso. – A questão é que agora o jogo virou.

– Isso é história antiga.

– E vocês podem achar melhor deixá-la para trás, mas nós, chineses, não esquecemos.

Pauline respirou fundo para tentar manter a calma.

– As atividades vietnamitas não eram criminosas, mas, mesmo que fossem, isso não justificaria o afundamento do navio e o assassinato das pessoas a bordo.

– O navio de prospecção ilegal se recusou a se render. A ação militar foi necessária. Alguns membros da tripulação foram presos. O navio sofreu danos e algumas das pessoas a bordo, lamentavelmente, morreram afogadas.

– Coisa nenhuma. Temos fotos de satélite. Vocês afundaram o navio com um míssil de cruzeiro disparado a cinco quilômetros de distância.

– Nós cumprimos a lei.

– Quando se descobre que pessoas fizeram algo supostamente ilegal, ninguém tem o direito de matá-las, não em um país civilizado.

– O que os policiais fazem quando um criminoso se recusa a se render nos *civilizados* Estados Unidos? Eles atiram, principalmente se a pessoa não for branca.

– Então, da próxima vez que flagrarem uma turista chinesa furtando meias na Macy's, você ficará felicíssimo se o segurança matá-la a tiros.

– Se for uma ladra, não vamos querer que ela volte à China.

Era uma conversa notável de se ter com um presidente chinês, e Pauline parou por um momento. Os políticos chineses sabiam ser polidamente agressivos; Chen parecia ter perdido a calma. Ela resolveu manter a própria.

– Não atiramos em ladrões de lojas, nem vocês – disse ela por fim. – Mas não afundamos navios desarmados, mesmo que eles violem nossas regras, e é inaceitável que vocês façam isso.

– Isso é um assunto interno chinês, no qual vocês não podem interferir.

Jacqueline Brody levantou uma folha de papel com as palavras: PERGUNTA SOBRE A DRA. LAFAYETTE.

– Talvez devêssemos falar sobre a sobrevivente americana, a Dra. Joan Lafayette – tentou Pauline. – Ela deve receber permissão de voltar para casa.

– Lamento que isso não seja possível neste momento – respondeu Chen. – Adeus, senhora presidente.

Para surpresa de Pauline, ele desligou. A tela ficou preta e o telefone, mudo.

Pauline se voltou para os outros.

– Eu estraguei tudo esplendorosamente, não foi?

– Sim – respondeu Gus. – Estragou.

• • •

Pauline deixou o Salão Oval e se dirigiu à residência oficial para se despedir da filha e do marido.

Pippa estava de partida para uma viagem escolar de três dias a Boston e ia passar duas noites em um hotel econômico. Os alunos fariam uma visita ao Museu Kennedy como parte das aulas de história. A viagem incluiria passeios por Harvard e pelo Massachusetts Institute of Technology, o MIT. Ex-alunos da Foggy Bottom Day School que agora eram estudantes universitários mostrariam a cidade para eles. Os pais dos alunos da Foggy Bottom gostavam muito das universidades de elite.

A escola pediu que dois pais fossem junto e atuassem como supervisores e inspetores, e Gerry se voluntariou. Ele e Pippa seriam acompanhados por uma

equipe do Serviço Secreto, como sempre. A escola estava habituada aos guarda-
-costas: vários alunos eram filhos de pais importantes.

Gerry fez uma mala pequena. Ele usaria o mesmo terno de tweed por três dias,
trocando apenas de camisa e cueca. Pippa tinha separado pelo menos duas mudas
de roupa por dia e precisou de duas malas, além de uma valise abarrotada. Pauline não falou nada sobre a bagagem. Ela não estava surpresa. Uma viagem escolar
era uma ocasião social empolgante, e todo mundo queria parecer descolado. Romances começariam e terminariam. Os rapazes levariam uma garrafa de vodca, o
que resultaria em pelo menos uma garota fazendo papel de boba. Alguém tentaria
fumar e ia acabar vomitando. Pauline só esperava que ninguém saísse de lá preso.

– Quantos adultos vão? – perguntou Pauline para Pippa enquanto a filha
levava as malas até o Hall Central.

– Quatro – respondeu Pippa. – O professor que eu mais detesto, o Sr. Newbegin,
junto com aquela esposa dele, que está indo como mãe voluntária, a convencida
da Sra. Judd e o papai.

Pauline deu uma olhada para Gerry, que estava ocupado colocando uma cinta
em volta de sua mala. Então ele ia passar duas noites em um hotel com a Sra.
Judd, sucintamente descrita por Pippa como "loira e baixinha, com um peitão".

– O que o marido da Sra. Judd faz? – perguntou Pauline usando um tom de voz
casual. – Professores costumam se casar com professores. Aposto que o Sr. Judd
também dá aula.

– Não faço ideia – respondeu Gerry sem olhar para Pauline.

– Acho que ela é divorciada – disse Pippa. – Ela não usa aliança, pelo menos.

"Que curioso, não?", pensou Pauline.

Será que era por isso que Gerry tinha mudado? Porque tinha se apaixonado
por outra pessoa? Ou seria o contrário? Será que ele tinha se cansado de Pauline
e só então se interessado por Amelia Judd? Provavelmente uma coisa havia alimentado a outra, sua desilusão com Pauline tinha feito despontar uma atração
cada vez maior por Judd.

Um encarregado da Casa Branca pegou as malas. Pauline deu um abraço em
Pippa e experimentou uma sensação de perda. Era a primeira vez que Pippa fazia
uma viagem que não fosse de férias em família. Em pouco tempo ela ia querer
passar o verão todo viajando de trem pela Europa com garotas da sua idade. Depois iria para a faculdade e ia morar em um alojamento; no segundo ano, ia querer dividir um apartamento fora do campus e, então, quanto tempo ia levar até
que fosse morar com um rapaz? Sua infância tinha passado rápido demais. Pauline
queria reviver aqueles anos e aproveitá-los melhor na segunda vez.

– Faça uma boa viagem e não se comporte mal – disse.

– Meu pai vai estar me vigiando – falou Pippa. – Enquanto os outros vão ficar jogando *strip poker* e cheirando cocaína, vou ter que tomar copos de leite e ler um livro chato do Scott Fitzgerald.

Pauline não pôde deixar de rir. Pippa podia dar dor de cabeça, mas também sabia ser engraçada.

Pauline foi até Gerry e inclinou o rosto para receber um beijo. Ele esfregou os lábios nos dela como se estivesse com pressa.

– Tchau – disse ele. – Mantenha o mundo seguro enquanto a gente estiver fora.

Eles saíram, e Pauline voltou para o quarto para ter mais alguns minutos de silêncio. Sentada à penteadeira, ela se perguntou se achava mesmo que Gerry estava tendo um caso. O velho e chato Gerry? Se estivesse, ela logo ia descobrir. Amantes sempre acham que estão sendo extremamente discretos, mas uma mulher atenta sempre consegue perceber os sinais.

Pauline nunca tinha visto a Sra. Judd, mas havia falado com ela pelo telefone e a achara inteligente e atenciosa. Era difícil acreditar que ela iria para a cama com o marido de outra mulher. Mas as pessoas faziam isso, claro, o tempo todo, milhões delas, todos os dias.

Houve uma batida na porta e ela ouviu a voz de Cyrus, o mordomo, um antigo membro da equipe doméstica da Casa Branca:

– Senhora presidente, o conselheiro de Segurança Nacional e o secretário de Estado estão aqui para o almoço.

– Estou indo.

Seus dois conselheiros mais importantes tinham passado as últimas duas horas tentando descobrir mais sobre as intenções dos chineses, e os três haviam combinado se encontrar no almoço para decidir o que fazer. Pauline se levantou da banqueta da penteadeira e cruzou o Hall Central em direção à Sala de Jantar.

Sentou-se diante de um ensopado cremoso de frutos do mar acompanhado de arroz.

– O que mais descobrimos? – perguntou ela.

– Os chineses não querem falar com os vietnamitas – informou Chess. – O ministro das Relações Exteriores vietnamita estava praticamente aos prantos ao me dizer que o Wu Bai não atendia as ligações dele. Os britânicos apresentaram uma resolução no Conselho de Segurança da ONU condenando o afundamento do *Vu Trong Phung* e os chineses estão furiosos, porque não houve nenhuma moção condenando o ataque do drone.

Pauline assentiu e olhou para Gus.

– A estação da CIA em Beijing tem uma relação ligeiramente amigável com Chang Kai, chefe do Guoanbu, o serviço de inteligência chinês – relatou ele.

– Já ouvi esse nome antes.

– Chang nos informou que a Dra. Joan Lafayette está bem e não precisa de cuidados médicos. Ela foi interrogada sobre o que estava fazendo no mar da China Meridional, respondeu com franqueza e, nas internas, eles admitem que não acham que ela seja nenhum tipo de espiã. Ela visivelmente sabe tudo sobre prospecção de petróleo e muito pouco sobre política internacional.

– Basicamente o que a gente esperava.

– Sim. Tudo isso é extraoficial, claro. Em público, o governo chinês pode muito bem dizer o contrário.

– Eles estão adotando uma postura agressiva – acrescentou Chess. – O Ministério das Relações Exteriores se recusa a discutir o retorno da Dra. Lafayette ou qualquer outra coisa relacionada a ela a menos que admitamos que o *Vu Trong Phung* estava envolvido em atividades ilegais.

– Bom, não podemos fazer isso, nem mesmo para resgatar uma cidadã americana – disse Pauline de forma categórica. – Estaríamos afirmando que o mar da China Meridional não se enquadra no quesito águas internacionais. Isso violaria todos os acordos marítimos existentes e prejudicaria nossos aliados.

– Precisamente. Mas os chineses não vão falar sobre a Dra. Lafayette até que a gente faça isso.

Pauline pousou o garfo.

– Eles nos colocaram contra a porra da parede, não foi?

– Sim, senhora.

– Opções?

– Podemos aumentar nossa presença no mar da China Meridional – sugeriu Chess. – Já realizamos FONOPs, as Operações de Liberdade de Navegação, com encouraçados cruzando as águas e com sobrevoos. Poderíamos simplesmente dobrar nossas FONOPs.

– O equivalente diplomático a um gorila batendo no peito e arrancando a vegetação – disse Pauline.

– Bom, sim.

– O que não nos levaria a lugar nenhum, embora possa fazer a gente se sentir melhor. Gus?

– Poderíamos deter um cidadão chinês aqui nos Estados Unidos. O FBI controla todos eles, e sempre tem algum infringindo a lei. Aí, então, poderíamos propor uma troca.

– É o que eles fariam em circunstâncias semelhantes, mas não faz o nosso estilo, não é?

Gus fez que não com a cabeça.

– E não queremos acirrar os ânimos. Se prendermos um cidadão chinês aqui, eles podem prender dois americanos na China.

– Mas temos que trazer a Dra. Joan Lafayette de volta.

– Peço perdão pelo pragmatismo, mas trazê-la de volta também aumentaria a sua popularidade.

– Não precisa pedir desculpas, Gus. Isso é uma democracia, o que significa que nunca podemos parar de pensar na opinião pública.

– E em se tratando de diplomacia internacional, a opinião pública gosta da abordagem "Vamos acabar com eles" na qual o James Moore acredita. O apelido Tímido Jim que você inventou não teve a mesma repercussão.

– Eu nunca deveria ter me rebaixado a ponto de inventar um apelido, isso não tem nada a ver comigo.

– Então parece que a pobre Joan Lafayette vai passar os próximos anos dela na China – disse Chess.

– Espera – rebateu Pauline. – Talvez a gente ainda não tenha pensado em todas as possibilidades.

Gus e Chess pareceram intrigados, evidentemente se perguntando em que ela estaria pensando.

– Não podemos fazer o que eles estão pedindo, mas eles sabem disso – afirmou ela. – Os chineses não são idiotas. São o oposto disso. Eles exigiram uma coisa que sabem que nós não podemos dar. Eles não esperam que a gente dê.

– Acho que isso é bastante plausível – disse Chess.

– Então o que eles querem de verdade?

– Eles estão querendo marcar posição – falou Chess.

– Só isso?

– Não sei.

– Gus?

– Podemos perguntar diretamente a eles.

– É uma possibilidade – disse Pauline, pensando em voz alta. – Eles não esperam que a gente apoie a reivindicação de que todo o mar da China Meridional pertence a eles, mas talvez queiram só nos amordaçar.

– Como assim? – perguntou Gus.

– Eles podem estar visando um meio-termo. Não vamos admitir que o *Vu Trong Phung* estivesse fazendo nada ilegal, mas ao mesmo tempo não vamos acusar o governo chinês de assassinato. Vamos simplesmente nos calar.

– Nosso consentimento silencioso em troca da liberdade de Joan Lafayette – resumiu Gus.

– Sim.

– Para mim é difícil engolir isso.

– Para mim também.

– Mas você vai fazer.

– Não sei. Vamos descobrir se o seu palpite está certo. Chess, pergunta ao embaixador chinês, em off, se Beijing está disposta a considerar um meio-termo.

– Ok.

– Gus, peça à CIA para perguntar ao Guoanbu o que os chineses realmente querem.

– Agora mesmo.

– Vamos ver o que eles falam – disse Pauline pegando o garfo novamente.

···

O palpite de Pauline estava certo. Os chineses ficaram satisfeitos com a promessa dela de não os acusar de assassinato. Não que se importassem com tal acusação. Eles queriam que ela se abstivesse de insinuar que eles não tinham soberania sobre o mar da China Meridional. Naquele conflito diplomático de longa data, o silêncio americano era uma vitória significativa.

Com o coração pesado, Pauline deu-lhes o que eles queriam.

Nada foi registrado por escrito. Mesmo assim, Pauline teria que manter sua promessa. Do contrário, os chineses prenderiam algum outro cidadão americano em Beijing e todo o drama recomeçaria.

No dia seguinte, Joan Lafayette foi colocada em um voo da China Eastern de Xangai para Nova York. Lá ela embarcou em um avião militar e foi interrogada a caminho da base aérea Andrews, perto de Washington, onde foi recebida por Pauline.

A Dra. Lafayette era uma mulher atlética de meia-idade, de óculos e cabelos loiros. Pauline ficou surpresa ao vê-la maquiada e vestida de maneira impecável depois de quinze horas de voo. Os chineses lhe tinham dado roupas novas e elegantes e uma suíte de primeira classe no avião, ela explicou. Isso tinha sido inteligente da parte deles, pensou Pauline, pois agora a Dra. Lafayette dava poucos sinais de ter sofrido nas mãos deles.

Pauline e a Dra. Lafayette fizeram uma sessão de fotos em uma sala de conferências lotada de equipes de televisão e fotógrafos. Tendo feito um desagradável sacrifício diplomático, Pauline estava ansiosa para receber o crédito da imprensa por ter trazido uma prisioneira de volta para casa. Ela precisava de uma cobertura positiva: os apoiadores de James Moore a atacavam todos os dias nas redes sociais.

O cônsul americano em Xangai explicou à Dra. Lafayette que haveria menos probabilidade de a imprensa americana persegui-la e assediá-la se ela lhes desse as fotos que eles queriam assim que pousasse, e ela concordou em fazer isso, agradecida.

Sandip Chakraborty tinha anunciado com antecedência que elas posariam para fotos mas não responderiam a perguntas, portanto não havia microfones. Elas apertaram as mãos e sorriram para as câmeras, e então a Dra. Lafayette abraçou Pauline de forma impulsiva.

Quando elas estavam de saída, um jornalista independente que estava tirando fotos com o celular gritou:

– Qual a sua política em relação ao mar da China Meridional agora, senhora presidente?

Pauline tinha previsto essa pergunta e debatido a resposta com Chess e Gus, e eles chegaram a uma que não quebraria sua promessa aos chineses. Ela manteve o rosto impassível e inexpressivo ao dizer:

– Os Estados Unidos continuam a apoiar a posição da ONU sobre a liberdade de navegação.

Ele tentou mais uma vez quando Pauline chegou à porta:

– A senhora acha que o afundamento do *Vu Trong Phung* foi uma retaliação ao bombardeio em Porto Sudão?

Pauline não respondeu, mas assim que a porta se fechou a Dra. Lafayette disse:

– Como assim Sudão?

– Você não deve ter visto os noticiários – comentou Pauline. – Um ataque de drone em Porto Sudão deixou cem chineses mortos, engenheiros que estavam trabalhando na construção de um novo cais e alguns familiares deles. Os responsáveis eram terroristas, mas por alguma razão tinham conseguido um drone da nossa Força Aérea.

– E os chineses culparam os Estados Unidos por isso?

– Eles disseram que nós não deveríamos ter permitido que o nosso drone caísse nas mãos de terroristas.

– Foi por isso que eles mataram o Fred e o Hiran?

– Eles negam.

– Que crueldade!

– Devem achar que tirar a vida de dois americanos em troca de cento e três vidas chinesas foi uma resposta comedida.

– É assim que as pessoas pensam sobre esse tipo de coisa?

Pauline decidiu que já havia sido franca demais.

– Eu não penso assim, nem ninguém da minha equipe. Para mim, uma única vida americana já é muito preciosa.

– E foi por isso que você me trouxe para casa. Nunca vou conseguir agradecer à altura.

Pauline deu um sorriso.

– Esse é o meu trabalho.

...

Naquela noite, ela assistiu ao noticiário com Gus no antigo Salão de Beleza da residência oficial. Joan Lafayette tinha encabeçado a pauta, e as fotos dela com Pauline no Museu Kennedy haviam ficado ótimas. Mas a segunda matéria de maior destaque foi uma entrevista coletiva concedida por James Moore.

– Ele está determinado a te ofuscar – disse Gus.

– Eu fico me perguntando o que é que ele tem.

Moore não usava púlpitos: não combinavam com seu estilo. Em vez disso, sentou-se em um banco alto diante de um aglomerado de repórteres e câmeras.

– Fui dar uma olhada em quem dá dinheiro à presidente Green – disse ele. Seu tom era íntimo, informal. – O maior comitê de ação política dela é comandado por um cara que é dono de uma empresa chamada As If.

Era verdade. As If era um aplicativo extremamente popular entre os adolescentes do mundo todo. Seu fundador, Bahman Stephen McBride, era iraniano-americano, neto de imigrantes e um dos maiores arrecadadores de fundos para a campanha de reeleição de Pauline.

– E assim fiquei tentando entender por que nossa senhora presidente é meio mansa com a China – continuou Moore. – Eles assassinaram dois cidadãos americanos e quase mataram um terceiro, mas Pauline Green não engrossou a voz com eles. Então eu me perguntei: será que eles têm algum tipo de controle sobre ela?

– Aonde raios ele quer chegar com isso? – perguntou Pauline.

– Acontece que parte da As If é propriedade da China – informou Moore. – Não é interessante?

– Você pode confirmar isso? – pediu Pauline a Gus.

Ele já tinha pegado o celular.

– Checando agora mesmo.

– O Shanghai Data Group é uma das maiores corporações chinesas – falou Moore. – Claro, eles fingem que são uma empresa independente, mas a gente sabe que todas as empresas chinesas recebem ordens do todo-poderoso presidente Chen.

– O Shanghai Data tem uma participação de 2% na As If e nenhum integrante no conselho – informou Gus.

– Dois por cento! Só isso?

– O Moore não falou em números, não é?

– Não, e não vai falar. Isso estragaria a difamação dele.

– A maioria dos apoiadores dele não faz ideia de como funciona o mercado de ações. Muitos vão acreditar que você está no bolso do Chen.

Cyrus, o mordomo, enfiou a cabeça grisalha pela porta e disse:

– Senhora presidente, o jantar está pronto.

– Obrigada, Cy. – Num impulso, ela disse a Gus: – Que tal continuar essa discussão durante o jantar?

– Não tenho nenhum compromisso.

Ela se virou para o mordomo.

– Temos o suficiente para dois?

– Acredito que sim – respondeu ele. – A senhora pediu omelete e salada, e tenho certeza de que temos mais ovos e mais alface.

– Ótimo. Abre uma garrafa de vinho branco para o Sr. Blake.

– Sim, senhora.

Eles se dirigiram à Sala de Jantar e se sentaram frente a frente à mesa redonda.

– Podemos soltar um comunicado discreto amanhã cedo esclarecendo a participação do Shanghai Data – sugeriu Pauline.

– Vou falar com o Sandip.

– O que quer que ele escreva deve ser confirmado com o McBride antes.

– Ok.

– Isso vai passar rápido.

– Concordo, mas aí ele vai inventar outra coisa. O que precisamos é de uma estratégia para apresentar você como a talentosa solucionadora de problemas que entende das questões, em contraste com o fanfarrão que só fala o que acha que as pessoas querem ouvir.

– Essa é uma boa forma de enxergar as coisas.

Eles debateram algumas ideias durante o jantar, depois foram para a Sala de Estar Leste. Cyrus lhes levou o café e informou:

– A equipe doméstica vai se retirar agora, senhora presidente, se estiver tudo bem para a senhora.

– Claro, Cy, obrigada.

– Se precisar de alguma coisa mais tarde, basta ligar para mim.

– Muito obrigada.

Depois que Cyrus saiu, Gus se sentou ao lado de Pauline no sofá.

Eles estavam sozinhos. A equipe não voltaria a menos que fosse chamada. No andar de baixo ficavam o destacamento do Serviço Secreto e o capitão do Exército com a "bola de futebol atômica". Essas pessoas não subiriam a menos que houvesse uma emergência.

O pensamento louco que ocorreu a Pauline foi de que ela poderia levá-lo para a cama agora que ninguém ficaria sabendo.

"É uma coisa boa que não vai acontecer nunca", pensou ela.

Ele olhou para ela e franziu a testa.

– O que foi? – perguntou ele.

– Gus... – disse ela.

O telefone dela tocou.

– Não atende – pediu Gus.

– Uma presidente precisa atender.

– Claro. Perdão.

Ela se afastou e atendeu a ligação. Era Gerry.

Pauline se esforçou para sair do clima em que estava.

– Oi, como está indo a viagem? – Ela estava de pé, de costas para Gus e a alguns passos de distância.

– Muito bem – respondeu Gerry. – Ninguém hospitalizado, ninguém preso, ninguém sequestrado. A trinca perfeita.

– Fico muito feliz. A Pippa está gostando?

– Ela está se divertindo bastante.

Gerry parecia animado. Ele também estava se divertindo, pensou Pauline.

– Ela gostou mais de Harvard ou do MIT?

– Eu diria que ela teria problemas para escolher. Amou as duas.

– Então é melhor ela focar nas notas. Como estão os outros supervisores?

– O Sr. e a Sra. Newbegin adoram reclamar. Nada nunca está de acordo com o padrão que esperam. Mas Amelia é uma boa companhia.

"Aposto que é", pensou Pauline amargamente.

– Você está bem? – perguntou Gerry.

– Claro, por quê?

– Ah, não sei, você está parecendo... tensa. Imagino que esteja mesmo... com essa crise.

– Sempre tem uma crise. Meu trabalho é estressante. Mas vou dormir cedo hoje.

– Nesse caso, durma bem.

– Você também. Boa noite.

– Boa noite.

Ela desligou, sentindo-se estranhamente sem fôlego.

– Nossa – disse, se virando. – Isso foi esquisito.

Mas Gus já tinha ido embora.

...

Sandip ligou para Pauline às seis da manhã. Ela presumiu que ele queria falar sobre o Shanghai Data, mas estava errada.

– A Dra. Lafayette deu uma entrevista para um jornal local de Nova Jersey – disse ele. – Aparentemente, o editor é primo dela.

– O que ela disse?

– Que você falou que duas vidas americanas em troca de cento e três vidas chinesas era um bom negócio.

– Mas eu falei…

– Eu sei o que você falou, eu estava lá, ouvi a conversa. Você estava fazendo especulações sobre como o governo comunista chinês estaria enxergando a questão.

– Exato.

– O jornal ficou muito orgulhoso por essa exclusiva e está promovendo a edição dessa semana nas redes sociais. Infelizmente, o pessoal do James Moore já viu.

– Ah, merda.

– Ele tuitou: "Então Pauline acha que o assassinato de dois americanos pela China é uma pechincha. Eu não acho."

– Que babaca.

– Meu comunicado à imprensa começa com "Jornais de cidades pequenas às vezes cometem erros, mas um candidato à presidência deveria ter mais critério".

– Bom começo.

– Quer ouvir o resto?

– Não vou aguentar. Pode soltar.

Pauline assistiu ao noticiário enquanto tomava a primeira xícara de café do dia. Eles ainda estavam mostrando as imagens da chegada de Joan Lafayette ao Museu Kennedy, mas a história da "barganha" de James Moore vinha logo a seguir, tirando o brilho do triunfo de Pauline.

Sua cabeça não parava de voltar à noite anterior. Sentiu um arrepio ao se lembrar de ter pensado que ninguém ficaria sabendo se ela levasse Gus para a cama. Seria impossível manter um caso como aquele em segredo na Casa Branca. Porque Gus teria que ir embora no meio da noite, atravessar os corredores e as passarelas até o carro e cruzar o portão, e certamente seria visto por meia dúzia de seguranças e agentes do Serviço Secreto, sem falar no pessoal da limpeza e da manutenção, e todos eles ficariam se perguntando com quem ele havia estado e o que estava fazendo ali tão tarde da noite.

Mesmo a saída dele às nove da noite devia ter levantado algumas suspeitas entre as pessoas que sabiam que Gerry e Pippa estavam viajando.

Ela afastou aquilo da cabeça e se concentrou em manter a segurança do país.

Passou a manhã em reuniões com sua chefe de gabinete, o secretário do Tesouro, o chefe do Estado-Maior e o líder da maioria na Câmara. Depois fez um discurso para proprietários de pequenos negócios em um almoço para arrecadação de fundos e, como de costume, saiu antes que a refeição fosse servida.

Seu almoço foi um sanduíche com Chester Jackson. Ele contou a ela que o governo do Vietnã havia anunciado que todos os navios de exploração de petróleo passariam a ser escoltados por navios da Marinha do Povo Vietnamita equipados com mísseis antinavio de fabricação russa e orientados a responder a qualquer ataque.

Chess também relatou que o Líder Supremo da Coreia do Norte estava alegando que a paz havia sido restaurada após os problemas fomentados pelos americanos nas bases militares. No entanto, segundo Chess, a verdade é que os rebeldes ainda controlavam metade do Exército e todo o arsenal nuclear. Ele achava que a paz aparente era uma ilusão temporária.

À tarde, Pauline tirou fotos com um grupo de alunos de uma escola de Chicago em visita à Casa Branca e teve uma reunião com o procurador-geral para falar sobre o crime organizado.

No final da tarde, ela se inteirou dos acontecimentos do dia com Gus e Sandip. A acusação feita por James Moore tinha tomado conta das redes sociais. Todos os trolls de internet estavam dizendo que Pauline achava que a morte de dois americanos era uma pechincha.

Uma nova pesquisa de opinião mostrava que Pauline e Moore estavam agora empatados em popularidade. Isso fez Pauline querer desistir de tudo.

Lizzie lhe avisou que Gerry e Pippa tinham chegado de viagem e ela foi até a residência oficial para recebê-los. Eles estavam no Hall Central, desfazendo as malas com a ajuda de Cyrus.

Pippa tinha muitas coisas para contar à mãe. As fotos do presidente Kennedy e Jackie em Dallas a fizeram chorar. Um dos rapazes de Harvard tinha convidado Lindy Faber para sair com ele nas férias de Natal. Wendy Bonita havia vomitado duas vezes no ônibus. A Sra. Newbegin tinha sido chata demais.

– E como foi com a Sra. Judd? – perguntou Pauline.

– Não tão ruim quanto eu esperava – disse Pippa. – Ela e o papai foram ótimos, na verdade.

Pauline olhou para Gerry. Ele parecia feliz.

– Você também se divertiu? – perguntou a Gerry usando seu tom de voz casual.

– Sim. – Gerry estendeu uma sacola de roupa suja para Cyrus. – As crianças se comportaram bem, para minha surpresa.

– E a Sra. Judd?

– Eu me dei bem com ela.

Ele estava mentindo, percebeu Pauline. Sua voz, sua postura e seu olhar entregavam tudo apenas por se mostrarem um pouquinho antinaturais. Ele tinha dormido com Amelia Judd em um hotel barato de Boston, o mesmo hotel onde a filha estava. Por mais que Pauline já viesse se questionando sobre aquela possibilidade, ficou chocada com a súbita constatação de que sua intuição estava correta. Ela sentiu um calafrio. Gerry olhou para ela com curiosidade.

– Senti uma corrente de ar frio – comentou ela. – Talvez alguém tenha deixado uma janela aberta.

– Não reparei – disse ele.

Por algum motivo, Pauline não queria que Gerry percebesse o que ela havia descoberto.

– Então você se divertiu – falou ela alegremente.

– Sem dúvida.

– Fico muito feliz.

Gerry levou sua mala para o Quarto Principal. Pauline se ajoelhou no piso de madeira e começou a ajudar Pippa com as roupas, mas sua cabeça estava em outro lugar. O caso de Gerry com a Sra. Judd poderia ter sido uma coisa passageira, de apenas uma noite. Mesmo assim, ela ficou se perguntando se a culpa não seria dela. Ela vinha dormindo no Quarto Lincoln com mais frequência. Será que havia se tornado indiferente ao sexo? Mas o próprio Gerry nunca tinha sido muito exigente. Com certeza não era essa a questão.

Cy apareceu com um batom na mão.

– Isto estava junto com a roupa suja do primeiro-cavalheiro – informou. – Deve ter caído ali de alguma forma. – Ele estendeu o batom para Pippa.

– Eu não uso essas coisas – disse Pippa.

Pauline olhou para o pequeno cilindro dourado como se fosse uma arma.

Era uma cor que ela não usava, de uma marca que ela não consumia.

Depois de um momento, ela se recompôs. Pippa não deveria suspeitar de nada. Ela pegou o batom da mão estendida de Cyrus.

– Ah, obrigada.

E rapidamente o colocou no bolso de seu blazer.

# CAPÍTULO 26

Os homens não viviam muito tempo no campo de mineração. As mulheres duravam mais, já que não precisavam trabalhar no poço, mas a cada poucos dias morria um homem. Alguns simplesmente caíam onde estavam, vítimas do calor e do trabalho árduo. Outros eram mortos a tiro por desobedecerem às regras. Ocorriam também acidentes: uma pedra que caía sobre um pé calçado apenas com uma sandália, uma marreta que escorregava de uma mão suada, uma lasca afiada que voava pelos ares e cortava a carne. Duas das mulheres tinham, por acaso, alguma experiência em enfermagem, mas não havia medicamentos nem ataduras, nem sequer um mísero Band-Aid, e qualquer coisa maior que um pequeno ferimento poderia ser fatal.

Um homem morto permaneceria onde estava até o fim da jornada de trabalho, quando a retroescavadeira seria deslocada para uma área de chão de cascalho para cavar uma cova, ao lado de muitas outras. Restava aos colegas de trabalho do sujeito realizar quaisquer ritos fúnebres. Isso se quisessem, porque, se não, o túmulo ficava sem identificação e o homem, esquecido.

Os guardas não demonstravam nenhuma preocupação. Abdul presumiu que eles já sabiam que em breve chegariam mais pessoas para substituir os mortos.

Ele precisava fugir dali. Caso contrário, iria acabar naquele mesmo cemitério.

Vinte e quatro horas após sua chegada Abdul tinha se convencido de que a mina era administrada pelo Estado Islâmico. Obviamente não era licenciada, mas nem por isso era informal. As pessoas que gerenciavam o local eram escravizadores e assassinos, mas também altamente competentes. Havia apenas uma organização criminosa no Norte da África capaz de ter tal grau de planejamento: o EIGS.

Abdul estava desesperado para fugir dali, mas tinha passado vários dias coletando informações cruciais. Ele calculou o número de jihadistas que viviam no complexo, contabilizou quantos fuzis havia e fez uma estimativa dos demais armamentos que eles possuíam. Ele achava que os veículos encobertos no complexo poderiam ser lança-mísseis.

Discretamente, tirou fotos com o celular, não o aparelho barato em seu bolso, mas o dispositivo sofisticado escondido no solado de sua bota, que ainda tinha bateria. Ele anotou todos os números em um documento que estava pronto para ser enviado a Tamara assim que chegasse a um local com sinal.

Abdul passava bastante tempo pensando em como escapar.

Sua primeira decisão tinha sido não levar Kiah e Naji consigo. Eles iriam atrasá-lo, o que poderia ser fatal. Já seria difícil sozinho. E, caso fosse pego, seria morto, assim como eles. Era melhor que ficassem ali, aguardando a equipe de resgate que Tamara enviaria assim que recebesse sua mensagem.

Seu anseio pela própria liberdade era apenas parte do que o movia. Ele também contava as horas para acabar com aquele lugar amaldiçoado, para ver os guardas serem presos, as armas confiscadas e as construções postas abaixo, até que o complexo inteiro voltasse a ser um deserto árido.

Por diversas vezes pensou em simplesmente ir embora, e por diversas vezes rejeitou a ideia. Ele poderia se orientar pelo sol e pelas estrelas, depois seguir para o norte e evitar o perigo de andar em círculos, mas não sabia onde ficava o oásis mais próximo. A viagem no ônibus de Hakim lhe havia ensinado que às vezes já era difícil simplesmente enxergar a estrada. Ele não tinha um mapa, e provavelmente não havia nenhum que mostrasse as pequenas aldeias que salvavam a vida das pessoas que viajavam a pé ou de camelo. Além disso, estaria carregando um pesado vasilhame com água debaixo do sol do deserto. As chances de sobrevivência eram muito pequenas.

Ele estudou os veículos que entravam e saíam do acampamento. Essa tarefa não era fácil, visto que ele trabalhava no poço doze horas por dia todos os dias, e os guardas notariam qualquer coisa que passasse de um olhar rápido em direção aos veículos. Mas ele conseguiu identificar aqueles que iam e vinham regularmente. Os carros-pipa traziam água e gasolina, os caminhões frigoríficos traziam mantimentos para a cozinha, as caminhonetes levavam o ouro, sempre acompanhadas por dois guardas armados de fuzis, e voltavam com itens variados: cobertores, sabonetes, gás para os fogões da cozinha.

Às vezes, ao final da tarde, ele conseguia ver os veículos sendo revistados antes de partir. Os guardas não poupavam tempo, reparou. Eles olhavam dentro dos tanques vazios dos carros-pipa e por debaixo das lonas. Conferiam embaixo dos assentos. Olhavam por baixo dos veículos, para ver se havia alguém agarrado à parte inferior da carroceria. Um homem que foi pego escondido em um caminhão frigorífico foi espancado com tanta violência que morreu no dia seguinte.

Eles sabiam que um fugitivo poderia provocar a destruição do acampamento inteiro – exatamente o que Abdul pretendia fazer.

Como veículo de fuga, Abdul tinha escolhido o carro dos doces. Um empreendedor chamado Yakub possuía um pequeno negócio que ia de oásis em oásis vendendo itens que os habitantes não tinham como preparar sozinhos nem comprar em qualquer lugar em um raio de cento e sessenta quilômetros. Ele vendia os doces árabes mais populares, pirulitos em formato de pé e um chocolate macio que vinha em um tubo como os de pasta de dentes. Ele vendia histórias em quadrinhos com super-heróis muçulmanos: Homem do Destino, Escorpião Prateado e Buraaq. Havia cigarros Cleopatra, canetas Bic, pilhas e analgésicos. Suas mercadorias eram mantidas na traseira de sua picape velha, em caixas de aço que ficavam sempre trancadas, exceto quando ele estava vendendo. Vendia principalmente para os guardas, pois a maioria dos trabalhadores tinha pouco ou nenhum dinheiro. Cobrava pouco pelos produtos, e seu lucro devia ser medido em centavos.

O carro dos doces era revistado antes de partir com o mesmo escrutínio que os demais veículos, mas Abdul havia pensado em uma forma de evitar a revista.

Yakub aparecia sempre no sábado à tarde e ia embora no começo da manhã de domingo. Aquele dia era domingo.

Abdul deixou o acampamento ao amanhecer, antes de o café da manhã ser servido, sem falar com Kiah. Ela ficaria apavorada quando percebesse que ele havia partido, mas ele não podia correr o risco de avisá-la. Não levou nada além de uma grande garrafa de plástico com água. Faltava cerca de uma hora até que os homens começassem a trabalhar no poço, e pouco depois disso alguém daria pela falta dele.

Ele esperava que Yakub não decidisse sair mais tarde que o normal naquele dia.

Abdul tinha percorrido poucos metros quando ouviu uma voz dizer:

– Ei, você! Vem aqui.

Ele notou o leve sibilo e percebeu que quem falava era Mohammed, que não tinha os dentes da frente. Resmungou baixinho e se virou.

– O que foi?

– Aonde você está indo?

– Cagar.

– Por que você precisa de uma garrafa d'água?

– Para lavar as mãos.

Mohammed deu um grunhido e se afastou.

Abdul seguiu na direção da latrina masculina, mas assim que saiu de vista mudou de rumo. Seguiu a estrada até chegar a um cruzamento que dificilmente seria visível se não estivesse marcado por uma pilha de pedras. Olhando mais de perto, dava para ver uma trilha que seguia reto, a trilha pela qual o ônibus de Hakim havia chegado; ela se estendia por todo o caminho até a fronteira com o Chade. Abdul conseguiu discernir uma segunda trilha, à esquerda, que seguia para o norte, pela Líbia. Ele sabia, de seu estudo dos mapas, que ela deveria conduzir a uma estrada pavimentada que levaria até Trípoli. Havia poucas aldeias a leste, e Abdul tinha quase certeza de que Yakub pegaria o caminho no sentido norte.

Abdul seguiu por essa direção, procurando por elevações no terreno. A picape de Yakub seria ainda mais lenta quando estivesse em uma subida. O plano de Abdul era correr atrás dela enquanto estivesse a uma velocidade bem baixa e pular na caçamba. Em seguida, ele cobriria a cabeça com seu lenço e se acomodaria para fazer uma viagem longa e desconfortável.

Se Yakub olhasse para o retrovisor bem na hora, parasse a picape e fosse confrontar Abdul, este lhe daria duas opções: cem dólares para levá-lo até o oásis mais próximo ou a morte. Mas não havia muitos motivos para olhar para o espelho retrovisor quando se estava dirigindo pelo deserto.

Abdul chegou à primeira colina a alguns quilômetros de distância do acampamento. Perto do topo achou um local onde dava para se esconder. O sol ainda estava baixo, no leste, e ele conseguiu encontrar uma sombra atrás de uma rocha. Bebeu um pouco de água e se acomodou para esperar.

Ele não sabia para onde Yakub estava indo, então não podia planejar com exatidão o que faria ao chegar, mas analisou as possibilidades enquanto esperava. Tentaria pular da picape assim que o destino aparecesse ao longe, para entrar na aldeia como se não tivesse nenhuma ligação com Yakub. Precisaria contar uma história para se explicar. Podia dizer que estava com um grupo que tinha sido atacado por jihadistas e que havia sido o único a escapar; que estava viajando sozinho em um camelo que caíra morto; ou que era um garimpeiro cujas motocicleta e ferramentas tinham sido roubadas. Ninguém ia reparar em seu sotaque libanês: os habitantes do deserto falavam as próprias línguas tribais e aqueles que tinham o árabe como segunda língua não sabiam distinguir os sotaques. Ele então abordaria Yakub e imploraria por uma carona. Como nunca havia comprado nada do homem nem mesmo falado com ele, Abdul estava confiante de que não seria reconhecido.

Por volta de meio-dia os jihadistas mandariam grupos de busca, um no sentido leste, em direção ao Chade, outro na direção norte. Ele já teria se distanciado bastante, mas para se manter longe precisaria de um carro. Compraria um assim que tivesse oportunidade, e então estaria sujeito a ter um pneu furado ou a falhas mecânicas.

Muitas coisas poderiam dar errado.

Ele ouviu um barulho de carro e se levantou para olhar, mas era um Toyota novinho com um motor que parecia saudável, então definitivamente não era o calhambeque de Yakub. Abdul se afundou de volta na areia e apertou mais a túnica marrom-acinzentada ao redor do corpo. Depois que o Toyota passou ele viu dois guardas sentados na caçamba, ambos portando fuzis. "Devem estar acompanhando o ouro", deduziu.

Por pura curiosidade, perguntou-se para onde o ouro seria levado. Deveria haver um intermediário, pensou ele, talvez em Trípoli. Alguém que transformava o ouro em dinheiro e o depositava em contas bancárias que o EIGS poderia usar para comprar armas, carros ou qualquer outra coisa de que precisassem para seus planos delirantes de dominar o mundo. "Eu queria saber o nome e o endereço desse cara", pensou Abdul. "Eu contaria para ele sobre a origem desse dinheiro. Depois ia arrancar a porra da cabeça dele fora."

...

Enquanto Kiah dava banho em Naji, uma tarefa que ela executava de forma automática, ela estava tendo, em sua cabeça, uma discussão com o fantasma de sua mãe, a quem ela chamava de Umi.

"Para onde foi aquele belo forasteiro?", perguntou Umi.

"Ele não é forasteiro, é árabe", respondeu Kiah, irritada.

"Que tipo de árabe?"

"Libanês."

"Bem, pelo menos ele é cristão."

"E eu não faço ideia de onde ele está."

"Talvez ele tenha fugido e deixado você para trás."

"Você deve ter razão, Umi."

"Você está apaixonada por ele?"

"Não. E ele com certeza não está apaixonado por mim."

Umi colocou as mãos na cintura, em um gesto típico de afronta. Na imaginação de Kiah, Umi estava preparando pão e agora tinha deixado impressões digitais de farinha em seu vestido preto, assim como fazia antes de se tornar um fantasma.

"Então me responde: por que ele é tão bonzinho com você?", perguntou Umi em tom desafiador.

"Ele é bem frio e hostil às vezes."

"É mesmo? Ele está sendo frio e hostil quando protege você dos agressores e conta histórias para o seu filho?"

"Ele é gentil. E forte."

"Ele parece amar o Naji."

Delicadamente, Kiah secou a pele úmida de Naji com um trapo.

"Todo mundo ama o Naji."

"O Abdul é um católico árabe com muito dinheiro, o tipo de homem com quem você deveria se casar."

"Ele não quer casar comigo."

"Rá! Então você já pensou sobre isso."

"Ele vem de um mundo diferente. E agora provavelmente voltou para lá."

"Para que mundo ele voltou?"

"Não sei direito. Mas não acredito que ele seja mesmo um vendedor de cigarros baratos."

"O que ele é, então?"

"Acho que ele pode ser algum tipo de policial."

Umi fez um muxoxo de desdém.

"Os policiais não protegem ninguém dos agressores. Eles são os agressores."

"Você tem resposta pra tudo."

"Você também vai ter quando tiver a minha idade."

...

Depois de cerca de uma hora, Abdul avistou a picape de Yakub. Ela subiu a encosta com dificuldade, cada vez mais lenta, deixando um rastro de poeira. A poeira ajudaria a encobrir Abdul quando pulasse na parte de trás.

Ele ficou imóvel, esperando o momento certo.

Viu o rosto de Yakub pelo para-brisa, os olhos focados na trilha. Quando o veículo passou pelo local onde Abdul estava escondido e a nuvem de poeira se espalhou e o envolveu, ele se levantou em um pulo.

Então Abdul ouviu o barulho de outro veículo.

Ele praguejou.

Percebeu pelo ruído do motor que o segundo veículo era mais novo e mais potente, provavelmente um dos SUVs Mercedes pretos que tinha visto no estacionamento. O carro estava avançando com velocidade, e o motorista com certeza pretendia ultrapassar Yakub.

Abdul não podia correr o risco de se expor. Talvez a poeira o escondesse, talvez não, e se ele fosse visto sua tentativa de fuga seria um fracasso e sua vida estaria acabada.

Ele se afundou de volta no chão, cobriu o rosto com o turbante e voltou a se camuflar em meio ao deserto enquanto o Mercedes passava rugindo.

Os dois veículos avançaram na encosta e desapareceram além da colina, deixando para trás uma névoa marrom-amarelada, e Abdul começou a marchar de volta para o acampamento.

Ele poderia tentar de novo, pelo menos. Seu plano ainda era bom. Só havia tido azar. Não era comum dois veículos deixarem o acampamento ao mesmo tempo.

Ele teria outra oportunidade dali a uma semana. Se ainda estivesse vivo.

■ ■ ■

Ele foi obrigado a trabalhar durante o intervalo do meio-dia como punição por ter chegado atrasado ao poço. Supôs que a pena teria sido ainda pior se ele não fosse um trabalhador tão forte.

Quando chegou a noite, Abdul estava cansado e desanimado. "Mais uma semana no inferno", pensou. Sentou-se no chão do lado de fora do abrigo, esperando pelo jantar. Assim que satisfizesse sua fome, ele ia dormir.

Foi quando ouviu o latejar de um motor potente. Um Mercedes chegou e se deslocou lentamente pela área. A pintura preta estava marrom por causa da poeira.

No estacionamento gradeado em frente ao abrigo, o guarda soltou a corrente do portão fazendo um forte estrondo metálico.

O carro entrou e estacionou, e dois guardas com fuzis desceram. Depois surgiram mais dois homens. Um era alto, usando uma túnica preta e uma *taqiyah* branca. Abdul sentiu o coração disparar quando reparou que o homem tinha cabelos grisalhos e barba preta. Ele se virou lentamente, examinando o acampamento com um olhar frio e sem emoção, e não demonstrou nenhuma reação ao ver as mulheres esfarrapadas, os homens exaustos ou os abrigos caindo aos pedaços onde viviam. Ele poderia estar olhando da mesma forma para um rebanho de ovelhas sujas em uma paisagem árida.

O segundo homem era do Leste Asiático.

Abdul pegou seu celular bom e tirou uma foto discretamente.

Mohammed surgiu apressado pelo caminho, com uma expressão de agradável surpresa no rosto.

– Bem-vindo, Sr. Park! – exclamou. – Que bom ver o senhor novamente!

Abdul anotou o nome do coreano e tirou mais uma foto.

O Sr. Park estava bem-vestido, com um blazer de linho preto, calça de algodão bege e botas pesadas de cano baixo com sola tratorada. Usava óculos escuros. Seu cabelo era espesso e escuro, mas seu rosto redondo era enrugado, e Abdul chutou que ele tivesse cerca de 60 anos.

Todos ao redor tratavam o coreano com deferência, até mesmo seu companheiro árabe mais alto. Mohammed continuou sorrindo e se curvando. O Sr. Park o ignorou.

Eles começaram a andar pelo longo caminho cheio de lixo em direção ao complexo dos guardas. O árabe alto pôs o braço em volta de Mohammed, e Abdul conseguiu ver sua mão esquerda. O polegar era um coto com uma dobra de pele retorcida. Parecia uma ferida de guerra que nunca havia sido tratada de forma adequada.

Não havia mais dúvidas. Ele era Al-Farabi, o "Afegão", o terrorista mais importante do Norte da África. E esse era o Buraco, Hufra, seu quartel-general. No entanto, ele parecia se curvar a um superior coreano, e o geólogo era coreano também. Parecia que eram os norte-coreanos que comandavam a mina de ouro. Visivelmente eles estavam envolvidos mais a fundo nas operações terroristas na África do que todo o Ocidente suspeitava.

Abdul precisava compartilhar aquela informação antes de ser morto.

Observando o grupo se afastar, ele percebeu que Al-Farabi era o mais alto, e a *taqiyah* lhe acrescentava mais alguns centímetros: ele entendia o poder simbólico da altura.

Então ele viu Kiah vindo na direção contrária, carregando no ombro um garrafão de plástico com água, o quadril deslocado para o outro lado para se equilibrar. Ela era jovem e, apesar de estar há nove dias em um acampamento de pessoas escravizadas, demonstrava força e vigor enquanto parecia carregar seu fardo com pouco esforço. Ela olhou para Al-Farabi, viu os dois homens com fuzis e se afastou para passar longe deles. Como todos ali, sabia que nenhum encontro com os guardas terminava bem.

No entanto, Al-Farabi a viu.

Ela fingiu não notar e apertou o passo. Mas não tinha como deixar de parecer atraente, pois tinha que andar de cabeça erguida e com os ombros para trás para suportar o peso, suas coxas se movendo com força debaixo da fina túnica de algodão.

Al-Farabi continuou andando, mas virou a cabeça para trás para olhar de novo, e seus olhos escuros e profundos a seguiram enquanto ela se afastava apressada, sem dúvida parecendo igualmente atraente de costas. Aquele olhar deixou Abdul perturbado. Havia crueldade nos olhos de Al-Farabi. Abdul tinha visto aquela expressão no rosto de homens olhando para uma arma. "Ah, meu Deus", pensou, "tomara que isso não acabe mal".

Por fim, Al-Farabi se virou de volta para a frente. Então ele disse algo que fez Mohammed dar uma risada e concordar com a cabeça.

Kiah chegou ao abrigo e pousou o pesado recipiente de água no chão. Ela se endireitou e, desconcertada, perguntou:

– Quem são?

– Dois visitantes que parecem ser muito importantes – respondeu Abdul.

– Eu odiei o jeito que o árabe alto olhou para mim.

– Fica fora do caminho dele, se puder.

– Claro.

Houve um aumento notável na disciplina dos guardas naquela noite. Eles ficaram marchando determinados pelo acampamento, de fuzil na mão, sem fumar, comer nem fazer piadas. Todos os veículos eram revistados ao entrar e sair. As sandálias e os tênis tinham desaparecido, e todos estavam de botas.

Kiah cobriu o rosto com o lenço de cabeça, deixando apenas os olhos à mostra. Várias mulheres faziam isso por motivos religiosos, então aquilo não chamaria a atenção.

Mas não adiantou nada.

...

Kiah estava com medo de que o homem alto mandasse chamá-la, que a trancassem em um quarto com ele e que fosse forçada a fazer o que ele quisesse. Mas ela não tinha para onde ir. O acampamento não tinha esconderijos. Ela não podia nem mesmo deixar o abrigo, porque Naji choraria se ela ficasse longe por muito tempo. A escuridão caiu e a temperatura baixou, e ela se sentou nos fundos do abrigo, alerta e assustada. Esma pegou Naji no colo e contou uma história para ele em voz baixa, para não incomodar os demais. Naji colocou o polegar na boca. Em poucos minutos, pegou no sono.

Então Mohammed apareceu no abrigo, seguido por quatro guardas, dois deles armados com fuzis.

Kiah ouviu Abdul dar um grunhido de alarme.

Mohammed vasculhou o abrigo e seus olhos pousaram em Kiah. Ele apontou para ela sem dizer nada. Ela se levantou e forçou as costas contra a parede. Naji percebeu seu medo e começou a chorar.

Abdul não saiu em defesa de Kiah. Ele não tinha como superar cinco homens: eles atirariam nele sem pensar duas vezes, Kiah sabia. Ele continuou sentado no chão, assistindo ao que estava acontecendo sem nenhuma expressão no rosto.

Dois guardas agarraram Kiah, cada um por um braço. As mãos deles a machucaram, e ela deu um grito. Mas a humilhação era pior do que a dor.

– Deixem ela em paz! – gritou Esma.

Eles a ignoraram.

Todos recuaram rápido, sem querer se envolver.

Mohammed se aproximou dela, ainda presa pelos guardas. Ele segurou o decote de seu vestido e puxou com força. Ela deu um grito e sua cabeça se projetou para a frente. O tecido se rasgou, revelando a fina corrente em volta do pescoço e o pequeno crucifixo de prata pendurado nela.

– Uma infiel – disse Mohammed.

Ele passou os olhos pelo abrigo até encontrar Abdul.

– Vamos levá-la ao *makhur* – disse ele, observando para ver qual seria a reação de Abdul.

Todos olharam na mesma direção. Todo mundo sabia que ele tinha ficado próximo de Kiah e tinha visto como ele confrontara Hakim e seus homens armados no ônibus. Por fim, Wahed, o pai de Esma, murmurou:

– O que você vai fazer?

– Nada – respondeu Abdul.

Mohammed parecia ansiar por uma reação de Abdul.

– O que você acha disso? – zombou.

– Uma mulher é só uma mulher – falou Abdul e desviou o olhar.

Depois de algum tempo, Mohammed desistiu. Fez um gesto para os guardas e eles arrastaram Kiah para fora do abrigo. Ela ouviu Naji começar a gritar.

Kiah não tentou se soltar. Eles apenas a agarrariam com mais força. Ela sabia que não tinha como escapar. Eles a levaram para o complexo dos guardas. O sujeito de sentinela no portão o abriu e o fechou novamente depois que entraram. Ela foi levada para a casa azul-clara que eles chamavam de *makhur*, o bordel.

Kiah começou a chorar.

Havia um ferrolho na porta. Eles a abriram, arrastaram Kiah para dentro, a soltaram e foram embora.

Kiah enxugou as lágrimas e olhou ao redor.

Havia seis camas no cômodo, todas com cortinas que podiam ser fechadas para maior privacidade. Havia três mulheres ali, todas vestidas em trajes sumários, com lingeries de estilo ocidental. Eram jovens e atraentes, mas pareciam desoladas. A sala era iluminada por velas, mas não havia nada de romântico ali.

– O que vai acontecer comigo? – perguntou Kiah.

– O que você acha? – retrucou uma das mulheres. – Eles vão foder você. É para isso que serve este lugar. Não se preocupe, isso não vai te matar.

Kiah pensou no sexo com Salim. No começo ele tinha sido um pouco desajeitado e rude, mas por um lado ela não se importava, pois aquilo significava que ele não tinha estado com outras mulheres, ou pelo menos não com muita frequência.

E ele era preocupado e atencioso: na noite de núpcias, ele perguntou duas vezes a ela se estava doendo. Em ambas ela respondeu que não, embora não fosse verdade. E ela logo conheceu a alegria de dar e receber prazer com alguém que ela amava e que a amava também.

E agora ela teria que fazer aquilo com um estranho que exibia crueldade no olhar.

A mulher que havia falado foi repreendida por outra, que disse:

– Não seja insuportável, Nyla. Você estava arrasada quando eles arrastaram você para cá. Passou dias chorando. – Ela se virou para Kiah. – Meu nome é Sabah. Como você se chama, querida?

– Kiah – respondeu ela e desatou a chorar. Ela tinha sido separada de seu filho, seu herói tinha fracassado em protegê-la e agora ela seria estuprada. Estava desesperada.

– Vem cá, senta do meu lado que a gente te conta tudo o que você precisa saber – disse Sabah.

– Só quero saber como sair daqui.

Houve um instante de silêncio, então Nyla, a mulher insensível que havia falado primeiro, disse:

– Que eu saiba, só existe um jeito. Quando a gente morre.

# CAPÍTULO 27

A mente de Abdul estava em ebulição. Ele tinha que resgatar Kiah e fugir do acampamento, e precisava fazer as duas coisas imediatamente, mas como?

Ele dividiu o problema em partes.

Primeiro tinha que tirar Kiah do *makhur*.

Depois, precisava roubar um carro.

Por fim, tinha que evitar que os jihadistas fossem atrás dele e o capturassem.

Visto por esse ângulo, o desafio parecia impossível de todas as três formas.

Ele ficou quebrando a cabeça. Os outros foram até a cozinha e se serviram de cuscuz e carneiro cozido. Abdul não comeu nada e não falou com ninguém. Ele não saiu do lugar, bolando planos.

Cada um dos três complexos adjacentes que formavam aquela metade do acampamento era cercado por robustos painéis de arame galvanizado com estrutura de aço, típicos de barreiras de segurança. A cerca do poço também contava com arame farpado na parte superior dos painéis, para desestimular tanto as pessoas escravizadas quanto os jihadistas de tentarem roubar o ouro. Mas Abdul não precisava entrar no poço: Kiah estava no complexo dos guardas, e os carros ficavam no estacionamento.

Um homem armado fazia a segurança do estacionamento. Na parte de dentro havia uma pequena cabana de madeira onde ele passava a maior parte da noite, por causa do frio. Sem dúvida as chaves dos veículos ficavam na cabana. Os carros eram abastecidos por um caminhão-pipa próximo dali; quando acabava o combustível em um, outro chegava.

Um plano foi tomando forma aos poucos na cabeça de Abdul. Talvez não desse certo. Ele provavelmente seria morto. Mas arriscaria uma tentativa.

Antes de tudo, teria que esperar, e isso era difícil. Todo mundo ainda estava acordado, tanto as pessoas escravizadas quanto os guardas. Al-Farabi devia estar com seus homens, conversando, bebendo café e fumando. A melhor oportunidade para Abdul seria no meio da noite, quando todos estivessem dormindo. A pior parte é que Kiah teria que passar muitas horas no bordel. Não havia nada que ele pudesse fazer quanto a isso. Ele só torcia para que Al-Farabi estivesse cansado de sua viagem e se retirasse mais cedo, adiando sua visita a Kiah para a noite seguinte. Caso contrário, ela padeceria nas mãos dele. Abdul tentou não pensar nisso.

Ficou deitado no abrigo, aperfeiçoando seu plano, prevendo obstáculos, esperando. Seus companheiros tinham ido dormir. Naji continuou tentando sair do abrigo para ir atrás da mãe, e Esma teve que segurá-lo. Ele chorou de forma inconsolável, mas acabou pegando no sono entre Esma e Bushra. A noite trouxe o frio e todos se enrolaram em seus cobertores. Os homens escravizados, exaustos, dormiam cedo. Os jihadistas provavelmente ficavam acordados até mais tarde, imaginou Abdul, mas no fim das contas eles também iriam para a cama, restando apenas alguns de vigia.

Naquela noite Abdul quase certamente teria que matar pessoas pela primeira vez na vida. Ele ficou surpreso por aquela perspectiva não o abalar tanto. Sabia o nome de muitos dos guardas daquele acampamento, apenas de ouvir suas conversas, mas isso não o fazia sentir qualquer empatia. Eles eram escravizadores brutais, assassinos, estupradores. Não mereciam compaixão. Era o efeito daquilo sobre si mesmo que o preocupava. Em sua carreira de lutador ele nunca havia infligido um golpe fatal. Sempre acreditara que havia uma grande diferença entre um homem que já havia matado alguém e outro que nunca o fizera. Ele infelizmente teria que cruzar essa linha.

O sono profundo, durante o qual era mais difícil que as pessoas acordassem, geralmente ocorria na primeira metade da noite, ele sabia. O melhor horário para atividades clandestinas era por volta de uma ou duas da manhã, de acordo com seu treinamento. Abdul ficou acordado até que seu relógio marcasse uma hora, então se levantou devagar.

Ele fez pouco barulho. Ainda assim, sempre havia ruídos: roncos, grunhidos, frases incompreensíveis murmuradas em sonhos. Ele esperava não acordar ninguém. No entanto, quando olhou para Wahed, percebeu que o homem estava completamente desperto, os olhos bem abertos, deitado de lado, olhando para ele, os cigarros no chão ao lado da cabeça, como sempre. Abdul deu um aceno de cabeça e Wahed acenou de volta, então Abdul se virou.

Olhou para fora. Havia uma meia-lua, e o acampamento estava bem iluminado. Havia um brilho amarelo no interior da pequena cabana do estacionamento. O guarda não estava à vista, então só poderia estar ali dentro.

Abdul avançou pela área das pessoas escravizadas e depois virou, andando paralelamente à cerca, mas mantendo-se fora de vista por trás dos abrigos. Seus passos eram suaves, vasculhando o chão em busca de obstáculos que pudessem fazê-lo tropeçar e chamar atenção com o barulho.

Ele se manteve atento aos guardas. Olhando para a cerca por entre os abrigos, viu a luz de uma lanterna e congelou. Um guarda estava sendo precavido enquanto fazia sua ronda, jogando luz sobre as zonas escuras. O guarda dentro do complexo do poço foi até a cerca para falar com um camarada dele. Abdul observou em silêncio, imóvel. Os dois guardas se afastaram, e nenhum deles olhou para os abrigos.

Abdul seguiu em frente. Ele se deparou com um homem de cabelos grisalhos urinando, os olhos semicerrados, e passou sem falar nada. Não estava preocupado com a possibilidade de ser visto por um deles. Nenhuma daquelas pessoas faria nada, mesmo se achassem que ele estava planejando escapar. Nenhuma delas jamais faria contato com um guarda, a menos que fosse inevitável. Os guardas eram sujeitos violentos que estavam entediados, uma combinação perigosa.

Ele avistou o complexo dos guardas. Trezentos metros à frente dele havia dois portões, um mais largo, para veículos, e um de tamanho normal, para pessoas. Ambos estavam fechados com correntes, e havia um guarda na parte de dentro. De onde Abdul estava, em parte escondido por uma tenda, o guarda era uma silhueta escura, de pé, mas imóvel.

O *makhur* ficava na parte de dentro da cerca, entre Abdul e o portão, só que mais perto do portão. À luz do luar ele parecia branco em vez de azul-claro.

A partir dali, Abdul teria que começar a correr sérios riscos.

Ele andou apressado até a cerca e, sem hesitar, escalou a tela de arame, pulou por cima do painel, aterrissou com os dois pés e se jogou deitado no chão arenoso.

Se fosse avistado naquele momento ele seria morto, mas esse não era o pior de seus temores. Se aquela tentativa fracassasse, Kiah passaria o resto da vida como escrava sexual dos jihadistas. Era essa a perspectiva que Abdul não suportava imaginar.

Ficou atento a qualquer som, como um grito de surpresa ou de advertência. Estava completamente imóvel e conseguia ouvir seu coração bater. Será que o guarda tinha visto algum movimento com o canto do olho? Será que estaria olhando na direção dele, avaliando se aquela mancha escura no chão era mais ou menos do tamanho de um homem alto? Será que pegaria o fuzil, apenas por precaução?

Depois de algum tempo, Abdul levantou a cabeça com cautela e olhou na direção dos portões. A silhueta escura do guarda permanecia imóvel. O sujeito não tinha visto nada. Talvez estivesse sonolento.

Abdul se arrastou pelo chão até chegar ao *makhur* fora da vista do guarda. Então se levantou, foi até a lateral da construção e espiou por um dos cantos.

Para sua surpresa, viu uma mulher se aproximar do portão pelo lado de fora. Ele praguejou: o que seria aquilo? Ela falou alguma coisa para o guarda e ele a deixou entrar. Ela foi em direção ao *makhur*. "Que porra é essa?", pensou Abdul.

Ela se movia como uma mulher mais velha e carregava uma pilha de alguma coisa com as duas mãos, mas à luz da lua Abdul não conseguia distinguir o que era. Talvez uma pilha de toalhas limpas. Ele nunca tinha entrado em um bordel em lugar nenhum do mundo, mas achava que lugares como aquele deviam demandar muitas toalhas. Seu batimento cardíaco voltou ao normal.

Continuou escondido e ficou ouvindo enquanto a mulher andava até a porta do *makhur*, a abria e entrava. Ouviu vozes enquanto ela trocava algumas palavras com as mulheres. Parecia não haver nenhum homem lá dentro. A velha saiu de mãos vazias e andou de volta até o portão. O guarda a deixou sair.

Abdul ficou um pouco mais calmo. Se não havia nenhum homem lá dentro e nenhuma toalha usada para ser levada, talvez Kiah tivesse tido sorte aquela noite.

O guarda apoiou o fuzil contra a cerca e ficou olhando em direção aos abrigos dos homens escravizados.

Não havia nenhum lugar onde se esconder entre a entrada do *makhur* e o portão. Abdul ficaria completamente à vista enquanto cruzasse aquela distância, de cerca de 100 metros. O guarda estava olhando para o lado de fora. Será que ele repararia em Abdul com o canto do olho, ou quem sabe viraria na direção dele por simples acaso? Se isso acontecesse, Abdul diria: "Pode me dar um cigarro, irmão?" O guarda ia presumir que um homem na parte de dentro do complexo era um jihadista e poderia levar alguns segundos fatais até reparar que Abdul estava vestido com a roupa esfarrapada e portanto só poderia ser um dos escravizados e não deveria estar ali.

Ou talvez ele fizesse o alarme soar imediatamente.

Ou talvez matasse Abdul com um tiro.

Aquele era o segundo maior momento de risco.

A faixa que Tamara tinha dado a Abdul estava amarrada em sua cintura havia cerca de seis semanas. Ele a desatou e tirou a cobertura de algodão, expondo um fio de titânio de um metro de comprimento com uma alça em cada uma das pontas. O que ele tinha nas mãos agora era um garrote, a milenar arma do assassinato silencioso. Segurou as duas alças com a mão esquerda. Então olhou para o relógio: uma e quinze da manhã.

Passou um tempo entrando no modo de combate, como sempre fazia antes de uma luta de MMA: alerta máximo, emoção baixa, intenção de violência.

Então ele deixou seu esconderijo e se lançou ao espaço aberto à luz do luar.

Caminhou em direção ao portão, com passos leves mas agindo casualmente e olhando na direção do guarda. No fundo ele sabia que sua vida estava em jogo, mas seu andar não demonstrava nenhum medo. Ao se aproximar, percebeu que o guarda estava de pé mas meio adormecido. Abdul deu a volta para se colocar às costas dele.

Quando estava quase chegando, desenrolou silenciosamente o garrote, segurou firme as alças e formou um círculo. No último instante o guarda sentiu sua presença, pois soltou um arquejo de susto e começou a se virar. Abdul viu uma face lisa e um bigode ralo, e reconheceu um jovem chamado Tahaan. Mas Tahaan havia se mexido tarde demais. O garrote passou pela cabeça dele e Abdul apertou o fio contra o seu pescoço na mesma hora, puxando as duas alças de madeira com toda a força.

O fio penetrou no pescoço de Tahaan, estrangulando-o. Ele tentou gritar, mas não conseguiu emitir nenhum som porque sua traqueia estava completamente fechada. Ele pôs as mãos sobre o pescoço e lutou para se soltar, mas o fio estava cravado fundo em sua carne, o sangue começando a sair de sua pele, e seus dedos não encontraram nenhum ponto de apoio.

Abdul puxou com ainda mais força, na esperança de interromper o suprimento de sangue para o cérebro e de ar para os pulmões, para que Tahaan desmaiasse.

O guarda caiu de joelhos, mas continuou a se contorcer. Debateu-se tentando acertar Abdul, que desviou dos golpes com facilidade. Seus movimentos foram ficando mais fracos. Abdul arriscou uma olhada por cima do ombro, na direção das construções do dormitório do outro lado do complexo, mas não havia nenhum movimento. Os jihadistas estavam todos dormindo.

Tahaan perdeu a consciência e se tornou um peso morto. Sem aliviar a tensão do fio, Abdul o deixou no chão e se ajoelhou sobre as costas dele.

Ele conseguiu virar o pulso e olhar para o relógio: uma e dezoito. Os treinadores da CIA disseram que para dar a morte como certa era necessário estrangular a vítima por cinco minutos. Abdul poderia facilmente ficar ali por mais dois minutos, mas tinha receio de que alguém aparecesse e estragasse tudo.

O acampamento estava em silêncio. Ele olhou ao redor. Tudo estava igual. "Só mais um pouco, é tudo o que preciso", pensou. Olhou para o alto. A lua brilhava, mas iria se pôr dali a uma hora mais ou menos. Olhou mais uma vez para o relógio: faltava um minuto.

Olhou para a vítima. "Não esperava alguém tão jovem", pensou. Os mais novos eram perfeitamente aptos a cometer atos de brutalidade, é claro, e aquele ali havia escolhido uma carreira de crueldade e violência, mas, mesmo assim, Abdul preferia não ter precisado acabar com uma vida que mal havia começado.

Meio minuto. Quinze segundos. Dez, cinco, zero. Abdul aliviou a tensão e Tahaan permaneceu inerte no chão.

Abdul passou o fio em volta da cintura com um nó frouxo, amparado pelas alças de madeira. Pegou o fuzil de Tahaan e o pendurou nas costas. Então se abaixou, ajeitou o cadáver sobre o ombro e se levantou novamente.

Ele atravessou rápido para o outro lado, em direção ao *makhur*, e jogou o corpo no chão, contra a parede. Não havia como escondê-lo por completo, mas pelo menos ali ficava um tanto discreto.

Pousou o fuzil ao lado do cadáver. Não serviria de nada para ele: um tiro acordaria todos os jihadistas e seria o fim da tentativa de fuga.

Chegou à porta do *makhur*. O ferrolho estava acionado, confirmando que não havia jihadistas lá dentro, apenas prisioneiras. Isso era bom. Ele queria evitar qualquer tipo de confronto que pudesse fazer barulho. Tinha que levar Kiah embora sem alertar os guardas, pois ainda tinha muito a fazer antes que conseguissem fugir.

Ele prestou atenção nos sons por um instante. Não ouvia mais as vozes que tinha escutado antes. Puxou o ferrolho sem fazer barulho, abriu a porta e entrou.

Havia um cheiro de pessoas sujas vivendo perto demais umas das outras. O cômodo não tinha janelas e era precariamente iluminado por uma única vela. Havia seis camas amarrotadas, quatro delas ocupadas por mulheres. Elas estavam acordadas, sentadas – aquelas mulheres ficavam acordadas até tarde, imaginou. Quatro rostos infelizes olharam para ele com apreensão. De início elas presumiriam que ele era um guarda em busca de sexo, supôs. Então uma delas falou:

– Abdul.

Ele distinguiu o rosto de Kiah sob a luz fraca. Falou com ela em francês, esperando que as outras mulheres não entendessem.

– Vem comigo – disse ele. – Rápido, rápido.

Queria tirá-la dali antes que as outras percebessem o que estava acontecendo. Caso contrário, elas poderiam querer fugir também.

Kiah se levantou da cama em um pulo e cruzou o cômodo em um segundo. Estava vestindo suas roupas, como todo mundo fazia nas noites frias do Saara.

Uma das mulheres se levantou.

– Quem é você? O que está acontecendo? – perguntou.

Abdul olhou para fora, viu que não havia nenhum movimento e tirou Kiah dali.

– Me leva também! – ouviu uma das outras dizer.

– Todas nós queremos ir! – disse outra.

Ele fechou rapidamente a porta e recolocou o ferrolho no lugar. Gostaria de deixar as mulheres fugirem, mas elas poderiam acabar acordando os guardas e estragar tudo. A porta tremia enquanto tentavam abri-la, mas era tarde demais. Ouviu gritos de desespero e torceu para que não fossem altos o suficiente para acordar alguém.

No complexo dos guardas, tudo estava calmo. Ele olhou para a área de mineração. Não havia luzes, mas distinguiu o brilho de um cigarro. O guarda parecia estar sentado. Abdul não sabia para que lado ele estava olhando. Aquilo era o mais seguro que ele podia esperar, pensou.

– Me segue – falou para Kiah.

Ele correu até a cerca de arame, escalou até o topo e parou, para o caso de ela precisar de ajuda. Era difícil se manter firme ali, porque os vãos da tela de arame tinham apenas alguns centímetros quadrados e ele não sabia se conseguiria se equilibrar e puxá-la para cima também. Mas não precisava ter se preocupado. Ela era ágil e forte, escalou a cerca mais rápido do que ele e pulou para o chão no outro lado. Ele foi logo atrás.

Conduziu-a para a área em que ficavam os homens escravizados, onde seria menos provável que fossem avistados pelos guardas, e os dois correram por entre as cabanas e tendas em direção ao abrigo.

Abdul queria saber o que havia acontecido com ela no *makhur*. Não era hora para perguntas e precisavam ficar em silêncio, mas ele tinha que saber.

– O homem alto visitou você?

– Não – respondeu ela. – Graças a Deus.

Ele não ficou satisfeito.

– Alguém visitou?

– Não apareceu ninguém, exceto a mulher das toalhas. As outras meninas disseram que às vezes isso acontece. Quando nenhum guarda vai lá, elas dizem que é sexta-feira, uma espécie de dia livre.

Abdul havia tirado um peso das costas.

Um minuto depois chegaram ao abrigo.

– Separa alguns cobertores e água e pega o Naji – sussurrou Abdul. – Bota ele pra dormir no seu colo. Então fica esperando, mas pronta para correr.

– Certo – respondeu ela com calma. Ela não demonstrava espanto nem ansiedade. Estava calma e decidida. "Que mulher", pensou ele.

Ouviu alguém falando com Kiah. Era a voz de uma jovem, então só podia ser Esma. Kiah pediu silêncio e respondeu baixinho. Os outros continuaram dormindo, alheios ao movimento.

Abdul espiou o lado de fora. Não havia ninguém à vista. Ele andou até o estacionamento e olhou através da cerca. Não viu movimento nem qualquer sinal do guarda, que sem dúvida estava na pequena cabana, então escalou a cerca.

Quando atingiu o chão, seu pé esquerdo pousou em alguma coisa que ele não tinha visto e fez um ruído metálico. Ajoelhou-se e viu que era uma lata de óleo vazia. O som havia sido o do metal sendo amassado devido ao seu peso.

Ele continuou abaixado. Não sabia se o barulho da lata teria sido ouvido dentro da cabana. Esperou. Não houve nenhum som vindo da cabana, nenhum sinal de movimento. Então esperou mais um minuto e se levantou.

Teria que se aproximar sorrateiramente do guarda ali, como fizera com Tahaan, e silenciá-lo antes que pudesse gritar, mas agora seria mais difícil. O homem estava dentro da cabana, então não havia como se esgueirar por trás dele.

A cabana poderia até mesmo estar trancada por dentro, mas Abdul achava que não. Que sentido faria?

Andou em silêncio pelo estacionamento, ziguezagueando entre os veículos. A cabana de um só cômodo tinha uma pequena janela, para que o guarda pudesse observar os carros lá de dentro, mas, à medida que Abdul se aproximava, viu que não havia nenhum rosto junto à janela.

Aproximando-se em trajetória oblíqua, viu um claviculário com chaves identificadas na parede: boa organização, como ele esperava. Sobre uma mesa havia uma garrafa com água e alguns copos de vidro grossos, além de um cinzeiro cheio. Ali estava também a arma do guarda, um fuzil de assalto norte-coreano Type 68, inspirado no famoso Kalashnikov russo.

Parado a alguns metros de distância, ele se moveu de lado para ampliar o campo de visão. Logo avistou o guarda, e seu coração parou por um segundo. Estava sentado em uma cadeira estofada com a cabeça caída para trás e a boca aberta. Dormindo. Tinha uma barba espessa e usava um turbante. Abdul o reconheceu. Seu nome era Nasir.

Abdul pegou o garrote, o desenrolou e formou um círculo com o fio. Calculou que conseguiria abrir a porta, entrar e dominar Nasir antes que o sujeito tivesse tempo de pegar a arma, a não ser que Nasir fosse muito rápido.

Estava prestes a se dirigir à porta quando Nasir acordou e olhou diretamente para ele.

Com um grito de surpresa, Nasir se levantou da cadeira.

O choque deixou Abdul paralisado por uma fração de segundo e então ele começou a improvisar.

– Acorda, irmão! – chamou em árabe, depois correu para a porta.

Não estava trancada.

– O Afegão quer um carro – disse ele abrindo a porta e entrou.

424

Nasir estava com o fuzil na mão, olhando para Abdul e parecendo confuso.

– No meio da noite? – perguntou, sonolento. Ninguém com bom senso dirigia pelo deserto à noite.

– Acorda, Nasir, você sabe como ele é impaciente – falou Abdul. – O Mercedes está com o tanque cheio?

– Eu conheço você? – perguntou Nasir.

Foi quando Abdul o chutou.

Deu um pulo e depois o chutou em pleno voo, ao mesmo tempo girando o corpo para cair de quatro. Aquele golpe havia lhe rendido inúmeras vitórias em seus tempos de lutador. Nasir recuou, mas estava muito lento, e, de qualquer forma, não havia espaço suficiente para ele se esquivar. O calcanhar de Abdul atingiu o nariz e a boca de Nasir.

Nasir deu um grito de choque e dor enquanto caía para trás, deixando escorregar o fuzil. Abdul pousou com os pés e as mãos no chão, se virou rápido e pegou a arma.

Ele não queria atirar. Não sabia ao certo a que distância o tiro poderia ser ouvido e precisava evitar acordar os jihadistas. Enquanto Nasir tentava se levantar, Abdul virou o fuzil e o projetou contra Nasir, acertando a lateral de seu rosto, depois o ergueu e o baixou para acertar bem no topo da cabeça dele com toda a força que conseguiu reunir. Nasir caiu inconsciente.

Abdul tinha deixado o garrote cair no chão quando chutou Nasir. Ele o pegou de volta, passou-o pelo pescoço do sujeito e o estrangulou.

Ficou atento aos sons enquanto esperava Nasir morrer. O sujeito havia gritado, mas será que alguém tinha ouvido? O problema não era se um ou dois dos homens escravizados tivessem sido acordados: eles ficariam quietos onde estavam em suas camas, sabendo que era melhor não fazer nada que chamasse a atenção dos jihadistas. O único outro guarda por perto ficava na área de mineração, e Abdul achava que não teria conseguido escutar nada. Mas talvez, por azar, alguém fazendo a ronda tivesse ouvido algo. No entanto, não houve nenhum som de alarme, pelo menos por ora.

Nasir não recobrou a consciência.

Abdul manteve a pressão por cinco minutos inteiros, depois soltou o garrote e o amarrou mais uma vez na cintura.

Então olhou para o claviculário.

Os organizados terroristas haviam etiquetado todas as chaves e todos os ganchos, de modo que fosse fácil encontrar o que se procurava. Abdul primeiro achou a chave do portão. Tirou-a do gancho, passou por cima do cadáver de Nasir e saiu da cabana.

Para se manter fora de vista o máximo possível, ele tentou permanecer escondido pelos grandes caminhões enquanto cruzava o estacionamento em direção ao portão. Abriu o cadeado e em seguida retirou a corrente com o mínimo de barulho possível.

Então deu uma olhada nos veículos.

Alguns estavam mal estacionados, de modo que não poderiam ser tirados da vaga até que outro saísse do caminho. Havia quatro SUVs no complexo, e um estava parado em uma vaga de onde poderia sair com facilidade. Estava coberto de poeira, então devia ser aquele em que Al-Farabi havia chegado algumas horas antes. Abdul conferiu a placa do carro.

Então voltou para a pequena cabana e colocou a chave do cadeado de volta no claviculário.

Era fácil reconhecer as chaves dos SUVs, pois em todas elas havia controles remotos com o símbolo da Mercedes. Cada uma tinha uma etiqueta com a placa do carro. Abdul pegou a que queria e saiu novamente.

Tudo estava em silêncio. Ninguém tinha ouvido Nasir gritar. Ninguém tinha reparado no corpo de Tahaan no chão, contra a parede dos fundos do *makhur*.

Abdul entrou no Mercedes. As luzes internas se acenderam automaticamente, revelando-o para quem quisesse vê-lo. Abdul não sabia onde desligá-las e não tinha tempo para procurar. Ligou o motor. Era um som incomum no meio da noite, mas não podia ser ouvido do complexo dos jihadistas, que ficava a quase um quilômetro de distância. E o guarda no poço? Será que ele ia escutar? E, caso escutasse, será que acharia que era algo que precisava conferir?

Abdul só podia torcer para que não.

Ele olhou para o medidor de combustível. O tanque estava quase vazio. Ele praguejou.

Levou o carro até o caminhão-pipa e desligou o motor.

Ficou olhando o painel e encontrou o botão que abria a tampa do tanque. Então saiu do carro. As luzes internas se acenderam de novo.

O caminhão-pipa era equipado com uma mangueira típica de posto de gasolina, em formato de pistola. Abdul encaixou o bico no tanque do carro e pressionou a alavanca.

Nada aconteceu.

Apertou-a várias vezes e nada. Imaginou que ela só devia funcionar se o motor do caminhão-pipa estivesse ligado.

– Merda – praguejou.

Anotou a placa do caminhão-pipa, voltou para a cabana, achou a chave do caminhão e saiu de novo. Subiu na cabine, e as luzes internas se acenderam. Ligou o motor, que ganhou vida com um estrondo gutural.

A discrição havia acabado. O barulho de um motor daquele tamanho chegaria ao complexo dos jihadistas. Seria um ruído distante e talvez não acordasse os homens que dormiam mais pesado, mas alguém certamente ia reparar nos próximos segundos ou minutos.

A primeira reação deles seria de perplexidade: quem estaria dando partida em um motor no meio da madrugada? Alguém devia estar saindo do acampamento, mas por que àquela hora? Talvez um homem acordasse outro, perguntando se ele tinha ouvido alguma coisa. Eles jamais chegariam à conclusão de que um prisioneiro estava fugindo, porque seria improvável demais. Talvez nem julgassem que a questão fosse urgente, mas iriam querer descobrir o que estava acontecendo e, após uma breve discussão, decidiriam ir atrás da origem do barulho.

Abdul desceu da cabine, voltou para o Mercedes, encaixou o bico no tanque e apertou a alavanca. A gasolina começou a fluir.

Ele continuou olhando ao redor, examinando tudo num raio de trezentos e sessenta graus. Também ficou atento ao burburinho que poderia ocorrer se os jihadistas tivessem percebido algo. A qualquer segundo ele poderia começar a ouvir gritos e ver luzes.

Quando o tanque ficou cheio, a bomba parou automaticamente.

Abdul recolocou a tampa, devolveu a mangueira para o gancho e levou o carro até o portão. Até aquele momento, nenhuma reação.

Voltou ao caminhão-pipa e pegou a mangueira de novo. Tirou o garrote da cintura e enrolou o fio com força em torno da alavanca de modo que a bomba funcionasse sem parar, derramando gasolina no chão.

Pousou a mangueira no chão. A gasolina escorreu por baixo dos carros, indo para a esquerda, para a direita e em direção à cerca. Ele correu de volta para o carro.

Abriu o portão. Era impossível fazer isso sem barulho: estava todo enferrujado e rangia e gemia quando as dobradiças não lubrificadas giravam. Mas Abdul só precisava de mais alguns segundos.

Uma poça de gasolina estava se espalhando pelo estacionamento, e o cheiro do combustível tomava conta do ar.

Ele cruzou o portão. Diante dele, pôde ver a trilha do deserto iluminada pela luz da lua.

Deixando o motor ligado, ele correu até o abrigo. Kiah estava à espera, com Naji dormindo profundamente em seus braços. Aos pés dela havia um garrafão com água e três cobertores, além da grande sacola de lona que ela carregava consigo desde que tinham deixado Three Palms. Tinha tudo de que Naji precisava.

Abdul pegou a água e os cobertores e correu de volta para o carro, seguido por Kiah.

Ele jogou tudo dentro do carro. Kiah colocou Naji no banco de trás, ainda enrolado em seu cobertor. O menino se virou e colocou o polegar na boca, sem nem abrir os olhos.

Abdul correu de volta para o estacionamento, agora inundado de gasolina. Mas ele ainda não estava seguro de que provocaria um incêndio grande o suficiente. Precisava ter certeza de que os jihadistas não teriam como ir atrás dele, de que não sobraria nem um único veículo utilizável. Pegou a mangueira e começou a jogar combustível sobre os carros. Encharcou os SUVs, as caminhonetes e o caminhão-pipa.

Viu Kiah sair do carro e se aproximar da cerca. A gasolina agora estava escorrendo por baixo da cerca e se espalhando sobre a via, e ela teve que andar com cuidado para não pisar nela.

– O que estamos esperando? – perguntou ela ansiosa em voz baixa.

– Só mais um minuto.

Abdul encharcou a cabana do guarda com gasolina, para destruir as chaves.

– Que cheiro é esse? – perguntou um homem com voz de espanto.

Era o guarda do complexo de mineração. Ele tinha ido até a cerca e estava apontando a lanterna para os veículos. Agora levaria em torno de um minuto até que fosse dado o alarme. Abdul largou a mangueira, que continuou a jorrar combustível.

– Ei, parece que está vazando gasolina! – exclamou a mesma voz.

Abdul se abaixou e arrancou um pedaço de algodão da bainha de sua túnica. Ensopou o pedaço na poça de gasolina e recuou vários metros. Depois, pegou seu isqueiro de plástico vermelho e o segurou debaixo do pano.

– O que está acontecendo, Nasir? – gritou o guarda.

– Estou resolvendo isso – respondeu Abdul e riscou o isqueiro.

Nada aconteceu.

– Quem diabos é você?

– O Nasir, seu idiota.

Abdul acionou o isqueiro de novo, e de novo, e de novo. Nenhuma chama apareceu. Ele percebeu que tinha ficado sem fluido ou ressecado.

Ele não tinha fósforos.

Kiah, do lado de fora do complexo, conseguiria chegar ao abrigo mais rápido do que Abdul.

– Rápido, corre até o abrigo e pega alguns fósforos! – pediu ele. – O Wahed sempre tem alguns. Não pisa na gasolina. Mas vai rápido!

Ela correu pela via e entrou no abrigo.

– Você está mentindo – acusou o guarda. – O Nasir é meu primo. Eu conheço a voz dele. Você não é ele.

– Fica calmo. Eu só não estou conseguindo falar direito com todo esse cheiro de gasolina.

– Vou disparar o alarme.

De repente, surgiu uma nova voz:

– O que diabos está acontecendo aqui?

Abdul reparou no leve sibilar e concluiu que era Mohammed. Fazia sentido: os prisioneiros eram responsabilidade dele, e alguém o havia mandado até lá para descobrir o que estava acontecendo. Ele havia se esgueirado sem ser visto.

Abdul se virou e viu que Mohammed tinha sacado a arma. Era uma pistola 9mm, e ele a segurava com uma empunhadura profissional de duas mãos.

– Que bom que você está aqui – disse Abdul. – Eu ouvi um barulho de briga, vim conferir e notei que os portões estavam abertos, e também tem gasolina vazando. – Com o canto do olho, viu Kiah saindo do abrigo. Ele deu alguns passos para a direita, para se colocar entre Mohammed e Kiah, de modo que ele não a visse.

– Não se mexe – disse Mohammed. – Onde está o guarda do estacionamento?

Kiah chegou até a cerca atrás de Mohammed. Abdul a viu se abaixar e pegar alguma coisa no chão. Parecia um maço de cigarros Cleopatra.

– Nasir? – perguntou Abdul. – Ele está na cabana, mas acho que se machucou. Não sei mesmo, acabei de chegar.

Kiah riscou um fósforo e pôs fogo no maço de cigarros em sua mão.

– Mohammed, cuidado, atrás de você! – gritou o guarda.

Mohammed se virou, sua arma girando junto com ele. Abdul pulou na direção dele e deu um chute em suas pernas, e Mohammed caiu na poça de gasolina.

Kiah se ajoelhou com o maço de cigarros em chamas na mão e ateou fogo ao combustível.

Tudo começou a queimar com uma velocidade assustadora. Abdul recuou rápido. Mohammed girou e mirou nele, mas estava desequilibrado e usando só uma das mãos para atirar, e errou. Mohammed tentou ficar de pé a todo custo, mas as chamas o alcançaram antes que ele conseguisse. Suas roupas estavam encharcadas de gasolina e pegaram fogo no ato. Ele gritou de medo e agonia enquanto se transformava em uma tocha humana.

Abdul saiu correndo. Ele conseguia sentir o calor e teve receio de que tivesse esperado demais para escapar daquele inferno. Ouviu um som de tiro e supôs que o guarda da mina estava atirando nele. Esquivou-se entre os carros, para se proteger, e correu em direção ao portão. Chegou até o carro e pulou dentro dele.

Kiah já estava lá.

Abdul engatou a marcha e acelerou.

Enquanto se afastava, ficou olhando pelo retrovisor. As chamas haviam se espalhado por todo o estacionamento. Será que o incêndio inutilizaria todos os carros? No mínimo, os pneus seriam destruídos. E as chaves derreteriam conforme o fogo consumisse a cabana do guarda.

Abdul acendeu os faróis. Junto com a luz do luar, eles ajudavam a tornar a estrada visível. Ele avistou a pilha de pedras que marcava o cruzamento e pegou o sentido norte. Três quilômetros adiante, chegou à colina onde tinha se escondido quando pretendia pular na caçamba da picape de doces de Yakub. Parou no topo da colina e os dois olharam para trás.

O incêndio tinha tomado uma proporção gigantesca.

Ele verificou o celular, mas, como imaginava, não havia sinal. Da outra bota, tirou o rastreador, mas Hakim e a cocaína estavam muito fora de alcance.

Abdul abriu o compartimento no console central e encontrou, como esperava, um plugue para carregar celular. Ele conectou o melhor aparelho.

Kiah estava olhando para ele. Até aquele momento ela nunca tinha visto os compartimentos especiais em suas botas nem os dispositivos escondidos ali dentro. Ela lançou um olhar frio e inquisidor na direção dele.

– Quem é você? – perguntou.

Ele olhou de volta para o acampamento. Na mesma hora houve um estrondo terrível e uma enorme labareda subiu pelos ares. Ele imaginou que o caminhão-pipa tinha esquentado demais e explodido. Esperava que nenhum dos prisioneiros tivesse sido tolo o suficiente para chegar perto do fogo.

Ele seguiu em frente. O aquecimento do carro deixava o interior agradável. Sem medo de sofrer perseguição, ele podia se dar ao luxo de ir devagar, tomando cuidado para não sair da trilha.

– Me desculpe por ter feito essa pergunta – disse Kiah. – Não me importa quem você é. Você salvou a minha vida.

– Você também me salvou – reconheceu ele. – Quando o Mohammed estava apontando a arma para mim.

Mas ele não tinha como deixar de pensar na pergunta dela. Que resposta poderia dar? O que iria fazer com ela e o filho? Teria que se reportar a Tamara assim que encontrasse sinal de celular, mas não tinha mais plano nenhum agora que havia perdido o sinal do carregamento de cocaína. E o que será que ela ia querer fazer? Ela tinha comprado uma passagem para a França, mas ainda estava muito longe de lá, e sem nenhum dinheiro.

No entanto, havia um lado bom naquilo. Kiah e Naji traziam uma vantagem. Tribos hostis, militares desconfiados e policiais bisbilhoteiros veriam os três como uma família. Enquanto estivesse com eles, ninguém imaginaria que ele era um agente da CIA.

Em Trípoli havia uma estação da DGSE francesa, a agência de Tab, sob a fachada de uma empresa comercial chamada Entremettier & Cie. Abdul poderia deixar Kiah e Naji lá, para que não fossem mais problema dele. A DGSE poderia mandá-los de volta ao Chade ou, caso estivesse de bom humor, levá-los à França sem dificuldades. Ele sabia qual das duas opções Kiah preferia. Sim, decidiu, eles iriam para Trípoli.

Ficava a cerca de mil e cem quilômetros de distância.

Depois de algum tempo a lua se pôs, mas os poderosos faróis continuaram iluminando a trilha. A tensão de Abdul começou a diminuir quando um fio de luz apareceu no horizonte à sua direita e o dia raiou no deserto. Ele conseguiu até aumentar um pouco a velocidade.

Logo em seguida chegaram a um oásis, onde uma tenda improvisada ofertava gasolina em latas, mas Abdul decidiu não parar. O tanque de combustível ainda estava três quartos cheio. Ele estava dirigindo devagar e, logo, avançando devagar também, mas o consumo de combustível por hora era baixo.

Naji acordou e Kiah lhe deu água e um pouco de pão que estavam na sacola de lona. Em pouco tempo ele ficou agitado. Abdul achou o botão que ativava as travas de segurança do carro para impedir que as portas e janelas traseiras fossem abertas por dentro e Kiah pudesse deixar Naji brincar no espaçoso banco de trás. Ela pegou o brinquedo preferido dele, uma caminhonete de plástico amarela, e ele ficou todo contente brincando.

Quando o sol subiu, o ar-condicionado do carro ligou automaticamente e eles puderam continuar dirigindo mesmo sob o calor do dia. No oásis seguinte compraram comida e encheram o tanque. Abdul conferiu o celular, mas ainda não havia sinal. Os três comeram pão achatado, figos e iogurte enquanto seguiam viagem. Naji ficou em silêncio, então Abdul olhou para trás e viu que o menino estava esticado no banco de trás, dormindo.

Abdul esperava que chegassem a uma estrada de verdade e encontrassem um lugar onde pudessem passar a noite, mas o sol começou a se pôr e ele percebeu que teriam que dormir no deserto. Chegaram a uma planície onde a atividade geológica havia dado origem a colinas rochosas irregulares. Abdul olhou o celular e viu que havia sinal.

Imediatamente enviou a Tamara os relatórios que havia preparado e as fotos que tinha tirado ao longo de seus dez dias no acampamento. Depois ligou para ela, mas ela não atendeu. Deixou uma mensagem para complementar os relatórios, dizendo que havia inutilizado os meios de transporte dos jihadistas, mas que eles conseguiriam novos veículos mais cedo ou mais tarde, então os militares deveriam atacar o local em no máximo dois dias.

Abdul saiu da estrada e conduziu com cuidado até uma das colinas rochosas. Estacionou atrás dela, para que o carro não pudesse ser visto da estrada.

– Não podemos deixar o aquecedor ligado a noite toda – disse. – Vamos ter que dormir todos juntos na parte de trás para nos mantermos aquecidos.

Abdul e Kiah se acomodaram no banco de trás com Naji entre eles, chupando o dedo. Kiah cobriu os três com os cobertores.

Abdul não dormia havia trinta e seis horas e tinha passado metade daquele tempo dirigindo, então estava exausto. Ele provavelmente teria que dirigir pelo dia seguinte inteiro. Desligou o celular.

Ele se recostou com o cobertor sobre os joelhos e fechou os olhos. Por algum tempo, ainda ficou examinando a estrada à frente, tentando discernir seus contornos e, ao mesmo tempo, atento a pedras pontiagudas ou qualquer outra coisa que pudesse furar um pneu. Mas quando o sol se pôs por completo e o deserto escureceu, ele caiu em um sono profundo.

Sonhou com Annabelle. Foi durante o período feliz, antes de a família retrógrada dela envenenar o relacionamento. Eles estavam em um parque, deitados em um gramado exuberante. Ele estava deitado de barriga para cima e Annabelle estava ao seu lado, apoiada sobre os cotovelos, inclinando-se sobre ele, beijando seu rosto. Os lábios dela o acariciavam suavemente: na testa, nas faces, no nariz, no queixo, na boca. Ele se deleitou com o toque dela e com o amor que os gestos expressavam.

Então começou a perceber que estava sonhando. Abdul não queria acordar, o sonho estava bom demais, mas se tocou de que não tinha como continuar dormindo, e Annabelle e o gramado começaram a se dissolver. No entanto, quando o sonho acabou, o beijo continuou. Ele lembrou que estava em um carro no meio do deserto da Líbia, calculou que havia dormido doze horas e entendeu quem o estava beijando. Abriu os olhos. Era cedo e a luz do dia ainda estava fraca, mas viu claramente o rosto de Kiah.

Ela parecia ansiosa.

– Você está irritado? – perguntou.

Em algum canto distante de sua mente, ele ansiava por aquele momento havia semanas.

– Não estou, não – disse e a beijou.

Foi um beijo demorado. Abdul queria explorá-la de todas as maneiras possíveis e notou que ela desejava o mesmo. Ele teve a sensação de que nunca havia beijado alguém daquele jeito antes.

Ela se afastou, ofegante.

– Onde está o Naji? – perguntou Abdul.

Ela apontou. Ele estava no banco da frente, enrolado em um cobertor, dormindo profundamente.

– Ele vai acordar em uma hora – disse ela.

Eles se beijaram de novo.

– Tenho que te perguntar uma coisa – falou Abdul.

– Pode perguntar.

– O que você quer? Quero dizer, aqui, agora. O que você quer que a gente faça?

– Tudo – respondeu ela. – Tudo.

# CAPÍTULO 28

No final da tarde de terça-feira, Chang Kai ficou chocado com uma notícia de última hora do CCTV-13, o canal de notícias da televisão chinesa.

Ele estava em seu escritório no Guoanbu quando seu jovem especialista em Coreia, Jin Chin-hwa, entrou e pediu a ele que ligasse a TV. Kai viu o Líder Supremo da Coreia do Norte resplandecente, vestindo um tipo de uniforme militar, parado diante de uma fileira de caças em uma base aérea mas obviamente lendo seu texto em um teleprompter. Kai ficou surpreso: não era comum que o Líder Supremo Kang U-jung falasse ao vivo na TV. Devia ser sério, imaginou.

A Coreia do Norte era uma fonte de preocupação para ele havia anos. O governo era volátil e imprevisível, algo perigoso para um aliado estrategicamente importante. A China fazia todo o possível para manter o regime estável, mas sempre parecia estar à beira de alguma crise. A Coreia do Norte estava calma havia duas semanas e meia, desde a revolta dos ultranacionalistas, e Kai estava confiante de que a rebelião iria fracassar.

Mas o Líder Supremo era vingativo, acima de tudo. Embora tivesse um rosto redondo e sorrisse bastante, fazia parte de uma dinastia que governava por meio do terror. Ele não se contentaria em ver a insurreição desaparecer. Todos teriam que vê-lo esmagá-la. Ele precisava assustar qualquer um que tivesse ideias parecidas.

O CCTV-13 colocou legendas em mandarim junto ao áudio em coreano. Kang dizia:

– As tropas corajosas e leais do Exército do Povo Coreano têm combatido uma insurreição organizada pelas autoridades sul-coreanas em conluio com os Estados Unidos. Os ataques criminosos dos traidores fomentados pelos americanos foram esmagados, e os responsáveis estão presos, enfrentando a justiça. Enquanto isso, estão sendo feitas operações de limpeza à medida que a situação volta ao normal.

Kai colocou no mudo. A acusação contra os Estados Unidos era propaganda de rotina, ele sabia. Assim como os chineses, os americanos valorizavam a estabilidade e detestavam turbulências imprevisíveis, mesmo em países inimigos. Foi o resto da declaração que o incomodou.

Ele olhou para Jin, que estava absurdamente estiloso, de terno preto com uma gravata estreita.

– Isso não é verdade, é?

– Quase com certeza, não.

Jin era cidadão chinês de origem coreana. Pessoas tolas achavam que homens como ele não eram confiáveis nem deveriam ter autorização para trabalhar no serviço secreto. Kai acreditava no oposto disso. Os descendentes de imigrantes costumavam ter um apego extremo ao país de adoção e, às vezes, achavam até que não tinham o direito de discordar das autoridades. Em geral, eram mais apaixonadamente leais do que a maioria dos chineses da etnia *han*, e o rigoroso sistema de investigação do Guoanbu eliminava rapidamente qualquer exceção a essa regra. Jin tinha dito a Kai que na China ele podia ser ele mesmo, um sentimento que não era compartilhado por todos os cidadãos chineses.

– Se fosse verdade que a rebelião acabou, Kang estaria fingindo que ela nem mesmo tinha acontecido – ponderou Jin. – O fato de ele estar dizendo que acabou me faz supor que não acabou. Pode ser uma tentativa de encobrir seu fracasso em sufocá-la.

– Foi o que eu pensei.

Kai fez um movimento de cabeça agradecendo, e Jin foi embora.

Ele ainda estava pensando nas notícias quando seu celular particular tocou.

– Kai falando.

– Sou eu.

Kai reconheceu a voz do general Ham Ha-sun, que devia estar ligando da Coreia do Norte.

– Que bom que você ligou – disse Kai. Foi um comentário sincero. Ham saberia a verdade sobre a rebelião.

Ham foi direto ao ponto:

– O pronunciamento de Pyongyang é uma farsa.

– Eles não debelaram a insurreição?

– Pelo contrário. Os ultranacionalistas consolidaram a posição deles e agora controlam todo o nordeste do país, incluindo três instalações de mísseis balísticos e uma base nuclear.

– Então o Líder Supremo mentiu.

Como Kai e Jin tinham pressuposto.

– Isso não é mais um simples motim – continuou Ham. – É uma guerra civil, e ninguém tem como saber quem vai ganhar.

Isso era pior do que Kai pensava. A Coreia do Norte estava em ebulição mais uma vez.

– Essa é uma informação muito importante – disse ele. – Obrigado.

Kai queria encerrar a conversa, sabendo que a cada segundo aumentava o risco que Ham corria. Mas o general não tinha terminado. Ele tinha assuntos pessoais também:

– Você sabe que eu só continuo aqui por sua causa.

Kai não sabia se aquilo era inteiramente verdade, mas não estava a fim de discutir.

– Sei – respondeu.

– Quando tudo isso acabar, você tem que me tirar daqui.

– Vou fazer o possível…

– Não quero saber do possível. Eu preciso que você me prometa. Se o governo sufocar a rebelião, eles vão me executar por ser um oficial do alto escalão que mudou de lado. E se os rebeldes ao menos suspeitarem que eu falo com você, eles vão me matar como se eu fosse um cachorro.

Isso era verdade, Kai sabia.

– Eu prometo – disse ele.

– Você pode ter que enviar um esquadrão de helicópteros das Forças Especiais para me tirar daqui.

Kai talvez tivesse dificuldades para concretizar aquilo em nome de um espião cuja utilidade estava quase no fim, mas não era hora de admitir hesitações.

– Se for necessário, nós vamos fazer – disse ele com toda a sinceridade que foi capaz de demonstrar.

– Acho que você me deve isso.

– Eu devo, sem dúvida. – Kai falava a sério e esperava poder pagar sua dívida.

– Obrigado. – Ham desligou.

A conclusão a que Kai e Jin chegaram a partir do discurso do Líder Supremo havia sido confirmada pelo espião mais confiável que Kai já tivera. Ele precisava compartilhar a notícia.

Kai ansiava por passar uma noite tranquila em casa com Ting. Os dois trabalhavam muito e, no final do dia, nenhum deles queria se arrumar e ir a lugares da moda onde veriam e seriam vistos. Noites tranquilas eram o deleite deles. Um novo restaurante havia sido inaugurado na vizinhança, o Trattoria Reggio. Kai estava louco por um *penne all'arrabbiata*, mas o dever o chamava.

Ele repassaria a notícia ao vice-presidente da Comissão de Segurança Nacional, que era seu pai, Chang Jianjun.

Ninguém atendeu ao celular de Jianjun, mas ele provavelmente já estava em casa. Kai ligou para lá, e sua mãe atendeu. Ele passou alguns momentos respondendo pacientemente às perguntas dela: ele não estava tendo dores nos seios da face e não as sentia havia alguns anos; Ting havia tomado a vacina anual contra a gripe e não tinha apresentado nenhuma reação; a mãe de Ting estava muito bem para a idade e não sofria mais do que o normal com o antigo ferimento na perna; e, por fim, ele não sabia o que ia acontecer nos próximos capítulos de *Amor no Palácio*. Então perguntou pelo pai.

– Ele foi ao restaurante Enjoy Hot comer pés de porco com os camaradas e vai voltar para casa fedendo a alho – respondeu ela.

– Obrigado – disse Kai. – Eu falo com ele lá.

Ele poderia ter ligado para o restaurante, mas o pai poderia não gostar de ser chamado ao telefone no meio de um jantar com velhos companheiros. No entanto, o local não ficava longe da sede do Guoanbu, então Kai decidiu ir até lá. Era sempre melhor falar com o pai pessoalmente do que por telefone. Ele disse a Peng Yawen para avisar o Monge.

Antes de sair, contou a Jin o que o general Ham tinha lhe contado.

– Agora vou informar ao Chang Jianjun – informou ele. – Me liga se acontecer alguma coisa.

– Sim, senhor.

O Enjoy Hot era um grande restaurante com várias salas privadas. Em uma delas, Kai encontrou o pai jantando com o general Huang Ling e o chefe de Kai, Fu Chuyu, ministro de Segurança do Estado. A sala estava tomada de odores fumegantes de pimenta, alho e gengibre. Os três homens eram membros da Comissão de Segurança Nacional; formavam um poderoso grupo conservador. Mostravam-se sóbrios e sérios, e pareciam irritados por terem sido perturbados. Talvez aquilo fosse mais do que um encontro casual. Kai gostaria de saber o que estavam discutindo que exigia privacidade.

– Notícias da Coreia do Norte que não podem esperar até amanhã de manhã – esclareceu Kai.

Imaginou que seria convidado a puxar uma cadeira, mas eles achavam que tal cortesia não se estendia para alguém mais novo.

– Prossiga – disse Fu Chuyu, seu chefe.

– Há fortes evidências de que o regime de Kang U-jung está perdendo o controle do país. Os ultranacionalistas agora controlam tanto o nordeste quanto o noroeste, ou seja, metade do país. Um informante de confiança descreveu a situação como guerra civil.

– Isso muda o jogo – afirmou Fu.

– Se for mesmo verdade. – O general Huang parecia cético.

– Esse questionamento está sempre presente quando se trata de inteligência secreta – disse Kai. – Mas eu não teria trazido essa informação se não acreditasse em sua veracidade.

– Se for verdade, o que fazemos? – perguntou Chang Jianjun.

Huang estava agressivo, como sempre:

– Bombardeamos os traidores. Em meia hora poderíamos destruir todas as bases que eles conquistaram e matar todos eles. Por que não?

Kai sabia por que não, mas ficou quieto, e seu pai respondeu à pergunta com um toque de impaciência:

– Porque nessa meia hora eles podem lançar mísseis nucleares em cidades chinesas.

Huang se irritou.

– Agora estamos com medo de um bando de amotinados coreanos?

– Não – respondeu Jianjun. – Estamos com medo de bombas nucleares. Qualquer pessoa em sã consciência tem medo de bombas nucleares.

Aquele tipo de conversa irritava Huang. Ele achava que aquilo enfraquecia a China.

– Então quem rouba um punhado de armas nucleares pode fazer o que quiser, e a China fica impotente diante disso! – exclamou ele.

– É claro que não – disse Jianjun secamente. – Mas bombardear não é a nossa primeira atitude. – Depois de um instante, ele acrescentou, pensativo: – Embora possa muito bem ser a nossa última.

Huang mudou de posição:

– Duvido que a situação esteja tão ruim quanto foi pintada. Espiões sempre exageram em seus relatórios para inflar a própria importância.

– Isso é verdade – concordou Fu.

Kai havia cumprido seu dever e não queria discutir com eles.

– Com licença, por favor – disse. – Se me permitem, vou deixar os senhores, mais velhos e mais sábios, discutindo o assunto. Boa noite.

Assim que ele saiu da sala, seu celular tocou. Ele viu que quem estava ligando era Jin e parou junto à porta, do lado de fora, para atender.

– Você me pediu para mantê-lo a par dos desdobramentos – disse Jin.

– O que houve?

– Notícias da KBS, da Coreia do Sul, dizem que os ultranacionalistas norte-coreanos assumiram o controle da base militar de Hamhung, algumas centenas de quilômetros ao sul da base original deles em Yeongjeo-dong. Eles avançaram mais do que a gente esperava.

Kai visualizou em sua cabeça um mapa da Coreia do Norte.

– Ora, isso significa que agora eles têm mais da metade do país.

– E é simbólico também.

– Porque Hamhung é a segunda maior cidade da Coreia do Norte.

– Sim.

Aquilo era muito grave.

– Obrigado por me avisar.

– De nada, senhor.

Kai desligou e voltou para a sala privada. Os três homens olharam para ele, surpresos.

– De acordo com a TV sul-coreana, os rebeldes agora tomaram Hamhung.

Ele viu seu pai ficar pálido.

– É isso – disse ele. – Temos que contar ao presidente.

Fu Chuyu pegou o celular.

– Vou ligar pra ele agora.

# CAPÍTULO 29

Os helicópteros cruzaram o Saara durante a noite, com o objetivo de chegar à mina de ouro ao amanhecer, pouco mais de trinta e seis horas após o aviso de Abdul. Tamara e Tab, principais oficiais da inteligência, viajavam no helicóptero de comando junto com a coronel Marcus. Enquanto estavam no ar a manhã irrompeu sobre uma paisagem indistinta de rocha e areia, sem qualquer vegetação nem sinal da espécie humana. Parecia um outro planeta, desabitado, talvez Marte.

– Você está bem? – perguntou Tab a Tamara.

Na verdade, ela não estava. Estava assustada. Estava com dor de estômago, e teve que manter os punhos cerrados para impedir que as mãos tremessem. Estava desesperada para esconder isso das pessoas no helicóptero, mas a Tab ela podia contar:

– Estou apavorada. Vai ser a terceira vez que terei que sacar uma arma em sete semanas. Eu já deveria estar acostumada a isso.

– Sempre o bom humor – comentou ele, mas apertou discretamente o braço dela em um gesto de acolhimento.

– Vou ficar bem – garantiu ela.

– Eu sei que vai.

Mesmo assim, ela não teria perdido aquele momento por nada. Era o clímax de todo o projeto de Abdul. O relatório dele tinha reabastecido as energias das forças que lutavam contra o EIGS no Norte da África. Ele havia encontrado o Hufra e, melhor ainda, Al-Farabi estava lá. Ele havia revelado o papel da Coreia do Norte no fornecimento de armas aos terroristas africanos. Também tinha descoberto uma mina de ouro que devia ser uma importante fonte de renda para os jihadistas e identificara um campo de trabalho escravo.

Tamara confirmou rapidamente a localização exata. Imagens de satélite mostraram inúmeros campos de mineração na região, todos muito parecidos entre si a dez mil quilômetros de altura. Porém, Tab havia providenciado um voo de reconhecimento com um jato Falcon 50 da Força Aérea francesa, a dez quilômetros de altitude em vez de dez mil, e o Hufra foi facilmente identificado pelo grande quadrado preto de destroços queimados provocados pelo incêndio que Abdul tinha causado. Agora estava explicado por que o drone não havia encontrado nada: eles tinham presumido que o ônibus havia seguido para o norte, que seria o trajeto mais curto até uma estrada asfaltada, mas na verdade ele tinha seguido para oeste, em direção à mina.

Havia sido um enorme desafio alertar a todos e coordenar uma operação com as Forças Armadas americanas e francesas em tão pouco tempo, e houve momentos em que a inabalável Susan Marcus pareceu estar perturbada. No entanto, ela tinha conseguido, e eles haviam partido bem cedo naquela manhã e se encontrado no deserto, sob a luz das estrelas, uma hora atrás.

Era a maior operação já realizada pela força multinacional. O princípio básico nas ofensivas era considerar três atacantes para cada defensor, e Abdul havia estimado que havia uma centena de jihadistas no acampamento, então a coronel Marcus reuniu trezentos soldados. A infantaria agora estava posicionada, fora de vista. Com ela estava uma Equipe de Controle do Poder de Fogo, encarregada de coordenar os ataques aéreos e terrestres para que ninguém atirasse contra o próprio lado. O ataque aéreo seria liderado por helicópteros Apache armados com metralhadoras, foguetes e mísseis ar-terra Hellfire. A missão era esmagar a resistência jihadista o mais rápido possível, para minimizar as baixas na força de ataque e entre os cativos.

A última aeronave da frota era um helicóptero Osprey que transportava uma equipe médica com suprimentos e assistentes sociais fluentes em árabe. Ela assumiria o comando assim que o confronto acabasse. As pessoas escravizadas precisariam de assistência. Teriam problemas de saúde nunca tratados. Algumas estariam desnutridas. Todas teriam que ser devolvidas aos seus lares.

Tamara viu uma mancha no horizonte que rapidamente se transformou em uma habitação. O fato de não haver vegetação indicava que não era uma aldeia-oásis normal, mas um campo de mineração. À medida que a frota se aproximava ela viu um emaranhado de tendas e abrigos improvisados que contrastavam notadamente com os três complexos bem cercados, um contendo as carcaças de carros e caminhões queimados, outro com um poço no centro, que era obviamente a mina de ouro, e o terceiro com construções de blocos de concreto e o que poderiam ser lançadores de mísseis sob coberturas camufladas.

– Acho que você disse que os jihadistas fazem de tudo para manter os prisioneiros fora das áreas cercadas – falou Susan para Tamara.

– Sim. Eles podem levar um tiro se pularem as cercas, segundo o Abdul.

– Então todos dentro das cercas são jihadistas.

– Menos quem está na construção azul-clara. Ali ficam as garotas sequestradas.

– Isso é útil. – Susan apertou um botão para falar com toda a equipe e disse: – Todo o pessoal dentro das áreas cercadas são soldados inimigos, exceto aqueles na construção azul-clara, que são prisioneiros. Não atirem na construção azul-clara. Todos os outros fora das áreas cercadas são civis. – Ela desligou.

O lugar era deprimente. A maioria dos abrigos mal parecia capaz de proteger do sol. As vias eram imundas, cheias de lixo e todo tipo de dejeto. Ainda estava muito cedo, por isso havia poucas pessoas à vista: apenas um punhado de homens esfarrapados indo buscar água e um pequeno grupo fazendo suas necessidades a uma curta distância do acampamento, no que obviamente era a latrina.

O barulho dos helicópteros chegou ao acampamento e logo mais pessoas apareceram.

A primeira aeronave era equipada com um potente sistema de som, e uma voz disse em árabe:

– Saiam para o deserto com as mãos na cabeça. Se você estiver desarmado, não correrá perigo. Saiam para o deserto com as mãos na cabeça.

As pessoas na área dos escravizados correram em direção ao deserto, apressadas demais para colocar as mãos na cabeça, mas visivelmente desarmadas.

No terceiro complexo foi diferente. Os homens saíram das casernas para campo aberto. A maioria tinha fuzis de assalto e alguns portavam lança-mísseis.

Todos os helicópteros rapidamente ganharam altura e se afastaram. A artilharia do Apache tinha um alcance preciso de até oito quilômetros de distância. Explosões atingiram o complexo e destruíram algumas das casernas.

A maior parte da infantaria se aproximou pelo lado do deserto, para desviar a ação da área onde ficavam as pessoas escravizadas. Havia pouca cobertura, mas um esquadrão montou uma bateria de morteiro no poço e começou a lançar projéteis no complexo. Alguém no ar deveria estar passando instruções, porque em pouco tempo a mira deles se tornou devastadoramente precisa.

Tamara estava observando à distância, embora ela não achasse que estava a uma distância muito segura, dados os sofisticados sistemas de mira dos lança-mísseis portáteis. No entanto, ela conseguia ver que os jihadistas não tinham nenhuma chance. Eles não só estavam em menor número como haviam sido claramente cercados, sem qualquer lugar para se esconder, e foi uma carnificina terrível.

Um dos mísseis dos jihadistas acertou o alvo e um Apache explodiu no ar, seus destroços despencando no solo. Tamara gritou de consternação e Tab praguejou. As forças de ataque redobraram os esforços.

O complexo se tornou um matadouro. O chão estava repleto de mortos e feridos, muitas vezes uns em cima dos outros. Os que ainda estavam ilesos começaram a largar as armas e abandonar o complexo, colocando as mãos na cabeça para indicar rendição.

Sem que Tamara percebesse, um esquadrão de infantaria se aproximou do complexo pela área dos prisioneiros e se escondeu perto do portão. Agora estava apontando as armas para aqueles que se rendiam e ordenando que se deitassem de bruços, com o rosto colado ao chão.

O contra-ataque cessou e a infantaria ocupou o complexo. Todos os soldados da missão tinham visto a foto em cores enviada por Abdul de Al-Farabi com o sujeito norte-coreano de blazer de linho preto, e todos sabiam que os dois deveriam ser capturados, se possível com vida. Tamara achava que as chances eram mínimas: poucos jihadistas haviam sobrevivido.

Os helicópteros recuaram e pousaram no deserto, e Tamara e Tab desceram. A troca de tiros havia acabado. Tamara se sentiu bem e percebeu que o medo tinha ido embora assim que o confronto começara.

Enquanto caminhavam pelo acampamento, Tamara ficou maravilhada com o feito de Abdul: ele tinha encontrado aquele lugar, escapado de lá, enviado as informações para a CIA e, ao atear fogo no estacionamento, impedido os jihadistas de fugir.

Quando ela chegou ao complexo, eles encontraram Al-Farabi e o norte-coreano. Os dois prisioneiros de alto valor estavam sendo vigiados por um jovem tenente americano que parecia orgulhoso.

– Esses são seus rapazes, senhora – disse ele a Tamara. – Há outro coreano morto, mas este é o que está na foto. – Ele separou os dois dos demais prisioneiros, que estavam com as mãos amarradas às costas e os pés atados de forma que conseguissem andar mas não correr.

Por um momento ela foi distraída pela visão inusitada de três jovens vestindo lingerie rendada, como se estivessem fazendo teste para um filme pornô barato; então se deu conta de que deveriam ser as ocupantes da construção azul-clara. A equipe do serviço social teria roupas para elas e as demais pessoas: a roupa da maioria estava em farrapos.

Ela voltou sua atenção para os prisioneiros especiais.

– Você é Al-Farabi, o Afegão – disse ela, falando em árabe.

Ele não respondeu.

Ela se virou para o coreano.

– Qual é o seu nome?

– Eu me chamo Park Jung-hun – respondeu ele.

Ela se virou para o tenente.

– Monte algum tipo de isolamento e veja se consegue encontrar algumas cadeiras. Vamos interrogar esses homens.

– Sim, senhora.

Al-Farabi evidentemente entendia inglês, porque disse:

– Eu me recuso a me submeter a um interrogatório.

– Melhor ir se acostumando – respondeu ela. – Você vai ser interrogado por muitos anos.

# CAPÍTULO 30

Kai recebeu uma mensagem de Neil Davidson, seu contato na estação da CIA em Beijing, solicitando uma reunião urgente.

Para garantir a discrição, eles nunca repetiam o local onde faziam suas reuniões. Dessa vez, Kai pediu a Peng Yawen que ligasse para o diretor-administrativo do Cadillac Center e informasse que o Ministério de Segurança do Estado exigia dois lugares na partida de basquete que aconteceria naquela tarde entre o Beijing Ducks e o Xinjiang Flying Tigers. Um mensageiro de bicicleta entregou os ingressos uma hora depois, e Yawen enviou um deles para Neil na embaixada dos Estados Unidos.

Kai presumiu que Neil queria falar sobre a iminente crise na Coreia do Norte. Naquela manhã, tinha havido outro sinal preocupante: uma colisão no mar Amarelo, na costa oeste da Coreia. Por acaso, o céu estava limpo na região e as imagens de satélite saíram com alta qualidade.

Como sempre, Kai precisava de ajuda para interpretar as fotografias. As embarcações eram visíveis principalmente por conta dos rastros na água, mas estava claro que a maior havia atingido a menor. Yang Yong, o perito, disse que o navio maior era uma embarcação da Marinha e o menor, um barco pesqueiro, e ele tinha um palpite quanto à nacionalidade de cada um.

– Nessa zona, o navio da Marinha muito provavelmente é da Coreia do Norte – disse ele. – Parece que foi ele que bateu no outro barco, que deve ser sul-coreano.

Kai concordava. A disputada fronteira marítima entre as águas da Coreia do Norte e da Coreia do Sul era um ponto crítico. A linha traçada pela ONU em 1953 jamais havia sido aceita pelo Norte, que em 1999 definiu uma linha diferente que lhe fornecia mais áreas de pesca. Era uma clássica disputa territorial e costumava levar a confrontos.

Ao meio-dia, a TV sul-coreana exibiu um vídeo feito por um dos marinheiros a bordo do barco pesqueiro. As imagens mostravam nitidamente a bandeira vermelha e azul da Marinha norte-coreana balançando ao vento em um navio indo direto no sentido da câmera. Quando a embarcação se aproximou sem se desviar, ouviram-se gritos de medo da tripulação da traineira. Depois houve um estrondo seguido de gritos, e o vídeo chegou ao fim. Era dramático e assustador, e em poucos minutos deu a volta ao mundo pela internet.

De acordo com o repórter, dois marinheiros sul-coreanos haviam morrido. Um se afogou e o outro foi atingido por destroços.

Logo depois, Kai partiu para o Cadillac Center. No carro, ele tirou o paletó e a gravata e vestiu um casaco de frio volumoso da Nike, para ficar mais de acordo com os demais espectadores.

A multidão na arena era composta principalmente de chineses, mas com uma pitada generosa de outras etnias. Quando Kai chegou ao seu lugar, com duas latas de cerveja Yanjing nas mãos, Neil já estava lá, vestindo um casaco estilo marinheiro e um gorro de tricô cobrindo a testa. Ambos pareciam espectadores comuns.

– Obrigado – disse Neil, aceitando uma lata. – Você pegou uns lugares bons.

Kai deu de ombros.

– Somos da polícia secreta – respondeu ele abrindo a lata e dando um gole.

O Ducks estava com o uniforme principal, totalmente branco, e o Tigers jogava de azul-celeste.

– Parece até um jogo nos Estados Unidos – comentou Neil. – Tem até alguns jogadores negros.

– São nigerianos.

– Eu não sabia que os nigerianos jogavam basquete.

– Eles são muito bons.

A partida começou, e o barulho da multidão ficou alto demais para uma conversa. O Ducks saiu na frente no primeiro quarto e, ao final do segundo, estava com uma vantagem de quinze pontos, 58 a 43.

No intervalo, Kai e Neil juntaram esforços para falar dos assuntos importantes.

– Que porra é essa que está acontecendo na Coreia do Norte? – perguntou Neil.

Kai refletiu por um momento. Precisava ter cuidado para não revelar nenhum segredo. Ao mesmo tempo, acreditava que era do interesse da China que os americanos ficassem bem informados. Mal-entendidos muitas vezes geravam crises.

– O que está acontecendo é uma guerra civil – disse. – E os rebeldes estão vencendo.

– Foi o que eu imaginei.

– É por isso que o Líder Supremo está fazendo coisas idiotas, como afundar um barco de pesca sul-coreano. Ele está se esforçando muito para não parecer tão fraco quanto realmente é.

– Francamente, Kai, nós não entendemos por que vocês não fazem nada para resolver esse problema.

– Tipo?

– Intervir com seus próprios soldados e acabar com os rebeldes, por exemplo.

– Poderíamos fazer isso, mas pode ser que ao mesmo tempo eles revidem disparando armas nucleares contra cidades chinesas. Não podemos correr esse risco.

– Manda o seu Exército para Pyongyang e se livra de vez do Líder Supremo.

– Dá no mesmo. Estaríamos em guerra com os rebeldes e suas armas nucleares.

– Deixa os rebeldes formarem um novo governo.

– Acreditamos que isso deve acontecer mesmo sem a nossa intervenção.

– Não fazer nada também pode ser perigoso.

– Sabemos disso.

– Tem mais uma coisa. Você sabia que os norte-coreanos estão dando suporte aos terroristas do EIGS no Norte da África?

– Como assim? – Kai sabia exatamente do que Neil estava falando, mas precisava ser cauteloso.

– Invadimos um esconderijo terrorista chamado Hufra, na Líbia, perto da fronteira com o Níger. Há uma mina de ouro operada por pessoas escravizadas.

– Muito bem.

– Prendemos o Al-Farabi, o homem que acreditamos ser o líder do Estado Islâmico no Grande Saara. Com ele estava um coreano que disse se chamar Park Jung-hun.

– Deve haver milhares de coreanos chamados Park Jung-hun. É como John Smith nos Estados Unidos.

– Também encontramos três mísseis balísticos Hwasong-5 de curto alcance em lançadores autopropulsados.

Kai ficou chocado. Sabia que os norte-coreanos vendiam fuzis aos terroristas, mas mísseis balísticos eram outra história. Ele disfarçou a surpresa e disse:

– A única indústria de exportação bem-sucedida deles é a de armamentos.

– Mesmo assim…

– Concordo. É uma loucura vender mísseis para esses maníacos.

– Então isso não é feito com a aprovação de Beijing.

– De maneira nenhuma.

Os times voltaram para a quadra e a partida recomeçou.

– Vamos lá, Ducks! – gritou Kai em mandarim.

– Quer outra Yanjing? – perguntou Neil em inglês.

– Com certeza – disse Kai.

■ ■ ■

Naquela noite, o presidente da Zâmbia seria recebido com um jantar na Sala de Banquetes de Estado do Grande Salão do Povo, na praça da Paz Celestial. A China havia investido milhões nas minas de cobre da Zâmbia, e a Zâmbia apoiava a China na ONU.

Kai não tinha sido convidado, mas compareceu ao coquetel que antecedeu o jantar. Tomando uma taça de Chandon Me, a alternativa da China ao champanhe, ele falou com o ministro das Relações Exteriores, Wu Bai, que estava extremamente elegante em um terno azul-escuro.

– Os sul-coreanos com certeza vão revidar o ataque ao barco pesqueiro – disse Wu.

– E depois a Coreia do Norte vai revidar o revide.

– Provavelmente é bom que o Líder Supremo não tenha mais o controle das armas nucleares – respondeu Wu falando mais baixo. – Ele ficaria tentado a usá-las contra a Coreia do Sul, e então os americanos acabariam envolvidos em uma guerra nuclear.

– Prefiro nem pensar nisso – disse Kai. – Mas lembre-se de uma coisa: ele tem outras armas quase tão temíveis quanto as nucleares.

Wu franziu a testa.

– O que quer dizer com isso?

– A Coreia do Norte tem duas mil e quinhentas toneladas de armas químicas, como gases tóxicos, agentes vesicantes e eméticos. Além das armas biológicas, como antraz, cólera e varíola.

Wu demonstrou estar em pânico.

– Merda, não tinha pensado nisso – disse ele. – Eu sabia, mas não me veio à cabeça.

– Acho que devemos fazer algo a respeito.

– Temos que falar para eles não usarem essas armas.

– Vamos supor que eles usem. Nós vamos... fazer o quê? – Kai estava tentando levar Wu à conclusão inevitável.

– Cortar todo o auxílio, talvez – respondeu Wu. – Não só o pacote de emergência, mas tudo.

Kai assentiu.

– Essa ameaça pode forçá-los a nos levar a sério.

– Sem a nossa ajuda, o regime de Pyongyang entraria em colapso em poucos dias.

"Isso é verdade", pensou Kai, "mas o Líder Supremo provavelmente ia achar que se tratava de uma ameaça vazia". Ele sabia como a Coreia do Norte era estrategicamente crucial para a China e poderia confiar na hipótese de que, na hora H, os chineses perceberiam que seria impossível abandonar o vizinho. E talvez ele tivesse razão.

No entanto, Kai guardou aquele pensamento para si mesmo e disse em um tom neutro:

– Certamente vale a pena pressionar Pyongyang.

Wu não percebeu sua falta de convicção.

– Vou falar com o presidente Chen sobre isso, mas acho que ele vai concordar.

– O embaixador norte-coreano, Bak Nam, está aqui hoje.

– Que convidado inusitado.

– Eu sei. Devo informar ao embaixador Bak que você precisa falar com ele?

– Sim. Peça a ele que vá me ver amanhã. Enquanto isso, vou tentar dar uma palavrinha com o Chen hoje à noite.

– Ótimo.

Kai se afastou de Wu Bai e olhou ao redor. Havia cerca de mil pessoas no salão, e ele levou alguns minutos para localizar o contingente norte-coreano. O embaixador Bak era um homem de rosto magro e terno surrado. Estava com uma taça em uma das mãos e um cigarro na outra. Kai havia estado com ele inúmeras vezes. Bak não pareceu feliz em revê-lo.

– Senhor embaixador – disse Kai –, acredito que nossas remessas emergenciais de arroz e carvão estejam chegando bem, não?

Bak respondeu em um mandarim perfeito, com um tom hostil:

– Sr. Chang, sabemos que foi o senhor que determinou o atraso.

Quem havia lhe contado aquilo? O quem-disse-o-quê de uma discussão política era sempre confidencial. A revelação de opiniões contrárias podia prejudicar a decisão final. Alguém havia quebrado aquela regra, provavelmente para atingir Kai.

Ele deixou a questão de lado por um instante.

– Eu tenho uma mensagem do ministro das Relações Exteriores – continuou Kai. – Ele precisa falar com o senhor. Poderia fazer a gentileza de marcar um horário para encontrá-lo amanhã?

Kai estava sendo educado. Nenhum embaixador recusaria tal pedido de um ministro das Relações Exteriores. Mas Bak não concordou de imediato:

– E sobre o que ele gostaria de falar? – perguntou com altivez.

– Sobre o estoque de armas químicas e biológicas da Coreia do Norte.

– Nós não temos armas desse tipo.

Kai reprimiu um suspiro. O tom de um governo era definido por quem estava no topo, e Bak estava apenas reproduzindo o estilo do Líder Supremo, que tinha a obstinação virtuosa de um fanático religioso. "Apenas diga que sim, desgraçado", pensou, cansado. Mas disse:

– Então provavelmente vai ser uma conversa rápida.

– Talvez não. Eu estava prestes a solicitar uma reunião com o Sr. Wu a respeito de outro assunto.

– Posso perguntar qual seria?

– Talvez precisemos da ajuda de vocês para acabar com essa insurreição organizada pelos americanos em Yeongjeo-dong.

Kai não respondeu à menção aos Estados Unidos. Era um discurso automático, e Bak acreditava tão pouco naquilo quanto Kai.

– O que o senhor tem em mente?

– Vou discutir isso com o ministro.

– Deve estar pensando em apoio militar.

Bak o ignorou.

– Vou fazer uma visita ao ministro amanhã.

– Avisarei a ele.

Kai esbarrou novamente com Wu assim que os convidados foram chamados aos seus lugares para o jantar.

– O presidente Chen concorda com a minha sugestão – contou Wu. – Se a Coreia do Norte utilizar armas químicas ou biológicas, cortaremos todo o auxílio.

– Ótimo – disse Kai. – E amanhã, quando você se encontrar com o embaixador Bak para avisá-lo sobre isso, ele vai lhe pedir apoio militar contra os rebeldes.

Wu balançou a cabeça em negação.

– Chen não vai enviar tropas chinesas para um confronto na Coreia do Norte. Lembre-se de que os rebeldes possuem armas nucleares. Nem mesmo a Coreia do Norte vale uma guerra nuclear.

Kai não queria que Wu rejeitasse o pedido de Bak.

– Podemos oferecer apoio com algumas limitações – sugeriu ele. – Armas e munições, informações, mas nenhum efetivo militar.

Wu concordou.

– Qualquer coisa para confrontos de curto alcance, mas nada que possa ser usado contra a Coreia do Sul.

– Aliás – disse Kai, pensando em voz alta –, podemos oferecer ajuda com a condição de que a Coreia do Norte interrompa suas incursões intimidadoras no território marítimo que eles tanto disputam.

– Essa, sim, é uma boa ideia. Auxílio limitado, desde que se comportem.

– Sim.

– Vou sugerir ao Chen.

Kai olhou para o salão. Uma centena de garçons já trazia o primeiro prato.

– Bom jantar – disse.

– Você não vai ficar?

– O governo da Zâmbia não considera a minha presença essencial.

Wu sorriu com tristeza.

– Sorte sua – comentou ele.

■ ■ ■

Eles se encontraram na manhã seguinte no Ministério das Relações Exteriores. Kai chegou primeiro, e em seguida o embaixador Bak com quatro assessores. Eles se sentaram ao redor de uma mesa onde havia chá em xícaras cobertas com tampas de porcelana para mantê-lo quente. Trocaram gentilezas, mas, apesar disso, o clima estava tenso. Wu iniciou a discussão dizendo:

– Quero falar com você sobre armas químicas e biológicas.

Bak o interrompeu imediatamente, repetindo o que havia dito a Kai na noite anterior:

– Nós não temos armas desse tipo.

– Que você saiba – disse Wu, dando a ele uma alternativa.

– Eu tenho certeza – insistiu Bak.

Wu tinha uma resposta pronta:

– Caso vocês adquiram alguma dessas armas no futuro, e caso os militares tenham essas armas sem o seu conhecimento, o presidente Chen deseja que você esteja totalmente ciente do ponto de vista dele.

– Nós já estamos bastante cientes das opiniões do presidente. Eu mesmo...

Wu levantou a voz, atropelando Bak.

– Ele pediu que eu me certificasse disso! – exclamou, deixando transparecer sua raiva.

Bak ficou em silêncio.

– A Coreia do Norte não deve jamais usar essas armas contra a Coreia do Sul. – Wu ergueu a mão para impedir que Bak o interrompesse novamente. – Se desafiarem essa decisão, ou a ignorarem, ou mesmo a violarem por acidente, as consequências serão imediatas e irrevogáveis. Sem qualquer discussão ou aviso prévio, a China irá privar a Coreia do Norte de qualquer tipo de apoio, de modo permanente. Não haverá nada. Absolutamente nada.

Bak parecia resistente, mas ficou evidente para Kai que sob o leve sorriso de escárnio ele estava chocado. Ele tentou imprimir um tom cético ao dizer:

– Se vocês por acaso debilitarem fatalmente a Coreia do Norte, os americanos vão tentar assumir o controle, e tenho certeza de que vocês não os querem como vizinhos.

– Eu não chamei você aqui para uma discussão – falou Wu com firmeza. Naquele momento, ele havia abandonado completamente sua polidez habitual. – Estou lhe apresentando os fatos. Acredite no que quiser, mas deixe essas armas terríveis e incontroláveis onde quer que estejam escondidas, e nem pense em usá-las.

Bak retomou a compostura:

– A mensagem foi muito clara, ministro das Relações Exteriores, e agradeço.

– Ótimo. Agora vamos à sua mensagem para mim.

– Sim. A insurreição que começou em Yeongjeo-dong está se mostrando mais difícil de conter do que meu governo admitiu publicamente até então.

– Agradeço a franqueza – disse Wu, retomando seu charme.

– Acreditamos que a maneira mais rápida e eficaz de acabar com isso seria uma operação conjunta entre os exércitos norte-coreano e chinês. Uma demonstração de força como essa deixaria evidente, para os traidores, que eles estão diante de uma oposição avassaladora.

– Entendo a sua lógica – comentou Wu.

– E isso demonstraria aos apoiadores deles na Coreia do Sul e nos Estados Unidos que a Coreia do Norte também tem amigos poderosos.

"Não tantos assim", pensou Kai.

– Pode deixar que vou encaminhar essa mensagem ao presidente Chen – afirmou Wu –, mas já digo de imediato que ele não vai enviar tropas chinesas à Coreia do Norte com esse propósito.

– Isso é muito decepcionante – reagiu Bak com firmeza.

– Mas não se desespere – disse Wu. – Talvez possamos lhes fornecer armas, munição e todas as informações que conseguirmos reunir sobre os rebeldes.

Bak claramente tinha desprezado aquela oferta, mas era astuto demais para rejeitá-la de imediato.

– Qualquer ajuda é bem-vinda – disse ele –, mas isso dificilmente bastaria.

– Devo acrescentar que essa ajuda seria dada sob uma condição.

– Qual?

– Que a Coreia do Norte cesse suas incursões em áreas marítimas disputadas.

– Nós não reconhecemos a suposta Linha de Limite Norte, ela foi imposta unilateralmente...

– Nós também não, mas a questão não é essa – interrompeu Wu. – Simplesmente achamos que este é um péssimo momento para vocês marcarem seu posicionamento abatendo barcos pesqueiros.

– Era uma traineira.

– O presidente Chen quer que vocês sufoquem a rebelião, mas acha que este tipo de ação provocando a Coreia do Sul é contraproducente.

– A República Popular Democrática da Coreia – disse Bak, usando pomposamente o nome oficial completo da Coreia do Norte – não se curvará diante de intimidações.

– Não queremos que façam isso – afirmou Wu. – Mas vocês precisam lidar com um problema de cada vez. Dessa forma, a chance de resolver os dois é maior. – Ele se levantou para indicar que a reunião estava encerrada.

Bak entendeu a deixa.

– Vou repassar sua mensagem – informou. – Em nome do nosso Líder Supremo, agradeço por me receber.

– Não há de quê.

Os coreanos deixaram a sala em fila.

– Você acha que eles terão o bom senso de fazer o que pedimos? – perguntou Kai a Wu depois que a porta se fechou.

– De jeito nenhum – respondeu Wu.

# DEFCON 3

AUMENTO DA PRONTIDÃO DA FORÇA. FORÇA AÉREA PRONTA PARA SE MOBILIZAR EM 15 MINUTOS.

(AS FORÇAS ARMADAS DOS ESTADOS UNIDOS ENTRARAM EM DEFCON 3 NO DIA 11 DE SETEMBRO DE 2001.)

# CAPÍTULO 31

Gus entrou no Salão Oval com um mapa na mão.

– Houve uma explosão no estreito da Coreia – avisou.

Pauline havia visitado a Coreia quando era congressista. As fotos de sua viagem a tornaram querida pelos quarenta e cinco mil coreano-americanos em Chicago.

– Lembre-me exatamente onde fica o estreito da Coreia – pediu ela.

Ele deu a volta na mesa e colocou o mapa diante dela. Pauline sentiu seu perfume distinto, com notas de madeira defumada, lavanda e almíscar, e resistiu à tentação de tocá-lo.

Ele era absolutamente profissional.

– É o canal entre a Coreia do Sul e o Japão – disse ele, apontando. – A explosão ocorreu no extremo oeste do estreito, perto de uma grande ilha chamada Jeju. É um complexo turístico com praias, mas lá também há uma base naval de tamanho mediano.

– Alguma tropa americana na base?

– Não.

– Ótimo.

Quando esteve na Coreia, ela havia conversado com alguns dos vinte e oito mil e quinhentos soldados americanos por lá, alguns de seu distrito eleitoral, e perguntara como se sentiam por viver do outro lado do mundo. Eles disseram que gostavam da vida noturna agitada de Seul, mas que as garotas coreanas eram tímidas.

Aqueles jovens eram responsabilidade dela.

O dedo indicador de Gus pousou no mapa ao sul da ilha.

– A explosão não foi distante da base naval. Não foi nem de longe tão grande quanto um terremoto ou uma bomba nuclear, mas foi registrada por detectores sísmicos próximos.

– O que pode ter causado isso?

– Não foi um fenômeno natural de tipo algum. Pode ter sido uma bomba antiga não detonada, como um torpedo ou uma carga de profundidade, mas eles acham que foi algo maior do que isso. A probabilidade esmagadora é de que um submarino tenha explodido.

– Algum dado de inteligência?

O celular de Gus tocou e ele o tirou do bolso.

– Chegando agora, espero – respondeu ele olhando para a tela. – É a CIA. Atendo?

– Por favor.

– Gus Blake – disse ele ao telefone e então ficou escutando.

Pauline ficou observando. "O coração de uma mulher pode ser como uma bomba não detonada", pensou ela. "Trate-me com delicadeza, Gus, para que eu não exploda. Se você simplesmente juntar o par de fios errado, eu posso acabar explodindo, destruindo minha família e minhas esperanças de reeleição, assim como a sua carreira."

Pensamentos inadequados como aquele vinham passando pela sua cabeça com mais frequência.

Ele desligou e falou:

– A CIA conversou com o Serviço Nacional de Inteligência da Coreia do Sul.

Pauline fez uma careta. O SNICS era uma espécie de agência de vigilância, com um longo histórico de corrupção, interferência em eleições e outras atividades ilegais.

– Eu sei – disse Gus, lendo a mente dela. – Não é o nosso pessoal favorito. Mas olha só. Eles dizem que uma embarcação subaquática foi detectada em águas sul-coreanas e identificada como um submarino da classe Romeo, muito provavelmente construído na China e integrante da Marinha norte-coreana. Acredita-se que tais embarcações sejam armadas com três mísseis balísticos, mas não temos certeza. Quando começou a se aproximar da base de Jeju, a Marinha enviou uma fragata.

– A fragata tentou avisar o submarino?

– Como não existe transmissão convencional de rádio debaixo d'água, a fragata lançou uma carga de profundidade a uma distância segura do submarino, que é praticamente a única maneira de se comunicar nessas circunstâncias. Mas o submarino continuou a se aproximar da base e, portanto, eles consideraram que se tratava de algum tipo de missão de ataque. A fragata recebeu ordens para disparar um de seus mísseis antissubmarino Red Shark. O míssil acertou em cheio e destruiu o submarino, e não restou nenhum sobrevivente.

– Não é uma explicação muito boa.

– Essa história não me convenceu. O mais provável é que o submarino tenha desviado para as águas sul-coreanas por acidente e eles decidiram provar que podiam ser tão durões quanto o Norte.

Pauline deu um suspiro.

– O Norte ataca uma traineira do Sul. O Sul destrói um submarino do Norte. Olho por olho, dente por dente. Precisamos dar um jeito nisso antes que saia do controle. Toda catástrofe começa com um problema pequeno que ficou mal resolvido. – Aquele tipo de coisa a assustava. – Peça ao Chess que ligue para o Wu Bai sugerindo que os chineses contenham os norte-coreanos.

– Pode ser que eles não consigam.

– Eles podem tentar. Mas você tem razão, o Líder Supremo não deve ouvir. O problema de ser um tirano é que você fica numa posição muito frágil. Não pode afrouxar as rédeas nem por um segundo. Assim que você mostra fraqueza, o cheiro de sangue sobe e os chacais se juntam. Maquiavel dizia que é melhor ser temido do que amado, mas ele estava errado. Um líder popular pode cometer erros e sobreviver, até certo ponto. Um tirano, não.

– Talvez a gente consiga acalmar a Coreia do Sul.

– O Chess também pode conversar com eles. Quem sabe se convencem de fazer algum tipo de oferta de paz ao Líder Supremo?

– A presidente No é complicada.

– Sim.

No Do-hui era uma mulher orgulhosa que acreditava na própria genialidade e se achava capaz de superar qualquer obstáculo. Uma política populista, ela havia vencido as eleições sob a promessa de reunificar as Coreias do Norte e do Sul; perguntada sobre quando isso aconteceria, ela respondeu: "Antes de eu morrer." Jovens sul-coreanos descolados começaram a usar camisetas com a frase "Antes de eu morrer", e esse se tornou seu slogan.

Pauline sabia que a reunificação jamais seria tão simples: o custo em dólares seria gigantesco, e o colapso social seria incomensurável assim que 25 milhões de coreanos famintos se dessem conta de que tudo em que haviam acreditado era mentira. Aparentemente, No sabia disso. Ela talvez acreditasse que os americanos pagariam a conta e que o *momentum* de seu triunfo superaria todos os outros problemas.

A chefe de gabinete Jacqueline Brody entrou e disse:

– O secretário de Defesa quer falar com a senhora.

– Ele ligou do Pentágono? – perguntou Pauline.

– Não, senhora, ele está bem aqui, a caminho da Sala de Crise.

– Mande-o entrar.

Luis Rivera havia sido o almirante mais jovem da Marinha dos Estados Unidos.

Embora estivesse com o terno azul-escuro típico de Washington, era como se ainda estivesse servindo: cabelo preto cortado à escovinha, nó de gravata perfeito e sapatos brilhando. Ele cumprimentou Pauline e Gus com muita cortesia e falou:

– O Oitavo Exército dos Estados Unidos na Coreia do Sul sofreu um grande ataque cibernético.

O Oitavo Exército era a maior unidade das Forças Armadas americanas na Coreia do Sul.

– Que tipo de ataque? – perguntou Pauline.

– Um DDoS.

Aquilo era um teste, Pauline sabia. Ele usou um jargão para ver se ela entenderia. Mas ela conhecia aquela sigla.

– Ataque distribuído de negação de serviço – disse ela, fazendo uma afirmação em vez de uma pergunta.

Rivera assentiu: ela havia passado no teste.

– Sim, senhora. No início da manhã, nossos firewalls foram violados e nossos servidores foram inundados com milhões de solicitações artificiais de várias fontes. As estações de trabalho ficaram lentas e nossa intranet caiu. Todas as comunicações eletrônicas foram interrompidas.

– O que vocês fizeram?

– Bloqueamos todo o tráfego de entrada. Estamos restaurando os servidores agora e desenvolvendo filtros. Esperamos ter notícias dentro de uma hora. Devo acrescentar que o comando e o controle de armas, que é cercado por um sistema diferente, não foi afetado.

– Pelo menos uma boa notícia. Quem foi o responsável?

– A enxurrada veio de diversos servidores do mundo inteiro, mas sobretudo da Rússia. É quase certo que tenha começado na Coreia do Norte. Aparentemente, há uma assinatura detectável. No entanto, chegamos a um limite, não sabemos mais do que isso. Vou repassar as descobertas dos especialistas do Pentágono.

– Veio da creche, provavelmente – disse Pauline, e Gus deu uma risadinha. – Mas por que agora? A Coreia do Norte tem sido hostil conosco há décadas. Hoje, de repente, decidiram que era hora de atacar nossos sistemas. Qual é o plano deles?

– Todos os estrategistas concordam que a guerra cibernética é um prelúdio essencial do verdadeiro confronto – disse Luis.

– Então o Líder Supremo acredita que a Coreia do Norte logo estará em guerra com os Estados Unidos.

– Eu diria que acreditam que *talvez* eles próprios estarão em guerra, mais provavelmente com a Coreia do Sul, mas, dada a estreita aliança entre Estados Unidos e Coreia do Sul, quiseram nos enfraquecer só por precaução.

Pauline olhou para Gus, que disse:

– Concordo com o Luis.

– Eu também – falou ela. – Estamos planejando uma retaliação com nosso ataque cibernético, Luis?

– O comandante local está refletindo sobre isso, mas não fiz nenhum tipo de pressão – afirmou Luis. – Temos muitos recursos para uma guerra cibernética, mas ele está relutante em expor isso ao mundo.

– Quando utilizarmos nossas armas cibernéticas, queremos que seja um choque absoluto para os inimigos, algo para o qual eles não estejam nada preparados – acrescentou Gus.

– Entendo – disse Pauline. – Mas o governo de Seul pode não ser tão contido.

– Sim – concordou Luis. – Na verdade, suspeito que eles já tenham revidado de alguma forma. Por que aquele submarino norte-coreano se aproximou da base naval de Jeju? Talvez os sistemas da embarcação estivessem inativos e eles tenham perdido a orientação.

– Todos aqueles homens mortos sem motivo algum – disse Pauline, pesarosa. Ela ergueu os olhos. – Tudo bem, Luis, obrigada.

– Eu é que agradeço, senhora presidente – disse Luis e saiu.

– Quer falar com o Chester antes que ele ligue para Beijing e Seul? – perguntou Gus.

– Sim. Obrigada por me lembrar.

– Vou trazê-lo aqui.

Pauline ficou observando Gus enquanto ele falava ao telefone. Ela pensava no que havia acontecido quando Gerry e Pippa estavam fora. Gerry tinha ido para a cama com Amelia Judd, e Pauline quase pensara em ir para a cama com Gus. Seu casamento ainda tinha salvação, ela sabia e tentaria fazer isso acontecer – ela precisava fazer isso acontecer, pelo bem de Pippa –, mas, em seu íntimo, Pauline queria outra coisa.

Gus desligou e disse:

– O Chess está aqui do lado, no Edifício Eisenhower. Chega em cinco minutos.

A Casa Branca era assim. Horas de trabalho intenso e concentração inabalável; então, de repente, uma pausa, e o resto de sua vida vinha à tona.

– Daqui a cinco anos você vai estar fora deste escritório – murmurou Gus.

– Talvez daqui a um – disse ela.

– Mais provavelmente cinco.

Ela analisou o rosto dele e viu um homem forte lutando para expressar um sentimento profundo. Perguntou-se o que estaria por vir. Estava trêmula. Aquilo a surpreendeu: ela nunca ficava trêmula.

– Pippa vai estar na faculdade daqui a cinco anos – afirmou ele.

Ela assentiu e pensou: "Do que eu estou com medo?"

– Você vai estar livre – disse ele.

– Livre... – repetiu ela.

Ela começou a ver aonde aquilo poderia chegar e se sentiu ao mesmo tempo animada e apreensiva.

Gus fechou os olhos, retomando o controle, depois os abriu e continuou:

– Eu me apaixonei pela Tamira quando tinha 20 anos.

Tamira era a ex-mulher dele. Pauline a imaginou: uma mulher negra alta de quase 50 anos, confiante e bem-vestida. Antes uma velocista campeã, ela agora era uma bem-sucedida agente de estrelas do esporte. Era linda, inteligente e não tinha absolutamente nenhum interesse por política.

– Ficamos muito tempo juntos, mas aos poucos fomos nos separando – disse Gus. – Estou solteiro há dez anos. – Houve uma nota de pesar que indicou a Pauline que a vida de solteiro nunca tinha sido o ideal de Gus. – Não vivi feito um monge, saí com algumas mulheres. Conheci uma ou duas incríveis.

Pauline não detectou nenhum indício de que ele estivesse se gabando. Ele estava apenas relatando os fatos. "Ele está tentando provar sua idoneidade", pensou ela, e por um segundo achou graça do próprio juridiquês. Ele continuou:

– Mais nova, mais velha, na política, fora dela. Mulheres inteligentes e sensuais. Mas nunca me apaixonei. Não cheguei nem perto. Até eu te conhecer.

– O que você está falando?

– Que eu esperei dez anos por você. – Ele sorriu. – E, se for preciso, posso esperar mais cinco.

Pauline foi tomada pela emoção. Sua garganta fechou e ela não conseguiu dizer nada. Seus olhos se encheram d'água. Queria jogar os braços em volta dele, colocar a cabeça em seu peito e chorar sobre seu terno risca de giz. Porém, seu secretário de Estado, Chester Jackson, entrou e ela precisou se recompor em um segundo.

Pauline abriu uma gaveta da escrivaninha, tirou um punhado de lenços de papel e assoou o nariz, virando-se. Ela olhou pela janela e, do outro lado do Jardim Sul, em direção ao National Mall, havia milhares de olmos e cerejeiras reluzindo, ostentando as cores do outono, todos os gloriosos tons de vermelho, laranja e amarelo, lembrando-a de que, embora o inverno estivesse chegando, ainda havia tempo para alegria.

– Espero não estar com um resfriado de outono – disse ela, enxugando disfarçadamente as lágrimas. Em seguida se sentou e olhou para a sala, constrangida mas feliz, e disse: – Vamos ao que interessa.

···

Naquela noite, ao final do jantar, Pippa disse:

– Mãe, posso te fazer uma pergunta?

– Claro, querida.

– Você usaria armas nucleares?

Pauline foi pega de surpresa, mas não hesitou:

– Sim, claro. De onde você tirou isso?

– Estávamos conversando sobre esse assunto na escola, e a Cindy Riley disse: "É a sua mãe que aperta o botão." Você faria isso?

– Sim. Uma pessoa não pode ser presidente se não estiver disposta a fazer isso. Faz parte do trabalho.

Pippa se virou em sua cadeira para olhar Pauline nos olhos.

– Mas com certeza você viu aquelas fotos de Hiroshima.

Pauline tinha trabalho a fazer, como toda noite, mas aquela era uma conversa importante e ela não ia encurtá-la. Pippa estava preocupada. Pauline se sentiu nostálgica ao se lembrar da época em que Pippa fazia perguntas fáceis, como para onde vai a Lua quando não conseguimos vê-la.

– Sim, eu analisei essas fotos – respondeu ela.

– Tipo, não sobrou nada... e por causa de uma bomba!

– Sim.

– E todas aquelas pessoas morreram... oitenta mil!

– Eu sei.

– E os sobreviventes sofreram ainda mais. Queimaduras horríveis, depois a contaminação pela radiação.

– A parte mais importante do meu trabalho é garantir que isso jamais aconteça de novo.

– Mas você diz que usaria armas nucleares!

– Olha. Desde 1945 os Estados Unidos estiveram envolvidos em várias guerras, grandes e pequenas, algumas envolvendo outro país com armas nucleares, mas elas nunca mais foram usadas.

– Isso não prova que não precisamos delas?

– Não, prova que a dissuasão funciona. Outras nações têm medo de atacar os Estados Unidos com armas nucleares porque sabem que iremos revidar e que não vão conseguir nos vencer.

Pippa estava ficando chateada. Ela subiu o tom de voz:

– Mas se isso acontecer e você apertar o botão, vamos todos morrer!

– Nem todo mundo, não necessariamente. – Pauline sabia que aquele era o ponto fraco de seu argumento.

– Por que você simplesmente não diz que vai apertar o botão, tipo, com os dedos cruzados atrás das costas?

– Eu não acredito em fingimentos. Isso não funciona. As pessoas descobrem. E, mesmo assim, eu não preciso fingir. Realmente acredito que posso ter que apertar o botão um dia.

Os olhos de Pippa se encheram de lágrimas.

– Mas, mãe, uma guerra nuclear pode ser o fim da espécie humana.

– Eu sei. A mudança climática também. Ou mesmo um cometa ou um novo vírus. Essas são as coisas que precisamos administrar para sobreviver.

– Mas quando você apertaria o botão? Tipo, em quais circunstâncias? O que poderia levar você a arriscar que o mundo acabasse?

– Eu venho pensando bastante nisso, ao longo de muitos anos, como você pode imaginar – começou Pauline. – Existem três condições. Em primeiro lugar, seja qual for o problema, se todos os meios pacíficos possíveis de resolvê-lo tiverem sido utilizados, todos os canais diplomáticos, mas sem sucesso.

– Tá, tipo, isso é óbvio.

– Seja paciente, querida, porque tudo isso é importante. Em segundo lugar, se não tivesse sido possível resolver o problema utilizando nosso vasto arsenal de armas não nucleares.

– Difícil de imaginar.

Não era nada difícil, mas Pauline preferiu não levar a conversa por esse rumo.

– Em terceiro e último lugar, se a ação inimiga estivesse matando os americanos, ou prestes a matá-los. Então, veja, a guerra nuclear é o último recurso quando todo o resto já fracassou. É aí que eu discordo de pessoas como o James Moore, que trata as armas nucleares como a primeira opção, sendo que depois delas não existe mais nenhuma outra.

– Mas se qualquer uma dessas três coisas acontecer, você corre o risco de exterminar a espécie humana.

Pauline não achava que isso fosse tão ruim assim, mas era ruim de algum modo e ela não ia discutir.

– Sim, eu corro esse risco. E se eu não fosse capaz de responder "sim" a essa pergunta, não poderia ser presidente.

– Uau – reagiu Pippa. – Isso é horrível.

Mas ela não era tão passional. Conhecer os fatos a ajudava a enfrentar o pesadelo. Pauline se levantou.

– Agora eu tenho que voltar ao Salão Oval e garantir que isso não aconteça.

– Boa sorte, mamãe.

– Obrigada, querida.

A temperatura estava caindo lá fora. Ela havia notado mais cedo. Decidiu ir para a Ala Oeste através do túnel construído pelo presidente Reagan. Desceu até o porão, abriu a porta de um armário, entrou no túnel e atravessou depressa o carpete marrom-escuro. Pauline se perguntou se Reagan achava que ali embaixo estaria a salvo de um ataque nuclear. O mais provável é que ele simplesmente não gostasse de sentir frio enquanto se dirigia para a Ala Oeste.

A monotonia das paredes era minimizada por fotografias emolduradas de lendas do jazz americano, provavelmente escolhidas pelos Obamas. "Duvido que os Reagans gostassem de Wynton Marsalis", pensou ela. O túnel seguia a rota da colunata acima, virando em ângulos retos ao longo do caminho. Ele levava a uma escada que conduzia a uma porta escondida do lado de fora do Salão Oval.

Mas Pauline contornou o Salão Oval e entrou no confortável e pequeno Estúdio, um local de trabalho sem todo aquele clima de formalidade. Leu o relatório completo sobre o ataque ao Hufra no deserto do Saara, notando o reaparecimento de duas mulheres, Susan Marcus e Tamara Levit. Refletiu sobre o armamento norte-coreano encontrado no acampamento e sobre o homem misterioso que se apresentara como Park Jung-hun.

Ela voltou a pensar na conversa com Pippa, nas coisas que havia dito, e não sentiu vontade de mudar nenhuma palavra. "Ter que se justificar para uma criança é um bom exercício", refletiu. "Clareia a mente."

Mas o sentimento avassalador que restou foi de solidão.

Provavelmente ela jamais teria que tomar a decisão sobre a qual Pippa a havia questionado – se Deus quisesse –, mas o dia a dia a expunha a perguntas difíceis. Suas escolhas traziam riqueza ou pobreza às pessoas, justiça ou injustiça, vida ou morte. Ela dava o melhor de si, mas nunca tinha cem por cento de certeza de estar com a razão.

E não havia ninguém com quem pudesse dividir esse fardo.

...

O telefone acordou Pauline naquela noite. Seu relógio de cabeceira marcava uma da manhã. Ela estava dormindo sozinha no Quarto Lincoln, de novo. Atendeu e ouviu a voz de Gus:

– Achamos que a Coreia do Norte está prestes a atacar a Coreia do Sul.

– Merda – disse Pauline.

– Logo após a meia-noite no nosso fuso, a inteligência de sinais notou intensa atividade de comunicação nos arredores do quartel-general da Força Aérea e Antiaérea do Exército do Povo Coreano em Chunghwa, na Coreia do Norte.

As equipes seniores militar e política foram notificadas e estão neste momento esperando por você na Sala de Crise.

– Estou a caminho.

Ela estava dormindo pesado, mas precisava despertar o mais rápido possível. Vestiu uma calça jeans e um moletom e calçou mocassins. Seu cabelo estava uma bagunça, e ela enfiou um boné de beisebol por cima dele, então saiu correndo para o porão da Ala Oeste. Quando chegou lá, já se sentia totalmente desperta.

A Sala de Crise geralmente ficava cheia quando estava em uso, com todas as cadeiras ao redor da longa mesa ocupadas e assistentes sentados nos assentos dispostos ao longo das paredes, debaixo das telas. Naquele momento, porém, havia apenas algumas pessoas presentes: Gus, Chess, Luis, a chefe de gabinete Jacqueline Brody e Sophia Magliani, a diretora de Inteligência Nacional, com meia dúzia de subordinados. Não tinha havido tempo suficiente para que outras pessoas conseguissem chegar.

Em cada lugar havia uma estação de trabalho: um computador e um fone de ouvido. Luis estava com o fone e, assim que Pauline entrou, começou a falar, sem preâmbulos:

– Senhora presidente, há dois minutos um dos nossos satélites infravermelhos de alerta detectou o lançamento de seis mísseis partindo de Sino-ri, uma base militar na Coreia do Norte.

Pauline não se sentou.

– Onde estão os mísseis agora? – perguntou.

Gus colocou uma caneca de café na frente dela, com apenas um pouquinho de leite, do jeito que ela gostava.

– Obrigada – murmurou ela e bebeu agradecida enquanto Luis continuava:

– Um míssil apresentou falha e caiu em segundos. Os cinco restantes seguiram em direção à Coreia do Sul, e um desses também caiu logo depois.

– Sabemos o motivo?

– Não, mas falhas em mísseis não são algo incomum.

– Ok, prossiga.

– A princípio desconfiamos de que eles iriam para Seul. A capital parecia o alvo mais lógico, mas os mísseis passaram pela cidade e estão se aproximando da costa sul. – Ele apontou para uma tela na parede. – O gráfico, elaborado a partir do radar e de outras informações, mostra onde estão os mísseis.

Pauline viu quatro arcos vermelhos sobrepostos a um mapa da Coreia do Sul. Cada arco tinha uma ponta de flecha que se arrastava lentamente rumo ao sul.

– Eu vejo dois alvos prováveis – disse ela. – Busan e Jeju.

Busan, na costa sul, era a segunda maior cidade da Coreia do Sul, com três milhões e meio de habitantes e uma enorme base naval com forças coreanas e americanas. Mas a base exclusivamente coreana muito menor na ilha turística de Jeju talvez tivesse uma importância simbólica, porque era onde o submarino norte-coreano havia sido destruído no dia anterior.

– Concordo, e logo saberemos qual é – disse Luis. Ele ergueu a mão, pedindo a todos que esperassem enquanto ouvia algo em seu fone de ouvido, então informou: – O Pentágono afirma que os mísseis já cruzaram metade do território da Coreia do Sul e devem chegar à costa em dois minutos.

"Esses mísseis percorrem uma centena de quilômetros a uma velocidade impressionante", pensou Pauline.

– Há uma terceira possibilidade, que não é sequer um alvo – comentou Chess.

– Explique – pediu Pauline.

– Os mísseis podem ser apenas uma demonstração de poder, para assustar a Coreia do Sul. Nesse caso, eles sobrevoariam o país inteiro e cairiam no mar.

– Torço para isso, mas de alguma maneira acho que não faz o estilo do Líder Supremo – disse Pauline. – Luis, são mísseis balísticos ou de cruzeiro?

– Acreditamos estar diante de mísseis balísticos de médio alcance.

– De alto potencial explosivo ou nucleares?

– De alto potencial explosivo. Esses mísseis saíram de Sino-ri, que é controlada pelo Líder Supremo. Ele não tem armas nucleares agora, todas estão em bases controladas pelos rebeldes extremistas.

– Por que esses mísseis ainda estão no ar? A Coreia do Sul tem mísseis antimísseis, não tem?

– Os mísseis balísticos não podem ser abatidos no meio do voo. Eles voam muito alto e muito rápido. O sistema superfície-ar Cheolmae 4HL dos sul-coreanos vai atacar durante a descida, à medida que se aproximarem do alvo, quando reduzirem a velocidade. O sistema não teria como atingi-los quando passaram por Seul.

– Mas deveria atingir agora.

– A qualquer segundo.

– Vamos torcer para dar certo. – Pauline se virou para Chess. – O que fizemos para impedir isso?

– Liguei para o ministro das Relações Exteriores da China, Wu Bai, assim que recebemos o alerta sobre a atividade dos sinais. Ele me deu algumas desculpas esfarrapadas, mas ficou claro que ele não fazia ideia do que o Líder Supremo estava fazendo.

– Você falou com mais alguém?

– Os sul-coreanos não sabem por que estão sob ataque. O enviado norte-coreano à ONU não retornou a minha ligação.

Ela olhou para Sophia.

– Notícias da CIA?

– Não de Langley.

Sophia geralmente estava glamourosa, mas naquela madrugada tinha se vestido com pressa: seu cabelo longo e ondulado estava penteado para trás e amarrado em um coque, e ela usava um casaco amarelo e uma calça de corrida verde. Sua mente, no entanto, estava afiada como sempre.

– Davidson, o homem da CIA em Beijing, está tentando desesperadamente falar com o chefe do Guoanbu. Ele o conhece bem, mas ainda não conseguiu fazer contato.

Pauline assentiu.

– Chang Kai. Já ouvi falar dele. Se alguém em Beijing sabe o que está acontecendo, esse alguém é ele.

Luis estava novamente atento ao fone de ouvido.

– O Pentágono agora tem certeza de que o alvo é Jeju – informou.

– Então é isso – disse Pauline. – Retaliação. O Líder Supremo está punindo a base naval que destruiu seu submarino. E nós aqui achando que ele já estava com problemas de sobra combatendo os rebeldes no próprio país.

– Ele não conseguiu acabar com a rebelião – disse Gus –, o que o faz parecer fraco, e o naufrágio do submarino piorou ainda mais a situação. Ele está desesperado atrás de algo que o faça parecer durão.

– Temos acesso ao vídeo da base – informou Luis. – Não é público, eles devem ter hackeado. – Uma imagem apareceu em uma das telas na parede, e Luis explicou: – É um circuito fechado de televisão, a captura é do serviço de vigilância.

Eles viram uma imensa base naval cercada por um paredão. Do lado de dentro havia um destróier, cinco fragatas e um submarino. A imagem mudou, provavelmente para uma câmera diferente, e agora eles viam marinheiros no convés de um navio. Alguém em uma sala separada estava olhando para várias transmissões diferentes e selecionando as imagens mais informativas, pois a imagem mudou novamente e eles viram ruas contornando pequenos edifícios comerciais e residenciais. A imagem também mostrava que o trânsito no local estava frenético: pessoas correndo, carros passando rápido, policiais gritando ao celular.

– A bateria antimíssil foi acionada – avisou Luis.

– Quantos mísseis? – perguntou Pauline.

– O lançador dispara oito de cada vez. Espere... – Houve uma pausa, e Luis informou: – Um dos oito caiu segundos depois de ser disparado. Os outros sete estão no ar.

Depois de um minuto, sete novos arcos surgiram no gráfico do radar, em uma trajetória de interceptação dos mísseis que se aproximavam.

– Trinta segundos para contato – disse Luis.

Os arcos na tela se aproximaram.

– Se os mísseis explodirem sobre uma área povoada... – comentou Pauline.

– O míssil antimíssil não tem ogiva – explicou Luis. – Ele destrói o material bélico que se aproxima apenas ao colidir com ele. A ogiva, por outro lado, pode explodir quando atinge o solo. – Ele fez uma pausa. – Dez segundos.

A sala ficou em silêncio. Todos olhavam para o gráfico. Os pontos se juntaram.

– Contato – disse Luis.

O gráfico congelou.

– O céu está cheio de destroços – falou Luis. – As imagens do radar não estão claras. Conseguimos acertar, mas não sabemos quantos.

– Com sete interceptadores para destruir apenas quatro mísseis, não deveríamos ter acertado todos? – indagou Pauline.

– Sim – respondeu Luis –, mas mísseis nunca são perfeitos. Lá vamos nós... Merda, só acertamos dois. Ainda há dois mísseis indo para Jeju.

– Pelo amor de Deus, por que a bateria não disparou tudo o que tinha? – perguntou Chess.

– O que eles fariam se os norte-coreanos mandassem mais seis? – quis saber Pauline.

Chess tinha outra pergunta:

– O que aconteceu com os cinco mísseis antimísseis que não atingiram os alvos? Eles podem tentar novamente?

– Nessa velocidade, eles não conseguem fazer a volta. Vão acabar desacelerando e despencando, com sorte no mar.

– Trinta segundos – informou Luis.

Todos assistiam às imagens da base naval que estava sendo alvo do ataque.

"As pessoas provavelmente não vão ver os mísseis, que devem estar se movendo rápido demais para o olho humano", pensou Pauline. Mas elas sabiam claramente que estavam prestes a ser atacadas: todas corriam, algumas depressa e resolutas, outras em absoluto pânico.

– Dez segundos – disse Luis.

Pauline desejou poder desviar o olhar. Não queria ver as pessoas morrerem, mas sabia que não devia fugir disso. Precisava conseguir dizer que viu o que aconteceu.

Ela estava olhando para uma fileira de prédios baixos quando a tela mostrou vários clarões, cinco ou seis ao mesmo tempo. Só teve tempo de reparar que os mísseis tinham várias ogivas, e então uma parede desmoronou, uma mesa e um homem voaram pelos ares, um caminhão bateu em um carro estacionado, e a cena foi engolida por uma nuvem espessa de fumaça cinza.

A imagem mudou para a base naval, e ela viu que o outro míssil havia espalhado suas bombas sobre os navios. "Isso foi sorte", imaginou; mísseis balísticos não eram tão precisos. Ela viu chamas, fumaça, metal retorcido e um marinheiro pulando na água.

Em seguida, a tela ficou preta.

Houve um longo período de silêncio atordoado.

– Perdemos a transmissão – informou Luis por fim. – Eles acham que o sistema foi destruído, o que não é de surpreender.

– Já vimos o suficiente para saber que haverá dezenas de mortos e feridos – disse Pauline –, além de danos avaliados em milhões de dólares. Mas será que é só isso? Eu presumo que teríamos ficado sabendo se mais algum míssil tivesse sido lançado em qualquer lugar da Coreia.

Luis perguntou ao Pentágono, esperou e então disse:

– Não, mais nada.

Naquele momento, pela primeira vez desde que entrara na sala, Pauline se sentou, ocupando a cadeira à cabeceira da mesa.

– Senhoras e senhores, isso não foi a eclosão de uma guerra – disse.

Eles levaram um tempo para assimilar aquilo tudo. Então Gus falou:

– Concordo, senhora presidente, mas poderia nos dizer o que está pensando?

– Claro. Primeiro: esse foi um ataque estritamente limitado. Seis mísseis, um alvo, nenhuma tentativa de conquistar ou destruir a Coreia do Sul. Segundo: eles tiveram o cuidado de não matar americanos, atacando uma base naval que não é usada pelos nossos navios. Em suma, todas as características desse ataque sugerem moderação. – Ela olhou em volta e acrescentou: – Paradoxalmente.

Gus assentiu, pensativo.

– Eles revidaram contra a base que destruiu o submarino, e foi isso – comentou. – Querem que isso seja visto como um pagamento na mesma moeda.

– Eles querem paz – afirmou Pauline. – Já estão lutando para vencer uma guerra civil e não querem ter que lutar também contra a Coreia do Sul.

– Em que pé ficamos?

Pauline estava com a cabeça a mil, mas ainda assim se via alguns passos à frente do grupo.

– Devemos impedir a retaliação da Coreia do Sul. Eles não vão gostar, mas terão que engolir. Eles têm um acordo com a gente, o Tratado de Defesa Mútua de 1953. No artigo três, o documento os obriga a nos consultar quando forem ameaçados por um ataque armado externo. Eles precisam falar com a gente primeiro.

Luis pareceu cético.

– Em tese – acrescentou.

– Sim. É uma regra básica das relações internacionais que os governos cumpram as obrigações de um tratado apenas quando lhes convêm. Quando não convêm, eles arranjam desculpas. Portanto, o que temos que fazer agora é garantir que eles sigam o que foi disposto.

– Boa ideia – disse Chess. – Mas como?

– Vou propor um cessar-fogo e uma conferência de paz: nós, a Coreia do Norte, a Coreia do Sul e a China. Melhor que seja em algum país asiático, um lugar mais ou menos neutro. O Sri Lanka pode ser uma boa opção.

Chess assentiu.

– Filipinas, talvez – sugeriu. – Ou o Laos, se os chineses preferirem uma ditadura comunista.

– Tanto faz. – Pauline se levantou. – Agende uma chamada com o presidente Chen e a presidente No, por favor. Continue tentando contato com o enviado norte-coreano à ONU, mas também vou pedir ao Chen que ligue para o Líder Supremo.

– Sim, senhora – disse Chess.

– As famílias dos militares da Coreia do Sul devem sair de suas casas – sugeriu Luis.

– Sim. E há cem mil civis americanos lá. Eles devem ser orientados a deixar o país.

– Mais uma coisa, senhora presidente. Acho que precisamos aumentar o nível de alerta para DEFCON 3.

Pauline hesitou. Isso seria um reconhecimento público de que o mundo havia se tornado um lugar mais perigoso. Era algo que jamais se fazia de maneira leviana.

A decisão sobre os níveis de alerta tinha que ser tomada pela presidente e pelo secretário de Defesa em conjunto. Se Pauline e Luis concordassem, o anúncio seria feito pelo chefe do Estado-Maior Conjunto, Bill Schneider.

Jacqueline Brody se manifestou pela primeira vez:

– O problema é que isso deixa a população inquieta.

Luis estava impaciente diante daquele debate sobre a opinião pública. Ele não era exatamente um democrata.

– Precisamos que as nossas forças estejam a postos!

– Mas não precisamos deixar o povo americano em pânico – rebateu Jacqueline.

Pauline resolveu a questão.

– O Luis tem razão – disse ela. – Aumente o nível de alerta DEFCON. Peça ao Bill para fazer o comunicado na coletiva de imprensa amanhã de manhã.

– Obrigado, senhora presidente – falou Luis.

– Mas Jacqueline também tem razão – continuou Pauline. – Precisamos explicar que isso é uma medida de precaução e que a população americana não está em perigo. Gus, acho que você deveria aparecer ao lado do Bill para tranquilizar as pessoas.

– Sim, senhora.

– Vou tomar um banho agora, então agendem as chamadas para um pouco mais tarde. Mas quero colocar isso em andamento antes que o Leste Asiático encerre por hoje. Não vou voltar para a cama esta noite.

...

James Moore deu uma entrevista naquela manhã. Ele apareceu em um canal de televisão que nem mesmo tentou fazer de conta que se tratava de uma reportagem objetiva. A entrevistadora era Caryl Cole, que se descrevia como uma mãe conservadora de classe média, mas na verdade era apenas uma intolerante. Pauline se levantou da mesa e foi até o antigo Salão de Beleza para assistir. Depois de um minuto, Pippa entrou, vestida com o uniforme da escola e carregando sua mochila, e ficou ali também.

Pauline imaginava que Caryl fosse facilitar a vida de Moore, e foi exatamente o que aconteceu.

– O Extremo Oriente é uma zona ruim – disse ele em seu estilo simples. – É administrado por uma gangue chinesa que acha que pode fazer o que quiser.

– E quanto à Coreia? – perguntou Caryl.

Pauline comentou:

– Não é exatamente uma pergunta desafiadora.

Moore respondeu:

– Os sul-coreanos são nossos amigos, e é bom ter amigos em uma zona ruim.

– E a Coreia do Norte?

– O Líder Supremo é um cara mau, mas ele não anda sozinho. Ele faz parte de uma gangue e recebe ordens de Beijing.

Pauline comentou:

– Desesperadamente simplista, mas absurdamente fácil de entender e ser lembrado.

Moore continuou:

– Os sul-coreanos estão do nosso lado e precisamos protegê-los. É por isso que temos tropas lá... – Ele hesitou e então disse: – Alguns milhares de soldados.

Pauline falou, se dirigindo à TV:

– O número é vinte e oito mil e quinhentos.

Moore disse:

– Se os nossos jovens não estivessem lá, a Coreia inteira seria invadida pelos chineses.

– É uma suposição preocupante – comentou Caryl.

– Ontem à noite os norte-coreanos atacaram nossos amigos – disse Moore. – Eles bombardearam uma base naval e mataram muitas pessoas.

– A presidente Green convocou uma conferência de paz – acrescentou Caryl.

– Imagina só! – exclamou Moore. – Quando alguém lhe dá um soco na boca, você não convoca uma conferência de paz, você revida.

– E como você revidaria o ataque da Coreia do Norte se fosse presidente?

– Com um bombardeio maciço que destruiria todas as bases militares que eles possuem.

– Você está falando de bombas nucleares?

– Não adianta ter armas nucleares se você nunca as usa.

Pippa comentou:

– Ele realmente disse isso?

– Sim – respondeu Pauline. – E sabe de uma coisa? Ele de fato acha isso. Não é assustador?

– É uma idiotice.

– Talvez seja a coisa mais idiota que alguém já disse na história da humanidade.

– Isso não vai prejudicá-lo?

– Espero que sim. Se isso não atrapalhar a campanha presidencial dele, nada mais atrapalha.

Mais tarde, ela repetiu seus comentários a Sandip Chakraborty, e ele perguntou se poderia incluí-los no comunicado à imprensa sobre a conferência de paz.

– Por que não? – questionou Pauline.

Ao longo do dia, todos os noticiários citaram duas frases:

*Não adianta ter armas nucleares se você nunca as usa.*

E:

*Talvez seja a coisa mais idiota que alguém já disse na história da humanidade.*

# CAPÍTULO 32

Gadamés, a cidade-oásis na Líbia, era como um castelo encantado de conto de fadas. No antigo centro completamente vazio, as casas brancas, feitas de barro e palha com troncos de palmeira, eram todas ligadas entre si como um grande edifício. No térreo, arcos faziam sombras entre as construções, e os terraços, tradicionalmente reservados às mulheres, eram ligados por pequenas pontes. Do lado de dentro tudo era branco, e as aberturas e os arcos das janelas eram alegremente decorados com elaborados padrões em tinta vermelha. Naji andava de um lado para outro, encantado.

Aquilo combinava bem com o espírito de Abdul e Kiah. Fazia quase uma semana que ninguém lhes dizia o que fazer, não tentava extorquir dinheiro deles nem mesmo apontava uma arma para suas cabeças. Eles vinham seguindo caminho lentamente, de propósito. Não tinham pressa em chegar a Trípoli.

Estavam finalmente começando a acreditar que o pesadelo havia acabado. Abdul continuava vigilante, checando o retrovisor para ter certeza de que ninguém os seguia, observando se outro carro parava perto deles quando estivessem estacionando, mas nunca viu nada suspeito.

O EIGS talvez tivesse avisado conhecidos e associados para que ficassem alerta aos fugitivos, mas eles eram um jovem casal africano com uma criança de 2 anos, e havia milhares como eles. Mesmo assim, Abdul mantinha os olhos bem abertos, atento ao perfil do jihadista de expressão severa e cheio de cicatrizes. Ele não tinha visto ninguém nem remotamente suspeito.

Eles dormiam no carro ou no chão da casa de alguém. Fingiam que eram uma família. A história que contavam era de que o irmão de Kiah havia morrido em Trípoli, onde eles não tinham parentes, e os dois precisavam dar baixa em seus negócios, vender sua casa e seu carro, além de levar o dinheiro para a mãe de Kiah em N'Djamena. As pessoas se enterneciam com o relato e nunca duvidavam deles. Naji era de grande ajuda: ninguém suspeitava de um casal com uma criança.

O clima em Gadamés era extremamente quente e chovia muito pouco durante o ano. Muitas pessoas não falavam árabe: tinham o próprio idioma, uma língua berbere. Mas a cidade tinha hotéis, os primeiros que Abdul e Kiah tinham visto desde que deixaram o Chade. Depois de terem percorrido o antigo e mágico centro, eles fizeram check-in em um lugar na parte nova e moderna da cidade, escolhendo um quarto com uma cama grande e um berço para Naji. Abdul pagou em dinheiro e mostrou seu passaporte chadiano, que bastava para todos. Uma sorte, pois Kiah não tinha nenhum documento.

Ele ficou felicíssimo ao descobrir que o quarto tinha um chuveiro: bem simples, apenas com água fria, mas também o ápice do luxo depois do que ele havia passado. Permaneceu um bom tempo embaixo da água. Em seguida, saiu e procurou por uma toalha.

Quando Kiah o viu nu, engasgou por conta do choque e desviou o olhar.

Ele sorriu e perguntou gentilmente:

– O que houve?

Ela se virou um pouco, cobrindo os olhos, mas logo deu uma risadinha e ele relaxou.

Jantaram na cafeteria ao lado do hotel. O lugar tinha uma televisão, a primeira que Abdul via em semanas. Passava uma partida de futebol entre dois times italianos.

Os dois colocaram Naji no berço e fizeram amor assim que ele pegou no sono. Fizeram de novo pela manhã, antes que ele acordasse. Abdul tinha alguns preservativos, que, naquele ritmo, logo acabariam. Esse tipo de coisa não era muito usado naquela parte do mundo.

Ele estava apaixonado por Kiah, não havia dúvida em relação a isso. Seu coração havia sido capturado por sua beleza, sua coragem e sua inteligência. E ele tinha certeza de que ela também o amava. Porém, Abdul desconfiava dos sentimentos de ambos. Talvez eles fossem apenas reféns da forma como suas vidas haviam se cruzado. Durante sete longas semanas, eles se ajudaram em meio a um intenso desconforto e a graves perigos, ao longo de dias e noites. Ele se lembrava de como ela havia ateado fogo à gasolina no estacionamento, sem temer pela própria vida. Ela havia salvado Abdul ao matar Mohammed. Jamais demonstrou nenhum remorso. Ele admirava a coragem dela. Mas será que aquilo era suficiente? O amor deles sobreviveria ao retorno à civilização?

Além do mais, havia entre eles um abismo cultural tão imenso quanto o Grand Canyon. Ela tinha nascido e crescido às margens do lago Chade e, até algumas semanas antes, nunca havia saído de N'Djamena. Os costumes limitados e repressivos daquela pobre comunidade rural eram tudo que ela conhecia. Ele havia morado em Beirute, em Newark e nos subúrbios de Washington. No colégio e na faculdade, tinha aprendido a moralidade permissiva do país que adotara. Então, embora estivessem dormindo juntos, ela ficava chocada quando ele fazia algo tão natural – para ele – como andar nu em um quarto de hotel.

E Abdul a havia enganado. Ela achava que ele era um vendedor de cigarros libanês, embora agora suspeitasse fortemente de que isso fosse mentira. Mais cedo ou mais tarde ele teria que confessar que era um cidadão americano e agente da CIA, e como será que ela se sentiria a respeito disso?

Eles estavam deitados um de frente para o outro naquele modesto quarto, Naji ainda dormindo no berço, as venezianas fechadas para evitar o calor. Ele adorava o arco do nariz dela, o castanho de seus olhos e a cor suave de sua pele. Acariciando o corpo dela, ele brincou de forma despretensiosa com seus pelos pubianos, o que a fez se contrair.

– O que você está fazendo? – perguntou ela.

– Nada. Só te tocando.

– Mas isso é desrespeitoso.

– Por quê? É afetuoso.

– É o tipo de coisa que se faz com uma prostituta.

– Ah, é? Eu nunca estive com uma prostituta.

Havia outro abismo. Kiah adorava sexo – isso tinha ficado claro desde a primeira vez, quando foi ela que tomou a iniciativa –, mas crescera com uma noção de pudor que era diferentíssima da de alguém criado em uma cidade americana. Será que ela se adaptaria? Ou que ele se adaptaria?

Naji se mexeu no berço, e eles perceberam que era hora de seguir viagem. Deram banho na criança, a vestiram e depois voltaram até a cafeteria para tomar café da manhã, e foi então que viram a notícia.

Abdul estava prestes a se sentar quando seu olhar foi atraído por uma filmagem de mísseis sendo lançados. De início ele achou que se tratava de algum teste, mas havia tantos mísseis, dezenas deles, que parecia caro demais para um mero exercício. Em seguida, imagens dos mísseis no ar, captadas do chão, visíveis principalmente pelos rastros brancos. Abdul percebeu que deviam ser mísseis de cruzeiro, pois os balísticos voavam muito rápido e muito alto para que pudessem ser registrados numa filmagem como aquela.

– Por que você não se senta? – perguntou Kiah.

Mas ele continuou de pé, olhando para a tela da televisão, completamente apavorado.

A narração era em um idioma que ele não reconhecia, embora achasse que soava como de algum lugar do Leste Asiático. Logo o áudio diminuiu e foi substituído por uma dublagem em árabe, e ele enfim soube que os mísseis haviam sido disparados pelo Exército sul-coreano, que havia feito o vídeo, e que a ação tinha sido uma retaliação a um ataque a uma de suas bases navais por mísseis da Coreia do Norte.

– O que você quer comer? – perguntou Kiah.

– Só um minuto – pediu ele.

Em seguida foram exibidas imagens aéreas de uma base do Exército, com o típico padrão quadriculado de vias retas conectando construções baixas. As placas estavam em ideogramas e a tradução para o árabe identificava a base como sendo a de Sino-ri, na Coreia do Norte. Havia uma movimentação frenética em torno do que pareciam ser lançadores de mísseis superfície-ar. As imagens pareciam ter sido obtidas por aeronaves de vigilância ou talvez um drone. De repente houve explosões e chamas seguidas por nuvens de fumaça. Mais explosões no ar perto da câmera: as forças terrestres estavam atirando de volta. Mas os danos lá embaixo tinham sido gigantescos. Ficou nítido que o objetivo do ataque era aniquilar completamente o alvo.

Abdul ficou horrorizado. A Coreia do Sul estava atacando a Coreia do Norte com mísseis de cruzeiro, uma aparente vingança por conta de um incidente anterior. O que tinha acontecido para causar aquele desastre?

– Quero *leben* – disse Naji.

– Quietinho, o papai quer ouvir as notícias.

Uma parte da mente de Abdul registrou que ele tinha acabado de ser chamado de "papai".

A narração acrescentou então um detalhe crucial: Sino-ri era a base que havia lançado mísseis contra a instalação naval sul-coreana em Jeju.

Havia toda uma história de olho por olho, dente por dente naquilo tudo que ele tinha perdido enquanto esteve fora de contato no deserto. Mas aquele vídeo bem-feito mostrava que a Coreia do Sul queria que o mundo soubesse que tinha havido um contra-ataque.

Como os americanos e os chineses tinham deixado aquilo acontecer?

O que diabos estava acontecendo?

E onde aquilo tudo iria parar?

# CAPÍTULO 33

Chang Kai pediu a Ting que deixasse a cidade.

Ele deu um jeito de escapulir do movimentado escritório do Guoanbu e encontrar Ting e sua mãe, Anni, na academia. Elas iam lá sempre que Ting tinha um dia de folga. Anni fazia fisioterapia por conta de uma antiga lesão na perna e Ting corria na esteira. Naquele dia, quando saíram do vestiário, ele estava à espera delas na cafeteria com chá e pãezinhos com pasta de semente de lótus. Assim que se sentaram e tomaram um gole de chá, ele disse:

– Precisamos conversar.

– Ah, não! – exclamou Ting. – Você está tendo um caso. Vai me deixar.

– Não seja boba – disse ele sorrindo. – Eu nunca vou te deixar. Mas quero que você saia da cidade.

– Por quê?

– A sua vida está em perigo. Acho que vai haver uma guerra, e, se eu estiver certo, Beijing será bombardeada.

– Tem muita coisa sobre isso na internet – comentou Anni. – Se você souber onde procurar.

Kai não ficou surpreso. Muitos chineses sabiam como contornar o firewall do governo e acessar notícias do Ocidente.

– A situação está mesmo tão ruim? – perguntou Ting.

Estava. O bombardeio sul-coreano de Sino-ri havia surpreendido Kai, que deveria estar por dentro de tudo. A presidente No era obrigada a consultar os americanos antes de tomar uma providência como aquela. A Casa Branca havia aprovado o ataque? Ou a presidente No simplesmente decidira não perguntar? Kai deveria saber, mas não sabia.

No entanto, ele tinha a forte sensação de que ninguém era capaz de dizer a No Do-hui o que fazer. Havia estado com ela e lembrava-se de uma mulher magra, de expressão severa e cabelos grisalhos. Ela havia sobrevivido a uma tentativa de homicídio orquestrada pelo regime da Coreia do Norte. Na ocasião, um de seus assessores mais antigos e que tinha sido seu amante – apenas Kai e algumas poucas pessoas do meio sabiam disso – acabou sendo morto. Isso sem dúvida havia incrementado o ódio dela pelo Líder Supremo.

Sino-ri tinha sido devastada, e a presidente No anunciara triunfante que aquela base norte-coreana não lançaria mais mísseis. Ela falava como se aquilo colocasse um ponto final no assunto, mas é claro que isso não aconteceria.

A capacidade de retaliação do Líder Supremo Kang era limitada, mas de uma forma que piorava as coisas. Metade do exército norte-coreano já estava sob controle dos rebeldes, e a outra estava agora ainda mais enfraquecida pela destruição de Sino-ri. Mais dois ou três ataques como aquele deixariam o Líder Supremo quase impotente contra a Coreia do Sul. Ele tinha telefonado para o presidente Chen, exigindo reforços das tropas chinesas, mas Chen o orientou a comparecer à conferência de paz da presidente Green. Kang estava desesperado, e homens desesperados são imprudentes.

Os líderes mundiais estavam apreensivos. A Rússia e o Reino Unido, geralmente em lados opostos, uniram forças no Conselho de Segurança da ONU para fazer pressão a favor de um cessar-fogo. A França estava ao lado deles.

Havia uma pequena chance de que o Líder Supremo aceitasse a proposta da presidente Green, suspendesse os ataques e comparecesse à conferência de paz, mas Kai estava pessimista. Para um tirano, era difícil recuar. Seria sinal de fraqueza.

Quando Kai pensava na hipótese de haver uma guerra mundial, o que ele mais temia era que algum mal ocorresse a Ting. Ele era responsável pela segurança de 1,4 bilhão de pessoas na China, mas sua principal preocupação era com apenas uma delas.

– A China e os Estados Unidos perderam o controle da situação.

– Para onde você quer que eu vá? – perguntou Ting.

– Para nossa casa em Xiamen. Fica a mais de mil e quinhentos quilômetros daqui. Você teria pelo menos alguma chance de sobreviver. – Ele olhou para Anni. – Vocês duas deveriam ir.

– Isso está fora de cogitação. Você sabe disso. Eu tenho um emprego... uma carreira.

Ele já esperava que ela resistisse.

– Ligue dizendo que você está doente – sugeriu ele. – Vá para casa e faça as malas. Parta amanhã de manhã em seu belíssimo carro esportivo. Pare em algum lugar para passar a noite. Transforme isso tudo em uma viagem de férias.

– Eu não posso ligar dizendo que estou doente. Você conhece o nosso meio o suficiente para entender isso. Não há desculpas no showbiz. Se você não aparece, eles acham outra pessoa.

– Você é a estrela!

– Isso não conta tanto quanto você acha. Eu não serei a estrela por muito tempo se não aparecer na tela.

– É melhor do que morrer.

– Está bem – aceitou ela.

Ele ficou surpreso. Não esperava que ela fosse ceder tão rápido.

Mas Ting estava apenas atuando.

– Eu vou… se você vier comigo – disse ela.

– Você vai e eu vou me encontrar com você assim que puder.

– Não. Temos que ir juntos.

Aquilo não iria acontecer, e ela sabia disso.

– Eu não posso – respondeu ele.

– Ah, pode, sim. Pede demissão do seu emprego. Nós temos dinheiro suficiente. Poderíamos viver um ano ou mais com o que temos, até mais, se formos comedidos. Podemos voltar a Beijing assim que você julgar seguro.

– Eu preciso tentar evitar que essa guerra aconteça. Se eu conseguir, vai ser a melhor maneira de proteger a minha família e o meu país. E isso não é apenas um trabalho, é a minha vida. Mas tenho que estar aqui para fazer isso.

– E eu tenho que ficar aqui porque te amo.

– Mas é perig…

– Se vamos morrer em uma guerra, vamos morrer juntos.

Ele abriu a boca para falar, mas não tinha nada a dizer. Ting tinha razão. Se ia haver uma guerra, eles deveriam enfrentá-la juntos.

– Quer mais chá? – perguntou ele.

■ ■ ■

Quando voltou ao escritório, havia em sua tela uma mensagem de seu chefe, o ministro de Segurança do Estado Fu Chuyu, comunicando sua renúncia. Ele deixaria o cargo em um mês.

Kai se perguntou por quê. Fu estava na casa dos 60, o que por si só não era motivo para aposentadoria no alto escalão do governo chinês.

– Você viu a mensagem do ministro? – perguntou Kai a Yawen, sua secretária.

– Todo mundo recebeu.

Aquilo representava um significativo desprezo em relação a Kai. Sendo um dos dois vice-ministros de Fu, ele deveria ter sido informado antes. Em vez disso, recebeu a notícia ao mesmo tempo que as secretárias.

– Fico me perguntando por que ele está indo embora – disse Kai.

– A secretária dele me contou o motivo – informou Yawen. – Ele está com câncer.

– Ah. – Kai pensou no cinzeiro de Fu, um projétil militar vazio, e na marca de cigarros que ele fumava, Double Happiness.

– Faz um tempo que ele sabe que tem câncer de próstata, mas recusou tratamento e contou apenas a algumas pessoas. Agora chegou aos pulmões e ele precisa ser tratado no hospital.

Aquilo explicava muita coisa. Especificamente, justificava a campanha de difamação contra Ting e, por associação, contra o próprio Kai. Alguém que queria o cargo de Fu tinha sido avisado com antecedência e tentou desacreditar o principal candidato. O vilão provavelmente era o chefe de Inteligência Doméstica, o vice-ministro Li Jiankang.

"Fu é um típico comunista da velha guarda", pensou Kai. "O homem está morrendo, mas ainda assim continua conspirando. Quer garantir que seu sucessor seja alguém tão rigidamente ortodoxo quanto ele. Essas pessoas não param até cair."

Qual era o tamanho do risco que Kai corria? Parecia uma pergunta trivial quando a Coreia estava prestes a dar início a uma guerra mundial. "Como posso estar vulnerável a esse tipo de merda quando meu pai é vice-presidente da Comissão de Segurança Nacional?"

Seu telefone pessoal tocou. Yawen saiu da sala e ele atendeu. Era o general Ham, da Coreia do Norte.

– O Líder Supremo Kang está lutando pela própria sobrevivência política – disse ele.

Kai imaginou que Kang também estava lutando pela própria sobrevivência física. Se os sul-coreanos não o matassem, os rebeldes provavelmente o fariam. Mas ele questionou:

– Por que está me dizendo isso agora?

– Ele não vai conseguir derrotar essa rebelião. Lutou contra eles até conseguir uma paralisação temporária do conflito, mas está ficando sem armas e eles estão em vantagem. O único motivo pelo qual os rebeldes ainda não exterminaram as forças governamentais restantes é que eles acham que os sul-coreanos farão isso por eles.

– O Líder Supremo sabe disso?

– Acho que sim.

– Então por que ele está provocando uma guerra contra a Coreia do Sul? Parece suicídio.

– Ele acredita que a China não pode se dar ao luxo de deixá-lo perder. Vocês vão salvá-lo. Kang está com essa ideia fixa. Acredita que vocês vão precisar enviar reforços para ele, que vocês não têm escolha.

– Não podemos enviar tropas chinesas para a Coreia do Norte. Isso nos envolveria em uma guerra contra os Estados Unidos.

– Mas vocês não podem deixar que a Coreia do Sul conquiste a Coreia do Norte.

– Isso também é verdade.

– Kang acha que só existe uma forma de acabar com isso. Vocês vão ajudá-lo a conter a Coreia do Sul e de quebra derrotar os extremistas. Quanto mais acuado ele estiver, maior será a pressão para que a China interceda a seu favor. É por isso que ele não acha que está sendo imprudente.

Kang se sentia inatingível. Qualquer um que se autodenomina Líder Supremo é capaz de se convencer dessa ilusão.

– Ele não é maluco. Existe uma lógica por trás disso. Ele não tem condições de encarar uma guerra longa e lenta, não tem os recursos necessários para isso. Precisa de um "vai ou racha". Se ele ganhar, ótimo, e se perder vocês precisam salvá-lo, então ele ganha também.

Aquilo também era verdade.

– Ainda sobrou algum míssil depois do ataque a Sino-ri? – perguntou Kai.

– Mais do que você imagina. São todos de artilharia autopropulsada. Depois de disparar aqueles seis em direção a Jeju, ele tirou todos os veículos das bases e os escondeu.

– Onde vocês conseguem esconder esses caminhões? Os menores têm quase doze metros de comprimento.

– Por todo o país. Eles ficam parados em locais onde não podem ser vistos de cima, principalmente túneis e embaixo de pontes.

– Muito inteligente. Fica quase impossível atingi-los.

– Desculpe, tenho que ir.

– Cuide-se – disse Kai, mas Ham já havia desligado.

Kai refletiu sombriamente sobre aquela conversa enquanto anotava os detalhes para o relatório. Tudo que Ham disse fazia sentido. A única maneira de evitar uma guerra naquele momento seria a China conter a Coreia do Norte e os Estados Unidos conterem a Coreia do Sul. Mas era mais fácil falar do que fazer.

Após alguns minutos de reflexão, ele pensou ter encontrado uma forma de chamar a atenção dos americanos. Decidiu comunicá-la primeiro a um membro da velha guarda comunista. Ligou para o pai. Começaria falando sobre outra coisa, depois traria sorrateiramente sua proposta para a conversa.

– Você é amigo do Fu Chuyu – disse ele quando o pai atendeu. – Sabia que ele está morrendo?

Seu pai hesitou, o que respondeu a pergunta.

– Sim, descobri há algumas semanas – respondeu Jianjun por fim.

– Você podia ter me contado.

Jianjun nitidamente se sentia culpado por manter aquela informação apenas para si mesmo, mas fingiu o contrário.

– Recebi a notícia de forma confidencial – vociferou. – Que diferença isso faz?

– Houve uma campanha suja contra a sua nora, espalharam fofocas maliciosas. A intenção era me prejudicar. Agora entendo o motivo. Tem a ver com quem vai suceder Fu como ministro.

– É a primeira vez que ouço falar disso.

– Acho que o Fu está agindo em conjunto com o vice-ministro Li.

– Eu... – Jianjun tossiu, o pigarro típico de um fumante, e então retomou: – Não sei de nada.

"Espero que esses malditos cigarros não te matem também", pensou Kai.

– Eu aposto no Li, mas há várias outras opções.

– Esse é o problema. A lista é longa.

– Falando em problemas, qual a sua opinião sobre a crise na Coreia?

Jianjun pareceu aliviado por mudarem de assunto.

– Coreia? Vamos ter que pegar pesado mais cedo ou mais tarde.

Essa era a resposta dele para tudo.

Kai decidiu que era hora de saber o que o pai acharia de sua proposta.

– Acabei de falar com a nossa melhor fonte na Coreia do Norte. Ele disse que o Líder Supremo está contra a parede... Quase sem armas e sujeito a tomar alguma medida desesperada. Precisamos contê-lo.

– Quem dera isso fosse possível.

– Ou fazer com que os americanos contenham a Coreia do Sul e convençam a presidente No a não revidar nenhum movimento de Kang.

– Podemos ter esperança.

Fingindo casualidade, Kai continuou:

– Ou então poderíamos ser francos com a Casa Branca e alertar a presidente Green de que o Líder Supremo está desesperado de tão fraco.

– Fora de cogitação. – Jianjun ficou indignado. – Dizer aos americanos que nosso aliado está fraco?

– Uma situação como essa exige medidas excepcionais.

– Mas não uma traição descarada.

"Bom", pensou Kai, "obtive minha resposta: a velha guarda não vai sequer levar a proposta em consideração". Ele fingiu estar convencido:

– Acho que você tem razão. – Ele mudou de assunto rapidamente. – Suponho que a mamãe não esteja pensando em deixar a cidade. Ir para algum lugar mais seguro, quem sabe? Algum lugar com menos chances de ser bombardeado.

Houve uma pausa, então Jianjung falou de modo severo:

– Sua mãe é comunista.

Aquele comentário deixou Kai perplexo.

– Você acha que eu não sabia disso?

– O comunismo é mais do que apenas uma teoria que aceitamos porque as evidências são boas, como a tabela periódica do Mendeleev.

– O que está querendo dizer?

– O comunismo é uma missão sagrada. Está acima de qualquer coisa, incluindo nossos laços familiares e nossa segurança pessoal.

Kai estava incrédulo.

– Então você acha que o comunismo é mais importante do que a minha mãe?

– Exatamente. E ela diria o mesmo sobre mim.

Aquilo era mais extremo do que Kai jamais seria capaz de imaginar. Ele se sentiu meio atordoado.

– Às vezes eu acho que a sua geração realmente não entende – completou o pai.

"Nisso o senhor está certo", pensou Kai.

– Bom, eu não liguei para falar sobre comunismo – disse ele. – Me avise se ficar sabendo de algo a respeito dessas manobras contra mim.

– Claro.

– Quando eu descobrir quem está tentando me atingir por meio da minha esposa, vou cortar as bolas dessa pessoa com uma faca enferrujada – falou Kai e desligou.

Ele estava certo ao temer que Jianjun fosse contra a proposta de abrir o jogo com os americanos. Jianjun fora criado para enxergar os capitalistas-imperialistas como inimigos para a vida inteira. A China havia mudado, o mundo também, mas os velhos estavam presos ao passado.

No entanto, isso não significava que sua proposta fosse equivocada; apenas que se tratava de algo que precisava ser feito de forma clandestina.

Ele pegou o telefone e fez outra ligação. A chamada foi atendida de imediato.

– Neil.

– É o Kai. Preciso saber se vocês deram à presidente No consentimento prévio para o ataque a Sino-ri.

Neil hesitou.

– Temos que ser francos um com o outro – observou Kai. – Estamos em uma situação muito delicada para agir diferente.

– Está bem – disse Neil. – Mas se você mencionar o meu nome, eu vou negar.

– Justo.

– A resposta é não, nós não fomos informados e, se tivéssemos sido, não teríamos aprovado o ataque.

– Obrigado.

– Minha vez. Você sabia que o Líder Supremo Kang ia atacar Jeju?

– Não. Mesma coisa. Não houve aviso prévio, ou teríamos tentado impedir.

– O que o Líder Supremo está pensando em fazer?

– É sobre isso que preciso falar com você. Esta crise é pior do que você imagina.

– Meu Deus – disse Neil. – É difícil imaginar algo pior.

– Acredite em mim.

– Prossiga.

– O problema é a fraqueza do regime na Coreia do Norte.

– A *fraqueza*?

– Sim. Escuta. Neste momento metade do Exército norte-coreano está sendo controlada pelos rebeldes. Parte da outra metade foi destruída em Sino-ri. O Líder Supremo espalhou sua artilharia autopropulsada pelo país inteiro...

– Onde?

– Pontes e túneis.

– Merda.

– Além disso, o que restou dos militares norte-coreanos pode ser eliminado com mais outros dois ou três ataques de mísseis vindos do Sul.

– Então o Kang está bem na merda.

– E isso vai torná-lo imprudente.

– O que ele vai fazer?

– Tomar alguma medida drástica.

– Temos como pará-lo?

– Cuide para que a presidente No não ataque novamente.

– Mas o Líder Supremo provavelmente irá provocá-la.

– Ele *vai* provocá-la, Neil. Ele precisa se vingar do que houve em Sino-ri. Quero que a presidente Green aja para que a escalada pare por aí e a presidente No não revide com ainda mais força.

– Tudo vai depender da gravidade da vingança do Kang. E as únicas pessoas que podem controlar o Líder Supremo são vocês... o governo chinês.

– Estamos tentando, Neil. Acredite em mim, estamos tentando.

# CAPÍTULO 34

– Eu não vou sair da Casa Branca de jeito nenhum – disse Pauline a Pippa e Gerry na véspera do Dia de Ação de Graças, de pé no Hall Central, ao lado do piano, com malas ao redor de seus pés sobre o chão bem polido. – Eu sinto muito, mesmo.

Um velho amigo de Gerry, ex-colega do curso de Direito em Columbia muitos anos antes, tinha um haras na Virgínia. Pauline, Gerry e Pippa tinham planejado passar o Dia de Ação de Graças com ele, sua esposa e a filha, que tinha a idade de Pippa. Não haveria aula por dois dias, então poderiam sair na quarta-feira à noite e voltar no domingo. O rancho ficava perto de Middleburg, a cerca de oitenta quilômetros da Casa Branca, uma hora de carro se não houvesse trânsito. Pippa estava superanimada: era louca por cavalos, como muitas garotas de sua idade.

– Não se preocupa – disse Gerry a Pauline. – Estamos acostumados.

Ele não parecia muito decepcionado.

– Se as coisas na Coreia se acalmarem, talvez eu consiga chegar para o jantar no sábado à noite.

– Ah, isso seria ótimo. Me liga que aí eu peço aos nossos anfitriões que coloquem mais um lugar na mesa.

– Claro. – Ela se virou para Pippa. – Você não vai sentir frio andando a cavalo o dia todo do lado de fora?

– O cavalo mantém a gente aquecido – respondeu Pippa. – É como o aquecedor de assento de um carro.

– Bom, lembre-se de usar roupas quentes também.

Pippa, em uma mudança brusca de humor típica da adolescência, assumiu um ar preocupado.

– Você vai ficar bem, mãe? Passando o Dia de Ação de Graças aqui sozinha?

– Vou sentir sua falta, querida, mas não quero estragar seu feriado. Eu sei quanto você está ansiosa por isso, e vou estar ocupada demais salvando o mundo para me sentir solitária.

– Se todos vamos ser bombardeados e ficar em pedacinhos, quero que a gente esteja junto – disse Pippa em um tom leve, embora Pauline suspeitasse de uma séria preocupação por trás daquilo.

Pauline também tinha um medo oculto de nunca mais ver a filha. No entanto, respondeu da mesma forma, falando de brincadeira mas a sério:

– É muito gentil da sua parte, mas acho que consigo segurar as bombas até domingo à noite.

Um encarregado da Casa Branca pegou as malas, e Gerry disse a ele:

– O Serviço Secreto deve estar esperando.

– Sim, senhor.

Pauline os beijou e ficou observando enquanto saíam.

O comentário de Pippa havia tocado em um ponto nevrálgico. O que Pauline estava escondendo era o fato de realmente acreditar que havia chance de que Washington fosse bombardeada nos próximos dias. Por esse motivo, ela ficou contente por Pippa estar saindo da cidade. Só queria que a filha estivesse o mais longe possível.

Ela tinha ficado chocada com o bombardeio a Sino-ri. Ninguém esperava que a presidente No tomasse medidas tão drásticas sem consultar os Estados Unidos. Também estava com raiva: eles deveriam ser aliados, comprometidos em agir em conjunto. Mas No não sentia qualquer remorso. Pauline temia que a aliança entre os dois países estivesse enfraquecendo. Estava perdendo o controle sobre a Coreia do Sul, assim como Chen estava perdendo o controle sobre a do Norte. Era um desdobramento perigoso.

Ela caminhou até o Salão Oval, onde Chess estava esperando para se despedir dela. Ele usava um casaco comprido e tênis, prestes a pegar um voo para Colombo, no Sri Lanka.

– Quanto tempo de viagem? – perguntou Pauline.

– Vinte horas, incluindo uma parada para reabastecer.

Chess estava indo para a conferência de paz. A China estava enviando Wu Bai, o ministro das Relações Exteriores, um cargo equivalente ao de secretário de Estado nos Estados Unidos.

– Você viu o relatório da CIA em Beijing? – perguntou Pauline.

– Com certeza. O cara do serviço secreto chinês foi absurdamente franco.

– Chang Kai.

– Sim. Acho que nunca recebemos uma mensagem tão sincera do governo da China.

– Pode não ser do governo. Tenho a sensação de que o Chang Kai está agindo sozinho. Ele teme o que o Líder Supremo Kang pode fazer com a Coreia do Norte e está preocupado que alguns membros do governo chinês não estejam levando o perigo tão a sério quanto deveriam.

– Bom, estou prestes a fazer uma proposta atraente ao Líder Supremo.

– Vamos torcer para que o Kang enxergue as coisas dessa maneira.

Eles haviam falado sobre aquele assunto no início do dia, em uma reunião de gabinete. Precisavam dar algo a Kang e tinham decidido oferecer uma revisão das fronteiras marítimas entre a Coreia do Norte e a Coreia do Sul, um ponto sensível para ele. Na opinião de Pauline, a revisão já deveria ter sido feita havia muito tempo. As fronteiras de 1953 tinham sido traçadas quando a Coreia do Norte foi derrotada e a China estava fraca, e, portanto, favoreceram o Sul, abraçando a costa da Coreia do Norte e dando à Coreia do Sul todos os melhores pontos de pesca do mar Amarelo. Fazer esse ajuste seria minimamente justo e evitaria que o Líder Supremo perdesse a credibilidade. A presidente No, da Coreia do Sul, iria chiar, mas no final aceitaria.

– Eu tenho que ir. O avião está esperando com sete diplomatas e militares que querem me passar algumas instruções no caminho. – Chess se levantou e pegou uma pasta estufada. – E, quando eles se cansarem, vou ter uma papelada imensa para ler.

– Boa viagem.

Chess saiu.

Pauline foi para o Estúdio, pediu uma salada para comer ali mesmo e examinou alguns documentos, aproveitando ao máximo aquele tempo com poucas interrupções. Quando pediu um café, olhou o relógio e viu que eram nove horas. O fato de que Chess estava voando naquele momento cruzou sua mente.

Ela se lembrou de quando havia convocado outros líderes mundiais, um mês antes, para evitar a eclosão da guerra na fronteira entre o Sudão e o Chade, e se perguntou se sua diplomacia também funcionaria dessa vez. Ela temia que a crise coreana fosse muito mais desafiadora.

Então Gus apareceu.

Pauline sorriu, feliz por vê-lo, feliz por estar sozinha com ele no Estúdio. Ela reprimiu uma pontada de culpa: não estava traindo Gerry, exceto em seus devaneios.

Gus era muito profissional.

– Acho que o Líder Supremo está prestes a fazer alguma coisa – disse ele. – Detectamos dois indícios. Um deles é a intensa atividade de comunicação em torno das bases militares norte-coreanas. Não conseguimos ler a maioria das mensagens porque estão criptografadas, mas o padrão sugere que um ataque está sendo organizado.

– Isso é a retaliação. Qual é o segundo?

– Um vírus adormecido na rede militar sul-coreana foi ativado e está enviando ordens falsas. Eles tiveram que instruir todas as forças a ignorar mensagens eletrônicas e obedecer apenas a ordens telefônicas feitas por pessoas de verdade enquanto tentam corrigir o bug no sistema.

– Isso pode ser o prelúdio de um ataque maior.

– Exatamente, senhora presidente. O Luis e o Bill já estão na Sala de Crise.

– Vamos lá. – Pauline se levantou.

A Sala de Crise foi se enchendo. A chefe de gabinete Jacqueline Brody entrou, seguida da diretora de Inteligência Nacional, Sophia Magliani, e do vice-presidente.

Várias das telas ganharam vida, mostrando o que pareciam ser imagens de câmeras de rua. Pauline viu o centro de uma cidade, provavelmente Seul. Imaginou que um alarme estivesse soando, pois as pessoas nas ruas corriam de um lado para outro.

– O que está acontecendo? – perguntou ela.

Bill Schneider, conectado ao Pentágono em seu fone de ouvido, respondeu:

– Projéteis de artilharia chegando.

– Seul fica a apenas vinte e cinco quilômetros da fronteira com a Coreia do Norte… bem ao alcance de grandes armas antigas, como a Koksan 170mm autopropulsada – explicou Luis.

– Alvos? – perguntou Pauline.

– Acreditamos que Seul seja um deles – respondeu Bill.

– Alguma resposta?

– As forças sul-coreanas estão disparando projéteis de artilharia em retaliação. As forças americanas aguardam ordens.

– Não mobilizem tropas americanas sem a minha autorização. Por enquanto, apenas ações defensivas.

– Sim, senhora. O impacto da artilharia começou.

Nas imagens de Seul, Pauline viu uma cratera aparecer de repente no meio de uma rua, uma casa desabando, um carro rolando para o lado. Sentiu como se seu coração tivesse parado. O Líder Supremo havia passado dos limites. Aquilo não era uma retaliação apropriada, um ataque simbólico. Aquilo era guerra.

– A vigilância por satélite verificou que há mísseis emergindo acima das nuvens sobre a Coreia do Norte – informou Bill.

– Quantos? – perguntou Pauline.

– Seis – disse Bill. – Nove. Dez. Está aumentando. Todos vindos da metade ocidental da Coreia do Norte, a zona controlada pelo governo. Nenhum procedente das áreas dominadas pelos rebeldes.

Outra tela foi ligada, mostrando o radar sobreposto a um mapa da Coreia. Havia tantos mísseis que Pauline não conseguia contá-los.

– Quantos agora? – perguntou ela.

– Vinte e quatro – respondeu Bill.

– Esse é um ataque em grande escala.

– Senhora presidente, estamos diante de uma guerra – afirmou Luis.

Ela sentiu o corpo ficar gelado. Sempre tivera medo daquilo. Havia se dedicado a evitar a guerra e fracassara.

"Onde foi que eu errei?", pensou.

Pauline tentaria responder a essa pergunta pelo resto de sua vida.

Ela deixou a questão de lado.

– E temos vinte e oito mil e quinhentos soldados americanos na Coreia do Sul – disse.

– Além de algumas esposas e filhos.

– E maridos, provavelmente.

– E maridos – concordou Luis.

– Ligue para o presidente Chen, por favor.

– Eu cuido disso – disse a chefe de gabinete Jacqueline Brody, pegando o telefone.

– Por que o Kang está fazendo isso? – questionou Pauline. – Ele é suicida?

– Não – disse Gus. – Ele está desesperado, mas não é suicida. Está perdendo a luta contra os extremistas e não vai conseguir aguentar por muito mais tempo. Eles certamente irão executá-lo, então ele já está de cara com a morte. A única forma de mudar isso é com a ajuda da China, mas eles não querem enviar tropas. Ele acha que pode forçar a barra, e talvez esteja certo. A China não o salvará dos rebeldes, mas pode intervir para evitar que a Coreia do Sul assuma o controle.

– Eles estão prontos para falar, senhora presidente – avisou Jacqueline. Evidentemente, os chineses já estavam esperando pela ligação. A chefe de gabinete acrescentou: – Pode usar o fone à sua frente, senhora. Os outros fones na sala servirão apenas para ouvir a conversa.

Todos colocaram seus fones. Pauline disse:

– Aqui é a presidente Green.

– Por favor, aguarde o presidente da China – solicitou a operadora telefônica da Casa Branca.

Um momento depois, Chen disse:

– Estou feliz de ter notícias suas, presidente Green.

– Estou ligando para falar sobre a Coreia, como pode imaginar.

– Como a senhora sabe, senhora presidente, a República Popular da China não tem tropas na Coreia do Norte e nunca teve.

Tecnicamente, aquilo era verdade. Em tese os soldados chineses que lutaram na Guerra da Coreia no início dos anos 1950 haviam sido voluntários. Mas Pauline não queria entrar nessa discussão.

– Eu sei disso, mas mesmo assim espero que você possa me ajudar a entender que diabos a Coreia do Norte está fazendo neste momento.

Chen começou a falar em mandarim. O tradutor começou a falar o que decerto era uma declaração já pronta.

– O ataque utilizando artilharia e mísseis que parece ter sido realizado pela Coreia do Norte não tem a permissão nem a aprovação do governo chinês.

– Fico aliviada em ouvir isso. E espero que você entenda que nossas tropas vão se defender.

Chen falava com cuidado, e o tradutor fazia o mesmo:

– Posso garantir que o governo chinês não faz qualquer objeção, desde que as tropas dos Estados Unidos não ocupem o território norte-coreano, o espaço aéreo norte-coreano nem as águas territoriais norte-coreanas.

– Eu entendo. – A declaração ostensiva de Chen era, na verdade, uma advertência. Ele estava dizendo que as tropas americanas deveriam permanecer na Coreia do Sul. Pauline esperava mantê-las lá, mas não estava disposta a fazer nenhuma promessa. Ela continuou: – O meu secretário de Estado, Chester Jackson, está em um avião com destino ao Sri Lanka para se encontrar com o seu ministro das Relações Exteriores, Wu Bai, e outros, e espero sinceramente que esse conflito possa ser encerrado durante a conferência, se não antes.

– Eu também.

– Por favor, não hesite em me ligar a qualquer hora, do dia ou da noite, se acontecer algo que você considere inaceitável ou intimidador. Os Estados Unidos e a China não devem entrar em guerra. Esse é o meu objetivo.

– O meu também.

– Obrigada, senhor presidente.

– Obrigado, senhora presidente.

Eles desligaram e o general Schneider disse de imediato:

– Os norte-coreanos acabaram de lançar mísseis de cruzeiro e os aviões bombardeiros estão decolando.

Pauline olhou ao redor da Sala de Crise e afirmou:

– O Chen foi muito claro. A China não vai se envolver nesse conflito se nós ficarmos fora da Coreia do Norte. Bill, isso precisa ser a base da nossa estratégia. Manter a China fora disso é a melhor coisa que podemos fazer para ajudar a Coreia do Sul.

Enquanto pronunciava aquelas palavras, ela sabia quanto desprezo James Moore e seus apoiadores na mídia despejariam sobre aquela abordagem.

– Sim, senhora. – Bill Schneider era agressivo por natureza, mas até ele conseguia enxergar que aquilo fazia sentido. Ele acrescentou: – As tropas americanas estão prontas para agir dentro das restrições de Chen. Assim que a senhora ordenar, daremos início aos ataques de artilharia a instalações militares norte-coreanas. Há aviões nas pistas prontos para combater os bombardeiros que se aproximam. Mas, neste estágio, não enviaremos aeronaves americanas tripuladas ao espaço aéreo norte-coreano.

– Mobilize a artilharia agora.

– Sim, senhora.

– Dê ordem aos caças para decolar.

– Sim, senhora.

Mais telas ganharam vida. Pauline viu pilotos correndo em direção aos caças em uma base que ela imaginou ser a da Força Aérea dos Estados Unidos em Osan, uns cinquenta quilômetros ao sul de Seul. Ela olhou ao redor da sala.

– Quero saber a opinião de vocês. A Coreia do Norte tem chance de sair vencedora?

– É pouco provável, mas não impossível – respondeu Gus, e Pauline viu os demais assentirem. Gus continuou: – A única esperança deles é uma *Blitzkrieg* que feche rapidamente todos os portos e aeroportos sul-coreanos, evitando a chegada de reforços.

– Vamos refletir sobre o que podemos fazer se isso de fato acontecer.

– Duas coisas, embora ambas tragam novos riscos. Podemos aumentar de forma esmagadora nosso contingente na região. Mais navios de guerra no mar da China Meridional, mais bombardeiros para nossas bases no Japão, mais porta-aviões em Guam.

– Mas talvez os chineses enxerguem os reforços como uma provocação. Eles podem suspeitar que o material bélico será direcionado a eles.

– Podem.

– E a outra opção?

– Pior ainda – disse Gus. – Podemos acabar com o Exército norte-coreano por meio de um ataque nuclear.

– É isso que o James Moore vai defender amanhã de manhã na TV.

– E haveria o risco de retaliação nuclear, seja do que restar do arsenal nuclear da Coreia do Norte ou, pior, da China.

– Muito bem. Vamos manter nossa estratégia atual, mas monitorando o conflito de perto. Bill, precisamos que o Pentágono acompanhe de forma ininterrupta os aviões e mísseis norte-coreanos abatidos e aqueles que permanecem no ar. Gus, gostaria que você falasse com o Sandip. Ele deve fornecer à mídia boletins de hora em hora. Por favor, cuide para que ele esteja sempre informado. Preciso que o Departamento de Estado notifique nossas embaixadas. E precisamos de café. E sanduíches. A noite vai ser longa.

...

Quando o sol se pôs no Leste Asiático e o amanhecer despontou na Casa Branca, o general Schneider anunciou que a *Blitzkrieg* da Coreia do Norte não havia funcionado. Pelo menos metade dos mísseis não tinha conseguido atingir seus alvos: alguns foram abatidos pela artilharia antimíssil, outros tiveram problemas de funcionamento devido à interferência de ataques cibernéticos em seus sistemas, e alguns apresentaram falhas sem motivo aparente. Vários bombardeiros foram derrubados por caças.

Mesmo assim, houvera muitas baixas entre militares e civis, tanto americanos quanto sul-coreanos. A CNN mostrou imagens de Seul e de outras cidades, algumas delas captadas pela televisão sul-coreana, outras retiradas de postagens nas redes sociais. A emissora mostrou edifícios desmoronados, incêndios devastadores e serviços de emergência lutando para ajudar os feridos e recolher os mortos. No entanto, nenhum porto ou aeródromo militar havia sido fechado. O ataque continuava, mas não havia mais nenhuma dúvida em relação ao seu resultado.

Pauline estava elétrica por conta do café e da tensão, mas acreditava que a situação estava próxima do fim. Quando Bill terminou, ela disse:

– Acho que agora devemos propor um cessar-fogo. Vamos falar de novo com o presidente Chen.

Jacqueline deu início aos preparativos.

– Senhora presidente – disse Bill em um tom rígido –, o Pentágono prefere concluir a destruição das forças militares norte-coreanas.

– Não temos como fazer isso remotamente – rebateu ela. – Teríamos que ter soldados em campo na Coreia do Norte, e isso daria início a uma nova guerra, dessa vez contra a China, que seria muito mais difícil de derrotar do que a Coreia do Norte.

Foi possível ouvir os presentes concordando com ela, e Bill disse, relutante:

– Certo.

– Mas, até que os norte-coreanos concordem com o cessar-fogo – acrescentou Pauline –, sugiro que vá para cima deles com tudo.

O rosto dele se iluminou.

– Tudo bem, senhora presidente.

– Chen está na linha – avisou Jacqueline.

Pauline atendeu. Após uma breve troca de gentilezas, ela disse a Chen:

– A investida norte-coreana contra a Coreia do Sul foi sufocada.

– O ataque das autoridades de Seul contra a República Popular Democrática da Coreia é injustificado – afirmou Chen por meio do intérprete.

Pauline ficou surpresa. Da última vez que falaram, ele havia sido razoável. Naquele momento parecia estar dizendo coisas no automático.

– Mesmo assim, a Coreia do Norte perdeu a batalha – comentou ela.

– O Exército do Povo Coreano vai continuar a defender energicamente a República da Coreia de ataques fomentados pelos Estados Unidos.

Pauline tapou o fone com a mão.

– Eu conheço o Chen. Ele não acredita em nada dessa merda.

– Acho que o pessoal linha-dura está na sala com ele, dando orientações sobre o que falar – supôs Gus.

Várias pessoas concordaram com a cabeça.

Aquilo deixava toda a situação muito desconfortável, mas mesmo assim ela conseguiria transmitir sua mensagem.

– Acredito que o povo dos Estados Unidos e o povo da China podem encontrar uma forma de acabar com essa matança.

– A República Popular da China, é claro, irá levar em consideração o que você diz.

– Obrigada. Eu quero um cessar-fogo.

Houve um longo silêncio.

– Eu ficaria muito grata se você transmitisse essa mensagem aos seus camaradas em Pyongyang – acrescentou Pauline.

Mais uma vez não houve uma resposta imediata, e Pauline imaginou Chen tapando o fone com a mão e falando com os velhos comunistas que estavam com ele em seu palácio à beira do lago em Zhongnanhai. O que eles estariam dizendo? Era impossível que algum membro do governo de Beijing quisesse aquela guerra. Como os acontecimentos da noite anterior haviam demonstrado, a Coreia do Norte não tinha como vencê-la, e a China não tinha interesse em se envolver em um conflito armado contra os Estados Unidos.

– E você, tem como nos garantir que essa proposta será aceita pela presidente No em Seul? – perguntou Chen, tentando ganhar tempo.

– Claro que não – respondeu Pauline de imediato. – A Coreia do Sul é um país livre. Mas farei o meu melhor para convencê-la.

Houve outra longa pausa.

– Vamos discutir isso com Pyongyang – disse Chen, por fim.

Pauline decidiu pressioná-lo.

– Quando?

Dessa vez a resposta veio sem hesitação:

– Imediatamente.

Era Chen falando, Pauline imaginou, não seus acompanhantes.

– Obrigada, senhor presidente – disse ela.

– Obrigado, senhora presidente – respondeu ele.

Eles desligaram.

– Houve uma mudança em Beijing – afirmou Pauline.

– Assim que a troca de tiros começa, os militares se impõem – comentou Gus. – E o Exército chinês é comandado pelo pessoal linha-dura.

Pauline olhou para Bill e pensou que a maioria dos militares era linha-dura.

– Muito bem, vamos falar com Seul – disse a presidente.

– Vou colocar a presidente No na linha – informou Jacqueline.

A central telefônica ligou para Seul, e Pauline começou a falar:

– Este foi um péssimo dia para você, senhora presidente, mas as tropas sul-coreanas lutaram bravamente e derrotaram os agressores.

Ela imaginou a presidente No, seus cabelos grisalhos penteados para trás, sua testa alta, os olhos escuros penetrantes, as rugas ao redor da boca sugerindo uma trajetória de conflitos.

– O Líder Supremo aprendeu que não pode atacar os sul-coreanos impunemente – respondeu a presidente No. A nota de profunda satisfação em sua voz sugeria a Pauline que No estava pensando na tentativa de assassinato que havia matado seu amante, bem como no bombardeio das últimas horas. No acrescentou: – Agradecemos ao bravo e generoso povo americano por sua ajuda inestimável.

"Já chega", pensou Pauline.

– Agora precisamos conversar sobre o que fazer a seguir – disse ela.

– Está escurecendo aqui e a troca de mísseis diminuiu, mas vai voltar com força total pela manhã.

Pauline não gostou de como aquilo soou.

– A menos que possamos evitar – disse ela.

– Como faríamos isso, senhora presidente?

– Estou propondo um cessar-fogo.

Houve um silêncio do outro lado da linha.

Para preenchê-lo, Pauline continuou:

– O meu secretário de Estado e o ministro das Relações Exteriores da China vão chegar ao Sri Lanka nas próximas horas para se encontrar com o seu ministro das Relações Exteriores e o homólogo norte-coreano. Eles devem discutir os detalhes do cessar-fogo imediatamente e então seguir adiante para negociar um acordo de paz.

– Um cessar-fogo manteria o Líder Supremo no poder em Pyongyang e o deixaria na posse do que restou de suas armas – observou a presidente No. – Ele continuaria sendo uma ameaça.

Aquilo era verdade, claro.

– Não há nenhum propósito em prosseguir com a matança.

A resposta a deixou chocada.

– Discordo – disse No.

Pauline franziu a testa. Aquela resistência era maior do que ela esperava. O que No estava querendo dizer?

– Vocês derrotaram a Coreia do Norte – afirmou Pauline. – O que mais você quer?

– Foi o Líder Supremo Kang quem começou esta guerra – disse No. – Mas quem vai determinar quando ela acaba sou eu.

"Ah, meu Deus", pensou Pauline, "ela quer rendição incondicional".

– Um cessar-fogo é o primeiro passo para acabar com a guerra – tentou ela.

– Esta é uma oportunidade única na vida de libertar nossos compatriotas do Norte de uma tirania assassina – retrucou No.

Pauline sentiu um aperto no coração. O Líder Supremo era, de fato, um tirano assassino, mas a presidente No não tinha o poder de derrubá-lo contra a vontade dos chineses.

– O que você está planejando?

– A destruição completa do Exército da Coreia do Norte e um novo regime não violento em Pyongyang.

– Está pensando em uma invasão na Coreia do Norte?

– Se for necessário.

Pauline queria acabar com aquela ideia imediatamente.

– Os Estados Unidos não vão se juntar a vocês.

A resposta de No não a surpreendeu:

– Não é essa a nossa expectativa.

Pauline ficou sem palavras por um momento.

Nenhum líder coreano havia falado daquela maneira desde os anos 1950. Se o Norte e o Sul se juntassem por aquela guerra, o Sul teria que lidar de alguma forma com um influxo repentino de vinte e cinco milhões de pessoas famintas que não faziam ideia de como viver em uma economia capitalista. Em sua campanha, No havia prometido a reunificação em um futuro vago: seu slogan *Antes de eu morrer* significava *Em algum momento*, mas também poderia significar *Não agora*. No entanto, o principal problema não era a questão econômica. Era a China.

Lendo a mente dela, No disse:

– Se vocês ficarem fora disso, acreditamos que os chineses farão o mesmo.

Diremos que os problemas da Coreia devem ser resolvidos pelo povo coreano, sem o envolvimento de outros países.

– Beijing não vai permitir que você instaure um governo alinhado aos Estados Unidos em Pyongyang.

– Eu sei. Discutiríamos o futuro das Coreias do Norte e do Sul com nossos aliados e vizinhos, é claro. Mas acreditamos que chegou a hora de toda a Coreia deixar de ser apenas um peão no jogo de outras pessoas.

Na opinião de Pauline, aquilo não era uma hipótese realista. Se eles tentassem fazer isso, a situação viraria um inferno. Ela respirou fundo.

– Senhora presidente, me solidarizo com os seus sentimentos, mas acredito que a sua proposta seja perigosa para a Coreia e para o mundo.

– Eu prometi reunificar o meu país. Pode não haver outro momento como este ao longo dos próximos cinquenta anos. Não vou entrar para a história como a presidente que deixou passar essa oportunidade.

"Então é isso", pensou Pauline. Tratava-se de uma vingança pelo assassinato do amante e do cumprimento de sua promessa de campanha, mas, acima de tudo, tinha a ver com o seu legado. No tinha 65 anos e estava pensando no lugar que ocuparia na história. Aquele era o seu destino.

Não havia mais nada a ser dito.

– Obrigada, senhora presidente – disse Pauline abruptamente e desligou.

Ela olhou ao redor da mesa. Todos tinham ouvido a conversa.

– Nossa estratégia para lidar com a crise da Coreia foi por água abaixo – disse. – O Norte atacou e perdeu, e o Sul está determinado a invadir. Minha conferência de paz morreu antes de ter a chance de nascer. A presidente No está planejando uma guinada gigantesca na política mundial.

Fez uma pausa, para garantir que a gravidade da situação tivesse tempo de ser assimilada. Em seguida voltou-se para os detalhes práticos:

– Bill, quero que você participe da conferência matinal na Sala de Imprensa da Casa Branca hoje. – Schneider parecia relutante, mas ela queria alguém das Forças Armadas presente. – Sandip Chakraborty vai estar lá com você. – Ela quase acrescentou "para segurar sua mão", mas se conteve. – Diga que estávamos preparados para o ataque e que combatemos com o mínimo de danos. Informe o máximo de detalhes militares que puder... número de mísseis disparados, aviões inimigos abatidos, baixas militares, baixas civis. Você pode dizer que estive em contato com os presidentes da China e da Coreia do Sul durante a noite, mas não responda a nenhuma pergunta sobre política. Diga a eles que a situação ainda não está clara e que, de todo modo, você é apenas um soldado.

– Certo, senhora.

– Com sorte, ainda temos algumas horas para refletir. Todos, por favor, chamem seus vices para cá e saiam para descansar um pouco enquanto o Leste Asiático está dormindo. Vou tomar um banho. Nos encontramos novamente hoje à noite, assim que amanhecer na Coreia.

Ela se levantou, e todos fizeram o mesmo. Olhou para Gus e percebeu que ele queria acompanhá-la, mas achou uma má ideia dar essa preferência de uma forma tão óbvia, então desviou o olhar e saiu da sala.

Voltou para a residência oficial e tomou um banho. Sentiu-se revigorada, mas cansada; estava desesperada para dormir. No entanto, antes disso se sentou na beira da cama vestida com seu roupão e ligou para Pippa para perguntar como estava indo a viagem.

– O trânsito estava terrível ontem à noite e levamos duas horas para chegar aqui! – contou a filha.

– Que saco – disse Pauline.

– Mas depois jantamos todos juntos e foi divertido. Hoje de manhã Josephine e eu fomos cedinho dar um passeio.

– Que cavalo você pegou?

– Um lindo pônei chamado Salsa, agitado mas obediente.

– Perfeito.

– Aí o papai levou a gente pra Middleburg pra comprar torta de abóbora e adivinha com quem nós esbarramos? A Sra. Judd!

Pauline sentiu um frio na espinha. Quer dizer então que Gerry havia combinado um encontro com sua amante no Dia de Ação de Graças. Boston não tinha sido apenas uma aventura de uma noite, afinal de contas.

– Ora, ora – disse, forçando um tom de voz alegre. Não pôde deixar de acrescentar: – Que coincidência! – Ela esperava que Pippa não notasse o sarcasmo.

Pippa pareceu alheia à situação.

– Ela por acaso está passando as férias com um amigo que tem uma vinícola não muito longe de Middleburg, então o papai tomou um café com ela enquanto a Jo e eu comprávamos as tortas. Agora estamos voltando e vamos ajudar a mãe da Jo a rechear o peru.

– Fico muito feliz que você esteja se divertindo. – Pauline percebeu que havia soado um pouco para baixo.

Pippa era jovem mas já tinha sua intuição feminina, e o tom ligeiramente triste de Pauline a lembrou de que sua mãe não estava de folga.

– Ei, e como está o lance da Coreia?

– Estou tentando acabar com a guerra.

– Uau. Devemos ficar preocupados?

– Deixa essa parte comigo. Eu me preocupo por todo mundo.

– Quer falar com o papai?

– Se ele estiver dirigindo, não.

– Ele está, sim.

– Manda um beijo pra ele.

– Pode deixar.

– Tchau, querida.

– Tchau, mãe.

Pauline desligou com um gosto amargo na boca.

Gerry e Amelia Judd haviam planejado aquilo. No fim de semana, Gerry daria um jeito de escapar de seus anfitriões para um encontro. Ele havia enganado Pauline, ao passo que ela resistia bravamente à tentação.

O que ela havia feito de errado? Será que Gerry tinha percebido o que ela estava começando a sentir por Gus? "É impossível evitar sentimentos", pensou Pauline, e ela de fato não havia se importado quando passou a suspeitar que Gerry sentia algo pela Sra. Judd. "Mas é possível evitar nossas ações." Gerry tinha traído e Pauline não. Havia uma grande diferença.

Eram oito da manhã, horário nobre dos noticiários da TV. Um dos programas iria entrevistar James Moore sobre a Coreia. "Como se ele tivesse algum conhecimento sobre o assunto", pensou Pauline com amargura. "Ele não deve conseguir nem identificar a Coreia no mapa." Ela ligou o aparelho e pulou de um canal para outro até encontrá-lo em um programa matinal sensacionalista.

Ele vestia um casaco de camurça caramelo com franjas. Era um novo ponto de partida: ele nem sequer se esforçava para se adequar. As pessoas queriam mesmo um presidente que parecia o Davy Crockett?

Estava sendo entrevistado por Mia e Ethan. Para começar, Ethan disse:

– Você visitou o Leste Asiático, então tem informações de primeira mão sobre a situação lá.

Pauline riu. Moore tinha feito uma excursão de dez dias pelo Leste Asiático e passado exatamente um dia na Coreia, a maior parte dele em um hotel cinco estrelas em Seul.

– Eu não diria que sou um especialista, Ethan – disse ele –, e com certeza não consigo pronunciar todos aqueles nomes engraçados... – Ele fez uma pausa para os dois rirem. – Mas acho que essa é uma situação em que precisamos de bom senso. A Coreia do Norte atacou a nós e aos nossos aliados, e quando você é atacado você tem que revidar com *força*.

– A palavra que você está procurando é "acirramento", Jim – comentou Pauline.

Ele continuou:

– Qualquer coisa abaixo disso só serve para encorajar o inimigo.

Mia cruzou as pernas. Como todas as mulheres do canal, ela precisava usar uma saia curta o suficiente para mostrar os joelhos.

– Jim, em termos práticos, o que você quer dizer com isso?

– Quero dizer que poderíamos acabar com a Coreia do Norte com um ataque nuclear e que poderíamos fazer isso hoje.

– Bom, isso é bastante drástico.

Pauline riu novamente.

– Drástico? – disse ela para a televisão. – É uma loucura, isso sim.

– Isso não apenas resolveria nosso problema de uma só vez como assustaria os outros – completou Moore. – Vamos avisar o seguinte: se você atacar os Estados Unidos, está ferrado.

Pauline conseguia imaginar os apoiadores dele dando um soquinho no ar. Bom, ela iria salvá-los de uma aniquilação nuclear, quer eles quisessem ou não.

Desligou a TV.

Estava pronta para dormir, mas havia algo que queria fazer antes de ir para a cama.

Vestiu um conjunto de moletom e desceu a escada até o andar de baixo. Lá ela encontrou seu destacamento do Serviço Secreto e um jovem major do Exército carregando a bola de futebol atômica.

Não era literalmente uma bola de futebol, claro, e sim uma maleta de alumínio Zero Halliburton com uma capa de couro preto. Parecia um porta-terno de mão, exceto por uma pequena antena que se projetava perto da alça. Pauline cumprimentou o jovem e perguntou seu nome.

– Rayvon Roberts, senhora presidente.

– Bom, major Roberts, eu gostaria de dar uma olhada dentro da bola de futebol, para refrescar minha memória. Abra-a, por favor.

– Sim, senhora.

Roberts removeu rapidamente a capa de couro preto, colocou a maleta de metal no chão, girou as três travas e levantou a tampa.

A caixa continha três objetos e um telefone sem nenhum botão.

– Senhora, gostaria que a lembrasse sobre a utilidade de cada um desses itens? – perguntou Roberts.

– Sim, por favor.

– Este é o Livro Negro. – Era um fichário comum. Pauline o pegou e folheou as páginas, que estavam impressas em preto e vermelho. Roberts continuou: – Aqui está a lista com as suas opções de retaliação.

– Todas as diferentes maneiras de dar início a uma guerra nuclear.

– Sim.

– Ninguém poderia imaginar que existem tantas maneiras assim. Próximo? Roberts pegou outro fichário semelhante.

– Aqui está uma lista de locais confidenciais espalhados por todo o país onde a senhora pode se esconder durante uma emergência.

Em seguida, havia uma pasta de papel pardo com mais ou menos umas dez folhas grampeadas.

– Aqui está explicado em detalhes o Sistema de Alerta de Emergência que irá permitir que a senhora fale com a nação por todas as estações de rádio e televisão no caso de uma emergência nacional.

"Esse item é praticamente obsoleto", pensou Pauline, "na era das notícias 24 horas".

– E esse telefone só liga para um número, o do Centro Nacional de Comando Militar do Pentágono. O Centro passará suas instruções para os centros de controle de lançamento de mísseis, submarinos nucleares, campos de aviação de bombardeiros e comandantes no campo de batalha.

– Obrigada, major – disse Pauline.

Ela deixou o grupo e voltou para o andar de cima. Finalmente poderia ir para a cama. Tirou a roupa e deslizou aliviada por entre os lençóis. Ficou deitada com os olhos fechados, e em sua mente viu aquela pasta forrada de couro. O que ela continha, na verdade, era o fim do mundo.

Em poucos segundos pegou no sono.

# CAPÍTULO 35

Trípoli era uma cidade grande, a maior que Kiah já vira, com o dobro do tamanho de N'Djamena. O centro era cheio de arranha-céus com vista para o mar, mas o resto do lugar era superlotado e sujo, com muitos edifícios danificados por bombas. Alguns homens usavam roupas ocidentais, mas todas as mulheres usavam vestido longo e lenço na cabeça.

Abdul levou Naji e Kiah para um pequeno hotel, barato mas limpo, onde não havia nenhum funcionário ou hóspede branco e ninguém falava nenhuma língua além de árabe. No começo, Kiah havia se sentido intimidada por hotéis, e quando os funcionários eram respeitosos ela suspeitava de estarem zombando dela. Ela havia perguntado a Abdul sobre como lidar com eles, e ele disse: "Seja educada, mas não tenha medo de pedir o que precisa, e, se eles parecerem curiosos em relação a você, perguntarem de onde vem ou algo assim, apenas sorria e diga que está sem tempo para conversar." Ela tinha descoberto que isso funcionava.

Quando acordaram na primeira manhã lá, Kiah começou a pensar no futuro. Até aquele momento, ela ainda não tinha conseguido acreditar que eles haviam escapado do garimpo. Enquanto viajavam pelo norte da Líbia, dirigindo por estradas que iam melhorando pouco a pouco e dormindo em lugares cada vez mais confortáveis, ela havia alimentado um medo secreto de que os jihadistas de alguma forma os pegariam e os escravizariam novamente. Aqueles homens eram fortes e violentos, e geralmente conseguiam o que queriam. Abdul era o único homem que ela conhecia que poderia enfrentá-los.

O pesadelo tinha chegado ao fim, com a graça de Deus, mas o que eles fariam a seguir? Qual era o plano de Abdul? Será que ela estava incluída nele?

Kiah decidiu perguntar. Ele respondeu com outra pergunta:

– O que você quer fazer?

– Você sabe o que eu quero – disse ela. – Quero morar na França, onde vou poder alimentar o meu filho e mandá-lo para a escola. Mas já gastei todo o meu dinheiro e ainda estou na África.

– Eu posso te ajudar. Não tenho certeza se consigo, mas vou tentar.

– Como?

– Não posso te contar agora. Por favor, só confia em mim.

Era óbvio que ela confiava nele. Tinha colocado sua vida nas mãos dele. Mas havia uma tensão oculta nele, e as perguntas dela trouxeram isso à tona. Ele estava preocupado com alguma coisa. Não era com os jihadistas: parecia que ele não temia mais estar sendo seguido por eles. Abdul ainda olhava para trás de vez em quando e verificava um carro ou outro, mas não o tempo todo, não de forma obsessiva. Então o que provocava aquela tensão? Era pensar em um futuro juntos? Ou separados?

Ela achava aquilo assustador. Desde que ela o conhecera, ele passava a impressão de estar no controle, pronto para tudo, sem medo de nada. Mas agora ele admitia que não sabia se poderia ajudá-la a terminar sua jornada. O que ela faria se ele não conseguisse? Como conseguiria voltar para o lago Chade?

– Todos nós precisamos de roupas novas – disse ele adotando um tom animado. – Vamos fazer compras.

Kiah nunca tinha "feito compras", mas já havia escutado aquela expressão e sabia que as mulheres ricas andavam pelas lojas procurando coisas para comprar com o dinheiro excedente. Jamais havia se imaginado fazendo aquilo. Mulheres como ela gastavam dinheiro apenas quando necessário.

Abdul chamou um táxi e eles foram para o centro da cidade, onde galerias situadas em antigos mercados estavam repletas de lojas que colocavam metade de seus produtos do lado de fora.

– Muitos árabes franceses usam roupas tradicionais – disse Abdul –, mas talvez você ache mais fácil usar roupas ocidentais.

Eles acharam uma loja de roupas infantis. Naji se deleitou com todo o processo de escolha das cores e do tamanho. Ele adorou vestir uma camiseta nova e se olhar no espelho. Abdul achou graça:

– Tão jovem e tão vaidoso!

– Igual ao pai dele – murmurou Kiah.

Salim tinha um toque de vaidade. Então ela olhou preocupada para Abdul, esperando que ele não ficasse ofendido com a menção a seu falecido marido. Um homem não gosta de ser lembrado de que sua mulher já havia se deitado com outro. No entanto, Abdul estava sorrindo para Naji e pareceu não ter se importado.

Naji ganhou duas bermudas, quatro camisetas, dois pares de sapatos, algumas cuecas e um boné, que ele insistiu em usar imediatamente.

Em uma loja próxima, Abdul desapareceu em direção às cabines e voltou vestindo um terno de algodão azul-escuro com uma camisa branca e uma gravata estreita e lisa. Kiah não conseguia se lembrar da última vez que vira um homem de gravata que não fosse na TV.

– Você está parecendo um americano! – exclamou ela.

– *Quel horreur* – disse Abdul em francês. *Que horror*. Mas ele estava sorrindo.

Então ocorreu a Kiah que talvez ele de fato fosse americano. Isso explicaria todo o dinheiro. Ela decidiu que perguntaria a ele. Não naquele momento, mas em breve.

Ele voltou para o fundo da loja e reapareceu em sua habitual túnica marrom--acinzentada, carregando as roupas novas em uma sacola.

Por fim, foram a uma loja para mulheres.

– Eu não quero gastar muito do seu dinheiro – falou Kiah a Abdul.

– Deixa eu te falar – começou ele. – Escolha duas mudas de roupa, uma com saia e outra com calça, e pegue roupas de baixo, sapatos e tudo mais que combine com cada conjunto. Não se preocupe com o preço, nada aqui é caro.

Kiah não achava nada daquilo barato, mas ela nunca havia comprado roupas, apenas o tecido para fazê-las, então de fato não tinha como saber.

– E não precisa correr – avisou Abdul. – Temos bastante tempo.

Kiah descobriu que era estranho não se preocupar com o preço das coisas. Era agradável, mas também um pouco incômodo, porque ela tinha medo de acreditar que realmente poderia comprar qualquer artigo da loja. Experimentou timidamente uma saia xadrez e uma blusa lilás. Sentiu-se constrangida até mesmo para sair da cabine e mostrar a Abdul. Em seguida, experimentou uma calça jeans e uma camiseta verde. A vendedora lhe ofereceu uma lingerie de renda preta, dizendo "Ele vai gostar", mas Kiah não teve coragem de comprar o que parecia ser roupa íntima para prostitutas e persistiu nas peças de algodão branco.

Ela ainda se sentia constrangida por conta do que tinha feito no carro, na primeira noite após a fuga. Eles haviam dormido nos braços um do outro para se aquecer, mas quando amanheceu ela beijou seu rosto adormecido e, depois que começou, não conseguiu mais parar. Ela beijou suas mãos, seu pescoço e suas faces até que ele acordou, e então é claro que eles fizeram amor. Ela o havia seduzido. Era vergonhoso. E, no entanto, ela não conseguia se arrepender, porque estava apaixonada por ele e achava que ele estava começando a amá-la. Mesmo assim, estava preocupada por ter se comportado como uma prostituta.

As roupas estavam todas em uma sacola, e ela disse a Abdul que mostraria a ele no hotel. Ele sorriu e disse que mal podia esperar.

Ao saírem da loja, ela se perguntou, esperançosa, se algum dia usaria aquelas roupas na França.

– Temos mais uma coisa a fazer – disse Abdul. – Enquanto você estava experimentando as roupas, eu perguntei se havia algum lugar onde pudéssemos tirar fotos. Aparentemente, na próxima rua há uma agência de viagens com uma cabine fotográfica.

Kiah nunca tinha ouvido falar de agência de viagens nem de cabine fotográfica, mas não falou nada. Abdul sempre se referia a coisas que ela desconhecia e, em vez de importuná-lo com perguntas o tempo todo, ela esperava até que o significado ficasse claro.

Eles contornaram algumas esquinas e entraram em uma loja decorada com fotos de aviões e paisagens estrangeiras. Uma jovem séria estava sentada diante de uma mesa, usando uma saia e uma blusa ligeiramente parecidas com as que Kiah havia comprado.

De um lado havia uma pequena cabine com uma cortina. A mulher deu a Abdul algumas moedas em troca de notas, e ele explicou a Kiah como a máquina funcionava. Era fácil, mas o resultado parecia um milagre: em segundos, uma tira de papel saiu de uma fenda, como se fosse uma criança colocando a língua para fora, e Kiah viu quatro fotos coloridas de seu rosto. Quando Naji viu as fotos quis tirar também, o que era bom, já que Abdul dissera que também precisava de fotos dele.

Como qualquer criança de 2 anos de idade, Naji não conseguia ficar parado, tendo sido necessárias três tentativas até que conseguissem boas fotos.

– O Aeroporto Internacional de Trípoli está fechado, mas o aeroporto de Mitiga tem voos para Túnis, onde você pode pegar voos para vários destinos – disse a mulher sentada à mesa.

Eles agradeceram e saíram.

Já na rua, Kiah perguntou:

– Por que precisamos de fotos?

– Para conseguir seus documentos de viagem.

Kiah nunca tivera documentos. Identificar-se nas fronteiras nunca tinha feito parte de seus planos. Abdul parecia acreditar que ela conseguiria entrar na França legalmente. Até onde ela sabia, isso era impossível. Do contrário, por que alguém pagaria contrabandistas para isso?

– Me fala sua data de nascimento – pediu Abdul. – E a do Naji.

Ela disse e ele franziu a testa, memorizando as duas datas, acreditou ela.

Mas havia uma preocupação.

– Por que você não tirou foto? – perguntou ela.

– Eu já tenho documentos.

Aquela não era a dúvida dela de verdade.

– Quando Naji e eu formos para a França...

– Sim?

– Para onde você vai?

O olhar de tensão voltou.

– Não sei.

Desta vez, ela insistiu. Sentiu que precisava de uma resposta. Não seria capaz de suportar a ansiedade.

– Você vai vir com a gente?

Mas a resposta dele não trouxe nenhum alívio.

– *Insha'Allah* – respondeu Abdul. – *Seja o que Alá quiser.*

...

Eles almoçaram em um café. Pediram *beghrir*, panquecas de semolina marroquinas, regadas com um molho de mel e manteiga derretida. Naji adorou.

Durante toda a modesta refeição, Abdul teve uma sensação estranha que era um pouco como o calor do sol, algo semelhante a uma taça de um bom vinho e que lembrava vagamente Mozart. Ele se perguntou se era felicidade.

Quando estavam tomando o café, Kiah disse:

– Você é americano?

Ela era muito esperta.

– O que faz você achar isso?

– Você tem muito dinheiro.

Ele queria dizer a verdade a ela, mas àquela altura era muito perigoso. Precisava esperar até que a missão estivesse concluída.

– Há muitas coisas que preciso explicar para você. Você pode esperar só mais um pouco?

– Claro.

Abdul ainda não sabia o que o futuro reservava a eles, mas no final daquele dia esperava estar em condição de tomar algumas decisões.

Voltaram para o hotel e colocaram Naji para tirar seu cochilo da tarde, e então Kiah mostrou a Abdul suas roupas novas. No entanto, quando ela vestiu o sutiã e a calcinha brancos, os dois se deram conta de que precisavam fazer amor naquele exato momento.

Mais tarde, ele vestiu o terno novo. Era hora de voltar ao mundo real. Não havia uma estação da CIA em Trípoli, mas a DGSE francesa tinha um escritório ali, e ele tinha hora marcada.

– Preciso ir a uma reunião – avisou ele a Kiah.

Ela pareceu preocupada, mas aceitou sem dizer nada.

– Você vai ficar bem aqui? – perguntou ele.

– Claro.

– Se acontecer qualquer coisa, você pode me ligar.

Ele havia lhe comprado um celular dois dias antes e colocado o máximo de créditos possível. Ela ainda não o havia usado.

– Eu vou ficar bem, não se preocupe.

O hotel tinha poucos serviços, mas no balcão da recepção havia uma pequena tigela com cartões de visita contendo o endereço do lugar em árabe, e Abdul pegou alguns ao sair.

Ele tomou um táxi para o centro. Sentia-se muito bem por estar vestido como um americano novamente. O terno nem era muito bom, mas ninguém ali saberia disso e, bem ou mal, isso o fazia lembrar que ele vinha do país mais poderoso do mundo.

O táxi parou em frente a um prédio comercial desleixado. Na parede próxima à entrada havia uma coluna de placas de latão enferrujadas, cada uma com uma campainha, um alto-falante e o nome de uma empresa gravado. Ele encontrou a que dizia "Entremettier & Cie." e apertou o botão. Ninguém respondeu, mas a porta se abriu e ele entrou.

Abdul queria extrair algo daquela reunião e não tinha certeza se conseguiria. Ele era ótimo em confrontos na rua ou no deserto, mas não era muito bom em ambientes corporativos. Havia uma boa chance de obter o que esperava, maior que cinquenta por cento, acreditava. Mas, se eles se mostrassem irredutíveis, não havia muito que Abdul pudesse fazer.

As placas o guiaram até uma porta no terceiro andar. Ele bateu e entrou. Tamara e Tab o aguardavam.

Haviam se passado alguns meses desde que os vira pela última vez, e Abdul ficou bastante emocionado. Para sua surpresa, eles pareceram se sentir da mesma forma. Tab estava com os olhos cheios d'água quando apertou sua mão, e Tamara jogou os braços em volta de seu pescoço e o abraçou.

– Você foi tão corajoso! – disse ela.

Na sala estava também um homem de terno bege que cumprimentou Abdul formalmente em francês, se apresentou como Jean-Pierre Malmain e apertou sua mão. Abdul presumiu que fosse o principal oficial de inteligência da França na Líbia.

Eles se sentaram a uma mesa.

– Só para constar, Abdul – começou Tab –, a tomada do Hufra foi a maior conquista da campanha contra o EIGS até agora.

– E, além de acabarmos com o Hufra – acrescentou Tamara –, conseguimos um imenso arquivo repleto de informações sobre o EIGS: nomes, endereços, pontos de encontro, fotografias. E descobrimos a chocante abrangência do apoio norte-coreano ao terrorismo africano. É o maior apanhado de inteligência na história do jihadismo no Norte da África.

Uma secretária elegantemente vestida entrou com uma garrafa de champanhe e quatro taças em uma bandeja.

– Uma pequena celebração – disse Tab –, no estilo francês. – Ele tirou a rolha da garrafa e serviu.

– Ao nosso herói – brindou Tamara, e todos beberam.

Abdul percebeu que a relação entre Tamara e Tab havia mudado desde o dia em que os conhecera às margens do lago Chade. Se ele estivesse certo e os dois fossem um casal agora, esperava que pudessem conversar sobre isso. Com certeza suavizaria a reação deles à exigência que ele estava prestes a fazer.

– Vocês dois estão juntos? – perguntou ele, sorrindo.

– Sim – respondeu Tamara, e ambos pareceram satisfeitos.

– Mas trabalhando para serviços de inteligência de dois países diferentes... – explicou Abdul.

– Eu pedi demissão – informou Tab. – Estou cumprindo o aviso-prévio. Vou voltar para a França para trabalhar nos negócios da minha família.

– E eu pedi transferência para a estação da CIA em Paris – contou Tamara. – Phil Doyle aprovou o meu pedido.

– E o meu chefe, Marcel Lavenu, recomendou a Tamara ao chefe da CIA de lá, que é amigo dele – completou Tab.

– Desejo tudo de melhor a vocês – disse Abdul. – Vocês são tão bonitos, vão ter os filhos mais lindos do mundo.

O clima ficou estranho, e Tamara disse:

– Eu não disse que nós íamos nos casar.

Abdul ficou constrangido.

– Que antiquado da minha parte fazer essa suposição. Peço desculpas.

– Tudo bem – disse Tab. – Só não falamos sobre isso ainda.

Tamara mudou de assunto rapidamente:

– E agora, se você estiver pronto, vamos levá-lo de volta para N'Djamena.

Abdul ficou em silêncio.

– Imagino que queiram te entrevistar exaustivamente – acrescentou ela. – Isso pode levar alguns dias, mas depois você vai ter direito a férias prolongadas.

"Vamos lá", pensou Abdul.

– Ficarei feliz de passar pela entrevista, é claro – disse ele. Não era verdade, mas ele precisava fingir. – E estou ansioso pelas férias. Mas a missão ainda não acabou.

– Não?

– Eu gostaria de tentar retomar a pista do carregamento. Ele não está em Trípoli, eu verifiquei no dispositivo de rastreamento. Portanto, é quase certo que tenha cruzado o Mediterrâneo.

– Abdul, você já fez o suficiente – afirmou Tamara.

– De qualquer maneira, eles podem ter aportado em qualquer parte do sul da Europa, de Gibraltar a Atenas. São milhares de quilômetros de costa – comentou Tab.

– Mas alguns lugares são mais prováveis que outros – argumentou Abdul. – O sul da França, por exemplo, tem uma excelente infraestrutura para importação e distribuição de drogas.

– Mesmo assim, é uma área muito grande para procurar.

– Na verdade, não. Se eu for dirigindo por aquela estrada costeira, acho que o nome é Corniche... talvez eu consiga captar o sinal. Então poderíamos descobrir quem está na outra ponta da trilha da cocaína. É uma oportunidade boa demais para deixar passar.

– Não estamos aqui para prender traficantes – disse Jean-Pierre Malmain. – Estamos atrás de terroristas.

– Mas é da Europa que vem o dinheiro – insistiu Abdul. – Toda a operação é financiada, em última instância, por garotos que compram drogas em boates. Qualquer dano que possamos causar à ponta francesa vai prejudicar todo o sistema de contrabando do EIGS, que provavelmente vale mais para eles do que a mina de ouro em Hufra.

– A decisão deve obviamente ser tomada pelos nossos superiores – afirmou Malmain com desdém.

Abdul balançou a cabeça.

– Não podemos perder tempo. Os radiotransmissores serão descobertos quando eles começarem a abrir os sacos de cocaína. Isso pode já ter acontecido, mas, caso contrário, se tivermos sorte, pode ser a qualquer momento. Eu quero ir para a França amanhã.

– Não posso autorizar isso.

– Eu não estou pedindo que você autorize. Isso está coberto pelas minhas atribuições originais. Se eu estiver errado, serei chamado de volta. Mas eu vou.

Malmain deu de ombros, cedendo.

– Abdul, você precisa de alguma coisa da gente agora? – perguntou Tamara.

– Sim. – Aquela era a parte delicada, mas ele havia pensado em como apresentaria sua exigência para eles. Apalpou os bolsos, procurando uma caneta, mas percebeu que havia perdido o hábito de andar com uma. – Alguém me arranja um lápis e uma folha de papel, por favor?

Malmain se levantou. Enquanto ele buscava o material, Abdul disse:

– Quando escapei de Hufra, dois escravizados fugiram junto comigo, uma mulher e uma criança, imigrantes ilegais. Eu os tenho usado como disfarce, fingindo que somos uma família. É a história perfeita, e eu gostaria de continuar com ela.

– Parece uma boa ideia – disse Tamara.

Malmain lhe entregou um bloco e um lápis. Abdul escreveu "Kiah Haddad" e "Naji Haddad" e acrescentou suas datas de nascimento. Depois continuou:

– Preciso de dois passaportes franceses verdadeiros, um para cada. – Como todos os serviços secretos do mundo, a DGSE conseguia obter passaportes para qualquer pessoa como parte de seu trabalho.

Tamara viu o que ele havia escrito e disse:

– Eles adotaram o seu sobrenome?

– Estamos fingindo ser uma família – lembrou Abdul.

– Ah, sim, claro – disse ela, mas Abdul sabia que ela tinha percebido a verdade.

Malmain, que claramente não tinha gostado do plano de Abdul, falou:

– Vou precisar de fotos.

Abdul tirou do bolso do paletó as duas tiras de fotos tiradas na agência de viagens e as deslizou sobre a mesa.

– Ah! A mulher do lago Chade! – exclamou Tamara. – Bem que achei o nome dela familiar. – Ela explicou a Malmain: – Conhecemos essa mulher no Chade. Ela nos perguntou sobre a vida na Europa. Eu disse a ela para não confiar em contrabandistas.

– Foi um bom conselho – afirmou Abdul. – Eles tomaram o dinheiro dela e a jogaram em um campo de trabalhos forçados na Líbia.

– E aí você fez amizade com essa mulher – comentou Malmain com uma ponta de sarcasmo.

Abdul não respondeu.

Tamara ainda estava olhando para a fotografia.

– Ela é muito bonita. Lembro de ter pensado isso na época.

É óbvio que todos suspeitaram da relação entre ele e Kiah. Abdul não tentou explicar. "Eles que pensem o que quiserem."

Tamara estava do lado dele. Ela se virou para Malmain e disse:

– De quanto tempo você precisa para conseguir os passaportes? Uma hora mais ou menos?

Malmain hesitou. Ele claramente achava que Abdul deveria primeiro retornar a N'Djamena para ser entrevistado. Mas era difícil recusar qualquer coisa a Abdul depois de tudo o que ele havia feito, e Abdul contava com essa premissa.

Malmain se rendeu, deu de ombros e disse:

– Duas horas.

Abdul disfarçou seu alívio. Agindo como se aquilo fosse exatamente o que ele acreditava que fosse acontecer o tempo todo, entregou a Malmain um dos cartões de visita que havia pegado na recepção do hotel.

– Por favor, peça que sejam entregues a mim no hotel onde estou hospedado.

– Claro.

Abdul saiu alguns minutos depois. Na rua, fez sinal para um táxi e deu o endereço da agência de viagens daquela manhã. No caminho, refletiu sobre o que havia feito. Ele agora estava empenhado em levar Kiah e Naji para a França. O sonho dela se tornaria realidade. Mas e quanto a ele? Quais eram seus planos depois disso? Obviamente, ela estava se fazendo essa pergunta tanto quanto ele. Abdul vinha adiando o dia em que teria que respondê-la, com a desculpa de que não sabia que atitude a CIA e a DGSE tomariam. Mas agora ele sabia, e não havia mais motivo para se esquivar do verdadeiro problema.

Quando chegassem à França, e Kiah e Naji estivessem estabelecidos lá, será que ele se despediria deles, voltaria para sua casa nos Estados Unidos e nunca mais os veria? Sempre que pensava nessa possibilidade, sentia-se devastado. Lembrou-se do almoço deles naquele dia e de como havia se sentido feliz. Quando tinha sido a última vez que experimentara tal sensação de pertencimento e tal satisfação com seu lugar no mundo? Talvez nunca.

O táxi encostou e Abdul entrou na agência de viagens. A mesma jovem elegantemente vestida estava sentada à mesa e ela se lembrava dele daquela manhã. A princípio ela pareceu desconfiada, como se achasse que ele poderia ter voltado sem a esposa para convidá-la para sair.

Ele sorriu de forma tranquilizadora.

– Preciso ir para Nice – disse ele. – Três passagens. Só de ida.

# CAPÍTULO 36

Um vento forte soprava no lago ao sul do complexo governamental de Zhongnanhai às sete da manhã. Chang Kai desceu do carro e fechou o zíper do casaco para se proteger do frio.

Estava prestes a se encontrar com o presidente, mas pensava em Ting. Na noite anterior, ela havia lhe perguntado sobre a guerra, e ele respondeu que as superpotências impediriam o acirramento dos ânimos. Mas, em seu íntimo, ele não tinha certeza disso, e ela tinha percebido. Eles foram para a cama e se abraçaram em proteção mútua. Por fim, fizeram amor com desespero, como se fosse a última vez.

Depois disso, ele ficou deitado na cama, desperto. Quando era jovem, tinha tentado descobrir quem realmente detinha o poder. Era o presidente, o líder do Exército ou os membros do Politburo coletivamente? Quem sabe o presidente americano, ou a imprensa americana, ou os bilionários? Aos poucos havia se dado conta de que todos tinham limitações. O presidente americano era governado pela opinião pública, e o presidente chinês, pelo Partido Comunista. Os bilionários precisavam lucrar, e os generais tinham que vencer as batalhas. O poder residia não em um local, mas em uma rede imensamente complexa, em um grupo de pessoas e instituições-chave sem vontade coletiva, cada uma delas puxando em uma direção diferente.

E ele fazia parte daquilo. O que acontecesse seria culpa dele tanto quanto de qualquer outra pessoa.

Deitado na cama, ouvindo o farfalhar dos pneus a noite toda na rua, ele se perguntou o que mais poderia fazer, de seu lugar naquele esquema, para evitar que a crise coreana se transformasse em uma catástrofe global. Precisava garantir que seus pais, Ting e a mãe dela não morressem sob uma tempestade de bombas, escombros e radiação.

Esse pensamento o manteve acordado por muito tempo.

Naquele momento, fechando a porta do carro e puxando o capuz do casaco, ele viu duas pessoas paradas na beira da água de costas para ele, olhando para o lago cinza e gelado. Reconheceu seu pai, Chang Jianjun, coberto por um sobretudo preto, feito uma estátua atarracada, exceto pelo fato de que estava fumando. O homem ao lado dele era provavelmente seu amigo de longa data, o general Huang, encarando o frio em sua túnica militar, durão demais para usar um cachecol de lã. "A velha guarda está presente", pensou Kai.

Ele se aproximou dos dois, mas eles não ouviram seus passos, talvez por causa do vento, e ouviu Huang dizer:

– Se os americanos querem guerra, vamos dar isso a eles.

– A suprema arte da guerra é derrotar o inimigo sem lutar – disse Kai. – Foi Sun Tzu quem disse isso.

Huang ficou zangado.

– Eu não preciso que um garoto presunçoso como você me dê uma aula sobre a filosofia de Sun Tzu.

Outro carro parou e o jovem ministro da Defesa Nacional, Kong Zhao, desceu. Kai ficou feliz em ver um aliado. Kong tirou um casaco de esqui vermelho do porta-malas e o vestiu. Vendo os três à beira da água, disse:

– Não vamos entrar?

– O presidente quer caminhar – respondeu Jianjun. – Ele acha que precisa de exercício. – O tom de Jianjun foi levemente desdenhoso. Alguns militares mais velhos acreditavam que fazer exercícios era uma moda passageira dos jovens.

O presidente Chen saiu do palácio bem aquecido, com luvas e uma touca de tricô. Vinha acompanhado de um assistente e de um segurança. Ele imediatamente iniciou uma caminhada rápida. Os demais se juntaram a ele; Jianjun jogou o cigarro fora. Eles começaram a contornar o lago no sentido horário.

– Chang Jianjun – disse o presidente por fim –, como vice-presidente da Comissão de Segurança Nacional, qual a sua avaliação sobre a guerra na Coreia?

– O Sul está ganhando – respondeu Jianjun sem hesitação. – Eles têm mais armas e seus mísseis são mais precisos. – Falava como se estivesse em uma reunião do Exército, apenas apresentando fatos, um, dois e três, sem nada além.

– Por quanto tempo a Coreia do Norte consegue resistir? – perguntou Chen.

– Eles ficarão sem mísseis em alguns dias, no máximo.

– Mas já os estamos reabastecendo.

– O mais rápido possível. Sem dúvida os americanos estão fazendo o mesmo pelo Sul. Mas nem eles nem nós podemos sustentar essa situação indefinidamente.

– Então o que vai acontecer?

– O Sul deve fazer uma invasão.

O presidente se virou para Kai.

– Com ajuda dos americanos?

– A Casa Branca não vai enviar tropas americanas para o Norte – respondeu Kai. – Mas eles não vão precisar. O Exército sul-coreano consegue vencer sem eles.

– E aí a Coreia inteira será governada pelo regime de Seul, ou seja, pelos Estados Unidos – afirmou Jianjun.

Kai não tinha mais certeza se aquela última parte era verdade, mas não era hora de ter essa discussão.

– Recomendações de como devemos agir? – perguntou Chen.

Jianjun foi enfático:

– Temos que intervir. É a única maneira de evitar que a Coreia se torne uma colônia americana à nossa porta.

Era exatamente isso que Kai temia, uma intervenção. Mas, antes que pudesse compartilhar sua opinião, Kong Zhao se manifestou sem esperar que o presidente lhe perguntasse:

– Eu discordo.

Jianjun pareceu irritado por ter sido contrariado.

– Vá em frente, Kong – disse Chen suavemente. – Diga-nos por quê.

Kong passou a mão pelos cabelos já bagunçados.

– Se interviermos, daremos aos americanos o direito de fazer o mesmo. – Ele falava em um tom sensato, como se estivesse em meio a uma discussão filosófica, em nítido contraste com a abordagem de Jianjun. – A questão mais importante não é como salvar a Coreia do Norte. É como evitar a guerra com os Estados Unidos.

O general Huang balançou a cabeça vigorosamente em negação.

– Os americanos não querem entrar em guerra com a China, tanto quanto nós não queremos – afirmou ele. – Nossas tropas vão permanecer onde estão, contanto que não cruzem a fronteira com a Coreia do Sul.

– Você não tem como garantir isso. – Kong deu de ombros. – Ninguém sabe ao certo o que os Estados Unidos vão fazer. Estou perguntando se podemos correr o risco de passar por uma guerra entre superpotências.

– A vida é um risco! – vociferou Huang.

– E a política é evitar o risco – rebateu Kong.

Kai decidiu que era hora de falar:

– Posso dar uma sugestão?

– Claro – disse Chen. Ele sorriu para Jianjun. – As sugestões do seu filho costumam ser úteis.

Jianjun não concordava muito. Ele baixou a cabeça em reconhecimento ao elogio, mas não disse nada.

– Há uma coisa que poderíamos tentar antes de enviar tropas chinesas para a Coreia do Norte – disse Kai. – Poderíamos propor uma reconciliação entre o Líder Supremo em Pyongyang e os extremistas baseados em Yeongjeo-dong.

Chen assentiu.

– Se o regime e os rebeldes se reconciliarem, a metade do Exército da Coreia do Norte que está inativa pode ser engajada.

Jianjun parecia pensativo.

– E as armas nucleares...

Aquilo era um problema. Kai acrescentou depressa:

– As armas nucleares não precisam ser usadas. O simples fato de estarem disponíveis para o governo em Pyongyang deve ser suficiente para trazer os sul-coreanos à mesa para uma negociação.

Chen pensou em outro obstáculo.

– É difícil imaginar o Líder Supremo dividindo o poder com alguém, muito menos com as pessoas que tentaram derrubá-lo.

– Mas se ele estiver entre isso e a derrota absoluta...

Chen refletiu. Depois de um ou dois minutos pensando profundamente, ele disse:

– Vale a pena tentar.

– O senhor vai ligar para o Líder Supremo Kang? – perguntou Kai.

– Agora mesmo.

Kai ficou satisfeito.

O general Huang, não. Ele não gostava de acordos: faziam a China parecer fraca. O presidente Chen era uma decepção para ele. Huang e a velha guarda haviam apoiado a ascensão de Chen ao poder acreditando que ele apoiasse o comunismo ortodoxo, mas o presidente não vinha sendo tão linha-dura quanto eles esperavam.

Contudo, Huang sabia aceitar a derrota e reduzir os danos, então falou:

– Não podemos nos dar ao luxo de atrasar nada. Se o Kang concordar, presidente, se me permite, sugiro que insista que ele faça essa proposta aos rebeldes ainda *hoje*.

– Boa ideia – disse Chen.

Huang pareceu ficar mais tranquilo.

O grupo havia contornado o lago e agora estava quase de volta ao palácio Qinzheng. Em um momento em que ninguém mais podia ouvir, Jianjun perguntou baixinho para Kai:

– Você falou com seu amigo Neil recentemente?

– Claro. Falo com ele pelo menos uma vez por semana. Ele é uma fonte valiosa de informações sobre o que se passa na Casa Branca.

– Hum.

– Por que a pergunta?

– Tome cuidado – orientou Jianjun.

Todos entraram no prédio e subiram as escadas.

– Coloque Kang no telefone – pediu Chen a um funcionário.

Tiraram os casacos e esfregaram as mãos geladas. Um criado levou chá para aquecê-los.

Kai se perguntou o que seu pai queria dizer. Suas palavras haviam soado ameaçadoras. Será que alguém sabia o que ele e Neil contavam um ao outro? Era possível. Eles podiam estar grampeados, apesar de todas as precauções que tomavam. Tanto Kai quanto Neil costumavam fazer relatórios sobre as conversas que tinham, e tais documentos poderiam vazar. Será que Kai dissera algo inapropriado? Bom, sim, ele disse a Neil como a Coreia do Norte estava fraca, e ele poderia ser considerado desleal por ter feito essa revelação.

Kai ficou inquieto.

O telefone tocou e Chen atendeu.

Todos eles ouviram em silêncio enquanto o presidente repassava os pontos levantados na conversa. Kai prestou atenção no tom de Chen. Embora todos os presidentes teoricamente fossem iguais em status, na realidade a Coreia do Norte dependia da China, e isso se refletia na abordagem de Chen, que era a de um pai falando com um filho adulto que poderia ou não obedecê-lo.

Seguiu-se um longo silêncio, durante o qual Chen apenas escutava.

Por fim, ele disse uma palavra:

– Hoje.

As esperanças de Kai aumentaram. Aquilo parecia promissor.

– Isso precisa ser feito hoje – insistiu Chen.

Houve uma pausa.

– Obrigado, Líder Supremo.

Chen desligou e avisou:

– Ele concordou.

■ ■ ■

Assim que Kai chegou ao Guoanbu, ligou para Neil Davidson. Neil estava em uma reunião; sobre a Coreia, Kai suspeitou. Ligou a TV no jornal sul-coreano, que às vezes dava as notícias em primeira mão. O Norte parecia ainda mais fraco, disparando poucos mísseis, a maioria dos quais interceptados, enquanto os sul--coreanos removiam freneticamente os destroços e reforçavam os edifícios atingidos pelas bombas. Não havia nada de novo.

Ao meio-dia, o general Ham ligou.

Ele falava baixo e nitidamente estava com a boca colada ao fone, como se estivesse com medo de ser ouvido.

– O Líder Supremo atendeu a todas as minhas expectativas – disse ele. Parecia um elogio, mas Kai sabia que era o oposto disso. – Justificou integralmente a decisão que tomei tantos anos atrás – completou Ham. Ele se referia à decisão de espionar para a China. – No entanto, ele agora me surpreendeu ao tentar chegar a um acordo de paz.

Kai sabia disso, era óbvio, mas não disse nada.

– Quando foi isso?

– Kang ligou para Yeongjeo-dong hoje de manhã.

"Logo depois de falar com o presidente Chen", supôs Kai. Tinha sido rápido.

– Kang está desesperado.

– Não o suficiente – falou Ham. – Ele não ofereceu aos rebeldes nenhum benefício além da anistia. Mas eles não confiam que ele irá cumprir essa promessa e, de todo modo, querem muito mais do que isso.

– Por exemplo?

– O líder dos rebeldes, Pak Jae-jin, quer ser nomeado ministro da Defesa e herdeiro presuntivo de Kang como Líder Supremo.

– O que Kang negou.

– Não surpreende – disse Ham. – Designar um rebelde como herdeiro é o mesmo que assinar a própria sentença de morte.

– O Kang podia ter feito alguma concessão.

– Mas não fez.

Kai deu um suspiro.

– Então não haverá trégua.

– Não.

Kai ficou consternado, embora não muito surpreso. Os rebeldes não queriam trégua. Era evidente que achavam que só precisariam aguardar pacientemente até que o regime de Pyongyang fosse destruído, quando então ocupariam o vácuo de poder. Não seria tão simples assim, mas isso não entrava na cabeça deles. Mesmo assim, por que o Líder Supremo não estava se esforçando mais?

– A essa altura, o que Kang realmente quer? – perguntou Kai.

– Morte ou glória – respondeu Ham.

Kai sentiu um frio na barriga. Aquela era uma conversa sobre o fim do mundo.

– Mas o que isso significa? – perguntou.

– Não tenho certeza – disse Ham. – Mas fique de olho no seu radar.

Ele desligou.

Kai temia que o Líder Supremo passasse a ser mais ousado do que nunca naquele momento. Ele havia acatado as ordens de Chen, embora sem entusiasmo, e proposto um acordo aos rebeldes; agora talvez achasse que a recusa deles justificaria seu ataque. A sugestão pacificadora de Kai naquela manhã poderia até ter piorado as coisas.

"Às vezes é mesmo impossível sair ganhando", pensou ele.

Escreveu uma nota curta informando que os rebeldes haviam rejeitado a oferta de paz do Líder Supremo e a enviou ao presidente Chen, com cópia para todas as figuras importantes do governo. Aquela nota na verdade deveria ter sido assinada pelo seu chefe, Fu Chuyu, mas Kai já tinha deixado de fingir que se submetia a ele. Fu estava conspirando contra ele e de alguma maneira isso já era do conhecimento de todos os envolvidos. Os líderes chineses precisavam ser lembrados de que Kai, e não Fu, é que havia lhes enviado a peça de inteligência crucial.

Ele convocou o chefe da seção da Coreia, Jin Chin-hwa. "Jin precisa cortar o cabelo", pensou Kai; sua franja estava caindo em cima de um olho. Ele estava prestes a mencionar isso quando se deu conta de que tinha visto outros jovens com aquela aparência – provavelmente era moda –, então não disse nada a respeito. Em vez disso, perguntou:

– É possível observar a Coreia do Norte no radar?

– Claro – disse Jin. – Nosso Exército tem imagens próprias, mas podemos invadir o radar do Exército sul-coreano, que provavelmente é mais preciso.

– Você precisa ficar de olho. Algo pode estar para acontecer. E transmita para cá também, por favor.

– Sim, senhor. Por favor, coloque no canal 5.

Kai mudou de canal conforme as instruções. Um minuto depois, a transmissão de um radar surgiu na tela, sobreposta a um mapa. No entanto, os céus da Coreia do Norte pareciam tranquilos após dias de conflito aéreo.

Era meio da tarde quando Neil retornou a ligação.

– Eu estava em reunião – explicou ele com seu sotaque texano. – O meu chefe consegue falar mais do que um pastor evangélico. Temos novidades?

– É possível que alguém saiba o que nós falamos na nossa última conversa?

Houve um momento de hesitação, então Neil disse:

– Ah, merda.

– O que foi?

– Você está usando uma linha segura, certo?

– O mais segura possível.

– Nós acabamos de demitir uma pessoa.

– Quem?

– Um técnico de informática. Ele trabalhava para a embaixada, não para a estação da CIA, mas mesmo assim tinha acesso aos nossos arquivos. Descobrimos muito rápido, mas ele deve ter visto as anotações que fiz sobre a nossa conversa. Você teve algum problema?

– Algumas das coisas que eu te disse podem ser mal interpretadas, principalmente pelos meus inimigos.

– Sinto muito.

– É claro que o técnico não estava me espionando.

– Acreditamos que ele estava se reportando ao Exército de Libertação Popular. Ou seja, ao general Huang. Foi assim que o pai de Kai soube da conversa.

– Obrigado pela franqueza, Neil.

– No momento não podemos nos dar ao luxo de agir de outra forma.

– É verdade. Nos falamos em breve.

Eles desligaram.

Kai se ajeitou na cadeira e refletiu. A campanha contra ele estava ganhando força. Agora não eram apenas fofocas a respeito de Ting. Alguém estava tentando pintá-lo como uma espécie de traidor. O que ele precisava fazer era perder o pudor e lutar de igual para igual contra seus inimigos. Deveria questionar a lealdade do vice-ministro Li, espalhar boatos de que o general Huang tinha um sério problema com jogo e fazer circular uma ordem para que ninguém falasse sobre os problemas psicológicos de Fu Chuyu. Mas isso tudo era besteira, e ele não tinha tempo.

De repente, o radar ganhou vida. O canto superior esquerdo da tela ficou repleto de setas. Kai achou difícil estimar quantas.

Jin Chin-hwa telefonou para ele e disse:

– Ataque de mísseis.

– Sim. Quantos?

– Muitos. Vinte e cinco, trinta.

– Eu não fazia ideia que a Coreia do Norte tivesse tantos mísseis sobrando.

– Talvez seja tudo o que sobrou do arsenal.

– O último suspiro do Líder Supremo.

– Observe a parte inferior da tela para ver a resposta sul-coreana.

Mas algo aconteceu primeiro. Outro agrupamento de setas surgiu, também do lado norte-coreano, mas mais próximo da fronteira.

– Que inferno... – disse Kai.

– Podem ser drones – sugeriu Jin. – Talvez eu esteja imaginando coisas, mas acho que estão se movendo mais devagar.

"Mísseis e drones", pensou Kai, "os bombardeiros são os próximos".

Ele colocou no canal da TV sul-coreana. Estavam transmitindo um alerta de ataque aéreo alternado com imagens de pessoas correndo para se abrigar em estacionamentos subterrâneos e nas mais de setecentas estações de metrô de Seul. O gemido agudo da sirene soava mais alto que o barulho do tráfego. Kai sabia que uma vez por ano eram realizadas simulações de ataques aéreos, mas sempre às três da tarde. Como já era fim da tarde, os sul-coreanos sabiam que era de verdade.

A TV norte-coreana ainda não estava transmitindo nada, mas ele encontrou uma estação de rádio. Estava tocando música.

De volta à tela do radar, o material bélico que se aproximava estava começando a encontrar defesas antimísseis. A cena era estranhamente nada dramática: duas setas em movimento, uma atacando e uma defendendo, colidiam e então desapareciam silenciosamente, sem nenhum som e nenhuma indicação de que milhões de dólares em equipamento militar tinham acabado de virar pedacinhos.

Contudo, estava claro para Kai que, como em todos os outros ataques com mísseis, as defesas não eram impenetráveis. Ele suspeitava que pelo menos metade dos mísseis e drones norte-coreanos estava conseguindo passar. Em breve atingiriam cidades entupidas de gente. Ele voltou para o canal sul-coreano.

Entre um aviso de ataque aéreo e outro, as imagens das ruas agora mostravam uma espécie de cidade-fantasma. Quase não havia trânsito. Carros, ônibus, caminhões e bicicletas estavam parados no lugar em que haviam sido abandonados por motoristas em pânico. Os semáforos nos cruzamentos desertos mudavam de verde para amarelo e vermelho sem ninguém por perto. Algumas pessoas eram vistas correndo, nenhuma andando. Um carro de bombeiros vermelho cruzava uma rua lentamente, esperando o início dos incêndios, e uma ambulância amarela e branca vinha atrás. "Há pessoas corajosas por lá", pensou Kai. Ele se perguntou quem estaria tirando aquelas fotos, e chegou à conclusão de que as câmeras deviam estar sendo operadas remotamente.

Então as bombas começaram a cair, e Kai sofreu outro choque.

As bombas causaram poucos estragos. Pareciam estar carregadas com quantidades muito pequenas de explosivos. Algumas explodiram no ar, a quinze ou trinta metros do chão. Nenhum prédio desabou, nenhum carro voou pelos ares. Os paramédicos pularam de suas ambulâncias e os bombeiros abriram suas mangueiras, então ficaram olhando perplexos para os projéteis que chiavam suavemente.

Por fim, eles começaram a tossir e a espirrar, e Kai gritou:

– Ah, não, não!

Rapidamente, as pessoas começaram a ficar ofegantes. Algumas caíram no chão. Aqueles que ainda conseguiam se mover correram para seus veículos em busca de máscaras antigás.

– Esses filhos da puta estão usando armas químicas – afirmou Kai na sala vazia.

Outra câmera mostrou um acampamento do Exército sul-coreano. Lá o veneno parecia diferente: os soldados corriam para colocar o equipamento de proteção, mas o rosto deles já estava ficando vermelho, alguns vomitavam, outros estavam confusos demais para saber o que fazer, e os mais afetados estavam no chão, tendo convulsões.

– Cianeto de hidrogênio – identificou Kai.

No estacionamento de um supermercado, os clientes saltavam dos carros presos no trânsito e tentavam chegar à loja, alguns com bebês e crianças. A maioria demorou demais para alcançar as portas e caiu no asfalto, as bocas abertas em gritos que Kai não conseguia ouvir, enquanto o gás mostarda empolava a pele, cegava os olhos e destruía os pulmões das pessoas atingidas.

A pior cena foi em uma base do Exército americano. Uma substância que atinge o sistema nervoso foi mandada para lá. Muitos dos soldados já estavam usando equipamentos de proteção, uma precaução previdente. Eles tentavam desesperadamente ajudar outras pessoas que ainda não haviam feito isso, incluindo muitos civis. Os homens e mulheres atingidos estavam parcialmente cegos, pingando de suor, vomitando e se contorcendo de modo incontrolável. Kai achava que eles tinham sido expostos ao VX, uma invenção inglesa utilizada pelos norte-coreanos como arma letal. Rapidamente todos passaram da agonia à paralisia e à morte por asfixia.

O telefone de Kai tocou e ele atendeu sem tirar os olhos da tela.

Era o ministro da Defesa, Kong Zhao, que disse:

– Você está vendo essa merda?

– Eles lançaram armas químicas – afirmou Kai. – E talvez biológicas também, mas, como elas agem mais devagar, não temos como saber ainda.

– Que diabos nós vamos fazer?

– Isso não importa muito – disse Kai. – A única coisa que conta agora é o que os americanos vão fazer.

# DEFCON 2

## A UM PASSO DA GUERRA NUCLEAR. FORÇAS ARMADAS DE PRONTIDÃO PARA COMBATE EM MENOS DE SEIS HORAS.

(A ÚNICA VEZ QUE O NÍVEL DE ALERTA ESTEVE TÃO ALTO FOI NA CRISE DOS MÍSSEIS DE CUBA, EM 1962.)

# CAPÍTULO 37

Por alguns segundos, Pauline ficou paralisada de pavor.

Ela tinha ligado a TV enquanto se vestia, mas naquele momento estava de pé diante da tela apenas com as roupas de baixo, incapaz de desviar os olhos. A CNN transmitia ininterruptamente imagens da Coreia do Sul, principalmente vídeos feitos com celulares e postados nas redes sociais, e também da cobertura da TV sul-coreana, todas mostrando aquele pesadelo, aquela cena mais monstruosa do que qualquer uma das concebidas pelos pintores medievais representando o Apocalipse.

Era uma tortura à distância. Os sprays e gases venenosos atacavam indiscriminadamente homens, mulheres e crianças, coreanos, americanos e outros. Aqueles que estavam ao ar livre eram os mais vulneráveis, mas os sistemas de ventilação de lojas e escritórios acabaram sugando alguns dos produtos químicos; o ar letal conseguia penetrar nas casas e nos apartamentos, deslizando silenciosamente pelas frestas das portas e janelas. Ele descia inclusive as rampas para os estacionamentos subterrâneos onde algumas pessoas se abrigavam, provocando cenas horripilantes de pânico e desespero. As máscaras de gás não ofereciam proteção plena, conforme as reportagens apontavam. Algumas das substâncias letais conseguiam entrar lentamente na corrente sanguínea através da pele.

Os bebês e as crianças eram um golpe ainda mais baixo: os gritos, a falta de ar desesperadora, os rostos queimados, as contrações incontroláveis. Teria sido difícil ver adultos sofrendo tanto, mas ver crianças em tal agonia era algo insuportável e ela fechava os olhos, mas depois se obrigava a olhar para a tela.

O telefone tocou. Era Gus.

– Qual é a amplitude disso? – perguntou ela.

– As três principais cidades da Coreia do Sul foram afetadas: Seul, Busan e Incheon. Além da maioria das bases militares americanas e sul-coreanas.

– Merda.

– Exatamente.

– Quantos americanos mortos?

– Não houve nenhuma contagem até agora, mas vai ser na casa das centenas, incluindo alguns familiares dos nossos soldados.

– Ainda está em andamento?

– O ataque com mísseis acabou, mas os venenos continuam fazendo novas vítimas.

Pauline estava entalada de raiva, com vontade de gritar. Ela se forçou a se manter impassível. Refletiu por um minuto, depois disse:

– Gus, isso obviamente requer uma resposta significativa dos Estados Unidos, mas eu não vou apressar essa decisão. Esta é a maior crise desde o 11 de Setembro.

– Já escureceu no Extremo Oriente, e é possível que não aconteça mais nada durante a noite. Isso nos dá um dia para pensar.

– Mas vamos começar cedo. Garanta que todos estejam na Sala de Crise às, sei lá, oito e meia.

– Pode deixar.

Eles desligaram e ela se sentou na cama, pensando. As armas químicas e biológicas eram desumanas e iam de encontro ao direito internacional. Eram indescritivelmente cruéis e tinham sido utilizadas para matar americanos. A guerra na Coreia não era mais um conflito local. O mundo estaria esperando a resposta americana àquele ultraje. Ou seja, a resposta dela.

Ela vestiu um terninho sóbrio com uma saia cinza-escura e uma blusa branca, refletindo seu estado de espírito solene.

Na hora em que chegou ao Salão Oval, os noticiários da manhã clamavam por uma reação. Não foi necessário sequer um agitador político para deixar as pessoas aflitas com aquele assunto. A fúria de Pauline era compartilhada pelo país inteiro. Os passageiros entrevistados nas estações de metrô estavam furiosos. Qualquer ataque a americanos os irritava; aquele os deixara possessos.

A Coreia do Norte não tinha uma embaixada nos Estados Unidos, mas tinha uma Missão Permanente na ONU, e o escritório ficava em uma sala do Diplomat Center, na Segunda Avenida, em Nova York. Uma multidão enfurecida havia se reunido em frente ao prédio, gritando em direção às janelas do décimo terceiro andar.

Em Columbus, na Geórgia, um casal coreano-americano tinha sido baleado e morto em sua loja de conveniência por um jovem branco. O rapaz não roubou dinheiro, embora tenha levado vários maços de Marlboro Light.

Pauline leu os relatórios da madrugada e telefonou para meia dúzia de pessoas importantes, incluindo o secretário de Estado Chester Jackson, que havia acabado de voltar de sua inútil viagem ao Sri Lanka para a conferência de paz que nunca aconteceu.

Pippa ligou do haras, arrasada.

– Por que eles fizeram isso, mãe? – perguntou ela. – Eles são uns monstros!

– Não, eles são homens desesperados, o que é quase tão ruim quanto monstros – disse Pauline. – O homem que governa a Coreia do Norte está encurralado. Ele está sob ataque de rebeldes do próprio país, de seus vizinhos do Sul e dos Estados Unidos. Ele acha que vai perder a guerra, o poder e provavelmente a vida também. E vai fazer qualquer coisa.

– E o que você vai fazer?

– Ainda não sei, mas quando os americanos são atacados desse jeito é necessário fazer alguma coisa. Como todo mundo, eu quero revidar, mas também tenho que garantir que isso não se transforme em uma guerra entre a China e os Estados Unidos. Seria dez vezes pior, cem vezes pior, do que o que aconteceu em Seul.

– Por que tudo é tão complicado? – perguntou Pippa, em um tom frustrado.

"Rá", pensou Pauline, "você está amadurecendo".

– Questões fáceis são resolvidas na hora, então sobram só as difíceis. É por isso que você nunca deve acreditar em um político com respostas simples demais.

– Verdade.

Pauline se perguntou se deveria ordenar a Pippa que voltasse à Casa Branca um dia antes, mas concluiu que ela estava um pouco mais segura na Virgínia.

– Eu te vejo amanhã, querida – disse ela o mais casualmente que conseguiu.

– Tá bem.

Pauline comeu uma omelete à sua mesa, tomou uma xícara de café e foi para a Sala de Crise.

A tensão no ar era quase palpável. Será que dava para sentir o cheiro também? Ela notou um aroma de lustra-móveis vindo da mesa reluzente, o calor corporal dos cerca de trinta homens e mulheres ao seu redor e um doce perfume de um assistente perto dela. E havia algo mais. "O cheiro do medo", pensou.

Ela era extremamente pragmática.

– Vamos começar pelo começo – disse e acenou com a cabeça para o general Schneider, chefe do Estado-Maior Conjunto, que estava de uniforme. – Bill, o que sabemos sobre as baixas americanas?

– Temos quatrocentos e vinte militares americanos mortos, e mil cento e noventa e um feridos, por enquanto. – Ele falava como se estivesse se dirigindo a soldados, e Pauline supôs que ele estivesse reprimindo os sentimentos. – O ataque terminou há cerca de três horas e receio que nem todas as vítimas já tenham sido localizadas. Esses números vão aumentar. – Ele engoliu em seco. – Senhora presidente, muitos americanos corajosos sacrificaram a vida ou a saúde pelo bem de seu país hoje na Coreia do Sul.

– E todos nós agradecemos por sua coragem e lealdade, Bill.

– Sim, senhora.

– E civis? Tínhamos cem mil cidadãos americanos não militares morando na Coreia do Sul alguns dias atrás. Quantos conseguimos retirar de lá?

– Não o suficiente. – Ele pigarreou e falou com mais facilidade: – Prevemos cerca de quatrocentos mortos e quatro mil feridos, embora isso não seja mais do que um palpite.

– Os números são trágicos, mas a forma como essas pessoas morreram é absolutamente terrível.

– Sim. Gás mostarda, cianeto de hidrogênio e gás VX.

– Alguma arma biológica?

– Que a gente saiba, ainda não.

– Obrigada, Bill. – Ela olhou para Chester Jackson, de terno de tweed e camisa de botão, em contraste com o general Schneider. – Chess, por que isso aconteceu?

– Você está me pedindo para ler a mente do Líder Supremo. – Chess era como Gerry, cauteloso ao usar palavras como "se" e "mas", além de demandar paciência. – Então a minha resposta é um palpite, mas lá vai. Acredito que o Kang esteja sendo imprudente porque acha que a China irá ajudá-lo mais cedo ou mais tarde, e quanto mais catastrófica a emergência, mais rápido isso vai acontecer.

A diretora de Inteligência Nacional, Sophia Magliani, contribuiu:

– Se me permite, senhora presidente, essa é a opinião de quase todos na comunidade de inteligência.

– Mas Kang está certo? – perguntou Pauline. – Será que os chineses vão salvar a pele dele no final?

– Outro exercício de telepatia, senhora presidente – disse Chess, e Pauline controlou sua impaciência. – Beijing é difícil de interpretar porque existem duas facções, os jovens progressistas e os velhos comunistas. Os progressistas acham o Líder Supremo um pé no saco e gostariam de vê-lo pelas costas. Os comunistas acreditam que ele é um baluarte indispensável contra o imperialismo capitalista.

– E isso significa… – incentivou Pauline.

– Significa que ambos os lados estão determinados a manter os Estados Unidos fora da Coreia do Norte. Se invadirmos as terras, o espaço aéreo ou o território marítimo deles, existe o risco de provocarmos uma guerra com Beijing.

– Você diz que existe um *risco*, e não que isso torna a guerra inevitável.

– Sim, e escolhi minhas palavras com cuidado. Não sabemos onde os chineses traçariam a linha. Provavelmente nem eles sabem. Talvez só tracem quando se virem obrigados a isso.

Pauline se lembrou de Pippa perguntando: "Por que tudo é tão complicado?"

Tudo aquilo era preliminar. O grupo estava esperando que ela falasse. Ela era a capitã e eles eram a tripulação; seriam responsáveis pela navegação, mas ela precisava dizer-lhes para onde ir.

– O ataque dessa manhã pelos norte-coreanos virou o jogo. Até agora, nossa prioridade vinha sendo evitar a guerra. Essa não é mais a principal questão. A guerra eclodiu, apesar de todos os nossos esforços. Não queríamos, mas chegamos aqui. – Ela fez uma pausa e continuou: – Nossa tarefa agora é proteger vidas americanas.

Eles pareciam solenes, mas também aliviados. Pelo menos tinham um direcionamento.

– Qual será o nosso primeiro passo? – Ela sentiu o coração bater mais forte. Nunca tinha feito nada assim antes. Respirou fundo, depois falou de forma lenta e enfática: – Agora vamos garantir que a Coreia do Norte nunca mais mate nenhum americano. Pretendo tirar deles o poder de nos fazer mal... permanentemente. Vamos destruir por completo as forças militares deles. E faremos isso hoje.

Os homens e mulheres ao redor da mesa explodiram em uma rodada de aplausos espontâneos. Evidentemente, era por aquilo que esperavam.

Ela esperou alguns segundos e prosseguiu:

– Pode ser que haja mais de uma forma de conseguirmos fazer isso. – Voltou-se novamente para o chefe do Estado-Maior Conjunto: – Bill, descreva as opções militares, por favor.

Ele falava com suprema confiança, um contraste absoluto com o professoral Chess.

– Irei do mais drástico até o menos – disse. – Podemos realizar um ataque nuclear à Coreia do Norte e transformar o país inteiro em uma paisagem lunar.

Aquela proposta era inviável, mas Pauline não disse isso. Ela havia pedido as opções, e Bill as estava dando. Ela a dispensou com um gesto discreto.

– É o que o James Moore vai exigir em sua próxima entrevista para a TV – comentou ela.

– No entanto, é a opção mais provável de nos levar a uma guerra nuclear contra a China – acrescentou Chess.

– Não estou sugerindo que se faça isso, mas é necessário que essa alternativa seja mencionada – esclareceu Bill.

– Muito bem, Bill – falou Pauline. – O que mais?

– Seu objetivo também poderia ser alcançado com uma invasão à Coreia do Norte por tropas americanas. Um efetivo grande o suficiente poderia tomar Pyongyang, prender o Líder Supremo e toda a sua equipe, desarmar os militares e destruir todos os mísseis do país, bem como todos os estoques remanescentes de armas químicas e biológicas.

– E nesse caso também teríamos que pensar na reação chinesa – interveio Chess.

– Espero que o medo dos chineses não dite nossa resposta a esse ultraje – disse o general Schneider com indignação reprimida.

– Não, Bill, não vai ditar – garantiu Pauline. – Estamos apenas repassando nossas opções. Qual é a próxima?

– Em terceiro e provavelmente último lugar – continuou Bill –, temos a abordagem minimalista. Um ataque aéreo americano em grande escala a instalações militares e governamentais na Coreia do Norte usando bombardeiros e caças, bem como mísseis de cruzeiro e drones, mas não tropas terrestres. O objetivo é destruir completamente a capacidade de Pyongyang de lutar por terra, mar ou ar, sem de fato invadir a Coreia do Norte.

– Até isso ofenderia os chineses – opinou Chess.

– Sim – disse Pauline –, mas é o limite. Na última vez que falei com o presidente Chen, ele deixou implícito que não retaliaria nosso ataque com mísseis desde que nenhum soldado americano entrasse no espaço terrestre, aéreo ou marítimo da Coreia do Norte. A opção minimalista de Bill inclui a invasão dos espaços aéreo e marítimo, mas não terrestre.

– E você acha que o Chen toleraria isso? – perguntou Chess em tom cético.

– Não posso garantir – disse Pauline. – Teríamos que arriscar.

Houve um longo momento de silêncio.

Gus Blake falou pela primeira vez:

– Para fins de esclarecimento, senhora presidente, considerando qualquer uma dessas três opções, nós atacaríamos a parte da Coreia do Norte que está sob o controle dos rebeldes?

– Sim – disse Schneider com vigor. – São norte-coreanos e têm armas. Não podemos fazer o trabalho pela metade.

– Não – interveio Chess. – Algumas dessas armas são nucleares. Se os atacarmos com o objetivo declarado de eliminá-los, por que eles não retaliariam com armas nucleares?

– Estou com o Chess, mas por outro motivo – falou Gus. – Quando o Líder Supremo for eliminado, a Coreia do Norte vai precisar de um governo, e pode ser inteligente dar aos rebeldes alguma parte nisso.

Pauline tomou uma decisão:

– Eu não vou atirar em pessoas que nunca fizeram nada para prejudicar os Estados Unidos. No entanto, no instante em que eles fizerem qualquer coisa contra nós, nós os eliminamos.

Houve concordância geral.

– Sinto que estamos diante de um consenso – concluiu ela. – Devemos falar sobre a opção minimalista de Bill.

Mais uma vez, houve murmúrios de concordância.

– Eu disse hoje e falei sério – prosseguiu ela. – Às oito da noite daqui o sol terá acabado de nascer no Leste Asiático. Bill, você pode providenciar que seja nesse horário?

Schneider se mostrava motivado.

– Com certeza, senhora presidente.

– Mísseis de cruzeiro, drones, bombardeiros e caças. Destaque também navios da Marinha para que ataquem embarcações da Marinha norte-coreana em qualquer lugar.

– Mesmo nos portos da Coreia do Norte?

Pauline pensou um pouco e então disse:

– Mesmo nos portos. Nossa missão é acabar com os norte-coreanos enquanto força de combate. Deixá-los sem ter onde se esconder.

– E aumentamos o nível de alerta?

– Com certeza. DEFCON 2.

– Para o máximo impacto, precisamos também destacar forças baseadas fora da Coreia, especificamente no Japão e em Guam – afirmou Gus.

– Façam isso.

– E seria bom convencer alguns de nossos aliados a participar, para mostrar que se trata de um esforço internacional, não apenas dos Estados Unidos.

– Acho que eles vão ter interesse em participar, ainda mais diante do uso de armas químicas ilegais – disse Chess.

– Eu gostaria de convocar os australianos – sugeriu Gus.

– Liga para eles – falou Pauline. – E eu estarei ao vivo na TV me dirigindo à nação no momento em que nosso ataque começar, às oito da noite de hoje. – Pauline se levantou e todos fizeram o mesmo. – Muito obrigada, senhoras e senhores. Ao trabalho.

■ ■ ■

De volta ao Salão Oval, ela chamou Sandip Chakraborty. Ele disse a ela que a campanha de James Moore já a acusava de timidez.

– Nenhuma surpresa, então – respondeu Pauline. Ela pediu que ele reservasse quinze minutos em todas as redes de televisão às oito da noite.

– Boa ideia – disse ele. – Os noticiários vão passar o dia especulando sobre o que a senhora vai fazer, e não vão prestar muita atenção em Moore atirando pelos flancos.

– Ótimo – falou ela. Na verdade, ela praticamente não se importava mais com Moore, mas não queria frustrar o entusiasmo de Sandip.

Depois de falar com Sandip, ela chamou Gus e disse:

– Eu quero que você repasse comigo o protocolo para declaração de guerra nuclear.

Ele pareceu chocado.

– Vai chegar a esse ponto?

– Não se eu puder evitar – respondeu ela –, mas tenho que estar pronta para qualquer coisa. Vamos sentar.

Eles se sentaram de frente um para o outro nos sofás.

– Você está familiarizada com a bola de futebol atômica – afirmou Gus.

– Sim, apesar de ela só ter utilidade fora da Casa Branca.

– Ok. Então, se você estiver aqui, o que é o mais provável, a primeira coisa que deve fazer é se reunir com os principais conselheiros.

– Todo mundo acha que essa é uma decisão apenas do presidente.

– Na prática é, porque provavelmente não haverá tempo para discussão, mas, se possível, você precisa falar com eles.

– Bom, acho que, se for possível, eu vou falar com eles.

– Você talvez fale apenas comigo. Espere um minuto.

– Qual o próximo passo?

– Segundo passo: você liga para a Sala de Guerra do Pentágono usando o telefone especial da bola de futebol atômica, se não estiver aqui na Casa Branca. Quando eles atenderem, você precisa comprovar sua identidade. Você está com o Biscuit?

Pauline tirou do bolso uma pequena caixa de plástico opaca.

– Vou abrir – avisou.

– A única maneira de fazer isso é quebrando ao meio.

– Eu sei.

Ela pegou a caixa com as duas mãos e a torceu em direções opostas. Ela se quebrou facilmente, revelando um retângulo de plástico semelhante a um cartão de crédito. O cartão era trocado todos os dias.

– Aquilo que estiver impresso no cartão será o seu código de identificação.

– Aqui diz "23-H-V".

– Você lê isso para eles e eles vão saber que é você quem está dando a ordem.

– E pronto?

– Não, ainda não. Terceiro passo: a Sala de Guerra envia uma ordem criptografada para as tripulações de lançadores de mísseis, submarinos e aviões bombardeiros. O tempo decorrido agora é de três minutos.

– E aí as tripulações precisam decodificar a ordem.

– Isso...

Ele não acrescentou *obviamente*, mas um toque de impaciência em sua voz fez Pauline perceber que o estava interrompendo com perguntas tolas, um sinal de que a conversa a estava deixando tensa. "Preciso manter toda a calma hoje", pensou ela.

– Desculpa pela pergunta idiota – disse. – Continua.

– A ordem da Sala de Guerra fornece alvos, hora de lançamento e os códigos necessários para destravar as ogivas. A menos que a emergência tenha sido uma absoluta surpresa, esses alvos normalmente serão pré-aprovados por você.

– Mas eu não...

– O Bill vai lhe enviar uma lista em mais ou menos uma hora.

– Tá bem.

– O quarto passo é a preparação do lançamento. As tripulações precisam confirmar os códigos de autenticação, inserir as coordenadas do alvo e desbloquear os mísseis. Até esse momento, ainda é possível contraordenar o seu pedido.

– Imagino que eu possa fazer os bombardeiros recuarem quando eu quiser.

– Correto. Mas agora, no quinto passo, os mísseis são lançados e não há como trazê-los de volta, nem mesmo redirecioná-los. O tempo decorrido é de cinco minutos. A guerra nuclear começou.

Pauline sentiu o toque gelado da mão do destino.

– Deus nos livre de precisar fazer isso.

– Amém – disse Gus.

...

Ela passou o dia inteiro preocupada com aquilo. O que havia decidido fazer era perigoso, e o fato de seus conselheiros terem concordado de forma unânime com o plano não a isentava de responsabilidades. Mas as alternativas eram piores. A opção nuclear – que James Moore estava pedindo, como Pauline previra – era ainda mais arriscada, mas ela precisava desferir um golpe fatal em um regime que ameaçava os Estados Unidos e o mundo.

Ela dava voltas e voltas e sempre chegava à mesma conclusão.

A equipe de TV chegou ao Salão Oval às sete. As imagens feitas por essa equipe seriam transmitidas por todos os canais. Homens e mulheres de jeans e tênis montaram câmeras, luzes e microfones, arrastando cabos pelo carpete dourado. Enquanto isso, Pauline fazia os últimos ajustes em seu discurso, e Sandip o carregava no teleprompter.

Sandip levou para ela uma blusa azul-clara, uma cor melhor para as câmeras.

– O terno cinza vai ficar preto na televisão, mas é apropriado – afirmou ele.

Um maquiador trabalhou em seu rosto, e um cabeleireiro modelou e borrifou seu cabelo loiro.

Ainda havia tempo para mudar de ideia. Ela deu voltas em torno da discussão mais uma vez, mas acabou no mesmo lugar.

Os ponteiros do relógio andavam, e, faltando um minuto para as oito, a sala ficou em silêncio.

O produtor fez com os dedos a contagem regressiva dos últimos segundos.

Pauline olhou para a câmera e disse:

– Prezados cidadãos americanos...

# CAPÍTULO 38

A sala de reuniões na sede do Guoanbu em Beijing ficou em silêncio quando a presidente Green disse: "Prezados cidadãos americanos".

Eram oito horas da manhã. Chang Kai havia convocado os chefes de todos os departamentos para assistir com ele. Alguns estavam com os olhos embotados e tinham se vestido às pressas. O restante da equipe da sede do Guoanbu estava assistindo em outras salas.

Canais de notícias do mundo inteiro vinham especulando ao longo das últimas doze horas sobre o que Pauline Green diria, mas nenhuma informação tinha vazado. Equipes de inteligência haviam detectado um aumento da atividade das comunicações nas Forças Armadas americanas, então algo estava acontecendo, mas o quê? Nem mesmo os espiões bem pagos de Kai em Washington conseguiram obter qualquer informação. O presidente Chen tinha falado duas vezes com a presidente Green, e a única coisa que ele conseguiu afirmar depois disso foi que talvez ela estivesse sendo subestimada. Os ministros das Relações Exteriores dos dois países haviam estado em contato a noite toda. O Conselho de Segurança da ONU estava em sessão ininterrupta.

É claro que a presidente Green responderia ao uso de armas químicas pelo governo de Pyongyang, mas qual seria essa resposta? Em tese, ela poderia anunciar qualquer coisa, desde um protesto diplomático a um ataque nuclear. Mas, na prática, tinha que ser algo grande. País nenhum poderia deixar de revidar um ataque daquela espécie a seus soldados e cidadãos.

O governo chinês estava em uma posição insustentável. A Coreia do Norte estava perdendo o controle. Beijing seria culpada pelos crimes de Pyongyang. Uma situação perigosa como aquela não podia continuar por nem mais um dia sequer. Mas o que a China poderia fazer?

Kai esperava que a presidente Green lhe desse uma pista.

– Prezados cidadãos americanos, há poucos segundos os Estados Unidos deram início a um ataque aéreo em grande escala contra as forças militares de Pyongyang, na Coreia do Norte.

– Merda! – exclamou Kai.

– Essas forças mataram milhares de americanos com armas vis, proibidas por todos os países civilizados do mundo, e estou aqui para lhes dizer... – ela falava pausadamente, enfatizando cada palavra – ... que o regime de Pyongyang está sendo exterminado neste exato momento.

Kai percebeu que a pequena mulher loira atrás da grande mesa parecia, naquele instante, mais formidável do que qualquer líder que ele já tinha visto.

– No momento em que falo com vocês, estamos lançando mísseis não nucleares e bombas contra todos os alvos militares e governamentais sob o controle de Pyongyang.

– Não nucleares – repetiu Kai. – Graças aos céus.

– Além disso, nossos pilotos de bombardeiro estão a postos, prontos para seguir os mísseis e garantir que os alvos sejam completamente destruídos.

– Mísseis e bombas, mas nenhuma arma nuclear – falou Kai. – Alguém pegue as informações do radar e as visualizações de satélite e coloque os dois aqui nas nossas telas.

– Dentro das próximas horas – prosseguiu a presidente Green –, o homem que se autointitula Líder Supremo estará completamente incapacitado de atacar os Estados Unidos. Iremos deixá-lo absolutamente impotente.

Kai pegou o celular e ligou para o número pessoal de Neil Davidson. A chamada foi direto para a caixa postal, como Kai esperava: era óbvio que Neil queria assistir à presidente sem interrupções. Mas Kai queria ser a primeira pessoa a receber um telefonema dele após o pronunciamento. Nos minutos seguintes, Neil receberia instruções diplomáticas do Departamento de Estado que dariam maior amplitude à mensagem de Pauline Green e responderiam a algumas das perguntas que borbulhavam na mente de Kai. Ele esperou pelo sinal e disse:

– É o Kai, estou assistindo à sua presidente. Me liga. – E desligou.

– A decisão de atacar é de extrema importância – dizia Pauline. – Eu sempre tive esperança de nunca precisar fazer isso. Não escolhi esse caminho de maneira passional, nem por um desejo inflamado de vingança. Discuti isso fria e calmamente com os membros do meu gabinete, e fomos unânimes em constatar que essa é a única opção viável para os Estados Unidos enquanto povo independente e livre.

Uma tela na parede ganhou vida mostrando a imagem de um radar sobreposta a um mapa. Kai estava confuso, sem saber ao certo o que estava vendo. Os mísseis pareciam estar além da Coreia do Sul, a quilômetros de distância mar adentro.

Yang Yong, que era rápido em decifrar aquele tipo de informação visual, murmurou:

– Que porra de mísseis são esses?

– Não sei – respondeu Kai –, mas tenho quase certeza de que os americanos não têm tantos mísseis assim na Coreia do Sul, não depois dos últimos dias.

– Não, esses não vieram da Coreia do Sul – afirmou Yang, confiante. – Na verdade, acho que eles saíram do Japão. – Os Estados Unidos tinham bases na principal ilha do Japão e nas ilhas de Okinawa, e podiam lançar mísseis de cruzeiro dos navios e aeronaves que estavam lá. Yang acrescentou: – São muitos!

Kai lembrou que os Estados Unidos tinham submarinos gigantescos, capazes de carregar, cada um, mais de cento e cinquenta mísseis Tomahawk.

– Isso é o que acontece quando você arruma briga com o país mais rico do mundo – disse ele.

Jin Chin-hwa, o chefe da seção da Coreia, olhava para seu laptop.

– Ouçam isso – pediu ele. – Um navio chinês desembarcando uma carga de arroz no porto norte-coreano de Nampo acabou de nos enviar uma mensagem.

Todas as embarcações chinesas, incluindo as comerciais, tinham pelo menos um membro da tripulação cujo dever era relatar qualquer coisa significativa que visse. Eles enviavam mensagens para o que acreditavam ser o Centro de Inteligência Marítima no porto de Shenzhen, mas na verdade era o Guoanbu.

– Eles disseram que um destróier americano, o *USS Morgan*, foi até a foz do rio Taedong e disparou um míssil de cruzeiro que afundou um navio da Marinha norte-coreana bem diante dos olhos deles – informou Jin.

Zhou Meiling, a jovem especialista em internet, disse:

– Que rápido!

– A presidente não estava brincando – comentou Kai. – Ela vai aniquilar as Forças Armadas da Coreia do Norte.

– Não foi isso que ela disse – interveio Yang Yong em um tom pedante. – Não exatamente.

Kai se virou para ele. Yang não falava com tanta frequência quanto os oficiais mais jovens, que sempre tentavam mostrar como eram brilhantes.

– O que está querendo dizer? – perguntou Kai.

– Em momento nenhum ela disse que estava atacando a Coreia do Norte, foi sempre "Pyongyang" e uma vez "o Líder Supremo".

Kai não havia se dado conta desse detalhe.

– Bem observado – elogiou. – Talvez isso signifique que ela vai deixar os rebeldes em paz.

– Ou simplesmente manter isso em aberto por enquanto.

– Eu vou tentar descobrir quando falar com a CIA.

O pronunciamento da presidente terminou sem mais revelações. Poucos minutos depois, Kai foi convocado a Zhongnanhai para uma reunião de emergência da Comissão de Relações Exteriores. Ele avisou Monge, pegou seu casaco e saiu do prédio.

Kai previa que, enquanto a comissão estivesse debatendo a resposta chinesa ao ataque americano, ela se dividiria, como de costume, em dois grupos: os que apoiavam uma reação agressiva e os que preferiam uma postura mais diplomática. Kai buscaria um acordo que permitisse que a China evitasse a humilhação sem dar início à Terceira Guerra Mundial.

Enquanto estava a caminho, em meio ao trânsito congestionado de Beijing, e os mísseis americanos ainda estavam no ar, em sua trajetória de mais de mil quilômetros entre o Japão e a Coreia do Norte, Neil Davidson ligou.

O sotaque texano não soava tão despreocupado como de costume; na verdade, Neil parecia quase tenso:

– Kai, antes que alguém tome alguma decisão precipitada, queremos ser bem claros com todos vocês: os Estados Unidos não têm intenção de invadir a Coreia do Norte.

– Então vocês acham que podem lidar com a situação atual usando medidas que não requerem invasão, mas não descartam completamente essa possibilidade.

– É mais ou menos isso.

Kai ficou extremamente aliviado, porque isso significava que havia uma chance de conter a crise mesmo àquela altura, mas manteve esse pensamento para si. Não era bom facilitar demais as coisas para o outro lado.

– Mas Neil, o *USS Morgan* já violou as fronteiras norte-coreanas ao se aproximar da foz do rio Taedong para afundar um navio da Marinha norte-coreana com um míssil de cruzeiro. Você acha que isso não é uma invasão?

Houve um silêncio, e Kai desconfiou que Neil não soubesse sobre o *Morgan*. No entanto, ele se recompôs da surpresa e disse:

– Um bombardeio naval não está descartado. Mas, por favor, acredite que não temos a intenção de colocar tropas americanas em solo norte-coreano.

– A diferença entre essas duas coisas é mínima – disse Kai, mas na verdade ele não estava descontente. Se era aquela a linha que os americanos queriam traçar entre ataque e invasão, o governo chinês poderia aceitar, pelo menos extraoficialmente.

– Neste momento, nosso secretário de Estado está ligando para o seu embaixador em Washington para dizer a mesma coisa – prosseguiu Neil. – Nossa questão é com as pessoas que lançaram aquelas bombas químicas, não com o pessoal de Beijing.

– Está tentando dizer que o ataque de vocês é uma resposta proporcional? – perguntou Kai com um tom de ceticismo na voz.

– É exatamente isso que estou dizendo, e achamos que o resto do mundo verá dessa forma.

– Eu não acho que o governo chinês terá uma visão tão compreensiva.

– Não importa, contanto que eles entendam que nossas intenções são estritamente limitadas. Não queremos assumir o governo da Coreia do Norte.

Se fosse verdade, aquela, sim, era uma informação importante.

– Vou repassar a mensagem. – O telefone de Kai exibia uma chamada em espera. Provavelmente de seu escritório, para lhe dizer que os primeiros mísseis haviam atingido os alvos. Mas ele precisava de mais uma coisa de Neil. – Percebemos que a presidente Green não declarou que estava atacando a Coreia do Norte, ela só ficou se referindo repetidamente ao regime de Pyongyang. Isso significa que vocês não vão bombardear as bases militares tomadas pelos rebeldes?

– A presidente não vai atacar pessoas que jamais fizeram mal aos americanos.

Aquela era uma ameaça travestida de benevolência. Os rebeldes estariam seguros apenas enquanto permanecessem neutros. Mas se tornariam alvos se atacassem os americanos.

– Perfeitamente – disse Kai. – Estou recebendo outra ligação. Vamos nos falando. – Sem esperar resposta, ele desligou e atendeu a chamada em espera.

Era Jin Chin-hwa.

– Os primeiros mísseis atingiram a Coreia do Norte – informou ele.

– Onde?

– Vários locais ao mesmo tempo: Chunghwa, o quartel-general da Força Aérea norte-coreana fora de Pyongyang; a base naval de Haeju; uma residência da família Kang...

Kai visualizou um mapa da Coreia do Norte em sua mente, e naquele momento interrompeu Jin para dizer:

– Todos os alvos ficam no oeste do país, longe da zona rebelde.

– Sim.

Isso confirmava o que Neil dissera.

O carro de Kai estava passando pela sofisticada segurança do Portão da Nova China.

– Obrigado, Jin – disse ele e desligou.

Monge estacionou em uma fila de limusines à porta do palácio Huarein, onde ocorriam os comitês políticos importantes. Assim como a maioria das construções dentro do complexo de Zhongnanhai, o palácio havia sido projetado em estilo tradicional, com telhados curvos. Tinha um grande auditório para a realização de cerimônias, mas a Comissão de Relações Exteriores se encontrava em uma sala de reuniões.

Kai desceu e respirou a brisa fresca vinda do lago. Aquele era um dos poucos lugares em Beijing onde o ar não era nocivo. Ele respirou fundo por alguns segundos, oxigenando sua corrente sanguínea. Então ele entrou.

O presidente Chen já estava lá. Para surpresa de Kai, ele usava um terno sem gravata e não havia feito a barba. Kai nunca o tinha visto desarrumado antes: ele devia ter passado metade da noite acordado. Estava absorto em uma conversa com o pai de Kai, Chang Jianjun. Dos que defendiam um ataque, Huang Ling e Fu Chuyu estavam presentes, e Kong Zhao representava o grupo diplomático. Os que ficavam em cima do muro estavam sendo representados pelo ministro das Relações Exteriores, Wu Bai, e pelo próprio presidente Chen. Todos pareciam extremamente preocupados.

Chen disse a todos que se sentassem e pediu que Jianjun os atualizasse sobre a situação. Jianjun relatou que as defesas antimísseis norte-coreanas não haviam funcionado bem, em parte por conta de um ataque cibernético americano a seus lançadores, e que era provável que o ataque lograsse exatamente o que a presidente Green pretendia, ou seja, a destruição completa do regime de Pyongyang.

– Eu não preciso lhes lembrar, camaradas – disse ele –, de que o tratado de 1961 entre a China e a Coreia do Norte nos obriga a oferecer ajuda à Coreia do Norte quando ela for atacada. É evidente que esse é o único tratado de defesa que a China tem com alguma nação. Se não o honrarmos, seremos humilhados perante o mundo.

Fu Chuyu, o chefe de Kai, resumiu os dados de inteligência do departamento de Kai. Kai então o interrompeu ao acrescentar o que havia ficado sabendo em sua conversa com Neil Davidson minutos antes: que os americanos não planejavam assumir o controle do governo norte-coreano.

Fu retribuiu com um olhar de ódio para Kai.

– Vamos tentar imaginar uma situação equivalente – disse o general Huang. – Suponhamos que o México tivesse atacado Cuba com armas químicas, matando centenas de conselheiros russos, e que em resposta os russos realizassem um ataque aéreo maciço com a intenção de exterminar o governo e os militares mexicanos. Os americanos defenderiam o México? Existe alguma sombra de dúvida? Claro que defenderiam!

– Mas como? – perguntou Kong Zhao.

Huang ficou surpreso.

– O que você quer dizer com "como"?

– Eles bombardeariam Moscou?

– Eles analisariam suas alternativas.

– Exatamente. Na situação que você imaginou, camarada, os americanos enfrentariam o mesmo dilema que temos agora diante de nós. Será que devemos começar a Terceira Guerra Mundial por causa de um ataque a um país vizinho de segunda categoria?

Huang deixou transparecer sua frustração:

– Toda vez que se sugere que o governo da China deve agir com firmeza, alguém diz que isso pode dar início à Terceira Guerra Mundial.

– Porque o risco sempre existe.

– Não podemos deixar que isso nos paralise.

– Mas também não podemos ignorá-lo.

O presidente Chen interveio:

– Vocês dois têm razão, é claro. O que eu preciso de vocês hoje é um plano para lidar com o ataque americano à Coreia do Norte sem acirrar essa crise.

– Se me permite, senhor presidente… – tentou Kai.

– Por favor.

– Devemos encarar o fato de que a Coreia do Norte hoje não tem um governo, mas dois.

Huang se irritou com a ideia de tratar os rebeldes como se fossem um governo, mas Chen concordou.

– O Líder Supremo, nominalmente nosso aliado, não está mais cooperando conosco e criou uma crise que não buscamos – continuou Kai. – Os rebeldes controlam metade do país e todas as armas nucleares. Devemos considerar a relação que desejamos ter com os rebeldes de Yeongjeo-dong, que se tornaram, quer gostemos ou não, o governo alternativo.

Huang ficou indignado.

– A rebelião contra o Partido Comunista jamais deve ser vista como uma empreitada bem-sucedida – disse ele. – E, em todo caso, como poderíamos falar com essas pessoas? Não sabemos quem são seus líderes nem como entrar em contato com eles.

– Eu sei quem são e posso entrar em contato – informou Kai.

– Como isso é possível?

Kai olhou deliberadamente ao redor da sala, em direção aos assistentes presentes.

– General, obviamente o senhor tem o direito de receber informações do mais alto sigilo, mas me perdoe se hesito em citar fontes de informações altamente confidenciais.

Huang percebeu que havia cometido um erro e recuou:

– Sim, sim, esqueça que fiz essa pergunta.

– Tudo bem, podemos conversar com os rebeldes – disse o presidente Chen. – Próxima pergunta: o que pretendemos dizer a eles?

Kai tinha uma ideia muito clara, mas não queria que a reunião estabelecesse um compromisso que o deixasse de mãos atadas, então respondeu:

– Deve ser uma conversa de sondagem.

Mas Wu Bai era sagaz o suficiente para perceber o que Kai estava fazendo e não queria lhe dar carta branca.

– Podemos fazer melhor do que isso – disse ele. – Sabemos o que queremos, o fim completo e incondicional das hostilidades. E temos uma ideia do que os rebeldes querem, ou seja, uma grande participação em qualquer novo governo da Coreia do Norte.

– E a minha tarefa vai ser descobrir exatamente o que eles vão exigir em troca do fim da rebelião – afirmou Kai. Mas ele já sabia que iria mais longe do que apenas descobrir.

Huang repetiu sua objeção anterior:

– Não devemos legitimar pessoas que desafiaram o Partido.

– Obrigado por nos lembrar disso, General – disse Wu. Ele se virou para o resto do grupo. – Acredito que o posicionamento do camarada Huang está absolutamente correto. – Huang parecia mais tranquilo, mas no fundo Wu não concordava com ele. – Não podemos presumir que esses extremistas sejam confiáveis – prosseguiu, chegando a uma conclusão diferente. – Não será possível fazer nenhum acordo com eles se não houver salvaguardas claras.

Huang, alheio às sutilezas, concordou vigorosamente com a cabeça. O charme de Wu, considerado algo inútil e superficial pelo pessoal linha-dura, era na verdade uma tática letal, refletiu Kai. Wu havia neutralizado Huang e este nem sequer percebera.

– Esse é um bom plano – disse Chen –, mas não uma solução rápida. O que podemos fazer hoje, agora, para acalmar a situação?

Kong Zhao tinha uma sugestão:

– Exigir um cessar-fogo de ambos os lados e, ao mesmo tempo, pressionar Pyongyang a estabelecer o cessar-fogo unilateralmente.

– Eles ainda têm algum míssil sobrando? – perguntou Chen.

– Uma porção, escondidos sob pontes e em túneis – respondeu Kai.

Chen assentiu, pensativo.

– Ao mesmo tempo, eles vão achar que um cessar-fogo unilateral não é muito diferente de uma admissão de derrota.

– Podemos pelo menos tentar – sugeriu Kong Zhao.

– Concordo. Agora, como devemos formular nossas exigências?

Kai se desligou da conversa. Aquela seria uma longa discussão. A questão mais importante da reunião estava resolvida, mas agora todos contribuiriam com algo de menor importância. Ele se esforçou para conter a impaciência e começou a planejar seu encontro com os rebeldes.

Precisava se comunicar com o líder rebelde, não com o general Ham. Escreveu uma mensagem em seu celular:

> *Aos cuidados do general Pak Jae-jin*
> *CONFIDENCIAL*
> *Um emissário muito importante da República Popular da China deseja visitá-lo hoje. Ele estará sozinho, exceto pelo piloto do helicóptero, e os dois estarão desarmados. A missão dele é extremamente importante para a Coreia e a China.*
> *Por favor, confirme o recebimento desta mensagem e indique sua disposição de se encontrar com esse representante.*
> *Ministério de Segurança do Estado*

Kai enviou a mensagem a Jin Chin-hwa com instruções para encaminhá-la a todo e qualquer endereço de internet da base militar de Yeongjeo-dong que fosse capaz de encontrar. Ele preferia ter usado um endereço único e seguro, mas a urgência superava a necessidade de segurança.

Assim que a reunião terminou, ele puxou o pai para um canto.

– Preciso de um jato da Força Aérea para me levar a Yanji – disse ele. – E depois de um helicóptero para me levar de lá até Yeongjeo-dong.

– Vou providenciar – respondeu Jianjun. – Quando?

Kai olhou para o relógio. Eram dez horas.

– Partida às onze horas de Beijing, transferência às duas em Yanji, aterrissagem às três em Yeongjeo-dong, aproximadamente.

– Ok.

Era um alívio estar finalmente em sintonia com o pai, pensou Kai.

– Eu disse aos rebeldes que vou estar acompanhado apenas do piloto – explicou ele –, e que nós dois estaremos desarmados. Sem armas a bordo do helicóptero, por favor.

– Bem pensado. Quando estamos em território rebelde, estamos sempre em menor número. A única maneira de permanecer vivo é não lutar.

– Foi o que eu pensei.

– Considere isso resolvido.

– Obrigado.

– Boa sorte, meu filho.

...

Era um dia ensolarado e sem nuvens na Coreia do Norte. Voando baixo sobre a região leste em um helicóptero da Força Aérea chinesa, Kai olhou para baixo, a paisagem iluminada pelo sol de inverno. A impressão que dava era de que o país operava normalmente. Havia trabalhadores nos campos e caminhões nas estradas.

Não era como a China, obviamente: não tinha engarrafamentos nas cidades, havia apenas uma leve névoa rosa de poluição, e por lá eram raros edifícios residenciais do tipo que brotava feito erva daninha nos subúrbios chineses. A Coreia do Norte era mais pobre e menos superlotada.

Ele não viu sinais de guerra: nenhum prédio desabado nem campos queimados ou ferrovias destruídas. Durante a rebelião inicial, houve conflitos ao redor das bases militares e na ocasião os novos líderes da região tinham ficado de fora do conflito internacional. Isso já deveria ser motivo para que as pessoas os amassem. Será que aqueles rebeldes eram inteligentes? Ou apenas tinham sorte? Ele saberia em breve.

Também não havia nenhum sinal visível do ataque americano. Conforme prometido, eles tinham mirado o oeste do país, território ainda governado pelo Líder Supremo. Talvez houvesse mísseis passando por cima da cabeça de Kai, mas, se fosse o caso, eles estariam altos e rápidos demais para que conseguisse ver.

A máquina administrativa funcionava muito bem na zona rebelde. O piloto de Kai havia contatado o controle de tráfego aéreo norte-coreano da maneira usual e obtido autorização.

Mais cedo, pela manhã, o líder rebelde Pak Jae-jin havia respondido imediatamente à mensagem de Kai. Ele parecia ansioso para conversar. Tinha concordado com a reunião, dado as coordenadas exatas da base militar e fixado o horário do encontro para as três e meia da tarde.

Enquanto estava em trânsito no aeroporto militar de Yanji, Kai recebeu uma ligação do seu espião no acampamento de Pak Jae-jin, o general Ham, que estava em pânico.

– O que você está fazendo? – perguntou Ham.

– Precisamos acabar com a guerra.

– Está planejando um acordo com os rebeldes?

– É uma sondagem.

– Esses sujeitos são fanáticos. O nacionalismo deles é como uma religião.

– Parece que eles ganharam bastante apoio.

– A maioria dos apoiadores deles acredita que qualquer um seria melhor do que o Líder Supremo.

Kai fez uma pausa para pensar. Ham não costumava exagerar. Se estava preocupado, deveria haver um motivo.

– Levando em conta que preciso me encontrar com essas pessoas, como devo lidar com elas?

A resposta de Ham foi imediata:

– Não confie nelas.

– Beleza.

– Eu vou estar na reunião.

– Por quê?

– Para servir de intérprete. Não há muitos falantes de mandarim aqui. A maioria dos rebeldes considera a língua de vocês um símbolo da opressão estrangeira.

– Ok.

– Só tome muito cuidado para não dar nenhum sinal de que já me conhece.

– Claro.

Eles desligaram.

Da fronteira entre a China e a Coreia, o helicóptero de Kai foi seguido por um helicóptero de fabricação russa, um modelo apelidado Crocodilo, por conta de seu focinho ameaçador. Tinha uma pintura de camuflagem, mas ostentava a insígnia da Força Aérea e Antiaérea do Exército do Povo Coreano, uma estrela vermelha de cinco pontas dentro de um círculo duplo em vermelho e azul. A aeronave coreana se manteve a uma distância segura e não fez manobras ameaçadoras.

Kai passou aquele tempo todo preocupado com o que diria ao general Pak. Havia centenas de maneiras de formular a pergunta "Podemos fazer um acordo?", mas qual era a melhor para aquela ocasião? Via de regra, não faltava autoconfiança a Kai – muito pelo contrário –, mas aquele encontro era uma ocasião excepcional. Nunca na vida ele havia dependido tanto do próprio sucesso ou fracasso.

Cada vez que avistava o Crocodilo, ele era lembrado de que também estava correndo um risco pessoal. Os rebeldes poderiam decidir prendê-lo, jogá-lo em uma cela e interrogá-lo. Poderiam entender que ele era um espião. Ele *era* um espião. Mas não adiantava se preocupar com nada disso agora. Não havia como voltar atrás.

Só ele sabia que estava pronto para ir além de simplesmente obter informações. Pretendia negociar com os rebeldes. Não tinha autoridade para tanto, mas eles não sabiam disso. E, caso fosse capaz de chegar a um acordo razoável, tinha certeza de que conseguiria convencer o presidente Chen a endossá-lo.

Era uma estratégia arriscada. Mas se tratava de uma emergência.

O helicóptero se aproximou de Yeongjeo-dong sobrevoando a extensão de um rio estreito em um vale arborizado. Kai começou a ver sinais da batalha pelo controle da base quatro semanas antes: uma aeronave caída em um riacho, uma casa de campo destruída, um trecho da floresta queimado. Ele ouviu seu piloto falando com a base de controle.

Enquanto descia em direção à base, viu que os rebeldes haviam preparado algo para ele. Seis mísseis balísticos intercontinentais, cada um com mais de vinte metros de comprimento, estavam perfeitamente alinhados em seus veículos de lançamento de onze eixos. Kai sabia que eles tinham um alcance de onze mil quilômetros – a distância de lá até Washington. Cada um estava carregado com inúmeras ogivas nucleares. Os rebeldes estavam mostrando seu trunfo a Kai.

A aeronave de Kai foi direcionada para um heliporto.

O pequeno grupo de boas-vindas estava fortemente armado, mas os homens relaxaram quando Kai desceu de mãos vazias, vestindo terno e gravata com um sobretudo desabotoado por cima, evidentemente inofensivo. Mesmo assim, foi cuidadosamente revistado antes de ser escoltado até um prédio de dois andares que era, sem dúvida, o centro de comando deles. Ele notou buracos de bala na alvenaria.

Kai foi conduzido à suíte do comandante, um espaço desconfortável com móveis baratos e piso de linóleo. Mal ventilado e mal aquecido, conseguia ser frio e abafado ao mesmo tempo. Esperando para cumprimentar Kai havia três homens com uniformes completos de general norte-coreano, incluindo um quepe imenso que Kai sempre achou cômico. Um quarto general estava parado de um dos lados, e Kai viu que era Ham.

O do meio deu um passo à frente, apresentou-se como Pak Jae-jin, apresentou os demais e então conduziu o grupo para um escritório.

Pak tirou o quepe e se sentou a uma escrivaninha que não continha nada além de um telefone. Fez sinal para que Kai se sentasse de frente para ele. Ham pegou uma cadeira em um canto e os outros dois ficaram atrás da mesa, um de cada lado de Pak, enquadrando-o enquanto autoridade. O líder rebelde era um homem baixo e magro de cerca de 40 anos, com cabelos escuros e curtos, e que, para Kai, parecia um Napoleão de meia-idade.

Kai presumiu que Pak devia ser corajoso e inteligente para ter ascendido ao posto de general sendo relativamente jovem. Supôs que Pak também fosse orgulhoso e sensível, suscetível a qualquer sugestão de ser um homem pretensioso. A melhor abordagem seria ser o mais franco possível e, ao mesmo tempo, elogiá-lo de forma discreta.

Pak falava em coreano, Kai em mandarim, e Ham traduzia para os dois lados.

– Me diga por que você está aqui – pediu Pak.

– Você é um soldado, gosta de ir direto ao ponto, então farei o mesmo – disse

Kai. – Eu vou te dizer a mais pura verdade. A maior prioridade do governo chinês é garantir que a Coreia do Norte não caia nas mãos dos americanos.

Pak pareceu indignado.

– A Coreia do Norte não deve cair nas mãos de ninguém que não seja do povo coreano.

– Nós concordamos – disse Kai imediatamente, embora não fosse de todo verdade. Beijing preferia uma espécie de junta governativa sino-coreana, pelo menos por um tempo. Mas esse detalhe podia ser deixado para depois. Ele continuou: – A questão é: como podemos garantir que isso aconteça?

Pak adotou um ar de desdém.

– Isso vai acontecer sem ajuda chinesa – disse ele. – O regime em Pyongyang está à beira do colapso.

– Mais uma vez, eu concordo. Fico feliz de estarmos vendo as coisas da mesma maneira. É um indício de esperança.

Pak esperou em silêncio.

– Isso nos leva à questão do que irá substituir o governo do Líder Supremo.

– Não há dúvida. Será o governo Pak.

"Sem falsa modéstia, então", pensou Kai. Mas aquilo era fachada. Se Pak realmente acreditasse que não precisava da ajuda chinesa, não teria concordado com aquela reunião. Kai o olhou nos olhos e disse simplesmente:

– Talvez. – Então esperou a reação dele.

Houve uma pausa. Pak a princípio pareceu irritado e prestes a protestar. Então sua expressão mudou e ele disfarçou a ira.

– Talvez? Que outra possibilidade existe?

"Agora estamos progredindo", pensou Kai.

– Existem várias, a maioria delas indesejável – respondeu. – O vencedor aqui pode ser a Coreia do Sul, ou os Estados Unidos, ou a China, mas isso não esgota as possibilidades. – Ele se inclinou para a frente e falou com ar decidido: – Se você quer realizar seu desejo de que a Coreia do Norte seja governada pelos norte-coreanos, precisa se aliar a pelo menos um dos concorrentes.

– Por que eu precisaria de aliados? – Kai notou o uso do "eu", presumindo que Ham estava traduzindo com precisão. Da forma como Pak enxergava as coisas, ele próprio era a rebelião. – Estou ganhando – argumentou ele, confirmando o que Kai havia pensado.

– Sem dúvida – disse Kai em tom de admiração. – Mas até agora você lutou apenas contra o regime de Pyongyang, que é a mais fraca das forças envolvidas neste conflito. Você vai acabar com eles com apenas um pouco mais de esforço: o ataque aéreo de hoje deve ter causado um estrago imenso. Mas pode ser que você se veja em dificuldades quando entrar em conflito com a Coreia do Sul ou os Estados Unidos.

Pak pareceu ofendido, mas Kai tinha certeza de que o homem enxergava que seu raciocínio era incontestável. Com uma expressão severa, Pak disse:

– Você veio até aqui com alguma proposta?

Kai não tinha autoridade para fazer propostas, mas não ia admitir isso.

– Talvez haja uma forma de você assumir o controle da Coreia do Norte e, ao mesmo tempo, garantir uma defesa inexpugnável contra futuras interferências da Coreia do Sul ou dos Estados Unidos.

– Que seria...?

Kai fez uma pausa para escolher as palavras com cuidado. Aquele era o momento crucial da conversa. Era também o ponto em que ele extrapolaria as ordens que havia recebido. Ele agora estava colocando o próprio pescoço em risco.

– Primeiro, atacar Pyongyang imediatamente com todas as suas forças, exceto a nuclear, e assumir o governo.

Pak não demonstrou nenhuma reação: aquilo sempre estivera em seus planos.

– Segundo, ser reconhecido o mais rápido possível por Beijing como presidente da Coreia do Norte.

Os olhos de Pak brilharam. Ele se imaginou tomando posse como presidente de seu país. Pak sonhava com aquilo havia muito tempo, mas Kai estava sugerindo que acontecesse já no dia seguinte, sob a garantia de uma potência como a China.

– Em terceiro lugar, declarar um cessar-fogo unilateral incondicional na guerra entre a Coreia do Norte e a Coreia do Sul.

Pak franziu a testa.

– Unilateral?

– Esse é o preço – disse Kai com firmeza. – Beijing irá reconhecê-lo presidente e *ao mesmo tempo* você vai declarar o cessar-fogo. Sem atrasos, sem precondições, sem negociações.

Ele esperava resistência, mas Pak tinha algo mais em mente.

– Eu preciso que o presidente Chen venha falar comigo pessoalmente – afirmou.

Kai conseguia ver por que aquilo era tão importante para Pak. Ele era vaidoso, claro, mas também um político sagaz: as fotos dos dois homens apertando as mãos lhe dariam uma legitimidade maior do que qualquer outra coisa.

– Combinado – disse Kai, embora não tivesse autoridade para acordar nada daquilo.

– Ótimo.

Kai começou a achar que talvez tivesse alcançado o que esperava, mas disse a si mesmo que era cedo para comemorar. Ele ainda poderia ser jogado em uma cela. Decidiu ir embora enquanto estava ganhando.

– Não há tempo para acordos formais por escrito – afirmou ele. – Vamos ter que confiar uns nos outros. – Enquanto falava, as palavras do general Ham voltaram à sua mente: "Não confie neles." Mas Kai não tinha escolha. Ele precisava apostar em Pak.

Pak esticou o braço por cima da mesa e disse:

– Então vamos apertar as mãos.

Kai se levantou e apertou a mão dele.

– Obrigado por ter vindo – falou Pak.

Kai percebeu que aquilo era uma dispensa. Pak já estava agindo como um presidente.

Ham se levantou e disse:

– Eu levo você até o seu helicóptero. – Ele levou Kai para o lado de fora.

O tempo ainda estava frio, mas fazia sol, com pouco vento e nenhuma nuvem, condições de voo perfeitas. Kai e Ham caminharam a um metro de distância um do outro enquanto cruzavam a base até o heliporto. Falando pelo canto da boca, Kai disse:

– Acho que consegui. Ele concordou com a proposta.

– Vamos torcer para que ele mantenha sua palavra.

– Me ligue hoje à noite se puder, para confirmar que o ataque a Pyongyang está em andamento.

– Farei o meu melhor. Você precisa das informações necessárias para fazer contato de maneira segura com Pak, e ele precisa do mesmo de você. – Ham escreveu uma série de números e endereços em um bloquinho, Kai fez o mesmo, e eles trocaram os papéis.

Ham bateu continência enquanto Kai subia no helicóptero.

Os rotores começaram a girar enquanto ele prendia o cinto de segurança. Poucos minutos depois, a aeronave decolou, se inclinou e virou para o norte.

Kai se permitiu um momento de puro triunfo. Se desse certo, a crise chegaria ao fim na manhã seguinte. Haveria paz entre a Coreia do Norte e a Coreia do Sul, os americanos ficariam satisfeitos e a China manteria sua zona neutra.

Agora ele precisava garantir que o presidente Chen concordasse com o acordo.

Ele adoraria ligar para Beijing imediatamente, mas seu telefone não funcionava ali e, de qualquer forma, não seria seguro fazê-lo naquele país. Teria que esperar até chegar a Yanji e ligar de lá antes de embarcar no avião para Beijing. Ele falaria com Chen, mas faria um relatório tendencioso, de modo a esconder como havia extrapolado sua autoridade.

O maior perigo era que a velha guarda convencesse Chen a discordar. Huang ainda estava horrorizado com a ideia de fazer as pazes com aqueles que haviam se rebelado contra o regime comunista. Mas, sem dúvida, o preço de continuar a guerra era ainda mais alto.

A noite caía sobre o engarrafamento da hora do rush em Yanji quando o helicóptero pousou na base aérea militar próxima ao aeroporto civil. Kai foi recebido por um capitão, que o levou até um telefone seguro.

Ele ligou para Zhongnanhai e falou com o presidente Chen.

– Senhor presidente, os rebeldes planejam fazer seu ataque final a Pyongyang hoje à noite. – Kai falou como se aquilo fosse um dado de inteligência que havia reunido, e não uma proposta que ele mesmo fizera.

Chen ficou surpreso.

– Nós não tínhamos ouvido nem um pio sobre isso até agora.

– A decisão foi tomada nas últimas horas. Mas é a melhor estratégia para os rebeldes. O ataque aéreo americano de hoje deve ter eliminado qualquer capacidade de resistir que Pyongyang ainda tivesse. Não haverá outro momento tão bom para eles se arriscarem pelo poder.

– Acho que esse é um bom desdobramento – disse Chen, pensativo. – Sabe Deus quanto precisamos nos livrar do Kang.

– Pak me fez uma proposta – continuou Kai, invertendo os verdadeiros papéis. – Se o reconhecermos como presidente, ele se compromete a convocar um cessar-fogo unilateral.

– Isso é promissor. O conflito teria fim. O novo regime começaria fazendo um acordo conosco, o que é um bom começo para o nosso relacionamento. Vou ter que conversar com o general Huang, mas tudo isso parece vantajoso para nós. Bom trabalho.

– Obrigado, senhor.

O presidente desligou. "Está tudo saindo de acordo com o planejado", pensou Kai. Ele ligou para seu escritório e falou com Jin Chin-hwa.

– Os rebeldes vão atacar Pyongyang hoje à noite – informou. – Eu já falei com o presidente, mas você precisa informar todos os outros.

– Agora mesmo.

– Alguma notícia?

– O bombardeio americano parece ter parado, pelo menos por hoje.

– Duvido que eles continuem amanhã. Não deve ter sobrado muita coisa para bombardear.

– Alguns mísseis ainda estão escondidos, eu acho.

– Com sorte isso acaba amanhã.

Kai desligou e embarcou no avião. Seu celular tocou enquanto o piloto ligava os motores. Era o general Ham.

– Começou – disse ele, parecendo surpreso. – Os helicópteros já estão se dirigindo para a capital. Esquadrões estão a caminho de todas as residências presidenciais para efetuar as prisões. Tanques e veículos blindados seguem no encalço dos helicópteros. Eles estão indo com tudo. É agora ou nunca.

Aquilo era perigosamente específico para ser falado por telefone. Ham usava um aparelho diferente a cada vez e jogava todos fora após o uso. Ainda assim, não era totalmente impossível que a vigilância de Pyongyang ou do serviço de inteligência de Pak captasse uma chamada por acaso. Eles se dariam conta do que estava acontecendo, mas não conseguiriam identificar os interlocutores, pelo menos não de imediato. Era um risco, um risco pequeno mas fatal. A vida de um espião era cheia de perigos.

– O general está preocupado que Beijing possa ter preparado uma armadilha para ele – continuou Ham. – Ele acha que todos os chineses são maliciosos e trapaceiros. Mas essa é a grande chance dele, e ele tinha que aproveitá-la.

– Você está indo para a capital?

– Sim.

– Mantenha contato.

– Pode deixar.

Eles desligaram.

O jato da Força Aérea não tinha wi-fi para os passageiros, então Kai não pôde usar o celular durante o voo. Ele sentiu alívio ao se recostar em seu assento. Havia feito tudo o que podia para um dia; tinha alcançado o resultado que esperava e estava cansado. Agora ansiava por passar a noite na cama com Ting.

Ele fechou os olhos.

# CAPÍTULO 39

Kai foi acordado pelo toque do celular quando o avião pousou em Beijing. Ele esfregou os olhos e atendeu.

Era Jin Chin-hwa.

– A Coreia do Norte bombardeou o Japão! – exclamou ele.

Por um momento, Kai ficou completamente perplexo. Pensou até que poderia estar sonhando.

– Quem fez isso? – perguntou ele. – Os rebeldes?

– Não, o Líder Supremo.

– O Japão? Por que diabos ele atacaria o Japão?

– Ele atingiu três bases americanas.

De repente, Kai entendeu tudo. Aquilo era retaliação. Os mísseis e bombardeiros que haviam atacado a Coreia do Norte naquele dia tinham partido de bases americanas no Japão. Ao sentir as rodas do avião tocando a pista, ele disse:

– Então o Líder Supremo ainda tinha alguns mísseis balísticos sobrando.

– Ele deve ter usado os últimos seis. Três foram interceptados e três passaram. Existem três bases aéreas dos Estados Unidos no Japão, e todas foram atingidas: Kadena, em Okinawa; Misawa, na ilha principal; e, a maior de todas, Yokata, que na verdade fica em Tóquio, então haverá muitas vítimas japonesas.

– Isso é uma catástrofe.

– O presidente Chen está reunido com o gabinete na Sala de Crise. Estão esperando você.

– Ok. Me mantenha informado.

– Claro.

Kai desceu do avião e foi conduzido até seu carro. Quando o veículo deu partida, Monge perguntou:

– Para casa, senhor?

– Não. Me leva para Zhongnanhai.

A hora do rush havia acabado e os carros circulavam livremente pela cidade. Era noite, mas Beijing tinha 300 mil postes de luz, lembrou Kai.

O Japão era um inimigo poderoso, mas a pior parte daquela notícia, refletiu ele, era que o Japão tinha um tratado militar de longa data com os Estados Unidos, de acordo com o qual os Estados Unidos teriam que intervir sempre que o Japão fosse atacado. Portanto, a questão não era apenas como o Japão responderia ao bombardeio, mas sim o que os Estados Unidos fariam.

E de que forma aquilo afetaria o acordo que Kai acabara de fazer em Yeongjeo-dong.

Ele ligou para Neil Davidson.

– Neil.

– Kai falando.

– Isso é uma tempestade de merda, Kai.

– Uma coisa que você precisa saber – disse Kai, correndo o risco. – Amanhã, a esta hora, o regime do Líder Supremo na Coreia do Norte terá chegado ao fim.

– Por que... por que você está dizendo isso?

– Estamos instaurando um novo regime. – Aquilo era uma aspiração sendo relatada como uma conquista. – Não me peça detalhes, por favor.

– Fico feliz por ter me avisado.

– Presumo que a presidente Green irá conversar com o primeiro-ministro Ishikawa sobre como Washington e Tóquio vão responder ao bombardeio das bases americanas no Japão.

– Com certeza.

– Então agora você pode dizer para eles que a China vai se encarregar de destruir o regime que lançou esses mísseis.

Kai não esperava que Neil concordasse com aquilo. Como previra, a resposta dele foi evasiva.

– Bom saber – disse o texano.

– Nos dê apenas vinte e quatro horas. É só isso que eu peço.

Neil continuou a ser cuidadosamente neutro:

– Vou passar a informação adiante.

Não havia mais nada que Kai pudesse fazer.

– Obrigado – falou ele, e desligou.

Ele se sentiu incomodado com aquela conversa. Não por conta da neutralidade cuidadosa de Neil, o que era de esperar. Outra coisa o incomodava. No entanto, não conseguiu identificar de imediato o que era.

Ele ligou para casa. Ting atendeu, parecendo preocupada.

– Você normalmente me liga quando vai chegar tarde assim.

– Me desculpe, eu estava em um lugar onde não havia sinal. Tudo bem?

– Tirando o jantar, sim.

Kai deu um suspiro.

– É bom ouvir a sua voz. E saber que alguém se preocupa comigo quando não apareço. Isso faz com que eu me sinta amado.

– Você é amado, sabe disso.

– Gosto de ser lembrado disso.

– Agora você me deixou excitada. Quando volta pra casa?

– Não sei direito. Viu as notícias hoje?

– Que notícias? Eu estava decorando texto.

– Liga a TV.

– Só um minuto. – Houve uma pausa, então ela disse: – Ai, meu Deus! A Coreia do Norte bombardeou o Japão!

– Agora você sabe por que estou trabalhando até tarde.

– Claro, claro. Mas, quando você terminar de salvar a China, a cama vai estar quentinha te esperando.

– A maior recompensa que eu poderia receber.

Eles se despediram e desligaram.

O carro de Kai chegou a Zhongnanhai, passou pela segurança e parou diante do palácio Qinzheng. Kai fechou mais o sobretudo enquanto caminhava em direção à entrada. Naquele dia Beijing estava mais fria que Yeongjeo-dong.

Ele passou pela segurança e desceu correndo as escadas até a Sala de Crise, no subsolo. Como antes, o imenso espaço ao redor do palco estava ocupado por mesas com estações de trabalho. Havia mais gente no local do que da última vez, agora que o conflito estava a todo vapor. Havia um som de fundo fraco e abafado, como o murmúrio do tráfego distante. Não era possível que o ruído do trânsito chegasse ali, e Kai concluiu que devia estar ouvindo o sistema de ventilação. No ar sentia-se um leve cheiro de desinfetante, como em um hospital, e Kai imaginou que a sala fosse rigorosamente purificada, pois havia sido projetada para funcionar mesmo quando a cidade acima dela estivesse infectada, envenenada ou mesmo radioativa.

Todos ouviam em um silêncio sepulcral os dois lados de uma conversa ao telefone. Uma voz era do presidente Chen. A outra falava uma língua que Kai identificou como japonês e uma terceira era de um intérprete, que disse:

– Fico feliz por ter esta oportunidade de falar com o presidente da República Popular da China. – Parecia falso mesmo na voz de uma segunda pessoa.

– Senhor primeiro-ministro – disse Chen –, asseguro-lhe que o ataque com mísseis contra o território japonês perpetrado pelo governo de Pyongyang foi realizado sem consentimento ou aprovação do governo chinês.

Obviamente, Chen falava com Eiko Ishikawa, primeiro-ministro do Japão. Chen, como Kai, esperava evitar uma reação japonesa extrema ao ataque. A China ainda estava tentando evitar a guerra. Ótimo.

Enquanto a declaração de Chen era traduzida para o japonês, Kai foi na ponta dos pés até o palco, curvou-se diante do presidente e se sentou à mesa.

Uma resposta veio de Tóquio:

– Fico muito aliviado em ouvir isso.

Chen explicou rapidamente o principal ponto da discussão:

– Se vocês aguardarem algumas horas, vão perceber que esse ataque, por mais doloroso que seja, não merece nenhuma represália de vocês.

– Por que você está dizendo isso?

Algo naquela pergunta chamou a atenção de Kai, mas ele decidiu pensar nisso depois e se concentrou em ouvir.

– O regime do Líder Supremo chegará ao fim nas próximas vinte e quatro horas – afirmou Chen.

– E como as coisas vão ficar depois?

– Peço desculpas por não informar todos os detalhes. Só quero lhe assegurar que os responsáveis pelo que aconteceu no Japão hoje serão destituídos do poder imediatamente e levados à justiça.

– Compreendo.

A conversa continuou no mesmo tom, Chen sendo tranquilizador e Ishikawa, evasivo, até que desligaram.

Kai pensou novamente sobre a pergunta "Por que você está dizendo isso?". Neil havia usado as mesmas palavras. Era evasivo, uma forma de não responder, um sinal de que o interlocutor estava sendo vigiado, geralmente porque tinha algo a esconder. Neil e Ishikawa haviam expressado pouca surpresa ao saber que o regime de Pyongyang estava prestes a ser derrubado. Era quase como se já soubessem que Pyongyang estava condenado ao fim. Mas como isso era possível? O próprio Pak tinha tomado sua decisão apenas algumas horas antes.

Tanto a CIA quanto o governo do Japão sabiam de algo que Kai não sabia. Isso era muito ruim para um chefe de inteligência. O que poderia ser?

Uma possibilidade ocorreu a Kai, uma possibilidade tão surpreendente que ele dificilmente seria capaz de considerá-la.

O general Huang falava, mas Kai não estava prestando atenção. Ele se levantou e se afastou – um ato de descortesia para com Huang que fez com que os presentes franzissem a testa – e desceu do palco. Ligou para o escritório e falou com Jin.

– Dá uma olhada nas últimas imagens de satélite da Coreia do Norte – pediu ele, falando em voz baixa enquanto se afastava do palco. – O céu deve estar limpo, estava assim algumas horas atrás quando eu estava lá. Quero ver desde o sul de Pyongyang, cruzando a fronteira com Seul, até o outro lado. O que realmente me interessa é o que há entre as duas cidades, a estrada que eles chamam de Autoestrada da Reunificação. Quando tiver uma boa imagem, coloque-a em uma tela aqui na Sala de Crise. Faça com que esteja alinhada, com o norte no topo.

– Pode deixar.

Kai voltou para a grande mesa no palco. Huang ainda estava falando. Kai observou as telas. Depois de alguns minutos, uma delas mostrou uma imagem noturna. O preto era amenizado por dois agrupamentos de luzes, um ao sul e outro ao norte, as capitais das duas Coreias. Entre elas havia apenas escuridão.

Em grande parte.

Olhando com mais atenção, Kai viu quatro faixas estreitas de luz, compridas demais para serem qualquer tipo de fenômeno natural. Só podiam ser o reflexo de filas de veículos. Ele calculou que cada uma se estendia por quase cinquenta quilômetros. Isso significava centenas de veículos.

Milhares.

Ali dava para entender por que Neil e Ishikawa não haviam se surpreendido. Eles não haviam descoberto que Pak tinha a intenção de atacar Pyongyang, mas sabiam que outra força pretendia destruir o regime naquela mesma noite.

Outros ao redor da mesa seguiram o olhar de Kai, um por um perdendo o interesse no discurso de Huang. Até o presidente olhou.

Por fim, Huang se calou.

– O que é isso? – perguntou Chen.

– Coreia do Norte – respondeu Kai. – Os feixes de luz são comboios, quatro deles. Esses veículos estão indo para Pyongyang.

– Com base apenas nessa imagem – disse o ministro da Defesa, Kong Zhao –, eu diria que existem duas divisões, cada uma delas se movendo em duas colunas, em um total de cerca de vinte e cinco mil soldados e milhares de veículos. A zona desmilitarizada entre a Coreia do Norte e a Coreia do Sul é um campo minado de dois a três quilômetros, mas eles já passaram de lá, então devem ter construído largos canais por essa barreira, uma operação planejada há muito tempo, com certeza. Ao mesmo tempo, eu diria que há paraquedistas saltando neste momento para tomar cabeças de ponte e pontos de estrangulamento antes da força principal, além de aviões pousando ao longo da costa; podemos tentar confirmar isso.

– Você não disse de quem são essas tropas – falou Chen.

– Acho que são sul-coreanas.

– Então é uma invasão – afirmou Chen.

– Sim, senhor presidente – disse Kong. – É uma invasão.

...

Kai finalmente deslizou para debaixo dos lençóis junto de Ting pouco depois de uma da manhã. Ela rolou de lado, colocou os braços ao redor dele, o beijou com paixão e então voltou a dormir logo em seguida.

Ele fechou os olhos e repassou suas últimas horas. Houve uma discussão acalorada na Sala de Crise sobre como deveriam responder à invasão sul-coreana. As negociações de Kai com Pak se tornaram irrelevantes. Naquele momento, um cessar-fogo estava fora de questão.

O acordo de defesa da China com a Coreia do Norte deixava várias opções em aberto. O pai de Kai, Chang Jianjun, e o general Huang propuseram uma invasão chinesa para proteger a Coreia do Norte da Coreia do Sul. Pessoas de cabeça mais fria haviam pontuado que, uma vez que as tropas chinesas estivessem lá, as tropas americanas rapidamente invadiriam também, e os exércitos chinês e americano acabariam se encontrando no campo de batalha. Para grande alívio de Kai, a maioria dos presentes reconhecia que esse era um risco alto demais para se correr.

Enquanto o Líder Supremo estava fatalmente enfraquecido, Pak e seus rebeldes estavam fortes e já no campo de batalha. Com o consentimento do grupo, Huang telefonou para Pak, contou-lhe tudo o que se sabia a respeito da invasão e o encorajou a bombardear os comboios sul-coreanos que se aproximavam. O radar mostrou que Pak fez isso imediatamente, sem interromper seu ataque a Pyongyang.

Os rebeldes haviam usado poucos de seus mísseis até aquele momento, e eles tinham muitos. Os comboios foram detidos.

Aquele era um bom primeiro passo.

As tropas chinesas não se envolveriam, mas, a partir do amanhecer, a China forneceria aos rebeldes tudo o que fosse necessário: mísseis, drones, helicópteros, caças, artilharia, fuzis e munição ilimitada. Eles já controlavam metade do país e provavelmente assumiriam outras regiões ao longo das horas seguintes. No entanto, o principal conflito seria a batalha por Pyongyang.

Aquele parecia o resultado menos ruim. Se os japoneses fossem razoáveis, a guerra continuaria limitada à Coreia.

O presidente Chen tinha ido dormir e a maioria dos outros fez o mesmo, deixando para trás apenas aqueles que precisavam resolver a logística de envio de grandes quantidades de armamentos pela fronteira com a Coreia do Norte em um curto espaço de tempo.

Kai foi para cama com a sensação de que o governo chinês poderia ter feito muito pior.

Assim que acordou, ligou para o Guoanbu e falou com o responsável pelo turno da madrugada, Fan Yimu, que lhe deu a boa notícia de que os rebeldes haviam prendido o Líder Supremo e que o general Pak havia instalado seu quartel-general na simbólica Residência Presidencial no norte de Pyongyang. No entanto, seria um pouco mais complicado lidar com o Exército sul-coreano, que havia retomado o avanço em direção à capital.

O noticiário da manhã na televisão chinesa anunciou que o Líder Supremo Kang havia renunciado devido a problemas de saúde e tinha sido substituído pelo general Pak. O presidente chinês enviou a Pak uma mensagem de apoio reafirmando o compromisso da China com o tratado de defesa mútua. Uma incursão das forças sul-coreanas estava sendo repelida energicamente pelo bravo Exército do Povo Coreano.

Tudo aquilo era o que Kai esperava, mas a notícia seguinte o havia preocupado. Ela mostrava nacionalistas japoneses enfurecidos se aglomerando em Tóquio de madrugada para protestar contra o bombardeio. A reportagem indicava que entre os japoneses já havia uma certa antipatia pelos coreanos, avidamente estimulada por propagandistas racistas, e apenas parcialmente contrabalançada pelo amor que os jovens japoneses têm por filmes e música pop coreanos. Um professor de etnia coreana tinha sido espancado por um delinquente na porta de uma escola em Quioto. O líder de um grupo político de extrema-direita foi entrevistado e, com a voz rouca, clamou inflamado por uma guerra geral contra a Coreia do Norte.

O primeiro-ministro Ishikawa havia convocado uma reunião com os membros de seu gabinete às nove horas. Os protestos serviriam para pressionar o governo japonês a tomar medidas drásticas, mas a presidente Green faria o possível para conter o Japão. Kai torcia para que Ishikawa conseguisse manter o controle de tudo.

No carro, a caminho do Guoanbu, ele leu os relatórios de inteligência militar sobre o andamento da batalha de Pyongyang. Aparentemente, os invasores sul-coreanos haviam agido depressa e, naquele momento, estavam cercando a capital. Ele esperava obter mais informações com o general Ham.

No escritório, ligou a TV e viu o primeiro-ministro japonês dando início a uma coletiva após sua reunião de gabinete.

– O regime de Pyongyang cometeu um ato de guerra contra o Japão, e não tenho outra escolha a não ser ordenar às Forças de Autodefesa do Japão que se preparem para agir em resposta ao ataque da Coreia do Norte.

A mensagem era ambígua, é óbvio. Segundo o artigo 9 da Constituição japonesa, o governo não tem permissão para declarar guerra. No entanto, eles podem exercer o direito à legítima defesa. Qualquer coisa que os militares japoneses fizessem precisava ser enquadrada como defesa.

Mas o anúncio era enigmático por um outro motivo. Contra quem eles estavam se defendendo agora? Dois exércitos rivais lutavam pela Coreia do Norte, e nenhum deles tinha sido responsável pelo bombardeio do dia anterior. O regime que havia feito aquilo não existia mais.

O chefe da seção do Japão contou a Kai o que os espiões chineses em Tóquio haviam descoberto. As bases militares japonesas e americanas estavam a mil, mas não pareciam em clima de guerra. Jatos japoneses faziam vigilância, mas nenhum bombardeiro havia decolado. Nenhum destróier havia deixado o porto e nenhum lançador estava sendo carregado com mísseis. Imagens de satélite confirmaram o que os espiões disseram. Tudo estava calmo.

O general Ham ligou de Pyongyang.

– Os rebeldes estão perdendo – disse ele.

Kai temia isso.

– Por quê?

– Os sul-coreanos estão em grande número e muito bem armados. Os suprimentos da China ainda não chegaram e nossos tanques ainda estão vindo de bases no leste. Estamos ficando sem tempo.

– O que o Pak vai fazer?

– Pedir tropas a Beijing.

– Vamos negar. Não queremos que os americanos entrem no conflito.

– Então vamos perder Pyongyang para os sul-coreanos.

Isso também era impensável.

De repente, Ham disse:

– Preciso ir. – E desligou.

"Deve ser humilhante para Pak implorar a ajuda de Beijing", pensou Kai. Mas o que mais o líder rebelde poderia fazer? Os pensamentos de Kai foram interrompidos e ele foi chamado à sala de reuniões. O governo japonês havia se manifestado.

Doze caças haviam decolado da base de Naha, em Okinawa, rumo ao oeste e, minutos depois, começaram a patrulhar o mar da China Oriental entre Okinawa e a China. As varreduras se concentraram em torno de um pequeno grupo de ilhas desabitadas e rochas chamado ilhas Diaoyu. Ficava a mais de novecentos quilômetros do Japão, mas a apenas trezentos da China, e mesmo assim os japoneses reivindicavam a soberania do território e o chamavam de ilhas Senkaku.

Jatos chineses também sobrevoavam o mar da China Oriental, e Kai monitorava as imagens captadas por eles. Ele viu as ilhas se projetando para fora da água como se espalhadas descuidadamente por antigos deuses. Assim que os aviões japoneses se posicionaram, dois submarinos de ataque da classe Soryu emergiram próximo às ilhas.

Os japoneses estavam realmente escolhendo aquele momento para marcar posição sobre um monte de pedras inúteis no meio do oceano?

Kai observou os marinheiros dos submarinos japoneses embarcarem em botes infláveis e desembarcarem em uma praia estreita, onde descarregaram o que talvez fossem lançadores de mísseis terra-ar portáteis. Eles caminharam até um dos poucos trechos planos e fincaram uma bandeira do Japão.

Ao longo dos minutos seguintes, começaram a montar tendas e uma cozinha de campanha.

O chefe da seção do Japão ligou do andar de baixo para dizer a Kai que os militares japoneses anunciaram que, por precaução, haviam montado uma base operacional nas ilhas Senkaku, que, enfatizaram eles, faziam parte do Japão.

Um minuto depois, Kai foi chamado a Zhongnanhai.

No carro, já a caminho, ele continuou lendo as reportagens e analisando as imagens de vídeo. Ao mesmo tempo, estava de olho nas trilhas do radar, que podia acompanhar em seu telefone. Não havia confronto. Naquele momento, estavam todos fazendo uma encenação.

Na Sala de Crise, a atmosfera era sombria. Kai ocupou seu lugar à mesa em silêncio.

Quando todos chegaram, Chen pediu a Chang Jianjun que os atualizasse sobre a situação. Kai percebeu que seu pai estava parecendo mais velho: o cabelo estava ralo, sua pele parecia solta e acinzentada, e ele não tinha se barbeado direito. Ainda não tinha 70 anos, mas já fumava havia meio século, como seus dentes amarelos evidenciavam. Kai esperava que ele estivesse bem.

Depois de resumir a situação atual, Jianjun disse:

– Ao longo dos últimos dois meses houve uma onda crescente de ataques contra a China. Em primeiro lugar, os Estados Unidos endureceram as sanções contra a Coreia do Norte, levando à crise econômica e à rebelião dos extremistas. Depois, mais de cem cidadãos nossos foram massacrados por um drone americano em Porto Sudão. Em seguida, encontramos geólogos americanos escondidos a bordo de um navio vietnamita, prospectando petróleo em nossas águas. Por fim, nossa aliada próxima, a Coreia do Norte, foi atacada por mísseis sul-coreanos, novamente atacada por aviões, navios e mísseis americanos e, ontem à noite, invadida. E hoje as ilhas Diaoyu, que qualquer julgamento justo consideraria território chinês, foram invadidas e ocupadas por soldados japoneses.

Era uma lista espantosa, não se podia negar, e o próprio Kai sentiu por um momento que talvez não tivesse notado o padrão.

– E, em todo esse tempo – continuou Jianjun enfática e lentamente –, o que a China fez? Com a única exceção do afundamento do *Vu Trong Phung*, não disparamos uma única arma. Eu digo a vocês, camaradas, que encorajamos esses crescentes ataques por conta de nossa débil retaliação.

O ministro da Defesa, Kong Zhao, rebateu:

– Não se mata um homem por roubar sua bicicleta. Sim, devemos responder a essa ultrajante invasão japonesa, mas nossa resposta precisa ser proporcional. Autoridades americanas repetiram inúmeras vezes que as ilhas Diaoyu são cobertas pelo tratado militar entre os Estados Unidos e o Japão, de modo que os americanos são obrigados a defendê-las. E, sejamos francos, a ocupação não representa uma ameaça para nós. Não há nada que os soldados japoneses possam fazer lá que não pudessem fazer melhor a bordo de seus submarinos, exceto fincar uma bandeira. Bandeiras são simbólicas, claro, esse é o único propósito delas, e a ação japonesa também é simbólica, nada além disso. Nossa resposta deve ser calibrada de acordo.

"Eu não teria sido capaz de colocar isso de maneira melhor", pensou Kai. Kong havia revertido o clima da reunião.

Naquele momento, o general Huang disse:

– Temos imagens das ilhas ocupadas, feitas por um drone chinês há alguns minutos. Os camaradas querem ver?

Eles queriam, é claro.

Huang falou com um assistente e apontou para uma tela.

Eles viram uma pequena ilha: apenas um pico rochoso, um pedaço de terreno plano coberto por arbustos esparsos e grama áspera, e uma estreita faixa de areia. Dois submarinos flutuavam na baía, cada um exibindo o sol vermelho e branco e cheio de raios da bandeira naval japonesa. Havia cerca de trinta homens na ilha, a maioria jovens e de aparência alegre. Uma imagem mais próxima os mostrava conversando e sorrindo enquanto montavam as tendas. Um deles acenou para a aeronave que os filmava. Outro apontou o dedo para ela, um gesto de desprezo e antagonismo altamente ofensivo no Japão e na China, e os demais riram. O vídeo acabou.

Houve murmúrios irritados ao redor da mesa. O comportamento das tropas era ofensivo. O sempre cortês ministro das Relações Exteriores Wu Bai disse:

– Aqueles jovens idiotas estão zombando de nós.

– O que acha que devemos fazer, Wu Bai? – perguntou o presidente Chen.

Wu claramente se sentiu ofendido com o vídeo e falou com um rancor incomum:

– O camarada Chang Jianjun nos lembrou aqui que nos sujeitamos a uma série de humilhações em prol da paz. – A palavra *humilhação* estava carregada: trazia de volta a lembrança dos anos em que o país esteve sob o domínio do colonialismo ocidental e nunca deixava de provocar raiva. – Temos que nos posicionar em algum momento, de alguma forma, e, na minha opinião, esta é a hora e este é o lugar. É a primeira vez que o território chinês é invadido. – Ele fez uma pausa e respirou fundo. – Camaradas, precisamos deixar claro aos nossos inimigos que estamos traçando um limite.

O presidente Chen surpreendeu Kai ao apoiar Wu de imediato.

– Concordo – disse ele. – Meu dever básico é proteger a integridade territorial do país. Se eu fracassar nisso, terei fracassado como presidente.

Foi uma declaração forte – e tudo isso apenas porque alguns rapazes bem--humorados haviam mostrado desrespeito! Kai ficou consternado, mas não disse nada. Ele não conseguiria se sobrepor aos linha-dura, levando em conta que eles estavam sendo apoiados pelo presidente e pelo ministro das Relações Exteriores. Há muito tempo ele havia aprendido a lutar apenas as batalhas que pudesse vencer.

Chen então recuou um pouco:

– Ao mesmo tempo, nossa reação deve ser proporcional.

Aquilo era uma centelha de esperança.

– Uma bomba destruiria o pequeno acampamento que os japoneses montaram e provavelmente mataria a maioria dos marinheiros ali também – prosseguiu Chen. – Almirante Liu, que embarcações temos nos arredores?

Liu já estava consultando seu laptop e respondeu de imediato:

– O porta-aviões *Fujian* está a oitenta quilômetros de distância. O navio tem quarenta e quatro aeronaves, incluindo trinta e dois jatos de combate Flying Shark. O Flying Shark carrega quatro bombas guiadas por laser de 450 quilos cada uma. Sugiro que sejam enviados dois aviões, um para lançar a bomba e outro para filmar o ataque.

– Por favor, almirante, dê ao navio as coordenadas exatas do alvo e diga-lhes para se prepararem para o lançamento.

– Sim, senhor.

Kai por fim falou, mas não argumentou diretamente contra o ataque. Em vez disso, disse:

– Deveríamos considerar a possível reação americana a isso. Não queremos ser pegos de surpresa.

Kong Zhao o apoiou de pronto:

– Os americanos não vão ficar em um canto de braços cruzados. Isso faria o tratado de defesa deles com o Japão parecer sem sentido. Eles vão precisar tomar alguma atitude.

Wu Bai ajeitou o lenço no bolso da camisa e disse:

– A presidente Green irá evitar ações violentas, se for possível. Ela foi fraca em relação aos soldados mortos a tiros de fuzil Norinco no Chade, fraca em relação aos geólogos americanos que afundaram junto com o *Vu Trong Phung* e, a princípio, fraca quanto às mortes dos americanos na Coreia do Sul, até que nossos camaradas em Pyongyang fossem tolos a ponto de usar armas químicas. Eu não acho que ela entrará na guerra por meia dúzia de marinheiros japoneses. Haverá alguma retaliação simbólica, mesmo que seja apenas uma resposta puramente diplomática.

"Quem dera fosse assim", pensou Kai, mas não adiantava dizer isso a ele.

– Senhor presidente, os jatos estão prontos – informou o almirante Liu.

– Dê a ordem de decolagem – pediu o presidente Chen.

Liu falava ao telefone.

– Decolar – disse. – Repito, decolar.

O segundo jato filmava o primeiro, e uma das telas da Sala de Crise mostrava uma imagem nítida. Kai viu a traseira do primeiro Flying Shark, com suas distintas nadadeiras eretas e os escapamentos duplos. Um segundo depois, ele acelerou ao longo do convés, subiu a rampa curva de decolagem na proa do porta-aviões e ascendeu rapidamente em direção ao céu. A câmera o seguiu e, por um instante, Kai sentiu uma leve náusea quando ele ganhou velocidade e disparou para além da rampa.

Conforme os dois jatos ganhavam velocidade, alguém perguntou:

– A que velocidade eles vão?

– A velocidade máxima é de cerca de dois mil e quatrocentos quilômetros por hora – respondeu o almirante Liu. – Após uma pausa, acrescentou: – Não vão chegar nem perto disso nessa curta viagem.

Os jatos subiram até estarem alto demais para ver os navios, e a atenção se voltou para o vídeo do drone. A imagem mostrava os marinheiros japoneses no acampamento. As tendas agora estavam alinhadas, e alguns dos homens pareciam estar preparando o almoço. Outros estavam na minúscula praia, brincando, espirrando água e jogando areia uns nos outros. Um deles filmava aquilo com um smartphone.

Sua feliz ignorância durou apenas mais alguns segundos.

Alguns deles levantaram a cabeça, talvez por terem ouvido os jatos. As aeronaves devem ter parecido muito distantes para serem uma ameaça, e era impossível que fossem identificadas do solo, então a princípio os marinheiros ficaram apenas parados, olhando.

O primeiro jato se inclinou e virou, seguido pela câmera do segundo, e então a operação de bombardeio teve início.

Talvez os marinheiros tenham recebido algum tipo de aviso do submarino, pois subitamente pegaram fuzis automáticos e lançadores de mísseis e assumiram posições defensivas no que parecia ser um padrão pré-ensaiado ao redor da pequena ilha. Seus lançadores, do tamanho e do formato de mosquetes do século XVI, eram provavelmente uma versão japonesa do FIM-92 americano, que disparava um míssil antiaéreo Stinger.

– Os jatos estão a cerca de trinta mil pés e voando a quinhentos pés por segundo – informou o almirante Liu. – Essas armas portáteis não representam nenhuma ameaça.

Por um momento, tudo ficou em silêncio. Os marinheiros na ilha se mantiveram posicionados, e o primeiro jato permaneceu firme na lente da câmera do segundo.

– Bombas disparadas – disse o almirante Liu, e Kai detectou um lampejo que poderia ter sido o lançamento de um míssil.

Então a pequena ilha explodiu em chamas e fumaça. Areia e pedras foram lançadas pelos ares, emergindo da fumaça e caindo na água junto com objetos pálidos que assustadoramente pareciam ser pedaços de corpos. Uma ovação irrompeu dos militares na Sala de Crise.

Kai não os acompanhou.

Aos poucos, os detritos assentaram, a fumaça se dissipou e a superfície da água voltou ao normal.

Não havia sobrado ninguém com vida.

A Sala de Crise estava em silêncio.

Foi Kai quem o quebrou:

– Então, camaradas, estamos em guerra contra o Japão.

# DEFCON 1

A GUERRA NUCLEAR É IMINENTE
OU JÁ COMEÇOU.

# CAPÍTULO 40

Pauline não estava dormindo quando Gus ligou. Passar a noite em claro na cama era algo incomum para ela. Nenhuma das crises anteriores havia tirado seu sono. Quando o telefone tocou, ela não precisou olhar o relógio de cabeceira, pois já sabia que horas eram: meia-noite e meia.

Ela atendeu e Gus contou:

– Os chineses bombardearam as ilhas Senkaku. Mataram um monte de marinheiros japoneses.

– Merda – disse ela.

– As pessoas-chave estão na Sala de Crise.

– Vou me vestir.

– Eu acompanho você até lá. Estou na residência oficial, no seu andar, na cozinha perto do elevador.

– Tá bem.

Pauline desligou e saiu da cama. Era quase um alívio ter algo para fazer que não fosse ficar deitada pensando. Podia deixar o sono para depois.

Vestiu uma jaqueta jeans por cima de uma camiseta azul-escura e escovou o cabelo. Percorreu todo o Hall Central, entrou na área da cozinha e encontrou Gus onde ele disse que estaria, aguardando próximo ao elevador. Os dois entraram e ele apertou o botão do subsolo.

Subitamente, Pauline ficou chorosa e desanimada.

– Tudo o que eu faço é tentar tornar o mundo um lugar mais seguro, mas só fica pior! – disse ela.

Não havia câmeras de segurança no elevador. Ele colocou os braços ao redor dela, e ela encostou a face no ombro dele. Ficaram assim até o elevador parar, e se afastaram antes que as portas se abrissem. Um agente do Serviço Secreto esperava do lado de fora.

O momento de desânimo de Pauline passou de pronto. Quando chegaram à Sala de Crise, já tinha voltado a si. Ela se sentou, olhou em volta e disse:

– Chess, em que pé estamos?

– Contra a parede, senhora presidente. Nosso tratado de defesa com o Japão é a pedra fundamental da estabilidade no Leste Asiático. Somos obrigados a defender o Japão contra qualquer ofensiva, e dois presidentes recentes confirmaram publicamente que esse compromisso inclui as ilhas Senkaku. Se não revidarmos, nosso tratado com o Japão vai perder o valor. Muitas coisas dependem do que fizermos agora.

"E não é sempre assim?", pensou ela.

Bill Schneider, o chefe do Estado-Maior Conjunto, disse:

– Se me permite, senhora presidente?

– Vá em frente, Bill.

– Precisamos reduzir seriamente a capacidade deles de atacar o Japão. Se olharmos para a costa leste da China, ou seja, a parte mais próxima do Japão, suas principais bases navais são Qingdao e Ningbo. Eu sugiro ataques pesados com mísseis a ambas, meticulosamente direcionados para minimizar as baixas civis.

Chess já estava balançando a cabeça em discordância.

– Esse seria um passo grande demais – disse Pauline.

– Foi o que fizemos com o regime de Pyongyang. Acabamos com a capacidade deles de nos atacar.

– Eles mereceram. Usaram armas químicas. O mundo estava do nosso lado por causa disso. Agora não é a mesma coisa.

– Penso que é proporcional, senhora presidente.

– Mesmo assim, vamos buscar uma opção menos provocativa.

– Poderíamos proteger as ilhas Senkaku com um cinturão de aço: destróieres, submarinos e caças.

– Indefinidamente?

– A proteção pode ser reduzida depois, quando a ameaça diminuir.

– Os chineses filmaram o atentado, senhora presidente – interveio o secretário de Defesa, Luis Rivera. – E divulgaram as imagens para o mundo inteiro. Eles estão orgulhosos do que fizeram.

– Ok, vamos dar uma olhada.

O vídeo foi projetado em um telão na parede. Havia um plano geral de uma pequena ilha, um plano mais próximo de alguns marinheiros japoneses fincando uma bandeira e, em seguida, um jato chinês decolando de um porta-aviões. Intercalados com outras imagens do jato havia closes de um jovem marinheiro ofensivamente apontando o dedo e outro de seus companheiros rindo.

– Essa é a versão do Leste Asiático para o dedo do meio, senhora presidente.

– Imaginei.

"O gesto deve ter enfurecido a liderança chinesa", pensou Pauline. Aqueles homens eram extremamente sensíveis. Ela relembrou os preparativos para um encontro com o presidente Chen em uma cúpula do G20: sob a justificativa de que ficariam ofendidos se não fossem atendidos, os assessores dele haviam exigido alterações em dezenas de pequenos detalhes, desde a altura das cadeiras até a escolha das frutas na tigela em cima de uma mesa.

No vídeo, os soldados ficaram em alerta e assumiram posições defensivas, e em seguida a ilha explodiu. À medida que os destroços assentavam, a câmera, aparentemente acoplada a um drone, deu zoom no cadáver de um jovem marinheiro estirado na areia, e uma voz em mandarim com legendas em inglês dizia: "Todos os exércitos estrangeiros que violarem o território chinês terão destino semelhante."

Pauline sentiu náuseas diante do que viu e por causa do orgulho que os chineses expressaram sem nenhum pudor.

– Isso é um horror – disse ela.

– Essa ameaça no final sugere que um cinturão de aço não seria suficiente – comentou Luis Rivera. – Existem outras ilhas em disputa. Não tenho certeza se conseguiríamos proteger todas.

– Tudo bem, mas mesmo assim não vou reagir de forma desproporcional – afirmou Pauline. – Me deem algo que seja maior do que um cinturão de aço, mas menor do que atacar a China continental com mísseis.

Luis tinha uma resposta:

– A aeronave que lançou a bomba decolou de um porta-aviões chinês chamado *Fujian*. Temos mísseis que podem destruí-lo.

– É verdade – disse Bill Schneider. – Apenas um de nossos mísseis de cruzeiro de longo alcance antinavio já seria capaz de afundar um navio, mas vamos lançar um bando deles para garantir que algo da dimensão de um porta-aviões seja destruído. O alcance é de quinhentos e sessenta quilômetros, e temos vários a uma distância muito menor que essa. Eles podem ser disparados tanto de navios quanto de aeronaves, e temos as duas opções à mão.

– Se fizermos isso, devemos informar que responderemos da mesma forma a quaisquer ataques semelhantes – ponderou Luis. – Senhora presidente, a China não pode se dar ao luxo de ver seus porta-aviões destruídos. Temos onze, mas eles têm apenas três, e se afundarmos o *Fujian* sobrarão dois. E eles não têm como substituí-los facilmente. Cada porta-aviões custa treze bilhões de dólares e leva anos para ser construído. Acredito que afundar o *Fujian*, somado à ameaça de afundar os outros dois, provocaria um efeito extremamente preocupante no governo chinês.

– Ou poderia levá-los a medidas desesperadas – comentou Chess.

– É possível obter imagens do *Fujian*? – perguntou Pauline.

– Claro. Temos aviões e drones nas proximidades.

Em um minuto, a imensa embarcação cinzenta estava na tela, vista de cima. Seu formato era distinto, com uma rampa curva na extremidade dianteira, como se fosse uma pista de salto de esqui. Meia dúzia de jatos e helicópteros estavam no convés, agrupados próximo à superestrutura, com alguns homens trabalhando em volta, os quais àquela distância pareciam formigas se alimentando de larvas. O restante do enorme convés era uma pista vazia.

– Quantos tripulantes a bordo? – perguntou Pauline.

– Cerca de dois mil e quinhentos, incluindo as equipes de voo – respondeu Bill.

Quase todos estavam abaixo do convés. O navio era como um edifício comercial, não dava para ver quase ninguém pelo lado de fora.

"A explosão mataria muitos deles", pensou Pauline. "Talvez alguns sobrevivam, a maioria se afogaria."

Ela não queria acabar com duas mil e quinhentas vidas.

– Estaríamos matando as pessoas que mataram aqueles marinheiros japoneses – argumentou Luis. – Os números não são proporcionais, mas o princípio é justo.

– Os chineses não vão ver dessa forma – disse Pauline. – Eles vão revidar.

– Mas eles não têm como vencer esse jogo, e sabem disso. Se formos até o fim, há apenas um resultado possível: a China vai se tornar um deserto nuclear. Eles têm cerca de trezentas ogivas nucleares, nós temos mais de três mil. Portanto, em algum momento eles vão negociar. E, se lhes causarmos danos sérios agora, eles vão se render mais cedo ou mais tarde.

A sala ficou em silêncio. "É assim que as coisas são", pensou ela. "Temos todas as informações disponíveis, todo mundo tem uma opinião, mas no final só uma pessoa pode decidir. E essa pessoa sou eu."

Foi a ameaça chinesa que a convenceu: "Todos os exércitos estrangeiros que violarem o território chinês terão destino semelhante." Eles fariam aquilo de novo. Isso, combinado com o tratado que obrigava os Estados Unidos a defender o Japão, significava que um protesto simbólico não seria suficiente. A resposta dela precisava doer.

– Vá em frente, Bill – ordenou.

– Sim, senhora presidente – respondeu ele, e em seguida falou ao telefone.

Uma mulher usando uniforme de copeira entrou carregando uma bandeja.

– Bom dia, senhora presidente – saudou ela. – Achei que gostaria de um café. – E pousou a bandeja ao lado de Pauline.

– É muito gentil de sua parte levantar no meio da noite, Merrilee – disse Pauline. – Obrigada. – Ela serviu o café em uma xícara e acrescentou um pouco de leite.

– De nada – respondeu Merrilee.

Havia centenas de pessoas prontas para realizar o menor desejo que a presidente tivesse, mas por algum motivo Pauline ficou comovida com Merrilee preparando café para ela no meio da noite.

– Eu fico realmente grata – acrescentou.

– Me avise se precisar de mais alguma coisa – disse Merrilee e saiu.

Pauline tomou um gole do café e olhou novamente para o *Fujian* na tela. Tinha mil pés de comprimento. Ela realmente iria afundá-lo?

Uma tomada mais longa mostrou que o porta-aviões estava acompanhado por vários navios de apoio.

– Alguma dessas embarcações menores vai conseguir desviar os mísseis ao se aproximarem? – perguntou ela.

– Eles podem tentar, senhora, mas nem todos vão conseguir – respondeu Bill Schneider.

Havia alguns biscoitos na bandeja. Ela pegou um e deu uma mordida. Não havia nada de errado com aquilo, mas ela se deu conta de que mal conseguia engolir. Deu um gole no café para fazer o pedaço descer e deixou o restante de lado.

– Os mísseis de cruzeiro estão prontos para o lançamento, senhora presidente – informou Bill. – Vamos disparar de aviões e também de navios.

– Vá em frente – disse ela, com o coração pesado. – Pode disparar.

Um momento depois, Bill falou:

– A primeira salva foi lançada de um navio. Eles têm oitenta quilômetros pela frente e devem atingir o alvo em seis minutos. O avião está mais próximo e irá disparar em cinco minutos.

Pauline olhou para o *Fujian*. "Duas mil e quinhentas pessoas", pensou. "Não bandidos nem assassinos, mas principalmente jovens que optaram por ingressar na Marinha, por uma vida no oceano. Eles têm pais, irmãos e irmãs, companheiros, filhos. Duas mil e quinhentas famílias serão atingidas pela dor."

O pai de Pauline tinha servido na Marinha dos Estados Unidos antes de se casar com a mãe dela, ela lembrou. Ele contou que havia lido Os *contos de Cantuária* inteiro em inglês medieval, sabendo que nunca mais teria tanto tempo livre.

Um helicóptero decolou do convés do *Fujian*. "Esse piloto escapou da morte por uma questão de minutos", pensou Pauline. "A pessoa mais sortuda do mundo."

De repente, houve uma agitação em torno do que parecia ser uma plataforma de lançamento.

– Aquilo é um lançador de mísseis superfície-ar de curto alcance – explicou Bill. – Ele é carregado com oito mísseis Red Banner, cada um com mais de um metro e oitenta de comprimento, capazes de voar um pouco acima do nível do mar. Seu objetivo é interceptar mísseis que se aproximarem.

– Então um Red Banner é um míssil antimíssil.

– Sim, e toda essa atividade indica que o radar chinês captou nossos mísseis chegando.

– Três minutos – informou alguém.

O lançador no convés girou e, um segundo depois, uma nuvem de fumaça na parte frontal indicou que havia disparado. A seguir, uma imagem de alta qualidade mostrou os rastros de vapor de mais ou menos meia dúzia de mísseis se aproximando incrivelmente rápido, a caminho de atingir o costado do *Fujian*. O lançador no convés disparou mais uma vez, com agilidade, e um dos mísseis que se aproximavam se partiu em pedaços que caíram no mar.

Então Pauline reparou em outro grupo de mísseis se aproximando do *Fujian* da direção oposta. "Isso só pode ter vindo do avião", supôs.

Algumas das embarcações menores que escoltavam o *Fujian* agora estavam atirando, mas faltavam apenas alguns segundos para o impacto.

No convés, os marinheiros correram para recarregar os Red Banners, mas não conseguiram agir rápido o suficiente.

Os impactos foram praticamente simultâneos e se concentraram no centro da embarcação. Houve uma grande explosão. Pauline ficou sem ar quando o convés do *Fujian* se levantou e partiu ao meio, fazendo com que todos os aviões deslizassem para o mar. Chamas irromperam e a fumaça subiu. Então as duas metades do convés de mil pés foram afundando lentamente. Pauline assistiu horrorizada ao imenso navio se partir em dois. Ambas as partes se aprumaram, o que era o meio afundando enquanto a proa e a popa se projetavam. Ela pensou ter visto vultos humanos, minúsculos àquela distância, voando pelos ares e pela água, e murmurou:

– Ah, não! – Sentiu Gus tocar seu braço, apertá-lo suavemente e depois tirar a mão.

Minutos se passaram enquanto os destroços lentamente se enchiam de água e afundavam ainda mais. A popa naufragou primeiro, formando uma breve cratera no mar que imediatamente se encheu e jorrou espuma. A proa afundou logo depois, com um efeito similar. Pauline olhou para a superfície enquanto ela voltava ao normal. Em pouco tempo o mar estava calmo. Alguns corpos imóveis flutuavam em meio aos destroços: madeira, metal, borracha e plástico. Os navios de escolta baixaram os botes, sem dúvida para resgatar os sobreviventes. Pauline achava que não haveria muitos.

Foi quase como se o *Fujian* nunca tivesse existido.

...

Os homens que lideravam a China estavam em choque.

"Eles têm pouca experiência de guerra", refletiu Kai. A última vez que os militares chineses estiveram envolvidos em conflitos sérios foi em 1979, durante uma breve e malsucedida invasão do Vietnã. A maioria dos presentes nunca havia testemunhado nada parecido com o que tinham acabado de ver no vídeo, milhares de pessoas sendo mortas de forma deliberada e violenta.

A raiva e a tristeza das pessoas naquela sala seriam as mesmas dos cidadãos comuns, Kai tinha certeza disso. O desejo de vingança seria fortíssimo ali, e ainda maior nas ruas, em meio às pessoas cujos impostos haviam custeado o porta-aviões. O governo chinês precisava revidar. Até mesmo Kai achava isso. Eles não podiam ignorar a morte de tantos chineses.

– No mínimo, devemos afundar um dos porta-aviões deles em retaliação – sugeriu o general Huang.

Como de costume, Kong Zhao, o jovem ministro da Defesa, soou mais prudente:

– Se fizermos isso, eles vão afundar outro dos nossos. Mais uma rodada desse "olho por olho, dente por dente" e não teremos mais nada, enquanto os americanos ainda terão... – Ele pensou por um momento. – Oito.

– Mas você sugere que eles saiam impunes e pronto?

– Não, mas acho que podemos fazer uma pausa para refletir.

O celular de Kai tocou. Ele deixou a mesa e procurou um canto silencioso da sala.

Era Ham.

– Os sul-coreanos estão assumindo o controle da cidade de Pyongyang – disse ele. – O general Pak fugiu.

– Para onde?

– Para a sua base original, em Yeongjeo-dong.

– Onde estão os mísseis nucleares. – Kai os tinha visto no dia em que os visitou: seis deles, alinhados em seus gigantescos veículos de lançamento.

– Existe uma forma de impedi-lo de usá-los.

– Me diga, rápido.

– Você não vai gostar.

– Posso imaginar.

– Convencer os Estados Unidos a fazerem o Exército sul-coreano recuar de Pyongyang.

A sugestão era radical, mas fazia sentido. Por um momento, Kai ficou em silêncio, pensativo.

– Você tem contato com os americanos, não tem? – acrescentou Ham.

– Vou ligar para eles, mas pode ser que não consigam fazer o que você quer.

– Diga a eles que, se os sul-coreanos não se retirarem, Pak vai usar armas nucleares.

– Ele faria mesmo isso?

– É possível.

– Seria suicídio.

– É a última chance que ele tem. É tudo o que restou. Ele não tem como vencer de outra maneira. E, se perder, será morto.

– Você realmente acha que ele pode usar armas nucleares?

– Não consigo ver nada que o impeça.

– Vou fazer o que eu puder.

– Me diz uma coisa. Quero a sua opinião. Quais são as chances de eu morrer nas próximas vinte e quatro horas?

Kai sentiu que devia a Ham uma resposta sincera.

– Cinquenta por cento – disse ele.

– Então pode ser que eu nunca vá morar na minha nova casa – comentou Ham com uma tristeza discreta.

Kai sentiu uma pontada de consternação.

– Ainda não acabou – afirmou.

Ham desligou.

Antes de ligar para Neil, Kai voltou ao palco.

– O general Pak fugiu de Pyongyang – avisou ele. – Os sul-coreanos estão no controle da capital.

– Para onde foi o general Pak? – perguntou o presidente Chen.

– Para Yeongjeo-dong – respondeu Kai. Ele fez uma pausa e acrescentou: – Onde estão os mísseis nucleares.

...

Sophia Magliani, diretora de Inteligência Nacional, que antes estava falando ao telefone, disse:

– Senhora presidente, se me permite.

– Por favor.

– A senhora sabe que temos um canal de apoio em Beijing. – "Canal de apoio" era como chamavam um meio de comunicação não oficial e informal entre governos.

– Sim, claro.

– Acabamos de saber que os rebeldes deixaram Pyongyang. A Coreia do Sul venceu.

– Isso é uma boa notícia, não é?

– Não necessariamente. Tudo o que o general Pak pode fazer agora é utilizar suas armas nucleares.

– Ele vai fazer isso?

– Os chineses acreditam que sim, a menos que os sul-coreanos se retirem.

– Meu Deus.

– A senhora vai falar com a presidente No?

– Claro. – Pauline olhou para a chefe de gabinete, Jacqueline Brody. – Faça a chamada, por favor, Jacqueline.

– Sim, senhora.

– Mas não tenho muita esperança – acrescentou Pauline.

A presidente No Do-hui tinha concretizado a maior ambição de sua vida: reunificar as Coreias do Norte e do Sul sob uma única liderança, a dela própria. Será que ela desistiria diante da ameaça de um ataque nuclear? Abraham Lincoln teria desistido do Sul depois de vencer a Guerra Civil? Não, mas Lincoln não estivera sob ameaça de armas nucleares.

O telefone tocou, então Pauline atendeu e disse:

– Olá, senhora presidente.

A voz de No ressoou triunfante:

– Olá, senhora presidente.

– Parabéns por sua esplêndida vitória militar.

– Da qual você tentou me dissuadir.

De certa forma, era uma desvantagem que No falasse inglês tão bem. Sua fluência permitia que ela fosse mais assertiva.

– Receio que o general Pak esteja prestes a tomar essa vitória de vocês – disse Pauline.

– Ele que tente.

– Os chineses acham que ele usará suas armas nucleares.

– Isso seria suicídio.

– Pode ser que ele prossiga com isso mesmo assim, a menos que você retire suas tropas.

– Retirar minhas tropas? – repetiu ela incrédula. – Eu venci! As pessoas estão comemorando a tão esperada reunificação das Coreias do Sul e do Norte.

– Essa comemoração é prematura.

– Se eu ordenar uma retirada agora, não duro nem até o final do dia no cargo. O Exército vai se revoltar e eu vou ser derrubada por um golpe militar.

– Que tal uma retirada parcial? Você poderia se retirar para os arredores de Pyongyang, declará-la uma cidade neutra e convidar Pak para uma conferência institucional a fim de debater o futuro da Coreia do Norte. – Pauline não tinha certeza se Pak aceitaria aquilo como fundamento para um acordo de paz, mas valia a pena tentar.

No entanto, No não correria esse risco.

– Meus generais veriam isso como uma rendição desnecessária. E eles estariam certos.

– Então você está disposta a correr o risco de dar início a uma aniquilação nuclear.

– Todos nós corremos esse risco todos os dias, senhora presidente.

– Não dessa maneira.

– Dentro de alguns segundos vou precisar me dirigir ao meu povo na TV. Obrigada pela sua ligação. Com licença. – Ela desligou.

Pauline ficou atordoada por um momento. Poucas pessoas desligavam na cara da presidente dos Estados Unidos.

Depois de algum tempo, ela disse:

– Alguém pode colocar a TV sul-coreana no telão, por favor? Tentem o YTN, é o canal de notícias a cabo.

Um âncora surgiu falando coreano e, após uns segundos, as legendas em tempo real apareceram na parte inferior da tela. Em algum lugar da Casa Branca, Pauline se deu conta, havia um intérprete capaz de fazer a tradução simultânea do coreano para o inglês e ainda digitar a legenda.

A imagem mudou para uma tomada instável de uma cidade destruída por bombas, filmada de dentro de um veículo, e as legendas diziam: "Forças Armadas sul-coreanas assumem o controle de Pyongyang." Um repórter desesperado estava sentado em um tanque em movimento, segurando um microfone e gritando em direção à câmera. Ele usava terno e gravata e um capacete militar. As legendas desapareceram, talvez porque o intérprete não tivesse conseguido compreender o que o repórter dizia, mas, de qualquer maneira, qualquer comentário seria supérfluo. Por trás da cabeça do repórter, Pauline podia ver uma longa fila de veículos militares no que era evidentemente uma estrada principal de acesso à cidade. Uma entrada triunfal na capital inimiga.

– Merda, aposto que o Pak está assistindo a isso e queimando por dentro – disse Pauline.

Os moradores de Pyongyang olhavam de dentro das casas pelas janelas e pelas portas, e alguns mais ousados tinham a coragem de acenar, mas não saíam às ruas para comemorar sua libertação. Eles haviam vivido sob um dos governos mais repressivos do mundo e esperariam até que tivessem certeza de seu fim antes de correr o risco de expor seus sentimentos.

A imagem da TV mudou novamente, e Pauline viu o severo penteado grisalho e o rosto enrugado da presidente No. Como sempre, ela tinha ao seu lado a bandeira da Coreia do Sul, branca com um *taegeuk* vermelho e azul, o emblema do equilíbrio cósmico, cercado por quatro trigramas igualmente simbólicos. Mas agora a Bandeira da Unificação azul e branca estava do seu outro lado. Era um posicionamento inconfundível: ela agora governava as duas metades do país.

Entretanto, Pauline já havia estado no gabinete da presidente No, e não era lá que ela estava. No estava em um abrigo subterrâneo, imaginou Pauline.

No começou a falar, e as legendas voltaram.

– Nossos bravos soldados assumiram o controle da cidade de Pyongyang – anunciou ela. – A barreira artificial que dividia a Coreia desde 1945 está caindo. Em breve seremos na realidade o que sempre fomos em nossos corações: um só país.

"Ela está indo bem", pensou Pauline, "mas vamos ouvir os detalhes".

– A Coreia será um país livre e democrático, com laços estreitos e amigáveis com a China e os Estados Unidos.

– É mais fácil falar do que fazer – comentou Pauline.

– Será instaurada uma secretaria de organização eleitoral imediatamente. Enquanto isso, o Exército da Coreia do Sul irá atuar como uma força de manutenção da paz.

Bill Schneider ficou de pé de repente, olhando para uma tela, e exclamou:

– Pelo amor de Deus, não!

Todos seguiram o olhar dele. Pauline viu no radar a imagem do lançamento de um único míssil.

– É a Coreia do Norte! – disse Bill.

– De onde partiu o míssil? – perguntou Pauline.

Bill ainda estava com o fone de ouvido, conectado diretamente ao Pentágono.

– Saiu de Yeongjeo-dong – informou. – A base nuclear.

– Merda, ele fez isso mesmo – disse Pauline. – Pak lançou um míssil nuclear.

– Está pouco acima das nuvens – observou Bill. – O alvo é próximo.

– Seul, então, muito provavelmente – sugeriu Pauline. – Coloque Seul nos telões. Coloque alguns drones no ar.

Primeiro ela viu uma imagem de satélite, com o largo rio Han serpenteando pela cidade, cortado por mais pontes do que ela conseguia contar. Um operador invisível ampliou a imagem até que ela conseguiu ver o trânsito nas ruas e as linhas brancas pintadas em um campo de futebol. Um segundo depois, várias outras telas foram ligadas, mostrando imagens que provavelmente vinham de câmeras de trânsito e outros sistemas de vigilância da cidade. Era meio da tarde. Carros, ônibus e caminhões estavam alinhados nos semáforos e nas pontes estreitas.

Dez milhões de pessoas viviam ali.

– A distância é de cerca de quatrocentos quilômetros, uma viagem de dois minutos, e o míssil está no ar há cerca de um minuto, então eu chuto que faltam sessenta segundos.

Não havia nada que Pauline pudesse fazer em sessenta segundos.

Ela nunca chegou a ver o míssil. Soube que ele tinha acertado o alvo quando todas as telas que mostravam Seul se apagaram.

Por vários minutos, todos ficaram olhando para as telas pretas. Em seguida, uma nova imagem apareceu, provavelmente de um drone militar americano. Pauline sabia que era de Seul porque reconheceu os meandros em forma de W do rio, mas nada mais era igual. Em uma área central, alguns quilômetros adiante, não havia nada: nenhum prédio, nenhum carro, nenhuma rua. A paisagem parecia vazia. Os prédios tinham sido todos destruídos, notou Pauline, e os destroços empilhados cobriam todo o restante, inclusive os corpos. Era dez vezes, talvez cem vezes pior do que o pior dos furacões.

Além dessa área central, a impressão era de que incêndios haviam eclodido por toda parte, alguns grandes e outros pequenos, incêndios violentos causados pela gasolina de veículos em chamas e outros aleatórios, em escritórios e lojas. Havia carros virados de cabeça para baixo, espalhados como se fossem brinquedos. A fumaça e a poeira escondiam parte dos danos.

Sempre havia uma câmera em algum lugar, e um dos técnicos encontrou um vídeo ao vivo que parecia ter sido captado de um helicóptero decolando de um dos aeroportos a oeste da cidade. Pauline viu que alguns carros ainda circulavam nos arredores de Seul, indicando sobreviventes. Havia feridos caminhando, alguns tropeçando sem conseguir enxergar, provavelmente cegos pelo clarão, e também algumas pessoas sangrando, talvez por conta dos estilhaços de vidro, além de pessoas ilesas e ajudando outras.

Pauline estava atordoada. Ela nunca imaginou que veria uma destruição como aquela.

A presidente saiu daquele transe: cabia a ela fazer algo a respeito.

– Bill, aumente o nível de alerta para DEFCON 1 – ordenou ela. – A guerra nuclear começou.

...

Tamara acordou na cama de Tab, como agora vinha fazendo quase todas as manhãs. Ela deu um beijo nele, se levantou, caminhou nua até a cozinha, ligou a cafeteira e voltou para o quarto. Foi até a janela e olhou para a cidade de N'Djamena aquecendo depressa sob o sol do deserto.

Ela não teria aquela vista por muitas manhãs mais. Havia conseguido a transferência para Paris. Dexter tinha se oposto, mas seu histórico com o projeto Abdul a havia transformado na escolha natural para gerenciar os agentes que se infiltravam em grupos islâmicos árabe-franceses, e a vontade de Dexter não prevaleceu. Ela e Tab estavam de mudança.

O apartamento foi tomado pelo aroma revigorante do café. Ela ligou a TV. A principal notícia era que os Estados Unidos tinham afundado um porta-aviões chinês.

– Ai, merda – disse ela. – Tab, acorda.

Ela serviu o café e eles o tomaram na cama enquanto assistiam à televisão. Segundo o locutor, o navio, chamado *Fujian*, tinha sido afundado em retaliação ao bombardeio chinês contra tropas japonesas nas disputadas ilhas Senkaku.

– Isso não vai parar por aí – comentou Tab.

– Com certeza, não.

Eles tomaram banho, se vestiram e tomaram café da manhã. Tab, que era capaz de fazer uma refeição deliciosa com o conteúdo de uma geladeira quase vazia, preparou ovos mexidos com queijo parmesão ralado, salsa picada e uma pitada de páprica.

Ele vestiu um blazer italiano leve, ela passou um lenço de algodão em volta da cabeça e Tab estava prestes a desligar a TV quando foram interrompidos por uma reportagem ainda mais chocante. Os rebeldes norte-coreanos haviam lançado uma bomba nuclear em Seul, capital da Coreia do Sul.

– É uma guerra nuclear – afirmou Tab.

Ela assentiu com um ar sombrio.

– Pode ser o nosso último dia na Terra.

Eles se sentaram de novo.

– Talvez a gente devesse fazer algo especial – sugeriu Tamara.

Tab ficou pensativo.

– Tenho uma sugestão – disse ele.

– Qual?

– É meio estranha.

– Desembucha.

– Nós poderíamos... você quer... o que eu quero dizer é... Quer casar comigo?

– Hoje?

– Claro que é hoje!

Tamara se viu incapaz de falar. Ficou em silêncio por um bom tempo.

– Eu te deixei chateada? – perguntou Tab.

Tamara recuperou a voz:

– Eu não sei como te dizer quanto eu te amo. – Sentiu uma lágrima escorrer pelo rosto.

Ele beijou sua lágrima.

– Vou interpretar isso como um sim, então.

# CAPÍTULO 41

A Sala de Crise em Zhongnanhai começou a receber uma avalanche de informações, e Kai as assimilava enquanto lutava contra um sentimento atordoante de desamparo. O mundo inteiro passaria os minutos seguintes em choque. Aquela era a primeira vez que armas nucleares eram usadas desde 1945. A notícia viajou rápido.

Em segundos, os mercados de ações do Leste Asiático entraram em queda livre. As pessoas venderam suas ações como se o dinheiro pudesse ser de alguma utilidade em meio a uma guerra nuclear. O presidente Chen fechou as bolsas de valores de Xangai e de Shenzhen uma hora antes do horário normal. Ele ordenou que a bolsa de Hong Kong também fechasse, mas Hong Kong se recusou a fazê-lo e teve uma perda de vinte por cento em dez minutos.

O governo de Taiwan, uma ilha que nunca havia feito parte da China comunista, lançou um comunicado formal dizendo que atacaria as forças armadas de qualquer país que violasse o seu espaço aéreo ou suas águas. Kai entendeu imediatamente o que aquilo significava. Durante anos, caças chineses passaram zunindo por Taiwan, alegando que tinham esse direito porque Taiwan fazia parte da China. Em resposta, os taiwaneses haviam repetidamente mobilizado aeronaves e lançadores, mas nunca atacaram de fato os intrusos. Aparentemente isso havia mudado naquele momento. Eles abateriam aeronaves chinesas.

– Isso é uma guerra nuclear – disse o general Huang. – E em uma guerra nuclear é melhor atacar primeiro. Temos lançadores terrestres, lançadores de submarinos e aviões bombardeiros de longo alcance, e devemos mobilizá-los imediatamente. Se permitirmos que os americanos ataquem primeiro, grande parte do nosso material nuclear será destruída antes mesmo de poder ser utilizada.

Huang sempre falava como se tivesse uma certeza irrefutável, até quando fazia meras suposições, mas naquele caso ele tinha razão. Se os Estados Unidos atacassem primeiro, isso paralisaria a força militar chinesa.

O ministro da Defesa, Kong Zhao, exibia uma expressão de desespero no rosto.

– Mesmo se atacarmos primeiro, lembre-se de que temos precisamente trezentas e vinte ogivas nucleares, e os americanos têm mais de três mil. Imagine que cada uma de nossas armas destrua uma das armas deles em um primeiro ataque. Eles ainda teriam inúmeras e nós não teríamos nada.

– Não necessariamente – disse Huang.

Kong Zhao perdeu a calma.

– Não tenta me enrolar! – gritou. – Eu já vi aquelas simulações de guerra de merda e você também. Nós sempre perdemos. Sempre!

– Simulações são simulações – comentou Huang com desdém. – Guerra é guerra.

Antes que Kong pudesse responder, Chang Jianjun disse:

– Posso dar uma sugestão sobre como travar uma guerra nuclear limitada?

Kai tinha ouvido seu pai falar sobre aquilo antes. Kai, particularmente, não acreditava em guerra limitada. A história mostrava que ela raramente ficava limitada. No entanto, permaneceu em silêncio por ora.

– Deveríamos fazer um pequeno número de ataques iniciais contra alvos americanos cuidadosamente selecionados – continuou Jianjun. – Nada de cidades importantes, apenas bases militares em áreas escassamente povoadas, e imediatamente propor um cessar-fogo.

– Talvez funcione – interveio Kai. – E definitivamente seria melhor do que uma guerra em larga escala. Mas será que não tem nenhuma outra coisa que possamos tentar primeiro?

– O que você tem em mente? – perguntou o presidente Chen.

– Se conseguirmos restringir o conflito a armas não nucleares, podemos conter todos esses ataques em nosso território. Poderíamos até expulsar os sul-coreanos da Coreia do Norte no final.

– Talvez – falou o presidente. – Mas como impediríamos que os americanos recorressem às armas nucleares?

– Oferecendo primeiro uma falsa desculpa, depois uma ameaça.

– Explique.

– Deveríamos dizer à presidente Green que o ataque nuclear a Seul foi executado por indivíduos insurgentes da Coreia do Norte que neste exato momento estão sendo massacrados e despojados de suas armas nucleares, e que atrocidades desse tipo não vão mais acontecer.

– Mas pode ser que isso não seja verdade.

– Talvez. Mas podemos ter esperança. E isso nos dará tempo.

– E a ameaça?

– Um ultimato à presidente Green. Sugiro algo como "Um ataque nuclear dos Estados Unidos à Coreia do Norte será tratado como um ataque nuclear à China". É semelhante ao que o presidente Kennedy disse nos anos 1960: "A política desta Nação será considerar qualquer míssil nuclear lançado de Cuba contra qualquer nação do mundo ocidental como um ataque da União Soviética aos Estados Unidos, o que exigirá uma resposta à altura em represália à União Soviética." Acho que essas foram suas palavras exatas. – Na faculdade, Kai havia escrito um artigo sobre a Crise dos Mísseis de Cuba.

Chen assentiu, pensativo.

– O que isso significa é "Se vocês bombardearem a Coreia do Norte, terão nos atacado".

– Exatamente, senhor.

– Não é muito diferente da nossa política atual.

– Mas a deixa explícita. E pode fazer com que a presidente Green hesite e repense suas decisões. Enquanto isso, podemos buscar maneiras de evitar uma guerra nuclear.

– Acho uma boa ideia – disse o presidente Chen. – Se todos estiverem de acordo, farei isso.

O general Huang e Chang Jianjun pareceram descontentes, mas ninguém se opôs à proposta, e ela foi aceita.

...

Pauline chamou o chefe do Estado-Maior Conjunto.

– Bill, temos que fazer com que o general Pak não possa mais usar bombas nucleares contra nossos aliados na Coreia do Sul nem em qualquer outro lugar. Quais são as minhas opções?

– Eu vejo apenas uma, senhora presidente, e é um ataque nuclear ao território rebelde na Coreia do Norte, destruindo Yeongjeo-dong e todas as outras bases militares que possam ter armas nucleares.

– E como acha que Beijing reagiria a isso?

– Pode ser que eles entendam o motivo – disse Bill. – Eles não querem que os rebeldes usem essas armas nucleares.

Gus estava cético.

– Por outro lado, Bill, talvez eles considerem que isso significa que nós começamos uma guerra nuclear atacando seu aliado mais próximo, o que os obrigará a dar início a um ataque nuclear contra os Estados Unidos.

– Todos nós precisamos saber exatamente do que estamos falando aqui –

observou Pauline. – Luis, faça um resumo dos prováveis efeitos de um ataque nuclear chinês aos Estados Unidos.

– Sim, senhora. – O secretário de Defesa tinha a informação na ponta da língua: – A China tem cerca de sessenta mísseis balísticos nucleares intercontinentais baseados em terra capazes de atingir os Estados Unidos. Essas armas são do tipo que ou você utiliza ou acaba perdendo, pois provavelmente serão destruídas no início de uma guerra nuclear, ou seja, todas seriam lançadas imediatamente. Na última grande simulação de guerra do Pentágono presumiu-se que metade desses mísseis seria direcionada às dez maiores cidades dos Estados Unidos e a outra metade a alvos estratégicos, como bases militares, portos, aeroportos e centros de telecomunicações. Eles seriam detectados e nós ativaríamos as defesas antimísseis, que poderiam derrubar metade deles, em uma estimativa otimista.

– E qual seria o número de baixas americanas nesse caso?

– Cerca de vinte e cinco milhões de pessoas, senhora presidente.

– Jesus Cristo.

– Lançaríamos imediatamente a maioria de nossos quatrocentos mísseis intercontinentais – prosseguiu Luis –, logo seguidos por mais de mil ogivas disparadas de aeronaves e submarinos. Isso nos deixaria com um número semelhante na reserva, mas elas não seriam necessárias porque, a essa altura, teríamos acabado com a capacidade do governo chinês de dar continuidade à guerra. A rendição viria rápido. Em outras palavras, senhora presidente, nós venceríamos.

"Nós venceríamos", pensou Pauline, "com vinte e cinco milhões de pessoas mortas ou feridas e nossas cidades transformadas em desertos".

– Deus nos livre de termos uma vitória dessas – disse ela com pesar.

Uma das telas exibia a CNN, e os olhos de Pauline foram atraídos por um vídeo de ruas conhecidas de Washington, ainda às escuras mas totalmente engarrafadas.

– O que está acontecendo lá fora? – perguntou ela. – São quatro e meia da manhã, as ruas deveriam estar praticamente vazias.

Jacqueline Brody trouxe a resposta:

– As pessoas estão deixando a cidade. Foram feitas algumas entrevistas há poucos minutos, com motoristas parados nos sinais. Estão supondo que, se houver uma guerra nuclear, Washington será o marco zero.

– Para onde essas pessoas estão indo?

– Elas acreditam que estarão mais seguras longe das cidades. Nas florestas da Pensilvânia, nas montanhas Blue Ridge. Os nova-iorquinos estão fazendo algo semelhante, indo para as montanhas Adirondacks. Acho que os californianos vão para o México assim que acordarem.

– É incrível que as pessoas já estejam sabendo.

– Uma das emissoras de TV enviou um drone com uma câmera para Seul. O mundo inteiro pôde ver a devastação.

Pauline voltou-se para Chess.

– O que está acontecendo na Coreia do Norte?

– Os sul-coreanos estão atacando todas as bases rebeldes. A presidente No está indo para cima deles com tudo.

– Não vou usar armas nucleares a menos que seja necessário. Vamos dar à presidente No a oportunidade de fazer o trabalho por nós.

– Senhora presidente – interrompeu Jacqueline Brody –, há uma mensagem do presidente chinês.

– Me mostre.

– Está na sua tela neste segundo.

Pauline leu em voz alta o ultimato do presidente Chen:

– "Qualquer ataque nuclear dos Estados Unidos à Coreia do Norte será tratado como um ataque nuclear à China."

– Kennedy disse algo semelhante durante a crise cubana – comentou Chess.

– Mas isso muda alguma coisa? – perguntou Pauline.

– Absolutamente nada – respondeu Luis Rivera com firmeza. – Teríamos presumido que essa seria a política deles mesmo sem essa declaração.

– Há algo além aqui que pode ser muito importante – disse Pauline. – Eles dizem que Seul foi bombardeada por indivíduos insurgentes da Coreia do Norte, que neste momento estão sendo despojados de suas armas nucleares, e que não vai ocorrer nenhuma outra atrocidade desse tipo.

– Eles acrescentaram "assim esperamos" no final? – perguntou Luis.

– Você não está errado, Luis, mas acho que precisamos dar uma chance. Se o Exército sul-coreano conseguir eliminar os rebeldes, o problema será resolvido sem novos ataques nucleares. Não podemos descartar essa possibilidade só porque parece improvável.

Ela olhou ao redor da mesa. Alguns não gostaram da sugestão, mas ninguém se opôs.

– Bill, por favor, instrua o Pentágono a se preparar para um possível ataque aos rebeldes norte-coreanos – disse Pauline. – Precisamos ter armas nucleares apontadas para todas as bases militares localizadas nas zonas controladas pelos rebeldes. Esse é um plano de contingência, mas devemos estar prontos. Vamos segurar fogo até conseguirmos entender como a batalha está avançando em terra.

– Senhora presidente, ao esperar, a senhora está dando aos chineses a chance de lançar um primeiro ataque nuclear – comentou Bill.

– Eu sei – reconheceu Pauline.

·**·

Ting ligou para Kai. Sua voz soava estridente e trêmula.

– O que está acontecendo, Kai?

Ele se afastou do palco e falou baixinho:

– Os rebeldes na Coreia lançaram uma bomba nuclear em Seul.

– Eu sei! Estávamos gravando uma cena e de repente todos os técnicos tiraram os fones de ouvido e foram embora. O trabalho simplesmente parou. Estou indo pra casa.

– Espero que você não esteja dirigindo. – Ela parecia preocupada demais para dirigir com segurança.

– Não, estou com um motorista. Kai, o que isso significa?

– Não sabemos, mas estamos fazendo o possível para garantir que não piore.

– Não vou me sentir segura até estar com você. Que horas você volta pra casa?

Kai hesitou, então disse a verdade:

– Não sei se vou pra casa esta noite.

– A situação está muito ruim, não é?

– Talvez.

– Vou buscar a mamãe e levá-la para o nosso apartamento. Você não se importa, não é?

– Claro que não.

– Só não quero ficar sozinha esta noite.

·**·

Pauline tirou a roupa no Quarto Lincoln e entrou no chuveiro. Tinha alguns minutos para tomar um banho e se trocar: naquele dia, mais do que em qualquer outro, ela não poderia estar vestindo uma jaqueta jeans.

Quando saiu do banho, Gerry estava sentado na beira da cama, de pijama e um roupão de lã antiquado.

– Estamos prestes a entrar em guerra?

– Não se eu puder evitar. – Pauline pegou uma toalha. De repente, ela se sentiu envergonhada por estar nua na frente dele. Era algo estranho, depois de quinze anos de casamento. Falou a si mesma para deixar de ser boba e começou a se secar. – Você já ouviu falar em Raven Rock?

– É um bunker nuclear. Está planejando ir para lá?

– Para um lugar parecido, só que mais secreto. E, sim, talvez a gente tenha que ir pra lá hoje. Você e a Pippa precisam estar a postos.

– Eu não vou – disse Gerry.

Pauline soube imediatamente como seria o restante da conversa. Ele lhe diria que o casamento tinha acabado. Ela já esperava, mas mesmo assim doía.

– O que você quer dizer? – perguntou ela.

– Eu não quero ir para um bunker nuclear, nem agora nem depois, com ou sem você. – Ele parou e olhou para ela, como se já tivesse falado o suficiente.

– Você não quer ficar com a sua esposa e a sua filha se uma guerra eclodir?

– Não.

Pauline ficou esperando, mas Gerry não explicou os motivos dele.

Ela colocou o sutiã, a calcinha e a meia-calça e se sentiu menos desconfortável. Ele não iria dizer o que precisava ser dito, então ela teria que fazê-lo.

– Não pretendo torturá-lo nem mesmo interrogá-lo – começou ela. – Me corrija se eu estiver errada, mas tenho certeza de que você quer estar com a Amelia Judd.

Uma série de emoções perpassou o rosto dele: primeiro, surpresa; em seguida, curiosidade, enquanto ele se perguntava como ela sabia e então decidindo nem perguntar; depois, vergonha por tê-la enganado; e, por último, afronta. Ele ergueu o queixo e disse:

– Você está certa.

Ela expressou seu maior medo:

– Espero que não tente levar a Pippa com você.

Ele pareceu grato por ela levantar uma questão fácil de ser solucionada.

– Ah, não, não.

Por um momento, Pauline ficou tão aliviada que não conseguiu falar. Ela olhou para baixo e levou a mão à testa, escondendo os olhos.

– Não preciso nem perguntar à Pippa o que ela acha disso, porque sei o que ela vai dizer. Ela vai querer ficar com você – afirmou Gerry. Ele obviamente havia pensado sobre aquilo e tomado uma decisão. – Uma menina precisa de sua mãe. Eu entendo isso, é claro.

– Obrigada mesmo assim.

Ela vestiu sua roupa mais autoritária, um terninho preto com saia sobre um suéter de lã cinza-prata.

Gerry não foi embora. Ele não havia terminado:

– Eu acho que você não é totalmente inocente nessa história.

Aquilo a pegou de surpresa.

– O que quer dizer?

– Você tem outra pessoa. Eu te conheço.

– Isso realmente não importa agora, mas, só para constar, eu não fiz sexo com mais ninguém desde que começamos a namorar. Mas tenho pensado nisso ultimamente.

– Eu sabia.

Ele queria brigar, mas Pauline não faria isso. Estava triste demais para ter uma discussão.

– O que deu errado, Gerry? – quis saber ela. – Nós nos amávamos.

– Acho que todos os casamentos perdem força cedo ou tarde. A diferença entre eles é se o casal fica junto por preguiça ou se separa e tenta novamente com outros parceiros.

"Isso é tão superficial...", pensou ela. "Não é culpa de ninguém mesmo, é só o curso da vida, blá-blá-blá: aquilo era mais uma desculpa esfarrapada do que uma explicação." Ela não acreditou naquilo nem por um segundo, mas não sentiu nenhuma vontade de contradizê-lo.

Gerry saiu da cama e foi até a porta.

Pauline levantou uma questão de ordem prática:

– A Pippa vai acordar em breve – avisou. – *Você* vai ter que dizer a ela que nós estamos nos separando. Vai explicar a ela da melhor maneira que puder. Não vou fazer isso por você.

Gerry parou com a mão na maçaneta.

– Tudo bem. – Ele estava claramente infeliz com aquilo, mas não poderia se negar a fazê-lo. – Mas agora não. Amanhã, talvez?

Pauline hesitou, mas no fim das contas ficou satisfeita com o adiamento. Naquele dia, mais do que nunca, ela não queria ter que lidar com uma adolescente traumatizada.

– Depois, em algum momento, teremos que anunciar isso publicamente.

– Sem pressa.

– Podemos discutir como e quando. Mas, por favor, não deixe a notícia vazar. Seja discreto.

– Claro. A Amelia também está preocupada com isso. Vai afetar a carreira dela, obviamente.

"A carreira da Amelia", pensou Pauline. "Estou pouco me lixando para a carreira da Amelia."

Ela guardou aquilo para si mesma.

Gerry saiu.

Pauline tirou de sua caixa de joias um colar de ouro com uma única esmeralda e o enfiou por cima da cabeça. Olhou-se no espelho rapidamente. Parecia presidencial. Estava bom o bastante.

Ela deixou a residência oficial e voltou para a Sala de Crise.

– O que está acontecendo? – perguntou.

– A presidente No está pressionando cada vez mais os rebeldes, mas eles estão resistindo – respondeu Gus. – Parece que os chineses ainda estão pensando em como reagir ao naufrágio do *Fujian*... Ainda não fizeram nada, mas vão fazer. Você recebeu telefonemas de presidentes e primeiros-ministros de muitos países, incluindo Austrália, Vietnã, Japão, Cingapura e Índia. Está para começar uma sessão de emergência do Conselho de Segurança da ONU.

– É melhor eu começar a retornar as ligações – disse Pauline. – Primeiro, o Japão.

– Vou ligar para o primeiro-ministro Ishikawa – informou Jacqueline.

Mas a primeira ligação que Pauline recebeu foi da mãe, que disse:

– Olá, querida. Espero que esteja bem.

Pauline podia ouvir o motor de um carro ao fundo.

– Mãe, onde você está?

– Estamos na I-90, na altura de Gary, Indiana. Seu pai está dirigindo. Onde você está?

– Estou na Casa Branca, mãe. O que estão fazendo em Gary?

– Estamos indo para Windsor. Só espero que não neve antes de chegarmos lá.

Windsor era a cidade canadense mais próxima de Chicago, mas ainda assim ficava a quase quinhentos quilômetros de distância. Seus pais haviam concluído que não estariam mais seguros nos Estados Unidos, percebeu Pauline. Ela ficou desolada, embora não pudesse exatamente culpá-los. Eles haviam perdido a fé na capacidade dela de protegê-los. Assim como milhões de outros americanos.

Mas ela ainda tinha uma chance de salvá-los.

– Mãe, por favor, me liga para avisar como vocês estão. A qualquer hora, ok?

– Ok, querida. Espero que consiga resolver tudo isso.

– Vou fazer o meu melhor. Amo vocês, mãe.

– Nós também te amamos, querida.

Quando ela desligou, Bill Schneider disse:

– Alerta de míssil do satélite infravermelho.

– Onde?

– Um segundo... Coreia do Norte.

Pauline sentiu um aperto no coração.

Gus, sentado ao lado dela, falou:

– Olhem no radar.

Pauline viu o arco vermelho.

– Um único míssil – comentou ela.

Bill estava usando o fone de ouvido que o mantinha em contato permanente com o Pentágono.

– Não está se dirigindo para Seul. Está alto demais.

– Para onde, então? – perguntou Pauline.

– Eles estão triangulando… Só um minuto… Busan.

Era a segunda maior cidade da Coreia do Sul, um grande porto na costa sul com oito milhões de habitantes. Pauline enfiou a cabeça entre as mãos.

– Isso não teria acontecido se tivéssemos bombardeado Yeongjeo-dong uma hora atrás – falou Luis.

Pauline perdeu a paciência de repente.

– Luis, se tudo o que você consegue dizer é "Eu avisei", é melhor calar a porra da boca.

Luis empalideceu de choque e raiva, mas ficou em silêncio.

– Quero ver uma imagem de satélite da cidade-alvo – disse ela a ninguém em particular.

– Há umas nuvens esparsas, mas dá para ver bastante coisa – informou um assessor.

A imagem surgiu em uma tela e Pauline a analisou. Ela viu o delta de um rio, uma ampla linha férrea e vastas docas. Lembrou-se de sua breve visita a Busan, quando era congressista. As pessoas tinham sido calorosas e amigáveis. Haviam lhe dado uma peça de vestuário tradicional, um xale de seda vermelho e dourado que ela ainda usava de vez em quando.

– O radar confirma que é apenas um míssil – informou Bill.

– Imagens?

Uma das telas se iluminou com uma tomada da cidade à distância. Pela forma como a câmera subia e descia, estava claro que o vídeo vinha de um navio. O áudio começou a ser transmitido, e ela ouviu o barulho de um grande motor e o ruído das ondas, além de uma conversa casual entre dois homens que claramente não faziam ideia do que estava para acontecer.

Então uma cúpula laranja-avermelhada apareceu sobre as docas. Quem quer que estivesse filmando gritou, em choque. A cúpula virou uma coluna de fumaça, que então se transformou na assustadora nuvem em forma de cogumelo.

Pauline quis fechar os olhos, mas não podia.

"Oito milhões de pessoas", pensou. "Algumas mortas na hora, outras terrivelmente feridas, muitas contaminadas para sempre pela radiação." Coreanos, americanos e, sendo uma cidade portuária, pessoas de muitas outras nacionalidades. Estudantes, avós e recém-nascidos. Luis estava certo: ela poderia ter evitado aquilo e não o fez. Ela não cometeria aquele erro uma segunda vez.

A onda de choque atingiu com atraso o navio, e a imagem virou um convés, depois o céu e por fim apenas uma tela preta. Pauline torceu para que o marinheiro que estava filmando tivesse sobrevivido.

– Bill, peça ao Pentágono que confirme se o que acabamos de ver foi uma explosão nuclear – solicitou ela.

– Sim, senhora.

No fundo ela não tinha dúvidas, mas os detectores de radionuclídeos podiam fazer essa verificação e, diante do que ela estava prestes a fazer, nenhuma prova seria demais.

O general Pak já tinha feito aquilo duas vezes. Ela não podia mais fingir que era possível evitar uma guerra nuclear. Era a única pessoa no mundo que poderia impedi-lo de fazer aquilo pela terceira vez.

– Chess, envie uma mensagem ao presidente Chen do jeito que você conseguir, dizendo a ele que os Estados Unidos estão, sim, prestes a destruir todas as bases nucleares da Coreia do Norte, mas não vão atacar a China – orientou Pauline.

– Sim, senhora.

Pauline tirou do bolso o Biscuit. Torceu a caixa de plástico para quebrar o lacre e, em seguida, removeu o pequeno cartão de dentro.

Todos na sala olhavam para ela em silêncio.

– Confirmado – informou Bill. – Foi um ataque nuclear.

A última centelha de esperança em Pauline se apagou.

– Liguem para a Sala de Guerra – ordenou ela.

Seu telefone tocou e ela atendeu. Uma voz disse:

– Senhora presidente, aqui é o general Evers, da Sala de Guerra do Pentágono.

– General, de acordo com informações que recebi anteriormente, o senhor localizou armas nucleares em todas as bases militares na zona controlada pelos rebeldes da Coreia do Norte.

– Sim, senhora.

– Vou lhe dar agora o código de autenticação. Depois de ouvir o código correto, você dará instruções para disparar as armas.

– Sim, senhora.

Ela olhou para o Biscuit e leu o código:

– ON373. Repito, ON373.

– Obrigado, senhora presidente. O código está correto e acabo de dar a ordem de disparo.

Pauline desligou. Com o coração pesado, ela disse:

– Está feito.

...

Em Zhongnanhai, eles observavam os gráficos de um radar que mostrava mísseis subindo no céu americano como um bando de gansos-cinzentos iniciando sua grande migração sazonal.

– Lancem um ataque cibernético em larga escala contra todas as comunicações americanas – ordenou Chen.

Aquilo era rotina. Kai acreditava que, na melhor das hipóteses, o sucesso seria apenas parcial. Os americanos haviam se preparado para uma guerra cibernética, assim como os chineses, e ambos os lados tinham planos alternativos e opções de contra-ataque. O ataque cibernético causaria alguns danos, mas nada que fosse decisivo.

– Onde estão os outros mísseis? – perguntou Fu Chuyu. – Eu só vejo uns vinte ou trinta.

– Parece ser um ataque limitado – respondeu Kong Zhao. – Eles não estão começando uma guerra nuclear em larga escala, o que significa que provavelmente o alvo não é a China.

– É impossível ter certeza disso – disse Huang –, e não podemos correr o risco de contra-atacar tarde demais.

– Em breve saberemos – afirmou Kong. – Mas neste momento o alvo pode estar em qualquer lugar entre o Vietnã e a Sibéria.

Kai podia ver pelo radar que os mísseis já estavam sobrevoando o Canadá.

– Alguém nos dê uma estimativa do tempo de chegada! – gritou ele.

– Vinte e dois minutos – respondeu um assessor. – E o alvo não é a Sibéria. Os mísseis estão muito ao sul para isso.

Kai se deu conta de que o alvo poderia ser até mesmo o prédio onde estava. A Sala de Crise era blindada contra qualquer coisa, exceto o impacto direto de uma bomba nuclear. Se os mísseis americanos fossem precisos, ele estaria morto em vinte e dois minutos.

Menos que isso, àquela altura.

Ele sentiu vontade de ligar para Ting, mas resistiu.

Os mísseis agora estavam sobre a água.

– Quinze minutos – informou um assessor. – O Vietnã não é um alvo plausível. É a Coreia ou a China.

Era a Coreia, Kai tinha certeza. Não era apenas um pensamento positivo. A presidente Green seria louca se atacasse a China com apenas trinta mísseis. Os chineses sobreviveriam aos danos e revidariam com tudo o que tinham, destruindo grande parte do Exército americano antes que ele pudesse se mobilizar.

Além disso, não tinha sido a China, e sim o general Pak, que havia destruído Seul e Busan.

O ministro das Relações Exteriores, Wu Bai, disse:

– Recebi um comunicado oficial da Casa Branca dizendo que estão atacando bases nucleares na Coreia do Norte, nada mais.

– Pode ser mentira – comentou Huang.

– Dez minutos – informou o assessor. – Vários alvos, todos na Coreia do Norte.

Supondo que não fosse mentira, como os presentes lidariam com aquilo? Os americanos haviam afundado um porta-aviões, matando dois mil e quinhentos marinheiros chineses, e estavam prestes a transformar metade da Coreia do Norte, o único aliado militar da China, em um deserto radioativo. Kai sabia que seu pai e os velhos comunistas não conseguiriam conviver com tamanha humilhação provocada por seu antigo inimigo. O orgulho que sentiam de seu país e de si mesmos não suportaria nada daquilo. Eles exigiriam um ataque nuclear contra os Estados Unidos. Sabiam das consequências, mas seguiriam em frente assim mesmo.

– Cinco minutos. Os alvos são todos no norte e no leste da Coreia, evitando Pyongyang e o restante do território ocupado pelos militares sul-coreanos.

Depois disso, Kai e Kong Zhao teriam dificuldade em conter o general Huang e seus aliados, incluindo Chang Jianjun. No entanto, o presidente Chen teria a última palavra, e Kai sentiu que no final ele ficaria inclinado à moderação. Provavelmente.

– Um minuto.

Kai olhou para uma imagem de satélite da Coreia do Norte. Ele foi dominado por uma sensação de tragédia, sabendo que havia fracassado em evitar que aquilo acontecesse.

O gráfico do radar mostrou que em questão de segundos os mísseis atingiriam seus alvos espalhados por todo o nordeste da Coreia. Pelos cálculos de Kai, havia onze bases militares naquela área, e parecia que a presidente Green tinha mirado em todas elas.

A mesma cena ficou ainda mais nítida na imagem do satélite infravermelho.

Chang Jianjun se levantou.

– Se me permite, senhor presidente, na qualidade de vice-presidente da Comissão de Segurança Nacional?

– Por favor.

– Nossa resposta deve ser dura e provocar um dano concreto aos Estados Unidos, mas, mesmo assim, ser proporcional à ofensa. Proponho três ataques nucleares a bases militares americanas fora do coração dos Estados Unidos: Alasca, Havaí e Guam.

Chen balançou a cabeça em negativa.

– Um seria o suficiente. Um alvo, uma bomba. Se é que vamos fazer isso.

– Nós sempre dissemos que nunca seríamos os primeiros a usar armas nucleares – disse Kong Zhao.

– E não seremos – interveio Jianjun. – Se fizermos o que estou sugerindo, seremos os terceiros. Os rebeldes norte-coreanos foram os primeiros, e os Estados Unidos, os segundos.

– Obrigado, Chang Jianjun. – O presidente Chen olhou para Kai, claramente querendo ouvir argumentos contrários.

Kai se viu em conflito público direto com seu pai.

– Em primeiro lugar, observem que o ataque americano contra nós, afundando o *Fujian*, não empregou armas nucleares.

– Um ponto importante – disse Chen.

Kai se sentiu encorajado. O presidente estava claramente a favor de uma abordagem mais comedida. Talvez a moderação prevalecesse.

– Em segundo lugar – continuou ele –, os americanos usaram armas nucleares não contra nós, nem mesmo contra nossos amigos na Coreia do Norte, mas contra um grupo insubordinado de rebeldes que não merecem a lealdade da República Popular da China. Podemos até considerar que a presidente Green fez um favor a nós e ao mundo ao se livrar de um perigoso grupo de usurpadores que quase começaram uma guerra nuclear.

Um assessor sussurrou algo no ouvido de Wu Bai, que pareceu se irritar.

– O chefe do Executivo de Hong Kong se voltou contra nós – disse ele em tom grave. – Ele solicita formalmente às Forças Armadas chinesas que retirem imediatamente nossa guarnição de Hong Kong, todos os doze mil militares, para garantir que Hong Kong não se torne alvo de um ataque nuclear. – Wu fez uma pausa. – Ele fez esse pedido publicamente.

Huang ficou com o rosto vermelho.

– Traidor!

– Eu achava que estava tudo sob controle! – exclamou o presidente Chen, enraivecido. – Nós nomeamos esse chefe do Executivo porque ele era leal ao Partido.

"Você instaurou um governo fantoche", pensou Kai, "e achou que o fantoche nunca fosse se voltar contra você".

– Estão vendo? – disse Huang. – Primeiro Taiwan faz ameaças, depois Hong Kong. Eu não me canso de dizer a vocês, é fatal parecer fraco!

O chefe de Kai, Fu Chuyu, tomou a palavra:

– Lamento trazer notícias ainda piores depois dessas já tão ruins, mas tenho uma mensagem do vice-ministro de Inteligência Doméstica que vocês deveriam ouvir. Parece que há problemas em Xinjiang. – A vasta província desértica no oeste da China tinha uma população de maioria muçulmana e um pequeno movimento de independência. – Separatistas tomaram o controle do aeroporto de Diwopu e da sede do Partido Comunista em Urumqi, a capital. Eles declararam que Xinjiang é agora uma nação independente, o Turquestão Oriental, e permanecerá neutra no atual conflito nuclear.

Kai calculou que a rebelião duraria provavelmente meia hora. O Exército em Xinjiang atacaria os separatistas como uma matilha de lobos contra um rebanho de ovelhas. Mas, em um momento como aquele, até mesmo um golpe militar de meia-tigela seria capaz de ferir o orgulho chinês.

Era enervante, como o general Huang demonstrou de imediato.

– Isso é imperialismo reacionário, claro. – Ele estava irritado. – Vejam o que aconteceu nos últimos dois meses. Coreia do Norte, Sudão, mar da China Meridional, ilhas Diaoyu, Taiwan e agora Hong Kong e Xinjiang. É a morte por mil cortes, uma campanha cuidadosamente planejada para aos poucos ir privando a China de território, e os americanos estão por trás disso a cada passo do caminho! Temos que parar isso agora. Temos que fazer os americanos pagarem o preço de sua agressão. Caso contrário, eles não vão parar até que a China seja reduzida à colônia servil que era um século atrás. Um ataque nuclear limitado é a única saída possível para nós agora.

– Ainda não chegamos a esse ponto de desespero – disse o presidente Chen. – Pode acontecer, eu sei. Mas, por enquanto, devemos tentar métodos menos apocalípticos.

Com o canto do olho, Kai viu um olhar entre seu pai e o general Huang. "Naturalmente", pensou ele, "eles ficariam decepcionados por perder a discussão".

Então Jianjun se levantou, murmurou algo sobre um chamado da natureza e saiu da sala. Aquilo foi bastante surpreendente. Kai sabia que seu pai não sofria dos problemas urinários tão comuns entre os homens de certa idade. Jianjun nunca admitia ter problemas de saúde, mas a mãe de Kai o mantinha informado. No entanto, Jianjun deve ter tido um forte motivo para deixar a sala no meio de uma discussão tão crucial. Será que estava doente? O velho era antiquado demais, mas Kai o amava.

– General Huang – disse Chen –, por favor, prepare-se para que o Exército de Libertação Popular se dirija em peso a Hong Kong e assuma o controle do governo de lá.

Não era o que Huang queria, mas era melhor do que nada, e ele concordou sem resistência.

Kai notou Wang Qingli entrando na sala. Wang era chefe da Segurança Presidencial. Embora fosse amigo de Huang e Jianjun, andava muito mais bem-vestido e às vezes era confundido com o presidente que protegia. Ele subiu no palco e cochichou algo no ouvido de Chen.

Kai não gostou daquilo. Alguma coisa estava acontecendo. Jianjun havia saído da sala, em seguida Wang entrou. Seria coincidência?

Ele chamou a atenção de seu aliado Kong Zhao. Kong franziu a testa. Ele também tinha se alarmado.

Kai olhou para o presidente. Chen, ouvindo Wang, pareceu assustado, depois ansioso, e ficou até ligeiramente pálido. Estava em choque.

Àquela altura, todos ao redor da mesa haviam percebido que algo estranho estava acontecendo. A discussão foi interrompida, e eles aguardaram em silêncio.

Fu Chuyu, o ministro da Segurança e chefe de Kai, se levantou.

– Perdoem-me, camaradas, mas preciso interromper nossa discussão. Devo informar que uma investigação do Guoanbu revelou fortes indícios de que Chang Kai é um agente dos Estados Unidos.

– Isso é ridículo! – explodiu Kong Zhao.

Fu insistiu:

– Chang Kai tem conduzido sua própria agenda clandestina de política externa sem o conhecimento de seus camaradas.

Kai mal podia acreditar que aquilo estivesse acontecendo. Eles realmente estavam tentando se livrar dele no meio de uma crise nuclear global?

– Não, não, você não pode fazer isso – disse Kai. – A China não é uma república das bananas.

Fu continuou como se Kai não tivesse falado:

– Temos provas de três acusações fatais contra ele. Primeiro, ele informou à CIA sobre a fraqueza do regime do Líder Supremo na Coreia do Norte. Segundo, em Yeongjeo-dong ele fez um acordo com o general Pak, mesmo sem autorização para isso. E terceiro, ele avisou previamente os americanos de nossa decisão de substituir o Líder Supremo pelo general Pak.

Tudo aquilo era mais ou menos verdade. Kai tinha feito aquelas coisas, não porque fosse um traidor, e sim porque eram de interesse da China.

Mas não se tratava de justiça. Acusações como aquelas nunca tinham a ver com isso. Ele poderia facilmente ter sido acusado de corrupção. Aquele era um ataque político.

Ele achava que estava blindado contra seus inimigos políticos. Era um principezinho. Seu pai era vice-presidente da Comissão de Segurança Nacional. Ele deveria ser intocável.

Mas seu pai havia saído da sala.

Kai agora via o profundo simbolismo daquela atitude.

– O parceiro de Kai nessas atividades tem sido Kong Zhao – informou Fu.

Kong pareceu ter levado um soco.

– Eu? – reagiu ele, incrédulo. Kong rapidamente recuperou a compostura e disse: – Senhor presidente, é óbvio que essas alegações foram apresentadas neste exato momento porque uma agressiva facção militarista dentro de seu governo enxerga a guerra como a única maneira de vencer a discussão.

Chen não respondeu a Kong.

– Não tenho escolha a não ser prender Chang Kai e Kong Zhao – afirmou Fu.

"Como eles podem nos prender no meio da Sala de Crise?", pensou Kai.

Mas eles já tinham pensado naquilo.

A porta principal se abriu e seis dos seguranças de Wang entraram, em seus ternos e gravatas pretos, marca registrada deles.

– Isso é um golpe! – exclamou Kai.

Ele suspeitou que era isso que seu pai estava tramando com Fu Chuyu e o general Huang durante o jantar regado a pés de porco no restaurante Enjoy Hot.

Wang falou com Chen novamente, mas dessa vez alto o suficiente para ser ouvido por todos:

– Com a sua permissão, senhor presidente.

Chen hesitou por um longo momento.

– Senhor presidente, se concordar com isso, o senhor deixará de ser o líder do nosso país e se tornará um mero instrumento dos militares – tentou Kai.

Chen parecia concordar. Ele claramente achava que os moderados haviam vencido a discussão. Mas a velha guarda era mais poderosa. Será que ele seria capaz de desafiá-los e sobreviver? Seria capaz de desafiar o Exército e a autoridade coletiva dos velhos comunistas?

Não seria.

– Prossigam – autorizou o presidente Chen.

Wang fez um sinal para seus homens.

Todos assistiram em silêncio hipnótico enquanto os seguranças cruzavam a sala e subiam ao palco. Dois pararam um de cada lado de Kai, e outros dois fizeram o mesmo com Kong. Os dois homens se levantaram e foram segurados levemente pelos cotovelos.

Kong estava furioso. Olhando para Fu Chuyu, ele gritou:

– Vocês vão destruir este país, seus desgraçados!

– Levem os dois para o presídio Qincheng – disse Fu baixinho.

– Sim, senhor ministro – respondeu Wang.

Os guardas desceram Kai e Kong do palco. Eles cruzaram a sala e saíram.

Chang Jianjun estava no saguão, perto dos elevadores. Ele havia saído para não ter que testemunhar a prisão.

Kai se lembrou de uma conversa em que seu pai havia dito: *O comunismo é uma missão sagrada. Está acima de qualquer coisa, incluindo nossos laços familiares e nossa segurança pessoal.* Agora ele entendia o que o velho queria dizer.

Wang parou e perguntou, hesitante:

– Chang Jianjun, você gostaria de falar com seu filho?

Jianjun não olhou nos olhos de Kai.

– Eu não tenho filho nenhum – respondeu ele.

– Ah, mas eu tenho um pai – rebateu Kai.

# CAPÍTULO 42

Pauline havia matado centenas de pessoas, talvez milhares, ao bombardear bases militares norte-coreanas, e várias outras teriam sido atingidas em decorrência da explosão e assoladas pela radiação. Em sua cabeça, ela sabia que tinha feito a coisa certa: o regime assassino do general Pak precisava chegar ao fim. Mas nenhuma racionalização conseguiria fazê-la se sentir bem em relação àquilo em seu íntimo. Cada vez que lavava as mãos, pensava em lady Macbeth tentando se livrar do sangue.

Seu pronunciamento na televisão tinha sido às oito da manhã. Ela anunciou que a ameaça nuclear da Coreia do Norte tinha chegado ao fim. Tanto os chineses quanto os demais deveriam entender que aquele era o destino que aguardava qualquer grupo que usasse armas nucleares contra os Estados Unidos ou seus aliados. Pauline havia recebido mensagens de apoio de mais da metade dos líderes mundiais: um regime nuclear insurgente era uma ameaça para todos. Ela pediu calma, mas não garantiu à população que ficaria tudo bem.

A presidente Green temia que os chineses revidassem, embora não tivesse dito isso à nação. A ideia a deixava apavorada.

Pedir às pessoas que não entrassem em pânico nunca era algo eficaz e aumentou a debandada das pessoas em cidades americanas. Todos os grandes centros urbanos estavam congestionados. Centenas de carros formavam filas nas fronteiras com o Canadá e o México. Lojas de armas ficaram sem estoque de munição. Em um mercado de atacado em Miami, um homem foi morto a tiros durante uma briga pela última caixa de doze latas de atum.

Imediatamente após a transmissão, Pauline e Pippa embarcaram no *Marine One* em direção a Munchkin. Como tinha passado a noite inteira acordada, Pauline cochilou no caminho. Quando o helicóptero pousou, ela não quis abrir os olhos. Dormiria uma ou duas horas mais tarde, se conseguisse.

Conforme o elevador descia, Pauline se sentiu grata por estar tão abaixo da terra, em seguida se julgou covarde por pensar na própria segurança, depois olhou para Pippa e ficou feliz de novo.

Na primeira vez que foi a Munchkin, tinha sido tratada como uma celebridade visitando uma exposição. Tudo estava imaculado, e o clima, calmo. Naquele dia, tudo parecia diferente. O lugar estava a pleno vapor e os corredores, cheios, principalmente de militares. O gabinete de Pauline e os oficiais superiores do Pentágono estavam se mudando para lá. As despensas estavam sendo reabastecidas e por toda parte havia caixas de papelão parcialmente esvaziadas. Os técnicos reviravam as máquinas de controle ambiental, verificando, lubrificando e verificando outra vez. Auxiliares colocavam toalhas nos banheiros e preparavam as mesas do refeitório dos oficiais. O clima de eficiência não conseguia disfarçar a atmosfera de medo reprimido.

O general Whitfield, um homem de rosto redondo, deu-lhe as boas-vindas, parecendo tenso. Da última vez, ele tinha sido o amável curador de uma instalação nunca utilizada. Naquele dia, ele suportava o peso esmagador de administrar o que poderia ser o último bastião da civilização americana.

As acomodações de Pauline eram modestas para uma suíte presidencial: um quarto, uma sala de estar que também servia de escritório, uma copa-cozinha e um banheiro compacto com chuveiro e banheira combinados. Era apropriadamente básico, feito um hotel mediano, com gravuras baratas emolduradas e carpete verde. Havia um som constante de ventilação e um odor não natural de ar purificado. Perguntando-se quanto tempo teria que viver ali, ela sentiu uma pontada de arrependimento pensando no opulento palácio que era a residência oficial da Casa Branca. Mas aquilo se tratava de sobrevivência, não de conforto.

Pippa tinha um quarto individual próximo ao da mãe. Ela estava animada com a mudança e ansiosa para explorar o bunker.

– É tipo aquele momento nos filmes antigos de faroeste quando eles cercam o comboio – comentou ela.

A jovem presumiu que o pai se juntaria a elas mais tarde, e Pauline deixou que ela pensasse assim. Um choque de cada vez.

Ela ofereceu a Pippa um refrigerante da geladeira.

– Você tem um minibar! – exclamou Pippa. – No meu quarto só tem água. Eu devia ter trazido uns doces.

– Tem uma loja aqui. Você pode comprar.

– E posso sair para fazer compras sem o Serviço Secreto. Que maravilha!

– Sim, você pode. Este é o lugar mais seguro do mundo. – O que era irônico, pensou Pauline.

Pippa também percebeu a ironia. Sua euforia evaporou. Ela se sentou, pensativa.

– Mãe, o que realmente acontece em uma guerra nuclear?

Pauline se lembrava de ter pedido a Gus, havia menos de um mês, para lembrá-la dos pontos básicos e sentiu mais uma vez o pavor que a atravessou quando ele repetiu toda a parte envolvendo agonia e destruição. Agora ela olhava com amor para a filha, que vestia uma antiga camiseta onde se lia "Pauline para Presidente". A expressão de Pippa exibia curiosidade e preocupação em vez de medo. Ela nunca tinha passado por violência ou desgosto na vida. "Ela merece a verdade", pensou Pauline, "mesmo que isso a deixe mal".

Ainda assim, ela suavizou os detalhes. Em vez de "No primeiro milionésimo de segundo, é formada uma bola de fogo de duzentos metros de diâmetro. Todos dentro dela morrem no mesmo instante", ela disse:

– Em primeiro lugar, muitas pessoas morrem na mesma hora por conta do calor. Elas sequer se dão conta disso.

– Sorte a delas.

– Talvez. – "A explosão põe abaixo os edifícios num raio de quase dois quilômetros. Quase todos nesse perímetro morrem." – Em seguida, a explosão destrói construções e produz muitos destroços.

– Então, tipo, o que as autoridades podem fazer? – perguntou Pippa.

– Nenhum país do mundo tem médicos e enfermeiros suficientes para dar conta das vítimas de uma guerra nuclear. Nossos hospitais ficariam superlotados e muitas pessoas morreriam por falta de atendimento médico.

– Mas quantas?

– Depende de quantas bombas. Em uma guerra entre os Estados Unidos e a Rússia, ambos com imensos arsenais de armas nucleares, provavelmente cerca de cento e sessenta milhões de americanos morreriam.

Pippa estava perplexa.

– Mas isso é, tipo, metade do país.

– Sim. O perigo agora é uma guerra com a China, que tem um arsenal menor, mas ainda acreditamos que algo em torno de vinte e cinco milhões de americanos seriam mortos.

Pippa era boa em matemática.

– Uma em cada treze pessoas.

– Sim.

Ela ficou tentando imaginar aquilo.

– São trinta alunos da minha escola.

– Sim.

– Cinquenta mil habitantes de Washington.

– E isso é só o começo, infelizmente – disse Pauline. "Talvez eu deva dar um panorama do horror que seria", pensou. – A radiação provocaria câncer e outras doenças ao longo dos anos seguintes. Sabemos que isso aconteceu em Hiroshima e Nagasaki, onde as primeiras bombas nucleares explodiram. – Ela hesitou, depois acrescentou: – E o que aconteceu na Coreia hoje foi trinta vezes pior do que Hiroshima.

Pippa estava quase chorando.

– Por que você fez isso?

– Para evitar algo pior.

– O que poderia ser pior?

– O general Pak bombardeou duas cidades. A terceira poderia ter sido nos Estados Unidos.

Pippa pareceu ficar preocupada.

– Vidas americanas não valem mais do que vidas coreanas.

– Toda vida humana é preciosa, mas o povo americano me escolheu para ser a líder deles e eu prometi protegê-los. Estou fazendo meu melhor. E não consigo pensar em nada que eu pudesse ter feito nos últimos dois meses que fosse capaz de impedir o que está acontecendo agora. Eu evitei uma guerra na fronteira do Chade com o Sudão. Tentei impedir que países vendessem armas a terroristas. Fiz vista grossa quando os chineses afundaram um navio vietnamita. Acabei com campos do EIGS no deserto. Evitei invadir a Coreia do Norte. Não consigo enxergar nenhuma dessas decisões como equivocadas.

– E o inverno nuclear?

Pippa era implacável, mas tinha direito a respostas.

– O calor das explosões nucleares dá início a milhares de incêndios, e a fumaça e a fuligem sobem para a atmosfera e bloqueiam a luz do sol. Se centenas de bombas explodirem, ou até milhares, a ausência de sol vai esfriar a Terra e reduzir o volume de chuvas. Algumas de nossas maiores regiões agrícolas podem ficar frias ou secas demais para o cultivo. Portanto, muitas das pessoas que sobrevivessem à explosão, ao calor e à radiação morreriam de fome.

– Então é o fim da espécie humana?

– Provavelmente não, se a Rússia ficar de fora da guerra. Mesmo na pior das hipóteses, algumas pessoas provavelmente vão sobreviver em lugares onde houver sol e chuva. Mas, seja qual for o cenário, será o fim da civilização que conhecemos.

– Eu fico me perguntando como será a vida, então.

– Existem milhares de romances que falam sobre isso, e cada um conta uma história diferente. A verdade é que ninguém sabe.

– Seria melhor se ninguém tivesse armas nucleares.

– O que nunca vai acontecer. É como pedir aos texanos que abram mão de suas armas.

– Talvez pudéssemos simplesmente não ter tantas armas.

– Isso se chama controle de armas. – Pauline beijou Pippa. – E isso, minha filha tão esperta, é o início da sabedoria. – Ela havia passado muito tempo ensinando a Pippa sobre a vida, mas precisava cuidar de todos os demais americanos também. Pegou o controle remoto da TV. – Vamos ver o noticiário.

– Milhões de lares e locais de trabalho americanos estão sem eletricidade esta manhã – anunciou um âncora –, após falhas ocorridas nos computadores de diversos fornecedores de energia. Alguns comentaristas suspeitam que todas as falhas tenham sido causadas pelo lançamento de um único vírus.

– Foram os chineses – disse Pauline.

– Eles têm como fazer isso?

– Sim. E provavelmente estamos fazendo coisas semelhantes com eles. É o que chamamos de guerra cibernética.

– Sorte que estamos protegidas aqui.

– Este local tem uma fonte de energia independente.

– Eu me pergunto por que eles decidiram atacar o abastecimento de energia das casas de pessoas comuns.

– Essa é uma das dezenas de coisas que eles vão tentar. O objetivo é sabotar as comunicações militares, para que a gente não possa lançar mísseis nem decolar aeronaves. Mas nosso software militar é fortemente protegido. Os sistemas de segurança civil não são tão bons.

Pippa encarou Pauline e disse, perceptivamente:

– Suas palavras são tranquilizadoras, mas você parece preocupada.

– Tem razão, querida. Acredito que podemos sobreviver ao ataque cibernético. Mas algo mais está me preocupando. Na filosofia militar chinesa, o ataque cibernético é um prelúdio. O que vem depois é guerra de verdade.

■ ■ ■

Abdul saiu de Nice e seguiu pelo litoral no sentido oeste, com Kiah ao lado e Naji preso a uma cadeirinha no banco de trás. Ele havia comprado um pequeno carro duas portas com três anos de uso. O banco do motorista era um pouco apertado para sua compleição física, mas para distâncias curtas não seria um problema.

A estrada passava por praias desertas do Mediterrâneo e por restaurantes fechados devido ao inverno. Havia engarrafamentos em Paris e outras cidades grandes à medida que pessoas amedrontadas se dirigiam para o interior, mas a Côte d'Azur era um alvo nuclear improvável e, embora as pessoas de lá estivessem com medo, não conseguiam pensar em um lugar mais seguro para onde ir.

Kiah sabia pouco sobre política global e tinha apenas uma vaga noção sobre armas nucleares, então não fazia ideia da monstruosidade que poderia acontecer – e Abdul tampouco lhe explicou.

Ele parou o carro em uma grande marina em uma cidadezinha. Verificou um dispositivo em seu bolso e foi tranquilizado por um sinal igual ao que captara em sua primeira visita ao local dois dias antes.

Estacionou o pequeno carro, e ele e Kiah desceram e respiraram o ar revigorante que soprava do oceano. Vestiram os novos casacos de inverno que haviam comprado nas Galeries Lafayette. O sol estava quente, mas havia uma brisa, e para as pessoas acostumadas ao deserto do Saara aquele era um clima frio. Kiah havia escolhido um casaco preto sob medida com uma gola de pele que a fazia parecer uma princesa. Abdul usava uma casaca azul que lhe dava um ar de marinheiro.

Kiah vestiu Naji com seus novos casaco e gorro de lã. Abdul desdobrou o carrinho de bebê e eles acomodaram Naji confortavelmente dentro dele.

– Eu empurro – disse Kiah.

– Eu faço isso, não tem problema.

– É degradante para um homem. Não quero que as pessoas pensem que você é controlado por mim.

– Os franceses não pensam assim – falou Abdul com um sorriso.

– Você já olhou em volta? Existem milhares de árabes nesta parte do mundo.

Era verdade. A área de Nice onde eles moravam tinha uma alta porcentagem de norte-africanos.

Abdul deu de ombros. Realmente não importava quem empurrava o carrinho, e com o tempo Kiah provavelmente mudaria de ideia. Não havia necessidade de apressá-la.

Eles passearam pela marina. Abdul achou que talvez Naji fosse gostar de ver os barcos, mas foi Kiah quem ficou maravilhada. Ela já havia tido um barco, mas nunca vira embarcações como aquelas. A menor das lanchas parecia surpreendentemente luxuosa para ela. Em algumas delas, os proprietários faziam a limpeza, pintavam ou apenas relaxavam bebendo alguma coisa. Havia uma porção de iates enormes para viagens de longo curso. Abdul parou para observar um que se chamava *Mi Amore*. Uma tripulação de uniforme branco lavava as janelas.

– É maior que a casa onde eu morava! – exclamou Kiah. – Para que tudo isso?

– Para ele. – Abdul apontou para um homem com um suéter grande e pesado sentado no deque com duas jovens pouco vestidas para aquele clima e que pareciam estar com frio. Eles bebiam champanhe. – Para o deleite dele.

– Eu me pergunto onde ele conseguiu todo esse dinheiro.

Abdul sabia onde o homem havia conseguido o dinheiro.

Eles passaram uma hora caminhando pela marina. Havia quatro cafeterias, três fechadas e só uma aberta, e mesmo assim não havia muito movimento ali. O interior era limpo e quente, com máquinas de café prateadas reluzentes e um proprietário vivamente proativo que sorriu para Naji e disse-lhes para se sentarem onde quisessem. Eles escolheram uma mesa perto da janela com uma bela vista dos barcos, incluindo o *Mi Amore*. Tiraram os casacos e pediram chocolate quente e doces.

Abdul soprou um pouco da bebida em uma colher e deu a Naji. Ele adorou e pediu mais.

Se aquela tarde corresse conforme o planejado, a missão de Abdul terminaria ao anoitecer.

Depois disso, ele não poderia mais fingir, nem para seus chefes nem para si mesmo. Teria que enfrentar o fato de que não queria voltar para casa. Mas tinha dinheiro suficiente para vários meses de ociosidade e não sabia ao certo se a espécie humana tinha tanto tempo de sobra.

Quando olhou para Kiah e Naji, teve certeza de uma coisa: não iria deixá-los. Eles haviam trazido para sua vida uma felicidade plácida, e ele jamais abriria mão disso. Abdul sabia o que estava acontecendo na Coreia, e, independentemente de quanto fosse o tempo que lhe restava – sessenta anos, sessenta horas ou sessenta segundos –, o importante era que passassem esse tempo juntos.

Ele viu duas pequenas embarcações chegando à marina, uma lancha e um bote, ambas brancas com listras vermelhas e azuis e a palavra POLICE em letras garrafais. Pertenciam à Police Judiciaire, a instituição francesa que tratava de crimes graves, algo como o FBI.

Um segundo depois, ele ouviu sirenes e viu vários carros de polícia entrarem na marina vindos da estrada. Ignorando as placas que proibiam a entrada, avançaram ao longo do cais a uma velocidade perigosa.

– Ainda bem que não estamos no caminho deles! – exclamou Kiah.

Carros e barcos se aproximaram do *Mi Amore*.

Os policiais desceram das viaturas. Estavam fortemente armados. Todos tinham pistolas nos coldres, e alguns deles portavam fuzis. Eles agiram rapidamente. Alguns se espalharam ao longo do cais enquanto outros cruzavam a prancha depressa e embarcavam no iate. Tudo aquilo havia sido planejado e ensaiado, e Abdul ficou feliz em ver.

– Não gosto dessas armas. Elas podem disparar por acidente – disse Kiah.

– Vamos ficar aqui. Provavelmente é o lugar mais seguro – afirmou Abdul.

Todos os tripulantes de uniforme branco do *Mi Amore* puseram as mãos para o alto.

Vários policiais se dirigiram à parte inferior.

Um dos que carregava um fuzil subiu até o convés. O figurão falou com ele agitando os braços, irritado. O policial parecia despreocupado, segurando o fuzil e balançando a cabeça.

Então um policial musculoso subiu ao convés carregando um grande saco de polietileno resistente com as palavras "Cuidado – Substância química perigosa" em vários idiomas.

Abdul relembrou uma situação à noite em um cais na Guiné-Bissau, com homens descarregando sacos como aquele à luz de uma lamparina enquanto uma limusine esperava com o motor ligado.

– Bingo – disse ele baixinho para si mesmo.

Kiah ouviu e olhou para ele, curiosa, mas não pediu nenhuma explicação.

A tripulação foi algemada, conduzida para fora do iate e empurrada para dentro de uma van. O figurão e suas garotas receberam tratamento semelhante, apesar da indignação do sujeito. Mais algumas pessoas emergiram da parte inferior e também foram algemadas e colocadas nas viaturas.

A última pessoa a ser trazida do interior da embarcação parecia familiar.

Era um jovem norte-africano rechonchudo, vestindo um moletom verde e uma bermuda branca encardida. Em volta do pescoço havia um colar de contas e pedras que Abdul já tinha visto antes.

– Aquele é o Hakim? Não pode ser – disse Kiah.

– Parece com ele – falou Abdul.

Na verdade, ele sabia que era. Os homens que administravam a empreitada haviam decidido, por algum motivo, que Hakim deveria acompanhar a remessa até a França, e lá estava ele.

Abdul se levantou e saiu para ver melhor. Kiah ficou do lado de dentro com Naji.

Um policial segurou o colar *grigri* de Hakim e o puxou com força. A corrente arrebentou e as pedras caíram no cais. Hakim deu um grito de pesar: sua proteção mágica estava destruída.

Os policiais riram enquanto os adornos quicavam pelo concreto.

Aproveitando que estavam distraídos, Hakim se jogou na água e começou a nadar com vigor.

Abdul ficou surpreso que Hakim soubesse nadar tão bem. Poucas pessoas nascidas no deserto sabiam nadar. Talvez ele tivesse aprendido no lago Chade.

Mesmo assim, sua tentativa de fuga era inútil. Para onde iria? Se saísse da água para o cais ou para a praia, seria capturado novamente. Se nadasse para fora do porto, provavelmente se afogaria em mar aberto.

De todo modo, ele não iria muito longe. Os dois policiais no bote foram atrás dele. Um dirigia o barco inflável enquanto o outro pegava um bastão telescópico de aço e o estendia em todo o seu comprimento. Eles alcançaram Hakim com facilidade, e o policial com o bastão o ergueu bem alto e acertou a cabeça de Hakim com toda a força.

Hakim afundou a cabeça e mudou de direção, ainda nadando rápido, mas o bote o seguiu e o policial o atingiu novamente, errando a cabeça mas acertando o cotovelo. Foi possível ver sangue na água do mar.

Hakim continuou a se debater, nadando com apenas um braço e tentando manter a cabeça à tona, mas o policial ergueu o bastão e, assim que Hakim a levantou para respirar, o atingiu novamente. Os policiais no cais comemoraram e aplaudiram.

Abdul se lembrou de um brinquedo infantil no qual o objetivo é acertar com um martelinho as toupeiras que saem de buracos.

O policial bateu na cabeça de Hakim mais uma vez, arrancando ainda mais aplausos.

Por fim, Hakim ficou inerte e eles o tiraram da água, o jogaram no bote e o algemaram. Seu braço esquerdo parecia quebrado e sua cabeça estava sangrando.

Abdul voltou para dentro. Um sujeito cruel havia apanhado de maneira cruel. Havia alguma justiça naquilo.

Os prisioneiros foram levados e os policiais cercaram o iate com uma fita indicando a cena de um crime. Mais sacos de polietileno foram trazidos do convés inferior, privando o EIGS de milhões de dólares, pensou Abdul com profunda satisfação. A polícia fortemente armada se afastou e foi substituída por detetives e pelo que parecia ser uma equipe de peritos.

– Podemos ir – disse Abdul a Kiah.

Eles pagaram os chocolates quentes e voltaram para o carro. No caminho, Kiah perguntou:

– Você sabia que isso ia acontecer, não é?

– Sim.

– Havia drogas naqueles sacos plásticos?

– Sim. Cocaína.

– Era por isso que você estava no ônibus com a gente desde o lago Chade? Por causa dessa cocaína?

– É mais complexo que isso.

– Você vai me explicar?

– Sim. Agora eu posso, porque acabou. Tem muita coisa pra contar. Algumas ainda são segredo, mas posso dividir a maior parte com você. Talvez hoje à noite, depois que o Naji for dormir. Teremos muito tempo. E vou poder responder a todas as suas perguntas.

– Ótimo.

Estava começando a escurecer. Eles voltaram para Nice e estacionaram em frente ao prédio. Abdul adorava aquele lugar. Havia uma padaria no térreo, e o cheiro de pão fresco e bolos o fazia lembrar do apartamento em Beirute onde havia passado a infância.

Abdul subiu com Naji no colo. O apartamento era pequeno mas aconchegante, com dois quartos e uma sala de estar, além de uma cozinha e um banheiro. Kiah nunca havia morado em um lugar com mais de um cômodo e se sentia no paraíso.

Naji estava com sono, talvez por causa da brisa fresca do mar. Abdul fez ovos mexidos para ele e em seguida deu uma banana. Kiah deu banho no filho e colocou uma fralda e um pijama limpo. Abdul começou a ler uma história sobre um coala chamado Joey, mas Naji pegou no sono antes que ele chegasse ao fim.

Kiah foi preparar o jantar, polvilhando sementes de gergelim e sumagre em cubos de cordeiro. Eles quase sempre comiam comida árabe tradicional. Era possível comprar todos os ingredientes em Nice, geralmente de comerciantes libaneses ou argelinos. Abdul ficou sentado admirando a delicadeza dela enquanto se movia pela cozinha.

– Você não quer ver o noticiário? – perguntou ela.

– Não – disse Abdul, contente. – Não quero ver notícia nenhuma.

■ ■ ■

Qincheng era reservado a prisioneiros políticos, que recebiam melhor tratamento do que os criminosos comuns. Os perdedores em um conflito político muitas vezes eram presos por acusações forjadas; esse era um risco laboral para os membros da elite chinesa. A cela de Kai tinha apenas vinte metros quadrados, aproximadamente, mas contava com uma mesa, uma televisão e um chuveiro.

Ele tinha permissão para usar as próprias roupas, mas haviam confiscado seu celular. Kai se sentia nu sem ele. Não conseguia lembrar a última vez que tinha ficado longe do celular por mais tempo do que o necessário para tomar um banho.

O golpe em Beijing o havia pegado de surpresa, mas agora ele se dava conta de que, pelo menos, deveria ter cogitado aquela possibilidade. Ele tinha se concentrado em convencer o presidente Chen a não dar início a uma guerra e não imaginava que os belicistas pudessem privar Chen do poder de escolha.

Uma conspiração contra o presidente deveria ter sido descoberta pelo departamento do Guoanbu que cuidava da segurança doméstica, mas obviamente o chefe desse departamento, o vice-ministro Li Jiankang, estava envolvido na trama, e seu superior, o ministro da Segurança Fu Chuyu, havia sido um dos cabeças. Com os militares e o serviço secreto por trás do golpe, não tinha como dar errado.

O maior choque tinha sido a traição de seu pai. Sim, ele ouvira Jianjun dizer que a revolução comunista era mais importante do que qualquer outra coisa, incluindo os laços familiares, mas as pessoas diziam aquele tipo de coisa da boca para fora. Ou, pelo menos, era o que Kai achava. Mas seu pai sempre tinha falado sério.

Sentado à mesa, assistindo ao noticiário na pequena tela da TV, Kai percebeu como era estranho se sentir desprotegido. Naquele momento, o destino da China e do mundo não estava mais em suas mãos. Com Kong Zhao também preso, não havia sobrado ninguém para conter os militares. Eles provavelmente dariam andamento ao plano de Jianjun, realizando um ataque nuclear limitado. Isso talvez levasse à destruição da China. Kai só precisava esperar para ver.

Ele só queria poder esperar ao lado de Ting. Jamais perdoaria o pai por separá-los pelo que poderiam ser seus últimos dias de vida. Estava desesperado para falar com ela. Olhou para o relógio. Faltava uma hora para a meia-noite.

O relógio lhe deu uma ideia.

Ele bateu na porta para chamar a atenção. Alguns minutos depois, um jovem e musculoso carcereiro chamado Liang entrou. Ele não tomou nenhuma precaução: os guardas tinham concluído que Kai não era uma ameaça, o que era verdade.

– Algum problema? – perguntou o jovem.

– Eu quero muito ligar para minha esposa.

– Não é possível, sinto muito.

Kai tirou o relógio e o ergueu para Liang ver.

– Este aqui é um Rolex Datejust de aço que comprei, usado, por oito mil dólares. Eu troco pelo seu relógio. – Liang estava usando um relógio do Exército que valia dez dólares.

Os olhos de Liang brilharam de cobiça, mas ele respondeu com cautela:

– Você deve ser corrupto para ter conseguido comprar um relógio como esse.

– Foi um presente da minha esposa.

– Então ela deve ser corrupta.

– Minha esposa é a Tao Ting.

– De *Amor no Palácio*? – Liang estava impressionado. – Eu amo essa novela!

– Ela interpreta a Sun Mailin.

– Eu sei! A concubina favorita do imperador.

– Você poderia ligar para ela do seu celular.

– Quer dizer que vou poder falar com ela?

– Se você quiser. Só passa o telefone pra mim depois.

– Ah, espera só até a minha namorada saber disso!

– Vou anotar o número pra você ligar.

Liang hesitou.

– Vou querer o relógio também.

– Tudo bem. Assim que você me passar o celular.

– Combinado. – Liang digitou o número que Kai deu a ele.

Um segundo depois Liang disse:

– Quem fala? Tao Ting? Sim, estou com o seu marido, mas antes de passar para ele eu só gostaria de dizer que a minha namorada e eu amamos a novela e que é uma honra falar com você... Ah, você é muito gentil em dizer isso, obrigado! Sim, vou passar para ele.

Liang passou o telefone para Kai, que lhe entregou o Rolex.

– Minha querida – disse Kai. Ting começou a chorar. – Não chore.

– Sua mãe me falou que colocaram você na cadeia. Ela disse que foi culpa do seu pai!

– É verdade.

– E os americanos destruíram metade da Coreia do Norte com bombas nucleares, e todo mundo está dizendo que a China será a próxima! Isso é verdade?

Kai teve a sensação de que, se lhe desse uma resposta franca, ela ficaria ainda mais triste.

– Não acho que o presidente Chen seja tolo a ponto de permitir que isso aconteça – disse ele, sem mentir exatamente, mas também sem dizer a verdade.

– Está tudo uma loucura – falou ela. – Todos os semáforos em Beijing foram desligados e o trânsito está parado.

– Isso é coisa dos americanos – afirmou ele. – Guerra cibernética.

Liang tirou seu velho relógio de pulso e colocou seu novo Rolex. Ele ergueu o punho, admirando o novo acessório.

– Quando você vai sair daí? – perguntou Ting.

"Nunca", pensou Kai, "se os velhos comunistas dispararem uma arma nuclear contra os Estados Unidos". Mas ele respondeu:

– Se você e minha mãe pressionarem meu pai, talvez não leve muito tempo.

Ting fungou ruidosamente e conseguiu parar de chorar.

– Como é aí? Você está com frio? Com fome?

– É muito melhor que uma prisão comum – respondeu Kai. – Não se preocupe com meu conforto.

– Como é a cama? Você vai conseguir dormir?

Naquele momento Kai não conseguia se imaginar dormindo, mas supôs que a natureza seguiria seu curso mais cedo ou mais tarde.

– A única coisa errada com a minha cama é que você não está nela.

Aquilo a fez chorar novamente.

Liang parou de admirar o relógio e disse:

– Só mais um pouco. Os outros guardas vão se perguntar o que estou fazendo.

Kai concordou com a cabeça.

– Querida, tenho que desligar.

– Vou colocar sua foto no travesseiro ao meu lado para que eu possa ficar te olhando.

– Fique calma e pense nos bons momentos que passamos juntos. Isso vai te ajudar a dormir.

– Vou me encontrar com seu pai logo de manhã.

– É uma boa ideia.

Ting era capaz de ser muito persuasiva pessoalmente.

– Vou fazer tudo o que eu puder para tirar você daí.

– Vamos torcer.

– Precisamos pensar positivamente. Boa noite pra você e até amanhã.

– Durma bem – disse Kai. – Até logo, meu amor.

■ ■ ■

Pela primeira vez, Pauline participou de uma reunião na Sala de Crise de Munchkin. Era uma réplica da sala da Casa Branca. Todas as pessoas-chave estavam lá: Gus, Chess, Luis, Bill, Jacqueline e Sophia. Estavam todos muito tensos, mas ainda sem saber o que a China faria. Era madrugada em Beijing, e talvez o governo chinês tomasse uma decisão pela manhã. Até lá havia pouco que os Estados Unidos pudessem fazer a não ser lutar contra os ataques cibernéticos, que tinham sido incômodos, mas não incapacitantes.

Pauline voltou a seus aposentos para almoçar com Pippa. Elas pediram hambúrgueres do refeitório. Então Pippa perguntou:

– Quando o papai chega?

Pauline já esperava por isso. Ela vinha tentando falar com Gerry, mas ele não atendia o telefone. Agora precisava contar a verdade a Pippa. "Que seja como for", pensou.

– Eu e o seu pai estamos com um problema.

Pippa ficou confusa, mas também preocupada. Ela já podia imaginar que não seria boa coisa.

– O que quer dizer com isso?

Pauline hesitou. Quanto Pippa seria capaz de entender? Quanto a própria Pauline teria entendido aos 14 anos? Ela não sabia: fazia muito tempo e, de todo modo, seus pais nunca haviam se separado. Ela engoliu em seco e disse:

– O papai se apaixonou por outra pessoa.

Pippa parecia aturdida. Obviamente, ela nunca tinha imaginado que aquilo pudesse acontecer. Como a maioria dos adolescentes, automaticamente considerava o casamento dos pais algo eterno.

– Ele não vai deixar a gente, vai? – perguntou ela.

Pippa veria aquilo como Gerry abandonando a ela e a mãe. Mas Gerry não tinha dito que ia se mudar.

– Não sei o que ele vai fazer – disse Pauline com sinceridade, embora pudesse ter acrescentado o que estava imaginando. – Só sei que agora ele quer ficar com ela.

– O que tem de errado com a gente?

– Não sei, querida. – Pauline se fazia a mesma pergunta. Seria o trabalho dela? O sexo era sem graça? Ou ele simplesmente queria algo diferente? – Talvez nada. Talvez alguns homens apenas precisem de mudanças.

– Quem é essa pessoa, afinal?

– Alguém que você conhece.

– Sério?

– A Sra. Judd.

Pippa desatou a rir e parou subitamente.

– Isso é ridículo – comentou. – Meu pai e a diretora da minha escola. Desculpa por ter rido. Não é engraçado. Mas ao mesmo tempo é.

– Eu entendo o que você quer dizer. Tem algo de grotesco nessa história toda.

– Quando foi que isso começou?

– Talvez durante aquela viagem a Boston.

– Naquele hotel tosco? Mentira!

– Prefiro não me aprofundar nos detalhes, querida, se você não se importa.

– Parece que tudo está desmoronando. Guerra nuclear, o papai nos deixando, o que vem depois disso?

– Ainda temos uma à outra – falou Pauline. – Prometo a você que isso não vai mudar.

A comida chegou. Apesar da angústia, Pippa comeu um cheeseburger com batatas fritas e tomou um milk-shake de chocolate. Depois voltou para o quarto.

Pauline enfim conseguiu falar com Gerry.

– Preciso conversar com você sobre duas coisas – disse ela.

Sentia-se rigidamente formal, o que era estranho ao falar com o homem que havia dormido por quinze anos ao seu lado. Ela se perguntou se a Sra. Judd estaria ao lado dele naquele momento. Onde ele estava, afinal? Na casa dela? Em algum hotel? Talvez os dois tivessem ido à vinícola da amiga dela em Middleburg. Seria menos perigoso do que o centro de Washington, embora não muito.

– Está bem – disse ele com cautela. – Pode falar.

Ela percebeu, pela voz dele, que ele estava feliz. "Feliz sem mim. É minha culpa? O que eu fiz de errado?"

Ela afastou aqueles pensamentos tolos.

– Já contei a Pippa o que está acontecendo – disse. – Foi necessário. Ela não conseguia entender por que você não estava aqui conosco.

– Sinto muito. Não tive a intenção de jogar essa responsabilidade no seu colo. – Ele não parecia tão sentido assim. – Contei ao Serviço Secreto, não que eles já não soubessem.

– Mesmo assim você precisa falar com ela. Pippa tem muitas perguntas, e eu não tenho como responder tudo.

– Ela está aí com você agora?

– Não, está no quarto dela, mas está com o celular, você pode ligar para ela.

– Vou fazer isso. Qual era a outra coisa? Você disse que eram duas.

– Sim. – Pauline estava decidida a não brigar com o homem que havia amado durante anos. Se fosse possível, queria que os dois recordassem com carinho seu tempo juntos. – Eu só queria te agradecer. Obrigada pelos momentos bons. Obrigada por me amar tanto quanto você amou.

Houve um breve silêncio e, quando ele falou, parecia estar engasgado:

– É uma coisa maravilhosa de se dizer.

– Você me apoiou por anos. Merecia mais tempo e atenção do que eu pude te dar. É tarde demais agora, eu sei, mas sinto muito por isso.

– Você não tem nada por que se desculpar. Tive o privilégio de estar com você. Foi bom na maior parte do tempo, não foi?

– Sim – admitiu Pauline. – Foi bom na maior parte do tempo.

● ● ●

Algumas pessoas não conseguiam tirar os olhos da TV. Outras estavam festejando como se o mundo estivesse para acabar. Tamara e Tab estavam apenas festejando.

Contra todas as probabilidades, eles tinham conseguido se casar poucas horas depois de tomarem a decisão e também haviam organizado uma festa de casamento.

Tamara queria a celebrante humanista que havia oficializado a união de Drew Sandberg, assessor de imprensa da embaixada, com Annette Cecil, do MI6. Ela ligou para Annette e pediu o contato da mulher.

– Tamara! – gritou Annette. – Você vai se casar! Querida, que coisa maravilhosa!

– Calma, calma.

– Quem é ele? Eu nem sabia que você estava namorando.

– Não se empolgue, não é para mim, é para uma amiga.

Annette não acreditou nela.

– Sua cretina mentirosa. Estou louca pra saber.

– Por favor, Annette, só me dá o contato dela.

Annette cedeu e forneceu a informação.

A celebrante humanista se chamava Claire e estava livre naquela noite.

– Resolvido – disse Tamara a Tab e deu um longo beijo nele. – Agora, onde faremos a cerimônia e a festa?

– O hotel Lamy tem um salão privativo lindo com vista para os jardins. Tem capacidade para cerca de cem pessoas. Poderíamos fazer a cerimônia e a festa no mesmo local.

Eles passaram o dia organizando tudo. O Salão Oásis, no Lamy, estava disponível. O hotel tinha um grande estoque de champanhe Travers vintage. Tab fez a reserva.

– Vai ter dança? – perguntou ele.

– Com certeza. Eu me apaixonei por você quando vi como dança mal.

A banda de jazz malinês Desert Funk estava livre, e Tamara os contratou.

Eles mandaram os convites por e-mail.

No final da tarde, Tamara parou na frente do armário de Tab olhando os ternos dele e disse:

– O que vamos vestir?

– Precisamos nos vestir bem – respondeu ele de pronto. – Todo mundo deve saber que o casamento não vai ser, tipo, um casamento em Las Vegas, mesmo tendo sido organizado de última hora. É um casamento de verdade, para a vida toda.

Depois disso, Tamara teve que beijá-lo novamente. Em seguida, ela voltou para o armário.

– Smoking?

– Boa ideia.

Ela notou uma capa protetora de plástico com as palavras "Teinturerie de l'Opéra". Era de uma lavanderia a seco, provavelmente localizada próximo à Place de l'Opéra, em Paris.

– O que tem aqui dentro?

– É um traje de gala completo. Nunca usei essa roupa no Chade. É por isso que ainda está aí.

Ela tirou o traje da capa.

– Ah, Tab, você vai ficar lindo nele.

– Ouvi dizer que me valoriza bastante. Mas então você vai ter que usar um vestido de festa.

– Sem problemas. Eu tenho o vestido perfeito. Você vai ficar de pau duro só de olhar.

Às oito horas daquela noite, o Salão Oásis estava lotado com cerca do dobro do número de convidados que de fato tinham sido chamados. Ninguém era barrado na porta.

Tamara usava um vestido rosa-claro com um decote de encher os olhos.

Diante de todos os seus amigos, eles juraram ser companheiros, aliados e amantes para o resto da vida, fosse ela curta ou longa. Claire os declarou marido e mulher, um garçom estourou uma garrafa de champanhe e todos aplaudiram.

A Desert Funk começou a tocar um blues suave. Os garçons retiraram as tampas do bufê e serviram o champanhe. Tamara e Tab pegaram as duas primeiras taças e deram um gole.

– Você está presa a mim agora – disse Tab. – Como se sente?

– Nunca imaginei que poderia me sentir tão feliz.

■ ■ ■

– Mãe, lembra que você me disse que havia três condições para que as armas nucleares fossem utilizadas? – indagou Pippa.

Pauline achava as perguntas de Pippa bastante úteis, pois faziam com que ela se concentrasse no básico.

– Lembro, claro.

– Me diz mais uma vez quais são.

– Primeiro, termos empregado todos os meios pacíficos para resolver o problema e eles terem fracassado.

– Parece que você já fez isso.

"Fiz?", refletiu Pauline profundamente.

– Sim, fizemos.

– E em segundo lugar?

– Não termos conseguido resolver o problema com armas convencionais não nucleares.

– Isso aconteceu na Coreia do Norte?

– Acredito que sim. – Mais uma vez Pauline fez uma pausa e refletiu, mas chegou à mesma conclusão. – Depois que os rebeldes devastaram duas cidades com bombas nucleares, tínhamos que acabar de vez com o poder de fogo deles, para que não pudessem fazer isso nunca mais. Nenhuma quantidade de armamento convencional teria sido capaz de garantir isso.

– Imagino que não.

– E, em terceiro lugar, os americanos estarem sendo mortos ou prestes a ser mortos pela ação inimiga.

– E os americanos estavam sendo mortos na Coreia do Sul.

– Correto.

– Você vai fazer isso de novo? Lançar mais mísseis nucleares?

– Se for preciso, querida. Se os americanos forem mortos ou ameaçados, sim.

– Mas você vai tentar não fazer.

– Com todas as minhas forças. – Pauline olhou para o relógio. – Inclusive é isso que vou fazer agora. Temos uma reunião marcada, e eles estão acordando em Beijing.

– Boa sorte, mãe.

A caminho da Sala de Crise, Pauline passou por uma porta com a indicação CONSELHEIRO DE SEGURANÇA NACIONAL e, num impulso, bateu.

Ela ouviu a voz de Gus:

– Sim?

– Sou eu, você está pronto?

Ele abriu a porta.

– Estou colocando a gravata. Você quer entrar rapidinho?

Enquanto o observava dar o nó na gravata cinza-escura, ela disse:

– O que quer que os chineses façam, imagino que seja nas próximas doze horas. Se eles deixarem para outro dia, parecerá uma reação tardia.

Gus assentiu.

– Grande parte disso tem a ver com parecer forte, diante tanto dos aliados quanto dos inimigos.

– E não é só vaidade. Quando você parece forte, é menos provável que seja atacado, tanto em questões internacionais quanto no parquinho da escola.

Ele se virou para ela.

– Ficou boa a minha gravata?

Ela a ajustou, embora não fosse necessário. Sentiu um cheiro amadeirado e de lavanda. Com as mãos no peito dele, ela o fitou. Algo que ela não planejava dizer saiu de sua boca espontaneamente:

– Não temos como esperar cinco anos.

Ela se surpreendeu. Mas era verdade.

– Eu sei – disse ele.

– Talvez não tenhamos cinco anos.

– Talvez não tenhamos cinco dias.

Ela respirou fundo, refletiu e por fim disse:

– Se sobrevivermos até o fim desse dia, Gus, vamos passar a noite juntos?

– Por Deus, sim.

– Tem certeza?

– Com todo o meu coração.

– Toca meu rosto.

Ele colocou a mão na face dela. Ela virou a cabeça e beijou a palma da mão dele. O desejo cresceu dentro dela. Sentiu que poderia perder o controle. Não queria esperar até a noite.

O telefone do quarto tocou.

Ela deu um passo para trás, culpada, como se o interlocutor pudesse ver ali dentro.

Gus se virou e atendeu.

– Está bem – disse segundos depois e desligou. Então informou: – O presidente Chen está ligando pra você.

O clima mudou no mesmo instante.

– Ele acordou cedo – comentou Pauline. Eram cinco da manhã em Beijing. – Vou atender na Sala de Crise para que todos possam ouvir.

Eles deixaram o quarto juntos.

Ela pôs seus sentimentos por Gus de lado e se concentrou no que estava à sua frente. Tinha que esquecer sua vida particular naquele momento. Era mãe de uma adolescente, esposa de um marido infiel e uma mulher apaixonada por um colega, e precisava deixar esses relacionamentos para trás e ser a líder do mundo livre. E, no entanto, precisava se lembrar de que, se tomasse a decisão errada, Pippa, Gerry e Gus sofreriam as consequências.

Endireitou a postura e entrou na Sala de Crise.

As telas nas paredes exibiam todas as fontes de informação disponíveis: satélites, infravermelho e noticiários de TV dos Estados Unidos, Beijing e Seul. Seus colegas e conselheiros mais importantes estavam à mesa. Pouco tempo antes, ela gostava de começar as reuniões de gabinete com uma piada. Agora, não mais.

Ela se sentou.

– Coloque-o no viva-voz. – Fez sua voz amigável: – Bom dia, presidente Chen. É bem cedo por aí.

O rosto dele apareceu nas telas ao redor da sala. Chen usava seu terno azul-escuro de costume.

– Bom dia – disse.

Nada mais. Sem trocas de gentilezas, sem conversa fiada. Seu tom era frio. Pauline imaginou que houvesse outras pessoas na sala com ele, monitorando cada palavra.

– Senhor presidente – começou ela –, acho que nós dois temos que pôr fim ao acirramento desta crise. Tenho certeza de que o senhor concorda.

A resposta dele foi imediata e violenta:

– A China não participou de acirramento nenhum! Os Estados Unidos afundaram um porta-aviões, atacaram a Coreia do Norte e dispararam armas nucleares! Vocês são os responsáveis por esta situação!

– Vocês bombardearam aqueles pobres marinheiros japoneses nas ilhas Diaoyu.

– Aquela foi uma ação defensiva. Eles tinham invadido a China!

– Isso é uma questão em disputa, mas, de todo modo, eles não usaram de violência. Não atingiram nem um único cidadão chinês. Mas você os matou. Isso, sim, é um acirramento.

– E o que você faria se soldados chineses ocupassem San Miguel?

Pauline teve que refletir por um momento para lembrar que San Miguel era uma grande ilha desabitada na costa do sul da Califórnia.

– Eu ficaria muito irritada, senhor presidente, mas não bombardearia o seu povo.

– Será?

– De qualquer maneira, isto precisa acabar agora. Não autorizarei nenhuma outra ação militar se você prometer o mesmo.

– Como pode dizer uma coisa dessas? Você afundou um porta-aviões, matando milhares de chineses, e atacou a Coreia do Norte com armas nucleares, e agora me pede para prometer que não haverá mais nenhuma ação militar. Isso é um absurdo.

– Para qualquer pessoa que quiser prevenir uma guerra mundial, é o único caminho razoável.

– Deixe-me esclarecer uma coisa – disse Chen, e Pauline teve a sensação angustiante de estar ouvindo a voz do apocalipse. – Houve um tempo em que as potências ocidentais podiam fazer o que quisessem no Leste Asiático, sem medo de retaliações. Nós, chineses, chamamos esse tempo de Era da Humilhação. Senhora presidente, esses dias acabaram.

– Você e eu sempre nos tratamos como iguais…

Mas ele não havia terminado:

– A China responderá ao seu ataque nuclear. O objetivo desta ligação é informá-la de que a nossa resposta será comedida, proporcional e não escalonada. Depois disso, você pode vir nos pedir para assumir o compromisso de não realizar mais nenhuma ação militar.

– Enquanto eu puder, escolherei a paz, não a guerra, senhor presidente. Mas agora é minha vez de deixar algo muito claro. A paz termina no momento em que vocês matam americanos. O general Pak aprendeu essa lição esta manhã, e vocês sabem o que aconteceu com ele e o país dele. Não ache que seria diferente com vocês.

Pauline esperou pela resposta de Chen, mas ele desligou.

– Merda – praguejou ela.

– Parecia até que tinha um policial apontando uma arma para a cabeça dele – comentou Gus.

A diretora de Inteligência Nacional, Sophia Magliani, comentou:

– Talvez tenha sido literalmente isso, Gus. A CIA em Beijing acredita que houve algum tipo de incidente no alto escalão, talvez um golpe. Parece que Chang Kai, o vice-ministro de Inteligência Internacional, foi preso. Digo "parece" porque não houve nenhum anúncio, mas um de nossos agentes mais confiáveis em Beijing recebeu a informação da esposa de Chang. Chang é um jovem reformista, então sua prisão sugere que a linha-dura assumiu o controle.

– Isso tudo torna mais provável que eles atuem de forma violenta.

– Exatamente, senhora presidente.

– Li o Plano China há algum tempo – disse Pauline. O Pentágono tinha planos de guerra para várias contingências. O maior e mais importante era o Plano Rússia. A China vinha em segundo lugar. – Vamos repassá-lo para que todos saibam do que estamos falando. Luis?

O secretário de Defesa parecia abatido, apesar de estar bem-arrumado como de costume. Todos estavam passando pela segunda noite sem dormir.

– Todas as bases militares chinesas que têm, ou devem ter, armas nucleares já têm um ou mais mísseis balísticos armados com ogivas nucleares apontados para elas, prontos para serem lançados dos Estados Unidos. Dispará-los será nosso primeiro ato de guerra.

Na ocasião em que Pauline revisou aquele plano, ele era abstrato. Ela o havia estudado cuidadosamente, mas pensava o tempo todo que sua verdadeira missão era garantir que nunca fosse necessário usá-lo. Agora era diferente. Agora ela sabia que talvez precisasse fazer isso, e em sua mente viu o inferno vermelho--alaranjado florescer, os prédios em ruínas e os corpos de homens, mulheres e crianças terrivelmente carbonizados.

Mas ela manteve seu tom de pragmatismo enérgico:

– Os chineses os verão em seus feeds de satélite e radar em segundos, mas os mísseis levarão trinta minutos ou mais para chegar à China.

– Exato, e assim que eles aparecerem os chineses lançarão o próprio ataque nuclear contra os Estados Unidos.

"Sim", pensou ela. "Os poderosos arranha-céus de Nova York vão desabar, as praias vibrantes da Flórida se tornarão radioativas e as majestosas florestas do Oeste vão arder até que não haja mais nada além de um tapete de cinzas."

– Mas nós temos algo que os chineses não têm – disse ela. – Mísseis antimísseis.

– Com certeza, senhora presidente: locais de interceptação em Fort Greely, no Alasca, e na base da Força Aérea de Vandenberg, na Califórnia, além de sistemas menores de interceptadores em alto-mar.

– Eles funcionam?

– A expectativa não é de que sejam cem por cento eficazes.

Bill Schneider, que como sempre usava um fone de ouvido que o conectava com o Pentágono, bradou:

– São os melhores do mundo.

– Mas não são perfeitos – rebateu Pauline. – Eu entendo que, se eles destruírem metade do material bélico disparado contra nós, já será uma boa coisa.

Bill não a contradisse.

– Também temos submarinos com armas nucleares patrulhando o mar da China Meridional – informou Luis. – Temos catorze dessas embarcações e, atualmente, metade delas tem a China ao alcance. Cada uma está armada com vinte mísseis balísticos, e cada míssil tem entre três e cinco ogivas. Senhora presidente, qualquer um desses submarinos tem poder de fogo suficiente para devastar qualquer país do planeta. E eles vão abrir fogo imediatamente contra a China continental.

– Mas acredita-se que os chineses tenham algo semelhante.

– Na verdade, não. Eles têm quatro ou cinco submarinos da classe Jin, cada um carregando doze mísseis balísticos, mas os mísseis têm apenas uma ogiva cada. O poder de fogo está longe de ser comparável ao nosso.

– Sabemos onde estão os submarinos deles?

– Não. Os submarinos modernos são muito silenciosos. Nossos sensores hidroacústicos os detectam apenas quando se aproximam de nossas costas. Os detectores de anomalias magnéticas, geralmente acoplados a aeronaves, conseguem localizar apenas submarinos próximos à superfície. Resumindo, os submarinos conseguem se esconder até o último minuto.

Pauline havia aprovado o Plano China e não via como melhorá-lo, mas ele não garantia uma vitória rápida. Os americanos venceriam, mas milhões morreriam em ambos os países.

De repente, Bill Schneider gritou:

– Míssil disparado, míssil disparado!

– Ah, não! – Pauline olhou para as telas ao redor da sala e não viu nenhum sinal daquilo. – Onde?

– Oceano Pacífico. – Falando no fone, ele disse: – Pelo amor de Deus, seja mais específico! – E então, depois de uma pausa: – Leste do Pacífico, senhora presidente. – Falando de novo ao telefone, ele disse: – Arrumem imagens dos drones nos arredores, rápido!

– Radar na tela três – disse Gus.

Pauline olhou para a tela e viu um gráfico mostrando um arco vermelho sobre um mar azul. Em seguida, a imagem mudou e, à esquerda da tela, ela viu uma ilha que parecia familiar.

– Um único míssil balístico, apenas – informou Bill.

– Disparado de onde? – perguntou Gus. – Não tem como ter vindo da China, nós o teríamos visto meia hora atrás.

– Deve ter sido lançado de um submarino que logo depois submergiu – opinou Bill.

– As imagens do drone estão chegando – avisou Gus.

Pauline olhou com atenção. A maior parte da ilha era ocupada por uma floresta, mas no sul havia uma área construída, com um grande aeroporto e um porto. Grande parte da costa era uma faixa dourada de praias.

– Ah, meu Deus, é Honolulu.

– Eles estão bombardeando o Havaí – falou Chess, incrédulo.

– A que distância está o míssil? – perguntou Pauline.

– Um minuto para o impacto – respondeu Bill.

– Meu Deus! O Havaí tem defesas antimísseis?

– Sim – disse Bill –, em terra e a bordo de navios no porto.

– Diga a eles para disparar!

– Já falei, mas o míssil está voando baixo e rápido, e é difícil de acertar.

Todas as telas agora mostravam diferentes imagens de Honolulu. Era meio da tarde no Havaí. Pauline viu fileiras de guarda-sóis de cores vivas na praia de Waikiki. Aquilo a deixou com vontade de chorar. Um imenso jato decolava do aeroporto de Honolulu, provavelmente lotado de turistas voltando para casa que escapariam da morte por uma questão de segundos. Os navios de guerra e os submarinos da Marinha dos Estados Unidos estavam ancorados em Pearl Harbor.

"Pearl Harbor", pensou Pauline. "Meu Deus, isso já aconteceu antes. Não sei se vou aguentar."

– Trinta segundos – informou Bill. – A vigilância por satélite infravermelho confirmou se tratar de um submarino chinês.

Pauline sabia o que tinha que fazer. Havia um peso em seu coração e ela mal conseguia falar, mas foi capaz de dizer:

– Diga ao Pentágono para estar pronto para executar o Plano China assim que eu der a ordem.

– Sim, senhora.

– Tem certeza? – perguntou Gus em voz baixa.

– Ainda não – respondeu Pauline. – Se este míssil estiver armado com explosivos convencionais, talvez possamos evitar uma guerra nuclear.

– Caso contrário, não.

– Não.

– Concordo.

– Vinte segundos – avisou Bill.

Pauline percebeu que estava de pé, assim como todos os outros na sala. Ela não lembrava quando tinha se levantado.

As imagens dos drones mudavam o tempo todo, mostrando a cada momento o rastro de vapor acima das florestas e dos campos, depois sobre uma rodovia movimentada com carros e caminhões, todos serenos sob a luz do sol. O coração de Pauline estava partido. Sua cabeça dizia "É minha culpa, isso é minha culpa".

– Dez segundos.

De repente, surgiu meia dúzia de novos rastros de vapor enquanto mísseis defensivos eram lançados de Pearl Harbor.

– Com certeza um deles vai acertar! – gritou ela.

Em seguida, uma imagem mostrou o círculo da morte vermelho-alaranjado terrivelmente familiar aparecendo na cidade, a leste do porto e ao norte do aeroporto.

Os círculos de fogo engoliram pessoas e edifícios, então se transformaram em colunas de fumaça com topos de cogumelo. No porto, uma onda enorme inundou totalmente Ford Island. Todas as construções do aeroporto foram destruídas de repente, e os aviões nos portões de embarque explodiram em chamas. A cidade de Honolulu começou a pegar fogo conforme os tanques de gasolina de todos os carros e ônibus entravam em combustão.

Pauline queria desmaiar, afundar a cabeça nas mãos e chorar, mas se forçou a manter o controle.

– Coloque a Sala de Guerra do Pentágono no viva-voz, por favor – pediu com apenas um leve tremor na voz.

Pegou o Biscuit. Havia quebrado a pequena caixa de plástico naquela manhã: ainda era realmente o mesmo dia?

No alto-falante, uma voz disse:

– Aqui é o general Evers, da Sala de Guerra do Pentágono, senhora presidente.

A sala ficou em silêncio. Todos olharam para Pauline.

– General Evers, quando me ouvir ler o código de autenticação correto, o senhor irá executar o Plano China. Está claro?

– Sim, senhora.

– Alguma pergunta?

– Não, senhora.

Pauline olhou novamente para as imagens de satélite. Eram a representação do maior pesadelo da humanidade. "Metade dos Estados Unidos vai virar um inferno como esse se eu não disser esse código", pensou ela. "E talvez vire mesmo que eu diga."

– ON373. Repito, ON373.

– Está dada a ordem para executar o plano – informou o general.

– Obrigada, general.

– Obrigado, senhora presidente.

Muito lentamente, Pauline se sentou. Ela colocou os braços sobre a mesa e abaixou a cabeça. Pensou nos mortos e feridos no Havaí, e nos que em breve estariam morrendo na China e logo depois nas grandes cidades do território continental dos Estados Unidos. Fechou os olhos com força, mas ainda assim podia vê-los. Todo o seu equilíbrio e toda a sua autoconfiança haviam sido drenados dela como o sangue de uma ferida arterial. Ela estava tomada por uma dor incurável, tão avassaladora que todo o seu corpo tremia. Tinha a sensação de que seu coração ia explodir, de que ela ia morrer.

E então, por fim, começou a chorar.

# AGRADECIMENTOS

Meus consultores para este livro foram Catherine Ashton, James Cowan, Kim Darroch, Marc Lanteigne, Jeffrey Lewis, Kim Sengupta e Tong Zhao.

Várias pessoas gentilmente me concederam entrevistas bastante úteis, principalmente Gordon Brown, Des Browne e Enna Park.

Meus editores foram Gillian Green, Vicki Mellor, Brian Tart e Jeremy Trevathan.

Entre os amigos e familiares que me ajudaram estão Ed Balls, Lucy Blythe, Daren Cook, Barbara Follett, Peter Kellner, Chris Manners, Charlotte Quelch, Jann Turner, Kim Turner e Phil Woolas.

Sou grato a todos vocês.

## CONHEÇA OS LIVROS DE KEN FOLLETT

Os pilares da Terra (e-book)
Mundo sem fim
Coluna de fogo
Um lugar chamado liberdade
As espiãs do Dia D
Noite sobre as águas
O homem de São Petersburgo
A chave de Rebecca
O voo da vespa
Contagem regressiva
O buraco da agulha
Tripla espionagem
Uma fortuna perigosa
Notre-Dame
O crepúsculo e a aurora
Nunca
A armadura da luz

### O SÉCULO

Queda de gigantes
Inverno do mundo
Eternidade por um fio

Para saber mais sobre os títulos e autores da Editora Sextante,
visite o nosso site e siga as nossas redes sociais.
Além de informações sobre os próximos lançamentos,
você terá acesso a conteúdos exclusivos
e poderá participar de promoções e sorteios.

**sextante.com.br**